Brandon Sanderson

布蘭登・山德森

DOS
SAN

DOS

Brandon Sanderson

布蘭登・山德森

B
E
S 嚴
T 選

奇幻基地出版

颶光典籍三部曲

引誓之劍・上冊

The Stormlight Archive: Oathbringer

布蘭登・山德森 著
周翰廷、李鐳 譯

Brandon
Sanderson

BEST 嚴選

緣起

在繁花似錦的奇幻文學花園裡，你或許還在門外徘徊，不知該如何抉擇進入的途徑；也或許你已經置身其中，卻因種類繁多，或曾經讀過不合口味的作品，而卻步、遲疑。

BEST嚴選，正如其名，我們期許能透過奇幻基地對奇幻文學的瞭解，以及對讀者的理解，站在出版者與讀者的雙重角度，為您精選好作家與好作品。

他們是名家，您不可不讀：幻想文學裡的巨擘，領域裡的耀眼新星。

它們最暢銷，您怎可錯過：銷售量驚人的大作，排行榜上的常勝軍。

這些是經典，您務必一讀：百聞不如一見的作品，極具代表的佳作。

奇幻嚴選，嚴選奇幻。請相信我們的眼光，跟隨我們的腳步，文學的盛宴、幻想世界的冒險，就要展開。

excellent bestseller classic

獻給艾倫・雷頓——
他早在颶光存在之前
便鼓舞了達利納（還有我）

序言與致謝

感謝您閱讀《引誓之劍》！為了這本書，大家走了漫漫長路，謝謝各位耐心等候。「颶光典籍」系列動員了大量人力，下文將一一介紹。

如果大家還沒有機會讀到〈緣舞師〉這篇介於《燦軍箴言》和《引誓之劍》之間的短篇小說，我會建議大家不妨先行閱讀。它收錄在美國版《無垠祕典》（Arcanum Unbounded）這本收錄了目前整個寰宇系列中、短篇小說的精選集裡，而寰宇涵蓋了「迷霧之子」系列、《諸神之城：伊嵐翠》、《破戰者》、「颶光典籍」系列等作品的宇宙觀。

各位仍可以在不了解其他系列的資訊下，獨立閱讀各套作品，並浸淫其中。如果您有興趣，可以在我的網站：brandonsanderson.com/cosmere這裡頭找到更詳細的解說。

接著就是致謝名單的大遊行了！我常說，雖然只有我的名字印在封面上，但其實背後有一卡車的人努力，才讓這本書得以誕生。我必須向這些人獻上由衷的謝意，感謝他們這三、四年來協力完成本書。

打理本書與其他事務的是JABberwocky的約書亞．畢梅斯（Joshua Bilmes），還有Brady McReynolds、Krystyna Lopez以及Rebecca Eskildsen。我還要特別感謝我的英國經紀人，也就是Zeno的John Berlyne，以及全球各地的版權經紀人。

Tor出版社的編輯則是聰明絕頂的摩許．費德（Moshe Feder）。也要特別感謝多年來認可這系列的Tom Doherty，以及Devi Pillai在本作出版與編輯上的協助。

Tor的協力人員還有Robert Davis、Melissa Singer、Rachel Bass以及Patty Garcia。專案經理為Karl Gold，Nathan Weaver是我們的總編輯，Meryl Gross與Rafal Gibek負責通路；Irene Gallo是藝術總監，Peter Lutjen負責封面設計，Greg Collins負責內頁設計，Carly Sommerstein則是內文校對

我要感謝英國出版商Gollancz/Orion的Gillian Redfearn、Stevie Finegan跟Charlotte Clay。審稿編輯包括幫我完美地處理了諸多作品的Terry McGarry。電子書版本則由Macmillan的Victoria Wallis與Caitlin Buckley完成。

我的公司同仁也花了很長一段時間完成這本書。對龍鋼（Dragonsteel）團隊的人來說，「颶光典籍」系列是至關重要的任務，如果大家遇到團隊成員，請比個讚給他們（至於彼得的話則要一箱起司）。我們的經理跟執行長是我親愛的妻子，艾蜜莉．山德森（Amily Sanderson）。副總經理與編輯總監則是「夙夜匪懈」的彼得．奧斯托姆（Peter Ahlstrom），藝術總監則是Isac St3wart。

負責配送從布蘭登．山德森官方網站銷售之簽名書與T恤的是Kara Stewart。負責編輯並擔任內部維基百科守護聖者的則是（Karen Ahlstrom）。Adam Horne是我的執行助理，也負責公關與行銷總監之職。艾蜜莉的助理是Kathleen Dorsey Sanderson，庶務小小兵則是Emily "Mem" Grange。

我最喜歡的配音員Michael Kramer和Kate Reading完成了本作的有聲書。夥伴，謝謝你們排出了檔期。

《引誓之劍》承襲「颶光典籍」系列穿插精美插圖的傳統，美國版封面繪者是Michael Whelan，他對細節的講究讓我們得以精確詮釋加絲娜．科林。我非常喜歡加絲娜在封面的焦點占得一席之地，而且十分感謝Michael特別抽出繪製畫展作品的時間，來爲羅沙大陸的世界作畫。

這次有許多畫家共同創造這個異世界的各個時刻，數量比以往還要多。Dan dos Santos和Howard Lyon繪製了封面裡與封底裡的神將肖像。我要求畫作們要有文藝復興經典畫作與浪漫時期的結合風格，而兩位的作品質感都超乎我們預期。這不僅僅是一本書的插圖，更足以在畫廊展出。

值得一提的是，Dan和Howard同時也負責內文插圖。Dan的時尚插圖已堪爲封面，而我希望Howard的作品也會在未來的集數繼續出現。

Ben McSweeney再度回歸，爲紗藍的素描簿作畫。他跨海而來，白天辛苦工作，還要分神照顧他逐漸茁壯的家庭。Ben一向貢獻了頂尖的插畫。他是個偉大的藝術家，也是個好人。

本次繪製全頁插畫的還有Miranda Meeks與Kelley Harris。這兩位以往便為我們繪製了非常棒的作品，我認為各位也會喜歡她們這次的作品。

此外，還有許多貴人協助諮詢或建構本作各項美術作品：The David Rumsey地圖收藏庫、Woodsounds Flutes的Brent、Two Tone Press的Angie與Michelle、Emily Dunlay、David與Doris Stewart、Shari Lyon、Payden McRoberts以及Greg Davidson。

《引誓之劍》的寫作群通常每週要閱讀原文五到八倍的評論，這個群組包括凱倫・奧斯托姆、彼得・奧斯托姆、艾蜜莉・山德森、Eric James Stone、Darci Stone、Ben Olsen、Kaylynn ZoBell、Kathleen Dorsey Sanderson、「橋四隊的雷頓」Alan “Leyten from Bridge Four” Layton、「橋四隊的斯卡」Ethan “Skar from Bridge Four” Skarstedt、與「不要讓我進橋四隊」的Ben “Don't put me in Bridge Four” Olsen。

特別感謝Chris “Jon” King對於泰夫某些奇特場景提供意見，Will Hoyum對於半身麻痺的狀況提出建言，Mi'chelle Walker則對於特殊心理健康問題給予特別指導。

接著讓我深吸一口氣來唸一下試讀讀者群：Aaron Biggs、Aaron Ford、Adam Hussey、Austin Hussey、Alice Arneson、Alyx Hoge、Aubree Pham、Bao Pham、Becca Horn Reppert、Bob Kluttz、Brandon Cole、Darci Cole、Brian T. Hill、Chris “Jon” King、Chris Kluwe、Cory Aitchison、David Behrens、Deana Covel Whitney、Eric Lake、Gary Singer、Ian McNatt、Jessica Ashcraft、Joel Phillips、Jory Phillips、Josh Walker、Mi'chelle Walker、Kalyani Poluri、Rahul Pantula、Kellyn Neumann、Kirstina Kugler、Lyndsey “Lyn” Luther、Mark Lindberg、Marnie Peterson、Matt Wiens、Megan Kanne、Nathan “Natam” Goodrich、Nikki Ramsay、Paige Vest、Paul Christopher、Randy Mackay、Ravi Persaud、Richard Fife、Ross Newberry、Ryan “Drehy” Drher Scott、Sarah “Saphy” Hansen、Sarah Fletcher、Shivam Bhatt、Steve Godecke、Ted Herman、Trae Cooper以及William Juan。

負責統合試讀讀者意見的人員是Kristina Kugler與Kellyn Neumann。

我們的校對讀者包括了不少試讀讀者，除此以外還有：Benjamin R. Black、Chris "Gunner" McGrath、Christi Jacobsen、Corbett Rubert、Richard Rubert、Dr. Daniel Strange、David Han-Ting Chow、Donald Mustard III、Eric Warrington、Jared Gerlach、Jareth Greeff、Jesse Y. Horne、Joshua Combs、Justin Koford、Kendra Wilson、Kerry Morgan、Lindsey Andrus、Linting Xu、Loggins Merrill、Marci Stringham、Matt Hatch、Scott Escujuri、Stephen Stinnett以及Tyson Thorpe。

如各位所見，這樣一本書需要龐大的人力。沒有這些人的努力，你們手上這本書將遠遠不及格。

一如往常，最後我要感謝我的家人：艾蜜莉、喬依（Joel）、達林（Dallin）以及奧利佛（Oliver）。他們一直陪伴爲夫爲父、卻經常到另一個的世界思考颶風與燦軍騎士問題的我同處一個屋簷下。

最後要感謝大家支持我的作品。現在這些作品不會任我所欲地快快產出，這也是因爲我想要讓它們盡善盡美。各位手上的這一本，是我已經準備規劃快二十年的作品。希望大家在羅沙都能享受愉快的時光。

旅程先於終點。

目錄

目錄

插圖

（注意：許多插圖及其標題都涉及後文內容。請斟酌翻閱。）

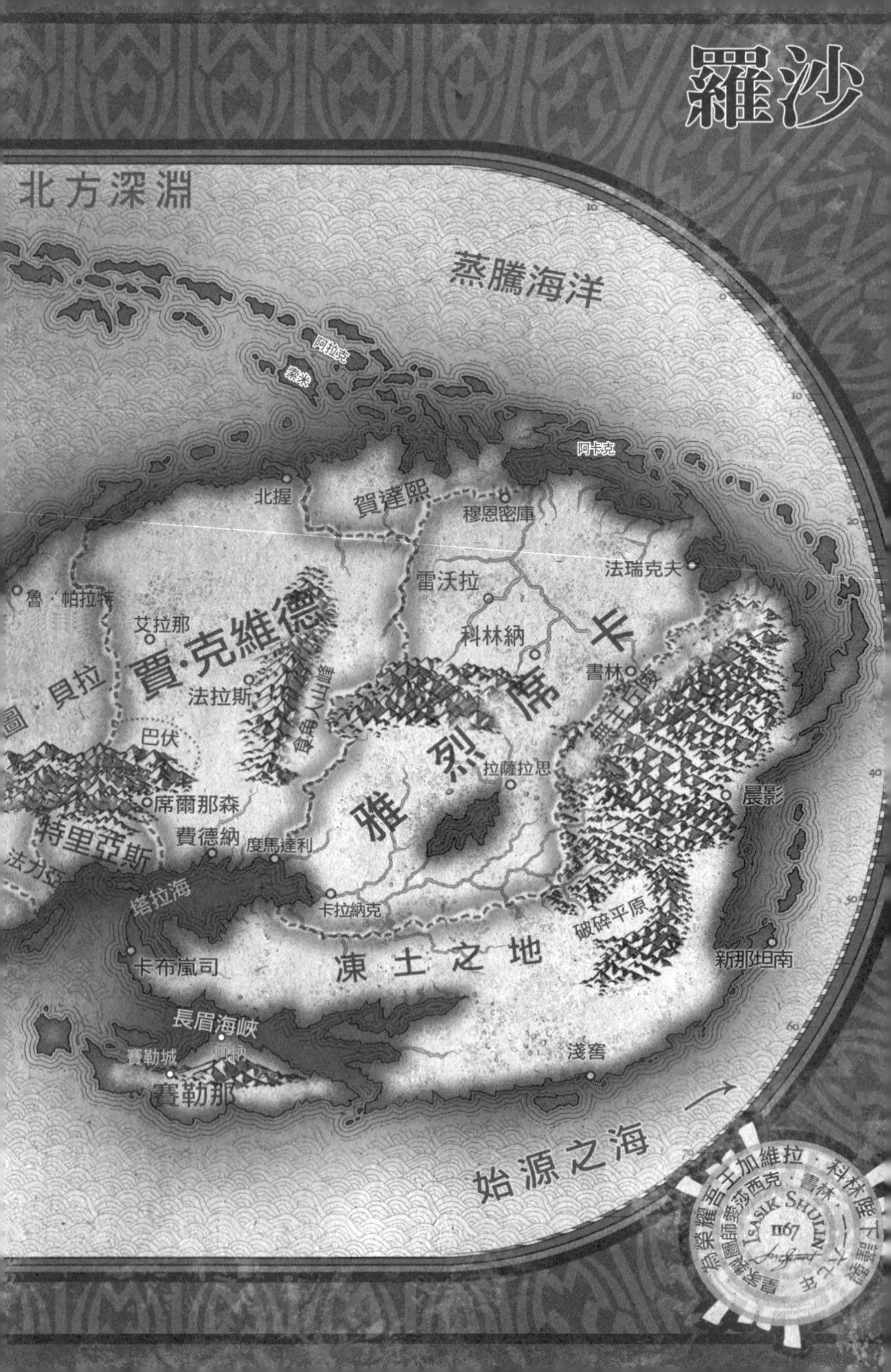
羅沙
北方深淵
蒸騰海洋
阿拉克
阿卡克
北握
賀達熙
穆恩密庫
雷沃拉
法瑞克夫
魯．帕拉特
艾拉那
賈·克維德
圖．貝拉
法拉斯
食角人山脈
科林納
卡
書林
無主丘陵
席
巴伏
拉薩拉思
烈
晨影
席爾那森
雅
特里亞斯
費德納
度馬達利
法力亞
塔拉海
卡拉納克
破碎平原
卡布嵐司
凍土之地
新那坦南
長眉海峽
賽勒城
淺窖
賽勒那
始源之海
為榮耀吾王加維拉．科林陛下謹製
皇家製圖師憂莎西克．書林．一一六七年
ISASIK SHULIN
1167

Roshar
無盡海洋
勞
艾洛里
雷熙諸島
卡西朵
里拉
庫司
依瑞
雷熙海
艾拉
巴巴薩南
瑪拉貝息安
帕那坦
純湖
迷霧山脈
雪諾瓦
育雷
德西
扎費司
亞西爾
艾米亞海
艾米亞
葉席爾
亞西米爾
伯利司赫特
谷地
艾姆歐
利亞佛
塔西克
使丁
瑟瑟瑪雷
達
圖卡
瑪拉特
冰水
N
背風向
向風向
S
南方深淵

重拾古老誓言
生先於死
力先於弱
旅程先於終點
人與碎甲重聚
燦軍必將再起

《第三卷》

引誓之劍

Oathbringer

六年前

伊尚尼一向對她的妹妹說，翻過一座山以後，一定有更美好的風景。結果有一天，她翻山越嶺，遇見了人類。

從前她以爲人類就像歌中所述，是種不成形的黑暗怪物。然而他們其實是美妙且奇異的生物。他們沒有跟隨節奏說話；他們穿著比甲殼還要燦爛的服飾，但是長不出自己的盔甲；他們害怕颶風，因此旅行時還要躲在車裡。

最特別的是，他們只有一種形體。

她本來以爲是人類遺忘了他們的諸多形體，正如聆聽者也一度遺忘那般，這讓她覺得彼此之間有種親切感。

如今，在一年過後，伊尚尼一邊哼著讚嘆節奏，一邊卸下拖車上的鼓。他們長途跋涉，來到了人類的家鄉，在這裡步步都是驚奇。抵達科林納這座絕妙城市的宏偉王宮時，她的讚嘆更是無以復加。

如洞穴般的卸貨區位於宮殿西側，這裡大到可以讓兩百名初抵此處的聆聽者停駐，卻還塞不滿。的確，大多數聆聽者不會參加樓上見證雙方條約的宴會，但是雅烈席人還是款待了樓下眾人大量的食物與飲料。

她邊往拖車外用力一拉，邊望著裝載區的上方，哼著興奮。之前她告訴了凡莉自己製作世界地圖的決心時，心裡想的原本是要發掘自然景觀，像是高山與峽谷，以及生機盎然的森林與壘地。然而外面的世界卻有這幅景象。就在他們一族伸手可及之處。

同時還有更多的聆聽者。

伊尚尼第一次見到人類時，看到有群小小的聆聽者跟著他們。這支不幸的部族困在遲鈍形體中，而伊尚尼認爲人類是在照顧這些無歌的生靈。

唉，最初的想法眞是天眞啊。

這些無法逃離的聆聽者不只是小小的部族，而是一個龐大的群體。人類也沒有照顧他們。人類奴役他們。

一群被人類稱作「帕胥人」的同胞，聚集在伊尚尼與工作者的圈子之外。

「他們一直想幫忙。」吉捷司用好奇說著。他搖搖頭，鬍子上的紅寶石閃爍著和膚色一樣的紅光。「這些沒有節奏的小傢伙想要接近我們。我跟妳說，他們一定是察覺到自己的心靈出了問題。」

伊尚尼從拖車後拿了一張鼓給他，自己也跟著哼起好奇。她跳下車，接近這群帕胥人。

「你們不用幫忙。」她張開手，用和平說。「我們比較想要自己來。」

無歌者用遲滯的眼神看著她。

「去吧。」她一邊用懇求節奏說著，一邊將手揮向一旁宴飲的群眾。宴飲中的聆聽者與人類的隨從不受語言隔閡，一同歡笑。聆聽者唱出古老的歌謠，人類則拍手附和。「好好享受。」

少數幾個帕胥人看向歌謠的方向點點頭，但是沒有離開。

「沒有用啦，」布蘭莉雅把手臂放在她附近的鼓上，用質疑說。「他們根本不能想像什麼才是活著。他們只是讓人買賣的財產罷了。」

奴隸？是誰建立起這個想法的？五人組中的克雷德跑去了科林納的奴隸市場，想看看這是不是眞的。他確實買下了一名奴隸，甚至不是帕胥人，那裡只買賣雅烈席人。帕胥人貴很多，也被視爲高檔奴隸。有人特別告訴聆聽者這件事，以爲他們會以此爲榮。

伊尚尼哼著好奇，向旁邊點了點頭，看著其他人。吉捷司笑著哼出和平，揮手讓她離開。大家已經習慣伊尚尼中途放下工作去閒晃——這不代表她不可靠……好吧，她可能的確如此，但也只是偶爾會這樣。不管怎麼說，國王的慶祝會很快就會要她上場；她是聆聽者之中，最了解人類呆板語言的高手。她很自然地接受這個優點——畢竟這幫她贏得遠行的資格——但也成了個問題。她因爲會說人類的語言而成爲重要人物，然而太過重要的話，就沒了去擴展見識的自由。

她離開卸貨台，走上深入王宮的階梯，試著沉浸在這座充滿各種裝飾與藝術品的奇觀裡。王宮由被當作商品的人負責清理，這就是爲什麼自由的人類得以創造柱上雕飾與大理石鑲嵌地板這樣作品的奧祕嗎？

她穿過一群穿著人造鎧甲的士兵。此時伊尚尼身上並沒有盔甲，她用的是工人形體，而不是戰爭形體。她更喜歡前者的靈活。

人類就沒有什麼選擇了。她本來以爲他們失去了其他形體，實際上卻不是這樣。他們一直都只有一種形體：集配偶形體、工人形體與戰爭形體於一身。他們的表情比聆聽者更能生動地表達情緒。噢，伊尚尼的族人也有笑有淚，但雅烈席人的情緒遠甚於此。

王宮下層有寬廣的大廳與走廊，掛著經過精巧切割的閃爍寶石，點亮了這些空間。她的頭頂上方有吊燈，如太陽般撒下充盈室內的光線。也許因爲人類平凡得只有幾種單調膚色的肉體，正是他們想要裝飾一切的原因之一，從服裝到這些樑柱皆然。

我們也辦得到嗎？她哼著讚美。要是我們知道，哪種形體能創造藝術的話？

王宮上層如同隧道一般有著狹窄的走廊，房室好似在山上挖空的碉堡。她往宴會廳走去，本想看看自己是否需要幫忙，中途卻停下來瞥向這些房間。有人告訴她，除了有門衛的區域，她想閒晃到王宮任何地方都可以。

她經過一間牆上掛滿畫作的房間，又走過另一間放了張床與家具的寢室。有扇門後竟有會流水的室內廁所，這幅奇景她無法理解。

她闖入了十二個房間。只要她準時在國王慶祝會要奏樂時出現，克雷德和其他五人組的成員就不會抱怨。他們已經習慣她的作風了。她總是到處閒晃、亂闖，往門內窺視……

然後遇見國王？

伊尚尼愣在那裡。她朝這間有著厚重紅毯、書櫃與隨意擺放書堆的豪華房間窺看時，門扉應聲而開。她看見了太多，一時沒辦法承受這麼大量的訊息。更讓她震驚的是，加維拉王就站在桌旁，指向桌上的某個東西。他身邊還有五個人：兩名軍官、兩名穿著長裙的女人，還有一名穿著長袍的男人。

加維拉為什麼不在宴會中？為什麼沒有門衛？伊尚尼轉到焦慮節奏，猛然一退，但是有個女人已經碰了碰加維拉王的手臂，指向伊尚尼。伊尚尼腦中的焦慮大響，於是把門關上。

接著一個穿著制服的高個子男人走了出來。「帕山迪人，國王想要見妳。」

她裝作困惑的樣子。「先生？說的是？」

「別害羞，」士兵說。「妳是翻譯員之一。進來吧。妳沒有惹上麻煩。」

她焦慮地顫抖著，任由士兵領她入房。

「謝謝你，梅利達司。」加維拉說。「讓我們獨處一下。大家都出去吧。」

眾人魚貫而出，留下伊尚尼轉到慰藉，然後大聲哼唱——不過人類不會理解其中意涵。

「伊尚尼，」國王說。「我要讓妳看個東西。」

他知道她的名字？她緊抱著雙臂，往這間溫暖的小房間裡再走了幾步。她不能理解這個人。不只是因為他疏離、冰冷的語調，而是她不能理解他的情緒，彷彿他體內的戰爭形體與配偶形體，正彼此爭鬥。

這個男人是人類之中最讓她疑惑的人。他為什麼給自己一族這麼優渥的條約？最初那看來像是部族之間的和平條約，然而這是她見到這座城市與雅烈席軍隊之前的想法了。族人的歌謠中提到，她這一族曾一度擁有自己的城市以及令人稱羨的軍隊。

那是很久遠以前的事情，如今他們是失落一族的裂片。他們是背叛諸神而獲得自由的人。眼前這個男人可以擊潰聆聽者。族人一度以爲不讓人類發現碎具，就可以保護他們。但是她發現雅烈席人已經有十幾副碎刃與碎甲。

他爲什麼要這樣對她笑？他究竟隱藏了什麼，可以不吟唱節奏就安撫了她？

「伊尚尼，坐下吧。」國王說。「噢，小斥候，不要怕。我本來就想跟妳聊聊。妳能掌握我們的語言，是很罕見的事呢！」

她坐上椅子，加維拉伸手從口袋裡拿出一個東西。它散發著紅色的颶光，設計美妙地結合了寶石與金屬。

「妳知道這是什麼嗎？」他一邊問，一邊把東西推向她。

「陛下，我不知道。」

「我們稱之爲法器，是利用颶光能量的裝置。這個法器會製造溫暖。可惜這只是個小玩具。我的妻子對她手下的學者有信心，認爲他們可以製作溫暖一整間房的法器。那不是很棒嗎？這樣爐裡的燃煙就不會再嗆人了。」

這東西看起來毫無生氣，但她沒有脫口而出。她把它遞還回去，一邊哼著讚美，這樣他就會很高興把這件事告訴她。

「靠近點看，」加維拉王說。「仔細看看裡面。妳看得見有什麼嗎？那是個靈。這就是裝置生效的方法。」

就像被困在寶心裡一樣，她心想，轉成讚嘆。*他們模仿了我們切換形體的方法，做了這些裝置？人類雖然受限，卻能達到如此境界！*

「裂谷魔不是你們的神，對吧？」他說。

「什麼？」她轉到質疑。「爲什麼問這個？」這話題轉得眞硬。

「噢，那只是我一直在想的事情。」他把法器拿回去。「我的屬下充滿優越感，以為已經了解你們了。他們認為你們是野蠻人，但他們錯得離譜。你們不是野蠻人。你們是失落的記憶，是讓人一窺過往的窗。」

他的身子向前傾，紅寶石光芒自他的指間流瀉。「我需要妳向妳的領袖們傳達一個訊息。『五人組』對吧？妳和他們很親近，我看得出來。我需要他們幫我完成一件事。」

她哼出焦慮。

「別緊張，」他說。「伊尚尼，我會幫妳的。妳知道嗎？我懂得如何喚回你們的眾神。」

不。她哼著恐懼。不是吧……

「我的先祖，」他拿著法器說。「先是知道如何用寶石掌握靈，後來得知用一種非常特別的寶石，甚至可以掌握神祇。」

「陛下，」她一邊說，一邊莽撞地抓住他的手。他感受不到節奏。他不能理解。「拜託。我們不再崇拜那些神了。我們離祂們而去，拋棄了祂們。」

「可是，這是為你們好，也對我們有益。」他站起身來。「你們的神祇曾為我們帶來榮譽，如今我們的生命中已經失去了榮譽。沒有這些神祇，我們就沒有力量。這個世界陷入了窠臼，伊尚尼！困在呆滯、乏力的轉化階段。」他望向天花板。「聯合他們。我需要一種威脅，只有危機才會聯合起他們。」

「你說什麼……」她用焦慮說。「你到底在說什麼？」

「被我們奴化的帕胥人本來和你們一樣，我們找到方法阻絕了他們的變形——藉著捕捉靈來達到這點。我們捉了一隻關鍵的古靈。」他說話時，綠色的眼睛顯得很興奮。「我知道要如何逆轉這個過程。新的颶風會引出藏匿的神將，還有一場新的戰爭。」

「你瘋了。」她站起來。「我們的眾神原本要消滅你們。」

「我們必須重新說出古老箴言。」

「你不能……」她頓住，終於看見旁邊桌上的地圖。廣大的地圖上有塊被諸洋圍繞的陸地——製作之精巧，讓她自己的版本相形見絀。

驚嘆不已的她起身往桌邊走去，腦中響著讚嘆。*這太美了*。即使是吊燈與雕牆也比不上它。這是結合了知識以及瑰麗的綜合體。

「我以爲妳知道了我們是尋思召回神祇的盟友會很開心。」加維拉說。她幾乎以爲他死硬的言語中帶著訓斥節奏。「妳宣稱懼怕祂們，但既然祂們讓你們生存，那麼恐懼又從何而來呢？我的人民必須團結起來，我的帝國不能在我逝去以後發生內戰。」

「所以你求的是戰爭？」

「我求的是完成未竟之事。我的人民本來是燦軍，妳的族人——帕胥人——也一度欣欣向榮。我的人民在這個枯燥的世界中不停爭鬥，卻沒有引導他們的光；而你們的族人則如同行屍走肉。這樣誰獲得了好處？」

她的視線回到地圖上。「哪裡……破碎平原在哪裡？是這個位置嗎？」

「伊尚尼，妳指的是整片那塔那坦！這裡，才是破碎平原。」他指向占據整張桌子的地圖上，一塊不及拇指般大的小點。

她的認知一瞬間受到可怕的衝擊。這才是整個世界嗎？光是走到科林納，她就以爲已經是陸地的盡頭了。爲什麼以前沒有人讓她知道這件事！

她轉成哀嘆，雙腿一軟，無力再站穩，只好倒向椅子。

太廣大了。

加維拉從口袋裡拿出一個東西。一個球體？這顆黑色圓球散發微光，彷彿……黑暗的光暈，是一種不能稱作光的幽光。那種光帶著少許深紫色，似乎還從四周吸收光線。

他把球體放在桌上，挪到她的面前。「把它交給五人組，把我的話傳達給他們。告訴他們，回想起你們族人的本性吧。伊尚尼，醒醒吧！」

他拍拍她的肩膀，接著走出了房間。她注視著那可怕的光球，想起歌謠裡曾經提過它的存在。形體的力量與這種闇光有關，是諸神之王的闇光。

她抓起桌上的圓球，狂跑了出去。

❖

眾人架好鼓後，伊尚尼堅持要加入他們。這是她焦慮的出口。她照著腦內的節奏，用盡全力擊鼓，每次擊打都想把國王的話語驅出腦海。

還有她做過的事。

五人組坐在高桌前，沒有人動過宴會最後一道菜。

他打算召回我們的神祇。她已經把這件事告訴五人組。

閉上眼睛。專心妳的節拍。

他辦得到。他知道的太多了。

激動的節奏竄過她的靈魂。

我們必須做些什麼。

克雷德的奴隸是個殺手。他宣稱有個帶著節奏的聲音，領他到那個奴隸面前，而這名奴隸被迫說出他的技能。凡莉顯然和克雷德在一起，伊尚尼從今天一早就沒見過她妹妹。

五人組在激辯以後，同意這是行事的徵兆。很久以前，聆聽者提起勇氣接受遲鈍形體，好從他們的神祇手中逃脫。他們會為了自由不計任何代價。

而今天，保有自由的代價將會非常高昂。

她打著鼓，感受那節奏，開始低聲哭泣，並在那個怪異的殺手身著克雷德給的白衣離開時，迴避了視線。她和其他人都參與了此舉的投票。

感受音樂中的平靜。她母親一向這麼告訴她。尋求節奏。尋求歌謠。

有人想要拉走她，但是她抗拒了。她拋下樂器時仍止不住淚水。她爲她的族人而哭，他們可能會因爲今晚的行動而被消滅。她爲這個世界而哭，因爲這個世界永遠不會知道，聆聽者爲此做了什麼。

她爲國王而哭，因爲她把他交付給死亡。

鼓聲戛然而止，消寂的音樂在大廳迴盪不已。

第一部

聯合

United

達利納◆紗藍◆卡拉丁◆雅多林

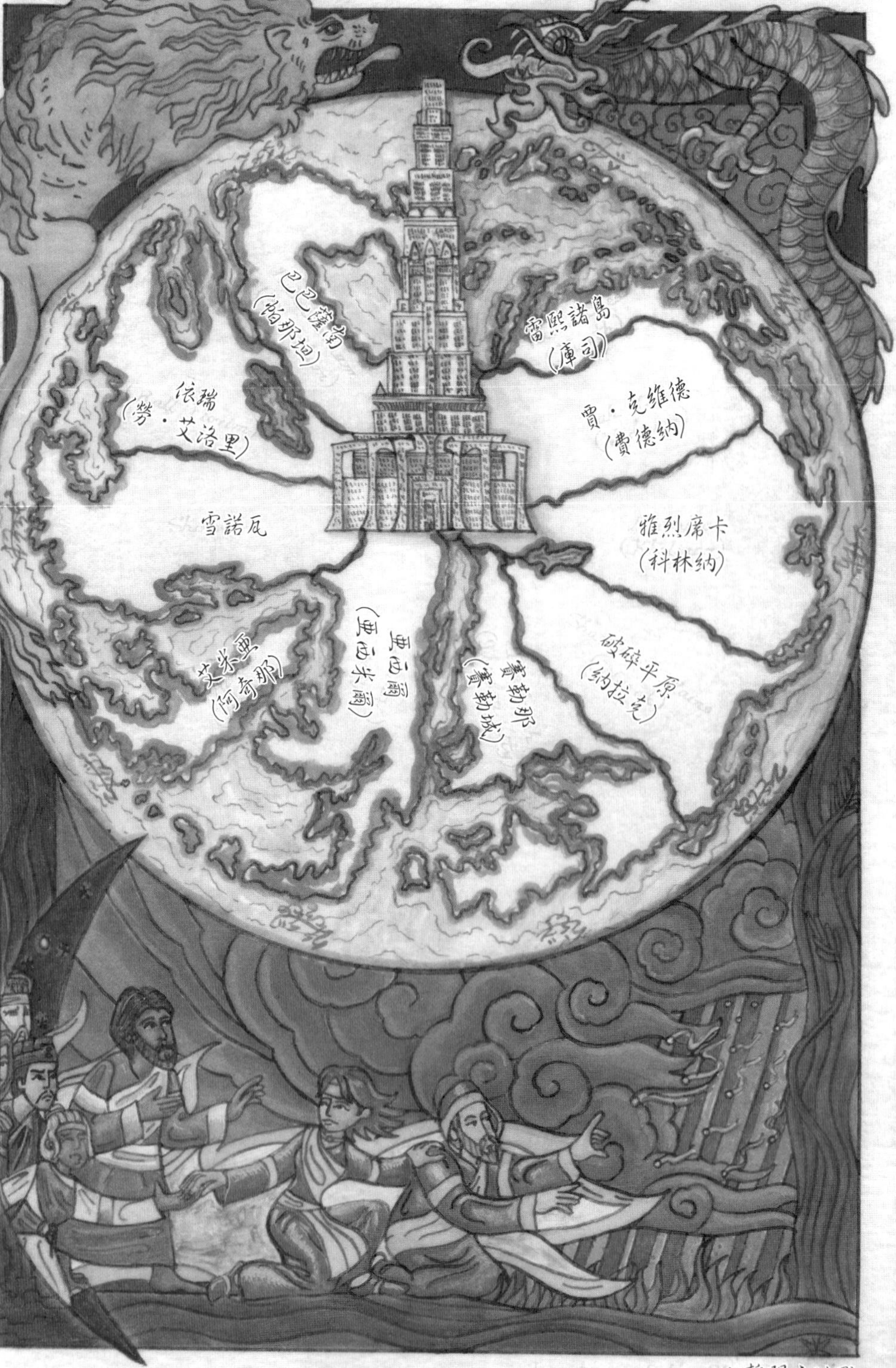

巴巴薩南
（沓那坦）
雷熙諸島
（庫司）
依瑞
（勞・艾洛里）
賈・克維德
（費德納）
雪諾瓦
雅烈席卡
（科林納）
艾米亞
（阿奇那）
亞西米爾
（亞西米爾）
賽勒那
（賽勒城）
破碎平原
（納拉克）

十誓門之地點

我確定有些人會因爲這份紀錄倍感威脅。少數人也許會感到解脫；大部分的人會單純認爲這不應該存在。

——摘自《引誓》〈自序〉

達利納．科林在幻象中現身，站在已逝神祇的記憶裡。

六天前，他的軍隊抵達兀瑞席魯（Urithiru）這座傳說中燦軍騎士的聖塔古城。他們撤出即將遭受可怕颶風摧殘的地區，藉由古老的傳送門尋得庇護。如今他們在這座隱藏於群山之間的城市安頓了下來。

然而，達利納覺得自己仍身在五里霧中。他不能理解自己先前對抗的軍隊，更別說如何擊敗他們。他對那場颶風所知甚少，也不知道引虛者這支人類古老敵人的歸來，又有著什麼涵義。

因此他進入幻象。想要從那位名爲榮譽——又稱全能之主——的神祇留給他的幻象中尋找答案。這次達利納遇上了最初的幻象。幻象中的他，站在人形的神祇旁邊，身處俯瞰科林納的懸崖上。科林納是達利納的家鄉，國家的首都。然而在幻象中，這座城市已被不知名的力量摧毀了。

全能之主開始說話，但是達利納沒理會他說了什麼。達利納藉著與颶父締結聯繫，成爲了燦軍。而這個颶父正是颶風的靈，也是羅沙大陸上最強大的靈。現在達利納發現自己可以憑意志重現這些幻象。他聽過全能之主這段獨白三次了，也已經複述給娜凡妮記錄。

這回達利納走到懸崖邊緣，跪下來瞰望科林納的廢墟，聞到溫暖、乾燥，帶著塵灰的空氣。他仔細觀察眼前破碎建築的亂骸，想要從中獲得有意義的線索。就算是風刃——這個外露了無數地層的圓滑石峰——也不例外地迸裂於此。

全能之主繼續他的獨白。這些幻象就像日記一樣，是這位神祇遺留下來的擬眞訊息。達利納對此由衷感謝，但現在他想知道的是細節。

他仰望天空，看見空氣中有股波動，彷彿遠處岩石蒸騰而起的熱氣。那是有如建築物大小的微光。

「颶父，」他說。「你可以帶我到下面的瓦礫去嗎？」

你不應該下去。這不是幻象的一部分。

「別顧慮應當與否的問題，暫時不要。」達利納說。「你辦得到嗎？你可以把我傳送到廢墟那裡嗎？」

颶父發出隆隆的響聲。他是個很奇怪的存在，雖然與已逝的全能之主有連結，但又不等同於全能之主。至少他今天的聲音，不會讓達利納從骨子裡感受到震動。

達利納瞬間就被傳送下去。他不再站在懸崖上，已來到了城都廢墟前的平地。

「謝謝你。」達利納說完，大步走向不遠的廢墟。

他們六天前才發現兀瑞席魯。帕山迪人也是在六天前覺醒，並且取得了奇異的力量與發亮的紅瞳。那股新生的颶風也是在六天前降臨的，那是永颶（Everstorm），是帶著黑暗雷雲與朱紅閃電的風暴。

他手下一部分人以爲那股浩劫風暴已經過去，但是達利納清楚知道並非如此。永颶將會回歸，很快就會席捲遠西的雪諾瓦，接著就會遍襲大陸。

沒有人相信他的警告。亞西爾與賽勒那的王室承認注意到東方出現怪異的風暴，但是他們並不認爲風暴會有再臨的一天。

他們想像不到這股風暴的破壞力。這股風暴初現之時，與颶風相遇，帶來一場前所未有的浩劫。風暴獨行時，可能不會那麼糟糕——但它仍是從錯誤、反方向襲來的風暴。而這股風暴也會將全世界的帕胥人僕從轉化成引虛者。

你想要知道什麼？颶父在達利納走到城市的廢墟時問道。這幅幻象是帶你到崖邊與榮譽對話。餘物只是背景，一種圖畫。

「榮譽讓瓦礫顯現於此，」達利納的手揮向一旁破裂的石牆。「不管是不是背景，他對這個世界與我們敵人的認知，一定會影響他創造幻象的過程。」

達利納爬上外牆的瓦礫。科林納是一座……颶風的，科林納本來是一座數一數二的大城，這座城市不會藏在懸崖的陰影或裂谷的庇護之中。科林納有高大的城牆阻擋颶風，這座城市不屈於強風，不向風暴低頭。

然而，幻象中的城市還是被摧毀了。達利納踩上石礫，觀察這一塊區域，思考人們數千年前是怎樣定居於此。在那個沒有城牆的時期，堅毅不折的聚落在此地茁壯。

他看見頹牆石塊上挖刮的痕跡，猶如掠食者手下的獵物血肉。他甚至可以看見粉碎的風刃上的爪痕。

「我見過能這樣做的怪物，」他一邊說，一邊跪在一顆石頭旁，觸摸花崗石表面的傷痕。「我在幻象中見過一隻從地岩中起身的石怪。

「這裡沒有屍體，但可能是全能之主沒有在幻象中留下人影。他只想要製造未來毀滅的象徵。他認為科林納不會因為永颶倒下，而是被引虛者摧毀。」

是的，颶父說。風暴會帶來災變，但遠不及隨之而來的浩劫。榮譽之子，你可以在風暴中找到庇護，但無法在敵人手下躲藏。

現在羅沙諸國皆駁斥達利納的警告，不認為永颶很快就會打擊它們。達利納還能做什麼呢？現實世界的科林納據說已被暴動淹沒，而留守的王后則毫無音訊。達利納的軍隊與引虛者首次對壘後逃了出來，就連他費心拉攏的藩王，也不是每個人都加入了那場戰鬥。

戰爭就要到來。寂滅時代的降臨，讓敵人重啟千年前有著不明動機與力量的古代怪物。神將此時本應現身，帶領人類對抗引虛者；燦軍本應布好陣列，訓練有素的他們應當帶隊面對敵人；他們本應信賴全能之主的引導。

然而，此刻達利納手下只有屈指可數的新生燦軍，也沒有任何神將伸出援手的跡象。更何況全能之主這位神祇早已死去。

但是，達利納還是要拯救世界。

地面開始顫動；幻象隨著地面的陷落結束。全能之主則在懸崖上結束了演說。

最後一波毀滅的力量如颶風般捲過地面。這是全能之主的隱喻，代表人類即將面對的黑暗與滅絕。

你們在我們的傳說中是勝者，他說。但事實是我們懷著失落而去，之後我們屈於劣勢……

颶父隆隆作響。該走了。

「不，」達利納站上碎礫。「讓我留下來。」

但是——

「讓我感受它！」

破壞的波動湧起，衝向達利納，而他不馴地大吼。他不曾在颶風前低頭，也不會對此低頭！他迎面對上波動，並在撕裂地面的衝擊中，看見了它。

那是一道燦亮卻可怕的金光。一具穿著黑色碎甲的黑暗形體。這具形體有九道朝著不同方向伸展的影子，眼睛還迸射出紅芒精光。

達利納凝視這對紅眼，感受到一股寒意竄遍全身。雖然他被崩毀的怒濤環繞，身周的岩塊也跟著蒸發，但是那雙眼更令他震懾。他從中看見熟悉的景象。

這比颶風還要危險許多。

這是敵人的鬥士。而它就要降臨。

聯合他們。要快。

達利納在幻象粉碎時驚呼出聲。此時他癱坐在娜凡妮身邊，身處塔城兀瑞席魯的安靜石室中。他不再受到幻象牽制，已足以控制幻象，得以不再於重現幻象時失控。

他深深呼吸，汗水沿著臉龐流下，心臟劇烈跳動。娜凡妮開口說了話，但他一時聽不見她講什麼，耳中的竄流讓她的聲音顯得有些距離。

「我看見的那道光是什麼？」他低聲說。

我沒有看見光。颶父說。

「那是道燦爛的金光，卻十分可怕。」達利納低聲說。「它的溫度足以融浸萬物。」

那是憎惡。颶父低聲回應。是敵人。

原來是殺掉全能之主的敵人。造成寂滅時代的幕後力量。

「還有九個影子。」顫抖的達利納低語。

九個影子？那是魄散。是憎惡的爪牙。古靈。

颶風的。達利納只在傳說中聽過他們，這種可怕的靈會扭曲人類的心智。

然而那雙眼還是揮之不去。一如注視魄散一樣，他害怕起那具紅眼的形體。那位憎惡的鬥士。

達利納眨了眨眼，看向他的愛人娜凡妮。她握住他的手臂，心疼地看著他。她是他身處異地與更怪異的時刻時，唯一能憑靠的眞實。她是位端淑的美人，弗林教女性的美好範本。她有著豐滿的嘴唇、淺紫色的雙眸，帶著銀絲的黑髮綁成辮子，貼身絲質哈法長裙裝展露她曼妙的曲線，沒有人敢說她不具吸引力。

「達利納？」她問。「達利納？怎麼了？你還好嗎？」

「我……」他深吸一口氣。「我沒事，娜凡妮。而且我知道我們必須做什麼了。」

她的眉頭皺得更深了。「你說什麼？」

「我得趕在敵人毀滅世界前，聯合世界對抗他們。」

他必須找到方法讓世界上其他王國接受他。他必須帶領他們準備面對新的風暴，還有引虛者。除此以外，他還要幫助這些王國從餘波中生存下來。

如果他成功了，他就不必獨自面對寂滅時代。這不僅僅是以一國之力對抗引虛者這麼簡單。他需要世界各地的國度加入他的行列，而他必須從他們的人民之中找到燦軍。

聯合他們。

「達利納，」她說。「我覺得這個目標很好……但是颶風啊，我們要怎麼做？這是座荒涼的山地，我們要怎樣餵飽我們的軍隊？」

「魂師——」

「魂師最終會耗掉所有寶石的能量，」娜凡妮說。「而魂師生產的食物只能滿足基本需求。達利納，我們可說是被困在這裡了，處境分崩離析。我們的指揮系統已經混亂，而——」

「娜凡妮，冷靜點。」達利納邊說邊起身，把她拉起來。「我知道。但我們要戰鬥到底。」

娜凡妮抱住達利納。他擁她入懷，感受她的體溫，嗅聞她的香韻。相較於其他女人，她喜歡不那麼強烈的花香味混合辛香味，就像剛伐下的木頭香氣。

「我們辦得到。」他對她說。「我不屈不撓，妳絕頂聰明。我們攜手努力，就可以說服其他王國加入我們。他們一見到新颶風再臨，就知道我們的警告是對的，之後就會與我們共同聯手對抗敵人。我們可以利用誓門部署軍隊，支援彼此。」

誓門。這十座傳送門是古代的法器，可以將人傳送到兀瑞席魯。只要燦軍啓動裝置，站在誓門平台上的人，也可以被帶到與兀瑞席魯相似的設施去。

目前只有一座誓門被他們啓用——這座誓門可以讓人在兀瑞席魯與破碎平原之間來回。理論上還有九座誓門——但不幸的是，誓門的啓動機制必須傳送門兩邊都解鎖才能運作。

如果他想要傳送到費德納、賽勒城、亞西米爾，或是其他地方，必須先派一位燦軍到那座城市，解開裝置的封印。

「好吧，」她說。「我們就這樣做，總有辦法讓他們聽話，就算他們用手指塞住耳朵也一樣——看看他們被撞得東倒西歪時，還塞不塞得住。」

達利納露出微笑，突然認為他剛才不該將她理想化。娜凡妮．科林不是羞怯的完美範本，她是個強韌的女人，自成一格，就像山上的石頭那樣頑固，而且對於眼中愚蠢的人事物會非常不耐。

在這個女人以保有祕密為傲的社會中，娜凡妮開放且睿智的樣子令達利納如此著迷。她從年輕時便能輕易突破人們的禁忌與心防。有時候，他覺得娜凡妮竟回應了他的愛意，有如幻象般超乎現實。

有人敲了門，娜凡妮喚人進來。達利納手下的女斥候探頭進來。達利納轉頭，注意到她緊張的姿態與急促的呼吸而皺了眉。

「怎麼了？」他問道。

「長官，」女人敬禮以後，臉色發白地說。「發生……意外了。有人在廊道間發現屍體。」

達利納感到一股風雨欲來的氣息。「死者是誰？」

「托羅．薩迪雅司藩王。」女人說。「他被殺害了。」

但我還是得寫下來。

——摘自《引誓》〈自序〉

「住手！你們這是在做什麼？」雅多林．科林大步走向正從拖車卸下貨箱的工人，這些人身上的工作服已經染上了克姆泥漬。工人的芻螺扭動著，徒勞地想去找石苞嚼嚼。然而他們處在高塔深處的巨穴，洞穴的大小有如一座小鎮。

工人雖然表現出不好意思的樣子，但是並不知道他們爲什麼被罵。一群書記跟著雅多林檢查拖車貨物，放在地上照明的油燈難以驅趕巨室的黑暗，畢竟它的頂端高達四層樓。

「光爵？」有個工人抓了抓帽子底下的頭髮。「我只是卸貨而已，沒做錯其他事情吧。」

「貨單上寫這是啤酒。」年輕的執徒露舒告訴雅多林。

「第二條規定，」雅多林一邊說，一邊用左手指節敲了敲拖車。「酒館應設於配有升降梯的中央廊道上，那裡還要再過去六個路口。太后曾對此特別指示過你的上主。」

工人只是呆呆地看著他。

「我可以請書記替你指路。把這些貨裝回去。」

工人嘆了口氣，把貨物重新裝回拖車，心知肚明自己最好不要與藩王之子爭辯下去。

雅多林轉身觀察這座深穴，這裡已經成爲傾置貨物與人口的地方。小孩子在人群中嬉戲、工人架起帳篷、女子則在中央水井取水、軍人也帶著火炬與燈籠行動，就連野斧犬也快意奔跑著。四個戰營匆匆從破碎平原趕到兀瑞席魯，娜凡妮已經盡力安置眾人。

就算場面如此混亂，雅多林還是很欣慰有這樣一群人。他們的精神沒有受苦，沒有加入對抗帕山迪人的戰鬥，沒有受到白衣殺手的突襲，也沒有遭遇兩大颶風的夾擊。

科林家的士兵則處於崩潰散亂之態。雅多林的慣用手還包紮著，他的手腕在戰鬥中骨折，臉上有重重的瘀青，而他還不是最慘的。

「光爵，」露舒指向另一輛拖車。「那看來是其他酒類。」

「好極了。」雅多林說。難道就沒人聽從娜凡妮伯母的指示嗎？

他處理完這輛拖車，接著和汲水的人吵了起來。他們宣稱這是帕胥人的工作，不是他們那恩階級該做的事。可惜的是，他們不再擁有帕胥人了。

雅多林安撫他們，表示如果他們被迫繼續取水，可以組成汲水人工會。就算雅多林對此有疑慮，但是他父親肯定會同意的。他們有資金付薪資嗎？薪資會因階級有所差異，而他們也不能任人成爲奴隸。

雅多林很高興接下這份工作。雖然他不必一一檢查這些貨車，就只是監督，但他還是全心投身於瑣事上。他的手腕如此慘況，不可能進行戰鬥訓練，但要是一個人待久了，他就會忍不住想起前一天的事。

他真的動手了嗎？

他真的殺了托羅・薩迪雅司？

雅多林從傳令兵口中聽說有人在三樓廊道發現異狀時，幾乎鬆了一口氣。

因爲他很清楚那是什麼。

❖

達利納還沒到達事發地點，已聽見咆吼聲、叫囂聲在隧道中迴蕩。他聽得出其中的調性。起衝突了。他拋下娜凡妮跑了起來，衝往隧道間寬廣的交叉口。

明亮燈籠映照下，有一群穿著藍衫的人，對上一群森綠色的對手。地面上冒出怒靈，猶如一灘血池。一件綠色外衣蓋在橫屍於地面的遺體臉部。

「退後！」達利納吼著，衝到兩批士兵之間。他把一名槓上薩迪雅司士兵的橋兵拉開。「退後，否則都給我進牢房裡！每個人都是！」

他的聲音像颶風一樣震懾了每個人，引來雙方的注目。他把橋兵推向同伴，接著頂走薩迪雅司的士兵，希望這名士兵的腦袋還知道要忍住對藩王動手的衝動。

娜凡妮與傳令兵站在衝突圈外。橋四隊的士兵終於退到一旁的廊道，薩迪雅司的士兵也撤至對面的走廊，但雙方還是能在這個距離裡怒目相對。

「你最好準備接受沉淪地獄的怒雷，」薩迪雅司手下一名軍官對達利納吼道。「你的部下謀殺了藩王！」

「我們發現他的時候，他就死了！」橋四隊的泰夫回吼。「大概是絆到了自己的刀子上吧？這下場對這颶風的混蛋正好！」

「泰夫！退後！」達利納向他大吼。

這名橋兵面露窘迫之色，接著僵硬地行了禮。

達利納蹲下，掀開薩迪雅司臉上的外套。「血已經乾透。他躺在這裡一段時間了。」

「我們一直在找他。」綠衣軍官說。

「找他？你們跟丟了自己的藩王？」

「這裡的隧道太讓人混亂了！」軍官說。「隧道的方向並不規則。我們回頭去找，然後……」

「我們以為他從巨塔的另一邊回去了，」另一人接著說。「我們昨晚一直在塔裡找他。有人覺得自己看過他，但是他們搞錯了，然後……」

然後一名藩王就倒在自己的血泊裡整整大半天，達利納想，先祖啊！

「我們之前找不到他。」軍官說。「是因爲你的人殺了他，把屍體移到——」

「這灘血已經淤在這裡好幾個小時了。沒有人動過屍體。」達利納指出。「把藩王移到旁邊的空地，如果你們還沒派人通知雅萊，現在就去。我要仔細檢查他。」

❖

達利納是鑑識死亡的高手。

他從年少時就經常見到死人的面容。只要在戰場上待久了，就會熟悉這些主宰戰場的存在。因此當他看見薩迪雅司沾上血汙的淒慘面容時，並不是很吃驚。一把短刀戳破托羅的一隻眼睛，穿過眼窩直搗腦殼，流出的腦漿與血液早已乾涸。

以刀刃穿眼是對付全副武裝敵人的方法，只有這樣才能傷到戴著全罩頭盔的對手。人們練習這招是爲了上戰場。但是薩迪雅司身上並沒有裝甲，也不在戰場上。

達利納俯身，藉著桌上油燈閃爍的光芒檢查屍體。

「有刺客，」娜凡妮嘖嘖出聲，搖了搖頭。「這不是什麼好事。」

雅多林和雷納林帶了紗藍與幾名橋兵站在他的後面。卡菈美在達利納的對面，這位瘦削的橙眸女子是他手下的資深書記之一。在他們對抗引虛者的戰鬥中，她失去了她的丈夫特雷博。達利納極不願意在喪期中召她過來，但她堅持執行勤務。

颶風的，他沒有多少高階軍官了。凱爾在永颶與颶風相交之時原本幾乎能保全性命，最後還是喪生。他也在高塔之戰時，因爲薩迪雅司的背叛而失去了艾勒馬與裴瑞松。手下只剩下卡爾這名將領，而卡爾還在治療與引虛者之戰時的傷口——直到大家都安全了，卡爾才說出自己受傷的事。

就連艾洛卡王也在王宮遇刺受傷，當時大軍正在納拉克作戰。現在他也在療傷。達利納不知道他會不會來看看薩迪雅司的遺體。

達利納失去了這麼多軍官，讓房間裡多了其他閒雜人等：瑟巴瑞爾藩王，以及他的情婦帕洛娜。雖然他並不討喜，但是瑟巴瑞爾是響應達利納進軍納拉克的兩位藩王之一。達利納必須相信別人，但不是那些見風轉舵的藩王。

瑟巴瑞爾和另一位還沒抵達現場的藩王艾拉達，會成為建立新雅烈席卡的成員。願全能之主幫助他們所有人。

「好吧！」帕洛娜扠著腰，觀察薩迪雅司的屍體。「我想有人解決一個問題了！」房裡每個人都望向她。

「怎麼了？」她說。「別說你們沒這樣想。」

「光爵，這情況不妙。」卡菈美說。「大家會像外面那些士兵一樣，認為是你置薩迪雅司於死地。」

「有找到碎刃嗎？」達利納問。

「沒有，長官。」一名橋兵說。「殺掉薩迪雅司的人可能拿走了。」

娜凡妮揉了揉達利納的肩膀。「我的想法和帕洛娜不同，但是薩迪雅司的確想要害死你。這樣子或許是好事。」

「不，」達利納斷聲說。「我們需要他。」

「達利納，我知道你很絕望。」瑟巴瑞爾說。「連我都可以出席這種場合，就足以證明這個事實了。但如果不是薩迪雅司，我們也不會陷入這種困境。我認同帕洛娜的說法，謝天謝地。」

達利納抬起頭，看著房間裡的人。首先是瑟巴瑞爾與帕洛娜，接著是泰夫與席格吉這兩位橋四隊的中尉，然後是幾名士兵，其中包括向他通報消息的女斥候。再來是他的兩個兒子，沉穩的雅多林與難以看透的雷納林，還有手放在他肩上的娜凡妮。最後是卡菈美，這位雙手交握的年長女性，也對上他的眼神，點了點頭。

「你們都認同這個看法，對吧？」達利納問。

沒有人反駁。是的，這場謀殺對於達利納的聲譽不利，但他們也絕對不會極端到親自動手殺掉薩迪雅司。既然現在他死了……還有必要為他流淚嗎？

達利納的記憶在他腦中迴繞。他想起與薩迪雅司一塊度過的時光；他們一起聽從加維拉的偉大計畫行事；他想起自己婚禮前一晚，薩迪雅司用他的名義舉辦了一場胡鬧的宴會。

他很難相信當年那位年輕的朋友，現在已經有著肥厚、衰老的臉孔，更成為一具被刺死的屍體。成人後的薩迪雅司是個背叛好人、置人於死地的殺人犯。達利納目睹薩迪雅司的死狀，想到那些在高塔之戰被拋棄的人們，心裡確實有欣慰感。

但這也讓他感到困擾。因為他十分清楚其他人會怎麼想他。「跟我來。」

他從屍體旁邊離開，大步走出房間，穿過薩迪雅司一群正湧進房間的侍衛。他們會處理托羅的遺體。希望他足以鎮住手下和薩迪雅司的人馬一觸即發的衝突。現在最好把橋四隊帶走。

達利納的扈從拿著提燈，跟著他穿過巨穴高塔的諸座大廳。這些大廳牆上有扭曲的線條——交錯著土地色彩的自然岩紋，就像一層層乾燥的克姆泥。他不怪那些士兵追丟了薩迪雅司，這裡的確很容易迷路，到處都是通往黑暗的走道。

幸好他對大家所在的位置有個概念，帶著他的人直驅巨塔的外環。他走向一間空室，再走到寬廣如天台的陽台。

兀瑞席魯佇立其上，這座高聳入雲的巨塔之城建在山間，它有十層環狀的階樓，每階有八層樓高，有引水道、外窗，以及如他所處陽台一般的空間。

塔城最底層的邊界也很寬廣：有廣大的石質地面，每個平台各自成區。平台邊緣有石製圍欄，石塊會落入山峰間的裂谷深處。最初他看見這些寬廣的平台時曾覺得困惑，但是巨石的紋路以及內圈邊緣的立架，顯示了平台的用途。顯然，這些地方本來是田地。就像塔城每一階樓頂端的大花園，這塊地區在天寒之時仍有作物種植。這片陽台往下兩層樓的一塊田地就在他眼前向外延伸。

達利納邁向陽台邊緣，將手安在平滑的石製護牆上。其他人則聚在他身後。他們在路上遇到艾拉達藩王，他是位膚色黝黑的光頭雅烈席人，很好認出來。他的女兒梅伊也跟著他，這位瘦小可愛的女孩芳齡二十出頭，有著黃眸與鵝蛋臉，還有修飾了她臉形的雅烈席黑色鬈髮。娜凡妮低聲告訴了他們薩迪雅司的死狀。

達利納在寒氣中往外伸手，指向陽台以外的地方。「你們看見什麼？」

橋兵往陽台外看去。他們當中有個賀達熙人，本來獨臂的他在接受颶光治療後，現在已長出另一隻手臂。卡拉丁的手下開始掌握了逐風師（Windrunner）的力量，不過他們頂多被視為地位高一點的「仕紳」。娜凡妮說，從前燦軍常會收學徒入門，在燦軍導師的帶領下，男男女女也能獲得相應的能力。

橋四隊的人馬還沒有與他們的靈締結，雖然他們已開始掌握力量，但也在卡拉丁飛往雅烈席卡、警告家人有關永颶的消息之後，不再得以施展能力。

「我看見什麼？」賀達熙人說。「我看見雲朵。」

「非常多的雲。」另一位橋兵接著說。

「還有幾座山，」又有一人說。「看起來像牙齒。」

「才怪，是角啦。」賀達熙人回嘴。

「我們，」達利納打斷他們。「在颶風之上的地方，很容易忘記世界各地將要面對的風暴。永颶會再度回歸，並帶來引虛者。我們必須把這座城市以及我們的軍隊，當作世界最後一座還維持著秩序的堡壘。我們的召喚與責任，就是成為領頭者。」

「秩序？」艾拉達說。「達利納，你沒看過我們的軍隊嗎？他們六天前才進行了一場不可能的戰鬥。雖然最後我們獲得了援助，但在戰術上，我們戰敗了。洛依恩的可憐兒子還沒準備好處理父親手下的殘兵。握有強兵的薩拿達與法瑪則躲在戰營裡！」

「而來此的人馬已經開始爭執不休。」帕洛娜說。「托羅那老傢伙的死，只會讓他們更容易一言不合。」

達利納側轉身，雙手還抓著石牆，觸感冰冷。一股寒風吹來，幾隻風靈像透明的小人乘風而至。

「卡菈美光主，」達利納說。「妳對寂滅時代了解多少？」

「光爵？」她遲疑回問。

「寂滅時代。妳針對弗林教的理論作過學術研究，對吧？妳可以談談寂滅時代嗎？」

卡菈美清了清喉嚨。「光爵，記載上說，那時有毀天滅地的災難，絕望的人們認爲人類分裂瓦解。人口大減、社會崩壞、學者逝去。在每次寂滅之後，人類都被迫用好幾世代的時間重建。詩歌中提到，這些損失疊合起來，讓人類更加偏離正軌。神將離開時，人類還有劍與法器，但回歸後便發現人類揮舞的只是木棒與石斧。」

「引虛者的部分呢？」達利納問。

「引虛者殲滅人類。」卡菈美說。「它們的目標就是掃蕩羅沙大陸的人類。它們是不具形體的怪獸——有些人說它們是死者的靈魂，也有人說是來自沉淪地獄的靈。」

「我們會找到方法阻止寂滅再臨。」達利納輕聲說，轉身走進人群。「這個世界指望我們。我們必須穩固下來，成爲集結點。

「這也是我無法因薩迪雅司的死而全然寬慰的原因。他是我的背中刺，卻是位可靠的將軍，還有足智多謀的腦袋。我們需要他。在我們克服難關以前，我們需要每一位戰士。」

「達利納，」艾拉達說。「我以前像其他藩王一樣只會耍嘴皮子，但我在戰場上看到的……那些紅色的雙眼……藩王，我已決心跟隨你。我會跟隨你直到颶風終結那一天。你需要我做什麼？」

「我們的時間不多。艾拉達，我任命你爲新的情報藩王，掌管城裡的審判與法律。你要建立兀瑞席魯的秩序，並確認各個藩王清楚掌握手中的區域。你要建立警備隊，在廊道上巡邏，維持秩序，並且預防士兵之間的紛爭，就像我們稍早所做的一般。

「瑟巴瑞爾，我任命你爲商業藩王。你要統計我們的物資，建立兀瑞席魯的市場機制。我要把這座高塔改造成有城市機能的地方，不只是暫時的休息站。

「雅多林，你聚集士兵組成訓練團。你要計算我們的軍隊數量，不論他們在哪一位藩王麾下；同時傳達訊息，告訴眾人要用他們的矛保護羅沙。只要還留在這裡，他們就受我——戰事藩王的管轄。我們會用訓練的壓力整治秩序。我們握有魂師，控制了食物，如果他們需要糧食，就得聽令。」

「那我們呢？」外表邋遢的橋四隊中尉發問。

「跟著我的斥候與書記一塊探索兀瑞席魯。」達利納說。「你們的上尉回來時，也要讓我知道。希望他能從雅烈席卡帶來好消息。」

他深吸一口氣。腦海裡迴響著似在遠方的聲音。*聯合他們。*

在敵人的鬥士到來前作好準備。

「我們的終極目標是保護羅沙。」達利納輕聲說。「我們已經見識過自身分歧的代價，因此無法阻止永颶。這不過是前哨戰，是眞正戰事之前的警鐘。爲了面對寂滅，我會找到方法，達成先祖創日者用征討手段也達不到的目標。*我會聯合全羅沙一同對抗。*」

卡菈美倒抽一口氣。從未有人統一過整片大陸——無論是藉由雪諾瓦人的侵略、神權聖教的權威，或是創日者的征討。這是達利納的任務，他十分確定這一點。他們的敵人會釋放最可怕的恐懼——魄散與引虛者，還有那位在黑色盔甲裡的幽靈鬥士。

達利納將在羅沙大陸齊心合力的情況下對抗他們。可惜先前他找不到方法說服薩迪雅司，加入抗戰的行列。

*唉，托羅。*他心想。*如果我們沒有如此深的歧見，可以辦到多少事哪……*

「父親？」達利納注意到一個輕柔的嗓音。那是雷納林的聲音，他站在紗藍和雅多林身旁。「你沒有提到我們。我和紗藍光主的任務是？」

「練習。」達利納說。「我們會有其他燦軍，而你們要領導他們。燦軍原本便是人類對抗引虛者最強大的武器，必須再次成為這樣的武器。」

「父親，我……」雷納林結結巴巴地說。「就只有……我？我辦不到。我不知道該如何……更不用說……」

「兒子，」達利納一邊說，一邊走向雷納林，然後按上他的肩膀。「我相信你。全能之主與靈已經授予你許多力量來保護這群人。利用這些力量，精通這些力量，然後向我回報你能做到什麼。我認為大家都很期待。」

雷納林輕呼了一口氣，點了點頭。

3 慣性

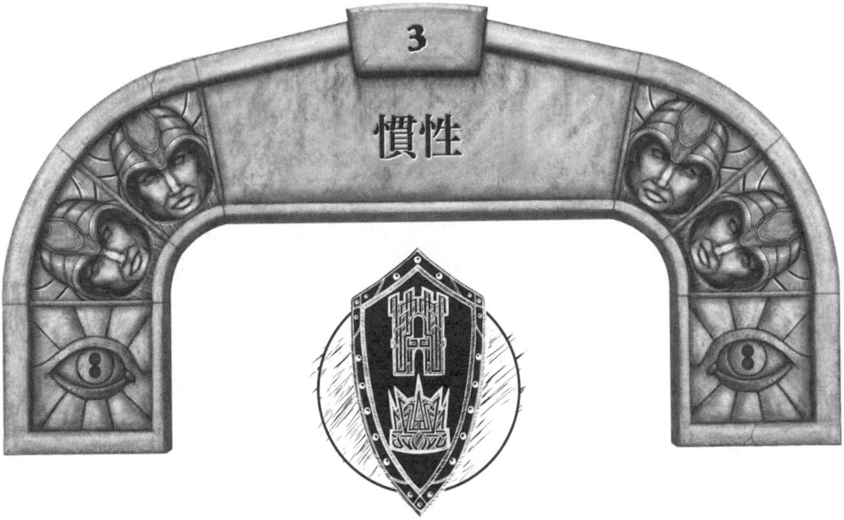

三十四年前

達利納衝進炙熱的戰場，把石苞當作一個個頭顱踩碎。他的精英部隊隨之湧上，這支他親手挑選的部隊中有淺眸人與深眸人。他們不是護衛。達利納不需要護衛。他們只是能力足以配得上他的人馬。

他周遭的石苞冒出輕煙。今年的颶風間隔太長，苔蘚被夏日的熱氣蒸乾，飛舞在風中，點燃了石苞的外殼。火靈在周圍舞蹈，達利納自己也像靈一樣衝進煙霧中，全然相信他身上的盔甲與厚靴能保護他。

從北方進逼的敵人，才剛撤退到這座小鎮。達利納爲了讓自己的精英部隊轉成側翼陣形，花了點時間等待。

他沒有預料到敵人會燒掉這塊地。他的敵人絕望地將自己的作物燒掉，好擋住南方的進犯。不過，這場火根本不值一提。雖然有些部下受不了煙霧或熱氣，但多數還是跟著他。他們正面迎敵，將對手逼回主力部隊的位置。

像鐵匠般以鐵鎚不斷擊打鐵砧，這是達利納最喜歡的戰術，這種戰術讓達利納的敵人無法擺脫他。

達利納衝過濃濃煙霧後，發現幾列矛兵匆匆在小鎮南邊組成陣列。期待靈圍繞著他們，好似從地面長出的紅色彩帶被風拍打。低矮的城鎮外牆已經在一、兩年前的戰事中倒下，這些士兵的防禦工事只剩下石礫——不過東邊的山脊倒是成為天然的擋風牆，讓這座小鎮拓展出城市般的規模。

達利納對敵兵咆吼，用劍擊打自己的盾。他穿著堅固的胸甲、戴著開面頭盔、腳踏以鐵強化的戰靴。他與手下精英從塵煙與焰火中發出戰吼，刺耳地喊出嗜血之聲，讓眼前的矛兵不禁為之心神動搖。幾個矛兵丟下武器逃跑。達利納咧嘴一笑，他不用碎具也能威懾他人。

他有如投進樹苗林的滾石般攻擊矛兵，以長劍為畫筆，將敵人的鮮血揮灑在空中。一場好仗關乎自己的氣勢、慣性。戰鬥時不能停下來，也不要思考。只要往前衝並說服敵人他們已與死人無異，這樣對手就會虛弱到任人拖上火葬堆去。

矛兵胡亂猛刺，與其說是禦敵，不如說是想把狂人推開。他們當中有太多人關注到達利納的凶猛，因此陣形跟著崩潰。

達利納笑了出來，用盾擋開兩支矛，接著將劍深深刺入一人的腹部，挑出他的腸子。這人痛得扔下矛，鄰兵則因眼前的慘況而大大後退。達利納一吼，手上還沾著士兵鮮血的劍已斬掉鄰兵。

達利納的手下攻擊潰散的隊列，真正的殺戮現在才開始。他維持自己的速度向前推進，從前到後切割陣形，接著深深呼吸，擦掉臉上灰白的汗水。一個年輕的矛兵倒地哭泣，一邊喊著母親一邊在石面上爬行，沿途血跡斑斑。他身邊圍繞著懼靈與筋骨狀的橘色痛靈。達利納搖搖頭，在走過矛兵身後時用劍刺進男孩的背。

士兵快死的時候經常哭喊父母的名字，這和年齡無關，他也見過老兵像這孩子一樣哭喊。他的年紀只比我小一點，達利納心想。可能是十七歲吧。達利納雖然也不老，卻不覺得自己年輕。

他的手下將敵人的陣形一分為二。達利納舞起染血的劍，機警、興奮的他卻沒有感受到更多生氣。他的精神到哪去了？

快點……

一批人數更多的敵軍沿著街道奔向他，帶著這群士兵的是幾位身上服色白紅相間的軍官。達利納觀察他們突然推進的情況，猜想他們因爲矛兵潰散的速度而警覺起來。

達利納衝鋒。他的精英部隊了解戰況，因此很快就有五十人跟上——其他人則要料理不幸的矛兵。五十人就夠了。達利納知道城鎮戰的侷限，他不需要更多人手。

他把注意力放在騎馬的敵人身上。這人穿著金屬盔甲。雖然他們刻意將盔甲塑造成碎甲的形狀，但那只是普通的鋼甲。這副盔甲沒有碎甲的美與力量。他看來是戰場上最重要的人物，希望這也代表他是最出色的戰士。

這個人的護衛衝上前交戰，達利納感受到自己的情緒激動起來。這就像口渴一樣，是生理需求。挑戰。他需要挑戰！

他與第一批護衛交手，如迅雷般粗暴地攻擊。在戰場戰鬥與競技場的決鬥不同，達利納並不會屢出奇招來測試自己的能力。在戰場上這樣做的人，肯定會被人從背後刺倒。達利納用劍朝敵人揮去，讓對手舉盾防禦，接著如疾風般用力擊打盾牌，如同敲出猛烈節奏的鼓手。磅！磅！磅！磅！

敵兵用盾牌緊緊護住頭部，讓達利納輕鬆掌握局面。達利納舉起自己的盾牌，撞向敵兵，令對手不得不退後，讓他抓到破綻。

這個人根本來不及哭爹喊娘。

敵兵在他眼前倒下。達利納讓他的人馬處理其他敵人，而他的眼前就是那位光爵。這是哪一位啊？藩王本人在北方作戰，這是另一位身分高貴的淺眸人嗎？還是說……達利納想起加維拉無止境的作戰計畫會議中，提到某人的兒子？

是的，這位在白色母駒上的人看來英氣逼人。他從頭盔的面罩裡掃視戰場，身上披著披風。這名敵人舉劍至平視處，朝著達利納做出接受挑戰的信號。

愚蠢。

達利納舉起舉盾的手指，指示幾名尖兵跟在他身旁。雅寧站了出來，拿出背後的短弓，然後在那位光爵的驚呼中，射中白色馬匹的胸口。

「真不喜歡射馬。」雅寧看著那隻動物受苦時發了牢騷。「光爵，這就像把上千球布姆扔到他颶風的海裡。」

「打完這場仗，我會加倍奉還。」達利納一邊說，一邊看著那位光爵跌下馬。他閃躲猛踢的馬蹄，聽著痛苦的嘶叫聲，找出倒地的人。他很高興看到這位敵人站起身來。

他們開始搏鬥，狂亂地舞劍。生存關乎氣勢。並且不讓任何阻礙——甚至是颶風——扭轉你。達利納持續猛擊光爵，將他逼退。

他覺得自己就要贏了，他已掌握眼前的局面，直到他用盾壓向敵人時，感覺到有什麼斷了。盾牌的臂帶壞掉了。

敵人馬上有了反應。他以盾牌撞向達利納的手臂，把另一段臂帶撞斷，盾牌馬上落下。

達利納蹣跚幾步，同時揮舞著劍，想要擋開並沒有朝他攻來的武器。那位光爵反而近身貼上達利納，用盾牌衝撞他。

達利納閃過接下來的揮擊，但是對方的手背結實地撞上他的頭側，讓他無法站穩。他的頭盔扭曲得刺進他的頭皮，鮮血迸出，令他頭昏眼花，視線模糊。

他是來殺人的。

達利納搖晃著身子嘶吼一聲，大力揮劍，掃落光爵的武器。

男子用金屬護手一拳打上達利納的臉。他的鼻子斷了。

達利納跪倒在地，手上的劍滑了下來。他的敵人用力呼吸，一邊咒罵，在這場短暫卻粗暴的對決中喘不過氣。對方從腰帶搜出刀來。

一陣激動湧上達利納心裡。

他內心的烈火噴發。這把火洗淨了他的精神，喚醒他腦中的清明。雙方護衛戰鬥的聲響開始消退，鋼鐵交擊聲只剩下鏗鏘微響，呼喝聲猶如遠方的哼吟。

達利納露出微笑。接著這抹微笑化為咧嘴的笑容。他的視線恢復了，眼前的光爵則拿著刀抬頭，然後往後一退。對手看起來似乎嚇壞了。

達利納大吼一聲，把嘴裡的血吐了出來，衝向敵人。他閃過刀子的揮擊，矮身以肩膀撞上敵人的下半身。達利納體內有股力量鼓動著，那是戰鬥的脈動，是殘殺與滅亡的節奏。

那是戰意。

他破壞了敵人的平衡，然後找起劍來。然而迪姆叫了達利納一聲，扔給他一支戰斧。這支戰斧一邊有鉤，另一邊則是寬長細薄的斧刃。達利納接住斧頭一旋，用斧頂勾住光爵的腳踝，再用力一拉。光爵跟著身上喀啦喀啦的盔甲一同倒地。值此同時，光爵的兩名護衛擺脫了達利納的人馬，前來保護他們的主人。

達利納揮舞斧頭，砍向一名護衛的身側。他把斧頭抽開，再次揮擊，把光爵戴著頭盔、正準備抬起的頭往下砸，讓他再次跪地，使他根本接不到另一位守衛遞過來的劍。

達利納向前推進，雙手持著戰斧擊飛護衛的武器，前進到直視敵人面孔的距離。他已經可以感覺到對方的呼吸。

他吐出斷鼻流入口中的血，噴進護衛眼裡，接著踢了那人腹部一腳，再轉向試著逃跑的光爵，全身充滿戰意地低吼，一手揮動戰斧，將斧尖拐進光爵的身側，猛力一拉，讓敵人再次倒下。

光爵滾倒在地，吃了達利納雙手執斧一記，又一記。達利納將斧尖刺進胸甲裡的血肉，這一擊發出了令他滿意的碎裂聲，然後才拉出帶血的斧。

這一擊猶如信號般，讓光爵的護衛在達利納的手下面前潰敗。達利納看著他們逃走，露齒而笑，身上冒出像是金色錢球的勝靈。他的人拿起短弓，又射下十幾個背向他們的敵人。沉淪地獄的，擊退人數更多的軍隊的感覺真好。

一旁倒地的光爵低聲哀鳴。「爲什麼……」他從頭盔裡發聲。「爲什麼找上我們？」

「我不知道。」達利納一邊說，一邊把戰斧拋還給迪姆。

「你……你不知道？」垂死的人說。

「我兄長選上了你們，」達利納說。「我只是照著他的指示前進。」他指了指垂死的光爵，迪姆就用劍插進盔甲的腋隙，把人解決掉。這傢伙打得不錯，不必讓他多受苦。

另一名士兵靠了過來，把達利納的劍交還給他。劍上有拇指大小的碎片，看來已經歪了。「光爵，您應該用劍刺向柔軟的部位。」迪姆說。「而不是猛擊硬處。」

「我會記住的。」達利納一邊說，一邊扔開這把劍，他的人則從倒下的士兵手中尋找替代品。

「光爵，您……還好嗎？」迪姆問。

「好得不能再好。」達利納回應，但是瘀血的斷鼻微微扭曲了他的聲音。傷口就像沉淪地獄那般，達利納的腳邊出現一小群像是帶筋手掌的痛靈。

他的手下聚在他身邊，達利納帶隊進入街區，沒多久就知道大批敵人還在前方與他的軍隊戰鬥。他叫手下停下來，思考接下來該怎麼做。

護衛隊長薩卡（Thakka）轉向達利納。「長官，您的命令是？」

「進屋裡打劫，」達利納指向一排住宅。「包圍他們的家眷，看他們還打不打得下去。」

「大夥兒想拿戰利品。」薩卡說。

「這裡能有什麼戰利品？爛掉的皮跟用舊的石苞碗嗎？」達利納拿下頭盔，擦了擦臉上的血。「戰利品晚點再說。現在我需要人質。這座他颶風的鎮上可是有平民的。把平民找出來。」

薩卡點點頭，前往發號施令。達利納找了些水洗臉。他必須和薩迪雅司會合，然後——

有東西擊中了達利納的肩膀。他只在短短的瞬間瞄見那黑色的糊影，而它像是迴旋踢那樣重擊他的身體。這一擊將他擊倒在地，身體感受劇痛。

他眨了眨眼，發現自己已經躺在地上。一枝颶風的箭矢插在他的右臂，箭刃又長又厚。這枝箭穿過他的鎖子甲，插在胸甲與臂甲間的空隙。

「光爵！」薩卡一邊說，一邊用身體護住達利納。「克雷克的！光爵，您——」

「哪個沉淪地獄的傢伙發的箭？」達利納厲聲問。

「上面。」有名部下指向城鎮的小丘。

「那起碼有三百碼遠，」達利納一邊說，一邊推開薩卡起身。「這麼遠不可能——」

正因爲達利納看著遠方，才躲開了下一發落在腳邊石地的箭。達利納注視著這枝箭，大喊：「馬呢？颶風的牽馬過來！」

一批士兵疾步帶來所有馬匹，小心從戰場上牽來他們總計十一匹的馬。達利納又躲了另一枝箭，才抓住盡夜（Fullnight）的轠繩，坐到這匹黑色閹馬的鞍上。臂上的箭傷帶來劇痛，但是另一股力量驅使他向前，讓他集中心神。

他回頭往他們進攻過來的方向奔去，帶著十名精兵，離開射手的視線範圍。一定有辦法可以上坡……就是那裡！那條多石的彎道，坡度淺到驅馬而上都不成問題。

達利納擔心自己到了山頂後，獵物就已經逃走了。然而等他終於到了山脊，有枝箭筆直射向他的左胸，直擊胸甲靠近肩膀的部分，差點把他打下馬去。

沉淪地獄的！達利納還是穩住身子，一手握緊轠繩，一邊俯身，注意力仍在遠處的弓箭手上。弓箭手從石塊上站起身，射了一箭。再射一箭。他颶風的，這傢伙是個快手！

達利納駕馭盡夜變換方向，感受體內滾滾湧出的戰意。戰意帶走疼痛，讓他專注於戰鬥。

前頭的弓箭手終於警覺危險，跳開自己的藏身處。

達利納馬上衝過石塊。弓箭手原來是個二十餘歲的男子，穿著堅韌服裝的他，有著看來足以抬起芻螺的厚實臂膀。達利納原本可以直接撞倒他，但他只是驅使晝夜衝過男子，然後再踢了那人一腳，讓男子跌到地上。

達利納拉住韁繩，這個動作讓手臂一陣劇痛。他強壓疼痛，疼得雙眼泛淚，轉向倒在黑色箭堆的弓箭手。

達利納搖搖晃晃地攀下馬鞍，雙肩都插著箭的他，這時才被部屬追上。他抓住弓箭手，拖到自己腳邊，同時注意到弓箭手臉上的藍色刺青。弓箭手倒抽一口氣，緊盯著達利納。達利納覺得自己一身狼狽，覆著燃火煙灰的臉沾著頭頂與鼻子流出來的血，身上還插著兩枝箭。

「你等我脫下頭盔才射擊。」達利納厲聲說。「你是個殺手。你的任務就是專門殺我一人。」

弓箭手縮了一下，然後點點頭。

「太驚人了！」達利納一邊說，一邊放開這人。「再射一箭給我看看。薩卡，剛才那有多遠？我說得對吧？超過三百碼？」

「快四百了，」薩卡一邊說一邊拉住馬。「但有高度優勢。」

「還是很厲害。」達利納一邊說，一邊站到山脊邊緣。他看著還搞不清楚狀況的弓箭手。「怎麼了？拿弓啊！」

「我的……弓箭？」弓箭手說。

「你聾了是不是？」達利納斥道。「拿起來！」

弓箭手看了看那十個在馬上的精兵，他們一臉嚴峻，因此決定放聰明點聽達利納的話。他拿了一枝箭，再拿起了弓。

達利納認不出這把弓使用的黑色木材。

「射穿了我颶風的盔甲。」達利納喃喃自語，彷彿再度感受到身體左側所受的箭擊。這個重擊看來並不嚴重——儘管重擊了鋼鐵，但是攻擊力道也隨之消失。然而右側的箭矢就穿過鎖子甲，讓他手臂流血。

達利納搖搖頭，用左手遮陽，眺望戰場。在他右方的軍隊正在交戰，他的精兵已經從側翼攻上。後衛則抓到一些平民，並將他們趕到街上。

「挑具屍體，」達利納一邊說，一邊指向曾發生肉搏戰的廣場。「你有辦法的話，就射一箭下去吧。」

弓箭手舔了舔嘴唇，還是一臉困惑，最後他拿起腰間的望遠鏡觀察那一塊地。「藍衣服的那一位，在翻倒拖車附近那個。」

達利納瞄了一眼，點點頭。一旁的薩卡已經下馬，抽出劍來放在自己肩上。很明顯地警告那人別做傻事。弓箭手拉弓，射出一枝黑羽箭。那枝箭直直射到方才他們選定的屍體身上。

達利納身邊湧出了讚嘆靈，這種靈像一環藍煙。「颶父的！薩卡，若不是今天，我會賭上半個藩國說這樣的事根本不可能。」他轉身向弓箭手。「你的名字？」

弓箭手抬起下巴，但是沒有回答。

「好吧，不管怎樣，歡迎你加入我的精兵。」達利納說。「找人給他一匹馬。」

「什麼？」弓箭手說。「我本來要殺掉你啊！」

「是的，還是從遠處。那是正確的判斷。我可以用上你的技能。」

「我們是敵人！」

達利納朝著底下的城鎮點點頭，受到圍攻的敵軍終於投降。「不再是了。看來我們已經是盟友！」

弓箭手朝一旁吐了口口水。「只是成為你暴君兄長底下的奴隸。」

達利納讓一名手下幫弓箭手上馬。「如果你寧願被殺，我也尊重你。反之，你可以加入我的麾下，取得你的報酬。」

「我要換回我的葉斯亞光爵。」弓箭手說。「我們的繼承人。」

「那一位難道是……？」達利納一邊說，一邊看向薩卡。

「……您在下面殺掉的人嗎？是的，長官。」

「他的胸口已經開了個大洞。」達利納一邊說，一邊轉頭看向殺手。「重重一擊。」

「你……你這個怪物！你不能俘虜他就好嗎？」

「不成。其他藩國不肯聽話，拒絕承認我兄長的王位。和高階淺眸人玩俘虜遊戲，只會刺激別人反抗。若他們知道我們就是爲了血戰出兵，便會三思了。」達利納聳聳肩。「所以，加入我如何？我們不會血洗城鎮，反正這裡也沒剩什麼了。」

弓箭手往下看向已投降的軍隊。

「你加不加入？」達利納說。「我保證，你可以不射殺你喜歡的人。」

「我……」

「很好！」達利納一邊說，一邊將馬匹掉頭離開。

過了一會兒，達利納的精兵也跟了上來，惱怒的弓箭手也在另一人的馬上。隨著戰意消失，痛覺竄上達利納的右臂，但是還可以控制。他要找外科醫生檢查箭傷。

等他們再次到了鎮上，他下令停止劫掠。他的手下不喜歡住手，但是這座城鎮也沒有多少值錢的東西。進入中心地帶後，就可以找到寶藏了。

他任由坐騎帶他悠閒地穿過城鎮，經過了結束拖延戰、開始喝水休息的士兵們。達利納的鼻子還是很痛，他強迫自己不要噴出鼻血。如果他的鼻子眞的被打歪了，噴血可不是好事。

達利納繼續前進，抗拒著……戰後經常令人空虛的呆板景象。這種時候的感覺最糟了。他還可以回想自己生氣勃勃的狀況，但是現在的一切都很平淡。

他錯過了處決。薩迪雅司已經砍下此地藩王與軍官的頭顱，插在矛尖上。薩迪雅司眞愛炫耀。達利納經過示眾區，搖了搖頭，聽著他那位新射手的喃喃咒罵。他必須和那人談談，強調射手在射擊達利納之前，都仍在奮勇抗敵。達利納敬重這樣的作爲。但如果射手現在還想要對抗達利納或薩迪雅司，就不是同一回事了。薩卡已經開始搜尋射手的家人。

「達利納？」有個聲音叫住他。

達利納拉住馬，轉向聲音的來處。那是托羅‧薩迪雅司——穿著已經洗得閃閃發光的金黃碎甲——推開軍官群往達利納而來。這位紅臉的年輕人看起來比一年前還老成許多。他們剛起兵的時候，他還是個瘦小的年輕人，現在已經不再是了。

「達利納，你身上插著箭嗎？颶父的，老兄，你看起來像帶刺的木叢！你的臉怎麼了？」

「被打了一拳，」達利納一邊說，一邊往矛尖上的人頭點點頭。「幹得好。」

「我們沒抓到王子，」薩迪雅司說。「他會發動抗戰。」

「那就讓人嘖嘖稱奇了，」達利納說。「畢竟我已經先對他動了手。」

薩迪雅司明顯鬆一口氣。「噢，達利納。沒了你，我們會變得怎樣？」

「會戰敗。先幫我找點喝的，再找兩個外科醫生來。還有，薩迪雅司，我答應不會搶奪這座城市。不要劫掠戰利品，也不要抓奴隸。」

「你說什麼？」薩迪雅司厲聲說。「你答應了誰？」

達利納用拇指指了身後的射手。

「又收一個？」薩迪雅司低吼一聲。

「他射得很準。」達利納說。「也很忠心。」他眼神偏向一邊，看著薩迪雅司的士兵圍著一群被挑選的哭泣女子們。

「我本來很期待晚上的。」薩迪雅司說。

「而我本來期待好好用鼻子呼吸。我們活了下來。今天奮戰至死的小伙子就沒辦法這樣說了。」

「好好好，」薩迪雅司嘆了口氣。「我們可以饒過這裡，當作我們沒那麼無情的象徵。」他再次望向達利納。「朋友，我們得幫你弄組碎具。」

「來保護我嗎？」

「保護你？他颶風的，達利納，我現在甚至覺得山崩都殺不了你。不是這樣，你沒有特別武裝就打得那麼好，會讓其他人被看扁的！」

達利納聳聳肩。酒跟外科醫生還沒過來，他帶著馬回去集合自己的精兵，執行停止掠奪的命令。下令完後，他牽馬走過冒煙的戰場，回到自己的營地。

他已經完成今天該做的事。而這樣的事還需要數週，甚至數個月，才能等到另一次機會。

我知道許多閱讀這篇文字的女子，將只會視之爲進一步的證據，證明我正如眾人所說，只是個目中無神的異端份子。

——摘自《引誓》〈自序〉

人們發現薩迪雅司的屍首後過了兩天，永颺再臨。

達利納受到這不尋常的風暴吸引，步行穿越他在兀瑞席魯的房間。他赤腳走在冰冷石面上，經過坐在一旁撰寫回憶錄的娜凡妮，然後站上那懸在兀瑞席魯高崖上的陽台。

他感應得到——他的雙耳耳鳴，比平常還要冰冷的寒氣從西邊襲來。除此以外，還有更深層的冷冽。

「颶父，這是你的關係嗎？」達利納低聲說。「這股絕望的感覺？」

這並不是自然現象，颶父說。*它屬於未知。*

「早期的寂滅時代沒有經歷過永颺嗎？」

沒有，這是前所未有的。

一如既往，颶父的聲音像是遠處雷電般的悶響。颶父並不會回應達利納每個問題，也不會靠近他。這不意外，颶父是颶風的靈，沒有什麼可以束縛他的形體，也不應如此。

然而，颶父有時卻近乎孩子氣，不肯理會達利納的問題。

現在看來，他偶爾這樣做的原因，只是爲了不讓達利納認爲他能隨叫隨到。

永颶在遠處出現，烏雲裡閃著紅色閃電。幸好永颶的高度並不高，因此頂端不會侵犯兀瑞席魯。它就像一批衝鋒的騎兵，踐踏底下平靜、平凡的雲朵。

達利納逼自己看著這股黑色風暴包圍兀瑞席魯的台地。不久，他們的孤塔已如同眺望這片黑暗寂海的燈塔。

永颶帶來不祥的寂靜。那些紅色閃光並不像隆隆的閃電，而是沒有聲音的。他偶爾聽見令人不適且驚慌的碎裂聲，彷彿上千枝條同時在一瞬間斷裂。但是這些聲音並非紅色閃電來自深處的響應。

永颶如此死寂，達利納甚至可以聽見娜凡妮衣服磨擦的聲音，發現她悄悄溜到了他身後。她的手臂環在他身上，靠上他的背，把頭倚在他的肩膀。他眨了眨眼，還注意到她已經拿下內手的手套。他在黑暗中很難視物，然而第一月亮的光輝以及底下風暴的間歇光線，讓他看清她的內手：纖纖柔荑上，精巧的指尖帶著鮮紅。

「西方還有傳訊來嗎？」達利納低聲問。永颶的速度沒有颶風那樣快，但已經在幾個小時前掃過雪諾瓦（Shinovar）。永颶不會爲錢球充能，就算錢球在整場永颶中都懸在風暴裡也一樣。

「信蘆嗡嗡作響。其他國家拖延回應，但我認爲他們很快就會知道，是時候接收我們的訊息了。」

「娜凡妮，我想妳低估了他們的王冠讓人固執的程度。」

達利納會出外研究颶風，特別是年輕的時候。他會看著狂亂的颶風牆掀起石塊，或是擊打在大石上。他會看著天空打下閃電，聽著驚雷的轟響。颶風是自然力量表現中最高強的一種：狂野、不羈，用以提醒人們自然的偉大。

颶風並不帶有惡意。但是永颶不一樣，它猶如帶著傷害的意圖。

達利納凝視底下的黑暗，腦裡浮現永颶的畫面。那彷彿是對羅沙擲出的陣陣怒火，這種風暴慢慢侵略了整片羅沙。

暴風撕裂家屋，將尖叫的居民拖入風暴，消失無蹤。

在鄉野遭遇風暴的人們，驚慌地想從預料之外的颶風中逃脫。

陣陣閃電打在城中。城鎮陷入陰影。農地則化爲荒田。

還有發光紅眼的浪潮，像是在颶風中瞬間充能的錢球。

達利納長長吐出一口氣，這些景象也慢慢褪去。「這是眞的嗎？」他低聲說。

是的，颶父說。敵人駕馭颶風。達利納，他注意到你了。

這不是往事的影像，也不是任何可能面臨的畫面。他的國家、他的人民，他所屬的整個世界都受到攻擊。他深吸一口氣。至少，這不是那場他們所遭遇、曾與颶風相撞的同一場永颶。這場永颶沒有那麼可怕。這場永颶不會毀滅城市，但是的確降下災難——狂風會襲擊、傷人，甚至帶有敵意。

敵人似乎更喜歡獵殺小城小鎮、摧毀農地，那裡的人們還沒意識到就已被攻擊。

雖然永颶的破壞力不到達利納所擔憂的程度，但仍有上千人會喪命。城市將受到摧殘，西邊沒有防護的居地尤甚。更重要的是，這場風暴會將帕胥奴隸轉化爲引虛者，在眾目睽睽之下解放他們。

總而言之，這場風暴會讓羅沙的生靈付出前所未有的代價。而這樣的慘況自……寂滅時代以來，不曾有過。

他握住娜凡妮的手，她也回握他。「達利納，你已經盡力了。」她看著他一陣子，才低聲說。「不要堅持把這些失敗背在自己身上。」

「我不會。」

她放開他，將他的臉從眼前的風暴轉開。她穿著不適宜出現在公開場合的睡袍，但也不至於不合宜。不過那隻觸上他臉頰的手就不是了。「我，」娜凡妮低語。「不相信你，達利納·科林。我可以從你緊繃的肌肉與下巴看出眞相。我知道你就算被壓在巨石下面，也會堅稱自己仍在控制之中，同時要手下提出戰場報告。」

她身上的香味令人神往。她還有一雙明亮、魅人的紫色雙眸。

「達利納，你得放鬆下來。」她說。

「娜凡妮……」他說。

她帶著質疑的眼神看著他。這眼神眞美，比他們年輕時還要美麗。他發誓。現在還有誰能比她更美麗呢？

他捧住她的後腦杓，將她的唇靠上他自己的。他體內湧起熱情。她靠向他的身體，胸部隔著薄薄的睡袍壓在他身上。他啜吻她的唇，她的口，她的香氣。激情靈像是雪晶般飄在他們身邊。

達利納突然停止動作，再退後。

「達利納，」娜凡妮在被推開的時候說。「你堅持抗拒受我誘惑這一點，讓我質疑起自己的女性魅力。」

「娜凡妮，自我控制對我來說很重要。」他用低啞的聲音說，同時緊緊抓住陽台的石欄。「妳知道我是怎樣的人，我不控制自己時，會走到什麼樣的地步。我現在也不會投降。」

娜凡妮嘆了口氣，走到他身邊，將他的手從石欄上移開，然後倚了上去。「我不會逼迫你，但我必須知道。我們要這樣繼續下去嗎？在禁忌邊緣嬉戲胡鬧？」

「不，」他一邊說，一邊凝視黑暗的風暴。「這樣不會有進展。一名將軍不會準備面對一場無法勝利的戰鬥。」

「然後呢？」

「我會找到正確的方法。帶有誓言的方法。」

誓言是必要的。保證彼此的聯繫。

「要怎麼做？」她一邊說，一邊戳戳他的胸口。「我和其他人一樣虔誠——信仰甚至更爲堅定。但是卡達西已經拒絕我們，拉頓也是，甚至連露舒也不願意。我提起這件事時，露舒還驚呼一聲，名副其實地逃走了。」

「查娜妲呢？」達利納提起戰營裡一位資深執徒。「她和卡達西說過話，並要卡達西和其他所有執徒集會。我想她可能在聽說我們密會時就知道了，才要這樣傳遞些什麼。」

「那就代表沒有執徒會爲我們證婚，」娜凡妮說。「他們認爲我們已經是親戚。你想找的是不可能的調解方法。繼續這樣下去，你會讓一位淑女懷疑起你眞正在乎什麼。」

「妳眞的這樣懷疑過嗎？」達利納說。「老實說。」

「這個嘛……沒有。」

「妳是我的愛，」達利納一邊說，一邊用力拉住她。「我永遠的愛。」

「可是有誰在乎呢？」她說。「讓執徒都下沉淪地獄去吧，腳踝還要綁著彩帶。」

「這可是瀆神。」

「跟所有人說神已逝去的人可不是我。」

「我沒跟所有人說，」達利納嘆了口氣，不情願地放開她，然後走回房間，裡面有個溫暖的炭爐，同時也是房裡唯一的光源。他們從戰營帶回保暖法器，但是還沒有可以使之運作的颶光。學者在此發現了許多長鏈與掛籠，顯然是用來將錢球降到颶風中充能——但那也是在颶風會回歸的前提下。世界各地的泣季都開始了，然後又不尋常地結束。泣季可能再次來臨，也可能有相當多颶風會出現。不過沒人確切知道時間點，颶父也不願意告訴他。

娜凡妮進入屋內，將厚厚的門簾蓋上房門，緊緊綁上。這間房間堆著大量家具，牆邊排著椅子，上面還疊著捲好的地毯。這裡甚至有一面立鏡，鏡上有扭曲的風靈圖樣，顯然是先以小惡魔蠟成像，再在硬木上使用魂師製成。

大家彷彿是怕藩王一個人住在簡陋的石室裡，所以把這堆家具留給了他。「明天我們把這些家具清出去。」達利納說。「隔壁房有足夠的空間，我們可以改成客廳或交誼廳。」

娜凡妮一邊點點頭，一邊坐上其中一張沙發，達利納從鏡中看見她的影像。她的內手還是自在地裸露出來，睡袍滑下，露出她的頸子、鎖骨，還有更下方的春光。她並不是想誘惑他，而是在他身邊，就會放鬆下來。他們熟悉彼此，已經到了她不會在衣不蔽體時感到害羞的程度。

有人在這段關係裡採取主動是好事。他在戰場上雖然會不耐地推進，但感情是他需要被鼓勵的戰場。就像多年以前……

「我上次結婚時，」達利納說。「做錯許多事。打從一開始就錯了。」

「我不這麼認爲。你爲了呼呼呼的碎甲娶了她，許多婚姻也都是爲了政治因素，這不代表你做錯了。你還記得吧？我們都鼓勵你這樣做。」

一如以往，他聽不見逝去妻子的名字，只能聽見呼呼的風聲——他的腦海裡想不起她的名字，有如一個人無法在耳裡留住風聲。

「達利納，我並不是要取代她。」娜凡妮突然嚴肅地說。「我知道你對呼呼呼還懷有感情。這不是壞事，我不介意與她的回憶一起分享你。」

唉，其他人都不明白。他轉向娜凡妮，決心面對痛處，說出來。

「娜凡妮，我不記得她了。」

她皺著眉頭看著他，彷彿沒聽清楚他說的話。

「我完全記不得我的妻子。」他說。「我記不得她的臉。她的畫像在我眼中只是模糊的煙灰。別人提起她的名字，會彷彿被人取走一樣消失。我想不起來我們初次見面時說了什麼話；我甚至想不起她初到宴會的那晚是什麼樣子。這一切都模糊起來。我還記得與我妻子相關的事件，卻完全想不起細節。這些記憶……都消失了。」

娜凡妮的內手手指按在嘴上。他看見她的眉頭皺了起來，意識到自己一定看起來一臉悲痛。

他癱坐上她對面的椅子。

「酒的關係？」她輕聲問。

「不僅僅如此。」

娜凡妮吐了一口氣。「上古魔法。你曾說過，你同時認知了自己的祝福與詛咒。」

他點點頭。

「噢，達利納。」

「她的名字一出現，大家的視線就會射向我。」達利納繼續說。「那是帶著憐憫的眼神。他們看我僵硬的表現，便認為我是壓抑情緒的人。他們猜想我為此隱隱作痛，但其實我想要強記起來。如果對話中大半的訊息都從腦裡溜走，很難跟得上話題。

「娜凡妮，我或許曾經對她有過愛意，但我記不得了。想不起來我們的親密行為，也想不起來任何一次爭執。她說的話，我一個字都想不起來。她已經消失了，只在我的意識中留下瓦礫。我記不清她是怎樣過世的，這讓我覺得很痛苦，因為那一天我應該記得什麼。是不是有場對抗我兄長的城市起義，而我的妻子成為了人質？」

那是……一段孤獨的長征，只有戰意與憤恨跟隨著他。那時的情緒至今依然鮮明。他對帶走他妻子的人展開報復。

娜凡妮坐到達利納一旁的椅子，將頭靠上他的肩膀。「我可以製造一個法器，」她低聲說。「帶走這樣的傷痛。」

「我想……我覺得自己因為失去她而深深受傷。」達利納低聲說。「我為此動了手，但只從中留下傷疤。不管如何，娜凡妮，我要我們平安無事。不要犯錯、處理得當。我要在見證下向妳許下誓言。」

「不過是幾個字。」

「字句已經成為我生命中最重要的事。」

她緊抿嘴唇沉思。「艾洛卡如何？」

「我不想讓他處在這種尷尬的位置。」

「外國的祭司呢？從亞西爾找一個來？他們幾乎算是弗林教徒。」

「那跟宣布自己是異端無異，太過頭了。我不會背棄弗林教會。」他停頓一會兒。「我或許會跳過……」

「跳過？」她問。

他的眼神往上飄到天花板。「我們或許可以尋求高過教會的權威。」

「你要找靈為我們證婚？」她失笑。「請外國祭司證婚會成為異端，請靈證婚就不會了？」

「颶父是榮譽在世上最大的留存。」達利納說。「他是全能之主的裂片——也是我們僅剩的事物中，最接近神的一位。」

「噢，我不反對。」娜凡妮說。「就算讓搞不清楚狀況的洗碗工證婚都沒問題。我只是覺得這有點不尋常。」

「如果他願意的話，這是我們最好的選擇了。」他看向娜凡妮，挑眉聳聳肩。

「這是在求婚嗎？」

「……是的？」

「達利納・科林。」她說。「你可以做得更好。」

他將手安放在她的後腦杓，撫摸她鬆開的黑髮。「娜凡妮，我可以做得比妳還好嗎？不，我認為我辦不到。我不認為有任何人可以做得更好。」

她露出微笑，以一吻作為回答。

❖

幾個小時後，達利納搭著前往塔頂的法器升降梯，意外地緊張不已。升降梯形狀像是陽台，是那些在兀瑞席魯中央的中空樑柱，每根長柱都寬廣如宴會廳，一路從一樓升上頂樓。

從前端看來，這座城的階樓看起來是圓形，但其實整座城更接近半圓形，有著平整的東側。低層階樓的邊緣兩側與山峰連接在一塊，最中央則對著東方開放。平整側的房間有面向起源處（Origin）的窗戶。

而他身處的中央升降柱，則有一面鑲上窗戶的牆。那是完美無瑕、高達數百呎的一大片玻璃。這扇窗白天會帶進明亮的陽光，現在則只見得到黑夜。

平台慢慢往上攀升。雅多林與雷納林和他一塊上去，身邊還有幾名護衛與紗藍。娜凡妮先上去了。陪達利納上去的人都站在平台的另一邊，讓他有機會思考，外加緊張起來。

他為什麼要緊張呢？他止不住顫抖的雙手。他颶風的。人們會把他當成穿著絲綢的處女，而不是邁入中年的將軍。

達利納覺得體內翻攪著。颶父在求婚當時馬上回應了他，他很感激。

「我很驚訝，」達利納對靈輕聲說。「你這麼樂意認同這件事。我很感謝，也還是很驚訝。」

我認同所有誓言，颶父回應。

「愚蠢的誓言呢？那些匆匆發下的誓言，或是因無知而起的誓言呢？」

誓言不會是愚蠢的。所有誓言都是人與眞靈的標記，超越野獸與次靈的締結。這是智慧、自由意志與選擇的標記。

達利納思考這段話的意義，接著發現自己並不意外聽見這種極端的觀點。靈本來就應在極端之處；他們是自然的力量。但這是榮譽這位全能之主的想法嗎？

平台穩穩地往塔頂而去。這裡有數十座升降梯，但只有幾座有人使用。若兀瑞席魯還處於盛時，想必所有升降梯都在運作。他們已抬升到先前沒有探索過的空間，達利納開始覺得困擾——這讓他感覺自己的堡壘猶如未知的地域。

升降梯終於抵達頂樓，他的守衛跑去開門。這幾天的守衛是橋十三隊的人——因為他派橋四隊的人進行其他任務，而不只是安排簡單的守衛工作給這些可能成爲燦軍的重點人力。

達利納越來越焦慮，帶著大家走過雕刻著燦軍軍團的數支樑柱。他越過一排階梯，經過活板門，抵達塔頂的最高處。

雖然越上層的階樓空間就越小，但這裡仍然超過一百碼寬。塔頂很冷，有人設了炭爐與照明的火炬。高掛在上的夜空清明無雲，迴旋的星靈在遠處繞出圖案。

達利納不知道爲什麼連自己的兒子的人在內，都沒有在他宣布想要於午夜在塔頂成婚時提出質疑。他找到娜凡妮，驚訝地發現她已戴上傳統的婚冠。她頭上以玉與綠松石製成的繁複頭飾，襯托了她的婚袍。她身穿幸運的紅色，繡著金邊的服裝比一般的長洋裝還要寬鬆，有著寬袖與典雅的遮袖。

達利納是不是也該穿上傳統服飾呢？他突然覺得自己是個積塵的空框，掛在娜凡妮婚飾這幅美妙的畫作旁。

艾洛卡僵硬地站在娜凡妮身邊。他穿著正式的金色外套，以及一件寬鬆的塔卡瑪。他的臉龐比平常還要蒼白，畢竟先前有人曾在泣季對他行刺未遂，那時他幾乎失血喪命。他最近持續休養中。

雖然他們不考慮鋪張的雅烈席婚禮，但還是邀請了其他人。像是艾拉達藩王與他的女兒，還有瑟巴瑞爾藩王與他的情婦，卡菈美與泰紗芙也前來見證。看見她們，他鬆了一口氣。他本來擔心娜凡妮找不到願意公證的女性。

達利納手下的一小群軍官與書記排成一列。他在暖爐間的群眾後方，發現了意外的臉孔。執徒卡達西居然依約前來。他滿布鬍子的蓄鬚臉孔看起來並不高興，但是終究來了。這是好現象。也許與世界上發生的事情相比，一個藩王迎娶守寡大嫂，算不上什麼。

達利納走向娜凡妮，牽起她的雙手。她的內手藏在袖中，另一隻手則直接傳來體溫。「妳看起來美極了。」他說。「妳怎麼找到的？」

「淑女總是得做好準備。」

達利納看向朝他低頭鞠躬的艾洛卡。這會讓我們的關係更加混亂，達利納心想，同時也從他侄子臉上看見相同的心思。

加維拉不會滿意他兒子的現況。就算達利納心懷善意，他還是將這孩子踩在了腳下，掌握了艾洛卡本應專有的權力。這情況在艾洛卡康復期間繼續惡化，這段時間達利納已經習慣自己作出決策。

但達利納若把國王的康復期當作肇因，那也是在欺騙自己。他爲雅烈席卡的福祉而動，爲了羅沙的福祉而動，並不能改變他一步步僭越王權的事實，就算他宣稱完全沒有這個意圖也一樣。

達利納一手放開娜凡妮，將那隻手安放在他侄子的肩膀。「抱歉，孩子。」他說。

「叔叔，你總是這樣。」艾洛卡說。「你的道歉不會阻止你的作爲，但我不認爲你應該就此停下。你的決定爲自己的人生定義，接著束縛它。我們其他人可以學到這一課，只要知道怎樣貫徹始終就更好。」

達利納聞言瑟縮了一下。「我有些事想和你討論，像是一些你可能會認同的計畫。但是今晚我只求你的祝福，如果你願意的話。」

「母后會很高興，」艾洛卡說。「所以，好的。」艾洛卡給了母親的額頭一吻，然後大步跨過塔頂。達利納本來擔心國王會下樓離去，但他只是站在較遠處的暖爐暖手。

「那麼，」娜凡妮說。「達利納，現在唯一缺席的是你的靈。如果他要——」

一股強風霎時吹襲塔頂，帶著幾近雨水的氣息，還有打溼的岩石與碎枝的味道而至。娜凡妮驚呼一聲，拉住達利納。

空中慢慢形成一個形體。颶父包圍了一切，他的臉延展到兩側的地平線，帶著傲氣看著眾人。空氣似乎凝滯了，塔頂以外的地方都褪入虛無，他們彷彿滑進超脫時間的空間之中。淺眸人與守衛或低喃，或驚呼出聲。就連已經準備好迎接這景象的達利納，也注意到自己向後退了一步，同時對抗自己向靈屈膝的衝動。

誓言，颶父低鳴。是正直得以為正直的靈魂。如果你們想要從未來的風暴中存活，就必須讓誓言引導

你們。

「颶父，我能接受誓言。」達利納喊道。「你也知道。」

是的，數千年來第一位與我締結的人。然而，達利納覺得這個靈的注意力正移到娜凡妮身上。**還有妳。誓言對妳有意義嗎？**

「正確的誓言就有。」娜凡妮說。

那妳對這個男人的誓言又如何？

「我向他起誓，並向你起誓，同時對願意聆聽的人祈求見證。達利納．科林是我的愛，我也是他的愛。」

妳以前破壞過誓言。

「人都會如此，」娜凡妮不卑不亢地說。「我們是脆弱愚蠢的人類。而我發誓，我不會破壞這個誓言。」

颶父似乎對此甚為滿意，但這和雅烈席傳統婚姻誓言仍然差多了。**盟鑄師，你呢？**他問。

「我發下同樣的誓。」達利納一邊抱住娜凡妮，一邊說。「娜凡妮．科林是我的愛，我也是她的愛。我愛她。」

那就成了吧。

達利納原本以為接著會雷電交加，就像天降勝曲那般。然而超脫時間的體驗卻已結束了，風已離去，颶父也已消失。雖然聚集的觀眾頭上都冒出讚嘆靈的藍色煙環，但是娜凡妮卻沒有如此。她頭上冒出的是勝靈，金光在她頭上旋轉。站在附近的瑟巴瑞爾揉了揉太陽穴，彷彿試圖了解剛才經歷了什麼事。達利納的新護衛狀似萎靡，看起來一瞬間耗盡了精力。

雅多林不改本性，大聲歡呼。他跑了過來，悅靈在他奔跑的路徑上如湛藍的葉片一路追上。他先給達利納一個大大的擁抱，再抱住他的新母親。雷納林也跟過來，雖然動作比較保守，但是嘴上大大的笑容，顯示他也一樣開心。

接著的場景就模糊起來了，不停的握手、致上感謝之意等等。他們堅持不需任何禮物，因此略過了傳統慶典的部分。看來颶父的宣示已經夠戲劇化，讓人足以接受這樁婚事。就連稍早還氣惱著的艾洛卡，也給他的母后一個擁抱，然後在下樓前摟了達利納一下。

最後只有卡達西留下。這位執徒緊握雙手，等著塔頂的人們離去。

對達利納來說，卡達西永遠不適合穿長袍。雖然他蓄起傳統執徒的方形鬍鬚，但達利納眼中的他並不是一位執徒。他眼中的卡達西是位士兵，身材瘦長的他站得直挺嚇人，還有雙敏銳的紫羅蘭雙眸。他剃光的頭頂上有一道扭曲的舊疤。卡達西現在或許過著平和服侍的生活，但是他的青年時光都在戰爭中度過。

達利納向娜凡妮低聲保證一些事，讓她先下樓到已經點好餐飲與酒的地方，再信心滿滿地走向卡達西。他完成這個延遲許久的大事後，愉悅充滿了全身。他和娜凡妮結婚了。這是他年輕時未能獲得的快樂，他甚至不曾夢想擁有這副光景。

他不會再對此或對她感到愧疚。

「光爵。」卡達西靜靜地說。

「老朋友，何必拘禮？」

「若我只是以老友的身分來此就好了，」卡達西輕聲說。「達利納，我必須向上報告。信壇那裡不會對此滿意的。」

「颶父本人見證了這個結合，他們不能否定我的婚姻。」

「一個靈？你認為我們會接受一個靈的權威嗎？」

「他是全能之主的裂片。」

「達利納，你這是在瀆神。」卡達西語帶痛苦。

「卡達西，你知道我不是異教徒，你曾經在我身旁作戰。」

「而這樣能夠讓我安心嗎？達利納，想想我們一起做了什麼好事？我很高興你現在變成這樣。你不該讓我想起你本來的樣子。」

達利納停頓下來，腦裡深處的記憶開始迴旋——他已經好幾年沒想起這件事了。這讓他很意外。這段記憶是怎麼來的？

他記得渾身是血的卡達西，他嘔到胃都快翻出來了。這個堅強的士兵遭遇了連他都無法接受的可怕事情。他隔天就離開軍隊，成為了執徒。

「壑城，」達利納低聲說。「拉薩拉思。」

「不要沉緬於黑暗的往事，」卡達西說。「達利納，這和……那一天無關。重要的是今天的事，還有你對書記傳播的思想——講起你在幻象中看見的東西。」

「那是神聖的訊息，」達利納說，感到心中一凜。「由全能之主發送。」

「這神聖的訊息卻宣稱全能之主已經逝去？」卡達西說。「而且恰好在引虛者回歸前夕出現？達利納，你知道這看起來如何嗎？我是你的執徒，嚴格說來是你的奴隸。另外沒錯，或許還是你的朋友。我曾試著向卡布嵐司（Kharbranth）表達你立意良善。我向聖壇的執徒解釋，你看到的是燦軍尚未墮落的時刻，而不是他們腐敗的時點。我告訴他們，你沒辦法控制這些幻象。

「但是達利納，在你開始傳播全能之主已死的訊息後，情勢就變了。他們對此盛怒不已，而現在你更加偏離正途、否定傳統，直接朝執徒的眼裡吐口水！我本人並不認為你迎娶娜凡妮有什麼問題，禁令早已不合時宜，但你今晚的所作所為……」

達利納朝卡達西的肩膀伸手，但是卡達西退了開去。

「老友，」達利納輕聲說。「榮譽可能已死，但是我感受到……其他東西。超越他的事物。帶著暖意與光輝。問題並不是神祇已死，而是全能之主從來不是神祇。他盡力引導我們，但他只是頂替神名的一位，或許只是一位代理人。他並不是像靈一般的存在——他有神的力量，但並非神的血裔。」

卡達西睜大眼睛看著他。「拜託，達利納，剛才的話別再出口了。我認爲我可以盡力幫今晚的事情開脫——也許吧。但你並沒意識到自己已搭上在風暴裡漂流的船，而你還鋸開了船首！」

「卡達西，我不會在發現眞相後藏私。」達利納說。「你剛才親眼目睹我實實在在地與誓言之靈締結。我可沒敢撒謊。」

「達利納，我不認爲你會說謊。」卡達西說。「但我的確認爲你會犯錯。別忘了那時我也在場。你不是一直都那麼可靠。」

在場？達利納一邊想，一邊看著卡達西後退鞠躬，再轉身離開。我忘記什麼他記得的事了？

達利納目送他離開。最後，他搖搖頭，下樓去加入午夜的餐宴，打算盡快結束宴會。他想要有時間陪伴娜凡妮。

他的妻子。

賀達熙
阿卡克
愛里貝斯灣
夜流海
答里
霍耳灣
法瑞克夫
穆恩密庫
爐石鎮
雷拉納斯
薩迪雅司
艾拉達
洛依恩
逐風河
托馬
雅
法瑪
丹尼丹
雷沃拉
書林
遠岸鎮
烈
科林納
盧沙
賈・克維德
科林
無主丘陵
凱拉薩
席
造日山脈
薩法拉席
拉薩拉思
薩拿達
往食角人山峰
達維納
矛海
卡
沙眉
破碎平原
哈山
瑟巴瑞爾
東壑地
黑丘
拉席爾
死彎河
貝沙伯
度馬達利
卡拉納克
凍土之地
梅凡灣
雅烈席卡地圖
以國土最長端點為兩軸自海北至海南

都幫你都注記好了。

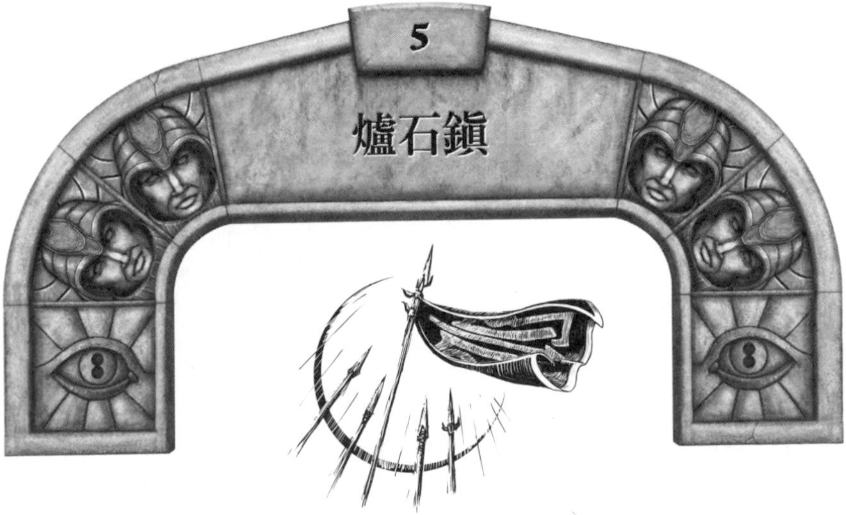

5 爐石鎮

我可以指出自己在何時篤定必須寫下這份文件。我在界域間懸掛，望進了幽界——屬於靈的界域——以及未知。

——摘自《引誓》〈自序〉

卡拉丁吃力地走在沒有展開的石苞地上，深深了解到他早已來不及阻止災難。他的失敗就像實質上的重量沉沉壓著他，有如親自扛起整座橋樑。

他在颶風之地肆虐的東部待了太久，以至於幾乎忘記繁盛土地的樣貌。這裡的石苞長得像酒桶那樣大，還有如他手腕般粗細的藤蔓，層層堆疊在石地上的水窪。翠綠的草地緊緊抓握住他眼前的洞穴，輕易長到三呎高。生靈（lifespren）點綴著這片草原，就像是綠色土壤上的苔蘚。

破碎平原上的草地幾乎長不到他腳踝的高度，大多數也是鮮黃地叢生在山上的背風向。他很驚訝自己很警戒這些長得又高又茂盛的草地，有心人是可以低身埋伏在恢復原形的長草之中的。難道卡拉丁從沒有注意過嗎？以前的他曾經和弟弟跑過原野，看誰速度夠快，能抓上一把準備躲開的草。

卡拉丁覺得精力流失、體能殆盡。四天前，他從誓門傳送到破碎平原，迅速朝西北方走。他利用颶光衝刺，另外還帶著一袋寶石，決心在永颶來臨前，趕到自己的老家爐石鎮。

然而不到半天，他就在艾拉達的屬地裡用盡了颺光。之後只能用走的。要是他有多多練習自己的能力，就可以一路飛到爐石鎮了。他的確在半天內飛奔了一千哩，但是最後一段九十多哩的路，卻讓他苦苦行進了三天。

他趕不上永颶。永颶在當天中午左右到來。

卡拉丁注意到草地間隙裡露出了廢墟，因此他蹣跚往那裡走去。他推開柔順的葉片，發現一個木頭攪拌器，是那種用來將豬奶攪成奶油的類型。卡拉丁蹲在碎木旁，又瞥見草頭上冒出另一堆木頭。

西兒像是光織彩帶般現身，越過卡拉丁的頭，繞著那塊木頭。

「這是屋角。」卡拉丁說。「位於房子背風向的邊緣。」再看看其他廢墟，這裡可能原本是個倉庫。

雅烈席卡不是颶風之地中的蠻荒地域，但也沒有西方這樣溫嫩。這裡將房子蓋得又低又矮，面對起源處的東方建立穩固的牆面，就像是準備接受衝擊的肩膀。房子的窗戶只會蓋在背風向，也就是西邊。正如草地與樹木一般，人類也了解颶風的習性。

但這是因爲以前的颶風只從同一方向襲來。卡拉丁已經盡力讓沿途城鎮村莊準備好迎接永颶，只因這股風暴會從另一個方向進攻，並且將帕胥人轉化爲具破壞力的引虛者。然而這些城鎮沒一個有可用的信蘆，因此他無法連絡上爐石鎮。

他太慢了。稍早他用碎刃挖了個石洞躲避永颶，這把碎刃就是可以任意變化成他所需武器的西兒。事實上，這次風暴並不像他與白衣殺手一戰時的那場風暴強大，但是這裡的殘骸證明它還是有足夠的毀滅力。

那一次在石洞外遭遇紅色風暴的點點經歷，都喚起了他心中的恐懼。永颶太可怕了，太不自然——就像是無臉嬰兒，是不應存在的事物。

他站起身，繼續前進。離開前，他換掉了染血的破爛制服，穿上新的制服。他現在穿著的是科林家的一般制服，但上面沒有橋四隊的圖案，讓他覺得很不自在。

他爬上山丘，在右側看見一條河，河岸長著渴求更多水分的樹，那應該是哈伯溪。因此他要是直接往西看……

卡拉丁舉手眺望，他可以看見被草地與石苞包覆的山丘。這些植物很快就會覆上種泥，拉維穀會在其上萌芽。不過時候未到。這原本應是泣季該有的情景，現在本來該是下著溫柔雨水的天氣。

西兒在卡拉丁眼前化為光織的彩帶。「你的眼睛又變成褐色了。」她說。

卡拉丁已經有好幾小時沒有召喚他的碎刃。只要他這樣做，雙眼就會散發玻璃般的淺藍色，甚至彷彿發光的樣子。西兒覺得這個變化很有趣，卡拉丁則還沒定下對此的想法。

「我們快到了，」卡拉丁指向一個方向。「那些是哈伯肯的田。我們或許只離爐石鎮不到兩小時的路程。」

「這樣你就到家了耶！」西兒一邊說，原本的光帶模樣化為穿著飄浮長洋裝的年輕女子。她的衣服緊束著腰部，也覆蓋著內手。

卡拉丁低哼一聲，走下山坡，希望能取得颶光。本來擁有許多力量的他，現在因為沒有了颶光，因此體內有股空虛感。難道他每次用盡颶光時都會如此嗎？

當然，他的錢球沒能在永颶中充能。正如他所擔憂的一樣，永颶裡沒有颶光或其他能量。

「你喜歡新衣服嗎？」飄在空中的西兒一邊說，一邊擺動她覆上布料的內手。

「看起來不適合妳。」

「你知不知道我多少次意識到你的態度，我花了好久才想到該怎樣——哇！那是什麼？」

她化為一小塊颶風雲，往一隻正在爬上山丘的羅螺飛去。她觀察這隻兩棲動物的一側，又繞到另一邊，接著開心地尖叫，並且完美地模仿了動物的形體——只不過身上是藍白相間的顏色。這舉動把那隻動物嚇跑了，她竊笑幾聲，再次化為卡拉丁身邊的光帶。

「我們講到哪了？」她一邊問，一邊變成落在他肩上的少女。

「沒什麼重要的。」

「我一定是在罵你。啊，對，你回家了！你不覺得興奮嗎？」

她沒有察覺到——也不理解有時她好奇的程度，會讓她忽略很多事。

「但是……這是你家耶……」西兒蜷曲起來。「有什麼不對勁嗎？」

「是永颺，西兒。」卡拉丁說。「我們本來該在永颺之前回來的。」他必須在這之前趕上的。一定還有倖存者吧？颶風的暴力，還有之後最可怕的怒虐呢？在這股致命的風暴中被轉化成怪物的僕從呢？

颺父啊，他爲什麼不能再快一點？

他強迫自己大步邁進，將行囊背上肩。行囊仍然重得要命，但是他知道自己必須看清眼前的狀況。必須親眼目睹。

總有人得見證他的家園經歷了什麼。

❖

離爐石鎮還有一哩遠，雨又下了起來，所以天候變化的模式還沒被完全摧毀。不幸的是，這代表他接下來要溼著身子走完這趟路。他踏入冒出雨靈的水窪，這些靈形似藍色的燭火，尖端都帶著眼珠。

「卡拉丁，不會有事的。」西兒在他肩上安慰他。她替自己造了把雨傘，穿著傳統的弗林服飾，而不是平常那件少女洋裝。「你待會兒就知道了。」

天色暗了以後，他終於爬上種了拉維穀的山丘，俯望爐石鎮。原本他已準備承受毀滅的景象，但是眼前所見仍令他震驚。他記憶中的一些建築直接……消失了。其他的屋子也沒了屋頂。他無法從高處看見整座城鎮，至少沒辦法在這朦朧的泣季中看到，但是他可以認出許多建築都被連根拔起，成爲廢墟。

他站了許久，任夜晚降臨。他無法從鎮上看見一絲燈火。這裡已是空鎮。

一座死城。

一部分的他糾成一團，縮在角落，受夠自己不時被鞭笞。他已經接受自己的力量，他已經走上了燦軍的道路。爲什麼這樣還不夠？

他的目光馬上找起自己在城鎮外圍的老家，但不久後還是放棄了。就算他有辦法在朦朧夜雨中看見老家，他也不想往那裡去。至少現在不行。他不能面對可能出現的死者。

因此他繞到爐石鎮的西北方，那裡是領主的莊園。這座較大的城鎮是周圍小農村的中心，結果呢，爐石鎮就迎來那種有問題的淺眸領主，成爲了小鎮的詛咒。像是羅賞光爵，這個貪婪的傢伙害死了許多人命。

摩亞許……卡拉丁在爬上莊園所在的山丘時想起他，爲此在寒夜中顫抖。他曾面對友人的背叛，幾乎讓艾洛卡遇刺——現在，他還要安撫更多傷痛。

莊園是鎮上管理帕胥人的地方，他們已經發起了暴動。卡拉丁確信就算發現羅賞不成形的殘骸，他也不會覺得傷心。

「哇，」西兒說。「是鬱靈。」

卡拉丁抬頭看見一隻不尋常的靈。這隻長長的灰色靈像是風中的碎衣。悲靈繞著他飄動。他以前只看過這種靈一、兩次。

「它們爲什麼這麼稀少？」卡拉丁問。「人類時時都會陷入沉鬱沮喪。」

「誰知道呢？」西兒說。「有些靈很常見，有些不常見。」她拍拍他的肩膀。「我肯定我阿姨會想捕獵一番。」

「捕獵它們？」卡拉丁問。「意思是，試著觀察它們？」

「不是噢，就像你們獵巨殼獸。我想不起阿姨的名字。」西兒歪著頭，雨水穿過她的形體。「她不是眞的阿姨，只是我提起這位榮譽靈的方式。這記憶好怪。」

「不如說是妳的記憶回歸了。」

「和你待越久，就越常發生。只要你別再殺掉我就好。」西兒斜眼看了卡拉丁一眼。雖然天色已暗，但是西兒發出的光足以清楚照出她的表情。

「妳要我為此道歉多少次？」

「我這樣做了多少次呀？」

「至少五十次。」

「胡說。」西兒說。「不到二十次。」

「對不起。」

等等。前面有光嗎？

卡拉丁停在路上。那的確是光，是從宅邸透出來的。那道光閃爍不定。難道是火嗎？宅邸燒起來了？不，看來裡面點了蠟燭或油燈。似乎有人活了下來。是人類還是引虛者？

他得小心點。不過隨著一步步接近，他發現自己並不想謹慎小心。他想要成為無情、憤怒的毀滅者。如果他發現那是毀了他家鄉的怪物……

「作好準備。」他對西兒低語。

他離開沒有石苞與植物的走道，小心地往莊園而去。窗上的擋板間閃爍著光線，玻璃窗肯定被永颶毀掉了，因此得找東西替代。他很驚訝宅邸完整留存下來，門廊支柱雖已消失，但是屋頂還在。雨水遮蔽了聲音，讓卡拉丁無法更進一步知道裡面究竟是什麼人，或是什麼東西。火光前的人影移動了。

卡拉丁的心跳加劇，他繞到房子的北邊。那裡是僕從入口，也是帕胥人的居所。宅邸裡的聲音多得不尋常。他聽見沉重的步伐與動作的聲音，就像塞滿老鼠的窩巢。

他必須找到方法通過花園。帕胥人本來住在宅邸下一棟建物，那是其中一面為開放的屋室，裡面有睡覺用的長凳。卡拉丁摸索過去，發現了一個在側面挖出的大洞。

他身後傳來磨擦聲。

卡拉丁轉身，發現宅邸的後門開了，那扇變形的門框磨著石面。他低身躲在一塊板岩芝後，但是光線還是透過雨水照到他。那是一盞油燈。

卡拉丁伸手到腰間，準備召喚西兒，然而那個從宅邸走出來的人形生物並非引虛者，是一名穿著帶鏽舊甲的人類守衛。

那個人提起油燈。「過來這裡，」他對卡拉丁喊著，一邊摸索著腰帶上的錘子。「過來這裡！那邊的傢伙！」他拿出武器，抖著手舉起來。「你是什麼？逃兵嗎？給我站到亮光下，讓我看見你。」

卡拉丁不情願地站起來。他認不出這位士兵，但這個人若非從引虛者的襲擊中存活，就是調查劫後餘波的探索者。不管怎樣，這都是卡拉丁回來後首次見到的一絲希望。

他舉起手——除了西兒外沒有攜帶武器的他——讓守衛把他扯進屋裡。

6 四場人生

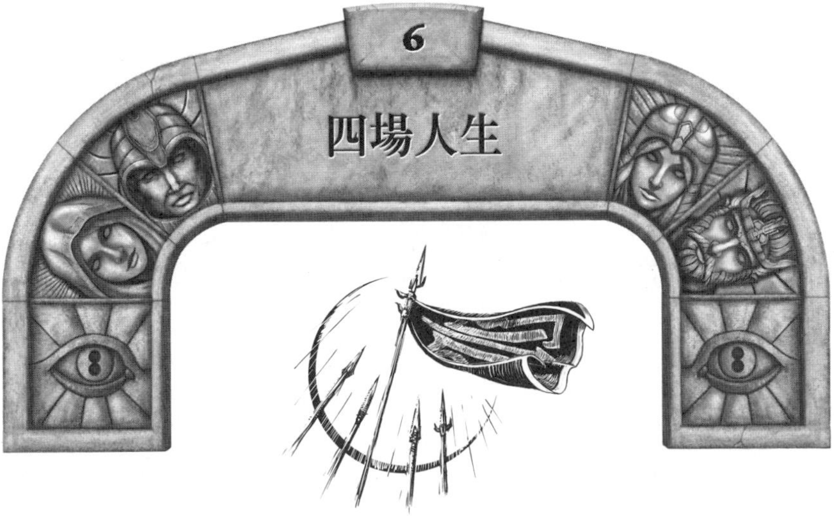

我當時心想自己鐵定會死。當然，有些比我看得更遠的人也認爲我已經殞命。

——摘自《引誓》〈自序〉

卡拉丁進入羅賞的宅邸，接著他認出了人群，原本腦中充滿死亡與失落的災滅景象慢慢褪去。他走進門廳，經過一名叫托拉維的本鎮農夫。卡拉丁印象中的他明明是個肩膀寬廣的巨人。但是眼前所見的他，卻比卡拉丁還矮上半隻手臂，而且橋四隊的大多成員都比他更強壯。

托拉維似乎沒有認出卡拉丁。這個男人走進側邊的房間，裡面有一群深眸人坐在地板上。

士兵帶著卡拉丁走過用蠟燭點亮的走廊。他們經過廚房時，卡拉丁也認出幾十個熟面孔。鎮民聚在宅邸裡，塞滿每個房間。他們多數人與家人坐在一起，凌亂且疲憊，但還活著。他們擊退了引虛者嗎？

我的父母呢？卡拉丁心想，同時推開三五成群的鎮民，繼續前進。他的父母在哪裡呢？

「哇噢，你這傢伙。」他背後的士兵抓住卡拉丁的肩膀，用錘子推了卡拉丁的後背。「小子，別讓我敲昏你。」

卡拉丁轉向守衛，這個刮了鬍子的士兵有著長得有點太近的褐眼。那頂生鏽的頭盔可眞難看。

「現在，」士兵說。「我們直接去找羅賞光爵，然後你要解釋自己爲什麼在附近潛伏。表現好一些，這樣或許他不會把你吊死。懂嗎？」

廚房裡的鎮民終於發現卡拉丁，紛紛退了開來。有些人彼此低語，雙眼恐慌地睜大。他聽見隻字片語，像是「逃兵」、「奴隸印記」、「危險」。

沒有人提到他的名字。

「他們沒認出你嗎？」西兒走在廚房的工作台上發問。

他們怎麼認得出現在的他呢？掛在磚爐的鍋子映出卡拉丁的身影。那個身影帶捲的長髮及肩，磨損的制服在身上有些緊繃，臉上則有幾個禮拜沒刮的凌亂鬍子。一身溼的他已經精疲力竭，一副流浪漢的模樣。

他初上戰場的第一個月，可沒想到會是這種歸鄉法。他以爲自己會打著士官的繩結凱旋歸來，並且把弟弟安全帶回家。在他的想像中，人們會讚美他，拍拍他的背，並且接納他。

眞是愚蠢。這裡的人從沒有和善對待他或他的家人。

「走了。」士兵一邊說，一邊推了推他的肩膀。

卡拉丁沒有動。士兵推得更用力，卡拉丁順勢轉身，重心不穩的守衛往前方蹣跚一步。他轉過身來，面帶怒色。卡拉丁直視士兵瞪人的怒目。那人遲疑了，接著退了一步，緊緊抓住自己的錘子。

「哇！」西兒在卡拉丁的肩膀上現身。「你的回禮好凶噢。」

「老士官的把戲罷了。」卡拉丁低聲說，接著轉身離開廚房。守衛跟在他身後，喊著卡拉丁置之不理的命令。

卡拉丁踏在宅邸的每一步，都像是走過回憶。他經過某晚曾面對瑞利爾與拉柔的用餐區，還在那裡發現自己的父親是個小偷。走廊後端掛著他認不得的人像，他在那裡玩耍過。羅賞沒有換下這些畫像。

他必須告訴父母有關提恩的事。這是他擺脫奴隸身分後，一直沒有試著連絡他們的原因嗎？他可以面對他們嗎？颶風的，他希望他們還活著。但是，他可以面對他們嗎？

他聽見一聲呻吟。這一聲輕吟被交談聲蓋住，但卡拉丁還是聽了出來。

「那裡有傷患？」他轉身問守衛。

「是啊。」男子說。「但是——」

卡拉丁拋下他，大步走上走廊，西兒在他頭側飛舞著。卡拉丁推開人群，尋找痛苦的聲音，最後差點被起居室的門框絆倒。這裡已經變成外科醫生的手術室，地上鋪著安置傷患的地毯。

有個人影跪在矮台上，固定一隻骨折的手臂。只要循著呻吟聲，卡拉丁就知道該去哪裡找他的父親。

李臨瞥向他。颶風啊，他的父親看起來飽經風霜，深褐色的雙眼下垂著眼袋。他的頭髮比卡拉丁記得的更加灰白，臉孔更加憔悴。但是他沒有變，仍是頂著稀疏禿髮、戴著眼鏡的矮瘦男子……而且很厲害。

「這是怎麼回事？」李臨一邊問，一邊繼續治療。「藩王家族已經派兵過來了？這比我們預期的還快。你們有多少人？我們肯定用得上……」李臨遲疑了，又回頭看著卡拉丁。

接著他睜大雙眼。

「父親，你好。」卡拉丁說。

守衛終於擠開聚集的鎮民跟了上來，然後把錘子當警棍般揮向卡拉丁。卡拉丁下意識地側身，推了守衛一把，讓他往走廊退去。

「真的是你。」李臨接著快步走來，抱住卡拉丁。「噢，阿卡，我的孩子。我的小小孩。賀希娜！賀希娜！」

卡拉丁的母親馬上出現在門口，手上還拿著一疊剛消毒的繃帶。她可能以為李臨需要她幫忙治療傷患。賀希娜比她的丈夫還高上幾根指頭，頭髮此時用方巾綁在背後，一如卡拉丁回憶裡的她。

她舉起戴著手套的內手掩住驚呼，另一隻手中的盤子則滑了下來，繃帶滾到地上。驚愕靈像是不停粉碎與重組的黃色三角，出現在她身後。她丟下盤子，輕輕摸上卡拉丁的側臉。西兒像光帶一般繞著他們，笑了起來。

但卡拉丁笑不出來。除非他能把事情說出來。他深吸一口氣，終於哽咽起來，強逼自己字字吐露。

「抱歉，父親、母親，」他低聲說。「我加入軍隊是爲了保護他，但是我連自己都幾乎保不住。」他發現自己發著抖，然後退到牆邊，頹然坐下。「我讓提恩死了。我很抱歉。這是我的錯……」

「噢，卡拉丁。」賀希娜一邊說，一邊跪在他身邊，拉他入懷。「我們有收到你的信，但一年多前，他們說你也戰死了。」

「我應該保住他的。」卡拉丁低聲說。

「你一開始就不該去。」李臨說。「但是現在……全能之主在上，你回來了。」李臨站起來，臉上已經有了淚痕。「這是我的兒子！我的兒子還活著！」

❖

沒過多久，卡拉丁就坐在傷患之間，捧著一杯熱湯。他從很久以前就沒吃過熱食了……上次吃是什麼時候來著？

「李臨，那絕對是奴隸的印記。」一名士兵在門口對卡拉丁的父親說。「那是煞符文，所以是這個藩國的事。他們可能是爲了不讓你受辱，才說他戰死了。還有沙須符文——一般的抗命行爲可不會印上那個。」

卡拉丁啜飲他的熱湯。他的母親跪在他身旁，一手放在他的肩膀上。這杯湯有家的味道，煮熟的蔬菜肉湯中有蒸熟的拉維穀，也有母親一貫的調味。

他進來半小時，沒說什麼話。他現在只想要他們的陪伴。

奇怪的是，他的回憶變得快樂起來。他想起提恩的笑容，足以驅除一天的灰暗。他想起與父親研習醫學好幾個小時的時光，或是與母親一同打掃的時刻。

西兒在卡拉丁的母親前環旋。她還穿著小小的長洋裝，只有卡拉丁看得到她。這個靈臉上表情複雜。

「從錯誤方向過來的颶風，的確毀掉鎮上許多房子。」賀希娜輕聲解釋。「但我們的家沒事。阿卡，我們把你的空間讓給其他人了，我們可以再為你騰出空間。」

卡拉丁瞥向士兵。士兵是羅賞的守衛隊長，卡拉丁認為自己記得這個人。他的面貌完好得不像個士兵——不過他可是淺眸人。

「不要擔心。」賀希娜說。「我們會處理，不管……是什麼問題。附近村莊湧來這麼多傷患，讓羅賞不得不需要你父親的技術。羅賞不會發飆讓李臨不滿，沒有人會再把你帶走。」

她像是對小孩說話般對卡拉丁說了一串。

這種感覺好不真實，他回來了，還被當作五年前那位將上戰場的男孩看待。曾經持有卡拉丁此一姓名的三個人，在這五年內逝去。包括那位曾是阿瑪朗軍隊一份子的士兵，還有那位帶著怒火的痛苦奴隸。他的父母從沒見過身為上尉的卡拉丁，而他已是羅沙最有權勢人物的護衛。

然而……這個名字要由下一個身分繼承。這個人縱橫天際，並且說出古老誓言。他活了五年，卻經歷四場人生。

「他是逃跑的奴隸，」守衛隊長厲聲說。「醫生，我們不能忽視這點。他的制服可能是偷來的。就算他有印記還因故持矛，他也是逃兵。看看那雙驚恐的眼睛，你看見的是一個做出恐怖事情的傢伙。」

「他是我兒子，」李臨說。「我會買下他的持有狀。你不能帶走他。跟羅賞說他可以睜一隻眼閉一隻眼，或者讓自己沒了外科醫生，除非他認為馬拉實習沒幾年就可以接手。」

他們難道以為自己的聲音低到聽不見的程度嗎？

卡拉丁，看看這房裡的傷患。你漏掉了什麼。

這些傷患……他們有的骨折、有的腦震盪，還有少數撕裂傷。這不是戰後餘波，而是天災。所以引虛者怎麼了？誰擊退他們？

「你離開以後狀況好很多，」賀希娜安慰卡拉丁，摟住他的肩膀。「羅賞不像以前那樣壞心。我想他覺得有罪惡感。我們可以再次建立起家庭。你還得知道一件事，我們——」

「賀希娜。」李臨舉起手來。

「怎麼了？」

「寫信給藩王的管理階層，」李臨說。「解釋現在的狀況，看看我們能不能得到寬赦，或是至少一個說法。」他看向士兵。「這樣可以滿足你的主人吧？我們可以等到更高階層的人回應，同時我可以討回我兒子。」

「我們再看看吧。」士兵雙手抱胸。「我不認爲自己喜歡看見有沙須印記的人在鎮上亂跑。」

賀希娜站起身來，走到李臨身旁。兩人在士兵靠上門的時候低聲交談，士兵則刻意看了卡拉丁一眼。那傢伙知道自己根本沒有士兵的模樣嗎？他不像上過戰場的人。他踏步太大力，膝蓋站得太直，胸甲沒有凹痕，轉身的時候，劍還會敲擊出聲。

卡拉丁啜了一口湯。他的父母把他當孩子看，又有什麼奇怪呢？他看起來傷痕累累、流浪放蕩，接著又爲了提恩的死而哽咽不已。看來，回到家鄉這件事，把他心裡的孩子引出來了。

或許，他該從此不讓雨水掌握他的心情。他不能放逐心中黑暗的種子，颶父啊，他也不能讓這黑暗掌握他。

西兒從空中走向他。「他們就像我記得的樣子。」

「記得的樣子？」卡拉丁低聲說。「西兒，我還在這裡的時候，妳根本還不認識我。」

「是啊。」她說。

「那妳怎麼記得他們？」卡拉丁皺起眉頭。

「我就是記得。」西兒一邊說，一邊掠過他身邊。「卡拉丁，人人都有連結。萬物都有連結。我不認識你，但是風認識你，而我是風的一部分。」

「妳是榮譽靈。」

「風是榮譽的一部分。」她一邊說，一邊像是他說了蠢話般笑了。「我們血脈相連。」

「妳沒有血。」

「那看來你也沒有想像力囉。」她落在他身前，化爲年輕女子的形象。「除此以外，還有……別的聲音。那是純粹的聲音，伴隨用水晶演奏的歌謠，雖然來自遙遠的地方，卻強而有力……」她笑了笑，然後飛走。

好吧，世界雖然已被顚覆，但是西兒還是一樣讓人難以理解。卡拉丁把湯放到一邊，站起身來。他左右伸展，舒通關節後，走向雙親。颶風的，鎮上所有人看起來都比記憶中矮小。他離開爐石鎮的時候，應該沒那麼矮吧？

有個人影站在房間外，與穿著生鏽盔甲的守衛說話。羅賞穿著過時好幾季的淺眸人外套——雅多林看到一定會直搖頭。領主的右腳裝著木頭義肢，身材也比卡拉丁上次看到時瘦了不少，他的皮膚像是融化的蠟一樣鬆垮地堆積在他的頸子上。

即便如此，羅賞還是一樣專橫，還是一臉怒火；他淺黃色的雙眼，似乎將自己被放逐到這無足輕重小鎮的事實怪罪到所有人事物上。他本來住在科林納，因爲導致市民的死亡——其中包括摩亞許的祖父母——而被降罰到偏遠地帶。

他轉向卡拉丁，牆上的燭火照亮他的面容。「所以你還活著。我懂了，他們沒在軍隊裡把你教好。讓我看看你的印記。」他伸手翻開卡拉丁額前的頭髮。「颶風的，小子，你做了什麼？打了淺眸人嗎？」

「是的。」卡拉丁說。

然後他揍了羅賞一拳。

他的拳頭直接打上羅賞的大臉。這一拳就像哈福教的一樣結實。他的拇指伸在拳外，覆在前兩段指節上，擊中羅賞的顴骨，並且順勢打上正面。他難得打出這麼漂亮的一拳，幾乎不覺得痛。

羅賞像是被砍倒的樹一樣倒下。

「這一拳，爲我的朋友摩亞許打的。」

7 守護在外的警衛

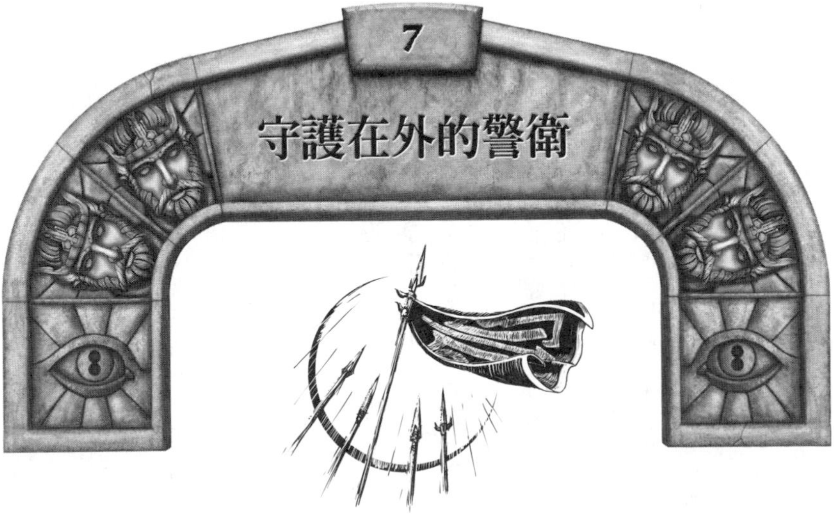

但我沒死。

我經歷了更糟的事。

——摘自《引誓》〈自序〉

「卡拉丁！」李臨大喊的同時，抓住卡拉丁的肩膀。「兒子，你到底在做什麼？」

流著鼻血的羅賞朝地上吐了口口水。「衛兵，把他拿下！聽見了沒？」

西兒落在卡拉丁的肩上，雙手扠腰，踢了踢腳。「這大概是他活該。」

淺眸人護衛跑來幫忙羅賞站起身，守衛隊長則拿出劍指向卡拉丁，接著有第三個守衛從另一間房間奔來。

卡拉丁退了一步，擺出守勢。

「怎麼啦？」羅賞厲聲道，拿起手帕掩住鼻子。「把他打倒！」怒靈從地上的血池裡蒸騰而出。

「拜託，不要，」卡拉丁的母親一邊喊道，一邊靠上李臨。「他只是亂了心神。他——」

卡拉丁以手掌朝向母親，讓她安靜。「母親，沒有問題，這只是羅賞和我之間還沒清完的小債。」

他一一對上守衛的眼，守衛則繞著他緩緩移動。羅賞咆哮出聲。卡拉丁發現自己完全掌握住局面，而且……照這種情況可能還簡單得有點尷尬。

突然間，有個念頭衝擊了他。自從離開爐石鎮後，卡拉丁所遇之險惡遠超過羅賞所為。他不是發誓保護所有人，連厭惡的對象也不例外？這一切不就因此才有意義嗎？他瞥向西兒，西兒也對他點頭。

做得更好。

在短短的時間內變回阿卡是很開心。幸好，他不再年輕了。他已經煥然一新——而且久久以來，他第一次對自己這個人滿意。

「大家退下，」卡拉丁對士兵說。「我保證不再毆打你們的長官。我為此道歉。我一時為了我們過去的糾葛轉移了注意力，這是我們雙方都應該放下的事。誰能告訴我，帕胥人怎麼了？他們沒有攻擊鎮上嗎？」

士兵慢慢移動，瞥向羅賞。

「我說退下，」卡拉丁喝斥。「以颶風之名，你們拿劍的方法跟去砍矮重樹一樣。還有你，頭盔上居然有鏽斑？我知道阿瑪朗把這一帶身體健壯的男人都徵召走了，但是我見過比你們更有戰鬥架勢的信差。」

士兵面面相覷，接著滿臉通紅，淺眸守衛還把劍收回劍鞘。

「你們在做什麼？」羅賞厲斥。「打啊！」

「光爵，」淺眸人垂下眼。「我可能不是這一帶最好的士兵，但是——請相信我。我們最好把那一拳當作沒發生過。」另兩名士兵也點頭同意。

羅賞粗略地看了卡拉丁一眼，壓著已經不再流血的鼻子。「所以，軍隊真的讓你改頭換面了。」

「是你無法想像的程度。我們得談談。有沒有人少一些的房間？」

「阿卡，」李臨說。「你在說什麼傻話，不要對著羅賞光爵下命令！」

卡拉丁推開士兵與羅賞，走到走廊深處。「所以，」他粗野地喊著。「空房間呢？」

「長官，房間在樓上。」一名士兵說。「圖書室是空的。」

「非常好。」卡拉丁聽見自己被叫作長官，自顧自地笑了起來。「大家跟我上樓。」

卡拉丁走向樓梯。可是自信心也只能把人帶到這個程度。沒有人跟上，連他的父母也留在原地。

「我下了命令。」卡拉丁說。「我不喜歡重說一遍。」

「所以呢？」羅賞說。「小子，你以爲自己可以發號施令啊？」

卡拉丁轉身，揮手召喚西兒。他手中的迷霧化爲一把帶著明露的碎刃。他輕輕鬆鬆將碎刃插在地上，握住劍柄，感受到自己的雙眼變得湛藍。

所有人安靜下來。鎮民僵在原地驚呼。羅賞的眼睛瞪得腫脹。不尋常的是，卡拉丁的父親只是低頭閉上眼睛。

「還有問題嗎？」卡拉丁問。

❖

「光爵，我們去確認時，他們就不見了。」亞里克說。他是那名戴頭盔的矮小守衛。「我們有鎖門，但是門整個被扯開了。」

「他們沒有攻擊任何生物？」卡拉丁問。

「沒有，光爵。」

卡拉丁在圖書室來回踱步。這間房間不大，但是整齊地擺了一排排書櫃，還有一張不錯的閱讀台。每本書都一塵不染，若不是有個細心的女傭，就是這些書不常有人移動。西兒落在一座書架上，背靠著一本書，像是小女孩一樣揮動她的雙腳。

羅賞坐在圖書室一側，雙手不時從通紅的臉頰抹到後腦杓，用這種奇怪的動作表現他的緊張。他已經止住鼻血，不過鼻子上有塊很大的瘀青。這是這個人應受的懲戒之印，但卡拉丁覺得自己沒有虐待羅賞的衝動。他得處理得更好。

「帕胥人那時長得是什麼樣子？」卡拉丁問守衛。「他們曾在不尋常的颶風中變形嗎？」

「當然有。」亞里克說。「我聽見他們逃脫時偷看到了，那時颶風已經過去。他們長得像引虛者，外皮有著大大的骨頭。」

「他們變高了，」守衛隊長補充。「比我還高，跟光爵您差不多。他們的腳像矮重樹一樣，雙手可以制服白脊。我是說眞的。」

「那他們爲什麼不攻擊呢？」卡拉丁問。引虛者可以輕易拿下莊園，卻連夜逃跑了。這代表他們有更令人不安的目標。爐石鎭可能沒有大到讓他們動手。

「我想你們應該沒追蹤他們的去向吧？」卡拉丁先是看了看守衛，再望向羅賞。

「呃，報告光爵，沒有。」隊長說。「老實說，我們那時只在意能不能活命。」

「你會告訴國王嗎？」亞里克問。「颶風吹走四座穀倉。我們有這麼多難民卻沒有食物，很快就會挨餓。颶風如果再來，我們就留不住一半以上的房子。」

「我會告訴艾洛卡。」但是以颶父之名，王國各地也有一樣的慘況。

卡拉丁必須專心處理引虛者的事。他在取得得以飛回去的颶光以前，沒辦法回報這個狀況，現在他最有價值的任務是盡可能找出敵人匯集的地點。引虛者在策劃什麼？雖然卡拉丁聽取了納拉克之戰的報告，但沒親自感受到他們的奇特力量。據說這些雙眼發光的帕山迪人可以控制閃電，殘酷又可畏。

「我需要地圖。」他說。「一張雅烈席卡的地圖，必須是你們手中最詳細的版本。還有雨傘，免得弄壞地圖。」他作了個鬼臉。「再一匹馬。你們有不少，給我最好的一匹。」

「你這是在搶劫嗎？」羅賞盯著地上輕聲問。

「搶劫？」卡拉丁說。「我們稱之爲租借。」他從口袋拿出一把錢球，扔到桌子上。他瞥向士兵。

「好了，地圖呢？羅賞一定有這一帶的探查地圖。」

羅賞的身分無足輕重，不能管理藩王的領地。卡拉丁還住在爐石鎮時，沒有發現這個差距。只有高階的淺眸人才有資格監管，羅賞只能成為接觸周遭鄉村的第一線。

「我們想要等女士的許可。」守衛隊長說。「長官。」

卡拉丁挑眉。他們已經違抗羅賞，卻要順從宅裡的女士？「叫宅邸的執徒準備我要求的物品，許可很快就會下來。如果執徒持有信蘆，請這人連線到塔西克。只要我取得颶光，我就要傳訊給達利納。」

守衛敬禮以後便離開了。

卡拉丁雙手抱胸。「羅賞，我要去追查這些帕胥人，嘗試弄清楚他們的目的。你的守衛沒有追蹤的經驗吧？就算落雨沒有抹消蹤跡，追蹤怪物也夠難了。」

「他們有那麼重要嗎？」羅賞問，但眼睛還是盯著地面。

「你一定想過，」卡拉丁一邊說，一邊點頭讓西兒化為光帶，落在他的肩膀上。「劇變的天氣與普通僕人轉化造成的恐慌是如何？帶著紅色閃電的風暴，居然從不同方向襲來？羅賞，寂滅時代降臨了，引虛者已經回歸。」

羅賞低聲哀鳴，身子向前傾，像是生病般緊抱著自己。

「西兒？」卡拉丁低聲說。「我可能需要妳再幫個忙。」

「你聽起來有點不好意思。」她歪著頭回答。

「是的。我不喜歡拿著妳揮舞，把妳砸到別的東西上。」

她哼了哼鼻子。「首先，我不會砸東西。笨蛋，我是把優雅的武器。再來，你在糾結什麼？」

「這感覺不對，」卡拉丁低聲回答。「妳是個女人，而不是武器。」

「等等……所以這是因為我是女生的關係？」

「不是，」卡拉丁馬上回答，但是欲言又止。「可能吧。感覺很奇怪。」

她又哼了一聲。「你沒問過其他武器被你揮舞的感想嗎？」

「我的其他武器不是人。」他遲疑了一下。「它們有人格嗎？」

西兒歪著頭、挑眉看著卡拉丁，像是他說了什麼蠢話。

萬物皆有靈。他的母親在他幼時這樣教導過他。

「所以……我用過的矛中有女性？」他問。

「至少有雌性。」西兒說。「大概有一半是，跟多數狀況一樣。」她飄到他眼前。「把我們人格化是你的錯噢，所以不要抱怨。當然，有些古老的靈不只有兩種性別，而是有四種。」

「咦？爲什麼？」

她戳了戳他的鼻子。「因爲他們不是人類想像出來的啊，笨蛋。」她的身影化爲一片迷霧。他再舉起手的時候，碎刃便出現了。

卡拉丁大步走向羅賞的座位，在他面前舉起尖端朝下的碎刃。

羅賞抬起頭來，驚恐地看著刀刃，正如卡拉丁的期望。人們必定會在這樣的存在臨近時受到吸引。它們有股魔力。

「你怎麼拿到它的？」羅賞問。

「這很重要嗎？」

羅賞沒有回答，但兩人都知道眞相。持有碎刃就能證明一切，只要取得碎刃，而且不被人奪走，碎刃就屬於這個人。有了碎刃，他頭上的印記便無所謂了。包括羅賞在內，沒有人可作其他解讀。

「你，」卡拉丁說。「是個騙徒、鼠輩，與殺人犯。就算我如此痛恨你，我們現在也沒時間顚覆雅烈席卡的統治階層，建立更好的制度。我們受到前所未知的敵人攻擊，甚至不能揣測他們的來頭。所以你要站起來，帶領這些人。」

羅賞盯著碎刃上的倒影。

「我們並非無力抵抗，」卡拉丁說。「我們可以反擊——但得先求生存。永颶會再回歸，它有它的規則，而我還不知道間隔。我要你做好準備。」

「要怎麼做？」羅賞低聲說。

「建造兩側都有邊坡的房子。如果時間不夠，那就找遮蔽處潛避。我說不上來，這場危機不止一座城鎮、一族人民的危機。即使遇險的是我的家園、我的人民，我仍然必須依靠你。願全能之主保護我們，我們只能靠你了。」

羅賞癱在椅子上。卡拉丁站起來，驅散西兒。

「我們會照辦。」他背後傳來人聲。

卡拉丁一愣。拉柔的聲音讓他打從骨子裡震顫。他慢慢轉身，看見一位和他印象中不太一樣的女子。他上次見到她的時候，她穿著上好的淺眸人洋裝，年輕貌美的她有淺綠色的空靈雙眸。那時的她失去了未婚夫，也就是羅賞的兒子，最後與死者的父親結婚，而這位新丈夫的年紀是她的兩倍。

他面對的這位女子已經不再是少女。表情堅毅的臉顯得細瘦，帶著金色的黑髮綁成了馬尾，她穿著靴子與耐用的長洋裝，已經被雨淋溼。

拉柔上下打量卡拉丁，鼻子接著哼了一聲。「阿卡，看來你在軍隊中變成大人啦。很遺憾聽說你弟弟的事情。來吧。你需要信蘆對吧？我有一枝直通科林納太后書記的信蘆，但是最近沒有回應。巧的是，我們剛好有支與塔西克通訊的信蘆。如果你認爲國王會回應你，我們可以找找中介點。」

她走出門。

「拉柔……」他一邊說一邊跟上。

「我聽見你刺了我家地板一劍。」她說。「那是品質很好的硬木──知會你一聲。男人跟武器眞令人受不了。」

「我一直夢想著回鄉，」卡拉丁站在圖書室門外的走廊上。「我想像自己能以戰爭英雄的身分回歸，挑戰羅賞。拉柔，我原本想要救妳出泥沼。」

「哦？」她轉身面對他。「你怎麼會覺得我需要被拯救呢？」

「別跟我說，」卡拉丁輕聲說，朝圖書室裡揮手。「妳跟那傢伙過得很愉快。」

「看來成爲淺眸人無法改變一個人的品性。」拉柔說。「我不准你繼續羞辱我的丈夫，卡拉丁。不管你是不是碎刃師，再說那種話，我就會把你趕出我家。」

「拉柔——」

「我在這裡過得十分開心。或者該說，在颶風從錯誤的方向侵襲之前是這樣。」她搖搖頭。「你和你父親一個樣子，總是覺得需要拯救別人，連那些要你們先管好自己的人也不例外。」

「羅賞欺凌我的家人，他把我弟弟派去送死，無所不用其極想打倒我父親！」

「而你的父親開口反對我的丈夫，」拉柔說。「在鎮民面前把他批評得一文不值。如果你是那位剛被放逐、遠離家園的光爵，卻發現鎮上最重要的平民公開反對你，又作何感想？」

她的立場顯然改變了。李臨曾在一開始對羅賞表示過友善的，難道不是嗎？然而卡拉丁無心繼續爭辯。他現在還要在乎嗎？無論如何他都會把父母帶離爐石鎮。

「我去設置信蘆。」拉柔說。「可能要花點時間才有回應。在此同時，執徒應該也在找你要的地圖。」

「好極了。」卡拉丁一邊說，一邊從她身邊走開。「我要去和我父母說話。」

西兒在他走下階梯時出現在他肩上。「原來她就是你本來想要結婚的女生。」

「不，」卡拉丁低語。「不管怎樣，我都沒辦法和她結婚。」

「我喜歡她。」

「妳是會。」他走到樓梯底端，又回頭往上看。羅賞跟拉柔站在樓上，手上拿著卡拉丁留在桌上的寶石。他剛剛留下多少去了？

他心想，大概五到六個紅寶石布姆，還有一、兩個藍寶石。他心裡計算起錢球的價值。他颶風的……

加起來比他父親與羅賞多年爭執的寶石價值還高。對現在的卡拉丁來說，那不過只是零用錢。

他過去以爲淺眸人都是有錢人，但是在無名小鎮上的小光爵……羅賞其實很窮，只不過窮法不太一樣。

卡拉丁往屋裡尋人，走過那些他認識的鎮民——這些人現在低聲唸著「碎刃師」，雀躍地退開。就這樣吧。他在遇到西兒並說出誓言以後，就是這種身分了。

李臨回到起居室，繼續處理傷患。卡拉丁停在門邊，嘆了口氣，跪到李臨身旁。李臨伸手往工具盤的時候，卡拉丁便已拿好給他。他以前就是父親的手術助理。新來的實習醫生則在另一間房裡治療傷患。

李臨看了卡拉丁一眼，又轉頭看著他的傷患。這個傷患手臂上綁著染血的繃帶。「剪刀。」李臨說。

卡拉丁拿給李臨，他看也沒看就接了過去，小心地剪開繃帶。一段鋸齒狀的木頭刺穿了男孩的手臂。男孩接受李臨觸診，被碰到靠近傷口、血已乾涸的肢體時，忍不住啜泣起來。傷勢看來不妙。

「切下木片，」卡拉丁說。「還有壞死的肌肉。灼燒消毒。」

「不覺得這樣的治療方式有點極端嗎？」李臨問。

「總之要從手肘上移開。這一定已經感染——看這塊木頭多髒。裡面會有碎片。」

男孩又哭了起來，李臨拍拍他。「你不會有事的。我還沒看到腐靈，所以不會把你的手臂截斷。我去和你父母談談。現在先咬住這個。」他給了男孩一些緩解疼痛的樹皮。

李臨和卡拉丁一起離開。這個男孩沒有即刻的生命危險，李臨也想在麻醉藥生效以後才動手術。

「你已經變得很堅強了。」李臨在檢查下一位傷患的腳時，對卡拉丁說。「我還擔心你一直都細皮嫩肉的。」

卡拉丁沒有回答。事實上，他的瘡疤可能不是他父親想要的深淺。

「但你也成爲了他們的一員。」李臨說。

「我的瞳色不會改變我。」

「兒子，我談的不是你的瞳色。我不會因爲對方是淺眸人就有差別對待。」他揮揮手，卡拉丁便遞給他一塊碎布清理腳趾，接著準備小型夾板。

「你現在的身分，」李臨說。「是個殺手。你用拳頭與劍來解決事情。我原本以爲你會成爲軍醫。」

「我沒有選擇，」卡拉丁一邊說，一邊遞出夾板，接著準備繃帶包裹腳趾。「說來話長。我找時間再講。」至少把不至於令人心碎的部分講出來。

「我認爲你不會留下來。」

「是的。我得追蹤帕胥人。」

「那就是更多殺戮。」

「父親，你眞的認爲我們不該對抗引虛者嗎？」

李臨停頓了一下。「不是，」他低聲說。「我知道戰爭是免不了的。我只是不希望你涉入其中。我見過戰爭如何重創人們的靈魂，還有那些無法治療的傷痛。」他綁好夾板，轉向卡拉丁。「我們是外科醫生，撕扯與破壞是別人的事；我們絕不能傷害別人。」

「不，」卡拉丁說。「父親，你是外科醫生。但我與你不同。我是在外守護的警衛。」達利納在幻象中聽見這些字句。「我會保護需要保護的人。如今，這代表獵殺引虛者。」

李臨別過眼去。「好吧。兒子，我……很高興你回來。很高興你平安無事。」

卡拉丁把手放在父親肩上。「父親，生先於死。」

「離開前找找你的母親。」李臨說。「她要讓你看點東西。」

卡拉丁皺眉，但還是離開治療室到廚房去。室內只有爲數不多的燭光照明，他走到任何地方，都會見到陰影與揮動不定的光線。

他在食具裡裝了清水，然後找到一把小傘，在雨中得靠它閱讀地圖。他接著上樓到圖書室找拉柔。羅賞已經回到自己的房間，但是拉柔坐在寫作桌上，拿著信蘆。

等等。信蘆正在運作。上面的紅寶石發出光芒。

「是颶光！」卡拉丁指著紅寶石說。

「嗯，當然是。」她皺著眉頭看他。「法器都需要。」

「妳怎麼幫錢球充能？」

「有場颶風。」拉柔說。「幾天前的事。」

他們與引虛者衝突時，颶父召喚了不尋常的颶風對抗永颶。卡拉丁在颶風牆上飛行，對抗白衣殺手。

「沒人料到會有那場颶風，」卡拉丁說。「你們怎麼知道該把錢球留在外面的？」

「阿卡，」她說。「颶風來襲時再掛上錢球也不難啊！」

「妳手上有多少？」

「不少，」拉柔說。「執徒也有一點——我不是唯一想到這件事的人。看，我在塔西克找到願意傳達訊息給太后娜凡妮．科林的人。這不就是你要求的嗎？你眞的認爲她會回應你？」

謝天謝地，這個問題的答案隨著信蘆的動作獲得解答。「上尉，」拉柔讀道。「我是娜凡妮．科林。眞的是你嗎？」

拉柔眨了眨眼，抬頭看向卡拉丁。

「是的。」卡拉丁說。「我離開前，和達利納在塔頂談過話。」希望這樣可以辨識他的身分。

拉柔跳了起來，接著繼續寫。

「卡拉丁，我是達利納。」拉柔讀出回覆的訊息。「士兵，你的狀況如何？」

「長官，比預期來得好。」他簡短報告自己的發現。「我擔心帕胥人離開爐石鎭，是因爲覺得不值得摧毀這裡。我已經下令取得馬匹和地圖，我認爲我可以稍微偵查一下敵人，看看能發現什麼。」

「要小心。」達利納回答。「你沒有颶光了嗎？」

「可能有辦法取得一點。不足夠我回去，但還是有幫助。」

達利納過了一、兩分鐘才回答，拉柔則乘機換了信蘆板上的紙。

「上尉，你的直覺是對的，」達利納終於傳來訊息。「我覺得在塔裡的我是個賭子。盡可能靠近敵人，了解他們的行爲，但別冒不必要的風險。拿枝信蘆，每個晚上都要傳符文報告你平安無事。」

「收到，長官。生先於死。」

「生先於死。」

拉柔看向卡拉丁，他點頭表示談話已經結束。她默默收起信蘆交給他，他也心懷感激地接下，接著快步離開房間下樓。

他的動作引來一群人聚集在樓梯下小小的玄關。他原本要問人是否有充能的錢球，但是一看到母親便住口了。她正與幾位年輕的女孩講話，手臂上還抱著一個嬰兒。她這是在做……

卡拉丁停在樓梯底端。那個小男孩大概一歲大，咬著手指的他咿咿呀呀地說話。

「卡拉丁，見見你的弟弟。」賀希娜轉身對他說。「這幾個女孩在我協助治療傷患時照看著他。」

「弟弟。」卡拉丁低聲說。他從沒想到這點。他的母親今年就要四十一歲了，然後……

弟弟。

卡拉丁伸出手。他的母親讓他接過這個小男孩，他卻覺得自己的手粗糙到不該碰觸這樣細嫩的皮肉。卡拉丁顫抖，接著用力抱緊小孩。他的回憶沒有令他心碎，見到父母也沒使他控制不住情緒，但是這個男孩……

他止不住眼淚，覺得自己像個傻瓜。這個男孩並沒有改變什麼——橋四隊已經是他的兄弟，就像血親一樣。

但他還是哭了。

「他叫什麼名字？」

「歐洛登（Oroden）。」

「和平之子。」卡拉丁低聲說。「好名字。取得真好。」

一名執徒帶著卷軸筒走到他身後。颶風啊，那是莎荷布嗎？看來她還活著，還是一副老骨頭的樣子。卡拉丁將小歐洛登交還給母親，抹掉眼淚，接下卷軸。

眾人聚集在房間邊緣。他成爲在場的奇觀。本是外科醫生之子的他，先是成爲奴隸，然後成爲碎刃師。這是爐石鎮百年難得一見的奇事。

至少卡拉丁不必主動表達這件事。他向走出起居室的父親點點頭，再轉向群眾。「這裡有人有充能的錢球嗎？我會用兩個夾幣換一顆，拿到前面來。」

西兒在他收集的時候飛來繞去，卡拉丁的母親則爲他進行交易。最後他只拿到一小袋錢球，但是看來已經足夠，至少他不再需要騎馬了。

他綁緊小袋，轉頭看見他的父親站向前來。李臨從口袋裡拿出一顆發光的鑽石夾幣，交給卡拉丁。

卡拉丁接了下來，撇向他的母親與母親懷裡的小男孩。他的弟弟。

「我想帶你們到安全的地方。」他對李臨說。「但我現在得走了，不過很快就會回來，然後把你們帶到——」

「不了。」李臨說。

「父親，現在是寂滅時代。」卡拉丁說。

鄰近的人群輕聲驚呼，眼神惶恐。颶風的，卡拉丁應該私下說的。他靠向李臨。「我知道一個安全的地方。你、母親，還有小歐洛登。這一生就這麼一次，請你不要這麼頑固。」

「如果他們想走的話，你可以帶他們離開。」李臨說。「但我要留在這裡。尤其在……你所言屬實的狀況下。這裡的人需要我。」

「到時再說吧。我會盡快回來。」卡拉丁收緊下巴，走到宅邸門口。他推開門扉，讓雨聲與浸溼土地的氣味飄進來。

他停了下來，回頭看向身上髒兮兮的鎮民，無家可歸的他們恐慌不已。他們無意間聽見他說的話，但其實他們內心早已知曉。他早就聽到他們低聲談到的字眼，談到引虛者，談到寂滅時代。

他不能就這樣離開。

「你們沒有聽錯，」卡拉丁大聲向聚在宅邸大玄關的上百民眾說道，其中包括還站在二樓的羅賞與拉柔。「引虛者已經回歸了。」

眾人交頭接耳，湧現驚慌。

卡拉丁從小袋中吸了一點颶光。他的身上冒出帶著純粹光輝的煙霧，在陰暗的大廳裡顯得特別明亮。他用捆術升到空中，接著對地上施展捆術，讓自己盤旋在離地兩呎高的空中，全身發光。西兒從霧中化成他手中的碎矛。

「藩王達利納．科林，」卡拉丁說話時，颶光從他嘴裡瀉出。「已經重建燦軍。這一次，燦軍不會讓你們失望。」

大廳裡的人有的表現出仰慕之情，有的則面露惶恐。卡拉丁看著他父親。李臨張口結舌，賀希娜抱緊懷中的嬰兒，臉上只有純粹的欣喜，如藍環般的讚嘆靈從她頭上冒了出來。

小傢伙，我會保護你，卡拉丁想著這孩子。*我會保護所有人*。

他向父母點點頭，轉身用捆術向外移動，飛進雨夜。他會往南在史垂肯停留，那裡距離爐石鎮半天路程，只需短短一段飛行。他要在那裡看看能不能交易一些錢球。

然後獵殺一些引虛者。

8 有力的謊言

然而不只是那個時刻，我可以誠懇地說，這本書自從我的年少時期就一直在醞釀。

——摘自《引誓》〈自序〉

紗藍畫起圖來。

她在繪圖紙上焦躁地畫出粗莽的線條。她每畫幾條線就轉動手上的炭筆，使用筆尖最尖銳的地方讓線條呈現深深的黑色。

「嗯……」圖樣（Pattern）在她小腿肚旁，像刺繡一樣裝飾著她的衣裝。「紗藍？」

她繼續畫畫，不停用黑色的線條填滿紙頁。

「紗藍？」圖樣說。「我可以理解妳憎恨我的原因。我並非有意幫妳殺掉妳的母親，但是我動了手。動手的是我……」

紗藍繃緊下巴，繼續素描。她坐在兀瑞席魯城外，背靠著一塊冷冰冰的石頭，腳趾頭已幾乎凍僵的她，身旁出現了像尖刺的寒靈。凌亂的頭髮在強風中拍打她的臉龐，她也得不時用雙手拇指按住繪圖板上的紙，其中一隻拇指還勾在左手的袖裡。

「紗藍……」圖樣說。

「我沒事。」紗藍在風減弱時平靜地低語。「讓我……讓我畫畫就好。」

「嗯……」圖樣說。「很有力的謊言……。」

普通的風景。她本來可以畫出簡單、平和的風景。她坐在其中一座誓門的邊緣，比主要平台還高上十呎。今天稍早，她才啓動誓門，從納拉克帶了一、兩百人過來，而後頭還有數千人等著。由於每次啓動誓門都會耗費大量颶光，所以這件事還要持續一陣子。就算新來的人帶來更多寶石，也不夠她到處移動。

此外，她也沒有多少地方可去。握有完全能力的燦軍騎士可以啓動著這些平台的裝置，啓動傳送的功能。目前，只有紗藍可以辦到。

這也代表她每次都要召喚她的碎刃。她曾用這把碎刃殺了母親。她說出這個事實，成全了她所屬軍團的理念。

從此她再也無法把這件事拋諸腦後。

繼續畫吧。

這座城市占據了她目光所及之處。塔城延伸到不可能的高度，讓她難以把整座巨塔畫進去。加絲娜過去希冀能在書籍和檔案中找到關於這座城市的古老紀錄。不過目前爲止，她們還沒有什麼斬獲。反過來，紗藍現在要努力解讀這座塔。

要是她能用素描框住這座塔，是否就有辦法掌握偌大的它呢？她找不到能將整座塔盡收眼底的視角，因此專注在較小的事物上。她畫陽台、田地的形狀，還有如洞穴般大小的入口——那是包覆、呑噬與掩蓋一切的巨口。

最後她沒有完成巨塔的素描，而是用輕柔的筆觸畫出了交錯的田野。她注視著素描，一隻風靈弄亂了紙頁。她嘆了口氣，把炭筆扔進筆盒，再拿出溼布擦拭外手的手指。

士兵在台地上操練。他們認爲自己光是在紗藍附近活動都會防礙到她。這是個愚蠢的想法。不過就是座建築。

但是她卻無法把它畫出來。

「紗藍……」圖樣說。

「我們會走出來的。」她一邊說，一邊往前方望去。「我父母的死並不是你的錯。那不是你造成的。」

「妳可以恨我。」圖樣說。「我能理解。」

紗藍閉上雙眼。她要的不是圖樣理解。她要他證明她的所作所爲是錯的。她必須做錯事情。

「圖樣，我不恨你。」紗藍說。「我恨的是劍。」

「但是——」

「你不等於劍。那把劍是我本人，是我的父親，是我們形塑的生活，以及我們扭曲的部分。」

「我……嗯……」圖樣輕聲哼道。「我不懂。」

要是你能理解，我反而會很震驚。紗藍心想。因爲我自己也不懂。所幸，她的注意力被一位正爬上平台的斥候身影吸引過去。這位深眸女性的衣飾是藍白色系，傳令兵襯衫之下穿著長褲，有著雅烈席人的黑色長髮。

「燦軍光主？」斥候在鞠躬後問道。「藩王要求您出席。」

「麻煩妳了。」紗藍暗想終於有事可做而鬆了一口氣。她將素描簿交給斥候暫時拿著，收拾筆盒。

灰暗的錢球們，紗藍注意到。

隨著三位藩王加入達利納、遠征破碎平原的中心，留下的人越來越多。那場預期之外的颶風來襲時，哈山藩王收到身在平原外的斥候信蘆傳來的訊息。

他的戰營在風暴來臨以前，將大多數的錢球拿出來充能，使得他們現在比起其他人擁有更大量颶光。又由於達利納爲了交易得以充能誓門的錢球與其他物資，讓哈山成了個富人。

相較之下，她用來練習織光術的錢球並不算是可怕的花費——但是她連用了兩顆寶石的颶光取暖都覺得有罪惡感。她得節省點。

她收拾好東西，接著伸手想拿回素描簿，卻發現斥候睜大眼睛翻閱著簿頁。「光主……」她說。「您畫得眞好。」

其中幾張素描，像是從塔底往上看的景象，微微捕捉到兀瑞席魯的雄偉樣貌，卻更讓人神往。紗藍對自己的作品不滿意，她發現這張作品並不自然，消失點和視角都不合理。

「我試著畫出巨塔。」紗藍說。「但是抓不到對的角度。」或許等到那個眼神沉悶的光爵大人回來，他可以帶她飛到山脈上的另一座峰頂。

「我沒見過這樣的畫，」斥候翻著簿頁說。「這是什麼風格？」

「超現實主義。」紗藍一邊說，一邊拿走大大的素描簿，夾在自己的腋下。「這是種古老的藝術運動。我猜我沒辦法把想畫的畫出來時，就會落入這種狀況。除了學生以外，沒人在乎這種風格。」

「這張圖讓我以爲自己的大腦忘記醒來。」

紗藍比了個手勢，斥候便帶著她走下高處，橫跨平台。紗藍注意到幾個停下操練的士兵緊盯著她。麻煩。她不可能變回以前的自己，變回那個來自窮鄉僻壤、無足輕重的女人。她現在是刻意安排到異召師（Elsecaller）軍團的「燦軍光主」。她說服達利納至少在公開場合中表示她屬於其他不會使用幻術的軍團。她必須保有這個祕密，不讓它傳播出去，否則她的力量就沒那麼有效果了。

士兵一直盯著她，像是期待她長出碎甲，或是從眼睛噴火，還要飛越幾座山。*或許我該表現得更沉著。*紗藍心想。*更有……燦軍風範？*

她瞥向一名穿著金色與紅色服裝的哈山麾下士兵，他馬上低下視線，揉了揉右手臂上方綁的祈禱符文。達利納決心重振燦軍的名譽，但是颶風啊，你沒辦法在短短幾個月內就改變民眾的觀點。古老燦軍背叛了人類。雖然已有許多雅烈席人願意讓軍團重新來過，但其他人可沒那麼和善。

即便如此，她還是抬頭挺胸，學起導師教她的步態。加絲娜曾說，力量是人們眼中的幻象。要獲得力量，第一步就是表現出擁有力量的模樣。

斥候帶著她走進塔內，踏上階梯，往達利納的祕密會議而去。「光主？」斥候在行走時問。「我可以問您一個問題嗎？」

「妳已經提了一個問題，所以儘管問。」

「噢，嗯。呃……」

「沒關係。妳想問什麼？」

「您是位……燦軍。」

「那只是一個宣言的頭銜，而它讓我懷疑起自己先前的信念。」

「抱歉，光主。我只是……只是好奇。您是怎麼辦到的？您怎麼成爲燦軍？您有碎刃嗎？」

原來是這麼一回事。「我向妳保證，」紗藍說。「在履行燦軍責任的同時，依然可以展現足夠的女性氣質。」

「噢。」斥候說。怪的是，這個答案似乎讓她失望了。「光主，這是當然的。」

兀瑞席魯看來就像直接在山上鑿成的雕塑般，這裡的房間角落沒有人工建構的接痕，牆上也沒有磚石。石面直接暴露了岩紋，有著各層次的色澤，如同商家的布料堆一樣。

走在這裡經常會遇到拐著奇怪角度的彎廊，很少有機會直直走到路口。達利納認爲這樣的設計用意在於愚弄侵略者，和城堡的設計相同。長長的彎道與沒有接痕的牆面讓走廊恍如隧道。

但紗藍不需要導引——牆上的花紋有獨特的模式可循。其他人很難分辨，還說要在地面漆上引導線。他們難道分不出這裡有片寬寬的紅色花紋變成了細細的黃紋嗎？只要跟著線條緩緩上升的牆面，就可以走到達利納的廳室。

她們很快就到了，斥候守在門口等待召喚。紗藍前一天來這間房時，裡頭還空空如也，現在已經陳設了家具，變身巨大的會議室，位置就在達利納與娜凡妮各自的私人空間之外。

雅多林、雷納林與娜凡妮坐在雙手扠腰站著的達利納身後，看著他面對一張羅沙地圖深思。雖然這間房塞滿了地毯跟豪華家具，但那些奢侈品與這間不宜人居的廳室就像穿上女子長洋裝的豬一樣格格不入。

「父親，我不知道該如何接觸亞西須人（Azish），」她進門時，雷納林正說著。「他們的新皇帝難以捉摸。」

「他們可是亞西須人。」雅多林一邊說，一邊用沒有受傷的手招呼紗藍。「怎麼可能不出人意料之外？他們的政府還規定人民要怎麼剝水果呢。」

「那是刻板印象。」雷納林穿著橋四隊的制服，在這間並沒有特別寒冷的房間裡，他卻披了張毯子在身上，手上也拿著一杯冒著蒸氣的茶。「是的，他們有龐大的官僚體系。但是政權的轉手仍然會帶來巨變。其實，亞西爾新皇現在更容易改變政策，因爲政策定義就是要改變。」

「我不擔心亞西須人，」娜凡妮一邊說，一邊在筆記本上寫字。「他們是會聽解釋的，一向如此。圖卡跟艾姆歐呢？若是兩方的戰爭讓他們無暇顧及寂滅時代的歸來，我也不意外。」

達利納低哼一聲，一手揉了揉下巴。「圖卡有位戰主，他的名字是？」

「特席姆，」娜凡妮說。「他宣稱自己是全能之主的化身。」

紗藍溜到雅多林旁邊的座位，吸了一下鼻子，同時把筆盒與素描簿放在地板上。「全能之主的化身？他可眞謙虛啊。」

達利納轉頭過來，放在身後的雙手交握。颶風啊，他看起來眞……巨大。任何房間似乎都塞不下的他，愁眉深鎖地沉思著。達利納．科林就連決定早餐吃什麼，都可以像是頒下羅沙最重要的命令。

「紗藍光主，」他說。「告訴我，妳會怎麼處理馬卡巴奇諸國？風暴正如我們所警告地出現了，我們有優勢能與他們接觸。亞西爾是重點目標，但該國剛遭遇繼承者危機。艾姆歐與圖卡正如娜凡妮所說一如既往交戰中。我們當然可以利用塔西克的通訊網路，但是他們抱持孤立的態度。剩下來的是葉席爾與利亞佛，他們的影響力可以說服他們的鄰國嗎？」

他一臉期待地望著她。

「嗯、嗯，」紗藍深思。「我是有聽過這些地方。」

達利納的嘴唇抿成一線，在紗藍上衣的圖樣哼出擔憂的聲音。達利納不是可以開玩笑的類型。

「抱歉，光爵。」紗藍靠上椅背。「我對你要我報告這一點覺得疑惑。我當然認識這些王國，但我接受的是學術訓練。我可以向你報告他們的主要出口品，但是說到外交政策……這個嘛，我在離開家鄉以前甚至沒跟雅烈席人說過話。我們還是鄰國呢！」

「我了解了，」達利納輕聲說。「妳的靈可以提供諮詢嗎？妳可以讓他和我們講話嗎？」

「圖樣嗎？他並不是很了解我們人類，這正是他來此的原因。」她坐立不安。「而且光爵，我得說實話，我認為他害怕你。」

「顯然他不笨。」雅多林說。

達利納瞪了自己兒子一眼。

「父親，別這樣。」雅多林說。「如果有哪個人可以嚇阻大自然的力量，那人就會是你。」

達利納嘆了口氣，轉身將手放在地圖上。令人意外的是，接著站起來的是雷納林。他把毯子與杯子放到一旁，向前將手安在他父親的肩上。這個青年站在達利納身旁看起來更加高瘦，他雖然沒有雅多林的滿頭金髮，但還是雜帶著黃絲。他看起來像是達利納奇妙的對比，幾乎沒有相像的部分。

「兒子，這太龐大了。」達利納看著地圖說。「我怎能在從未參訪過其中一些王國的同時，聯合整個羅沙大陸呢？紗藍雖然年輕，卻說出她可能沒有意識到的睿智話語。我們不了解這些國家。而我現在卻認為自己要為他們負擔責任？真希望我可以看清全——」

紗藍坐立不安，她覺得自己在討論氣氛之外。達利納召她來可能是想要獲得手下燦軍的協助，但科林家自成一格。這樣的情況下，她才是個外人。

達利納轉身走到門邊，從暖過的容器裡倒了一杯酒。紗藍在他經過她身旁時，有種不尋常的感覺。她體內彷彿有什麼東西被達利納拉扯，跳動起來。

他拿著杯子再次踱步繞過她。這次紗藍離開座位，跟著他走到地圖前。她邊走邊深吸一口氣，從筆盒中汲取閃閃流動的颶光。颶光瞬間充滿她，讓她的身體發亮。

她將外手安放在地圖上。颶光從她身上湧出，化為颶光風暴，在地圖上盤旋，點亮了地圖。她並不是很清楚自己在做什麼，但是還是動手了。這與理解無關，而是與知曉相關。

颶光在地圖上流瀉，速速穿過紗藍與達利納之間，讓娜凡妮匆匆離開座位，往後一退。颶光圍繞著廳室盤旋，在房間中央化作一張更大的地圖，懸浮在桌面一般的高度。山脈像是布料擠壓出皺摺般升起，廣大的平原閃著藤蔓與草原的綠光，荒涼的颶風襲向山地，背風側則充滿生機。颶父啊……她眼前的地景投影化為真實。

紗藍驚訝得無法呼吸。這是她做的嗎？她的幻想通常得先出現在她筆下才行。

地圖延伸到房間的兩側，邊緣閃閃發光。雅多林從座位上站了起來，穿過卡布嵐司一帶的幻象時，分裂了颶光的細絲，隨著他的離去，影像很快就在他身後完美地重合。

「這怎麼……」達利納傾身仔細看著雷熙諸島。「這細節太棒了。我甚至幾乎看得到上面的城市。你們做了什麼？」

「我不知道自己到底做了什麼。」紗藍一邊說，一邊踏進幻象，感受圍繞在她身邊的颶光。儘管幻象十分詳細，但是地圖的視角仍位於遠處，高山甚至不到指甲的高度。「光爵，我不可能創造這樣的東西。我沒有這樣的知識。」

「這個也不是我做的，」雷納林說。「光主，這裡的颶光肯定是從妳身上來的。」

「是的，不過，你父親那時拉了我一把。」

「拉妳一把？」雅多林說。

「是颶父。」達利納說。「這是每次颶風吹襲羅沙時，他所看見的景象。這不只是我或是妳的能力，而是我們共同達成的。」

「這個嘛，」紗藍說。「你本來還在抱怨自己沒辦法到處看看呢。」

「用掉了多少颶光？」娜凡妮繞著明亮的新地圖問。

紗藍檢查她的筆盒。「嗯……全部。」

「我們會給妳更多。」娜凡妮嘆了口氣。

「抱歉，我——」

「不，」達利納說。「能讓我手下的燦軍練習自己的能力，是我現在最值得換取的資源。就算哈山要我們花大錢買來更多錢球也無妨。」

達利納大步穿過影像，激起一陣漩渦。他站在接近地圖中央的地方，就在兀瑞席魯旁邊，緩慢且仔細地研究起房間兩端的景象。

「十座城市。」他低聲說。「十個王國。從很久以前，就有十座誓門連接這些地方。這就是我們奮鬥的目標。是我們的第一步。我們不必一開始就拯救世界，而是要先從簡單的步驟開始。我們要守住有誓門的城市。

「如今到處都是引虛者，但我們更具機動力。我們可以分享資源，在諸王國之間運送食物或魂師。我們可以讓這十座城市成為光與力量的堡壘。只是我們動作要快。那個人就要來了。九影之人……」

「那是什麼？」紗藍好奇地問。

「那是敵人的鬥士。」達利納瞇起眼。「榮譽在幻象中告訴我，生存的關鍵是憎惡同意讓鬥士決鬥。我見過對手的鬥士，它是穿著黑色盔甲的怪物，有著紅色的雙瞳。可能是帕胥人。它有九道影子。」

站在附近的雷納林轉向父親，睜大眼睛，張大嘴巴，但似乎沒有人注意到他。

「亞西米爾，亞西爾的首都，」達利納一邊說，一邊從兀瑞席魯走向西方的亞西爾中心。「有一座誓門。我們必須啓動它，並取得亞西須人的信任。他們在我們執行使命時有一席之地。」

他繼續往西走。「雪諾瓦藏有一座誓門。巴巴薩南的首都也有一座。第四座則在遙遠的勞．艾洛里，影之城。」

「還有一座在里拉，」娜凡妮說。「加絲娜認爲這座誓門在庫司。第六座誓門所處的島嶼已經被摧毀了，位於艾米亞。」

達利納低哼一聲，轉向地圖的東方。「費德納則有第七座。」他一邊說，一邊踏進紗藍的母國。「第八座在賽勒城，接著是我們在破碎平原掌握的這一座。」

「最後一座在科林納。」雅多林輕聲說。「我們的家園。」

紗藍靠近他，碰了碰他的手臂。科林納的信蘆已經沒有通訊。沒有人知道科林納現在的狀況，他們最明確的資訊是從卡拉丁的信蘆傳來的。

「我們先從一小部分開始，」達利納說。「先從掌握世界的幾個重點著手。亞西爾、賈．克維德、賽勒那。我們會聯絡其他國家，但先專心處理這三個政權。亞西爾有組織跟政治影響力；賽勒那有船運與海軍的戰力；賈．克維德則有人力。達伐光主，如果妳能提供妳對母國的觀察還有內戰的後續狀況，我們會很感激。」

「那科林納呢？」雅多林問。

敲門聲打斷了達利納的回答。他喚人進來，那名斥候探頭一望。「光爵，」她一臉擔憂地說。「您得來看看。」

「怎麼了，琳恩？」

「光爵，又有……一起謀殺案了。」

我所有經驗的加總都導致了此刻。這個決定。

——摘自《引誓》〈自序〉

紗藍成爲「燦軍光主」後，有個她一度視之爲好處的待遇，就是人們預料她會在重要場合出現。大家跟隨提著油燈照亮走廊的守衛匆匆前進時，沒有人會質疑她的存在。沒有人認爲她不該出現，甚至沒有人想過，帶著年輕女人到殘酷謀殺現場是否合宜。這眞是令人愉悅的改變啊。

她從斥候對達利納的報告中得知，死者是一名叫作費德卡．佩羅的淺眸軍官。他是瑟巴瑞爾麾下的人，但是紗藍不認識他。一組斥候在塔裡第二階樓的偏僻地方發現這具屍體。

就要抵達目的地時，達利納與他的守衛小跑完最後一段路，超過了紗藍。颶風的雅烈席長腿。她試著汲取颶光，然而她已經全用在那片該死的地圖上了，而地圖在他們離開以後，只剩下碎裂的光霧。

這讓她既疲累又不滿。還在她前面的雅多林停了下來，回頭看了看。他原地踏了幾步，看來好似沒有耐心，卻跑到她身旁，並沒有再向前衝。

「謝謝。」紗藍在他配合她的腳步時說。

「反正他也不會動了，不是嗎？」他邊說邊發出呵呵怪笑。雅多林似乎因爲謀殺案覺得有些困擾。

他用還綁著夾板的傷手伸向她，使了個眼神。她改扶住他的手臂，他則提起油燈繼續前進。這裡無論是地板、牆壁或天花板都是螺旋狀的岩紋，有如紡錘的纏絲。紗藍記下這驚人的景象，決定晚些的時候畫上一張。

紗藍與雅多林終於追上其他人，穿過維持封鎖線的守衛。雖然發現屍體的是橋四隊的人，但他們還是派出科林家的支援來封鎖現場。

他們守住一間中等大小的廳室，同時用許多油燈照亮。紗藍停在門口，站在護住一口寬廣方坑的矮牆前。這口方坑大概有四呎深，直接鑿進房裡的岩石地。牆上的岩紋一樣有曲線，扭曲混合了橘色、紅色與褐色，躍上廳室的兩側，然後再收束成細窄的條紋，往另一端前進。

死者躺在洞穴底部。即便紗藍已有心理準備，仍覺得噁心。他仰天倒著，眼睛直接被刺了一刀，全臉已經被血弄花，破碎的衣服似乎是扭打的結果。

達利納和娜凡妮站在坑穴的矮牆旁，他嚴肅的臉孔有如石面，娜凡妮舉起內手遮住嘴巴。

「光爵，我們發現他的時候就是這樣。」橋兵皮特說。「我們馬上派人去找您。颶風的，這和薩迪雅司藩王的遭遇一模一樣。」

「他甚至用同樣的姿勢倒地。」娜凡妮一邊說，一邊抓緊自己的裙子，然後沿著階梯走到低處。這個坑洞幾乎占據了整座廳室的空間，事實上……

紗藍看向廳室的上方，那裡有幾具猶如馬頭的石雕，張著口裝在牆上。水泉，她想。*這裡本來是澡堂。*

娜凡妮跪在屍體旁，避開流往房中浴池遠處排水口的血水。「很明顯……這個姿勢，還有眼睛的傷口……*正與薩迪雅司的死法如出一轍。想必是同一位殺手。*」

沒有人試著阻止娜凡妮進入現場——彷彿太后戳弄屍體是件完全合宜的事。誰知道呢？或許雅烈席貴族女性就該做這種事。但紗藍還是覺得好奇怪，雅烈席人怎麼會魯莽地將女性帶到戰場上擔任書記、傳令兵與斥候？

她看向雅多林，想從他的表情中了解現況，然而她發現他驚愕地張口結舌，注視著前方。「雅多林？」紗藍問。「你認識他嗎？」

他似乎沒聽見她講話。「這不可能。」他喃喃道。「不可能啊。」

「雅多林？」

「我……不，紗藍，我不認識他。但我以爲……我的意思是，我把薩迪亞司的死當作單一事件。妳知道他那個人是什麼德性，大有可能自己惹上麻煩，不少人都想要他死掉，對吧？」

「看來事情不僅是如此。」紗藍雙手抱胸，看著達利納走下階梯，加入娜凡妮的行列，後面跟著橋四隊的皮特與洛奔，還有很顯眼的瑞連。瑞連引人注目到讓其他士兵特別站在可以保護達利納的位置，擋住這位帕山迪人。就算穿著同樣的制服，他們還是認爲他很危險。

「柯洛特，」達利納看向領兵的淺眸上尉。「你是弓箭手，對吧？第五營的？」

「是的，長官！」

「我們有派你和橋四隊的人探勘這座塔嗎？」達利納問。

「長官，逐風師們需要人力，以及更多斥候與書記來製作地圖。我的弓兵有機動力。我認爲比起在寒氣中排成一列操練，這樣還比較好，因此自願帶來我的連隊。」

達利納嗯一聲。「第五營……你們的巡警隊是誰負責？」

「第八連。」柯洛特說。「塔蘭上尉。我的好友。他……沒活下來，長官。」

「我很遺憾，上尉。」達利納說。「你和你的部下可以暫時離開，讓我與我兒子談談嗎？在我下達其他指示之前維持封鎖線，但是要通知艾洛卡國王這件事，並派個傳令兵到瑟巴瑞爾那裡去。我會親自拜訪他，但他應該先收到示警。」

「是的，長官。」這名瘦高的弓兵說完便開始下令。士兵離開現場，橋兵隊的人也走了。他們全退下以後，紗藍覺得頸後有股刺痛感。她發著抖，忍不住回頭張望。她討厭這座深不可測的建築給她的感覺。

雷納林站在她身後。她嚇了一跳，發出了尖細的叫聲，接著滿臉通紅。她甚至忘記了雷納林有跟來。幾隻羞恥靈落在她身旁，飄著白色與紅色的花瓣。她沒有被這景象吸走注意力。她認爲這些靈早在她身邊定居了才對。

「抱歉，」雷納林低聲說。「我不是有意跟在妳後面的。」

雅多林往下靠近浴池，看來還是很心不在焉。他爲什麼對於發現殺人事件這麼苦惱？大家每天都想殺掉他啊。紗藍抓住長洋裝，跟著他往下，但站得離血水遠遠的。

「這令人困擾，」達利納說。「我們面對了可怕的威脅，羅沙上的人類如今可能就像颶風牆前的樹葉一樣被掃滅。我沒時間爲隧道間潛伏的殺手多費心。」他抬頭看向雅多林。「我手下以前負責調查謀殺案的人都死了，奈特、馬藍……就算是精良的橋兵隊，也沒有調查的經驗。兒子，我必須交給你調查。」

「我？」雅多林說。

「你先前調查國王馬鞍的事件做得不錯，儘管發現背後只是空穴來風。艾拉達是情報藩王，去找他說明這起事件，並派一支警備隊來調查。你則作爲我的聯絡人參與調查。」

「你要我，」雅多林說。「調查誰殺了薩迪雅司？」

達利納點點頭，蹲在屍體前，然而紗藍完全不能理解他想要看到什麼，那傢伙已經死透了。「只要我安排我的兒子接手這工作，就能說服大家我的確認眞想找出殺手——雖然也可能是反效果。他們可能認爲我想派人來守密。他颶風的，我想念加絲娜，她知道怎樣斡旋，讓輿論不至於在法律上成爲我們的敵人。

「兒子，不管如何，追蹤下去。確保其餘的藩王認爲我們把謀殺案視爲優先處理的事項，而我們也確實想找出殺人犯。」

雅多林吞了吞口水。「……我明白了。」

紗藍瞇起眼睛。雅多林怎麼了？她瞥向還站在上方的雷納林，他站在空池的走道上，藍眼眨也不眨地看著雅多林。雷納林總是有點怪異，但他似乎知道她不知情的事。

她衣服上的圖樣輕輕地哼吟。

達利納與娜凡妮離開去找瑟巴瑞爾談話。他們一走，紗藍便抓住雅多林的手臂。

「怎麼了？」她低聲問。「你認得死者，不是嗎？你知道誰殺了他嗎？」

他直視她的雙眼。「紗藍，我不知道人是誰殺的。但我會找出殺手。」

她注視著他淺藍色的眼睛，研究他的眼神。颶風啊，她到底在想什麼？雅多林是個好男人，但是他和嬰兒一樣不會說謊。

他放輕步伐離開，紗藍緊跟在後。雷納林仍留在房裡望向走廊，一直到紗藍發現自己回頭也看不見他之前，都是如此。

10 分神

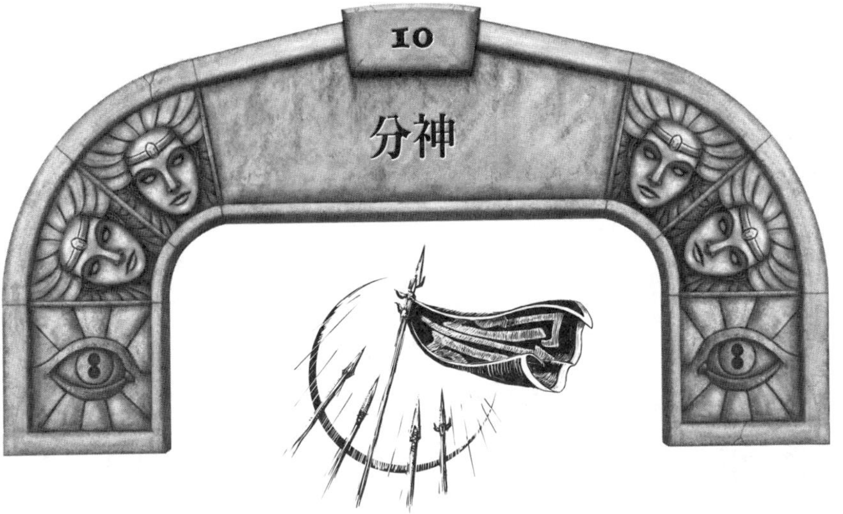

也許我的異端可以追溯到這些念頭開始的童年時光。

——摘自《引誓》〈自序〉

卡拉丁從山丘的頂端躍下，藉由捆術上升，他爲了保留颶光，沒有升高太多。

他浸在雨水中，朝向另一座丘頂飛去。下方的山谷布滿了維維姆樹，這些樹長長的枝幹互相戳刺，成了無法穿越的樹牆。

他輕輕落地，拖曳過淋溼石面上如同藍色燭火的雨靈，解除捆術讓引力回歸，再快步行軍。在學會使用矛與盾前，他就學了行軍的方法。卡拉丁露出微笑。他幾乎可以聽見哈福在隊伍後方咆哮，同時要落後者跟上的聲音。哈福一向說，人們只要能夠一塊行進，學習戰鬥就變得很簡單。

「你在笑嗎？」西兒化作往反方向飄去的大雨滴。那形狀很自然，卻又不合理。這是一種合理的不可能現象。

「是的，」雨水從卡拉丁臉上滑下。「我應該嚴肅一點。我們可是在追捕引虛者。」颶風的，他這樣說眞怪。

「我不是在數落你。」

「有時很難和妳解釋。」

「所以你那笑臉是什麼意思呢？」

「不到兩天前，我發現我母親還活著，」卡拉丁說。「所以我母親的位置其實沒有空出來，妳不必再試著替補她的位置了。」

他輕輕用捆術上升，讓自己從陡坡淋溼的石面滑下，左右踏步穩住腳步。他走過開展的石苞與糾纏的藤蔓，這些植物在持續的落雨下成長豐碩。在泣季之後，城鎮周圍死去的植物，會和一次強烈的颶風過後差不多。

「這個嘛，我不是試著照顧你。」西兒仍然是雨滴的樣子。這樣和她對話非常超現實。「但是我可能會看情況罵你，在你不乖的時候。」

他低哼一聲。

「或是你變得無法溝通的時候。」她化身成穿著長洋裝的年輕女子，拿著雨傘、坐在半空中。「我身負神聖且重大的責任——那就是在你成了陰沉的笨蛋時，爲你的世界帶來快樂、光亮與愉悅。而你通常都很陰沉，所以這就對啦。」

卡拉丁笑出聲來，汲取一點颶光，奔上下一座山丘，再從上方滑下來。這裡是上好的農地，也難怪薩迪雅司這麼看重亞坎尼一帶。此地可能是文化荒漠，但是有廣大田野的拉維穀與塔露穀可以餵飽半個王國。其他的村莊則專心畜養野豬來取得皮革與鮮肉。這裡還有岡釜獸，這種長得像芻螺的牲畜並不普及，牠們的寶心雖小，還是可以提供魂師製造肉類。

西兒化爲光帶，竄到他眼前繞了又繞。就算在陰鬱的天氣裡，他也依然覺得很振奮。他全力衝刺到雅烈席卡，就是因爲擔心而且預估自己來不及拯救爐石鎮。然而發現父母健在……這眞是意料之外的護佑。他的人生中嚴重缺少這類護佑。

他驅動颶光。奔跑。飛升。雖然已花了兩天追蹤引虛者，但是卡拉丁的疲累感已漸漸消褪了。他曾經過的那些村莊多半支離破碎，沒什麼空床位，不過他還是找到了躲雨的地方，並弄到熟食來吃。

他從爐石鎮開始往外以重覆循環的方式前進——造訪這些村莊、詢問當地帕胥人的問題，並警告可怕的風暴會再回歸。截至目前爲止，他還沒遇過受到帕胥人攻擊的城鎮或村莊。

卡拉丁又登上一座山丘的頂端，然後停了下來。一塊飽經風霜的石柱標示著十字路口。他未曾到過離爐石鎮這麼遠的地方，不過他小時候也沒離開過爐石鎮幾天。

他在雨中遮眼遠眺，西兒在此時現身。石柱與簡易地圖上標記的符文標明前往下座城鎮的距離——只不過他不需要知道距離，他可以從黑暗中的燻煙判斷城鎮的位置。以這裡的標準而言，此處算是不小的城鎮。

「走吧。」他一邊說，一邊沿著山坡走下去。

「我認爲，」西兒一邊說，一邊化作少女的形象落在他肩上。「我會成爲很棒的母親。」

「妳怎麼會想聊這個？」

「話題是你帶起來的。」

就因爲比較了西兒和他母親嘮叨的程度嗎？

「妳有能力養育小孩嗎？像是幼小的靈？」

「我不知道耶。」西兒坦承。

「妳叫颶父……呃，父親。對吧？所以他生下妳嗎？」

「可能吧？我想是的？不如說塑造我。幫我們找到自己的聲音。」她歪起頭。「是的。他造了我們。造了我。」

「所以妳也可以辦到，」卡拉丁說。「找到小隻的，呃，風靈？或是榮譽靈？然後塑造它們？」

他用捆術越過一團石苞與藤蔓，落地時嚇到地上的克姆林蟲。這群克姆林蟲從一具幾乎不染汙漬的貂骨身上跑走，大概是大型掠食者剩下的部分。

「嗯……」西兒說。「到時候我要成爲完美的媽媽。我會教這些小小靈如何飛、如何掌握風向、如何騷擾你……」

卡拉丁笑著說。「可愛的甲蟲會讓妳分心，讓妳把這些小小靈忘在某個抽屜裡。」

「胡說！我爲什麼會把寶寶留在抽屜裡？這很無聊耶。不過如果是藩王的鞋子裡……」

他飛完往村莊的最後一段路，村莊西側損壞的建築讓他的心一沉。雖然災害損傷沒有到令人害怕的程度，但是每座城鎮與村莊都在風暴或是可怕的閃電下失去人命。

這座村莊在地圖上的名字是空角村，本來是處宜人居住的好地方。這裡的地形向下凹陷，東方還有山丘擋住颶風的衝擊。總共有二十幾座建築，其中有兩棟供旅人停留的大型避風所，但是外圍也有許多建築。這是藩王的領地，而那恩階級夠高、也夠勤勞的深眸人可以受僱在未開墾的山丘上耕作，並保有一部分作物。

廣場有幾盞錢球燈籠，鎮民正在那裡開會。卡拉丁來得正好。他落在光線中，並向一旁舉起手。西兒在無語的命令下化爲一把細緻美麗的碎刃，中央有逐風師的印記，線條延伸到劍柄、流淌在金屬上，有如飄動的長髮。雖然卡拉丁比較喜歡矛，但碎刃是個象徵。

卡拉丁降落在村莊中央。落點在大蓄水池附近，這種池子可以儲存雨水、過濾克姆泥。他將西刃（Sylblade）扛在肩上，伸出另一隻手，準備他的開場白。*空角村的居民。我是燦軍的卡拉丁。我來此——*

「燦軍大人！」一名肥胖的淺眸人從人群中擠出來。他穿著長長的雨衣還有一頂寬邊帽，樣貌雖然滑稽，但此時可是泣季，久雨不停不適合維持自我時尚風格。

這個男人用力拍了手，兩名執徒便匆匆來到他身邊，手上拿著裝滿發光寶石的盃皿。廣場邊緣的人群低聲議論，期待靈在不可見的風中拍打翅膀。有些人把小孩抬了起來，讓他們有更好的視野。

「好極了，」卡拉丁輕聲說。「我成了雜耍的戲碼。」

他腦中聽見西兒咯咯地笑。

好吧，那就讓好戲上場吧。他將西刃高舉過頭，立刻激起群眾的歡呼。他原本認爲廣場上多數人會咒罵燦軍之名，但顯然無法抗衡現場群眾的熱情。人們很難馬上捨棄數百年來不信任與汙名化的思想，只是在這天崩地裂的時刻，他們會尋求精神象徵。

卡拉丁放下西刃。他知道象徵有多危險。很久以前，阿瑪朗也曾是一個受他景仰的象徵。

「你們知道我會來，」卡拉丁對鎮長與執徒說。「你們與鄰近的城鎮有聯絡。他們告訴了你們，我說過什麼嗎？」

「是的，光爵。」淺眸人一邊說，一邊殷勤地獻上錢球。卡拉丁將先前交易到手上、但已用盡颶光的錢球換取新的一批時，淺眸人的表情很明顯低落下來。

*你以為我會像剛開始那一、兩座城鎮一樣，用兩顆寶石換一顆嗎？*被逗樂的卡拉丁如此想。然而，他還是拋下幾顆多出來的黯淡錢球。他希望自己看起來很大方，這樣的話更容易傳出去，只是他不能每到一個聚落就讓手上的寶石減半。

「很好，」卡拉丁一邊說，一邊挑出一、兩顆錢球。「我不能拜訪每個聚落。我要你傳達訊息到附近的村莊，將國王的慰問與命令帶給他們。我會支付你派出傳令兵的費用。」

他看向一臉期待的群眾，忍不住想起以前在爐石鎮和鎮民一起期待新領主來到的時候。

「遵命，光爵。」淺眸人說。「您希望先休息用餐嗎？還是要馬上勘察受到攻擊的地方？」

「攻擊？」警戒心大起的卡拉丁問。

「是的，光爵。」粗壯的淺眸人說。「您不就是為此來訪嗎？視察野蠻的帕胥人攻擊我們的結果？」

終於啊！「帶我過去。馬上。」

❖

帕胥人攻擊了鎮外一間穀倉。有著圓頂的穀倉位於兩座山丘之間的窄處，這座穀倉撐過了永颶，連塊石頭都沒有鬆動。然而，此時穀倉的門已經被引虛者扯開，內部被搜刮一空。

卡拉丁蹲了下來，穿過壞掉的門軸。這棟建築裡有灰塵與塔露穀的氣味，又有一股過重的溼氣。鎮民就算臥室有很多地方漏水，也會盡力保持穀物的乾燥。

雖然他還聽得見室外的雨聲，但雨水沒有滴在頭上的感覺還是很奇怪。

「光爵，我可以繼續嗎？」執徒問他。這位執徒是位年輕、漂亮的女子，表現得很緊張。她看來明顯不知道該將他視作信仰結構的哪一部分。神將創立了燦軍騎士團，但他們也是叛徒。因此……他若不是神話中神聖的存在，便跟引虛者只有一線之差。

「是的，請說。」卡拉丁說。

「有五位目擊者，」執徒說。「其中四個，嗯，各別算了攻擊者的數量，在……五十人左右？無論如何，我們都能肯定他們人數眾多，看看他們短短時間內帶走多少穀物便可以想見。他們，嗯，長得不像帕胥人。他們很高，還穿著盔甲。我畫了一張素描……這……」

她再次給他看了素描一遍。那張圖和小孩子畫的圖差不多，只是抽象人形的塗鴉。

「總之，」年輕的執徒繼續說話，沒注意到西兒已落在她的肩膀上，正觀察她的臉。「他們在第一月亮落下後就過來了，在第二月亮升到頂端時搬走穀物……那個，我們在守衛換班前什麼也沒注意到。蘇特發出警報，然後把那些怪物趕跑了。他們只留下四袋穀物沒拿走，現在我們已經移走了它們。」

卡拉丁從執徒身邊的桌上拿起一支粗木棍。執徒瞥了他一眼，復又埋首於文件裡遮掩紅臉。油燈照亮了這個空得絕望的空間。這些穀物原本可以讓這座村莊度過一段時間，直到下次收穫。

對農村裡的人來說，沒有比撒種時節只有空空的穀倉還煎熬的事了。

「被攻擊的人呢？」卡拉丁一邊說，一邊檢查木棍，看來是引虛者逃跑時丟下的。

「光爵，兩個人都被治好了。」執徒說。「雖然科姆說自己還在耳鳴。」

五十個化為戰爭形體的帕胥人——他聽取報告後覺得這是最相像的情形——這樣的帕胥人可以直接掃蕩這座只有寥寥幾個民兵的城鎮。他們足以屠殺所有人，並取走任何想要的東西。結果，他們只精準地掠奪了其他東西。

「那些紅光，」卡拉丁「再向我描述一遍。」

一直看著他的執徒開口了。「嗯，光爵，五位目擊者都提到了紅光。夜裡有小小的紅光亮著。」

「是他們的眼睛。」

「可能吧？」執徒說。「如果那是眼睛發的光，也只有幾雙眼睛而已。我去問過，目擊者都沒有特別提到發光的眼睛——科姆被攻擊時，還直接與帕胥人面對面。」

卡拉丁丟下木棍，拍掉手上的灰。他從年輕執徒手中拿走文件翻閱做做樣子，然後對她點頭。「妳做得很好。謝謝妳的報告。」

她鬆了一口氣，呆呆地露齒而笑。

「噢！」還停在執徒肩上的西兒說。「她覺得你很帥！」

卡拉丁抿住嘴巴，對女子點點頭後離開，走進雨中，往城鎮的中心前去。

西兒在他肩膀上現身。「哇。她住在這裡一定很無望。我是說，看看你。你從飛越大陸之後就沒梳過頭，制服上還沾著克姆泥，還有那把鬍子。」

「妳這麼想幫我提升自信心，可眞是謝了。」

「我想在這座只有農夫的地方，看人的標準就會降低很多。」

「她是位執徒。」卡拉丁說。「她只能嫁給其他執徒。」

「卡拉丁，我覺得她想的不是結婚噢……」西兒一邊說，一邊轉頭往後看。「我知道你之前忙著處理白衣服的傢伙和一堆雜事，但我做了研究。人們會鎖上門，不過底下依然有足夠空間鑽進去。我想啊，既然你自己不想學，那我就該研究了，所以你要是有問題……」

「我自己很清楚。」

「你確定嗎？」西兒問。「我們可以要那位執徒爲你畫張畫像。她看起來很想畫一張。」

「西兒……」

「卡拉丁，我只是要你開心點啦。」西兒從他肩上收束起來，化爲光帶，圍著他繞了幾圈。「有感情關係的人比較快樂。」

「這種看法，」卡拉丁說。「明顯是錯誤的。有些人可能是這樣，但我知道很多人並非如此。」

「少來了。」西兒說。「那個織光師怎樣？你好像喜歡她。」

這句話太接近事實，讓卡拉丁覺得不舒服。「紗藍已經和達利納的兒子訂婚了。」

「那又怎樣？你比他好啊。我根本不信任他。」

「西兒，妳不信任任何碎刃師。」卡拉丁嘆了口氣。「我們討論過了。持有這樣的武器並不代表他是壞人。」

「是啊，這個嘛，等到有人拿著你姊妹的屍體揮舞的時候，我們再看看這是不是不代表他是壞人。你在轉移話題，就像織光師可以成爲你的……」

「紗藍是淺眸人。」卡拉丁說。「話就說到這裡。」

「但是──」

「打住。」他一邊說，一邊走進村裡淺眸人的屋中，接著竊語。「妳也別在別人親熱時偷看了，令人毛骨悚然。」

照她的說法，往後卡拉丁做那檔事時，她也會在身邊……雖然她一直如影隨形，但關於這一點，以前的他可沒想過。他能說服她留在外面嗎？就算她不偷溜進來看，也會偷聽。颶父啊！他的人生越來越奇怪了。他試著驅走與女子同床共枕時，西兒坐在床頭歡呼同時指導的情景，但還是失敗了。

「燦軍大人？」領主在小屋前廳裡問。「您還好嗎？」

「想到了不好的回憶。」卡拉丁說。「你的斥候確定帕胥人的去向嗎？」

領主轉頭看向身後穿著皮衣的瘦子。這人背上有把弓，正站在蓋上木板的窗邊。這是位陷捕者，他在領主的許可之下在轄地捕捉貂獸。「光爵，我跟了他們半天。他們沒有走偏，直直往科林納而去。我以克雷克之名發誓。」

「那我也往那個方向走。」卡拉丁說。

「燦軍光爵，您需要我帶路嗎？」陷捕者問。

卡拉丁汲取颶光。「那樣恐怕會拖慢我的速度。」他向眾人點點頭，走出門口，施展捆術讓自己上升。聚在路上與屋頂的人群，在他離開時歡聲雷動。

❖

馬匹的氣味讓雅多林想起幼時的回憶。汗水、堆肥與乾草，這是很好的氣味。*眞實*的氣味。

他在成人前，跟著他的父親投入在賈·克維德的邊境戰役。雅多林那時還很怕馬，但他從未承認過。這些動物與芻螺相較，速度更快，也更有智慧。

眞是怪異啊。這種全身都覆蓋毛髮的生物，曾經讓他連上前觸摸都會怕得顫抖，牠們明明有雙澄澈的大眼。而那些還不算*眞正*的馬。他們在戰場上騎的是一般雪諾瓦純種馬，牠們很有價值，但不是*無價之寶*。

牠們不像眼前的偉物。

科林家的動物被安置在塔城的西北偏遠處，就在第一階層，山風也吹拂至此。皇家工程師在走廊上費了心思，疏通這裡的氣味，也同時讓這裡變得有些寒冷。

某些房間裡聚集了岡釜獸與野豬，一般的馬則安在其他房間。有些房間還有巴辛的野斧犬，但這些動物再也不需要出門狩獵。

這樣的住所並不適合黑刺（Balckthorn）的駿馬。是的，這隻瑞沙迪黑馬有自己的空間，大到可以設置馬廄。這個露天空間比起其他動物的居所更寬廣。

雅多林從塔裡出來時，這隻黑色的巨獸快步奔來。牠可以讓碎刃師騎乘卻不顯渺小，因此瑞沙迪馬又被稱作「第三件碎具」。碎刃、碎甲，然後是坐騎。

這說法對牠們不公平。人不能靠擊敗主人來取得瑞沙迪馬，是馬選擇牠的騎士。

但是，雅多林在英勇（Gallant）蹭上他的手心時想，我想這也是在古代擁有碎刃的道理吧。它們也是挑選主人的靈。

「嗨，」雅多林一邊說，一邊用左手搔了搔駿馬的鼻邊。「在這裡有點寂寞，對吧？我很抱歉。希望你不再寂——」他欲言又止。

英勇靠近他，居高臨下，但態度仍然溫順。這匹馬蹭了蹭雅多林的頸子，用力噴了一口氣。

「噢，」雅多林推開這隻馬的頭。「我才不要這股味道。」他拍拍英勇的頸子，趁手腕的痛楚提醒自己傷勢前，伸出右手到肩包裡。他用另一隻手拿出一些糖塊，英勇熱切地想要吃掉。

「你跟娜凡妮伯母一樣壞。」雅多林說。「聞到了點心才跑過來，對吧？」

英勇轉頭過去，用一隻澄澈的藍眼望著他。牠的眼裡中央一塊矩形的瞳孔，看來似乎……生氣了。

雅多林以前經常覺得自己可以了解自己的瑞沙迪馬的心思。他以前……和定血（Sureblood）有牽絆。比起人與碎刃的關係還要複雜又難以定義，但的確存在。

當然，雅多林正是那種偶爾會和劍講話的人，他似乎有這種習慣。

「我很抱歉，」雅多林說。「我知道你們喜歡一塊奔馳。而且……我不知道父親是否還能常常下來看你。他已經從戰場上退下，負起其他責任。我想我有空時可以來陪陪你。」

這匹馬噴了一口氣。

「不是騎上你好嗎？」雅多林看懂了這匹瑞沙迪馬的怒氣。「我只是想，這樣對我倆都好。」

英勇用鼻邊戳了戳雅多林的肩包，讓他不得不掏出另一顆方糖。這舉動對雅多林來說似乎代表牠的同意，他餵了馬，再靠上牆，看著牠在牧欄裡漫步。

很愛現，雅多林笑著看英勇躍過他頭上。或許之後英勇會讓他刷毛。這樣很好，很像是在馬廄裡與定血共處的寧靜夜晚。至少這是他在忙起紗藍、決鬥和許多事情之前，可以這樣度過的時光。

他在意識自己需要一匹戰馬之前，一直都忽略定血。然後下一瞬間，定血就死了。

雅多林深吸一口氣。這些日子以來都很瘋狂，不止是定血的死，還有他對薩迪雅司下的殺手，現在自己還要專責調查……

探訪英勇似乎讓他心頭寬慰了一些。在雷納林來的時候，雅多林還靠在牆上。這位年少的科林家男子探頭進門，到處查看。英勇經過的時候，他沒有躲開，但是的確謹慎看待這匹坐騎。

「嗨。」牧欄另一邊的雅多林打了招呼。

「嗨。巴辛說你在下面。」

「只是來看看英勇。」雅多林說。「父親最近這麼忙。」

雷納林走得更近。「你可以請紗藍來畫定血。」雷納林說。「我保證，呃，她會畫得很好。以資紀念。」

這提議其實不壞。「你在找我嗎？」

「我……」雷納林看著英勇再次跳躍。「牠很興奮。」

「牠喜歡觀眾。」

「你也知道，牠們不該在這個世界。」

「什麼不應該？」

「瑞沙迪馬有石子般的蹄，」雷納林說。「比一般馬匹還要堅固，不需要馬蹄鐵。」

「所以這種馬不應該在這世界上？我認爲這讓牠們更應該……」雅多林瞪了雷納林一眼。「你說的是普通的馬，是吧？」

雷納林臉紅了，然後點點頭。大家有時跟不上他的思路，但是他並非故弄玄虛。他一直思考深沉，卻只會提出一部分驚奇思想，讓他看起來一副古古怪怪的樣子。不過只要認識他，就知道他並不是故作神祕，他只是說話時，跟不上自己的腦袋。

「雅多林，」他輕聲說。「我……嗯……我必須把你送我的碎刃還給你。」

「爲什麼？」雅多林說。

「持有碎刃很不舒服。」雷納林說。「老實說，一直是如此。我以爲只有我這樣怪怪的。但大家都這樣。」

「你的意思是燦軍們。」

他點點頭。「我們不能用死去的碎刃，這樣是不對的。」

「好吧，我想我可以找別人接手。」雅多林一邊說，一邊思考人選。「不過挑人的應該是你。碎刃是你的，你有權決定贈予的對象。」

「你選人比較好。我已經交給執徒保管了。」

「這代表你沒有了武裝。」雅多林說。

雷納林別過眼神。

「或者有了別的。」雅多林說完，戳戳雷納林的肩膀。「你有替代品了，對吧？」

雷納林又臉紅了。

「你這隻狡猾的貂鼠！」雅多林說。「你能夠召喚燦軍的刀刃了？爲什麼不告訴我？」

「只是剛才的事。葛萊斯（Glys）本來不確定他辦得到……但我們需要更多人來啓用誓門……所以……」他深吸一口氣，伸手到一旁，召喚了一把閃閃發光的長長碎刃。這把細劍幾乎沒有護手，金屬有波浪般的層層疊紋，彷彿剛剛鍛造而成。

「眞美，」雅多林說。「雷納林，這太棒了。」

「謝謝。」

「那你爲什麼覺得不自在？」

「我……沒有啊？」

雅多林沒好氣地看了他一眼。

雷納林解散碎刃。「我只是……雅多林，我本來更適應了。不管是身爲橋四隊，或是成爲碎刃師都是。現在，我又陷入了黑暗。父親期待我成爲燦軍，才能幫他聯合這個世界。但我要學的是什麼？」

雅多林用無傷的手搔搔下巴。「嗯。我想這只有你自己才能知道。你沒有發現嗎？」

「我想是的。但是雅多林，我要學習的事物……讓我感到恐慌。」他舉起自己開始發光的手，颶光的光束從他手中流散，就像是火焰的焚煙。「我會不會傷到人，或是毀掉什麼？」

「你不會這樣做，」雅多林說。「雷納林，在你手上的是全能之主的力量。」

雷納林盯著自己發光的手，看起來並沒有被雅多林說服。因此雅多林伸出沒受傷的手，握住雷納林的手。「這很好，」雅多林對他說。「你不會傷害人。你是來拯救大家的。」

雷納林看向他，然後笑了。燦光的脈動這時穿透了雅多林，一瞬間他覺得自己完美無瑕。他看到自己不知如何完美起來的幻象，變成了他有潛力成爲的人。

幻象馬上就消失了，雷納林收回他的手喃喃說著。那是一句道歉。他再次提到必須交出碎刃的事，接著跑回了塔裡。

雅多林凝視他的背影。英勇踏步過來，蹭著他要糖，因此他心不在焉地伸手到袋子裡拿糖餵牠。等到英勇走開，雅多林才發現自己用了右手。他舉起右手，一臉驚奇地動了動自己的手指。

他的手腕已經完全好了。

三十三年前

達利納在晨霧中雀躍地跳步。他感受到體內有股新的力量，每一步都充滿著能量。他有了自己的碎甲。

他的世界從此與眾不同。大家都認爲他遲早要持有自己的碎甲或碎具，但他內心還是止不住那不安的低語。要是事情根本沒有發生的話，又會怎樣呢？

而今木已成舟。颶父的。木已成舟。他親自在戰鬥中贏得碎具。是的，這場戰鬥中，他把人踢下懸崖，但不改他戰勝碎刃師的事實。

他不禁沉浸在這絕妙的感覺之中。

「達利納，冷靜點。」薩迪雅司從霧中現身，站在他身旁，穿著金色盔甲。「有耐心點。」

「薩迪雅司，沒用的。」穿著淺藍色盔甲的加維拉從達利納另一側出現。三個人都戴上了面甲。「科林家的健兒就像被拴住的野斧犬一樣嗜血。我們沒辦法在戰鬥中冷靜，也不能像執徒所教誨的一樣平和優雅。」

達利納移動腳步，感受寒冷的晨霧撲面而來。他想要與那些在空中繞著他拍打的期待靈一起舞蹈。他身後的軍隊排著整齊的陣形，霧中傳來腳步聲、金屬相擊的聲響，還有咳嗽聲與低語。

他幾乎認為自己不需要這批軍隊。他背著一把巨錘，就連最強壯的人——若是沒有人幫忙——也沒辦法舉起來。然而他幾乎感受不到重量。颶風啊，這股力量。這股力量就像戰意一樣。

「達利納，你考慮過我的提議了嗎？」薩迪雅司問。

「沒有。」

薩迪雅司嘆了口氣。

「如果這是加維拉的命令，」達利納說。「我就會結婚。」

「別把我扯進來。」加維拉在對話的過程中，反覆召喚並驅散自己的碎刃。

「這個嘛，」達利納說。「你不表示什麼，我就維持單身。」他想要的女人現在在加維拉身邊。他們已經結婚了——颶風的，還生了個小女孩。

達利納的哥哥不能知道他在想什麼。

「但是達利納，想想這有什麼好處。」薩迪雅司說。「你的婚姻可以帶來盟軍，還有碎具。你可能還會為我們贏得一個藩國，而不是在我們打得他們國力落後，才加入我們！」

他們已經打了兩年的仗，十個藩國中依然只有四個在加維拉的統治下，其中科林家與薩迪雅司家還沒有什麼難度。他們的戰爭聯合了雅烈席卡——成了對抗科林家的盟友。

加維拉有信心可以逐一擊破，他們的對手會為了私利背刺別人。薩迪雅司慫恿加維拉表現得更殘酷，他宣稱聲名越是狼藉，就會有越多城市為了避免慘遭血洗而自願倒戈。

「那麼，」薩迪雅司問。「你至少可以考慮政治聯姻吧？」

「他颶風的，你還堅持這個話題啊？」達利納說。「我只要作戰。你和我哥去煩惱政治的事情吧。」

「達利納，你終究逃不了的。你也了解，對吧？我們都得煩惱如何餵飽深眸人、建設城市，還有打好各大王國的關係。這就是政治。」

「那是你和加維拉的事。」達利納說。

「是所有人的事。」薩迪雅司說。「我們三個人都要承擔。」

「你本來不是要讓我放輕鬆點嗎？」達利納喝道。他颼風的。升起的太陽終於驅散霧氣，讓他看見此戰的目標：一道高十二呎的城牆。牆上什麼也沒有，只有平整的石面，或至少看來如此。這裡很難看見裂谷之城。這座名爲拉薩拉思的城市又被稱作壑城，整座城市都在平地之下的裂谷之中。

「塔納蘭光爵是個碎刃師，對吧？」達利納問。

薩迪雅司嘆了口氣，拉下他的面甲。「達利納，我們已談過四次。」

「我那時醉了。塔納蘭是不是碎刃師？」

「兄弟，他只有碎刃。」加維拉說。

「我會拿下他。」達利納低聲說。

加維拉笑了出來。「你先找到他再說。我想把碎刃給薩迪雅司，因爲他至少會參與會議。」

「好吧，」薩迪雅司說。「我們愼重行事，照著計畫來。加維拉，你——」

加維拉對達利納露齒一笑，蓋上面甲，在薩迪雅司話說到一半時衝了出去。達利納歡呼一聲，也跟了上去。

薩迪雅司大聲咒罵，只好跟上。軍隊一時還待在後面。

石塊從天而落。牆後的投石器投擲成塊的岩石，也有細碎的石礫。落石重擊達利納身旁的地面，讓石苞的藤蔓蜷曲起來。另一塊落石再重擊他眼前的地面，然後彈了開來，石屑迸裂。達利納繞過石塊，碎甲給了他行動的活力。箭雨蔽日，他舉手護住眼縫。

「小心弩砲！」加維拉大喊。

牆上的士兵將像是十字弓的巨大武器推上石頂。一枝有如長矛大小的箭矢筆直往達利納射去，比投石器還精準。達利納跳到一邊，碎甲磨地滑開。巨矢重擊地面，木造的箭身也隨之碎裂。

其他箭矢則串上網子與繩索，試圖將碎刃師絆倒，然後再補上一箭。達利納笑得開懷，感受到湧起的戰意讓他的手腳甦醒。下一刻他跳過一枝帶網的箭。

塔納蘭的手下製造了箭矢與亂石的風暴，卻遠遠不夠。一顆石頭擊中達利納的肩膀，讓他一時站不穩，但他很快找回架勢。箭矢對他無用，落石則沒有準度，弩砲重新裝填的速度也太慢。

事情就該這樣發展。達利納與加維拉與薩迪雅司，三人一起，什麼責任都不必煩惱，只要讓生命全為戰鬥而生。白天打場好仗，晚上則有溫暖的爐火與疲累的肌肉，還有年份很好的酒。

達利納到了牆下，跳躍，向上躍得奇高，他的高度正好抓住牆頂的垛口。敵軍拿起錘子往他的手指砸去，但是他把自己往上拋到牆上的走道，打倒慌張的守軍。他鬆開手上錘子的束繩，讓錘子往身後的一名敵兵砸去，又接著揮舞，讓敵軍崩潰慘叫。

這簡單過頭了！他收回錘子，揮出廣角，如暴風般掃落牆上的敵人。薩迪雅司也出現在他身後，踢翻一架弩砲，像是輕吹一口氣般摧毀了武器。加維拉舉起碎刃攻擊，刀下亡魂的雙眼焚燒起來。城牆上方的防禦工事反而限制了守軍，分散了軍力——對碎刃師而言再好也不過。

達利納衝向敵人，在這短短的時間內，他似乎已經殺掉超過畢生敗將數量的敵人。這時，他意外覺得不快。這無關技巧、氣勢或是他的名聲。就算是無牙老人代替他的位置，也可以有同樣的戰果。

他咬牙對抗這無用的情緒，深入自己內心，發現戰意蓄勢待發。戰意湧上他的身體，驅離這種不快。他馬上就發出愉悅的咆吼。這些人不能動他一根寒毛。他是毀滅者，他是征服者，是帶來死亡的美妙風暴。他是神。

薩迪雅司正在說話。這個穿著金色碎甲的笨蛋比了比手勢。達利納眨眨眼，往牆內看去。他可以從這個位置看見峑城，看見藏在裂谷中的城市，建築物憑靠著兩邊的崖壁建造。

「達利納，投石器！」薩迪雅司說。「拿下投石器！」

好。加維拉的士兵開始往城牆衝鋒。那些更靠近峑城的投石器仍在投擲石頭，一次可以消滅數百人。

達利納跳到牆邊，抓住繩梯往下懸蕩。繩索難以負荷地斷了，讓他落地不穩。他的碎甲直接撞到石面，他不覺得痛，但自尊心卻受損了。薩迪雅司在牆邊看著他。他的聲音，達利納聽得特別清楚。

總是橫衝直撞的，以後花點時間思考，好嗎？

這明顯是個初學者才會犯下的錯。達利納低吼一聲，爬了起來，摸索他的錘子。他颶風的！他掉下來的時候將錘子的把手折斷了。他怎麼可以搞成這樣？雖然錘子不是用碎刃跟碎甲同樣奇異的材質製作，但仍是上好的鋼材。

防守投石器的士兵在巨石飛躍的陰影下一擁而上。達利納收緊下巴，渾身充滿戰意，把一旁牆上的重門扯開，任門軸彈跳滾動飛開。這比他想像的還要簡單。

這副碎甲的潛力比他預期的還要大。穿上碎甲的他或許一時和穿上碎甲的老人無異，但他會改變現況。這時他決定不再對碎甲的能力感到驚奇。他要日夜穿著碎甲，甚至連睡覺都要穿著這颶風的東西，直到自己習慣這副防具。

他舉起木門，當作大頭棍一般朝敵人揮舞，在他與投石器之間掃出一條通道。接著衝向前，抓住投石器的側面，把滾輪扯開、迸出碎片，讓這個器械歪傾倒下。他踩上投石器，抓住旋桿折斷。

再解決十台就可以了。他站在已毀的器械上，聽見遠處有人呼喊他的名字。「達利納！」他往牆上看去，薩迪雅司從背後拿出他的碎刃師專用錘，拋擲出來。錘子在空中旋轉，將達利納身旁另一台投石器砸成碎片。

薩迪雅司舉手敬禮，達利納也揮手感謝，然後握住錘子。有了錘子，毀滅行動變得很快。他打擊這些器械，將之化成碎木。其中也包括許多女人的工程師們逃跑四散，大喊著：「黑刺！是黑刺！」

他接近最後一台投石器時，加維拉已經攻陷城門，讓士兵進入城內。他們蜂擁而上，加入已經攀牆而入的先鋒。達利納身旁的敵人逃進城區，沒有人與他交戰。他低吼一聲，踢了已毀的投石器一腳，讓投石器滾到壑城的邊緣。

投石器彈了起來，落入谷中。達利納向前行進，走上一塊設有防人滑落護欄的巨石，似乎是個觀察哨。從這裡，他可以好好地俯瞰這座城市。

「鑿城」之名恰如其分。裂谷在右側收窄，但是在達利納所處的正中央，就連穿著碎甲的他，也沒辦法將石子扔到對面去。深谷之中，生機盎然。生靈從花園冒出，建築物沿著漏斗狀的谷地拾坡而上，椿柱、橋樑與木頭棧道羅織了這裡的交通網路。

達利納回頭看著包圍鑿城開口的城牆，城牆護住了廣大的開口，直至西邊的湖畔。

要在雅烈席卡生存，就要在颶風來臨時找到庇護。寬廣的谷地是建立城市的絕佳地點，但是要如何保護這座城呢？任何敵軍都能居高臨下。許多城市就在颶風與敵人的威脅之間走起鋼索。

達利納將薩迪雅司的錘子扛在肩上，看著塔納蘭的士兵湧下城牆、組成陣形，阻擋加維拉左右兩翼的兵力。他們想要從側翼抗衡科林家的軍隊，但是面對三名碎刃師，他們只會陷入困局。塔納蘭領主本人到哪去了？

薩卡帶著一隊精兵到來，站在石製瞭望平台上。他的雙手放在護欄上，輕聲吹著口哨。

「城裡不對勁。」達利納說。

「什麼不對勁？」

「我也不知道……」達利納可能不在乎加維拉與薩迪雅司擬定的偉大計畫，但他是一名士兵。他對戰場了解的程度，就像女人了解自己母親的食譜一樣：無法給人確切的描述，可是知道缺了什麼調味。

他身後的戰鬥仍然持續，科林軍的士兵與塔納蘭的守兵交戰。塔納蘭的軍隊表現不佳，他們的士氣已經被科林軍擊潰，陣形崩潰的他們開始撤退，互相推擠前往下方的城區。加維拉與薩迪雅司沒有追擊。他們已經占據了優勢，用不著冒著中埋伏的風險急進。

加維拉重步走上石台，薩迪雅司也跟在旁邊。他們要調查城區，對下方施以箭雨，甚至考慮使用還未被達利納摧毀的投石器。他們會開始圍城戰，直到擊潰敵軍。

三名碎刃師，達利納心想。塔納蘭必須想辦法對付我們……

看台有俯瞰城區最好的視野。他們將投石器部署在旁——正是這些碎刃師本來確定要摧毀的器械。達利納瞥向兩旁，發現平台的石造地板上有裂痕。

「不！」達利納對加維拉大喊。「退後！這是——」

敵軍一定在監視，他喊出聲的剎那，身後的地面就往下崩裂。達利納瞥見被薩迪雅司拉住的加維拉。

加維拉一臉驚恐地目睹達利納、薩卡與幾名精兵直直落入壑城深谷。

他颺風的。這個突出的石台在他們站上去之後隨即崩落。石塊撞上下面的建築，達利納則在半空中天旋地轉。

他重重地砸上房子。有硬物狠狠打上他的手臂，力量大到他可以聽見盔甲的碎裂聲。房子也擋不住他落地的力道。他壓碎木造結構，繼續往下掉落，頭盔則不知爲何在深谷的崖壁磨擦。

他重摔到另一個表面，發出了重擊聲，幸好這回停了下來。他低哼一聲，左手傳來劇痛。他搖搖頭，發現自己的視線正看向五十呎上方，人已處在這座近乎垂直的木造城市之下。巨大的落石已砸毀了住宅與走道，在城區的陡坡上掃出一道廢墟。達利納剛才往北方摔落，最後落在房子的木製屋頂上。

他沒看見自己的手下，不管是薩卡還是其他精兵都不見蹤影。若不是有碎甲……他低吼一聲，怒靈像是血池一樣在他身邊沸騰。他在屋頂上挪動自己的身軀，手上的劇痛讓他表情扭曲。他左手臂的盔甲全碎了，而他在摔落的時候還弄斷了幾根手指。

碎片百裂的碎甲流瀉出白煙，但他只失去左手掌與左手臂的盔甲。

他小心地在屋頂移動，但是一動又壓垮屋頂，整個人直接摔到屋內。他再受到撞擊時悶哼一聲，這房裡的一家人一邊尖叫，一邊退到牆邊。塔納蘭顯然沒有通知自己的屬民，隱瞞了自己毀掉城區來對抗敵軍碎刃師的極端計畫。

達利納站起來，無視畏縮的一屋子人，推開了大門，力量大到把門擊破，然後踩上這一層住宅的木製步道。

一陣箭雨馬上往他身上招呼。他挺出右肩擋護，低吼一聲，同時遮住眼睛上方，觀察攻擊的源頭。壑城他颶風的另一側，有座花園的平台上有五十名弓兵。好極了。

他辨識出弓兵的領頭者。那是個有位階臂章與白羽頭盔的高個子。怎麼會有人把雞毛拿來當頭盔的裝飾？看起來眞蠢。不過，塔納蘭還不壞。達利納有次贏了他一盤棋，塔納蘭願賭服輸，給了一百顆閃閃發亮的紅寶石，裝在塞了軟木塞的酒瓶裡。達利納一直覺得那是件趣事。

達利納享受戰意的浸潤，讓這股從體內湧現的力量帶走疼痛，然後沿著走道衝刺。薩迪雅司在上方帶兵從落石處推進，但是速度還不夠快。他們到的時候，達利納大概已經拿到新的碎刃了。

他衝上跨過壑城的橋。可惜，他已知道自己在這座城市面對突襲時，會有什麼準備。兩名士兵從深谷的另一端匆匆跑來，用斧頭砍向達利納那座橋的支撐點。這座橋使用魂師製造的金屬繩索，但那兩個士兵要是能把支柱砍斷，讓繩索鬆脫，就可以藉著達利納的體重讓橋連人往下掉。

壑城的河床至少在一百呎之下。達利納低吼出聲，做出唯一的抉擇。他跳到走道的邊緣，躍至下方的另一條路。那條步道看起來很堅固，然而達利納還是一腳踩穿了木板，整個身子幾乎都陷下去。

他拉起自己，繼續往跨越深谷的地方衝去。前方又有兩名士兵趕到支柱旁，急著拆解。

達利納腳下的走道開始搖動。颶父的，他快來不及了，但是在跳躍距離內又沒有其他走道。達利納驅動自己奔跑、狂吼，每一腳都把木板壓得作響。

一枝黑色的箭像是天鰻從上方飛過，射下其中一名敵兵。接著又是一箭，把眼睜睜看著同袍倒下的另一名士兵也拿下。棧道不再搖晃，達利納露齒一笑，停了下來。他轉身看見崩石上方的人，那人舉起一張黑色的弓朝達利納致意。

「特雷博，你眞是他颶風的神準！」達利納說。

達利納到了壑城的另一側，從死者手中拉起一把斧頭，再跑上他當時看見塔納蘭領主的坡道。

他輕鬆找到那地方，那是一塊寬廣的木製平台，與周邊的牆面接合，上頭布滿了藤蔓與石苞。達利納一上了花園，生靈便四處竄逃。

塔納蘭與五十名士兵在花園中央等待著。達利納在頭盔裡噴氣，往前一站，面對他的敵人。塔納蘭只穿著普通的鋼甲，但是手上握著一把造型粗蠻的碎刃，有著寬廣的劍身與位於刃尖的鉤。

塔納蘭喝斥士兵放下弓箭退後，接著雙手握持碎刃，走向達利納。

所有人都對碎刃有所執著。這種帶著傳說的特殊武器，讓人會追蹤其去向，查明它究竟到了哪位國王或光爵手裡。達利納雖然使用過碎刃與碎甲，若要他從中二擇一，他永遠會選擇後者。此刻他只要給塔納蘭結實的一擊，戰鬥就會結束。然而這位領主卻得面對可以承受他猛擊的敵手。

達利納體內的戰意滾滾湧動。他站在兩棵矮樹中間，擺好架勢，將沒有盔甲的左手藏在領主視線之外，右手則緊握著戰斧。雖然這是把戰斧，此刻在他手中卻像個小孩的玩具。

「達利納，你不該來的。」塔納蘭的腔調帶著這一帶常見、容易辨別的鼻音。鑿城人總認為他們遺世獨立。「我們與你們還有你們的事情毫無瓜葛。」

「你拒絕向國王臣服。」達利納在領主身旁繞行，同時注意後方的士兵，身上的盔甲相擊出聲。他不能在決鬥時分心被他們攻擊，而他應該早些解決這個問題。

「國王？」塔納蘭喝斥，怒靈在他身邊沸騰。「雅烈席卡已經好幾代沒有國王了。就算我們想要再立一個王，又有誰說科林家足以承擔重任？」

「就我所見，」達利納說。「雅烈席卡的人民需要一位能在戰場上領導他們的偉大國王。而那只有一個方法能證明。」他在頭盔裡露齒一笑。

塔納蘭率先發動了攻擊，他揮動碎刃，試著擴張自己最大的攻擊範圍。達利納往後跳了一步，等待時機成熟。戰意是種令人成癮的衝動，使人有證明自己的欲望。

但是他必須謹慎。達利納的理想計畫是拖延戰鬥，這要依靠碎甲提供的強大力量與耐力。不幸的是，他的碎甲還在洩漏能量，而他還有這些守衛要處理。然而，他還是照著塔納蘭預期的方向閃躲攻擊，讓對方以爲他要拖延戰鬥。

塔納蘭低吼一聲，再次攻擊。達利納用手臂擋住揮擊，接著輕鬆揮動戰斧。塔納蘭也很快閃躲。颶父啊，碎刃可眞長，幾乎和達利納一般高。

達利納小心移動，腳步掃過花園的草葉。他甚至感受不到斷指的疼痛了。戰意正在呼喚他。

等待。裝作要盡可能拖延的樣子……

塔納蘭再次突進，達利納向後一躲，身穿碎甲的他在碎刃揮中以前就躲了開去。等到塔納蘭下次攻擊，達利納低身衝去。

他再次用碎甲擋住碎刃，但是這一擊下手之重，讓右手臂的盔甲也隨之碎裂。達利納在出其不意的衝鋒後，仍然低下身子，用肩膀撞上塔納蘭。這位領主的盔甲被撞出巨響，在碎甲的強大力量下歪曲，他也跟著倒下。

不巧的是，達利納也失去了平衡，倒在領主身旁。花園平台在他們跌倒時搖動，木頭發出碎裂與低悶的聲音。沉淪地獄的！達利納可不想在敵人環伺時倒地，然而他還是得留在這裡，因此伸手往碎刃而去。

達利納拋下右手甲。沒了臂甲，懸著的手甲重得要命，也扭曲成廢物。他也不幸地弄丟了斧頭。領主用劍首朝達利納猛打，卻毫無效果。達利納一手骨折，一手則沒有碎甲的力量，對上他的敵人也沒有優勢。

達利納翻滾到塔納蘭的上方，利用碎甲的重量釘住敵手。就在這時，一旁的士兵開始攻擊，正如他所預料。戰場上的榮譽決鬥在身爲上主的淺眸人落入頹勢時，就再也沒有榮譽可言。

達利納一個翻滾離開塔納蘭。敵軍顯然沒有預料到他的動作如此迅速。他站起身來，拾起斧頭，再快速一揮。他右邊的的肩甲還延伸到他的手肘，因此揮動斧頭的時候，仍然有股力量——奇妙地混合了碎甲提供的能量，以及暴露的手臂的額力。他得小心不要折斷手腕。

他這凶猛的一揮，打倒了三名敵軍。其餘士兵退開，用長戟將他隔開，其他人則將塔納蘭扶了起來。

「你談到人民，」塔納蘭用粗啞的聲音說。他穿著臂鎧的手按住被達利納打碎的胸甲，呼吸看來出了問題。「如果這是爲了人民而戰。如果你劫掠、清除與謀殺是爲了他們的益處。那你就是個毫未開化的蠻人。」

「戰爭不是什麼開化的事。」達利納說。「人不能粉飾戰爭、美化戰爭。」

「你用不著把傷亡拖在身後，扯裂、壓碎你所經之地。你是個怪物。」

「我是個士兵。」達利納一邊說，一邊瞪了塔納蘭舉弓的手下。

塔納蘭咳了咳。「我已經失去我的城市。我的計畫失敗了。但我可以爲雅烈席卡盡最後一份心力，那就是把你這混帳拿下。」

弓兵放箭。

達利納大吼一聲，往地上一摔，藉著碎甲的重量撞擊平台。在先前的戰鬥中已經變得脆弱的木板，一下碎裂開來，他也穿透過碎木，撼動下方的支柱。

整個平台在他身邊垮掉，所有人一起掉到下層。達利納聽見尖叫聲，自己則撞上下一層走道，使穿著碎甲的他也不禁一暈。

達利納搖搖頭呻吟，發現他的頭盔前面已經壞了，讓頭盔提供的特殊視野也跟著消失。他一手拿下頭盔，同時大口呼吸。颶風的，他沒有受傷的手臂現在也傷到了。他瞥了一眼插著碎片的皮膚，其中一片碎木長如匕首。

達利納表情扭曲。下方負責砍斷橋樑的士兵朝他衝去。

達利納，穩住。準備好！

他站起身來，頭暈目眩、精疲力竭，又發現那兩名士兵不是爲了他而來。他們扶起從上方平台落下的塔納蘭，抓住他逃離。

達利納大吼一聲，步履艱難地追了上去。他的碎甲緩慢移動，只能蹣跚走過崩落平台的殘骸，試著跟上士兵。

手臂傷勢痛得他怒發如狂。但是戰意，就是戰意驅使他向前。他不會遭受打擊，他不會罷休！塔納蘭的碎刃還沒有從他身邊出現，代表這個敵人還活著。達利納還沒有取得勝利。

幸好其他士兵被部署到城市的另一端戰鬥。鏨城這一側空空如也，對大批群眾而言仍是安全的——他瞥見了躲藏在房裡的居民。

達利納沿著鏨城的坡道蹣跚而上，追在拖著光爵的士兵之後。士兵在坡道的頂端，將載負的人倚在裂谷的石壁上。他們用了特別手法打開石壁上的暗門，拖著戰敗的光爵進入暗門，接著又有兩名士兵回應他們恐慌的呼喚衝了出來，對上達利納。

沒有頭盔的達利納與之交戰，眼睛已經浸了血。他們持有武器，他則空著雙手。他們毫髮無傷，他則是雙臂都傷得幾乎無法動彈。

然而戰鬥仍以士兵倒地、流血斷骨作收。達利納踢開暗門，腿上的碎甲還有功用，足以將門直接踢倒。

他彎身進入牆上閃爍著鑽石錢球的小隧道。這扇門外頭覆蓋了乾燥的克姆泥，讓門看起來像是石壁。要不是他看見敵人進門，勢必要花上數天甚至數週才能找到密道。

達利納前進一會兒，就找到了他先前追逐的兩名士兵。根據血跡判斷，他們將光爵安置在自己身後關上門的房間裡。

他們抱著必死的決心衝向達利納。達利納手臂的疼痛在戰意之下不足掛齒。他很少像現在一樣覺得身強體壯，擁抱如此美麗純粹的美妙情緒。

他俯衝向前，速度快得不可思議。他用肩膀把一名士兵撞上牆，再用一記命中要害的踢擊打倒另一名士兵，接著達利納打開他們身後的門。

塔納蘭渾身淌血躺在地上。一個美麗的女人抱著他痛哭。這間小房間中還有一人。一個小男孩。六歲。或許已經七歲了。小孩的臉上掛著淚痕，試著用雙手舉起父親的碎刃。

達利納的身影進了門。

「你不能殺掉爸爸，」小男孩的聲音因爲悲痛而不成聲，痛靈在地面爬行。「你……不行……你……你……」他的聲音化爲低語。「爸爸說……我們對抗的是怪物。只要有信心，我們就會戰勝……」

❖

幾個小時後，達利納坐在壑城邊緣，雙腳在破碎的城市上方擺動。他將新得的碎刃橫放在大腿上，他那不成形的破裂碎甲則堆在一旁。他的手臂已經接受包紮，但是他趕走了外科醫生。

他凝視似乎空蕩蕩的平原，轉眼看著下方的人命象徵。屍體堆積如山。破損的房屋。文明國度的殘片。

加維拉在兩名達利納的精兵護衛下走了過來，今天的護衛是卡達西和費賓。加維拉揮手叫兩人退下，然後低哼一聲，坐在達利納身邊，再脫下頭盔。疲憊靈在他頭上圍繞，但是疲勞的加維拉還是一副思慮重重的模樣。他精明的淺綠雙眸，一向看來知識淵博。在達利納長大成人以前，曾單純地全心認爲他兄長所言所行都是正確的。長大以後，他的看法也沒有什麼改變。

「恭喜，」加維拉對著碎刃點點頭。「薩迪雅司對於沒贏到碎刃很不開心。」

「他總會拿到自己的一把。」達利納說。「他的野心夠大，我不認爲他拿不到。」

加維拉低嗯一聲。「這次攻打的代價太大。薩迪雅司說我們得更加謹慎，不能單槍匹馬冒險失去性命與碎具。」

「薩迪雅司很聰明。」達利納說。他小心地用受傷比較不嚴重的右手拿起一杯酒，湊到嘴邊。他總認爲這是治療疼痛的唯一解藥——或許也能幫他化解恥辱。無論是哪種感覺，他都覺得很尖銳，而戰意已經消退，讓他情緒低靡。

「達利納，我們要怎麼處理他們？」加維拉一邊問，一邊指向下方被士兵包圍的群眾。「數以萬計的人。他們不會輕易退縮。他們不會認可你殺掉他們領主以及繼承人的事實。他們會反抗我們好幾年。我有這個預感。」

達利納喝了一口飲料。「讓他們加入軍隊。」他說。「告訴他們，如果為我們而戰，我們就會饒他們一命。你想要減少碎刃師在開戰時就向前衝鋒的機率嗎？那我們就需要可以消耗的部隊。」

加維拉點點頭，開始思考。「薩迪雅司也講對了一件事。這件事和我們有關。還有我們即將迎接的身分。」

「別跟我談這件事。」

「達利納……」

「我今天損失了一半的精兵，其中還包括上尉。我要煩惱的事可多了。」

「我們為何戰鬥？是為了榮耀？為了雅烈席卡？」

達利納聳聳肩。

「我們不能再像惡棍一樣行事。」加維拉說。「我們不能劫掠每座城市、夜夜飲宴。我們需要紀律，我們得控制我們的領地。我們需要官員，需要法律，需要政治。」

達利納閉上雙眼，心中的羞恥讓他分了心。要是加維拉發現了，怎麼辦？

「我們終究得長大。」加維拉輕聲說。

「然後變得軟弱？就像那些死在我們手上的領主嗎？我們就是為此起兵的，不是嗎？因為他們的怠惰與腐敗而戰？」

「我不再確信這件事了。達利納，我現在是位父親。這讓我思考在大獲全勝以後該做什麼。我們要怎麼建立王國？」

他颶風的。王國。達利納此生第一次對這個概念感到恐慌。

加維拉最後站起身來，回應呼叫他的訊息。「你能否，」他對達利納說。「在未來的戰爭中笨拙一點？」

「這種話居然是你說的？」

「深思熟慮的我說的。」加維拉說。「一個……精疲力竭的我說的。好好運用引誓（Oathbringer）吧，畢竟這是你贏來的。」

「引誓？」

「你的劍，」加維拉說。「颶風的，你昨天晚上什麼都沒聽進去嗎？這是創日者當年的劍。」

懂了，創日者。他是上個統一雅烈席卡的人，那也是好幾百年前的事了。達利納從大腿上拿起碎刃，讓光影在完美的金屬上嬉戲。

「這把劍是你的了。」加維拉說。「我們事成以後，我要讓人再也不會想起創日者，只能想起科林家與雅烈席卡。」

加維拉離去。達利納將碎刃插在石頭上，向後一躺。他閉上雙眼，腦中浮起那個勇敢男孩的哭喊。

我要求的不是你們的原諒，甚至不求你們的理解。

——摘自《引誓》〈自序〉

達利納雙手交放在背後，站在兀瑞席魯上層的一面玻璃窗旁。他可以看見玻璃窗上的映影，以及藏在後方的廣闊視野，天空晴朗無雲，烈日高照。

這扇窗和達利納一樣高——他從未見過這樣的窗戶。誰會將這麼脆弱的玻璃蓋在颶風的迎風向呢？當然，因爲這座城坐落在颶風之上。這些窗戶似乎表現出一種不屈的精神，是燦軍原本意義的象徵。燦軍在世界政局中遺世獨立，而在他們的高度，能見識到好遠的地方……

你將他們理想化了。他腦中傳來有如悶雷的遙遠聲音。他們像你一樣。不好。不壞。

「這很鼓勵人。」達利納低聲回應。「他們若和我們一樣，就代表我們也能達到如他們那般的成就。」

別忘了。他們最後背叛我們。

「爲什麼？」達利納問。「發生什麼事？他們爲什麼變了？」

颶父陷入沉默。

「拜託，」達利納說。「告訴我。」

有些事最好被人遺忘，颶父的聲音對他說。你們眾人應當理解此事，想想你們那些心智的漏洞與填補漏洞的人吧。

達利納驟吸一口氣，說不出話來。

「光爵，」卡菈美光主的聲音從背後傳來。「皇帝已經準備好與您談話了。」

達利納轉身。兀瑞席魯上層有幾個特殊的空間，其一就是這個圓形劇場。這個半月型的空間正上方裝有窗戶，還有一排排可以觀看演說台的座位。有趣的是，每個座位旁都有個小小的支座。颶父說，那是給靈的位置。

達利納走下階梯加入自己的團隊，其中有艾拉達與他的女兒梅伊，娜凡妮則穿著淺綠色長裙裝，伸出雙腿，沒穿鞋子的雙腳交疊露出，坐在前排。年邁的卡菈美負責書寫，而雅烈席卡的政治智庫泰紗芙．卡爾則在旁提供諮詢。她帶了兩名資深的侍從，準備在需要時協助翻譯或提供研究資料。

這小小的一群人即將要改變世界。

「替我向皇帝致意。」達利納下達指示。

卡菈美點點頭，開始書寫。接著她清清喉嚨，讀出信蘆猶如自行書寫的回應。「澈維達的皇上，馬卡巴奇人的皇帝，亞西爾之王，青銅皇宮之主，阿卡席克斯首座，亞什爾的首相與信使，亞納高一世向你致意。」

「對一個十五歲的男孩來說，」娜凡妮說。「這可真是偉大的稱號。」

「他讓一個孩子死而復生。」泰紗芙說。「這個奇蹟讓他獲得官員的支持。當地人的說法是，他們在兩任皇帝被我們的舊識白衣殺手殺害後，難以找到新的人選。因此官員選了一個血統可疑的男孩，然後捏造他救人性命的故事，來表現聖授君權的合理性。」

達利納沉吟一聲。「亞西須人不像是會捏造故事的民族。」

「他們不會排斥，」娜凡妮說。「只要找到見證人填寫文件就好。卡菈美，感謝皇帝與我們會談，也謝謝他的譯者的努力。」

卡菈美寫了回應，接著抬頭看向在劇場中央踱步的達利納。娜凡妮站起來陪他，只穿著襪子行走。

「陛下，」達利納說。「我從傳說之城兀瑞席魯的頂端與您會談。這裡風景令人嘆爲觀止。我邀請您來訪此城，您可以隨意帶來合乎您需求的護衛與助理。」

他看向娜凡妮，她點點頭。他們先前已經長談如何接觸各大王室，決定採用柔性的邀請。首先是西方最強大的亞西爾，這是最需要確保下來的中央誓門。

回應花了點時間。亞西爾政府複雜得很美妙，加維拉以前經常對此發出讚美。政府上下階層都是官員，男女也都會書寫。他們的文書很像執徒，但並非奴隸，這讓達利納覺得很奇怪。亞西須人會以成爲祭臣作爲最高榮耀。

依照傳統，亞西爾皇帝宣稱是全馬卡巴奇人的皇帝，這包括了六個王國與其藩國。事實上，他只統治亞西爾，但亞西爾具有十足影響力。

達利納在眾人等待回應時，站到娜凡妮身旁，一手放在她肩上，手指滑上她的背，再到了後頸，然後繞到肩膀的另一側。

誰能想到這把年紀的男人還能墜入情網？

「殿下，」回應終於傳來，卡菈美於是讀道。「我們感謝您提出錯誤風向颶風的警告。您及時的話語已經注記並記錄到帝國年鑑，視殿下爲亞西爾之友。」

卡菈美等待後續，但是信蘆已經停了。接著紅寶石發出閃光，顯示對方已經結束回應。

「這不能算是回應。」艾拉達說。「達利納，他爲什麼不回應你的邀請？」

「對亞西須人來說，名字登上官方紀錄是很光榮的事。」泰紗芙說。「所以他們已經回以感謝。」

「是的，」娜凡妮說。「但他們閃躲我們提出的要求。達利納，施加壓力。」

「卡菈美，照著我說的寫。」達利納說。「我深感榮幸，只願我能在歡欣的時刻出現在貴國的年鑑。

讓我們一起討論羅沙的未來，我希望能親自見到陛下。」

他們耐心等待回應。回應終於以雅烈席語出現。「亞西爾王室爲您的失憾哀悼。雪諾瓦殺手殺害了您的王兄，也殺了我們敬愛的官員，因此我們有了交集。」

回應結束。

娜凡妮咋咋舌頭。「他們不會因爲被施壓就給人答案。」

「他們至少可以給個理由。」達利納不悅地說。「我們簡直在進行兩段不同的對話。」

「亞西須人，」泰紗芙說。「不喜歡冒犯人。他們在這方面像艾姆利人一樣，特別是對外國人。」

在達利納的估算中，這種特性並非亞西須人特有。全世界的政治家都是這樣行事。他已經開始覺得這段對話恍如以前還在戰營說服其他藩王的景象。似答非答的回應一個接著一個，還有這些人無足輕重的允諾，他眞切以待，卻被報以嘲弄的目光。

颶風的。他又落入這種境地。他想統合不願聆聽他言語的人們。他不能表現得這麼差，不再能這樣。

*曾幾何時，他心想。我用別的方法聯合眾人。*那時的他聞著焚煙，耳邊是他人的痛喊。他想起那些不服他兄長的人們，最後敗在他手下的鮮血與灰燼。

最近這些回憶變得特別模糊。

「還有其他方針嗎？」娜凡妮提問。「不提出邀請，而是表示援助的意願。」

「陛下，」達利納說。「戰爭就要來到。您想必見過帕胥人的變化。引虛者業已回歸。我要您知道雅烈席人會是您在這場衝突中的盟友。我們能分享對抗敵人時勝敗的情報，也希望貴國能提供同樣的資訊。人類必須聯合起來，面對壯大的威脅。」

回應終於出現。「我們認同在這個新時代中，互相幫助是最重要的事。我們很高興能交換情報。你們對於變形的帕胥人有何了解？」

「我們在破碎平原與他們交戰。」終於有些進展，達利納鬆了口氣。「他們是長著紅眼的怪物，和我們在破碎平原遇到的帕山迪人很類似——但是更加危險。我會指示我的書記準備我們多年來與帕山迪人戰鬥時所了解的細節奉上。」

「非常好，」另一邊傳來回應。「在現今的衝突下，我們非常期待這些情報。」

「貴國城鎮的情勢如何？」達利納問。「當地帕胥人有無動作？除了荒唐的破壞行動以外，他們有沒有具體可見的目標？」

他們緊繃神經等待回應。目前對帕胥人的理解甚少，卡拉丁上尉造訪城鎮時，會請當地書記傳來報告，但是對未來的發展仍一無所知，只知道城鎮陷入混亂，可靠的情報也很稀少。

「值得慶幸的是，」回應出現。「我們的大城屹立不搖，敵人也不再積極攻擊。我們正與敵軍協商。」

「協商？」達利納十分驚訝。他轉向泰紗芙，看見她也一臉驚奇地搖搖頭。

「陛下，還請明說。」娜凡妮說。「引虛者願意與貴國協商？」

「是的，」回應傳來。「我們正在交換條約。他們有非常詳盡的要求，契約也十分完整。我們希望可以預防武力衝突，以聚集兵力，強化本城的防禦。」

「他們可以書寫？」娜凡妮加重語氣。「引虛者交付和約給貴國？」

「就我們所知，一般帕胥人不會書寫。」回應傳來。「但有些人不一樣——他們更強壯，有奇怪的力量，說話的方式不一樣。」

「陛下，」達利納站到信蘆書桌旁，更急切地說話，像是要將自己的激動情緒藉由文字傳遞到皇帝與官員那裡。「我需要親自與您談話。我可以利用我們稍早提及的傳送門親自前去。我們必須再讓傳送門重新運作。」

信蘆陷入沉默。沉默長滯到達利納意識自己咬緊了牙關，忍住年輕時來回召喚並解散碎刃的衝動。這是他從兄長那裡學來的。

終於有回應了。「我們很遺憾得告訴您，您提到的裝置，」卡菈美讀道。「在我們城裡並沒有功能。我們已經調查過，發現裝置早被摧毀。我們不能前去拜訪，您也無法前來。在此致上歉意。」

「他現在才告訴我們這點？」達利納說。「颶風的！他得知誓門的事情時，就該讓我們知道！」

「這是謊言，」娜凡妮說。「破碎平原的誓門在數百年的颶風與克姆泥的埋藏下仍能運作。亞西米爾城的誓門是大市場的紀念碑，位於城市中央的圓頂建築。」

或者該說，這是她從地圖上判斷的。科林納的誓門在地圖上和王宮的結構相符，賽勒城的則是宗教建築，這些美妙的遺物不會任意被人摧毀。

「我贊同娜凡妮光主的判斷。」泰紗芙說。「他們擔心您親訪都城，或帶兵前去。這是藉口。」她皺起眉頭，似是把皇帝與大臣當成了不聽教師指示的小孩。

信蘆再次書寫。

「上面寫什麼？」達利納說。

「那是一份見證書。」娜凡妮笑了出來。「皇家建築師與防颶員聯名簽署誓門無法運作。」她繼續讀。「噢，這可真讓人開心。只有亞西須人會認爲你需要東西壞掉的證明。」

「特別是，」卡菈美補充。「上面只證明裝置目前『不具有傳送門的功能』。但是那個裝置當然不會有這個功能，要等燦軍到那裡才能啓用。這份見證書基本上在說，裝置沒有啓用時，就不會有功能。」

「卡菈美，接著寫下去。」達利納說。「陛下，您一度忽視我，結果便是永颶的破壞力。但是這次，請您聽我一言：您不能與引虛者協商。我們必須聯合起來，分享情報共同保護羅沙。同心協力。」

卡菈美照他說的寫了，達利納在等待時，將雙手壓在桌上。

「我們提到的協商是個筆誤。」卡菈美讀道。「這是誤譯。我們同意分享情報，但是時間有限。我們會進一步與您討論。再會，科林藩王。」

「呿！」達利納把自己推離桌子。「笨蛋，蠢貨！他颶風的淺眸人與沉淪地獄的政治！」他大步橫越房間，想找個什麼東西踢翻，免得自己情緒失控。

「這比我想像中得還要艱難，」娜凡妮雙手抱胸。「卡爾光主，妳的看法？」

「就我對亞西須人的經驗，」泰紗芙說。「他們極度善於在大量文字中提供極少的資訊。與亞西須人的高層交流時，這是家常便飯，請不要生氣。若要與他們達成目標，需要耗一些時間。」

「屆時羅沙早已是一片火海，」達利納說。「爲什麼他們收回與引虛者協商的宣言呢？他們認爲自己與敵人結盟了？」

「這不好說，」泰紗芙說。「但我認爲他們只是發現自己提供了比預期更多的情報。」

「我們需要亞西爾。」達利納說。「如果沒有亞西爾的保證，馬卡巴奇的眾人不會聽從我們，更不用說那座誓門……」他看見另一枝信蘆發起光，沒有繼續說下去。

「是賽勒那人。」卡菈美說。「他們早了。」

「你要重新安排時間嗎？」娜凡妮問。

達利納搖搖頭。「不，我們不能等女王幾天後才撥出時間。」他深吸一口氣。颶風的，和政治家談話比穿著全套盔甲行軍百哩還讓人疲乏。「卡菈美，繼續。我會控制我的挫折感。」

娜凡妮找了座位坐下，但達利納還是站著。純淨明亮的光線從窗戶灑落，讓眾人浸浴金光中。他吸了一口氣，覺得幾乎能嚐到陽光的味道。數天來他在兀瑞席魯扭曲的石廊穿梭，身邊只有蠟燭與油燈的微弱光源。

「尊貴的陛下，」卡菈美讀道。「賽勒那女王，芬恩·娥娜姆蒂光主，致信給您。」卡菈美停頓一下。「光爵……抱歉打斷，但是這顯示女王親持信蘆回應，沒有請書記代勞。」

對其他女人來說，這行止著實令人驚愕。但對卡菈美來說，不過是要作的注解之一。她會在爲達利納代言時，在頁末記錄豐富的筆記。

「陛下，」達利納雙手置於背後，在座席中央的舞台上踱步。做得更好。聯合他們。「我從燦軍騎士的聖城亓瑞席魯向您致意，並準備提出謙遜的邀請。這座塔城有美麗的風景，只能與現今的王室相配。我願有這個榮幸帶您來訪。」

信蘆草草地回應。芬恩女王直接以雅烈席語寫：「科林，」卡菈美讀道。「你這又臭又老的禽獸，別再噴芻螺糞了，你到底要什麼？」

「我以前一直很欣賞她。」娜凡妮指出。

「陛下，我是真誠以待。」達利納說。「我唯一的願望就是親自與您會面，並談及我們所發現的一切。這個世界正在改變。」

「噢，」回應傳來。「世界正在改變是吧？你怎麼有如此真知灼見？你是看到我們的奴隸突然變成引虛者，或者是從錯誤方向襲來的颶風——」她接著用兩倍大的字體寫：「——摧殘我們的城市呢？」

艾拉達清清喉嚨。「看來女王陛下今天不太順利。」

「她在侮辱我們，」娜凡妮說。「對芬恩來說，這其實代表她今天心情不錯。」

「我見過她幾次，她都表現得很有禮貌。」達利納皺著眉頭說。

「那時她要維持女王風範，」娜凡妮說。「你已經和她親自對話了。相信我，這是好現象。」

「女王陛下，」達利納說。「請告訴我，您國內帕胥人的狀況。他們有變形嗎？」

「是的，」她回答。「他颶風的怪物把我們的好船都搶了，整個港口連一艘單桅帆船都不剩，然後從城裡逃走了。」

「他們……會航海？」再次感到衝擊的達利納說。「請確認，他們沒有發動攻擊？」

「是發生了一些扭打，」芬恩寫。「但是大多數人都忙著處理颶風的餘波。等到我們搞清楚狀況後，他們已經用皇家戰艦與私人商船組成一支艦隊離開了。」

達利納吸了一口氣。比起我們原本的了解，我們對這些引虛者簡直一無所知。「女王陛下，」他繼續說。「您應該記得，我們曾經警示您颶風即將逼近。」

「我之所以相信你，」芬恩說。「只因為我們從新那坦南那裡確認風暴的來臨。我們試著作好準備，但是一個國家不能在瞬間顛覆四千年的傳統。科林，賽勒城現在已殘破不堪。颶風破壞我們的水利系統，撕裂我們的港口，抹消了我們整座外部市場！我們必須修繕蓄水池，加強建築抵抗颶風的能力，並且重建社會秩序——而且還在他颶風的泣季裡少了帕胥人勞工。我沒時間去觀光。」

「陛下，這並不算是觀光，」達利納說。「我並沒有忽視您的問題，但即便如此，我們也不能忽視引虛者。我打算舉辦聚集眾王的會議。」

「由你主導，」芬恩回應。「沒錯吧？」

「兀瑞席魯十分適合作為會議場所。」達利納說。「陛下，燦軍已經回歸——我們重拾古老誓言，並與自然的波力產生聯繫。如果我們能重啟貴國的誓門，您便可在下午來訪，然後在當晚直接回到自己的城市裡。」

娜凡妮對這個說法點頭表示同意，但是艾拉達雙手抱胸思考著什麼。

「怎麼了？」達利納在卡菈美書寫時問他。

「我們得派一名燦軍到城裡啟動誓門，對吧？」艾拉達問。

「是的。」娜凡妮說。「我們必須先有位燦軍啟動這裡的誓門，這點我們隨時可以辦到。接著這位燦軍要到目標城市解鎖。只要完成這件事，燦軍便可以從兩者之一啟動傳送。」

「而我們理論上可以前往賽勒城的燦軍，就是那位逐風師。」艾拉達說。「但要是他花上好幾個月才回來呢？或是他被敵人捕捉？達利納，我們有辦法履行所言嗎？」

這個問題令人苦惱，但達利納認為自己有辦法提供解答。他有個自己決定隱藏至今的武器。它可能有辦法像燦軍的碎刃一樣打開誓門——並可能讓人藉飛行抵達賽勒城。

時間不允許他繼續思考。首先他得獲得信蘆另一端的接納。

芬恩的回應終於傳來。「我承認我手下的商人對誓門很有興趣。我們這裡有個關於誓門的傳說，就是最有熾熱之情的人，可以讓這世上的誓門再次開啓。我想賽勒那女孩們都希望成爲發動的人選。

「烈情諸神是吧。」娜凡妮的嘴角下彎。賽勒那人有個類宗教的信仰，和賽勒那人交流時總是要面對這種奇妙的特質。他們上一秒還在讚揚神將，下一秒就提及烈情諸神。

達利納並非動搖傳統信仰的唯一禍首。

「如果你想要告訴我你對誓門的理解，那會是件好事。」芬恩說。「但是我對什麼眾王大會沒有興趣。你找時間告訴我，你的人馬什麼時候會到，因爲我要用盡全力重建我的城市。」

「好吧，」艾拉達說。「至少我們得到了誠實的回應。」

「我不認爲這是肺腑之言。」達利納揉揉自己下巴思考。他只見過這女人幾次，但是她的回應中缺了什麼東西。

「光爵，我也同意。」泰紗芙說。「我認爲賽勒那會緊緊抓住與各大王朝會面的機會來爭取交易。她還有話沒說。」

「派兵支援，」娜凡妮說。「協助她的重建。」

「陛下，」達利納說。「我對您的損失感到深深遺憾。我手下有許多沒有分配任務的士兵。我願意派一個營去幫助您重建城市。」

回應慢慢傳來。「我不確定自己認爲雅烈席人可以踏上我國土地，無論是否帶著善意。」

艾拉達低哼一聲。「她擔心侵略活動嗎？大家都知道雅烈席人跟船處不來。」

「她不是擔心我們渡海而去。」達利納說。「她是擔心城裡突然出現軍隊。」

這是合理的擔憂。如果達利納有意而爲，他甚至可以派逐風師祕密打開某座城市的誓門，然後出其不意地從背後襲擊敵人。

但他需要盟軍，而不是攻打的目標，因此他不會這樣做——至少不會對一個還抱持善意的城市如此。

然而科林納就是另一回事了。他們還沒有取得這座雅列席卡城市的可靠訊息。如果暴動還未停歇，他也在思考派兵重建秩序的可能。

不過他現在要專心與芬恩女王對話。「陛下，」他一邊說，一邊點頭示意卡菈美書寫。「煩請您考慮我派兵援助的提議。您允許這件事情的同時，我也建議您尋找貴國人民中的新生燦軍。他們是啓動誓門的關鍵。

「我們在破碎平原的時候有幾位燦軍覺醒了。他們與特定的靈互動，也在尋找合適的同伴人選。我只能認定世界各地都有這種情況發生。您城內的居民中，可能已經有人說出誓言。」

「達利納，你放棄了一部分優勢。」艾拉達指出。

「艾拉達，我在埋下種子。」達利納說。「我會在任何可以種植的山頭種下種子，不管這座山丘的主人是誰。我們必須聯合起來戰鬥。」

「我不會爲此爭論，」艾拉達站起來做個伸展。「但是你對燦軍的認識是談判的重點，可以帶來力量——強迫他們與你共事。過度放手的話，羅沙各大城市都可能有燦軍的『總部』。這樣他們不會合作，而是會競相徵召。」

不幸的是，艾拉達說得對。達利納不喜歡將知識化爲交涉的籌碼，但這是不是他先前一向無法與藩王交涉的原因呢？他想要待之以誠、不拐彎抹角，並在貫徹初衷的時候通行無礙。但現在看來，有人更擅長這種遊戲，也更願意打破規則的話，總是會在他投下籌碼時從中攔截，然後安放在他們更想要的地方。

「而且，」他很快要卡菈美補充。「我們願意派出我們的燦軍來訓練您發現的新生者，接著引導他們到兀瑞席魯的系統與同袍之間，這是他們從誓言中取得的權利。」

卡菈美補寫上去，接著扭轉信蘆，表示他們已經寫完，等待回應。

「我們會考慮，」卡菈美讀出紙頁上潦草的字跡。「賽勒那王室感謝您對我國人民的關切，我們也會考慮就您派兵一事協商。我們已派出幾艘小船追蹤逃跑的帕胥人，也會通報我們的發現。再會，藩王。」

「颶風啊，」娜凡妮說。「她改打女王的官腔了。我們沒跟上她的腳步。」

達利納坐到她身旁的座位，長長嘆了一口氣。

「達利納……」她說。

「我沒事，娜凡妮。」他說。「我並不認爲能在初次嘗試時就取得成果。我們只能繼續嘗試。」

這些說出口的話比他心裡所想還來得樂觀。他希望能親自與這些人對話，不是透過信蘆。

他們接著與葉席爾的女大君談話，再來是塔西克的親王。這兩國沒有誓門，因此在他的計畫中並沒有那麼重要，但是他認爲至少要與他們展開交流。

這兩人只給了模稜兩可的答案。沒有亞西爾皇帝的庇蔭，他不能取得馬卡巴奇小國的承諾。或許艾姆歐或圖卡願意接受，但他只能從世仇的這兩國中獲得其中一方。

最後的會談結束後，艾拉達與他女兒先行告退。達利納伸展身體，覺得精疲力竭。但還沒結束，他還得與依瑞王國的王室對話——這個奇特的國家有三個領導人。勞·艾洛里的誓門在該國領土內，讓他們有一定的重要性——他們的國土也延伸到里拉，那裡有另一座誓門。

除此以外，他們還要與雪諾瓦人交涉。他們不喜歡使用信蘆，因此娜凡妮靠一位願意傳遞訊息的賽勒那商人刺探他們。

達利納伸展時，肩膀開始向他抗議。他覺得邁入中年的歲月就像殺手般靜靜地摸上他背後。大多數時他還能正常生活，直到痛楚出其不意提出警告：他不再年輕。

全能之主保佑，他迸出無益的想法，揮手向娜凡妮告別。她還要篩選世界各地信蘆傳來的訊息。艾拉達的女兒與眾書記從中收集了許多資料。

達利納選了幾名守衛，讓其他人留下充作娜凡妮的幫手，然後爬上座席的階梯，到了頂端的出口。在門外守候的艾洛卡像被趕離暖火的野斧犬。

「國王陛下？」達利納開口說。「我很感謝你應允這個會議。你身體好多了嗎？」

「叔叔，他們爲什麼拒絕你？」艾洛卡沒有理會達利納的問題，反而逕自發問。「他們是不是覺得你有可能會顚覆他們的王位？」

達利納深吸一口氣，站在一旁的守衛覺得尷尬。他們紛紛退開，給國王一家隱私。

「艾洛卡……」達利納說。

「你似乎認爲我是帶著成見說這句話，」國王一邊說，一邊探頭進房間看向他母親，接著再看達利納。「但我沒有。你比我還強大。你更會戰鬥，人也更好，更適合成爲國王。」

「艾洛卡，你這是在貶抑自己，你必須——」

「噢，達利納，老話就別說了。你一生就這次就好，對我表現眞心。」

「你覺得我不會這樣嗎？」

艾洛卡伸手按住自己的胸口。「你對我是誠實的，而且經常如此。或許站在這裡的騙子是我，謊稱我辦得到，宣揚我可以成爲像父親一樣的力量。不、不要打斷我，達利納，讓我說完。引虛者？有著奇觀的古城？寂滅時代？」艾洛卡搖搖頭。「我可能……可能還是個還不錯的國王。我不傑出，卻也不是無恥的失敗者，但是面對這些大事，世界需要比『還不錯』更好的領袖。」

艾洛卡語帶屈從，讓達利納擔憂得不禁一震。「艾洛卡，你想說什麼？」

艾洛卡大步走進劇場，並對著底部的人喊道。「母親、泰紗芙光主，妳們願意爲我作證嗎？」

颶風的，不要這樣。達利納一邊心想，急忙跟上艾洛卡。「孩子，不要這樣做。」

「叔叔，我們都得接受自己所作所爲的結果。」艾洛卡說。「我學得很慢，可說是冥頑不靈。」

「但是——」

「叔叔，我是你的國王嗎？」艾洛卡問。

「是的。」

「可是，我不該是。」他跪了下來，使娜凡妮嚇得直接衝過階梯四分之三。「達利納．科林，」艾洛卡大聲說。「我現在向您宣誓。我們有親王與藩王，爲什麼沒有國王與上王（Highking）呢？我在此立下不動之誓，在眾人見證下承認你是我的上王。正如雅烈席卡是我的國家，我也臣服於你。」

達利納吐了一口氣，看向嚇呆的娜凡妮，接著也向侄子跪了下來，像是臣僕一般。

「叔叔，你的確要求過這件事。」艾洛卡說。「你沒有直說，但這是我們必要的進展。自從你決定相信幻象後，就已慢慢取得掌控權。」

「我試著帶領你。」達利納說。真蠢，這句話毫無說服力。他可以表現得更好。「艾洛卡，你說得對。我很抱歉。」

「是嗎？」艾洛卡問。「你眞的感到抱歉嗎？」

「我很抱歉，」達利納說。「造成你的痛苦。我很抱歉沒有辦法拿捏得更好。我很抱歉發生這……必然之事。在你宣誓之前，告訴我，你希望這可以改變什麼？」

「我已經發出誓言。」艾洛卡臉紅了起來。「也有見證人。事情已經完成了。我已經——」

「唉，站起來。」達利納抓住他的手臂站了起來。「別這麼戲劇化。如果你眞要宣誓，我不會阻擋你。但別認爲你可以衝進房間嚷嚷幾句話，就認爲這是個合法的誓約。」

艾洛卡抽開手臂揉了揉。「這不會傷害我的尊嚴。」

「你這可不是在放下尊嚴。」娜凡妮跟了上來。她瞪了張大嘴巴的守衛一眼，讓守衛瞬間臉色發白。她指著他們，彷彿下令：不能讓任何人知道。「艾洛卡，你想要將你叔叔推向比你還高的地位，他有權利提問。這對雅烈席卡有什麼意義？」

「我想……」艾洛卡吞了吞口水。「藩王要將自己的領土交給繼承人。畢竟，達利納是其他地方的國王。兀瑞席魯的上王達利納，同時管理破碎平原。」他站得更筆直，語調更確信。「達利納不再能直接管理我轄下的領地。他可以對我下達指令，但是由我決定如何完成。」

「聽起來很合理。」娜凡妮一邊說，一邊瞥向達利納。

合理，但是讓人內裡翻攪。他曾經爲這個王國而戰，在痛苦、疲乏與鮮血中鑄成的這個王國，現在拒他於門外。

這裡是我的領土了。達利納心想。這座被寒靈包覆的塔城是我的了。

「我可以接受約定，不過有時必須向你底下的藩王下令。」

「只要他們在你轄下。」艾洛卡話中帶著一點執著。「我認爲他們在你的管轄下，在兀瑞席魯或破碎平原時，皆任你差遣。但他們回到王國以後，你必須透過我傳達命令。」他看向達利納，然後垂下視線，彷彿提出這些要求讓他不好意思。

「那就這樣吧，」達利納說。「不過我們必須與書記一起處理文件，才能正式改變現況。而在事情進展太快之前，我們也必須確保你還有雅烈席卡可以統治。」

「叔叔，我一直想帶兵到雅烈席卡奪回我們的家園。科林納出事了。這不僅僅是我妻子的行爲所引發的暴動，不僅僅是信蘆停止不動的問題。敵人在城內準備做些什麼，我想帶兵阻止，並且拯救這個王國。」

艾洛卡？帶兵？達利納本來想自己帶兵打破引虛者的陣形，將他們逐出雅烈席卡，進軍科林納來重建秩序。

事實是，不管是他還是艾洛卡，想要親自進軍科林納都不合理。

「艾洛卡，」達利納傾身說。「我也在思考一些問題。誓門直接附屬在王宮旁。我們不必行軍至雅烈席卡，只要奪回裝置就好。只要誓門可以運作，我們就可以傳送部隊到城裡保住王宮、重建秩序，並且擊退引虛者。」

「到城裡去，」艾洛卡說。「叔叔，這樣還是要有一支軍隊的前提啊。」

「不，」達利納說。「一支小隊可以比軍隊更快抵達科林納——只要他們有燦軍隨行，就可以潛入城市、重啓誓門，並爲我們其他人打開通道。」

艾洛卡聞言精神一振。「好！叔叔，我就這樣做。我會帶隊奪回家園。愛蘇丹還在那裡，如果暴動還在持續，她也會反抗的。」

達利納在失去連絡以前取得的報告，卻顯示並非如此。仔細說來，王后才是暴動的起因。而他肯定不能讓艾洛卡親自執行任務。

事必有果。這小子很眞誠，一向如此。此外，艾洛卡似乎因爲在殺手手下撿回一命而學到些什麼。現在的他顯然比一年前更加謙遜。

「這正好。」達利納說。「國王拯救國民可謂名正言順。艾洛卡，我會看看你需要什麼資源。」

艾洛卡身邊迸出勝靈發光的球體。他看著勝靈露齒而笑。「叔叔，我只在你身邊看過勝靈。這眞好笑。我應該討厭你，但我並沒有這種情緒。人很難討厭一個盡其全力的人。我會親自動手。我將拯救雅烈席卡。我需要你手下的一位燦軍。可以的話，我想要那位英雄。」

「英雄？」

「那位橋兵。」艾洛卡說。「那位士兵。他要跟我一塊去，就算我搞砸了，還有另一個人可以拯救這座城市。」

達利納眨了眨眼。「這非常……嗯……」

「叔叔，我最近有很多時間思考。」艾洛卡說。「即便我愚蠢無知，全能之主也保全了我。我會帶橋兵同行，同時觀察他，思考他爲何如此特別，看看他能否成爲我的模範。如果我倒下……」他聳聳肩。「這樣，仍然有人能保全雅烈席卡，對吧？」

達利納微笑著點點頭。

「我得擬定計畫。」艾洛卡說。「我才剛從傷勢中復元，在那位英雄回來以前我不會動身。他可以帶我和我選定的隊伍飛到科林納嗎？這顯然是最快的方法。我想要目前從科林納那邊取得的所有報告，也要親自研究誓門。沒錯，還有畫下誓門來與城裡的比較。還有……」他笑容滿面。「謝謝你，叔叔。謝謝你相信我，就算只有一點點也好。」

達利納對他點點頭後，艾洛卡才輕快踏步離去。達利納嘆了口氣，還是難以接受這個交換條件。他坐上燦軍配有供靈歇息的座位後，娜凡妮繞到他身旁。

他一方面不情願地接受了國王的宣誓。另一方面，他所接觸的各國王室也不願意接受他理智的建議。他颶風的。

「達利納？」卡菈美說。「達利納！」

他站起身，娜凡妮也奔過去。卡菈美看著一枝開始書寫的信蘆。現在怎麼了？是什麼可怕的消息嗎？

「陛下，」卡菈美讀著紙頁上的文字。「我認爲您的提議非常大方，建議也十分明智。我們已經找到您口中的誓門。我的人民中已有人挺身而出，大膽表示願意成爲燦軍。她的靈帶著她向我說話，我們準備利用她的碎刃來測試裝置。

「如果測試成功，我會立刻拜訪您。有人意圖反抗邪惡、組織大家，眞是太好了。羅沙諸國必須放下爭議，聖城兀瑞席魯的再現對我來說，是全能之主引領您的證明。我期待與您會談，並將下令我的部隊加入您的行動，來保護國土。」她抬頭帶著驚訝的眼神看著他。「這是賈・克維德與卡布嵐司之王塔拉凡吉安傳來的訊息。」

塔拉凡吉安？達利納沒有預料到他會這樣快回覆。據說他是個慈祥的普通人。原本他在議會的支持下完美地統治一座小城。之所以升格爲賈・克維德的國王，據說是前任國王不想將王座交給敵對家族之故。

這些文字還是帶給達利納一份溫暖。有人聆聽了，有人願意加入他的行列。願他受祝佑，*祝佑此人*。

無論達利納在哪裡倒下，至少還有塔拉凡吉安王在他身旁。

13 監護人

我只要求你們閱讀或傾聽這些字句。

——摘自《引誓》〈自序〉

紗藍呼出颶光後，站在颶光之中，感受颶光提升她、轉化她的感覺。

她要求搬到瑟巴瑞爾在兀瑞席魯的區域，一部分的原因是他答應給她一間有陽台的房間。這裡有清新的空氣與山峰的美景。如果她不能從這座巨物的陰影中解放，至少可以定居在邊境。

她拉拉頭髮，讓它化爲黑色。她化身爲圍紗（Veil），爲此下了不少工夫。

紗藍舉起經過長久工作而長繭的雙手，甚至連內手都伸了出來。這不是因爲圍紗沒有女性氣質，她修過指甲、喜歡得體的穿著，也持續梳頭，她只是沒時間盛裝打扮。對圍紗來說，一件耐用的外套與一件長褲比飄動的哈法長裙裝還要適合自己。而且她沒有時間再弄長長的袖子遮掩她的內手。她會穿上手套，謝謝指教。

此時她穿著睡衣，等到潛入兀瑞席魯的廳堂時，她就會換掉。她得先練習一下。其實她覺得有些罪惡感，因爲她在其他人都節儉地使用颶光時還這樣任意使用，然而達利納要求她練習自己的技藝。

她大步走過自己的房間，模擬圍紗的特質——一個有自信、堅強，視適矩爲無物的女人。圍紗沒有辦法在走路時還在頭上頂著書，不過她很樂意把人敲昏之後在別人臉上放一本。

她繞了房間幾圈，走過夜光從窗戶打進來的碎影。她的房間裡有淺色圓形圖案的岩紋，這裡的石面摸起來很平順，一般刀刃無法在上面留下割痕。

她房間的家具不多，但紗藍相信最近一次前往戰營進行的拾荒探索，會讓瑟巴瑞爾帶回適合她的家具。她現在只有幾張毯子、一方凳子，幸好還有一面手鏡。她把鏡子掛在牆上，那裡有個似乎本來用來掛畫像的石釘。

她看著自己在鏡中的臉。她想要具備瞬間化身圍紗，而不必事先素描的能力。她戳戳自己的臉。當然啦，她沒辦法摸到織光術變化的地方，摸不到堅挺的鼻梁與光潔的額頭。

她皺起眉頭，圍紗的臉也仿造了這個動作。「麻煩來點喝的。」她說。不。還要粗魯一點。「飲料。馬上。」這樣太強勢了？

「嗯……」圖樣說。「聲音變成更好的謊言。」

「謝謝。我一直努力改變聲音。」圍紗的聲音比紗藍的還要低沉、粗啞。她開始思考，自己能把聲音變化到什麼地步？

目前她還不確定自己的幻象是否對得上嘴形。她漫步到藝術材料旁，打開素描簿，看著她放棄與瑟巴瑞爾與帕洛娜晚餐時所畫的圍紗用棄稿。

素描簿的第一頁，是她某天經過、有著扭曲岩紋的走廊；她翻到下一頁，則是塔城裡新成立的市場。那裡有數以千計的商人、洗衣婦、妓女、旅館店主與各種工匠，全都落腳兀瑞席魯。紗藍十分清楚有多少人——她就是利用誓門將眾人帶來的那一位。

在她的素描中，大市場洞穴黑色的頂端漫著黑影，底下的帳蓬則閃著微弱的光線。下一頁是黑暗中的隧道。然後又是一張相同主題的。接著是一間岩紋美妙盤旋的房間。她沒意識到自己畫了這麼多張。她翻了二十頁，才找到她筆下的圍紗。

沒錯，嘴形是對的，但是身材卻不對。圍紗細瘦而有力量，可是睡衣下的她並非如此，睡衣下的身軀與她在織光術底下的本體相似。

有人敲了敲她房門外掛著的木板。她的門口現在只有一塊布。塔城有很多年久失修的門——像她的門就被拆下來，等著更換。

敲門的應該是帕洛娜，她想必注意到紗藍又沒去吃晚餐。紗藍吸了一口氣，化滅圍紗的形象，收回她使用織光術時的部分颶光。

「進來。」她說。對帕洛娜來說，紗藍還不是颶風的燦軍騎士，她仍然整天照顧——

雅多林進了房間。他一手托著一大盤食物，另一邊手臂則夾著幾本書，看見她的時候腳絆了一下，幾乎要弄掉手上的東西。

紗藍愣在那裡，驚呼一聲，迅速將赤裸的內手藏到背後。看見她裸體的雅多林甚至沒有餘裕臉紅。他穩住手上的食物盤，站好雙腳，展露笑容。

「出去，」紗藍對他揮著外手。「去、去、去！」

他用古怪的姿勢退了出去，穿過了門口的布料。颶父的！紗藍的臉紅到可以成為發兵的信號。她戴上手套，繫上內手袋，再套上她掛在椅背的藍色裙裝，然後是袖子。她沒時間套上馬甲，然而她的確會需要一件。她把馬甲踢進毯子裡。

「我要說句公道話，」雅多林在外面說。「妳明確邀請我進來。」

「我以為你是帕洛娜！」紗藍一邊說，一邊扣上裙裝的釦子，但是內手蓋了三層衣物的她，很難扣好。

「妳可以先看看是誰在門口啊。」

「別把錯怪在我身上。」紗藍說。「你才是那個一聲不響溜進年輕女士臥室的傢伙。」

「我敲過門了！」

「敲得像女孩似的。」

「那是……喂，紗藍！」

「你用一隻手還是兩隻手敲門？」

「我拿著颶風的整盤食物——順道一提，是爲了給妳吃的。這樣我當然會單手敲門。而且說實在的，誰會用兩隻手敲門啊？」

「那就很女性化。我正想說你會模仿女人來吸引穿著睡衣的年輕女孩目光呢，雅多林‧科林。」

「噢，沉淪地獄的，紗藍。我現在可以進去了吧？既然我們說白了，我可是和妳訂了婚的男人，我的名字是雅多林‧科林，我在九的象徵下出生，我左邊大腿後方有個胎記，早餐則吃螃蟹咖哩。妳還要知道什麼嗎？」

她探頭出去，用布廉緊緊包住頸子。「你左大腿後方，嗯？女生爲什麼要偷看那東西？」

「顯然是爲了像男人一樣敲門。」

她對著他笑了出來。「再等一下。洋裝很難穿。」她低身回到房間。

「是是是，慢慢來。我爲了和妳共餐而略過晚飯，可不能只站在外面拿著重重一盤食物，乾聞它的味道。」

「這對你是好事。」紗藍說。「讓你更強壯起來之類的。你不都在做這些事情嗎？勒死岩塊、用頭倒立、投擲石頭這些的。」

「是的，我床下塞滿了被謀殺的石頭收藏品。」

紗藍用牙齒咬住洋裝的頸部拉緊，這可以讓鈕子好扣一些。可能吧。

「女人穿睡衣有什麼問題嗎？」雅多林一邊說，托盤上的盤子開始滑動，撞出聲音。「我的意思是，那樣的衣服和正式服裝遮掩同樣的部位啊。」

「這關乎尊嚴。」紗藍嘴裡咬著布料說。「此外，有些東西可能會從衣服裡透出來。」

「我覺得這太主觀。」

「哦，男人對衣服就不主觀了？制服就像其他衣服一樣，對吧？還有，你不是會花整個下午翻閱流行搜錄？」

他咯咯笑了笑，正準備回應，但是紗藍終於穿好衣服，拉起了門口的布簾。雅多林靠著牆站著，看見一頭亂髮、少扣了兩枚釦子、臉頰泛紅的她，接著他露出遲鈍的笑容。

艾希的眼睛啊……他的確覺得她很漂亮。這個帥氣、有王族風範的男人，的確喜歡和她在一起。她已經來到這座燦軍古城，但是兀瑞席魯與雅多林的情感相較，不過是無光的錢球。

他喜歡她。而且他帶了食物過來給她。

不要把事情搞砸，紗藍想了想，然後從他腋下拿走書。她站到一旁，讓他進門將托盤放到地上。「帕洛娜說妳還沒吃，」他說。「接著她發現我也沒吃晚餐，所以，嗯……」

「所以她替你帶上了不少。」紗藍一邊說，一邊看著堆著碗盤、麵包與帶殼食物的托盤。

「是啊，」站著的雅多林抓抓頭。「我想這是賀達熙菜。」

紗藍之前沒發現自己有多餓。她本來打算覆上圍紗面貌去一家旅店吃飯。這些設立在主市場的旅店，原本在娜凡妮的命令下要遷移到其他地方。那些旅店也有瑟巴瑞爾手下商人不少的商品。現在食物都在她眼前……她是不太擔心坐在地上是否能成體統，也直接用湯匙挖了一小匙稀稀的蔬菜咖哩來表態。

雅多林還站著。穿著藍色制服的他看起來很帥，但其實她沒看過他穿別款衣服的樣子。大腿上的胎記，嗯……

「你得坐在地上。」紗藍說。「我還沒有椅子。」

「我剛才發現了，」他說。「這是妳的臥室。」

「也是我的客廳，我的接待室，還是我的用餐室，以及『雅多林說些再明顯也不過的話』的房間。這間房有許多用途，雖然只有一間，但還是我的。爲什麼問這個？」

「我在想這樣是否得體。」他一邊說，接著俊臉實實在在地泛紅了——看起來眞可愛。「畢竟我們在房間裡獨處。」

「現在你開始擔心得不得體啦？」

「這個嘛，我才剛得到教訓。」

「那可不算什麼教訓。」紗藍一邊說，一邊咬了一口食物。多汁的味道在嘴裡滿溢，帶著美好、劇烈的痛覺，並混合了嚐到甜食才會有的口感。她閉上眼，笑了出來，細細品味。

「所以……那不算說教？」雅多林說。「除了嘲諷以外還有什麼意思？」

「抱歉，」她張開眼睛。「那不是說教，而是讓你分心的創意動作。」看看他的嘴唇，她的舌頭可以有其他創新動作……

好了。她深吸一口氣。

「這的確不得體。」紗藍說。「獨處的確如此。幸好我們並非獨處。」

「紗藍，妳的自大並不是獨立的個體。」

「哈！等等，你覺得我很自大？」

「這聽起來不錯——我的意思不是……不是那樣……妳爲什麼要笑？」

「抱歉，」紗藍雙手握拳，開心地抖了抖。她膽小太久了，因此聽到有人認爲她很自大，眞的很開心。這有用！加絲娜要她練習控制自己的指導有用。

然而，這不包括承認自己殺害母親。她只要一想到這個，便直覺地要揮別這個記憶，卻總是揮之不去。她把眞相告訴圖樣，居然化作她成爲燦軍的理念，令她成爲了織光師。

這件往事卡在她的心裡，每每想起，綻開的心傷就會再次產生劇痛。紗藍殺了她的母親。她的父親爲了掩飾這件事，將事情假造成他動手弑妻，並因此毀了他的一生，令他怒火衝冠、毀滅一切。

最後紗藍也殺了他。

「紗藍？」雅多林問。「妳還好嗎？」

不好。

「是的。沒事。總之，我們並不是獨處。圖樣，請你上來。」她伸出手，掌心向上。

原本在牆上觀看的圖樣不情願地下來。他移動時，一如往常地在所經之物上掀起漣漪，無論是硬石或是柔衣都是如此，彷彿物品的表面下還另有什麼東西。他身上複雜的波動圖樣不停變化、結合，雖然似乎是個圓形，但還是向外延伸出曲線。

他經過她的洋裝到了她手上，竄出她的皮膚，懸在空中，在立體世界裡完整伸展。懸浮著的他，全身以令人視覺歪曲的飄動線條構成——圖樣會依照附著的情況或放大或縮小，像是移動的草原般掀起波浪。

她不會厭恨他。她可以憎恨那把殺了她母親的劍，但不是恨他。她有辦法將這種痛苦擱置，也不會就此遺忘，希望這不會影響她與雅多林共度的時光。

「雅多林王子，」紗藍說。「我相信你曾經聽過我的靈的聲音。讓我正式向你介紹，這位是圖樣。」

雅多林跪了下來以示尊敬，並且凝視這個吸引目光的幾何圖像。紗藍並不奇怪他的行徑；她也不止一次盯著圖樣看來重複、卻非如此的線條與形狀而失神。

「妳的靈，」雅多林說。「紗藍靈。」

圖樣不滿地哼了一聲。

「他是謎族靈。」她說。「燦軍每個軍團都與不同的靈締結聯繫，而這份聯繫給了我能力。」

「製造幻象，」雅多林輕聲說。「就像是那天的地圖。」

紗藍露出微笑，想到剛才製造的幻象還留了點颶光，忍不住想炫耀的誘惑。她舉起藏在袖下的內手，輕吐了口氣，讓颶光落在衣袖藍色的布料上。颶光化作雅多林的縮小影像，來源是他穿著碎甲的那張素描。這個幻覺靜止不動，肩扛碎刃、打開面罩，就像娃娃一樣。

「紗藍，這眞是不可思議的天賦。」雅多林戳了戳自己的影像，影像因此模糊一片，沒有任何反作用力。他停了一下，接著戳向圖樣，而圖樣往後一縮。「妳爲什麼堅持要隱瞞，裝成其他軍團呢？」

「這個嘛，」她左思右想，握拳讓雅多林的影像消失。「我認爲這樣會讓我們擁有優勢。保有祕密有時是很重要的事。」

雅多林慢慢點頭。「是啊。是的，沒錯。」

「總之，」紗藍說。「圖樣，你今天晚上要當我們的監護人。」

「那是什麼？」圖樣沉吟。「監護人是什麼？」

「監護人負責陪伴兩個年輕人，防止他們作出不適當的事。」

「不適當？」圖樣說。「像是……除以零？」

「什麼？」紗藍看了看雅多林，雅多林也聳聳肩。「聽著，只要看著我們就好。不會有事的。」

圖樣沉吟，融回平面的形態，然後貼在一個碗上。他在上面很滿意，就像克姆林蟲縮在裂隙中一樣。

紗藍等不及了，馬上埋首於食物中。雅多林坐在她對面，也開始大快朵頤。紗藍放開她的痛楚，只享受當下——美食、良伴，還有落日從山間映照，猶如紅寶石與黃玉的光芒。她想要把這個場景畫下來，但她知道自己此刻無法在畫紙上捕捉眼下時光。這無關內容或構圖，而是關乎享受生活的愉悅。

快樂的關鍵並不在於凍結一時的愉悅，讓它們交擊出聲，而是確保人生還有值得期待的未來。

雅多林吃完一袋蒸熟的河產哈斯波螺後，從一碗濃濃的紅咖哩中挑出幾塊厚厚的豬肉放在盤子上，然後遞向她。「想試一口嗎？」

紗籃打了個嗝。

「來吧。」他晃了晃盤子。「這很好吃。」

「雅多林．科林，這東西會辣死我。」紗藍說。「我不認爲自己沒留意到，你從帕洛娜那裡拿了最辣的一盤菜。男人的食物糟透了。那麼多辛香料，你們還吃得出其他東西嗎？」

「別裝正經了。」雅多林一邊說，一邊叉了一塊豬肉塞進嘴裡。「這裡只有我們。妳可以試試看。」

她盯著肉塊，想起自己小時候偷嚐過男人食物——但是沒有到這一盤的程度。

圖樣嗡嗡作響。「這是我該阻止妳做的不當行爲嗎？」

「不是。」紗藍說完，圖樣又退回原本的位置。或許監護人的位置，她想，並不適合給一個盡信我的存在。

她終究嘆了口氣，用麵包抓住豬肉。畢竟她本來就是爲了新的體驗而離開賈．克維德。

她試了一口，馬上認爲這是一生都會後悔的選擇。

她眼角噴出淚來，從雅多林手中胡亂抓住他遞給她的水。她大口喝水，但看來沒有幫助。她拿起餐巾擦起舌頭——當然是用女性化的手法。

「我討厭你。」她一邊說，一邊把雅多林的水也喝了。

雅多林呵呵地笑。

「噢！」圖樣突然從碗上迸了出來，飛到空中。「妳指的是交配！我會確保你們不會不小心交配，因爲交配在人類社會進行適當儀式之前是被禁止的。是的，沒錯，嗯嗯，禮俗上在交尾前要遵從一些特別的形式。我有研究過！」

「噢，颶父的。」紗藍一邊說，一邊用外手遮住雙眼，幾隻羞恥靈甚至在消失以前偷看她。一個禮拜以來，這已經是第二次了。

「很好，你們兩個，」圖樣說。「不准交配。**不准交配**。」他愉快地哼聲，然後沉入一片盤子。

「眞糗。」紗藍說。「我們可以聊聊你帶來的書嗎？或者弗林教神學，還是計算沙粒的手法？只要擺脫剛才那狀況就好？拜託？」

雅多林哈哈大笑，伸手從書堆上一本小筆記簿。「梅伊．艾拉達派人去調查維德卡．佩羅的親友。小組已經發現他死前去了哪裡，誰最後看見他，並且記錄所有可疑的地方。我想我們可以讀一下報告。」

「其他書呢？」

「我父親向妳問到馬卡巴奇人的政治時，妳似乎不知所措，」雅多林一邊說，一邊倒了只有淡淡黃色的酒。「所以我去問了問，有些執徒似乎把他們的圖書館全搬來了。我的僕人幫妳找了幾本我覺得有趣的書，這些書都和馬卡巴奇有關。」

「書？」紗藍說。「你喜歡書？」

「紗藍，我可沒有一天到晚拿著劍戰鬥。」雅多林說。「加絲娜與娜凡妮伯母在我小時候花了冗長時間要我聽執徒講解政治與貿易課。雖然我很抗拒，但還是有些印象，這是我聽過最好的三本書，不過最後一本有新版內容。我想這應該有幫助。」

「你眞貼心。」她說。「眞的。謝謝你，雅多林。」

「我想，這個嘛，如果我們眞要進入婚姻階段……」

「爲什麼不呢？」紗藍突然慌了起來。

「我不確定。紗藍，妳可是燦軍，是神話中半神半人的存在。我只是在想，該給妳一個有利的聯姻。」他站起來開始踱步。「沉淪地獄的……我總是擔心自己會把事情搞砸？」

「你擔心你會搞砸嗎？」紗藍心裡一暖，不全然是酒的作用。

「紗藍，我不擅長維持關係。」

「眞的有人擅長維持關係嗎？我的意思是，眞的有人這樣看待人際關係，然後心想：『猜猜怎來著，我搞定了』？就我自己來說，我希望我們在這方面都是笨蛋。」

「這樣說讓我覺得更糟。」

「親愛的雅多林，上一個讓我有興趣的男人不僅僅是個不能向我求婚的執徒，最後我還發現他只是想要從我這裡獲得好處來接近加絲娜的殺手。我想你太看得起其他人了。」

他停下腳步。「殺手。」

「眞的，」紗藍說。「他差點用一片下毒的麵包殺了我。」

「哇噢，我得聽聽這故事。」

「我正要說呢。他叫作卡伯薩，對我的態度甜得不得了，讓我幾乎可以原諒他的殺意。」

雅多林笑了起來。「好吧，聽起來至少我不用跨越很高的門檻——只要不毒死妳就好。不過妳不該跟我提起舊情人，這會讓我嫉妒。」

「行行好，」紗藍一邊說，一邊用麵包沾了一些剩下的甜咖哩。她的舌頭還沒從味覺衝擊中回復。「你已經向半個戰營的女人求愛過了。」

「沒那麼誇張。」

「對吧？就我所知，我得去到賀達熙王國，才能找到你沒追求過的女人。」她伸手讓雅多林幫她站起來。

「妳是在取笑我總是求愛不成嗎？」

「不，我這是讚美。」她站在他身旁。「親愛的雅多林，如果你沒有毀掉那幾段關係，你就不會在這裡，與我一起。」她靠近他。「因此，你其實擁有了最好的交往關係。你只是把不該有的關係搞砸了，懂嗎？」

他低下頭。他的嘴裡有辛香料的味道，身上穿著漿好的乾淨制服。他的嘴靠上她的唇，令她心跳加快。眞是溫暖。

「不准交配！」

她從接吻的姿勢跳開，發現圖樣正在他們身旁飄浮，身上的形狀快速脈動。

雅多林低聲笑了起來，紗藍也忍不住跟著偷笑。她從他身邊退開，還是握著他的手。「我們不會把事情搞砸。」她對他說的同時握緊他的手。「就算我們以為已經竭盡全力、無法回天時也一樣。」

「妳保證？」他問。

「我保證。我們來看看你手上針對殺手的筆記吧。」

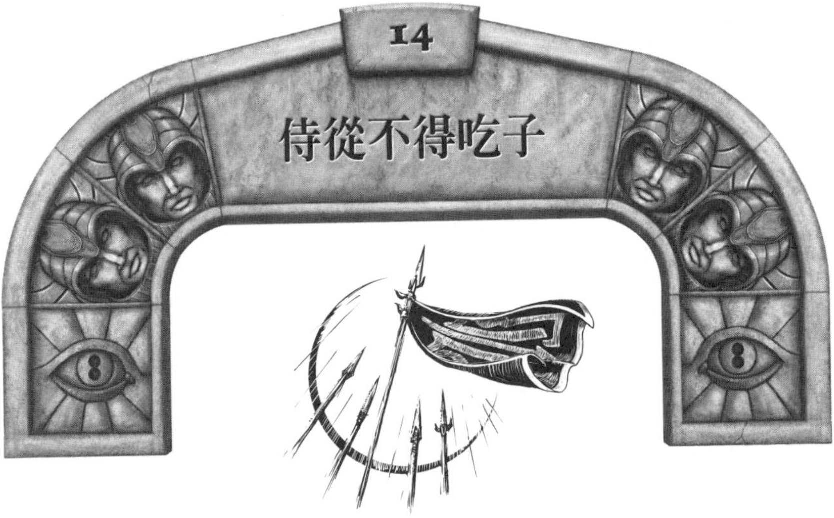

14 侍從不得吃子

在這份紀錄中，我會毫無隱瞞。我會試圖不迴避困難的主題，也不爲自己抹上不實的英雄光彩。

——摘自《引誓》〈自序〉

卡拉丁在雨中潛行，全身制服已溼透的他穿過石塊，才終於得以從樹間窺視引虛者。他們是神話中巨大恐慌的源頭，是正義與善良的敵人。他們是將無數文明化爲廢土的毀滅者。

他們正在玩牌。

沉淪地獄之深啊，這究竟是……？引虛者只安排了一個守衛，但是那個被視爲守衛的生物只是坐在樹根上，很容易避開。卡拉丁心想，這是個誘餌，眞正的守衛正躲在樹上的高處。

但要是守衛藏了起來，卡拉丁也沒有發現他，雙方都沒有注意到彼此。微弱的光線讓他可以隱藏得很好，得以踞守在引虛者營地邊緣的樹叢之間。引虛者在樹叢間撐起了漏水十分嚴重的帆布，也設置了一頂正常的帳棚，四周都立起布幕。卡拉丁看不見裡面。

這裡的遮雨處不多，許多引虛者坐在正下著雨的外面。卡拉丁苦等了好幾分鐘，準備隨時被他們發現。引虛者只要注意到樹叢已經被他碰過，就能發現他了。

幸好沒人往這裡看。樹葉羞怯地伸展出來，隱藏他的身形。西兒落在他的肩上，雙手放在腰間的她，觀察著引虛者。其中一人有一副木製的賀達熙牌，他坐在營地邊緣，就在卡拉丁正前方。他將一片平坦的石面充作桌子，對面則坐著一位女性。

他們與卡拉丁預期的樣子很不一樣。首先，他們的膚色不同——雅烈席卡的帕胥人皮膚通常有著如大理石般的紅白紋路，而非橋四隊的瑞連那種黑色帶紅的膚色。他們沒有轉化成戰爭形體，身上也沒有什麼可怕、強大的身板。雖然他們人高馬大，但是只有前臂兩側與太陽穴有突出的甲殼，頭上也還有頭髮。

他們穿著簡單的奴隸工作服，用繩子綁在腰間。沒有紅色的眼睛。或許，是和他自己的眼睛一樣會變化？卡拉丁可以辨認出有著深紅色鬍鬚、頭髮特別濃密的引虛者是男性。這個男性正將一張牌放在另幾張牌旁。

「你能打出這張牌嗎？」女子問。

「我想可以。」

「你說隨從牌不能吃子。」

「除非我的其他張牌已經可以摸子。」男子說著，抓了抓鬍子。「我想是吧？」

卡拉丁聞言不禁一陣膽寒，彷彿雨水已經滲進他的皮膚與血液，沖刷他的血管。這些引虛者像雅烈席人一般說話，完全聽不出口音。要是他閉上眼睛，就無法辨認這些人是不是爐石鎮的深眸鎮民，即便女子的聲音較低沉也一樣。

「所以……」女子說。「你的意思是，你根本不知道怎樣玩牌。」

男子開始收起牌。「我應該要知道的，荷恩。我看他們玩過多少次了？就這樣站在旁邊拿著飲料盤？我不是早該成爲這方面的專家嗎？」

「顯然沒有。」

女子站起來，走到另一群試著在帆布下生火卻不太成功的同伴身旁。泣季時，想在室外生火需要絕佳的運氣。而卡拉丁像多數軍人一樣，已經習慣了潮溼的常態。

他們偷走了許多袋穀物，卡拉丁看見他們將袋子堆在其中一頂帆布之下。這些穀物已經膨脹，讓幾個袋子爆了開來。引虛者沒有碗，其中有些人用手吃著溼透的穀物。

卡拉丁希望自己不必親口嚐過那糊狀的噁心食物。他經常吃到沒有調味的熟塔露穀，而他認爲那已經是比較幸運的狀況了。

剛才說話的男子仍坐在石頭上，拿起一張木製的牌。這組牌上了漆，十分耐用。卡拉丁經常在軍中看見這組牌。人們會存好幾個月的錢，來取得一副不會在雨中捲曲的牌組。

這名孤單的帕胥人低頭看著牌組，肩膀垮了下來。

「這樣不對，」卡拉丁低聲對西兒說。「我們一直以來的看法，都是錯的……」毀滅者跑哪去了？試圖擊敗達利納軍隊的怪獸到哪去了？橋四隊的成員口中那些令人揮之不去的可怕形體在哪裡？

我們以爲我們知道未來會發生什麼事，卡拉丁心想。我本來很確定……

「警報！」突然有股刺耳的聲音呼叫。「警報！你們這些笨蛋！」

空中有一道發光的黃色光帶出現，它的光芒像是下午的微光。

「他在這裡，」刺耳的聲音說。「你們被監視了！人就在樹叢裡！」

卡拉丁從樹叢裡衝了出來，準備汲取颶光離開。現在越來越少城鎮還存有颶光，他也快用完了。

帕胥人拿起用樹幹製成的棍棒或是掃把的把手，像是嚇壞的村民一樣聚集起來，站姿不穩，也沒有人指揮。卡拉丁遲疑了。我不用颶光都可以打倒他們。他以前見過許多人這樣持有武器。上一次看見這樣的人，是在裂谷裡訓練橋兵的時候。

這些人不是戰士。

西兒飛到他手上，準備化身爲碎刃。「不用了。」卡拉丁低聲對她說。他雙手往兩側舉起，大聲喊：

「我投降。」

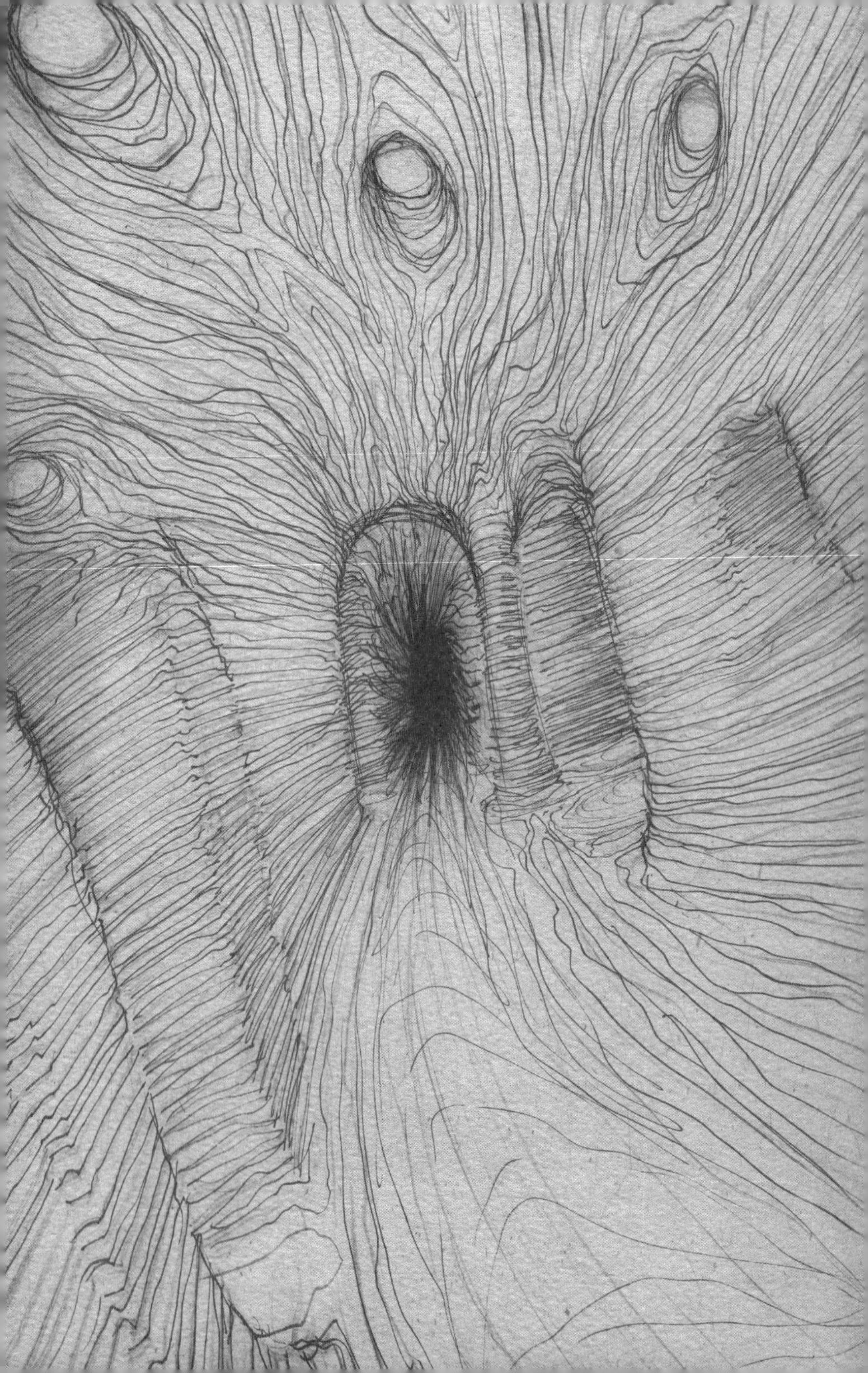

15

燦軍光主

我只會表達直白的、甚至可謂殘酷的事實。你們必須知道我做了什麼，還有這些行動讓我付出的代價。

——摘自《引誓》〈自序〉

「佩羅光爵的屍體和薩迪雅司陳屍的地點在同一區，」紗藍一邊說，一邊在翻閱報告書的同時，在自己的房間裡踱步。「這不可能是巧合。這座塔太大了。所以我們知道殺手潛伏的地方了。」

「是啊，我想是這樣。」雅多林背靠著牆，解開外套的釦子，同時拋接一顆裝著乾穀物的小皮球。「我只是認為可能有兩個殺手。」

「一模一樣的殺人手法，」紗藍說。「擺放屍體的方式是一樣的。」

「除此以外沒有關聯。」雅多林說。「薩迪雅司是個招人怨的麻煩人物，身邊通常也有護衛。佩羅很低調、討人喜歡，管理能力也爲人所知。他不像是士兵，而像是管理者。」

日落已經結束，他們拿出錢球放在地面作爲光源。僕人端走了剩菜，圖樣則快樂地在雅多林頭上的牆面哼著調。雅多林偶爾看到他的時候，依然覺得很不自在，這點紗藍完全可以理解。她已經習慣了圖樣，但是他的線條的確很奇怪。

看看雅多林什麼時候能看見幽界形態的謎族靈，她心想，雖然有完整的身體，頭部卻有扭曲的形狀。

雅多林將小皮球拋向空中，以右手接住。雷納林用神奇的能力治癒了這隻手。紗藍不是唯一在訓練自己能力的人。她很高興其他人也有了碎刃。等到颶風回歸，他們就要認眞應付誓門，屆時她會需要幫手。

「這些報告，」紗藍一邊說，一邊用手敲了敲筆記簿。「資訊詳盡，但也毫無用處。佩羅和薩迪雅司唯一的共同點，只有同樣身爲淺眸人而已——還有他們屍體所在的區域。殺手可能只是正好在那時選定受害者。」

「妳的意思是說，有人臨時決定殺害藩王。」雅多林說。「這就只是無差別意外？就像是……酒館後巷的殺人案？」

「有可能。艾拉達光主指出，你父親下令人們在塔內無人處行動時，要遵守一些規定。」

「我還是認爲有兩個殺手。」雅多林說。「妳看……可能有人發現薩迪雅司死了，因此認爲殺了人也可以將罪行推在第一位殺手身上，自己則逃之夭夭。」

噢，雅多林。紗藍心想。他遇到他偏好的論點時就不會鬆手。她的學術書籍裡經常警告人們不要犯下這種錯誤。

不過雅多林有個論點很有理，藩王不太可能成爲隨機殺人的對象。薩迪雅司的碎刃不見了。那把名爲引誓的碎刃，完全沒有傳出被任何人使用的謠言。

或許第二名死者是個圈套？紗藍一邊想，又翻起報告來。爲了讓犯行看起來像隨機犯案？不，太複雜了……除了雅多林的論點外，她也沒有其他證據。

這也讓她開始思考，或許大家會注意到這兩件殺人案，是因爲發生在重要的淺眸人身上。他們是否忽略了比較不知名的死者呢？如果雅多林口中的酒館後巷出現乞丐的屍體，會有任何人重視這件事嗎？即便遺體眼睛也刺上一把刀呢？

我得出門看看有什麼線索。她正打算開口告訴他自己應該要睡了，但他已經站起來伸展身體。

「我想我們已經盡力了，」他對著報告點了一下頭。「至少今晚是如此。」

「是啊，」紗藍假裝打了個呵欠。「應該是。」

「所以……」雅多林一邊說，一邊深吸一口氣。「還有……別的事情。」

紗藍皺眉。別的事？他爲什麼突然一副很爲難的樣子？

*他要解除婚約！*一部分的她這樣想，然而她壓抑這股情緒，推到心中藏匿這想法的簾幕之後。

「好，這難以啓齒。」雅多林說。「紗藍，我不想冒犯妳。但是……妳知道我爲什麼要妳吃男人的食物嗎？」

「嗯，如果我接下來幾天舌頭都還辣辣的，就要怪你了。」

「紗藍，我們需要討論一些彼此有共識的地方。這些是妳我都不能忽視的。」

「我……」*我殺了雙親。我刺穿我母親的胸口。後來一邊唱歌，一邊勒死我的父親。*

「妳，」雅多林說。「有一把碎刃。」

我並不想殺她。但是我必須這樣做。不這樣做不行。

雅多林抓住她的肩膀，嚇了她一跳，才把注意力轉回來。他正在……笑？

「紗藍，妳有一把碎刃！全新的一把。這太不可思議了。我多年來都夢想贏得自己的一把！許多人窮極一生追求這個夢想，但從來不能實現。現在妳卻有了一把！」

「這是好事，對吧？」她被他緊緊抱住。

「當然！」雅多林一邊說，一邊放開她。「但是，我的意思是，妳是個女人。」

「所以是化妝還是洋裝讓我身爲女人的事實敗露了？還是說是胸部呢？它總是讓女人現形。」

「紗藍，我不是在開玩笑。」

「我知道，」她一邊說，一邊讓自己冷靜下來。「是的，雅多林，圖樣可以化身成碎刃。我不認爲這有什麼不對。我不能將他交給別人……颶父的。你想要教我如何用劍，對吧？」

他咧嘴而笑。「妳曾說加絲娜也是位燦軍。雖然女人取得碎刃很奇怪，但是我們不能視而不見。碎甲呢？妳也藏了一副嗎？」

「就我所知沒有。」她的心臟快速跳動，皮膚一寒，肌肉也緊繃起來，與自己的情緒對抗。「我不知道碎甲從哪裡來。」

「我知道那並不像女人的裝備，但是誰在乎呢？妳已經有一把劍了，應該學著如何使用它，而禮俗什麼的管他到沉淪地獄去吧。好，我說出來了。」他深吸一口氣。「我的意思是，橋小子都有一把了，他可是深眸人——好吧，他原本是。總之，妳的情況也差不多。」

眞是謝了，紗藍心想，把所有女人歸在僕從的階級。但是她沒有說出口。這個時刻對雅多林很重要，他正試著開明一些。

但是……她想到自己的過去就覺得痛苦。拿起武器的感覺更糟。糟糕透了。

她想要藏住祕密，但是沒有辦法。腦中的眞相拒絕讓步。她有辦法解釋嗎？「好吧，你說得對，但是——」

「太好了！」雅多林說。「太好了。我帶了刃尖護罩來，不會傷到彼此。我藏在守衛哨那裡，這就過去拿。」

他馬上走出門口。紗藍往他離去的方向抬手，準備脫口而出的意見卻反而開不了口。她收回手，把手放在心臟猛烈跳動的胸前。

「嗯嗯，」圖樣說。「這是好事。必須完成。」

紗藍奔到房間裡掛在牆上的小鏡面前。她張大眼睛凝視一頭亂髮的自己，急促喘起氣來。「我沒辦法——」她說。「圖樣，不能成爲這樣的人。我不能用劍。我不能裝成傑出的塔城騎士，要人追隨我。」

圖樣輕聲哼著歌，她發現這是疑惑的聲響。這是一種物種試著理解另一種物種時所產生的困惑。

紗藍的額頭冒出汗來，在她凝視自己時，從眼角旁流到臉上。她準備接受什麼情境呢？向雅多林坦白的思緒讓她更加緊張，使她全身肌肉緊繃，視線的角落也開始變得昏暗。她只能看見自己的身軀，而她想要逃走，逃到某處。*離開這裡。*

不。不行，只要化身成他人就可以了。

她抖著手，跑去拿起素描簿，撕掉紙頁，扔到一旁，找到一片白頁，接著拿出她的炭筆。

圖樣移到她身旁。這顆紋路不停變化的飄浮球體擔憂地嗡嗡作響。「紗藍，告訴我，怎麼了？」

*我可以藏起來，*紗藍一邊想，一邊慌亂地畫圖。*紗藍可以逃走，讓別人占據她的位置。*

「這是因爲妳恨我的關係。」圖樣輕聲說。「紗藍，我可以死。我可以離開。他們會派出另外的靈與妳締結。」

房間開始傳來尖銳的鳴響，紗藍沒有馬上意識這聲音是從她喉裡發出來的。圖樣的話語就像是抵著她身子的刀。不。*拜託。只要畫圖就好。*

圍紗。圍紗可以拿劍。她沒有紗藍的破碎靈魂，也沒有殺害她的雙親。她做得到。

不。不行，要是雅多林回來時，發現房裡出現另一個女人呢？他不認識圍紗。她握筆的手不斷顫抖，畫出破碎且粗糙的線條，很快畫了自己的臉，但是束起頭髮。這是個情緒鎮定的女人，不是那個輕浮、無意間會犯傻的紗藍。

這個女人沒有庇護。這個女人夠堅強、夠強大，足以握起劍。這個女人就像……就像加絲娜。

是的，加絲娜聰慧沉著、時常帶著自信的微笑。紗藍依照這些理想形象描繪自己的臉，創造一個比較堅強的版本。她……她能成爲她筆下這個女人嗎？

*我必須成爲這樣的女人，*紗藍心想，從背包裡抽出颶光作畫，吹了口氣，讓颶光浮上身。她在化身的同時，站起身來。她的心跳慢了下來，從眉間抹掉汗水，並冷靜地鬆開內手的袖子，將綁在裡面的多餘密袋扔到一旁，再將袖子往後一拉，露出還戴著手套的手。

夠好了。雅多林不可能要她穿上決鬥服。她把頭髮往後挽成髮髻，再從背包裡拿出一支髮簪插上。

等雅多林回到房間，眼前出現的就是這位沉著冷靜的女人，與紗藍．達伐有些許不同。要改稱這女人爲燦軍光主，她心想。她只能用頭銜稱呼。

雅多林帶了兩把細長的金屬，它們可以接上碎刃的尖端，讓他們在訓練時比較安全。燦軍光主仔細檢查這些道具，接著伸手向一旁召喚圖樣。碎刃化身成實體——那是一把幾乎與她同高的細長武器。

「圖樣啊，」她說。「可以改變自己的形體，並且弄鈍刃緣到安全的程度。我不需要那樣笨重的配備。」圖樣的刃緣也開始波動、鈍化。

「颶風的，這眞方便。但我的還是需要裝上。」雅多林召喚自己的碎刃，這個過程需要十下心跳。在此同時，他轉頭看向她。

紗藍低下頭，發現她這身裝束強調了她的胸部。當然，這不是爲了雅多林。她只是讓自己看起來更像加絲娜罷了。

雅多林的碎刃終於出現，那把劍比她的還要厚重，有著尖銳且彎曲的刃緣，劍背還有精巧的晶化劍脊。他將其中一個護具放在刃緣。

燦軍光主一步向前，雙手高舉碎刃至頭旁。

「嘿，」雅多林說。「這姿勢不錯。」

「紗藍的確花了不少時間畫下你們。」

雅多林若有所思地點點頭。他靠近她，拇指與另兩隻手指伸向她。她以爲他要調整她的握法，但他卻壓住她的鎖骨，輕輕一推。

燦軍光主往後踉蹌一步，幾乎要跌倒。

「劍式，」雅多林說。「不僅僅是爲了在戰場上一展風采。它關乎妳的立足點、平衡的中心，還有對戰鬥的掌握。」

「我會記下來。是以我應如何改善？」

「我正在想辦法。以前和我一起練習的人，都是從小時候就開始用劍。我在想，要是我不曾拿過武器的話，薩賀（Zahel）會怎麼教我。」

「以我對他的認識，」燦軍光主說。「取決於附近有哪片屋頂適合跳樓。」

「那是他訓練碎甲的方法。」雅多林說。「這是把碎刃。我該教妳決鬥呢？還是對抗軍隊的方式？」

「科林光爵，」燦軍光主說。「我希望學會如何避免揮砍到旁物的技巧。」

「科林光爵？」

太正式了。好吧。這應該是燦軍光主互動時的風格，但她可以讓自己更親切一點。加絲娜就辦得到。

「吾乃是爲了，」燦軍光主說。「嘗試以一介謙卑學徒之身分，向大師表示敬意。」

雅多林咯咯笑道。「行了。我們不需要這樣。不過我們看看站姿可以怎麼調整……」

接下來一小時，雅多林調整她的手腳、手臂十幾次。他先教了基本的站姿，這樣她才能適應幾個正式的劍式——像是風式。雅多林說這一式不依靠力量或攻擊的範圍，更重視機動性與技巧。

她不知道兩人在沒有擊劍的情況下，爲什麼還要帶上練習防護套。他調整她站姿的同時，不停談到決鬥的藝術，談到如何保養碎刃、如何思考對手、如何對決鬥的體系與傳統表示尊敬。

其中有些很實際的內容。碎刃是危險的武器，因此解釋了她爲何需要示範，了解如何握持、如何帶著它行走，如何小心不要轉個身就把人切成兩半。

至於這段獨白的其他部分則是……十分玄妙。

「碎刃是妳身體的一部分。」雅多林說。「碎刃不僅僅是妳的工具，它是妳的生命。要敬重它。它不會令人失望——如果妳失敗了，就是妳讓劍失望。」

燦軍光主現在以僵硬的姿勢站著，雙手將碎刃舉在前方。圖樣只刮到天花板兩、三次，幸好在兀瑞席魯，大多數的空間都有挑高的天花板。

雅多林指示她進行簡單的攻擊。燦軍光主舉起雙臂，斜舉起劍，接著向前一步揮砍。她的動作幅度幾乎不到直角——要稱作攻擊還遠得很。

雅多林笑著說：「妳開始掌握技巧了。練習幾千次後，感覺就會自然些。不過我們還要調整妳的呼吸。」

「我的呼吸。」

他毫不爲奇地點頭。

「雅多林，」燦軍光主說。「我向你保證，我這一生呼吸都很正常。」

「是啊，」他說。「這就是妳爲什麼要忘掉舊的方法。」

「不管是我的站姿、我的想法，還是我的呼吸。我很難分辨哪些確實相關，哪些又是劍士獨有的文化與迷信。」

「這些都有關係。」雅多林說。

「在決鬥前吃雞呢？」

雅多林露齒而笑。「好吧，有些可能是個人的怪癖。但是劍的確是人的一部分。」

「我知道我的碎刃是我的一部分。」燦軍光主將劍安在身旁，用戴著手套的內手按住。「我與它締結。我認爲這是碎刃師的傳統。」

「眞有學術精神，」雅多林一邊說，一邊搖搖頭。「紗藍，妳得感受看看。與它共生。」

這對紗藍來說並不是什麼困難的任務。然而對燦軍光主而言，她不希望在未經思慮前去嘗試事物。

「你有沒有想過，」她說。「你的碎刃曾是燦軍手中活生生的靈呢？這有沒有改變你的看法？」

雅多林瞥向自己召喚出來、沒有解散的碎刃，那把在護鞘中的碎刃現在平放在她的毯子上。「我一直以來略知一二。不是指碎刃是活的這件事。眞蠢。劍不是活的。我的意思是……我一直知道碎刃有特殊的地方。我想這是身爲決鬥家會知道的事。我們決鬥家都知道。」

她讓話題偏離了。就她所見，劍士很迷信，和水手一樣，就像……這樣說吧，除了燦軍光主和加絲娜這樣的學者以外的人，都是如此。雅多林爲碎刃與決鬥的辯護讓她回想起自己的信仰。

雅烈席人經常輕率看待自己的信仰，這是件奇怪的事情。紗藍在賈．克維德的時候，會花上許多時間畫出《證經》冗長的內容。大家必須大聲誦唸字句，一遍又一遍，在鞠躬或跪地時將它們鑲到自己的記憶裡，最後才將經句的紙頁獻以燔祭。雅烈席人則讓執徒與全能之主打交道，彷彿全能之主是個可以靠僕人奉上好茶就能打發的食客。

雅多林似乎感覺到她已經厭倦被頻頻矯正姿勢，於是任她練習攻擊。她揮動武器的時候，他則拿起自己的碎刃到她身旁，示範劍式與攻擊的方式。

她不久便解除了碎刃的召喚，拿起素描簿，翻過燦軍光主的頁面，描繪起雅多林的站姿。她必須讓自己化身的燦軍流失掉一部分。

「不要動，站在那裡，」紗藍一邊說，一邊用炭筆比著雅多林。「對，就像這樣。」

她描繪了站姿，點了點頭。「現在攻擊，在最後的地方停下。」

他照做了。他已脫下外套，只穿著襯衫與長褲。她的確喜歡他如此適合緊身衣物的身材，就算是燦軍光主也會欣賞——她沒有消逝，只是變得實際。

她看著這兩張素描，接著重新召喚圖樣，擺起架式。

「嘿，不錯。」雅多林看著燦軍光主揮舞幾下武器。「嗯，妳抓到要點了。」

他再次站到她身旁。他教的簡單攻擊顯然不足以顯示他的技巧，但他還是精確地執行這些動作，接著笑了滿懷，談起許久以前，薩賀剛開始指導他時的過往。

他的藍色眼眸神采奕奕，紗藍很喜歡這雙明亮的眼睛，幾乎像是颶光一樣。她知道這種熱情是什麼——她知道這種會隨著興趣燃起，接著被他物吞噬殆盡，讓人迷失在其中的美妙。對她而言，她的熱情投注在藝術上，但是看著雅多林，她覺得自己對藝術與對他的熱愛不盡相同。

與他共享時光，啜飲他的振奮眞是特別的體驗。這是私密的體驗。甚至比今晚稍早的親密時光還來得更私密。她偶爾會讓自己回到紗藍的身分，但是無論她實際上對自己當下的行動怎麼想，只要持劍的痛苦一旦開始戳刺，她就化爲燦軍光主，阻痛在外。

她眞心不希望結束練習時間，因此延續到深夜，超過她該喊停的長度。直到最後，汗流浹背的紗藍才疲憊地向雅多林道別，看著他快步沿著岩紋走廊離開。他離開的時候跳了一下，手上提著燈，肩上則放著護鞘。

紗藍得等另一個晚上才能造訪旅店，尋找她要的答案。她慢步回到房間裡——在世界即將迎來終結的此刻感到心滿意足。這個晚上，她終於睡了平靜的一覺。

16 捆綁三次

因爲唯有如此才能取得教訓。

——摘自《引誓》〈自序〉

達利納眼前的石板上，正放著一把傳說。這把武器從遠古的迷霧而來，由神本人在影時代鑄造而成。這是白衣殺手的碎刃，卡拉丁在風暴衝擊之時奪下了它。

在粗略檢查之後，這把武器與普通碎刃沒有兩樣。它很優雅、相對小巧而不到五呎長，細細的劍身如獠牙般彎曲，劍身只有接近護手的基座上有圖案。

他用四顆鑽石布姆照明，將之放在像是祭壇的石板上。這間小房間的牆上沒有岩紋或圖畫，因此颶光只照亮他和這把奇異的碎刃。這把武器的確有一個奇怪的地方。

上面沒有寶石。

人類依靠寶石來與碎刃締結。寶石通常裝在柄頭，偶爾裝在護手上。觸碰碎刃時，寶石會跟著發亮，啓動程序。只要帶著碎刃一週，這把武器就是你的——並且可以隨著十次心跳時間的過去，重複召喚與解散它。

這把碎刃沒有寶石。達利納遲疑地伸手將手指放在它銀色的劍身上。這把武器摸起來很溫暖，好似活物。

「我碰它的時候，它不會尖叫。」他說。

燦軍騎士，颶父的聲音在他腦中響起。破壞了他們的誓言。他們拋棄發誓過的一切，這樣做便殺害了他們的靈。其他碎刃是這些靈的屍體，因此他們會因為你的碰觸而尖叫。這把武器，則直接由榮譽的靈魂製成，並分發給神將。這也是誓言的標記，卻是另一種類型的誓言——也沒有為自己尖叫的心智。

「那麼碎甲呢？」達利納問。

有關，但是不同。颶父的聲音隆隆作響。你還沒有說出讓自己知道更多的誓言。

「你不能破壞誓言。」達利納說。他的手指仍然安放在榮刃上。「對吧？」

我不能。

「那我們要對抗的那東西？那個引虛者與引虛者之靈來源的憎惡。他可以破壞誓言嗎？」

不能，颶父說。他比我還要強大，但是雅多納西的力量已經滲透了他、掌握了他。憎惡的力量就像壓力、重力與時間的流動一樣。這些東西不能破壞自己的規則，也不能成為規則。

達利納敲了敲榮刃。這是榮譽靈魂的碎片，是化為金屬的結晶。從某種角度上，他們的神的死亡，反而帶給他希望——既然榮譽已死，憎惡也會有一死。

榮譽在幻象中給達利納一個任務：惹惱憎惡，讓他相信他可能會輸，逼他派出一戰定勝負的代戰對手。他會選擇這條路，而非甘冒失敗的風險，因為他已經失敗過太多次。我能給你最好的建議只有這些。

「我已經知道敵人安排了鬥士，」達利納說。「那是個有紅眼與九道陰影的黑暗生物。榮譽的建議有用嗎？我可以讓憎惡同意我與他的鬥士一戰定勝負嗎？」

榮譽的建議當然有用，颶父說。他親口說了。

「我的意思，」達利納說。「為什麼他的建議有用？為什麼這個叫憎惡的會同意代戰決鬥？這茲事體大，不會讓人隨意任自己變得膽小且低劣。」

你的敵人不像你。颶父若有所思地低喃。甚至可以說是……帶著畏懼。他不會衰老。他有感官。他很憤怒。但是這不會變化，他的怒火也不會冷卻。時代會過去，而他永遠不變。

直接對抗憎惡，會驅動那些可以傷害他的力量，而他曾經受到傷害。那些傷痕沒有癒合。選一位鬥士，即便戰敗，也只會耗費他的時間。他有充分的時間。他仍舊不會輕易答應，但是他有可能答應。如果在對的時刻提起這個正確的方案，他就會被束縛。

「然後我們就贏了……」

時間，颶父說。對他來說只是渣滓，卻是人類最寶貴的資產。

達利納取下石板上的榮刃。房間一側有個直通底下的坑洞。那個洞有兩呎大，是他們在這座塔城中找到的奇異洞穴、走廊與隱密角落的一部分。這一個大概是下水道系統的一部分，從洞緣的鏽蝕來看，上面本來有道金屬管連接天花板的石洞。

娜凡妮最在意的事情就是弄清楚這裡的系統如何運作。目前，他們利用木板將有古老浴池的廳室改成了廁所。等到他們有更多颶光，魂師就可以像在戰營時一般運作，處理廢棄物。

娜凡妮認為這並不是優秀的系統。大排長龍的公共廁所會讓城市的效率不彰，她宣稱這些廣為設置的管道是盥洗系統。娜凡妮就是會被這樣大規模的民生設施設計吸引——除了她以外，他沒見過任何對下水道這麼興奮的女人。

目前這些管道空空如也。達利納跪了下來，然後將劍伸進洞裡，將之放到他在側面刻出的石鞘上。洞穴將突出劍柄藏了起來，只有伸手在洞裡摸索，才能找到榮刃。

他站起身，拿起他的錢球離開。他不想把榮刃留在那裡，但也想不到更安全的地方。他的房間不夠安全——他沒有密庫，派一批守衛只會引人注意。除了卡拉丁、娜凡妮和颶父以外，沒有人知道達利納有這把劍。如果他隱藏自己的行動，這把藏在塔裡無人處的榮刃不會有機會被發現。

你接下來打算要怎麼處理它？颶父在達利納進入空走廊時問。這是無可比擬的武器。神的禮物。有了它，你不發誓言也能成為逐風師，還有更多好處——超越人不理解也無法理解的能力。幾乎像是神將。

「這樣顯得我更理智，」達利納說。「會在使用它之前三思。我不介意你幫我照看它。」

颶父笑出聲。你認爲我什麼都看得見？

「我是這麼認爲的……我們製作的那張地圖……」

我在颶風中見到外面的事物，還有黑暗。達利納．科林，我不是神。就像你在牆上的影子並不是你。

達利納拾級而下，帶著寶石的光芒在走廊上左彎右拐。卡拉丁上尉如果不盡快回來，榮刃在逐風術上就有另一層意義：快速前往賽勒城或亞西爾的方法。或是讓艾洛卡的小隊前往科林納。颶父也確認這把榮刃可以啓動誓門，可能會非常方便。

達利納到了塔裡較有人煙的一區，這裡喧鬧奔忙。廚師的助手從塔城門口的倉庫搬運物資，兩個人則在地上畫引導線，士兵的家屬走在特別寬廣的走道，坐在牆邊的箱子上，看著小孩在坡道上翻滾木造的圓球，一路追到一間可能也有浴池的房間裡。

日常生活。把這裡當作家是很奇怪，然而他們也曾將貧瘠的破碎平原化爲城市。這座塔城不會有什麼不一樣，只要他們能確保破碎平原的農作就好。而且也要假設他們有足夠的颶光維持誓門的運作。

拿著錢球出門的他，才是怪人。守衛巡邏時用的是燈籠，廚師則在燈油下工作，此時他們的店也快休息了。一邊看顧小孩，一邊縫補襪子的婦女，只依靠窗戶透進來的微光。

達利納經過他的房間。今天的守衛是橋十三隊的矛兵，他們在門外等候。他揮手要他們跟來。

「光爵，一切都好嗎？」其中一人很快跟上來問。他拖著長長的聲調——那是雅烈席卡中央的造日山脈附近的廓隆腔調。

「很好。」達利納簡單地回答，試著確認現在的時間。他和颶父說話多久了？

「好的，好的。」這名守衛輕輕將矛放在肩上。「您可不能出事。出去的時候不行。一個人。在走廊的時候。您自己說沒有人該獨自行動。」

達利納看了那人一眼。這個刮好鬍子的男子，以雅烈席人而言有些蒼白，頭上頂著深褐色的頭髮。達利納依稀想起這人在上週或之前都出現在守衛群中。他喜歡在指間玩弄一顆錢球，讓達利納很不能專心。

「你的名字是？」達利納邊走邊問。

「瑞艾，」男子說。「橋十三隊。」這名士兵舉手行了精確的敬禮，完美到可能是達利納手下最精銳的一位，不過他一臉倦態。

「瑞艾中士，關於此事，我並非獨自一人。」達利納說。「你什麼時候有質問上司的習慣？」

「光爵，問一次問題不算是習慣。」

「而你只這樣問過一次嗎？」

「問您嗎？」

「問任何人。」

「這個嘛，」瑞艾說。「光爵，那些不算。我是個全新的人。在橋兵中重生。」

好極了。「那麼瑞艾，你知道現在幾點嗎？在這些颶風的走廊中很難知道時間。」

「長官，您可以用娜凡妮光主送您的時鐘法器。」瑞艾說。「我認爲那就是那些裝置的用途，是吧。」

達利納又瞪了他一眼。

「長官，我不是在質疑您。」瑞艾說。「這不是問句，是吧……」

達利納終於轉身沿著走廊回到自己的住處。娜凡妮給他的包裹到哪去了？他在床頭櫃上找到包裹，從裡面拿出像是弓兵皮製護腕的東西。上面有兩塊時鐘。其中一塊有三支指針，甚至把不重要的秒數都顯示出來。另一塊是颶風鐘，可以設定下次颶風來臨的時間。

他們怎麼能造得那麼小巧？他一邊心想，一邊搖搖裝置。這上面也裝著除痛器，把這個寶石法器放在手上時，可以止痛。娜凡妮爲外科醫生研發了不少緩解疼痛的法器，也提過會把他當作實驗對象。

他將裝置綁在前臂，位置就在手腕之上。把裝置綁在制服袖子上想必很顯眼，但這可是個禮物。離下一個安排的會議還有一小時，該是發揮他無窮精力的時候了。他帶了兩名守衛去到下一階樓的士兵住處附近的大廳。

大廳有黑灰相間的岩紋，裡面的人都在進行訓練。這些人都穿著科林藍，就算不是全身，也至少綁了藍臂帶。淺眸人與深眸人現在一同訓練，在鋪著厚布地毯的圈中互相摔角。

摔角產生的聲音與氣味一如以往令達利納心生暖意。上油的皮革比剛出爐的麵包氣味還要甜美，劍擊的鏗鏘比起長笛的樂音更讓他歡悅。不管他人在何處、身居何職，這樣的場所對他而言就像家一樣。

他看見劍術教練聚在後牆，坐在坐墊上監督他們的學生。不過其中有一點很不一樣，那就是這些教練都有方正的鬍子、剃光了頭髮，而且穿著簡單、束腰的開襟長袍。達利納手下的執徒專精各種技藝，無論男女都可以向他們學習新的技能或工藝。這些劍術大師是他引以為傲的專家。

六名劍術師傅中，有五個人站起來向他鞠躬。達利納轉身繼續觀察練習廳。嗅聞汗水的味道，聆聽劍刃的相擊。這是做好準備的景象。這個世界可能陷入混亂，但是雅烈席卡準備好了。

*其實準備好的不是雅烈席卡，他心想。而是兀瑞席魯。我的王國。*颶風的，這個身分眞難適應。他永遠是雅烈席人，但艾洛卡一旦公告天下，他就不能再將雅烈席卡稱作他的國家。他也不知道要怎樣向旗下的軍隊表態。他想讓娜凡妮和她的書記花時間處理合法性。

「你在這裡表現得不錯。」達利納對其中一位名為克勒朗的劍術師傅說。「問問艾薇要不要擴張練習廳到相連的空間。我要你持續讓部隊活動。我不希望他們空有時間焦慮，引發更多衝突。」

「遵命，光爵。」鞠躬的克勒朗說。

「我想對練。」達利納說。

「光爵，我會找到適合的人選。」

「克勒朗，你自己如何？」達利納說。這名劍術師傅曾經在三場比試中贏了達利納兩次，雖然達利納心知自己是個軍人而不是決鬥家，因此放棄了成為劍術高手的幻想，但他還是喜歡挑戰。

「如果是藩王的命令，」克勒朗不太自在地說。「我自然遵從。若由我選擇，我想另擇人選。我無意冒犯，但今天您並不適合與我對練。」

達利納瞥向另外兩名站起來的劍術師傅，他們都垂下了頭。劍術大師並不像是他們那些信仰虔誠的同袍。他們有時很正經，但仍可以和他們一同歡笑。通常如此。

只不過他們終究是執徒。

「好吧，」達利納說。「幫我找人對打。」

雖然達利納只打算打發克勒朗一人，但其他四人也跟著離開。達利納嘆了口氣，靠上牆瞥向一旁。還有一人坐在坐墊上。他一臉亂鬍，穿著並不髒亂卻破爛的束腰衣服，彷彿後來才想到要穿衣服一樣。

「薩賀，我來這裡沒有冒犯到你吧？」達利納問。

「誰來這裡都會冒犯到我。你和其他人一樣噁心，藩王大人。」

達利納坐到凳子上等待他的對手。

「你沒料到嗎？」薩賀幸災樂禍地問。

「沒有，我以為……好吧，他們是戰鬥執徒。是劍士。內心則是士兵。」

「光爵，你的決定對他們來說幾乎成了恐嚇：要在神與藩王間作出選擇。就算他們喜歡你，也不會讓這個抉擇變得容易，反而更加艱難。」

「這種不適感會過去的。」達利納說。「我的婚姻雖然看來戲劇化，最後也只是歷史中的軼事。」

「或許吧。」

「你不同意？」

「我們人生的每一刻似乎都微不足道，」薩賀說。「然而我們也忘記許多同樣平凡的事情，之後成為了歷史的樞紐。就像黑中的白。」

「黑中的……白？」達利納問。

「只是修辭。藩王，我不在意你做了什麼，不管是淺眸人的自我贖罪還是嚴重的犯戒，都不會影響我。但的確有人在問，你何時會成爲邪魔歪道。」

達利納低哼一聲。老實說，這麼多人當中，他怎麼能期待薩賀幫得上忙呢？他站進來踱步，蠢蠢欲動的精力讓他感到不悅。在執徒找到可以對練的人選以前，他已經走到練習廳的中央，看看有沒有認識的士兵，尋找那些不覺得與藩王競技是禁忌的人選。

他最後找到卡爾將軍的兒子。不是身爲碎刃師的哈拉姆上尉，是卡爾將軍的次子，一個頭部對於他的全身比例來說太小的壯漢。他在幾場摔角結束後正伸展自己的身軀。

「亞拉廷，」達利納說。「你有沒有和藩王對練過？」

年輕人轉身馬上回應。「長官？」

「免禮。我只是在找人對打。」

「我沒有準備決鬥的適當裝備，光爵。」他說。「給我一點時間。」

「不用了。」達利納說。「我可以比摔角。好久沒比了。」

有些人害怕傷到像達利納這樣的重要人士，因此不敢對打。但是卡爾將兒子訓練得很好。年輕人露齒而笑，牙間有明顯的缺口。「光爵，我沒問題。但是您要知道，我好幾個月沒輸過了。」

「很好，」達利納說。「我需要挑戰。」

劍術大師終於回到達利納身旁時，達利納已裸著上身，穿上一件及膝長的練習褲。他向劍術大師示意，忽視他們找來的那位文質彬彬的淺眸決鬥者，與亞拉廷走進摔角圈。

達利納的守衛對劍術大師聳聳肩致歉，接著瑞艾爲摔角對決倒數。達利納立刻往前衝，撞向亞拉廷，抱住他的腋下，雙腳施力來搖撼對手的平衡。摔角比賽最後都會落地扭打，但是你必須成爲決定何時倒地、如何倒地的那一位。

傳統摔角規定不能抓住褲子，也不能拉頭髮，因此達利納扭身，試圖固定對手的姿勢，並防止他推開自己。達利納用力繃緊肌肉，手指卻從對手的皮膚滑落。

在這混亂的時刻，他只能專注在比試上。然而他的力量卻不及他的對手。他滑動腳步，轉化自己的重量，想要取得有利的施力點。對決是純粹的事，他卻像是隔了幾生幾世才再次體驗。

亞拉廷用力拉住達利納，接著一扭，讓達利納跌坐在地。他們倒在地毯上，達利納悶哼一聲，舉起手臂擋住脖子，預防轉動頭部的鎖喉技。達利納以往受的訓練，讓他可以在對手抓緊自己以前扭打。

但是太慢了。達利納已經好多年沒有頻繁摔角了。他的對手隨著達利納的扭動擺動，不使用鎖喉技而是從背後架住達利納的雙臂，將他往下壓，臉部著地。亞拉廷全身的重量都壓在達利納身上。

達利納低吼一聲，憑著直覺使出餘力。那是他戰鬥的搏動，是他的刃尖。

戰意。士兵在夜裡的營火旁悄悄談論戰意。這種戰鬥的怒氣是雅烈席人獨有。有些人說這是先祖的力量，其他人則認為這是士兵的心境。戰意曾帶給創日者榮耀。這是雅烈席人成功的公開祕密。

不。達利納阻止自己取用戰意，但是他也不擔心。他已經好幾個月沒感受到戰意，而他與戰意分離越久，便開始注意到戰意本身有非常不對勁的地方。

他咬牙掙扎，完全不用上戰意。

接著被緊壓在地面。

亞拉廷比較年輕，對戰鬥的方式也更有研究。達利納雖然沒讓他輕鬆獲勝，但被壓在地上、無法施力的還是他，顯然他不再像以前那樣了。亞拉廷再把他扭倒，不久達利納就發現自己已經被緊緊壓制，肩膀無法舉起，動彈不得。

達利納知道自己被打敗了，但是他沒辦法認輸。他反而用力掙扎，咬著牙任汗水從臉頰流下。他注意到了某種東西。那並不是戰意……而是制服褲口袋的颶光，那件褲子就在摔角圈外。

亞拉廷低哼一聲，手臂如鋼鐵般堅實。達利納聞到自己的汗水味，還有地墊的粗糙布料。受到如此對待，他的肌肉在向他抗議。

他知道自己可以吸收颶光的力量，但是追求公平的他抗拒這幽微的思緒。所以他弓起背來，用盡方法屏氣舉起身子，扭身抬起頭，試著擺脫壓制。

他的對手滑動了一下，接著呻吟，達利納感覺到對手緊抓的手慢慢地……滑落……

「噢，看在颶風的份上。」一名女子的聲音說。「達利納？」

達利納的對手馬上鬆手，然後退後。達利納轉身過來，費盡力氣的他喘著大氣，發現娜凡妮雙手抱胸站在摔角圈外。他對她露齒一笑，站起來接過輕薄的塔卡瑪外套，並從助手手上拿了條毛巾。亞拉廷退了下來，達利納對著他舉起拳，然後低下頭，代表他認定亞拉廷獲勝。「打得好，孩子。」

「我的榮幸，長官！」

達利納套上塔卡瑪，在轉向娜凡妮的同時用毛巾擦了擦額頭。「來看我比試的？」

「是的，每個妻子都喜歡看丈夫比試。」娜凡妮說。「看著丈夫閒暇時喜歡跟全身汗水的半裸男人在地上打滾。」她瞥向亞拉廷。「你不是該和年紀差不多的人對練嗎？」

「上戰場的時候，」達利納說。「選擇對手的年齡是種很奢侈的行爲。在這裡以劣勢練習最能做好準備。」他遲疑了一下，才輕聲說。「我認爲我差點要贏過他了。」

「你對『差點』的定義太有野心了，我的寶心。」

達利納接過助手給的水袋。雖然練習廳裡還有娜凡妮及助手以外的其他女人在，但那些女人都是執徒。穿著淺黃色長袍的娜凡妮，看起來就像貧瘠之地的一朵花。

達利納掃視練習廳，注意到除了劍術大師以外，不少執徒也沒有對上他的視線。他看見卡達西這位以前在戰場上的同袍，正與其他劍術大師談話。

亞拉廷在一旁接受朋友的慶賀。壓倒黑刺可說是一種成就。這名年輕人咧嘴笑著接受讚美，但是他按著肩膀，一有人想拍他的背，就縮到一旁。

*我應該累了，*達利納心想。強行比試對他們兩人都很危險。他對自己感到不滿。他特別選了個年輕力壯的對手，卻成爲可憐的輸家？他必須接受已經年老的事實，而他居然欺騙自己，以爲比試可以提升他在

戰場上的表現。他已經讓出碎甲，也不再持有碎刃。他何時又認爲自己要親身投入戰場？

九影之人。

他口中的水瞬間有了腐味。他認爲他要親自對上敵人的代戰對手，猜想自己甚至可以引發決鬥，成爲助力。但是將這個任務交給卡拉丁這樣的人，不是更合理嗎？

「好了，」娜凡妮說。「你應該想穿上制服。依瑞雅利人的女王正等著。」

「這不是一、兩小時就能結束的會議。」

「她現在就要開會。顯然，她的宮廷觀潮員解讀說，提早開會更好。她隨時都會連絡我們。」

颶風的依瑞雅利人。他們有一座誓門，算上受他們掌管的里拉王國，就有兩座了。依瑞王國有三個王室，目前由兩位國王和一位女王組成，女王掌管外交政策，因此需要和她對話。

「提早對我來說沒有問題。」達利納說。

「我會在信蘆室等你。」

「爲什麼？」達利納揮揮手。「她看不見我。就在這裡準備。」

「這裡是吧。」娜凡妮的語氣不帶感情地複誦。

「就是這裡。」達利納固執地說。「我受夠冰冷的大廳，還有聽得見葦筆書寫的死寂。」

娜凡妮抬起一邊眉毛看著他，但還是命令她的助理拿出書寫工具。一名執徒一臉擔心地走過來，可能想要勸阻——但是娜凡妮接著就下了幾個明確的命令，這位執徒改爲跑去替她拿來桌椅。

達利納露出微笑，從劍術大師附近的架上拿了兩把練習用劍。這是沒有磨利的鐵劍。他將其中一把扔給卡達西，卡達西順手接下，卻將劍尖朝下放著，將手放在護手上。

「光爵，」卡達西說。「我傾向將這個任務交給他人，我也不怎麼覺得——」

「夠了，」達利納說。「卡達西，我需要練習。作爲你的主人，我命令你讓我練習。」

卡達西凝視達利納許久，接著不滿地吹了口氣，跟著達利納進了競技圈。「光爵，我不會表現得很好。我已經將自己的年歲奉獻給文典，而非刀劍。我在這裡只爲——」

「——只爲了盯著我。我知道。好吧，我可能也生疏了，已經幾十年沒用普通的長劍戰鬥。我總是有更好的武器。」

「是的。我記得你剛取得碎刃的日子。達利納・科林，世界在那一天爲之顫抖。」

「別說得那麼誇張，」達利納說。「我只是取得輕鬆殺人的能力，但仍然是一排笨蛋中的一位。」

瑞艾遲疑地倒數開打，達利納旋身衝刺。卡達西剛好擋下，站到競技圈的邊緣。「光爵，稍等，但是你本來就與眾不同。你在殺戮上表現極佳。」

我一向如此，達利納心想，接著繞著卡達西走圈。看著手下曾經的精兵成爲執徒，還是讓他覺得很奇怪。他們之後就不再親近了。這是在卡達西成爲執徒後的事。

娜凡妮清清喉嚨。「我不想打斷你們騎馬打仗，」她說。「但是達利納，女王已經準備好對談了。」

「很好，」視線沒有離開卡達西的他說。「把她寫的訊息讀出來。」

「在你還在比試的時候？」

「當然。」

他可以實實在在感覺到娜凡妮翻了翻白眼。他咧嘴一笑，再對卡達西進攻。她覺得他做了愚蠢的決定。或許是吧。

他也失敗了。這個世界的各大王朝一個個將他拒之於門外。目前只有以智慧平庸出名的卡布嵐司之王塔拉凡吉安同意合作。

他的方式不對。在一場延長的戰役中，他被迫要從新的角度來看待自己的問題、讓新血加入來提供想法、試著在不同的場地上迎戰。

達利納與卡達西擊劍，金屬相擊。

「藩王，」娜凡妮在他打鬥的同時唸。「在偉大的全一（the One）下與您接觸眞是驚奇。這個世界正在接受美好經歷的洗禮。」

「陛下，美好嗎？」達利納一邊說，一邊偷襲卡達西的腿。卡達西往後一躲。「您應該不樂見這些事件吧？」

「我們樂見所有經驗。」回應傳來。「我們是經驗這些事物的全一——而這個新風暴就算帶來痛苦，也是美好之物。」

達利納低哼一聲，擋住卡達西的反手攻擊。劍發出巨響。

「我之前沒注意到，」娜凡妮指出。「原來她這麼虔誠。」

「只是異教徒的迷信。」卡達西滑到競技圈的另一端。「亞西須人至少還有崇拜神將的尊嚴，就算作出了將神將的地位擺在全能之主之上的褻瀆之事。依瑞雅利人則和雪諾瓦人一般無異。」

「卡達西，我還記得，」達利納說。「你以前不會這樣評斷他人。」

「有人提醒我，要是我鬆懈下來，就會鼓勵你。」

「你的觀點總是很新鮮。」他瞪了卡達西一眼，但是對娜凡妮說。「對女王說，陛下，如同我歡迎挑戰那般，我擔心這些新的……經驗帶來的後果。我們必須聯合起來對抗將來的危險。」

「聯合，」卡達西輕聲說。「達利納，如果這是你的目標，那你為何尋求撕裂自己人民的道路？」

娜凡妮開始書寫。達利納逼近，並將劍換手。「卡達西，你又怎麼知道呢？你怎麼知道依瑞雅利人是異教徒？」

卡達西皺起眉頭。雖然他有執徒方正的鬍鬚，但是他與其他執徒不同的地方，可不僅僅是他頭上的疤。執徒將劍藝視為一種藝術。卡達西有士兵的愁眉，他決鬥的時候，習慣看向身側，以免有人從側面進攻。這在一對一對決時是不可能的事，但是在戰場上極可能發生。

「達利納，你怎能問這種問題？」

「因為這個問題該有人問，」達利納說。「你宣稱全能之主是神。為什麼？」

「單單因爲祂就是。」

「我不滿意這個答案，」達利納說道，同時發現自己說得對。「不再是了。」

執徒發出低吼，傾身使出全力攻擊。達利納往後一跳，擋住攻擊，同時娜凡妮大聲唸道：

「藩王，我就直說了。依瑞雅利三皇一致同意。自從創日者殞落後，雅烈席卡就與世無關。然而，掌握新風暴的力量卻無庸質疑。他們提供了慷慨的條件。」

達利納愣在原地。「你們已經與引虛者結盟了？」他朝娜凡妮問，接著被迫抵擋卡達西沒有罷休的攻擊。

「怎麼了？」卡達西一劍砍在達利納的劍上。「達利納，你很驚訝有人與邪惡爲伍嗎？意外有人不依靠全能之主的光輝，而是選擇黑暗、猜疑與異端嗎？」

「我可不是異端。」達利納格開卡達西的劍，但是執徒已經打到他的手臂。這一擊很重。劍雖然不鋒利，卻肯定會留下瘀青。

「你剛才的話就在質疑全能之主。」卡達西說。「這樣還能說不是異端？」

「我不知道。」達利納站得更近。「卡達西，我不知道，所以這令我驚慌。但是榮譽對我說話，承認他已被擊敗。」

「據說引虛者的諸多王子，」卡達西說。「可以矇蔽一個人的心智。達利納，他們會傳遞謊言。」

他衝了過來，然後揮劍。但是達利納往後一跳，退到競技圈的邊緣。

「我的人民，」娜凡妮讀出依端女王的回應。「不想要戰爭。或許避免另一場寂滅時代的方法，就是讓引虛者取得他們要的東西。即便在我們紀錄不多的歷史中，這亦是人們從未探索過的選項。我們曾拒絕全一給我們這樣的經驗。」

娜凡妮抬起頭來，驚訝自己讀出這樣的內容給達利納。蘆筆繼續寫：「除此以外，」她說。「藩王科林，我們不信任竊賊也是其來有自的。」

達利納低聲呻吟。所以癥結就在這裡——是雅多林那副碎甲的問題。達利納瞥向娜凡妮。「繼續談話，試著安撫他們如何？」

她點點頭，然後開始寫。達利納咬牙，再次向卡達西衝鋒。執徒擋住他的劍，用另一手抓住他的塔卡瑪，把他拉到面前。

「全能之主並沒有死。」卡達西厲聲說。

「我以往總是向你諮詢，現在你卻對我怒目而視。我認識的那位執徒到哪裡去了？那一個曾經擁有眞實人生，而不只是從高塔與修道院看待世界的人，到哪裡去了？」

「他受到驚嚇。」卡達西輕聲說。「他驚愕自己居然無法對自己深深敬仰的人完成最重大的職責。」

他們四目交接，劍與劍還在對峙，但兩人並沒有刻意施力。達利納一度看見以往那個卡達西。那個囊括對弗林教的一切美好、溫和且善解人意的標竿。

「讓我帶些能夠回報給教廷的訊息，」卡達西懇求。「撤回你堅稱全能之主已死的宣告。如果你這樣做，我可以讓他們承認你的婚姻。過往諸王做過更糟的事情，還是獲得了弗林教的支持。」

達利納收起下巴，搖搖頭。

「達利納……」

「卡達西，謊言不能服侍任何人。」達利納拉開距離。「全能之主已死，裝作不承認的話，就只是單純的愚蠢。我們需要眞正的希望，而不是對謊言的信仰。」

練習廳裡不少人停下來關注他們。劍術師傅已經走到娜凡妮身後，她則繼續與依瑞女王相互傳送政治訊息。

「不要因爲幾場夢，就拋棄我們的信仰。」卡達西說。「拋棄我們的社會，拋棄我們的傳統？」

「傳統？」達利納說。「卡達西，我跟你說過我第一位劍術師傅的事嗎？」

「沒有，」卡達西皺起眉頭，瞥向其他執徒。「是雷布林諾嗎？」

達利納搖搖頭。「我年輕的時候，科林家沒有什麼大修道院或漂亮的練習場。我父親在兩個城鎮外的地方幫我找到老師。他的名字是哈司。他是個年輕人，不是劍術大師——但是精於技藝。

「他很在意標準程序，在我能用正確方法穿上塔卡瑪前，不會開始訓練。」達利納指了指他身上的塔卡瑪。「他不會准我穿成這樣，而是要穿上汗衫，然後外衣，接著用腰帶在腰上綁三圈捆緊。

「我一直覺得很麻煩，綁了三圈的腰帶太緊了——必須很用力才能拉出足夠的布料打結。我第一次去決鬥時，是在鄰鎮，覺得自己像個笨蛋，其他人的塔卡瑪都拖著長長的衣帶。

「我問哈司，爲什麼我們和別人不一樣。他說這才是正確的方法，眞正的方法。因此，等到我旅經哈司的故鄉時，我找到他的師傅，他是個在科林納接受執徒訓練的人。師傅堅稱這是穿上塔卡瑪的正確方式，也是從他的老師那裡學的。」

此時他們已經聚集了更多人群。卡達西皺起眉頭。「重點是？」

「我們在占領科林納以後，找到了我的太師傅。」達利納說。「這位年老、乾瘦的執徒根本不管誰統治城市，在我找到他時還吃著咖哩跟麵包。我問他，其他人認爲腰帶只要綁上兩圈的時候，爲什麼要綁三圈呢？

「那老人笑了笑，然後站了起來，我很意外地發現他矮得出奇。『如果我只綁兩圈，』他解釋。『尾端會垂下來，我就會絆倒！』」

練習廳陷入沉默。旁邊有個士兵呵呵笑了起來，但很快便中斷——執徒中沒一個覺得這是件趣事。

「我愛護傳統。」達利納對卡達西說。「我曾經爲傳統戰鬥。我讓我的士兵遵守戰地守則。我支持弗林教的美德。但是卡達西，只是遵循傳統並不會產生價值。我們不能僅僅因爲事物存在已久，就當作那是正確的。」

他轉向娜凡妮。

「她不接受，」娜凡妮說。「她堅持你是個賊，不能信任。」

「陛下，」達利納說。「我認爲您將因對過往微不足道的不滿而導致國喪民亡的危機。如果我與里拉王國的關係讓您打算支持人類的共有敵人，或許我們可以先從個人方面進行和解。」

娜凡妮點點頭，不過也瞥了一眼圍觀的人群，眉頭深鎖著。她認爲這場會談應該私下進行。她可能是對的。但在此同時，達利納覺得自己需要這麼做。他也沒辦法解釋爲什麼。

他舉起劍向卡達西表示敬意。「我們打完了嗎？」

卡達西的回應反而是舉起劍來衝向他。達利納嘆了口氣，接著讓自己左側被劍擊中，手上的劍卻揮到卡達西的頸邊。

「這個攻擊在決鬥中無效。」執徒說。

「我現在不算是決鬥家了。」

執徒低哼一聲，推開達利納的武器突刺。然而達利納抓住卡達西的手臂，利用他的慣性轉倒卡達西，將他壓制在地。

「卡達西，世界就要邁向終結。」達利納說。「我不能只依靠傳統。我需要知道原因。說服我，給我你說的話的證據。」

「你不該需要證明全能之主。你講話就像你侄子一樣！」

「我就當這是稱讚了。」

「那麼……神將呢？」卡達西說。「你會否定他們嗎，達利納？他們是全能之主的僕從，他們的存在就證明了祂的存在。他們有力量。」

「力量？」達利納說。「像這樣嗎？」

他汲取颶光。達利納開始發光，圍觀的群眾開始低語，接著他……做出不同的舉動。指揮光線。他站起身來的時候，讓卡達西困在燦光之池中，將他束縛在石頭上。執徒無助地扭動著。

「燦軍已經回歸，」達利納說。「而且是的，我承認神將的權威。我承認曾有個名爲榮譽的存在，又稱作全能之主。他曾幫助我們，而我會再次接受他的幫助。如果你可以證明弗林教義站在神將教誨的立場，我們就再談談吧。」他把劍扔到一旁，走向娜凡妮。

「很棒的表演。」她輕聲說。「我想這不僅是為卡達西，也是為房裡的人吧？」

「士兵們需要知道我與教會之間的立場。女王說了什麼？」

「沒什麼好話，」她咂嘴。「她說你可以為了討論歸還贓物的事連絡她，她會再考慮。」

「颶風的女人。」達利納說。「她還緊咬著雅多林的碎甲不放。她的宣言有沒有效？」

「不怎麼好。」娜凡妮說。「你是和里拉的淺眸人結婚才拿到碎甲，而不是依瑞的人。是的，依瑞王國宣稱他們的姊妹國是他們的屬國，就算這沒有爭議，女王也跟璦葳和她哥哥沒有關係。」

達利納低哼一聲。「里拉王國不會強大到宣示取回碎甲。如果這會讓依瑞王國成為我們的盟友，我會考慮。我可能會同意……」他話說到一半。「等等，妳剛才說什麼？」

「嗯？」娜凡妮說。「有關……噢，對。你聽不見她的名字。」

「再說一次。」達利納低聲說。

「什麼？」娜凡妮說。「璦葳嗎？」

達利納腦海裡的記憶湧現了。他跟蹌地跌到書寫桌旁邊，彷彿頭部被人用錘子重打了一記。娜凡妮叫了醫生來，認為他的決鬥讓他太過勞累。

並不是這樣。他內心因為別人說出一個名字而點起火苗。

璦葳。他可以聽見他妻子的名字。

他也突然回想起她的面容。

17 眾影纏身

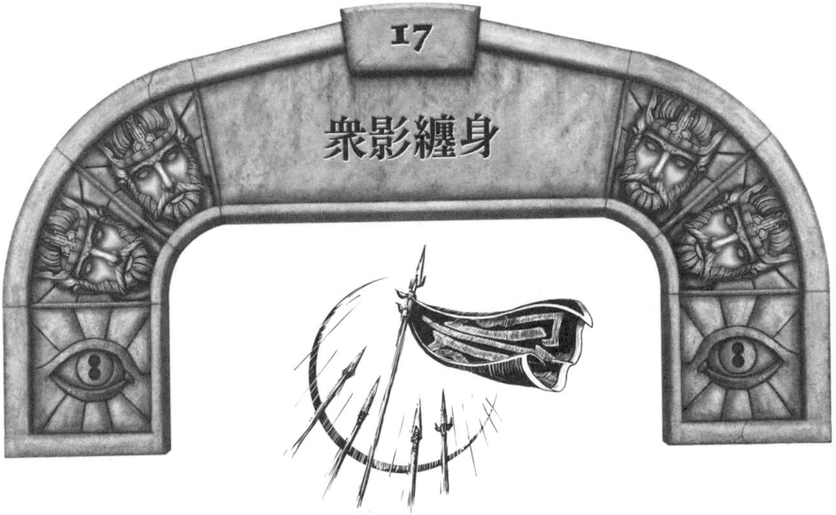

這堂課並非我所能教導的。經驗自身就是個優秀的導師，而你們必須親自奉它爲師。

——摘自《引誓》〈自序〉

「我認爲還是要殺掉他。」先前玩牌的帕胥女子荷恩對其他人說。

卡拉丁被綁在樹上，就這樣過了一晚。引虛者今天讓他起身用了茅坑幾次，其他時間還是綁住他。雖然他們打好了結，仍安排了幾位守衛，即便卡拉丁是自己投降的。

他的肌肉僵硬，姿勢也不舒服，但是他曾度過比奴隸更悲慘的生活。目前已經快過了整個下午——而帕胥人還在爭論他的事情。

他沒有再看見那個黃白相間的靈，那個靈曾經化爲光帶，讓他幾乎以爲那是自己想像出來的。不過至少現在雨停了。希望這代表颶風即將回歸——颶光也是。

「殺了他？」另一位帕胥人說。「爲什麼？他對我們有什麼危險？」

「他會說出我們在哪裡。」

「荷恩，他靠自己就輕鬆找到我們。我不認爲其他人追上我們會有什麼困難。」

帕胥人似乎沒有特定的領袖。卡拉丁可以聽見擠在帆布下站著的他們的談話。空氣聞起來很潮溼，樹枝在強風吹襲下顫動，雨水落在他頭上，比起泣季應有的溫度還要冰冷。

幸運的話，這些雨水都會乾掉，然後他就能見到陽光。

「所以我們要放他走？」荷恩用低啞的聲音發出怒喝。

「我不知道。荷恩，妳眞的會親手砸爛他的頭？」

帳篷裡的人沉默下來。

「如果這能夠讓他們不再抓住我們的話呢，」她說。「是的，我會殺了他。阿同，我不會再回去了。」

他們有簡單的雅烈席深眸人名字，正好符合那熟悉得讓人不舒服的口音。卡拉丁不擔心自己的安全，即便他們已經拿走他的刀、信蘆與錢球，他還是可以在一瞬間召喚西兒。如今她飄浮在強風中，閃躲拍打的樹枝。

帕胥人最後結束會議，卡拉丁也昏睡了過去。後來，他們在收拾爲數不多的行囊時，吵醒了他。這些行李有一、兩把斧頭、幾件雨衣，還有幾乎全爛掉的穀物。日落的光線拉長卡拉丁的影子，營地也再次陷入黑暗。看來這批人決定在晚上行進。

先前玩牌的高個男子向卡拉丁走來，卡拉丁是從他身上的圖騰認出他的。他鬆開把卡拉丁綁在樹上的繩索，但只有腳踝的部分，沒有解開手上的束縛。

「你本來可以吃掉那張牌。」卡拉丁說。

帕胥人吸了吸鼻子。

「那副牌的規則裡，」卡拉丁說。「侍從牌可以聯合其他卡片吃掉對方的牌，所以你那時做對了。」

帕胥人低哼一聲，拉起繩子讓卡拉丁站起來。他伸展了身軀，活動僵硬痠痛的肌肉，其他的帕胥人則把最後一頂匆匆搭成的帆布帳篷拆下，也就是先前擠滿人的那一頂。這一天稍早時，卡拉丁終於看見裡面是些什麼人。

小孩子。

帳篷裡面有十幾個小孩，身上罩著過長衣衫的他們，年紀從嬰兒到青少年都有。女孩們鬆開了頭髮，男孩則是短髮或是綁了辮子。除非有人小心監看他們，否則他們不能離開帳篷，但是卡拉丁聽過他們的笑聲。他本來擔心裡面的小孩是被抓走的人類。

帕胥人拔營以後，小孩散了開來，很高興終於被放出來了。一名少女快步跑過潮溼的石地，握住領著卡拉丁的帕胥人還空著的手。這些小孩和他們的長輩長得很不一樣——並不像帕山迪人在頭部與前臂上有著那麼明顯的甲殼，他們的甲殼是淺淺的粉橘色。

卡拉丁不能判定自己爲什麼覺得這景象很奇怪。帕胥人的確會繁衍，雖然人們經常以繁殖稱之，猶如動物。這與事實差距不遠，不是嗎？大家心知肚明。

要是沈——也就是瑞連——聽見他大聲說出這樣的話，會怎麼樣反應？

隊伍離開樹林，卡拉丁則被繩子牽著走。他們幾乎不說話，在黑夜裡走過田地，卡拉丁對此有種熟悉感。他是不是曾經在這裡行進過呢？

「那國王呢？」抓著他的人輕聲說，頭轉向卡拉丁，表示在向他問話。

艾洛卡？怎麼……啊，對了。是卡牌的事。

「國王牌是你可以打出的牌中最強的，」卡拉丁努力回想規則。「它可以吃掉除了國王牌以外的牌，除非有三張以上的騎士牌，或是更高級的牌，才會被吃掉。嗯……而且魂師牌對它無效。」我想是吧。

「我看人類玩牌的時候，很少打出這張牌。如果牌這麼強，爲什麼不早早打出來？」

「國王被吃掉的話就輸了。」卡拉丁說。「所以只有在困境下，或是肯定自己能夠守住它的時候，才會打出來。我玩的時候，整場都不會讓它從手中出來。」

帕胥人又低哼一聲，看向身旁勾住他手臂的女孩。她指向某處，他輕聲回應她，她便踮著腳尖跑到一叢開花的石苞前，這叢石苞在第一月亮下是看得見的。

石苞的藤蔓縮了回去，開展的部分也收縮。然而這個女孩知道該怎麼做，靜靜蹲在旁邊等待，雙手等著花朵再開後，兩手各自拔下一朵花，發出迴蕩在平原的笑聲。悅靈像是藍色葉子一般跟著她回來，和卡拉丁保持距離。

荷恩拿著短棍，要求押送卡拉丁的人繼續前進。她像是接受危險任務的斥候，緊張地看著這一帶。

就是這裡。卡拉丁心想，回想起熟悉的記憶。從塔西納逃走那次。

這是他被阿瑪朗指控之後的事，但那時他還沒到破碎平原。他不想回憶那幾個月的事情。他不斷失敗，對於理想的期待一個一個被打碎……好吧，至少他得到了教訓，知道寄居在那樣的境地會讓他陷入黑暗中。他在那幾個月辜負了許多人。納瑪是其中之一，他還記得她粗糙長繭的手心觸感。

那是他們逃亡最成功的一次。逃了五天。

「你們不是怪物。」卡拉丁低聲說。「你們不是士兵。你們甚至不是虛無的種子。你們只是……逃亡的奴隸。」

押送者轉身拉緊卡拉丁的繩子。帕胥人抓住卡拉丁的制服，他的女兒則站在他身後，拋下其中一朵花，發出悲鳴。

「你想要被我殺掉嗎？」帕胥人把卡拉丁拉近自己眼前。「你堅持要提醒我，你們人類怎麼看待我們嗎？」

卡拉丁低哼一聲。「帕胥人，看看我的額頭。」

「然後呢？」

「上面有奴隸印記。」

「那是什麼？」

颼風的……帕胥人不會有印記，也不會和其他奴隸混在一起。帕胥人太寶貴了。「人類淪為奴隸的時候，」卡拉丁說。「會被留下印記。我曾經和你們一樣，處於同樣的境地。」

「所以你覺得這樣就能理解我們嗎？」

「當然。我是——」

「我可是一生都活在迷霧中。」帕胥人對他吼著。「我每天都知道自己該說點什麼，或是做些什麼來結束這種境地。我每天晚上抱著自己的女兒，思考我們周圍的世界充滿光亮，而我們卻被陰影纏身。他們把她的媽媽賣了。賣了她。就因爲她生了健康的小孩，成爲適合育種的牲畜。

「人類，你能理解這個嗎？你能理解自己的家庭被拆散，同時知道自己應該反抗——打從內心深處知道事情非常不對勁嗎？你知道連一個颶風的字都說不出來的感受嗎？」

帕胥人把他拉得更近。「有人可能剝奪過你的自由，但他們剝奪了我們的心智。」

他放下卡拉丁便轉身過去，把他的女兒拉近，慢跑跟上轉頭目睹他情緒爆發的其他人。卡拉丁也跟了上去。西兒現身，卡拉丁想要抓住她的注意力，但她只是笑著隨風飄到高處。

押送者在追上其他人時被斥責了一番，隊伍不能引起注意。卡拉丁跟著他們走，也回想了起來。他的

確理解一點這種感受。

逃跑永遠不等於自由；你會覺得開闊的天空與無盡的田野在折磨你。你可以感覺到追蹤而來的捕捉者，每個早上醒來，都等著發現自己被包圍。

直到某天終於安全。

但是帕胥人呢？他的確讓沈加入橋四隊。但是接受一名帕胥人成爲橋兵，跟把整個族群當作……人類看待，是完全不同的兩回事。

隊伍停了下來，將水袋分給小孩，卡拉丁摸了摸額頭，沿著上面的符文疤痕撫觸。

他們剝奪了我們的心智……

那些人也試著奪走他的心智。那些人把他打倒在地、竊取他所愛的一切，並且害死他的弟弟，讓他無

法正常思考。他的生命從此成爲汙點，直到他有天站在懸崖上，看著雨水落下，同時掙扎著想喚起自己結束生命的動力。

西兒化作光帶飛到高處。

「西兒，」卡拉丁悄聲說。「我必須和妳談談。現在不是時候——」

「噓。」她一邊說，咯咯笑著，繞著卡拉丁飛舞，然後再繞著押送者一次。

卡拉丁皺著眉頭。西兒逍遙自在地移動。太逍遙了？彷彿回到他們締結以前的時光？不，不可能。

「西兒？」他在她回來的時候懇求。「締結出了問題嗎？求求妳，我沒有——」

「不是這樣，」她用凶狠的口氣低語。「我覺得帕胥人可能有辦法看到我。部分可以。這裡還有另一個靈。高階的靈，像我。」

「在哪裡？」卡拉丁轉身。

「你看不見她，」西兒一邊說，一邊化作飛葉朝卡拉丁吹拂。「我想我騙過了她，讓她以爲我只是風靈。」

她突然消失不見，讓卡拉丁準備脫口而出的十幾個問題無用武之地。颶風的……是那個靈讓他們知道該怎麼走嗎？

隊伍又開始前進，卡拉丁安靜走了一小時，西兒才又飛回他身旁。她落在他的肩膀上，化作穿著奇裝異服的少女。「她在前頭一點點，」她說。「帕胥人沒有在看。」

「那個靈在帶領他們，」卡拉丁用氣音說。「西兒，這個靈一定是……」

「從他那裡來的，」西兒低聲說，抱著身體的她，縮小到平常三分之二的大小。「虛靈。」

「不止如此，」卡拉丁說。「這些帕胥人……他們怎麼知道如何說話？如何活動？他們的確生活在人類社會中——但是卻能……這樣說吧，在長時間渾渾噩噩之後變得這麼正常。」

「是永颶。」西兒說。「力量填補他們靈魂的空洞，彷彿在深谷上搭橋。卡拉丁，他們不僅僅是覺醒，他們也被治癒了，重新找回連結，重新取回自我認知。我們知道的還不夠多。然而你們人類收服他們以後，就偷走他們改變形體的能力。你們確實地將他們靈魂的一部分剝離，並且鎖藏他處。」她突然轉身。「她回來了。我會在附近，以防你需要碎刃。」

她直接在空中化為光帶離開。卡拉丁繼續跟著隊伍前進，思考西兒說的話，並且加快腳步，跟上他的押送者。

「你們變聰明了，某種程度上，」卡拉丁說。「晚上行進是好事。我知道你們沿著河床前進是因為河床旁有更多樹，也更能安全紮營，但這正是大家首先尋找你們的地方。」

附近幾個帕胥人瞥了他一眼。他的押送者什麼話也沒有說。

「人數過多也是個問題，」卡拉丁補充。「你們應該分成小隊，然後每天早上會合，這樣有人被發現也不會有太大威脅。你們可以說淺眸人派你們到某處，旅人可能就會放過你們。但如果他們一次遇到七十個人，那就不可能了。當然前提是你們不想戰鬥——而你們的確不要。如果發生戰鬥，人類會呼叫領主的軍力對付你們，即使他們現在有其他更大的麻煩。」

押送者低哼一聲。

「我可以幫你們。」卡拉丁說。「我可能不理解你們經歷過什麼，但是我的確知道逃亡的感受。」

「你認為我已經信任你了？」帕胥人終於說。「你希望我們被抓到。」

「我不認為我這樣想。」卡拉丁真誠地回答。

押送者不再說話，卡拉丁嘆了一口氣，退到後面。永颶為什麼給予破碎平原的帕胥人那樣的力量？文獻與傳說中的故事是怎麼說的？寂滅時代究竟為何？

他們又停下來休息，卡拉丁找到一塊平坦的石頭靠著。押送者將他的繩子綁在一旁的孤樹上，便與其他人開會。卡拉丁往後靠，思慮重重的他最後被一個聲音打斷。他很驚訝看見押送者的女兒靠近他。她雙手拿著一只水袋，然後在他伸手可及的地方停下。

她沒有穿鞋，這段路對她的腳不好過。雖然她的腳已經結繭硬化，但仍有擦傷與刮傷。她害羞地放下水袋，接著退後。卡拉丁伸手拿水袋的時候，她沒有如他所想地逃開。

「謝謝妳。」他說完便喝了一大口。水很乾淨，顯然帕胥人知道該如何取水。他不理會自己肚子發出的聲音。

「人類眞的會追我們嗎？」女孩問。

在迷辛月亮的綠光下，他發現這個女孩並不如他想像地羞怯。她很緊張，但是她與他四目相接。

「爲什麼人類不能讓我們走？」她問。「你可以回去告訴他們嗎？我們不想造成麻煩。我們只想離開。」

「他們會追來的。」卡拉丁說。「我很抱歉。他們有很多重建工作要做，所以想要有額外的幫手。你們是……他們不能忽視的人力。」

他造訪過的居民並不覺得會面對可怕的引虛者軍隊，很多人認爲帕胥人只是在混亂中逃走了。

「但是爲什麼？」她吸了吸鼻子。「我們以前做了什麼？」

「你們以前試著消滅他們。」

「不，我們是好人。我們一直是好人。我沒有打過人，就算生氣時也是。」

「我並不是特別指妳，」卡拉丁說。「我指的是妳的祖先——很久以前像妳一樣的人。當時有場戰爭，然後……」

颶風的。要怎樣向七歲小孩解釋奴役是什麼呢？他將水袋扔給她，她便蹦蹦跳跳地跑回父親身旁——這時身爲父親的那一位才剛發現她的行動，他的身體僵在夜裡，凝視卡拉丁。

「他們在討論紮營的事。」西兒在附近低語，她躲在石頭的縫隙。「虛靈要他們白天行進，但我不認爲他們會這樣做。他們擔心穀物壞掉。」

「那個靈現在看著我嗎？」卡拉丁問。

「沒有。」

「那我們把繩索切斷吧。」

他轉身隱藏自己的動作，快速召喚西兒成爲小刀，解開他的綑綁。這讓他的雙眼瞬間變色，但是他希望帕胥人在黑暗中不會注意到。

西兒再次化爲靈體。「現在變成劍嗎？」她說。「他們從你手上拿走的錢球已經沒有能量了，但是他們看見碎刃就會逃散。」

「不用。」卡拉丁選了一顆大石頭。帕胥人安靜下來，注意到他逃脫了。卡拉丁拿著石頭走了幾步，扔到地上，打碎一株石苞。不久後，憤怒的帕胥人已拿著短棍包圍他。

卡拉丁沒有理會，從石苞的殘骸中拿出一塊大殼。

「這裡面，」他將碎片拿給他們看。「就算在雨中也是乾的。石苞雖然在颶風後渴望水分，但因爲某些原因，需要在本體與雨水間製造隔層。誰拿著我的刀？」

沒有人動身還給他。

「如果你們將裡面那層刮下來，」卡拉丁一邊說，一邊敲敲石苞的碎片。「就可以取得乾燥的部分。現在雨已經停了，只要沒人弄丟我的生火包，我應該可以幫大家生火。我們必須把穀物煮熟，接著弄乾它們作成軟餅。不好吃，但是可以保存。如果不盡快動手，你們的糧食就會全數腐壞。」

他站起來，然後指出。「既然我們都在這裡了，應該離河流夠近，因此可以取得更多水。雨一停，河水也不會流動太久。

「石苞的殼本身不容易燃燒，我們得在白天找眞正的木材來烘乾。可以保存小的，然後在明天晚上燒。黑夜裡的煙不容易揭露行蹤，樹林間可以擋住火光。我只是得想辦法在沒有鍋子的情況下煮水。」

帕胥人盯著他。接著荷恩終於將他從石苞旁推開，拿走他手上的碎片。卡拉丁發現押送者站在自己原本站著的地方，那名帕胥人拿起卡拉丁切斷的繩索，拇指揉了揉切口。

在簡單開會以後，帕胥人把卡拉丁拖到他指的那棵樹，並且將小刀還給他，身邊有短棍的人都舉了起來。他們要求他證明自己能夠用溼掉的木材生火。

他照做了。

你們不能只聽過香料的描述，卻從未親自品嚐。

——摘自《引誓》〈自序〉

紗藍化身成圍紗。

颶光讓她有了張更爲立體且年輕的臉龐。她有了直挺的鼻子，臉頰還有一道小疤。她的紅髮化爲雅烈席人的黑色。製造這樣的幻象需要更大顆的颶光寶石，但是化身完成以後，她可以靠一小顆寶石來維持幻象好幾個小時。

圍紗扔開長裙，穿上長褲和緊身衣，再套上靴子和白色的長外套，最後爲左手戴上一隻簡單的手套。圍紗本人對這簡單的遮掩一點也不覺得害羞。

這個樣子讓紗藍輕鬆緩解自身的痛楚。她有了隱藏痛苦的新方法。圍紗沒有受過紗藍遭遇的痛苦，圍紗也堅強得足以應付這種事。化身成圍紗，彷彿可以放下一個重擔。

圍紗披上圍巾，背上特別爲圍紗準備的破舊背包。希望背包上方露出的那把顯眼刀子能讓這一切變得自然，甚至有威嚇力。

她腦海裡還有一部分的紗藍，那一部分仍爲此擔心。她看起來是否虛假？她幾乎肯定自己漏掉了行爲、衣裝或言談的什麼細節。這些部分會讓了解世事的人，認爲圍紗僞裝出來的艱苦過往並不存在。

總之，她得盡力讓自己從必然的錯誤中改進。她在腰帶綁上另一把刀，這把刀很長，但不足以稱作是劍，符合圍紗並非淺眸人的身分。幸好，淺眸人女子不會帶著這麼明顯的武裝亂晃。降低自己的社會地位後，有些規則會變得更加寬鬆。

「如何？」圍紗轉向牆面，問向掛在牆上的圖樣。

「嗯……」他說。「很好的謊言。」

「謝謝你。」

「和另一人不一樣。」

「燦軍光主？」

「妳在她的形象之中進進出出。」圖樣說。「就像躲在雲後的太陽。」

「我只是需要更多練習。」圍紗說。好，聲音聽起來很完美。紗藍掌握聲音的技巧遠勝以往。

她按住牆面，讓圖樣從牆上進入她的皮膚，再鑽入外套。他快樂地哼著聲音，她也穿越房間走到陽台。第一月亮薩拉思已經升起，放出紫色的耀光。薩拉思是亮度最低的月亮，也代表現在外面是最暗的時候。

多數房間都有小小的陽台，但是她在第二階樓房間的陽台特別好，這座陽台有階梯可以走向下方的田野。田野的水道有著種植石苞的田埂，這片田野的邊緣也有種植塊莖與觀賞植物的盆栽。塔城的每一層都有類似的構造，各有獨立的十八階。

她在黑夜中走下階梯，進入田野。這裡怎麼長得出作物呢？她吐出一口氣，寒靈圍繞在她的腳邊。

除此以外，誰知道墨瑞茲與鬼血集團的祕密成員又在哪呢？自從她到兀瑞席魯第一天以來，他們一直沒有連絡她，但是她心知肚明他們還在監視她。她仍不知道該怎麼面對他們。他們承認刺殺了加絲娜，這足以讓她憎恨他們；他們似乎也知道些什麼，知道這個世界的重要祕密。

圍紗手提小小的油燈，在走廊上漫步，而不是使用會讓她引人注意的錢球照明。她走過瑟巴瑞爾區域的傍晚人群，這裡和他的戰營一樣繁忙，與達利納的轄區相較，似乎總是停不下來。

沿途引人入迷的岩紋領著她離開瑟巴瑞爾的區域。走廊上的人變少了，只剩下圍紗和孤寂無盡的隧道。她覺得自己可以感受塔城其他階層的重量，那些空蕩蕩的階層仍未有人探索，此刻卻壓在她身上。這是以未知之石構成的岩山。

她繼續趕路，圖樣從她的外套中哼吟。

「我喜歡他。」圖樣說。

「誰？」圍紗說。

「劍士。」圖樣說。「嗯嗯。妳還不能一起交配的那一位。」

「我們能不能別用這種方法談他？」

「好吧，」圖樣說。「但是我喜歡他。」

「你討厭他的劍。」

「我領悟到，」圖樣的語氣開始興奮起來。「人類……人類不在乎死者。你們用屍體製作椅子跟門！你們吃掉屍體！你們用屍體的皮來製造衣物。屍體對你們而言，只是物品。」

「好吧，我想這是事實。」他似乎因爲領悟而異常興奮。

「這很荒唐，」他繼續說。「但是你們必須依靠殺戮與毀滅來存活。這是實體界的法則。所以我不能因爲雅多林．科林持有屍體而恨他！」

「你喜歡他，」圍紗說。「是因爲他對燦軍光主說，要敬重劍。」

「嗯嗯。是的，非常、非常好的人。也非常聰明。」

「那你自己跟他結婚。」

圖樣嗡嗡叫。「這是——」

「不，那不可能。」

「噢。」他在她外套上滿意地嗡嗡叫，他這時的形狀就像是外套上的奇異刺繡。

他們走了不久，紗藍認爲自己還得再多說一些。「圖樣。你記得那晚，我們第一次……化身爲燦軍光主的時候，你說了什麼嗎？」

「有關死亡嗎？」圖樣說。「紗藍，這可能是唯一的途徑。嗯嗯……妳不需說出事實才能繼續，但是這樣做妳會恨我。所以我可以死，事成之後妳就可以——」

「不。不要，拜託別離開我。」

「但是妳恨我。」

「我也恨我自己。」她低聲說。「可是……拜託。不要走。不要死。」

圖樣似乎對此很高興，哼吟的次數增加了——儘管他愉快的哼聲與焦慮的哼聲有些相似。現在，圍紗任自己爲了晚上的任務分心。雅多林繼續努力尋找凶手，只是沒什麼進展。艾拉達是情報藩王，他的警備隊與書記是可用的資源，但雅多林卻在他父親詢問時不情願地接手協助。

圍紗認爲兩者可能都弄錯方向了。她終於在前方看見亮光，因此加快腳步，最後找到圍繞著數層樓高的洞穴巨室走道。她抵達了離散地，一處由閃爍的燭光、火炬與燈籠點亮的帳篷群。

這座不符合娜凡妮精心計畫的市場發展得極爲快速。娜凡妮的想法是建立一條購物大道，而不是由小巷、陋屋與帳篷建成的市場。前者更好巡邏，也更好管制。

商人反其道而行，抱怨他們缺乏倉儲空間，或者需要更接近有淨水的水井——事實上，他們想要一座更難管理的大市場。商業藩王瑟巴瑞爾也認同，雖然他自己管帳管得一塌糊塗，但是談起交易時就很精明。

這裡的混亂與多樣性令圍紗興奮起來。好幾百人不管現在的時間吸引了十幾種靈，聚集在不同顏色與設計的帳篷上。有些地方根本沒有帳篷，只能稱爲攤販——只是用繩子隔開、由幾個手持短棍的壯漢把守的區域。其他部分則是眞正的建築物，是燦軍時期就建立在這洞穴中的小石屋。

來自十座戰營的商人在離散地混處，她連續經過三個修鞋匠的店面。圍紗一直不明白，販賣同樣商品的商人爲何會集結在一起。如果鄰居並非競爭對手的話，不是會更好嗎？

商人在這裡搭起的帳篷與店面已經提供光源，於是她收起手燈，沿路漫步。比起那些空洞扭曲的走廊，紗藍在這裡感到更自在；生命在這裡找到立足之地。這座市場的成長，就像是野生的蝸牛，以及背風向山坡植物那樣繁榮。

她走到洞穴的中央水井。這口圓型的大井如何產出無泥淨水仍是個謎。她以前從沒有見過眞正的水井，大家通常用蓄水池收集颶風帶來的水。然而兀瑞席魯有眾多水井，卻不會枯竭。就算人們持續汲水，水位甚至不會往下降。

書記談到山脈中可能有隱藏的蓄水層，但這些水又是從哪裡來的？附近山頂的雪看起來沒有融化，這裡也很少下雨。

圍紗坐在水井旁，抬起一隻腳，看著來往的人群。她聽著女人聊到引虛者、聊到還在雅烈席卡的家人，還有那場奇怪的新風暴。她聽著男人擔心被徵召到軍隊中，或是關於他們的淺眸那恩階級，會因爲沒有帕胥人進行日常事務而往下降級。有些淺眸工人則抱怨貨物被困在納拉克，必須等到有充足颶光後才能轉運到這裡。

圍紗最後漫步到一排酒館前。我不能爲了答案而問得太深，她心想。如果我問錯問題，大家會把我當作艾拉達警備隊的間諜。

圍紗。圍紗沒有心靈受創。她自由自在，充滿自信。她會雙眼對上他人的目光。想要套出情報的人對上她，她也會小心以對。力量不過是覺察的幻象。

圍紗有自己的力量，她一生在街巷裡討生活，可以照顧自己。她如蜀螺一樣堅韌，狂妄的自信是她的倚仗。她可以爲所欲爲，亦不會因爲就此得逞而感到羞恥。

她選擇的第一間酒館是一頂大大的帳篷，裡面有拉維啤酒與汗臭味。男男女女坐在充作桌椅的箱子上，歡笑暢談。大多數人穿著簡式的淺眸人衣裝，也就是在沒錢買釦子的情況下只綁帶的上衣，還有長褲或裙子。有些人穿著過時的流行服裝，身上是鬆垮單薄、裸露胸口的背心。

這是下層群眾的酒店，不符合她的需要。她要進入更低下卻富有的地方。更不體面，卻是可以帶人接觸戰營地下社會的有力角色。

不過這裡還是很適合練習。吧台堆著層層木箱，旁邊還有眞的椅子。圍紗用她覺得溫和的方法靠上「吧台」，結果幾乎把箱子壓倒。她踉蹌一步，抓住箱子，小心地看向灰髮的淺眸老婦，也是吧台的酒保。

「要喝什麼？」女人問。

「酒。」圍紗說。「藍酒。」這是第二烈的酒。看看圍紗能不能應付這種重口味。

「我們有瓦里、奇米克跟一桶不錯的維登酒。維登酒會貴死妳。」

「呃……」雅多林應該會知道這有什麼不同。「那就給我維登。」這看起來很合適。

女子要她先用無光的錢球付錢，價格並不是太昂貴。瑟巴瑞爾讓酒類流通，他指出這樣可以讓塔城的氣氛不要這麼緊繃，目前還以低稅率來補貼。

女子在臨時吧台裡工作時，圍紗得忍受一位保鑣的目光。他們沒有留在門口，而是待在吧台這裡看管著酒與錢。不管艾拉達的警備隊如何努力，這裡仍不是完全安全的場所。如果眞有什麼無法解釋的謀殺案傳出，或是被人忽略，想必便是來自離散地。這裡擁擠、令人擔憂，還有數以萬計的帳篷用戶，在法律邊緣尋求平衡。

酒保粗魯地把杯子放在圍紗面前，這只小小的杯子裡，裝著澄澈的液體。

圍紗面露不滿，拿起杯子。「酒保，妳拿錯東西了。我點了藍酒。可是這是什麼？水嗎？」

最靠近圍紗的保鑣輕笑一聲。酒保則停在原地，望向她。顯然紗藍已經犯了她一直憂慮的錯誤。

「孩子。」酒保靠上吧台的箱子，卻沒有翻倒任何箱子。「這是同樣的東西。只是沒有淺眸人放進去的時髦添加物。」

添加物？

「妳是家僕吧？」女子問。「第一次能自己在晚上出來？」

「當然不是。」圍紗說。「我出來不知道多少次了。」

「是是是，」女子回答同時把一綹亂髮挪到耳後。「妳確定要喝那種酒？我應該有些染上淺眸人顏色的酒給妳。事實上，我有不錯的橘酒。」她伸手要拿回杯子。

圍紗拿過酒杯，然後一口吞下。結果她犯下這一生最大的錯誤之一。酒精灼燙著她，彷彿在體內燃燒。她睜大眼，開始咳嗽，差一點就在酒吧吐出來。

這是酒嗎？喝起來簡直像清潔劑。這些人有什麼毛病？這杯酒一點都不美味，甚至連一點味道都沒有。只有灼燙的感覺，像是被人用清潔刷用力刷洗喉嚨。她的臉倏地竄紅，酒力生效得眞快！

保鑣想要板起臉，但還是忍俊不住。酒保拍了拍紗藍的背，她還是止不住嗆咳。「好了，好了，」女子說。「我拿點東西緩緩妳——」

「不用了，」紗藍啞著聲音說。「我只是很高興喝到……很久沒喝的東西。麻煩再來一杯。」

酒保面露疑色，但是保鑣一臉期待，他已經坐在凳子上看著紗藍，咧嘴而笑。紗藍拿了一顆錢球放在吧台上，不肯屈服，酒保只好不情願地幫她裝酒。

此時已經有三、四個坐在附近的人轉頭看向她。好極了。紗藍抱住身子，然後用長長一口氣喝掉酒。第二次喝這種酒也沒好到哪裡去。她一度忍耐，眼淚盈眶，接著爆出一陣猛咳。她最後趴著發抖，緊閉雙眼。她認爲自己也發出了一陣哀鳴。

帳篷裡有幾個人鼓掌。滿眼淚水的紗藍回頭看向笑出來的酒保。「這糟透了。」她說完又咳了咳。

「你們眞的喝這麼難喝的酒嗎？」

「噢，親愛的。」女子說。「這和其他人喝的還差得遠呢。」

紗藍低聲說。「那麼再給我一杯。」

「妳確定——」

「沒錯。」紗藍說完嘆了口氣。今晚她大概沒辦法建立什麼名聲了，至少不是用她想要的方式出名。但是她可以試著喝慣這種清潔劑。

颶風的。她已經覺得輕飄飄的。她的胃顯然不滿她的行為，而她努力壓住突發的噁心感。保鑣還在咯咯笑著，同時把座位移近她。他是個頭髮短到立起來的年輕人，雅烈席人，有深褐色的皮膚，下巴有一點黑色鬍碴。

「妳要啜飲它。」他對她說。「小口喝比較吞得下去。」

「好極了，這樣我就能享受這可怕的味道。它好苦！酒應該是甜的。」

「這要看釀造的方法，」他在酒保給她另一杯時說。「藍酒有時只用塔露穀蒸餾而成，沒有水果著色、增加風味。但是真正的烈酒不會出現在淺眸人的宴會裡，除非有人特別要求。」

「你很懂酒。」圍紗說。房裡一度騷動後安靜下來。她再試了一杯——這次改用啜飲了。

「這是工作經驗。」他露出大大的微笑。「我在淺眸人的時髦場合裡做過不少工，所以比起箱子，我更懂得在有桌巾的地方打點。」

圍紗低哼一聲。「淺眸人的時髦宴會需要保鑣嗎？」

「當然，」他一邊說，一邊掰掰他的指節。「只要知道如何『護送』客人離開宴會廳就好，而不是把他們趕出門。這樣簡單很多。」他歪著頭。「但奇怪的是，這樣也更危險。」他笑了笑。

*克雷克的，*圍紗在他湊近時理解到。*他在調情。*

她可能不該意外。她隻身一人，雖然紗藍不會把「可愛」兩字套在圍紗身上，但是她也不醜。要是她飽經風霜就很正常，然而她穿著得體，也顯然有錢。她的臉很乾淨，衣服雖然沒有昂貴的絲綢，但也比工作服還要高級許多。

她原本覺得被他冒犯。但這是她爲了讓自己堅若磐石而引來的麻煩。而這種麻煩居然是吸引男人的注意力，這個男人還在告訴她如何喝酒時，折起自己的指節？

爲了引他不快，她一口喝下剩下的酒。

她馬上覺得這樣惹惱別人的作爲令自己有種罪惡感。她不是應該感到榮幸嗎？雅多林也能夠用任何可以想像得到的方法打倒這個人，他折指節的聲音甚至還要更大。

「那麼……」保鑣說。「妳從哪個戰營來的？」

「瑟巴瑞爾。」圍紗說。

保鑣點點頭，彷彿早已經知道了答案。瑟巴瑞爾的戰營組成最爲多元。他們又聊了一會兒，大多是覺得古怪的紗藍聽著這個名叫悠爾的男子跳躍著話題講起故事。他講故事時總是笑著，不時得意洋洋了。

他人不壞，但是並不在乎她要聊什麼，因而他叨叨不休。她又喝了些糟糕的酒，此時心思已經飄遠了。

這些人……有自己的生活、家庭、愛人與夢想。有些人孤單地趴在箱子上，另一些人則與朋友同歡。有些人雖然穿著鄙陋，但至少還是乾淨的衣服——其他人身上則有克姆泥與拉維酒的汙漬。其中有些人讓她回想起太恩，他們講話時充滿自信，互動則像是互相較勁的狡猾遊戲。

悠爾停了下來，彷彿要等她講話。他……他剛才說了什麼？她的意識飄移開來，要跟上他的話題變得更難了。

「然後呢？」她說。

他笑了笑，然後又講了另一個故事。

我模仿不來，她靠著箱子心想，除非我能夠活在其中。如果我不能身處人群裡，就沒辦法畫出他們的生活。

酒保拿了瓶酒回來，紗藍點點頭。最後這一杯喝起來一點也不灼燙了。

「妳……確定還要再喝嗎？」保鑣問。

颶風啊……她眞的開始覺得不舒服了。她已經喝了四杯沒錯，但都只是小杯。她眨了眨眼，然後轉身。

酒吧看起來一片模糊，她低哼一聲，將頭靠到桌上。一旁的保鑣嘆了口氣。

「悠爾，我本來可以告訴你這只是浪費時間。」酒保說。「這位小姐在一小時內就不行了。想想她忘記什麼……」

「她只是享受了一下自由時間。」悠爾說。

「是是是。爲此眼睛都張不開了？我想就這樣了。」酒保走開。

「嘿，」悠爾用手肘輕推紗藍。「妳住哪啊？我幫妳叫轎子回家。妳還醒著嗎？妳該在來不及以前回去。我認識一些可以信任的轎夫。」

「現在……一點也不晚……」紗藍喃喃自語。

「夠晚了，」悠爾說。「這地方會變得很危險。」

「是——嗎？」紗藍腦袋裡靈光一閃。「會有人被刺傷嗎？」

「很不巧，正是如此。」悠爾說。

「你知道哪些……」

「這一區是沒出事，至少還沒有。」

「那麼是哪裡……這樣我可以避開……」紗藍說。

「眾人巷，」他說。「別去那裡。昨晚有人在酒館後面被刺，其他人發現了他的屍體。」

「眞的……眞的很奇怪，嗯？」紗藍問。

「是啊。妳聽說了？」悠爾抖了抖。

紗藍站起來準備離開，但是酒館在她眼前歪七扭八，而她滑到凳子一旁。悠爾試著抓住她，但是她重重撞上了地面，手肘撞到石地板上。她立刻汲取一點颶光來緩解疼痛。

她腦裡的雲霧馬上消散，眼前也不再天旋地轉。在這一瞬間，她的醉意已經消失。

她眨了眨眼。哇噢。她在悠爾的幫忙下站了起來，拍了拍外套，把頭髮從臉上往後撥。「謝了，」她說。「那正是我需要的情報。酒保，我付清了嗎？」

女子轉身，愣在原地盯著紗藍，手中正在倒的酒也滿了出來。

紗藍拿起自己的酒杯，轉身喝掉最後一滴。「這是好東西，」她說。「悠爾，謝謝你陪我聊天。」她在箱子上放了顆錢球當作小費，然後戴上帽子，親暱地拍了拍悠爾的臉頰，最後大步離開帳蓬。

「颶父的！」她身後的悠爾說。「我剛才被玩弄了嗎？」

外面仍然熙來攘往，讓她想起卡布嵐司與那座城市的午夜市場。很合理。現在無論日月光都無法滲透這些廳堂，很容易失去時間感。除此以外，絕大多數人都直接投入工作，士兵則因爲不必再於平原奔波而有自由時間。

紗藍到處問路，最後有人指引她眾人巷的方向。「颶光讓我清醒。」她對爬上外套領口的圖樣說。

「治療毒物。」

「很有幫助。」

「嗯嗯。我以爲妳會生氣。妳刻意喝掉毒藥，不是嗎？」

「是的，但目標不是喝醉。」

他疑惑地發出嗡嗡聲。「那爲什麼要喝？」

「很難解釋，」紗藍說完嘆了口氣。「我剛才在那裡的表現不好。」

「喝醉嗎？嗯嗯。妳努力了。」

「我一喝醉就失去控制，圍紗就會從我身上溜走。」

「圍紗只是一副面孔。」

不。圍紗喝醉時不會傻笑或是嗚咽，不會在繼續喝下去都有困難的時候張大嘴巴。她的行爲不是愚蠢的少女。圍紗沒有受到庇護，沒有閉鎖自己，一直到她發狂殺害自己的家人爲止。

紗藍突然站住，瞬間一陣驚慌。「我的哥哥。圖樣，我沒有殺掉他們，對吧？」

「什麼？」他說。

「我和巴拉特用信蘆聊過。」紗藍一邊說，一邊按住前額。「但是……就算我還不理解，但那時我已經會織光術……我可能捏造了那一段經歷，捏造了他傳來的每一道訊息，捏造了我自己的記憶……」

「紗藍，」圖樣聽起來很擔心。「不。他們活著。妳的哥哥活著。墨瑞茲說他救了他們。他們正往這裡來。這不是謊言。」他的聲音變小了。「妳分不出來嗎？」

她再次化身成圍紗，讓心中的痛苦褪去。「是的。我當然能分辨。」她繼續前進。

「紗藍，」圖樣說。「這樣……嗯嗯……妳放在身上的謊言有些問題。我不能理解。」

「我必須更深入。」她低聲說。「我不能只是從表面化作圍紗。」

圖樣發出輕柔但焦慮的振動——頻率很高、聲音尖銳。圍紗在抵達眾人巷時叫他安靜。把酒館取名叫「眾人巷」有些奇怪，但是她見過更古怪的人事物。這根本不是巷子，只是五頂帳篷合起來的建築物，每頂帳篷都是不同的顏色，正透出微光。

一個矮壯的保鑣站在外面，臉頰上有道疤延伸到額頭與頭蓋骨。他惡狠狠地瞪了圍紗一眼，但是沒有阻止充滿自信的她漫步入帳。這裡面的味道比其他酒館更糟，到處是醉酒的人。這批帳篷縫成一塊沒有分區的大面積，製造出許多灰暗的角落——有少少幾張桌子跟椅子取代箱子，坐在椅子上的人並沒有穿著工人的簡單服裝，而是皮革、破布與未扣上釦子的軍服外套。

*不僅比其他酒館還要富有，*圍紗心想，*階層也更爲低下。*

她在酒館裡晃悠，裡面除了桌上的油燈外，只有微微的光源。「吧台」是一塊放在箱子上的木板，中間鋪了布。有幾個人正等著喝酒，圍紗並沒有理他們。「這裡最烈的是什麼？」她問穿著塔卡瑪的胖子酒保。她認爲他可能是淺眸人，但是這裡暗到很難確認。

他打量著她。「維登藍酒，只有一桶。」

「好，」圍紗酸溜溜地說。「我想喝水的話，到水井去就成了。你們一定有更烈的。」

酒保低哼一聲，伸手拿了一罐沒有標籤的清澈液體。「食角人白酒。」他把酒罐重重地放在桌上。「我不知道他們爲什麼釀這種酒，但是它的去漬效果很好。」

「好極了。」圍紗一邊說，一邊在臨時吧台上放上幾顆錢球。排隊的人本來瞪向插隊的她，這時卻都一臉笑意。

酒保給圍紗倒了迷你的一杯，放在桌前。她一口喝乾。紗藍感受到體內的灼燒感。她的臉頰馬上紅了起來，幾乎有直接嘔吐的衝動。她試著壓制想要嘔吐的感覺，肌肉開始顫動。

圍紗已經預料到會這樣。她控制呼吸來壓抑噁心感，品味這股感覺。沒有比早就存在的痛苦還糟，她心想，體內泛起一陣暖意。

「好酒，」她說。「這罐留給我。」

靠在吧台的笨蛋呆呆地看著她倒了另一杯食角人白酒，然後再一口喝乾。她轉頭觀察帳篷裡的客人。她要先接觸誰呢？艾拉達的書記查過死亡報告，想找到和薩迪雅司同樣死法的人，卻徒勞無功——但是巷弄的殺人案可能沒有上報。不管怎樣，她希望這些人多少知道些情報。

她繼續倒起食角人的飲料。雖然這喝起來比維登藍酒還糟糕，不過她漸漸發現其中的魅力。她喝下第三杯。只要從背包裡的錢球汲取一點颶光，這一點點颶光很快就會消散，沒有令她發光，仍足以治療她。

「看什麼看？」她瞪了吧台上那排人一眼。

他們轉頭的同時，酒保在酒罐上按上瓶蓋。圍紗把手放在上面。「我還沒喝完。」

「妳喝夠了，」酒保掃開她的手。「繼續喝下去一定會出事。要不是吐得我的店到處都是，就是死掉。妳不是食角人，這酒是會死人的。」

「不用你煩惱。」

「但是收拾殘局的是我。」酒保一邊說，一邊拿走酒罐。「我見過妳這種表情陰森的類型。這種人會讓自己喝醉，挑起爭端。我不管妳想忘記什麼，要這樣做就去別家。」

圍紗挑起一邊眉毛。被市場裡最聲名狼籍的酒吧趕走又如何呢？至少她的名聲不會受到影響。

她抓住酒保的手臂，酒保把手扯了回去。「我不是來這裡毀掉你的酒吧的，朋友。」她輕聲說。「我是來談謀殺案的。前幾天有人在這裡被殺了。」

酒保愣住。「妳是什麼人？妳跟警備隊是一夥的嗎？」

「沉淪地獄的，才不是！」圍紗說。故事。我需要不為人知的故事。「我在找殺了我妹妹的人。」

「這跟我的酒館又有什麼關係？」

「我聽說這附近找到一具屍體。」

「是成年女子。」酒保說。「所以不會是妳妹妹。」

「我妹妹不是死在這裡。」圍紗說。「她還在戰營時就死了；我在追殺了她的人。」她繼續抓著想要走開的酒保。「聽著，我不想惹麻煩，我只需要情報。我聽說……這個傳說中的死者情況特殊。至於那個殺了我妹妹的人，也有古怪的地方，他每次都用同樣的手法殺人。拜託你了。」

酒保對上她的眼睛。就讓他看吧，圍紗心想。讓他見見一個鋒芒畢露但是掩藏心傷的女人。她的眼神講述了一個故事——這段敘述必須讓男人信服。

「動手殺人的傢伙，」酒保輕聲說。「已經被處理掉了。」

「我要知道殺人犯跟我在追殺的是不是同一個。」圍紗說。「我要殺人事件的細節，不管多噁心。」

「我無話可說，」酒保低語，但是他瞥向帳篷中的一處凹室，裡面有飲酒的人影。「不過他們可能知道什麼。」

「他們是什麼人？」

「只是每天都見得到的普通混混，」酒保說。「我付錢請他們幫酒吧處理麻煩事。如果有人妨礙到這裡，讓上頭決定把店關掉——正如艾拉達的打算——那些人會解決這個問題。我就不多說了。」

圍紗點頭道謝，但是沒放開他的手臂。她點了點她的杯子，滿懷期待地歪著頭。酒保嘆了口氣，再倒了一杯她付過錢的食角人白酒，圍紗才一邊啜飲，一邊離去。

酒保提到的凹室坐了一整桌的暴徒。他們穿著雅烈席上層社會的外套，以及直挺如制服的長褲，還有腰帶和帶釦襯衫。他們沒有穿好外套，也鬆開了襯衫。其中兩名女子甚至穿著哈法長裙裝，但還是有一名女子穿著外套與長褲，和圍紗穿的差不多。這群人輕鬆閒坐的姿勢讓她想到太恩，兩者之間並沒有什麼不同。

桌邊有個座位沒人，因此圍紗閒晃到座位上坐下。桌子對面的淺眸女子將手指抵在叨叨不休的男子唇上。她穿著長裙裝，沒有內手袖，只是戴著露出指節的手套。

「那是烏爾的位子。」女子對圍紗說。「在他尿完回來以前妳最好離開。」

「那我就說得簡潔一點。」圍紗一邊說，一邊喝掉剩下的酒，享受其中的暖意。「有個女人死在這裡。我認爲凶手也殺了我的親人。我聽說凶手已經被處理掉了，而我要親自確認。」

「嘿，」一名穿著藍色外套，剪裁露出內部黃色底布的浮誇男子說。「妳是喝了食角人白酒的傢伙。老蘇利克會留那罐只是爲了找樂子。」

穿著長裙裝的女子收起手指，觀察圍紗。

「聽著，」圍紗說。「告訴我這情報需要什麼代價。」

「非賣品，」女子說。「沒有人能買到。」

「如果用對方法，」圍紗說。「什麼都能買到。」

「顯然妳的方法不對。」

「聽著，」圍紗試著對上女子的目光。「聽我說，我的小妹，她——」

有隻手落在紗藍的肩上，她抬頭看見一個壯碩的食角人男子就站在她身後。颶風的，這人一定有近七呎高。

「這壘，」他的口音將「裡」發成「壘」。「是我的位子。」

他把圍紗從座位上拉起來，往後扔到地面。她的杯子滾了開去，背包則扭曲拉扯她的手臂。她停下後眨眨眼看著壯漢坐上椅子，聽見自己的內心發出低鳴抗議。

圍紗低吼一聲，站了起來。她拉下背包，扔在地上，拿掉手帕取出裡面的小刀。這把刀又細又尖，比她腰帶上的那把還要細長。

她拿起帽子拍拍灰塵，重新戴上。她慢慢走到桌邊。紗藍不喜歡對峙，但是圍紗可喜歡了。

「好呀，好呀。」她一邊說，一邊將內手放在食角人巨漢平放在桌上的左手。她靠在他身旁。「你說這是你的位子，但是上面沒有你的名字。」

食角人凝視著她，對於她作出將內手放上自己手上這種奇怪的威嚇感到疑惑。

「讓你見識一下。」她將小刀對準自己壓著食角人大手的內手。

「這是怎樣，」他啼笑皆非。「妳裝模作樣的，想裝硬派嗎？我見過別人裝作——」

圍紗的刀刺穿自己的手，同時穿過食角人的手，直接插進桌面。食角人大叫，巨手一揮！圍紗用力把刀拔出來。他跌跌撞撞地離開座位，倉皇退開。

圍紗又坐了下來，從口袋拿出一塊布綁住自己流血的手——這樣可以遮掩她的治療。

她沒有馬上治療。她必須讓人看見自己流血的樣子。她反而拿回落在一旁的刀，某種程度上還很意外自己如此冷靜。

「妳瘋了！」食角人站起身來，按住流血的手。「妳這個安納凱瘋子。」

「噢等等，」圍紗用刀拍了拍桌子。「看，我找到你的標誌了。是血。烏爾的座位。我搞錯了。」她皺起眉頭。「但是我的標誌也在這裡。你願意的話，可以坐在我的大腿上。」

「我要勒死妳。」烏爾怒視在包廂入口圍觀的人群。「我要——」

「閉嘴，烏爾。」穿著長裙裝的女子說。

他輕呼。「可是，貝妲——」

「妳認爲，」女子對圍紗說。「襲擊我的朋友會讓我更願意和妳談話嗎？」

「老實說，我只是想坐回來。」圍紗聳肩，用刀子刮了刮桌面。「但如果妳要我傷人，我也是辦得到。」

「妳眞的瘋了。」貝妲說。

「不，我只是認爲妳的小團體不構成威脅。」她繼續刻刮桌子。「我本來想要好好談，但我越來越缺乏耐心。妳該在事情鬧大以前，告訴我我想知道的東西了。」

貝妲皺起眉頭，瞥向圍紗在桌上刻劃的痕跡。那是三個連在一起的鑽石。鬼血的象徵。

圍紗賭上一把，希望女子知道它的涵義。他們看來正是這一類人——不是厲害的混混沒錯，但是在市場中算是出眾。圍紗不確定墨瑞茲與他的手下的標誌有多隱祕，但既然他們會將標誌刺在身上，那麼標誌也不是什麼天大的祕密。不如說是一個警告，就像有毒的克姆林蟲會有紅色的爪子一樣。

沒錯，貝妲看見標誌時輕輕吸了一口氣。「我們……我們和你們井水不犯河水。」貝妲說。桌旁有個人發著抖站起來，左顧右盼，彷彿馬上就有殺手要撲向他。

哇，圍紗心想。就算刺了他們同伴一刀，也沒有這麼劇烈的反應。

弔詭的是，桌邊另一名矮小的年輕裙裝女子向前傾身，饒富興味地看著標誌。

「殺人犯。」圍紗說。「他怎麼了？」

「我們叫烏爾把他扔到平台外面去了，」貝妲說。「但是他怎麼可能引起妳的注意？不過是奈德那傢伙而已。」

「奈德？」

「醉漢，薩迪雅司戰營的人。」其中一人說。「一個生氣的醉漢，老是惹麻煩。」

「他殺了他老婆。」貝妲說。「她也夠可憐了，都一路跟著他到這裡來了。我想那可怕的風暴讓我們沒什麼選擇，但還是……」

「這個叫奈德的傢伙，」圍紗說。「用刀子刺進老婆的眼睛，殺害了她？」

「妳說啥？不，他勒死她了。可憐的雜種。」

勒死？「就這樣？」圍紗說。「沒有刀傷？」

貝妲搖搖頭，一臉疑惑。

颶父的，圍紗心想。所以她走到了死胡同？「但我聽說這場殺人事件很奇怪。」

「不是的。」站起來的男子在貝妲身旁坐下，拿出小刀，他把刀子放在桌上。「我們早就知道奈德有一天會做過頭。大家都知道。她老婆把他從酒館拖走那晚，我們一點也不奇怪他會跨過那條線。」

紗藍心想，至少烏爾解決了他。

「看來，」圍紗站起來說。「我浪費了你們的時間。我會給酒保一些錢球，你們今晚的酒就算在我頭上。」她瞥了烏爾一眼，縮著身子的他陰鬱地回望。她揮了揮自己染血的手指，回到酒館的主帳。

她在裡面漫遊，深思下一步該怎麼做。手上傳來陣痛，但她忽視痛楚。死胡同。或許她妄想用幾個小時就處理雅多林花了好幾週調查的案子只是件傻事。

「噢，烏爾。別傷心。」身後的貝妲的聲音從凹室裡傳來。「至少你只傷了手。想想那傢伙是什麼貨色，情況可能會更糟。」

「但是她爲什麼對奈德的事情有興趣？」烏爾說。「她會因爲我殺了他回過頭找我嗎？」

「她要找的不是他。」另一名女子說。「你沒在聽嗎？沒人在乎奈德殺了可憐的蕾姆。」她停頓一會兒。「當然，這可能跟他殺的另一個女人有關。」

圍紗的震驚流竄全身。她轉身回到凹室。烏爾見狀嗚咽一聲，縮起身子並握住自己受傷的手。

「有另一件殺人事件？」圍紗喝斥。

「我……」貝妲舔了舔嘴唇。「我本來要告訴妳，但是妳走得太快……」

「說。」

「我們監視奈德，但是他殺了可憐的蕾姆以後還不罷手。」

「他殺了其他人？」

貝妲點點頭。「是這裡的一個女侍。那件事我們就不能接受了。如妳所見，我們保護這裡。所以烏爾就帶奈德去散步了。」

持刀的男子揉揉下巴。「最奇怪的是，他隔天殺掉酒館女侍之後，把屍體放在他殺掉可憐蕾姆的同一個角落。」

「那晚我們要帶他到扔下去的地方時，他一直大喊自己沒有殺第二個人。」烏爾喃喃說。

「他的確殺了人。」貝妲說。「女侍的死法跟蕾姆被勒死的情況一樣，棄屍的地方也是，甚至下巴也留下了他的戒指印記。」她淺褐色的眼神空遠，彷彿再次凝視屍體。「同樣的印記。真詭異。」

又是起雙重命案。圍紗心想。颶風的。這代表什麼？

圍紗覺得昏眩，不清楚是因爲酒精的緣故，還是勒斃女子的不祥想像。她給了酒保一些錢球，可能還給多了。然後她拿起食角人白酒的酒罐，走入夜裡。

三十一年前

桌上亮著一根蠟燭，達利納用燭火點燃自己的餐巾，燃起一道刺鼻的煙。沒用的裝飾蠟燭。點燃它的原因是什麼？讓場面好看一點？爲了更好的光源，他們不是使用了錢球嗎？

加維拉瞪了他一眼，達利納便不再繼續燒壞自己的餐巾，他向後一靠，喝起杯裡的深紫酒。這種酒的醇烈氣味從房間另一端就可聞到。在他們眼前的是一間巨大石室與十幾張餐桌組成的宴會廳，這裡太溫暖了，他的手臂與額頭都冒起了汗。可能點了太多蠟燭。

宴會廳外正颳著風暴，但就像被關住的瘋子一樣，無力得讓人視而不見。

「可是光爵，颶風來的時候要怎麼辦呢？」托渥對加維拉說。這位和他們一起坐在首桌的男人，是個高大的金髮西方人。

「作好計畫，軍隊除非遇到特殊狀況，否則不需要在颶風來臨時外出，」加維拉解釋。「雅烈席卡有很多屬地。如果戰爭比我們預想得還要花時間，我們可以分遣部隊，撤到這幾座城鎮尋求掩護。」

「如果仍在圍城呢？」托渥問。

「托渥光爵，我們很少進行圍城戰。」加維拉笑出聲來。

「還是有城市建立堡壘，」托渥說。「你那座知名的科林納城不就有宏偉的城牆嗎？」這個有濃濃腔調的西方人說話尖細得令人煩躁。他的聲音聽起來很蠢。

「你忘記了魂師。」加維拉說。「是的，現在偶爾還是有圍城戰，但是有魂師跟翡翠可以製造食物，因此很難把城裡的士兵餓垮。我們通常快速突破城牆，更常占據優勢要地，挾勢在瞬間打擊城市。」

托渥點點頭，一臉著迷。「魂師啊，里拉或依瑞沒有這種東西，神奇，太神奇了……還有這麼多碎具。這個世界上半數的碎刃與碎甲都在弗林諸國，神將獨厚你們的國家。」

達利納大飲了一口酒。室外的雷聲搖撼石壘。颶風現在正處於最猛烈的階段。

室內的僕人爲男性端來以香薄荷烹煮的豬肉與蘭卡蟹爪，女子在其他地方用餐，他聽說托渥的妹妹也在其中。達利納還沒見過她。這兩位西方淺眸人在颶風襲擊前快一小時才抵達。

大廳很快便迴蕩起人們談話的聲音。達利納扯開蘭卡蟹爪，用馬克杯的底部砸碎外殼，咬出肉來。這場宴會太拘束了。音樂和笑聲到哪裡去了呢？還有女人？居然在別的房間吃飯？

數年征戰後的生活已經改變了。剩下的四名藩王組成聯盟。一度激烈的戰爭陷入膠著。加維拉花上越來越多時間管理他的王國——雖然這只是他們對王國所期望的一半領土，但還是需要管治。

政治。加維拉與薩迪雅司沒有要求達利納時常參與，但他仍得坐上宴會的餐桌，而不是與其他人用餐。他吸吮爪殼，看著加維拉與外國人談話。颶風的。加維拉看起來眞有王者風範，他梳好了鬍子，手指上戴著寶石戒指，穿上風格較新的制服，那是件正式且嚴謹的衣裝。達利納則穿著裙式的塔卡瑪，還有一件長度未及膝蓋的長外衫，裸露胸口。

薩迪雅司在宴會廳另一端的一桌低階淺眸人之間主持。他們特別挑選了那桌客人，都是無法肯定是否忠心的人物。他會交談、說服，取得信任。如果他擔憂起其中的人物，便會找方法消滅他們。當然，不是靠殺手。大家都覺得刺殺太沒有品味，這不是雅烈席人的行事作風。他們會操縱那些對象與達利納決鬥，或是將他放在突擊的前線。薩迪雅司的妻子雅萊花了不少心思安排，擺脫這些有問題的盟友。

達利納吃完蟹爪，開始朝漂浮在肉汁中的豬肉動手。宴會裡的食物的確很好吃，但他只希望自己不要在這裡無所事事。加維拉會尋得盟友，薩迪雅司則處理麻煩，這兩個人可以將宴會廳打理得像戰場一樣。

達利納伸手想拿腰刀來切肉。但是刀子不在那裡。

沉淪地獄的。他是不是把刀借給特雷博了？他盯著豬肉，嗅聞胡椒醬的味道，不禁垂涎欲滴。他想用手吃，卻又放棄了這個念頭。大家現在乾乾淨淨地吃飯，還拿著餐具。只是侍者忘記帶一把餐刀給他。

又是個沉淪地獄。他靠上椅子，揮著杯子要更多酒。加維拉和外國人仍在一旁談話。

「科林光爵，您在這裡的戰績十分亮眼。」托渥說。「大家從您的身上，看見您偉大的先祖創日者的光輝。」

「我只希望，」加維拉指出。「我的成就不會像他的一樣一閃而逝。」

「一閃而逝！光爵，他重鑄了雅烈席卡！與他相像的您不該這樣說。您是他的後代，對吧？」

「我們都是。」加維拉說。「科林家族、薩迪雅司家族……十個藩國都是。十個藩國是由他的兒子建立的。所以是的，他與我們有連結——然而他的帝國在他死後連一代都無法傳承。這讓我思考他的見解出了什麼差錯，還有他的計畫，爲何會讓偉大的帝國這麼快速崩解。」

颶風隆隆作響。達利納想要引起僕人的注意力，取得一把餐刀，但是他們忙著處理其他宴客的需求。他嘆了口氣，站起來伸展身子，拿著空杯子走到門邊。思緒混亂的他拉開門閂，推開巨大的木門站到戶外。

一陣冷雨立即清洗他的皮膚，猛烈的勁風吹得他踉蹌。颶風正處於最狂烈之時，閃電像是神將的復仇之擊一般打了下來。

達利納走進風暴中，他的外衫翻飛拍打著他的身體。加維拉越來越常談到傳承、王國與責任。打鬥的歡愉與衝鋒的笑聲到哪去了呢？

雷聲崩裂，定時打下來的閃電幾乎難以被看見。然而，達利納還是知道該往哪裡去。這裡是躲避颶風的中途站，建來提供巡邏的軍隊在颶風來襲期間居住。他與加維拉已經在這裡駐紮了四個月，附近農場向他們進貢，他們也對伊伐伐荷家族的境內構成威脅。

達利納找到他想找的石壘，敲了敲門。門內沒有回應。因此他召喚了碎刃，從雙扇大門頂端往下把門閂切斷。他推開門，發現裡面身著武裝的人們都睜大眼睛退到防禦陣形，緊張地抓緊武器，身旁則被懼靈包圍。

「特雷博，」達利納站在門邊說。「我把腰刀借給你了嗎？我最喜歡的那把，握柄用白脊牙製成的那把？」

站在驚慌群眾第二排的高個子士兵吸了一口氣。「呃……光爵，您的刀子？」

「我不知道丟到哪了。」達利納說。「我借給你了，對吧？」

「長官，我還回去了。」特雷博說。「您記得嗎？您用那把刀挑出馬鞍的碎片。」

「沉淪地獄的。你說得沒錯。我把那該死的東西丟到哪去了？」達利納離開門口，走回風暴中。

或許達利納擔憂的東西並不怎麼讓加維拉擔心。這些日子來，科林家的戰鬥都經過精心設計——最近幾個月不上戰場的時間反而更多。這讓達利納覺得自己像是蛻化的克姆林蟲那個被拋棄的外殼。

一股暴風把他壓在牆上，讓他跌跌撞撞地回頭，跟著他無法辨認的直覺走。一塊大石打到牆上，再彈開。達利納瞥過眼去，看見遠處有亮光：是個用發光長腳移動的巨影。

達利納回頭往宴會廳望去，對著那不知是什麼的龐然大物比了個粗魯的動作，然後打開門，讓兩個正要關上門的僕人被撞開，再大步走進來。滴著水的他走到首桌，猛然坐到他的座位上，放下他的杯子。好極了。他現在一身溼，但還是不能吃他的豬肉。

大家都安靜下來。眾人的目光聚集在他身上。

「達利納？」加維拉發出廳裡唯一的聲音。「你……還好嗎？」

「我的刀子他颶風的不見了，」達利納說。「我以為我留在其他石壘裡。」他拿起杯子，懶洋洋地大口灌進雨水。

「容我告退，加維拉大人。」托渥結結巴巴地說。「我……我想我需要來一些飲料。」金髮的西方人從座位站起來，鞠了躬以後，走到房間另一邊找負責飲料的僕人。他的臉色似乎比西方人原本的顏色還要蒼白。

「他怎麼了？」達利納一邊問，一邊把椅子移到離兄長更近的位置。

「我認為，」加維拉一臉笑意。「他不認識偶爾會在颶風裡散步的人。」

「嘖，」達利納說。「這是個很穩固的中途站，有牆有堡。我們不用怕那一點小風。」

「我向你保證，托渥可不是這樣想。」

「你還在笑。」

「達利納，你可以在一瞬間證明一件事，我本來已經為此彬彬有禮地談話了半小時，而托渥只想知道我們是否強大到能保護他。」

「你們在談的是這種東西？」

「間接來說，是的。」

「哼。很高興我幫上忙。」達利納從加維拉的盤子上拿了隻蟹爪。「我要怎樣才能從這些高級僕人手中拿到一把颶風的刀子？」

「達利納，他們是上僕，」他的哥哥一邊說，一邊用特別的方法舉起手。「記得嗎？這是有需求的表示。」

「不記得。」

「你真的得多用點心，」加維拉說。「我們不再住在平房裡了。」

他們從未住過小屋。他們可是科林家，繼承了世界上最大的城市之一——儘管達利納在十二歲以前還沒看過那座城市。他不喜歡加維拉把王國裡其他人的故事照單全收，那則故事宣稱他們這一支家族是從和平藩國裡竄起的暴徒。

一群穿著黑白相間衣服的僕人聚到加維拉身旁，他替達利納要了一把餐刀。他們分頭執行命令時，女子宴會廳的門開啓，一個人影溜了進來。

達利納一時無法呼吸。娜凡妮的頭髮編了寶石，顏色與她的墜飾和手鐲相配。她有張性感的褐臉，頭髮是雅烈席人的深黑色，紅唇上的笑容帶著理解與智慧。身材……身材會讓男人爲了自己的慾望而哭。

那是他哥哥的妻子。

達利納定下心來，舉起和加維拉一樣的手勢。侍者像是用衝的一樣趕來。「光爵，」他說。「我當然會滿足您的需要，但是您可能想知道這是遣散的手勢。如果您允許我示範——」

達利納做了個魯莽的手勢。「這樣比較好嗎？」

「呃……」

「給我酒，」達利納揮了揮杯子。「紫酒。至少夠我倒三杯。」

「光爵想要哪個年份？」

他看了一眼娜凡妮。「可以最快靠近這張桌子的那一瓶。」

娜凡妮穿越餐桌，後面則是矮壯的雅萊・薩迪雅司。她們都不在乎自己是房裡唯二的淺眸女子。

「使者怎麼了？」娜凡妮到桌邊時發問。僕人協助她在達利納與加維拉之間放了張椅子。

「達利納把他嚇跑了。」加維拉說。

娜凡妮的香水令人心醉。達利納把椅子挪到一旁，試著穩住臉部的表情。堅定一點，別讓她知道她是如何令自己動搖，讓他明瞭除了戰鬥以外，還有其他能夠活絡他的東西。

雅萊自己拉了張椅子，一名僕人此時也爲達利納送上酒。他從酒罐長長灌了一口，讓自己冷靜。

「我們試圖從妹妹那邊切入，」雅萊從加維拉另一邊靠過來。「她是個冷漠乏味的——」

「冷漠?」娜凡妮問。

「——但我合理認爲她很誠實。」

「她的兄長似乎也是同一種人,」加維拉一邊說,一邊揉著下巴,觀察在酒吧旁喝酒的托渥。「天眞、易於受驚。我想他也很誠實。」

「他是在拍馬屁。」達利納低哼一聲。

「達利納,他是無家可歸的人。」雅萊說。「他沒有忠誠心,只看誰願意接納他。他只有一件東西可以確保他的未來。」

碎甲。

托渥將碎甲從母國里拉的家屬手上取走並帶到東方,據說他的家人爲了被偷走的傳家之寶而暴怒。

「他沒有帶著碎甲來。」加維拉說。「至少他還有點腦筋,不會隨身攜帶。他要在取得保障後才會給我們——而且要是有力的保障。」

「看看他是怎樣盯著達利納的,」娜凡妮說。「你讓他印象深刻。」她歪著頭問。「你弄淫自己了嗎?」

達利納用手撥了一下頭髮。颶風的,全廳與宴者的視線都不足以讓他尷尬,但是在她面前,自己卻臉紅了。

加維拉笑說:「他去散了個步。」

「你在說笑吧?」雅萊一邊說,一邊溜向回到首桌的薩迪雅司身邊。這個圓臉男人和她坐上同一張椅子各半。他放下一盤裝著鮮紅醬汁的蟹爪。達利納現在知道誰喜歡男人的食物了。

「大家在聊什麼?」薩迪雅司揮手遣開拿著椅子的上僕,把手環在他妻子的肩上。

「我們在聊讓達利納結婚的事。」雅萊說。

「什麼?」達利納厲聲問,一下子被嘴裡的酒嗆到。

「這就是重點，對吧？」雅萊說。「他們需要有人保護，這樣的人使他們家根本不會被攻擊。但托渥和他妹妹不止要一處避難所。他們想要成爲一員，將他們的血統注入皇家的血脈，說起來是這樣。」

達利納又灌了一口酒。

「達利納，你有時可以試著喝水，」薩迪雅司說。

「我剛才喝了雨水。大家把我當笑話看。」

娜凡妮朝著他一笑。這世上再多的酒也無法讓他防範這笑容和凝視，如此銳利、如此探測。

「我們用得著這個方法。」加維拉說。「這樣我們不僅得到碎具，也能讓我們爲雅烈席卡代言。如果王國以外的人士向我尋求庇護與條約，我們就有辦法處理剩下的藩王。我們可以不再藉由掀起戰火來統合這個國家，而是用偏向我們的合法性來壓制。」

一個僕人終於拿了把刀給達利納。他急切地拿下，並在僕人離開時皺了眉。

「怎麼了？」娜凡妮問。

「這把小玩意？」達利納用兩隻手指懸著刀子晃晃。「我要怎麼用這玩意吃豬肉啊？」

「直接進攻，」雅萊作出戳刺的動作。「把它當作嘲笑你肌肉的肥脖子。」

「如果有人嘲笑我的肌肉，我不會攻擊他。」達利納說。「我會建議他找外科醫生，因爲他的眼睛肯定出了毛病。」

娜凡妮笑了笑，聲音彷彿旋律。

「噢，達利納。」薩迪雅司說。「我不認爲羅沙有人敢當面對你說這種話。」

達利納低哼一聲，試著操作這把小刀切肉排。肉排已經冷了，但聞起來還是很香。一隻餓靈掠過他的頭，它的樣子就像是西方的純湖一帶會出現的小小褐蠅。

「創日者是怎麼落敗的？」加維拉突然問。

「嗯？」雅萊說。

「創日者，」加維拉一一看向娜凡妮、薩迪雅司，然後是達利納。「他統一了雅烈席卡。爲什麼他的帝國無法存續？」

「他的兒女太過貪婪，」達利納一邊說，一邊切肉排。「或者可能是太軟弱。他們彼此不互相支持。」

「不，不是這樣的。」娜凡妮說。「如果創日者有心安排一位繼承者，他們還是可能統合在一塊。錯在他身上。」

「他往西方進發，」加維拉說。「帶著他的軍隊尋求『更宏大的榮耀』。雅烈席卡和賀達熙對他而言還不夠。他想要整個世界。」

「所以是他的野心害了他。」薩迪雅司說。

「不，是他的貪婪。」加維拉低聲說。「要是征戰不停，而不能停下來享受，又有什麼意義？創日者、瑪沙嵐之子舒伯烈司，甚至是神權時代的執政者……他們不停擴展，最後崩壞。在人類的歷史中，有哪位征服者認爲自己拿下了足夠的領土呢？有哪一位曾經說：『這就夠了，這就是我要的。』然後就打道回家呢？」

「現在呢，」達利納說。「我只想吃這颶風的豬排。」他舉起小小的餐刀。那把刀已經從中間彎曲。娜凡妮眨了眨眼。「全能之主的十個名字啊，你怎麼可以搞成這樣。」

「不知道。」

加維拉的綠眼迷茫地凝視某處。他的視線越來越常這樣。「弟弟，我們爲什麼要作戰？」

「又是這個問題？」達利納說。「聽著，這並不複雜。你想不起來我們當時爲什麼開戰嗎？」

「讓我想起來。」

「這個嗎，」達利納揮揮彎曲的刀。「我們看著這片土地、這個王國，然後明白：『嘿，這些人有的是好東西。』而我們想到……嘿，或許我們該拿到這些好東西。所以我們就動手了。」

「噢，達利納。」薩迪雅司笑著說。「你真是個寶。」

「你們從沒想過這有什麼意義嗎？」加維拉問。「一個王國？一個比自己還要宏大的存在？」

「加維拉，你在講蠢話。人們爭鬥是爲了好東西。就這樣。」

「或許，」加維拉說。「或許吧。我有件事想要你聽著。戰地守則，古老時代的守則。從雅烈席卡還代表著某種意義的時候，就已存在的信條。」

達利納心不在焉地點點頭，同時上僕帶來餐後的茶與水果，其中一位試著拿走他的肉排，他把她趕走。她退下，達利納同時看見一個女人從宴會廳的另一邊窺視這裡。她穿著精緻、單薄的淺黃色裙裝，襯托她的淺金髮。

他好奇地靠向前。托渥的妹妹璦葳才十八、十九歲，身材幾乎與雅烈席人一樣高，胸部不大。事實上，她看起來還有些脆弱，沒有雅烈席人那般壯實。他瘦長的哥哥也給人同樣的感覺。

但是那頭秀髮。讓她如暗室裡的蠟燭一般顯眼。

她輕快地穿過宴會廳，到了她哥哥身旁，她的哥哥遞給她一杯酒。她試著用黃衣裡綁著內袋的左手接下。奇怪的是，這件裙裝並沒有袖子。

「她一直嘗試用內手吃飯。」娜凡妮的眼神歪了一邊。

雅萊靠著桌子傾向達利納，講起她的謀畫。「遙遠西方的人不會把衣服穿整齊。里拉人、依瑞雅利人、雷熙人都是。她們不像循規蹈矩的雅烈席女子，我想她在床上也會很有異國情調……」

達利納低哼一聲。接著終於發現一把刀。

那把刀隱藏在收拾加維拉餐盤的侍者背上。

達利納用力踢了哥哥的椅子一下，把一枝椅腳踢斷，讓加維拉跌坐到地上。同時間殺手揮舞起刀子，削向加維拉的耳朵，沒有命中要害。這不精準的揮擊最後插到桌上，讓刀子深深插入木頭。

達利納跳起來，躍過加維拉，抓住殺手的脖子。他與謀殺者扭打，以令人心滿意足的捶擊把對手打到地面上，同時從桌上拿起刀，一把插入殺手的胸口。

達利納吐了一口氣，接著退後把眼中的水滴抹掉。加維拉站了起來，手上已經握住碎刃。他低頭看看殺手，再看向達利納。

達利納踢了踢殺手，確認他已經死透。他點點頭，擺好自己的椅子坐下，彎身拔出死者胸口的刀。那是一把好刀。

他用酒洗淨刀子，切了一塊肉排放進嘴裡。終於啊。

「肉很好吃。」達利納咬下去的時候說。

房間另一端的托渥與他妹妹，帶著混合讚嘆與恐慌的眼神盯著達利納。他看見他們身旁有幾隻驚愕靈，這種靈像是帶著黃光的三角形，不停崩解並再構築。這是少見的靈。

「謝謝你。」加維拉摸了摸滴血的耳朵。

達利納聳聳肩。「抱歉我殺了他。你大概想要訊問他吧？」

「我們不可能知道誰派他動手。」加維拉坐了下來，把奔來協助但為時已晚的守衛驅走。娜凡妮握住他的手臂，顯然仍因襲擊而震驚不已。

薩迪雅司低聲咒罵。「我們的敵人已經絕望了。而且懦弱。在颶風期間派出殺手？是雅烈席人的話就該覺得羞愧。」

宴會廳的眾人再一次呆呆地看著首桌。達利納繼續切了塊肉排入口。又怎麼了？他又沒有要喝摻入人血的酒。他不是野蠻人。

「我知道我說過要讓你選擇新娘，」加維拉說。「但是……」

「我會結婚。」達利納說完，眼睛向前看。他已經失去了娜凡妮。他只要他颶風的接受就好。

「他們既害羞又謹慎，」娜凡妮用餐巾按了按加維拉的耳朵。「可能還要再花些時間說服他們。」

「噢，我倒不擔心，」加維拉回頭看向屍體。「達利納怎可能沒有說服力。」

20 縛人之束

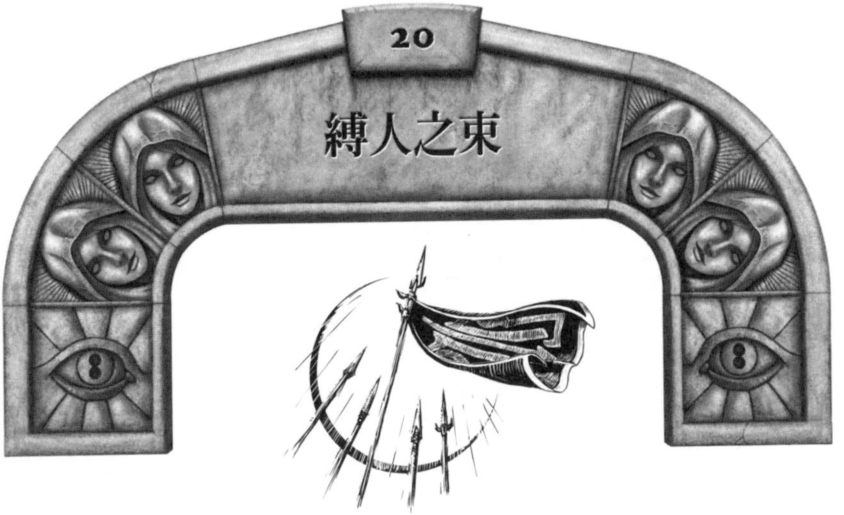

然而，如此危險的香料，你們會被警告要謹慎嘗試。但願你們學到這一課的過程，不會如我一樣痛苦。

——摘自《引誓》〈自序〉

「至於這個，」卡拉丁說。「並不算是嚴重的傷。我知道傷口很深，但是被尖銳的刀子割傷，會比被鈍器粗魯挖開傷口來得好。」

他壓緊荷恩的皮膚，然後在切口上了綳帶。「要使用煮沸過的乾淨布料——腐靈喜歡髒布。感染才是傷口最致命的地方，傷口外面就看得到紅色的腐靈生長、流動，還有流膿。包紮之前一定要洗過傷口。」

他拍拍荷恩的手臂，拿回自己的刀。荷恩之前用這把刀切開落木的樹枝作爲生火的木材，結果割傷了自己。一旁的帕胥人則收起他們曬乾的穀餅。

考慮到環境後，他們發現資源意外地多。有幾個帕胥人在掠奪時想到應該帶走一些金屬桶，於是他們現在用桶子充作鍋子煮水。他們也帶了可以保命的雨衣。卡拉丁加入先前押送他的帕胥人沙額在樹林間建立的臨時營地。這個帕胥人正在爲石斧綁上木柄。

卡拉丁拿走石斧，在木材上測試，判斷石斧劈砍木材的程度。「你得綁緊一些。」卡拉丁說。「把皮條弄溼，然後用力拉緊。如果不夠小心的話，你揮動它到一半，它就會分解。」

沙額低哼一聲，拿回石斧，在鬆開綑綁處的時候碎唸。他瞪了卡拉丁一眼。「人類，你可以去關照其他人了。」

「我們今晚應該推進。」卡拉丁說。「我們在同樣的地方待太久了。然後就像我說的一樣，分批前進。」

「再看看吧。」

「聽著，如果我的建議出了什麼事……」

「沒有問題。」

「但是——」

沙額嘆了一口氣，抬頭對上卡拉丁的視線。「一個奴隸怎麼懂得下令，還像淺眸人一樣昂首闊步？」

「我並非一生都是奴隸。」

「我不喜歡，」沙額說。「被當作小孩的感覺。」他重新綁緊斧頭，這次更緊了。「我不喜歡有人教導我早就知道的東西。最重要的是，我不喜歡要你幫忙的感覺。我們跑了。我們逃了。結果呢？你跳出來教我們該做什麼？我們又開始聽從雅烈席人的命令了。」

卡拉丁沉默不語。

「黃色的靈也沒好到哪裡去。」沙額咕噥。「快點。繼續前進。她說我們自由了，下一秒就痛斥我們沒有馬上服從命令。」

帕胥人很意外卡拉丁看不見那個靈。他們曾提及他們聽見的那聲音，那幾乎像是音樂的遙遠旋律。

「沙額，『自由』是個奇怪的詞。」卡拉丁低聲說，坐了下來。「過去一、兩個月，可能是我自小以來最『自由』的日子。你知道我接著怎麼做嗎？我待在同一個地方，服務另一位領主。我在想，用繩索束縛人的是笨蛋，因爲傳統、社會與慣性已經把我們束縛起來。」

「我沒有傳統，」沙額說。「或是社群。但是我的『自由』就像樹葉一樣。我從樹上落下，跟著風走，裝作自己掌握了自己的命運。」

「沙額，你的話簡直像詩句。」

「我不懂這是什麼意思。」他綁緊最後一圈，然後舉起新斧。

卡拉丁拿起斧頭，將之深深砍進木頭。「好多了。」

「人類，你不擔心嗎？教我們製作糕餅是一回事，讓我們擁有武器又是另一回事。」

「手斧是工具，不是武器。」

「可能吧，」沙額說。「但是你教我們削割與打磨的方法。我之後做出一柄矛都沒問題。」

「你彷彿覺得戰鬥是必然的。」

沙額笑了笑。「你不覺得嗎？」

「你們有選擇。」

「這句話是額頭上有印記的人說的。如果人類準備對他們擁有的東西如何如何，偷盜的帕胥人最後又會有什麼下場？」

「沙額，這不代表會進入戰爭。你們不需要與人類戰鬥。」

「或許吧。但是讓我問你個問題。」他把斧頭放在大腿上。「想想他們對我做了什麼，我爲什麼不打一場？」

卡拉丁無法反駁。他想起自己身爲奴隸的時候：那時的他充滿挫折，無能爲力，只有憤怒。他們只因爲他很危險而給他烙上沙須印記。僅僅因爲他反抗了。

他怎能要求他們採取別的行動呢？

「人類會再次奴役我們，」沙額繼續說。他拿斧頭砍起旁邊的樹，開始剝掉卡拉丁指導時所說的硬皮，這樣他們才能取得火種。「我們是遺失的財產，還有危險的前科。你們人類會花上大筆財富，來求得我們取回心智的方法，然後他們會找方法反轉。他們會緊縛我的理智，再叫我繼續去運水。」

「或許……或許我們也可以說服他們。沙額，我認識雅烈席淺眸人中的好傢伙。如果我們和他們對話，表現你們談話與思考和一般人無異，他們就會聆聽。他們會同意給予你們自由。這正是他們初次遇到你們在破碎平原的親族所表現出來的態度。」

沙額把手斧砍進木頭，一片木屑飛到空中。「那為什麼我們現在就能自由了？就因為我們像你們一樣活動嗎？我們還不是這樣的時候，活該受到奴役？我們不反抗的時候，你們就統治我們，但現在我們會說話了，就不是如此嗎？」

「我的意思是——」

「這就是讓我憤怒的原因。謝謝你教我們這些東西，但是需要你的幫忙並不會讓我們開心。這只是更加強我對你的想法，甚至是對我自己的想法，這個想法認為——你們人類才是決定我們自由的關鍵。」

沙額轉身離開，而等他一走，西兒就從灌木叢現身，落在卡拉丁的肩膀上，她觀望虛靈，但是沒有立刻表現出警戒。

「我認為我感覺到颸風要來了。」她低聲說。

「什麼？真的嗎？」

她點點頭。「還遠，一天或三天後才到。」她歪著頭。「我想我早就做得到了，但是我不需要去做。或者知道我想要做，你懂的。」

卡拉丁深吸一口氣。要怎麼在颸風中保護這些人。他必須找到庇護所。他必須……

我又來了。

「西兒，我不能這樣。」卡拉丁低聲說。「我不能花時間和這些帕胥人在一起，站在他們這一方。」

「為什麼？」

「因爲沙額說得對。這的確會演變成戰爭。虛靈會組織帕胥人成爲軍隊，在這之後就是戰爭。我們人類如果不反抗，就會被消滅。」

「那麼找到折衷點。」

「折衷點只在作戰死了許多人後才會出現——而且只有等到重要人物擔心起自己可能失去什麼，才會開始尋求。颶風的，我不該在這裡。我開始想要保護這些人！教導他們戰鬥！我不怕……我能與引虛者戰鬥，是因爲認定我必須保護的對象，和我必須殺害的對象並不一樣。」

他腳步沉重地走過樹叢，幫忙拆下粗糙帆布搭成的帳篷，開始夜行。

21 必然喪亡

我不是說書人，能用詼諧的軼事娛樂你們。

——摘自《引誓》〈自序〉

一陣急切且大力的敲門聲把紗藍吵醒。她還沒有起床，所以仍在自己的一頭紅髮與扭曲的毯子中沉眠。

她不知道把頭髮還是毯子其中哪一段拉到背後繼續睡，敲門聲還是沒有停下來，接著是雅多林令人煩躁的迷人聲音。「紗藍？聽著，這次我會等到妳眞的認爲我可以進去再入門。」

她望向從陽台照進來的陽光，光線宛如濺灑的顏料。早上了？太陽的位置不對啊。

等等……颶父的。她整晚化身成圍紗出門，直接睡到了下午。她呻吟起來，扔下被汗濡溼的毯子，維持原姿躺著，頭部傳來陣痛。房間角落則有一罐喝光光的食角人白酒。

「紗藍？」雅多林說。「妳還好嗎？」

「看情況，」她用粗啞的聲音說。「就好不好而言，我睡得正好。」

她把雙手按在雙眼上，內手仍然有臨時的包紮。她惹了什麼好事？拿著鬼血的標誌招搖？傻傻地自己喝酒？在一群帶著武器的混混面前刺傷一個人？

她的行爲彷彿是在夢中發生的。

「紗藍，」雅多林的聲音聽起來很擔心。「我要偷看了。帕洛娜說妳待在房裡一整天了。」

她驚呼一聲，坐起身抓起毯子。等他探頭進來的時候，只看見她包成一團，帶著鬈髮的頭用下巴頂著毯子，探了出來。至於雅多林，則看起來很完美。他可以在颶風後還一副完美無缺的樣子，或者在六小時的戰鬥後，或者浸了一身克姆泥水都可以。這男人怎麼這麼讓人心煩。他怎麼把頭髮弄得那麼漂亮？凌亂得剛剛好。

「帕洛娜說妳覺得不舒服？」雅多林翻開布簾，靠在門上。

「情緒懈怠。」

「那是……女性話題嗎？」

「是女性話題。」她平淡地說。

「所以說。就是妳……呃……」

「我懂生物學，雅多林，謝了。為什麼女人覺得不對勁的時候，男人馬上就怪罪到她的生理期啊？彷彿她因為一些痛苦就突然無法控制自己。沒有人認為男人會這樣。『噢，今天離維納遠點。他昨天對練太多了，所以肌肉痠痛，可能會把你的頭扯下來。』」

「所以這是男人的錯。」

「是的。就像其他東西一樣。戰爭。飢荒。亂掉的頭髮。」

「等等。亂掉的頭髮？」

紗藍睜開眼睛。「吵鬧。固執。顯然是女人才能矯正。全能之主給予女人亂髮，來準備與男人共處。」

雅多林帶了一小鍋溫暖的盥洗用水讓她洗臉。願神保佑他，還有帕洛娜，應該是她派他送過來的。

沉淪地獄的。她的手很痛。她的頭也是。她依稀記得自己不經意將酒精揮發掉，但是沒有足夠的颶光來治好手傷，也完全不夠讓她徹底清醒。

雅多林把水放了下來，像陽光一樣充滿生氣的他露齒而笑。「所以出了什麼問題？」

她把毯子緊緊罩在頭上，像是斗蓬的兜帽。「女性話題。」她說了謊。

「聽我說，既然女人不會怪罪這問題，我不認為男人也會。我追求別的女人的時候，也會追蹤它的週期。笛麗有個月因為女生病不舒服了四天。」

「我們是神祕的生物。」

「我同意。」他舉起酒罐，吸了一口氣味。「這是食角人白酒？」他一臉震驚地看向她——但也十分驚奇。

「我外帶了一點，」紗藍嘟囔。「我在調查你的謀殺案。」

「在提供食角人私酒的地方？」

「離散地的後巷。很髒的地方。但酒很好。」

「紗藍！」他說。「妳自己去的？這樣不安全。」

「親愛的雅多林，」她終於把毯子拉下到肩膀的高度。「我可以實實在在地被人在胸口刺一刀還活下來。我和市場上的混混共處也沒問題。」

「噢。好吧。我很容易忘記。」他皺了眉頭。「所以……等等。妳可以在各種下流的謀殺方法下活下來，但妳還是……」

「每個月還是會陣痛嗎？」紗藍說。「是的，培養之母也可以很可惡。我是個持有碎刃、近乎不朽的全能者，但是大自然還是會親切地提醒我該找辦法生個小孩。」

「不准交配。」圖樣在牆上輕輕地嗡嗡叫。

「但是昨天的事不能怪到生理期。」紗藍對雅多林補充。「我還有一陣子才會來。昨天的狀況比起生理痛，更該說是心裡不舒服。」

雅多林放下罐子。「是啊，因此妳想找點食角人白酒。」

「沒有那麼糟。」紗藍嘆了口氣。「我可以用一點颶光把酒精的毒素焚毀。說到這個，你有沒有帶錢球來？我似乎……把我的都用掉了。」

他笑道。「我有一個。單單一顆錢球。父親借了錢球給我，這樣我就不用拿著燈籠穿梭廳室了。」

她使勁地對他眨了眨眼。她不確定實際要怎麼做，或是為何這樣做，但似乎有效。至少雅多林翻了翻白眼，遞給她一顆紅寶石馬克。

她飢渴地汲取颶光。她止住呼吸，以免將颶光吐出來，然後……壓抑住颶光。她發現自己能這樣做，避免自己發光或是吸引別人注意力。她從小就會了，不是嗎？

她的手傷慢慢修補回來，在頭痛煙消雲散的同時，放鬆地嘆了口氣。

雅多林拿回暗淡的寶石錢球。「妳知道嗎，父親曾向我解釋美好的關係需要投資，那時我還不知道是什麼意思。」

「嗯嗯。」紗藍一邊說，一邊閉上眼笑著。

「還有，」雅多林補充。「我們的對話真的很奇怪。」

「不過和你聊這些感覺很自然。」

「我認為最奇怪的地方就在這裡。好吧，妳得小心使用颶光。父親提過要給妳更多充能的錢球練習，但是現在根本沒有這樣的資源。」

「那哈山的人馬呢？」她說。「他們在上次颶風時掛了許多錢球。」那不過是……

她估算一下，愣在原地。自從她在預料之外的颶風中啓用誓門，已經過了好幾週。她看著雅多林指間的錢球。

那些錢球應該都沒有能量了，她心想。就算是最近充能的也是。他們現在怎麼可能有任何颶光呢？

她突然覺得前一晚的行動十分不負責任。達利納命令她練習自己的能力，不代表要她練習如何不要喝到醉倒。

她嘆了口氣，還蓋著毯子的她伸手到洗臉水去。她有一位名叫瑪黎的女侍，但一直被紗藍打發走。她不希望這個人發現她偷溜出去或是改變容貌。如果她繼續這樣下去，帕洛娜大概會指派瑪黎改做其他工作。

洗臉水似乎沒有任何香料或肥皂，所以紗藍拿起小盆，長長灌了一口水。

「我剛才用那個洗腳。」雅多林指出。

「你才沒有。」紗藍抿抿嘴唇。「總之，謝謝你把我拖下床。」

「這個嘛，」他說。「我有自私的理由。我需要有人在精神上支持我。」

「不要把話說得太滿。如果你要人相信你說的話，要慢慢講到重點，這樣他們才會一直支持你。」

他歪著頭。

「噢，不是那種精神吧？」紗藍說。

「和妳聊天有時眞的很奇怪。」

「抱歉、抱歉。我等一會兒就正常了。」包在毯子裡的她，頭髮像是刺叢中的蝸牛，但還是盡可能規規矩矩地坐著。

雅多林深吸一口氣。「我父親終於說服雅萊·薩迪雅司與我談話。父親希望她能給予她丈夫的死一點線索。」

「你的口氣聽起來不樂觀。」

「紗藍，我不喜歡她。她很奇怪。」

紗藍張嘴，但是他打斷她。

「不是妳這種怪法，」他說。「她的怪法……不太妙。她總是打量她見到的每個人。她總是把我當小孩看。妳可以和我一起去嗎？」

「當然。我有多少時間準備？」

「妳需要多久？」

紗藍低頭看看還包著毯子的自己，還有搔著下巴的鬈髮。「很久。」

「那我們就要遲到了。」雅多林站起來。「這和她喜不喜歡我無關。到瑟巴瑞爾的起居廳找我。父親要我從他那裡聽取商業報告。」

「告訴他，市場的酒很好喝。」

「當然了。」雅多林再次瞥向空空如也的食角人白酒，搖搖頭離開。

❖

一個小時後，紗藍洗好澡、化好妝、頭髮也算安置好了，現身在瑟巴瑞爾的起居廳。這間房比她的房間還大，特別的是，通往陽台的大門有牆的一半高。

大家都走到寬廣的陽台上，從那可以看見下方的田野。雅多林站在欄杆旁，似乎陷入了深思。他身後的瑟巴瑞爾與帕洛娜則趴在帆布床上，背部裸在陽光底下，正讓人幫他們按摩。

一群食角人僕人幫他們按摩、顧著炭火，或是盡責地站著，手持暖酒與其他物品。這股空氣有陽光的加持，不像之前那麼冷。很溫暖。

紗藍眼前這個只披著浴巾的胖子居然是個藩王，讓她既尷尬又不滿。她剛才洗的可是冷水澡，發著抖用勺水淋到頭上。她認爲自己沒有親自去取水來用，已經很奢侈了。

「感覺如何？」紗藍說。「我還睡在地板上的時候，你們這裡都有帆布床了。」

「妳是位藩王嗎？」瑟巴瑞爾咕噥，眼睛張也沒張。

「不。我是燦軍騎士，我認爲這階級更高。」

「我知道了，」他一邊說，一邊因爲按摩而滿足得呻吟。「所以妳可以花錢買張從戰營運來的床嗎？還是妳仍靠著我的薪俸做事？我會加妳薪俸，這是妳幫助我手下書記管帳該有的報酬——但我也好幾週沒看到報告了。」

「圖力，她救了世界。」紗藍另一側的帕洛娜指出。這位中年賀達熙女子只有下半身綁著浴巾。

「要我說，我不認爲她救了世界，只是延遲了毀滅。親愛的，外面一團亂哪。」

一旁的首席按摩師是個壯碩的食角人女子，有一頭紅髮跟蒼白的膚色，她指示助理將加熱的石頭放在瑟巴瑞爾身上。大多數僕從都是她的家人，食角人喜歡一起辦事。

「我會記下來的，」瑟巴瑞爾說。「你們的寂滅時代會讓我的經商計畫延遲好幾年。」

「你不能怪罪我。」紗藍雙手抱胸。

「妳把我拖出了戰營。」瑟巴瑞爾說。「儘管留下來的人還過得很好，剩下的圓頂屋能保護他們不受西方風暴的影響。帕胥人本來是大問題，但是他們都跑了，往雅烈席卡前進。所以我準備在其他人搶走我的屬地以前，取回我的版圖。」他張眼瞥向紗藍。「妳的年輕王子不想聽見這一回事——他擔心我會讓我們的部隊薄弱。但是和戰營交易是必要的，我們不能把貿易全留給薩拿達與法瑪。」

好極了。又有個要思考的問題。難怪雅多林心事重重。他說過他們會晚些見到雅萊，但是並沒有特別想要去。

「妳是位好燦軍。」瑟巴瑞爾告訴她。「拜託開啓其他誓門。我已經準備好徵收使用稅了。」

「眞是無情。」

「眞是必要。要在山間存活下來，就得在誓門上課稅，達利納也心知肚明——他讓我掌管商業活動。孩子，戰爭不會讓人無法生活。大家仍需要新鞋子、新籃子、新衣服，還有更多的酒。」

「而我們需要按摩。」帕洛娜補上。「如果要在這寒冷的荒地存活，就需要很多次。」

「你們沒救了，」紗藍駁斥，穿過灑滿陽光的陽台，走到雅多林身旁。「嗨，準備好了嗎？」

「當然。」她和雅多林走入走廊。他們將八個藩王的軍隊住處安排在第二階樓與第三階樓，第一階樓只有幾座兵營，其他空間留給市場與倉庫。

當然，就連第一階樓都還沒全被探索過。這裡有太多走廊跟曲折的路線，藏著許多房間。或許每位藩王到最後都能好好經營一區。但是目前他們只在兀瑞席魯的黑暗前線占領一小塊文明領地。

上層的探索已經暫停，畢竟他們不再有颶光可以使用升降梯。

他們離開瑟巴瑞爾的區域，在地板畫上箭頭指路的交叉路口行經一群士兵，這些箭頭指向的目標之一就是最近的茅坑。守衛的檢查哨不像封鎖站，但是雅多林要求士兵用特別的方法堆起乾糧箱與穀物袋。想要衝過走廊的人會被這些障礙阻擾，後方還有矛兵等著。

士兵向雅多林點頭，但沒有敬禮，不過有名士兵喝斥在一旁房間裡玩牌的兩人。兩人站了起來，紗藍認出他們時嚇了一跳。他們是加茲和法達。

「我想該帶妳的護衛來。」雅多林說。

*我的護衛。*沒錯。紗藍有一批由逃兵與卑鄙殺人犯組成的士兵。她不在乎他們以前所作所爲，畢竟她自己也是可惡的殺人犯，但是她也不知道該拿他們怎麼辦。

他們懶洋洋地向她敬禮。法達這個高個子不愛維持整潔；加茲身高較矮，只剩一隻褐眼的他用眼罩遮住另一個眼窩。雅多林顯然已經指示了他們，法達漫步到前方的護衛位置，加茲則隨侍在後。

紗藍圈住雅多林的手臂，希望這兩人的距離不會聽到他們說話。

「*我們需要護衛嗎？*」她低聲說。

「當然需要。」

「爲什麼？你是碎刃師，我是燦軍，我們不會有事。」

「紗藍，有護衛隨侍的重點不是安全，而是爲了威望。」

「這方面我已經足夠了。雅多林，我鼻息之間都是威望。」

「我不是這個意思。」雅多林靠過來低語。「這是爲了他們。妳可能不需要護衛，但是妳需要榮衛。讓人因爲這個職位而感到光榮。這是我們的規矩——成爲重要人士後，要讓人共享這個榮耀。」

「在共享以後，成爲無用之人。」

「在共享以後，成爲妳行動的一部分。」雅多林說。「颶風的，我忘記這對妳來說多新奇。妳之前怎樣對待他們？」

「通常讓他們自由行動。」

「妳什麼時候需要他們？」

「我也不知道什麼時候需要。」

「妳會需要的，」雅多林說。「紗藍，妳是他們的指揮官。可能不是軍事上的指揮者，畢竟他們是一般護衛，但意義是一樣的。讓他們閒著，會讓他們覺得自己無足輕重，這樣他們就完蛋了。要是給他們重要的任務，一個讓他們足以爲榮的工作，他們就會帶著榮譽心服侍妳。失職的士兵通常都曾經失望過。」

她笑了笑。

「怎麼了？」

「你說話就像你父親一樣。」她說。

他止住話，眼神飄到一旁。「這沒什麼問題吧？」

「我沒說有問題。我很喜歡。」她抱著他的手臂。「雅多林，我會找事給我的護衛做。有幫助的事。我保證。」

加茲跟法達似乎不認爲這些職責這麼重要，他們無精打采地打著呵欠前進，提著油燈，矛則靠在肩上。他們走過一大群提水的女子，接著是帶著木材打造新茅坑的男子。大多數人讓路給法達，人們看見個人守衛時，會接獲暗示讓路。

當然，如果紗藍眞要表現自己的重要性，她會坐轎子。她在卡布嵐司經常用載具。但是她內心的圍紗讓她對雅多林建議她叫一架轎子來坐的事情感到抗拒。自己走路有自己的自由。

他們拾級而上，到了頂端時，雅多林從口袋裡拿出地圖，這裡還沒有完成地上的指示箭頭。紗藍拉了拉他的手臂，指向一個隧道。

「妳怎麼這麼輕鬆就知道路了？」他說。

「你看不出來岩紋的寬度變化嗎？」她指向走廊的牆面。「走這裡。」

他摺起地圖，指示法達帶路。「你真的認為我像我父親嗎？」雅多林邊走邊低聲說。他的聲音中有一絲擔憂。

「是的。」她緊握他的手臂。「雅多林，你就像他，有道德感、有正義感，也有能力。」

他皺起眉頭。

「怎麼了？」

「沒事。」

「你眞不會說謊。你擔心自己無法滿足他的期望，對吧？」

「或許吧。」

「雅多林，你已經達到了。你每天都有這樣的表現。我確信達利納．科林找不到更好的兒子，而且……」

颶風啊，原來這個看法讓你不舒服。」

「什麼？不是這樣！」

紗藍用外手戳了戳雅多林的肩膀。「你有事瞞著我。」

「可能吧。」

「這個嘛，感謝全能之主。」

「妳不打算……問我是什麼事嗎？」

「艾希的眼睛啊，不會。我寧願自己找到答案。交往關係需要一些神祕感。」

雅多林陷入沉默，這正好，因爲他們正要進入薩迪雅司在兀瑞席魯的區域。雖然雅萊威脅說要回到戰營，但是她沒有行動。這似乎是因爲她不否認塔城已經是雅烈席卡的政治與權力中心。

他們抵達第一個守衛站，紗藍的兩個護衛湊近她和雅多林。他們跟身穿葉綠色與白色相間制服的士兵互相投以敵視的眼光，同時通過他們。不管雅萊在想什麼，她的手下顯然已有成見。

才走幾步路，眼前就有奇妙的變化。這裡沒什麼工人或商人，有的是更多士兵。這些士兵一臉陰沉、穿著未扣的外套，沒有刮好的鬍子長成各種樣子。連書記也與外面不同——這裡的書記化的妝更濃，衣著卻穿得很寬鬆。

他們彷彿從秩序之地進入失序之地。走廊迴響著粗啞的大笑。引路的箭頭不在地上而在牆上，指示的顏料滴落、弄混了岩紋。有些路人穿著沾有未乾顏料的外套，正辱罵他們。

路過他們身旁的士兵都在譏笑雅多林。

「他們像混混一樣。」紗藍輕聲說，轉頭看向其中一群人。

「不要看走眼了，」雅多林說。「他們步伐整齊、踏步堅定，武器也保養得很不錯。薩迪雅司把士兵訓練得很好。只是我父親採取紀律管理，薩迪雅司則用競爭提升士氣。此外，在這裡穿得太乾淨反而會被笑，沒有人想被誤認成科林家的士兵。」

她曾如此希望過，現在寂滅時代的真相已被揭露，達利納將更容易聯合眾藩王。只不過，在這些人怪罪達利納害死薩迪雅司的情形下，顯然想團結他們不會容易。

他們最後到了一間得體的房間，讓人帶進去面見薩迪雅司的妻子。雅萊是個矮小、厚唇的綠眼女人。她在房間中央安置了一個寶座。

站在她身旁的則是墨瑞茲，鬼血的首領之一。

我不是哲學家，能用犀利的問題啟發你們。

——摘自《引誓》〈自序〉

墨瑞茲。他的臉上有交叉的疤痕，這疤痕讓他的上唇變形。以往他會穿著流行的衣物，今天他穿的是薩迪雅司家的制服，還穿戴胸甲與簡單的罩頭頭盔。如果不仔細看他的臉，他看起來與一般士兵無異。

但他肩膀上還有隻雞。

一隻雞。雞是種陌生的動物，一身蓬鬆的綠毛，還有一個怪異的鳥喙。這隻雞比起她在市場看見、籠中販售的困惑生物，更像是掠食者。

但是說實話。誰會帶著寵物雞到處跑？雞是用來吃的，對吧？

雅多林注意到那隻雞，挑起一邊眉毛，但墨瑞茲看來沒有認出紗藍的跡象。他和其他士兵一樣懶洋洋的，拿著叉戟瞪了雅多林一眼。

雅萊沒有準備椅子。她盤腿坐著，外手按在覆蓋袖子的內手上，房間兩側的走道點著燈。她在閃爍的燈光下，看起來特別嚴厲。

「你們知道嗎？」雅萊說。「白脊殺掉獵物以後，會在吃完時躲在屍體旁。」

「這是狩獵牠們時的危險，光主。」雅多林說。「人們以爲正在追蹤這隻野獸的足跡，但牠其實潛伏在附近。」

「我曾經不了解這樣的生態，直到我發現屍體會引來腐食者。白脊也不挑食，那些享用餘肉的生物最後也成爲饗宴之一。」

這段話對紗藍來說，是很明顯的暗示。科林，你爲什麼回到殺人現場？

「光主，我們要妳知道。」雅多林說。「我們非常認眞看待藩王的驟逝。我們會盡我們所能，防止這樣的事情再次發生。」

糟糕，雅多林……

「這對你們來說理所當然。」雅萊說。「其他藩王現在不敢對抗你們。」

是的，要面對的是他。紗藍沒有出聲，這是雅多林的任務。他邀請她伴隨，而不是爲他發言。老實說，她也不會表現得比較好，她只會犯下不同的錯。

「妳能否告訴我，有誰有機會與動機殺害妳丈夫？」雅多林說。「除了我父親以外的人，光主。」

「所以連你們都承認——」

「這可奇怪了。」雅多林喝斥。「我母親總說她認爲妳很聰明。她欣賞妳，希望能有妳的智慧。然而我在此所見所聞，卻不能證明這點。老實說，妳眞的以爲我父親在忍受薩迪雅司的多年侮辱——不管是在破碎平原上的背叛，還是決鬥陰謀未遂，卻到現在才暗殺他？薩迪雅司對引虛者的看法是錯的，就能保證我父親的地位？我們都知道我父親不是妳丈夫受害的幕後黑手。妳這樣的說法眞是愚不可及。」

紗藍愣住了。她沒料到雅多林會說出這番話。令她驚訝的是，這似乎正是他得講的話。不必理會禮節，說出直接且眞切的事實。

雅萊向前靠，看著雅多林，思考他的話。要說雅多林的優點，其一就是他的眞誠。

「給他一張椅子。」雅萊對墨瑞茲說。

「是的，光主。」他的聲音有著賀達熙邊境的濃厚腔調。

雅萊看向紗藍。「還有妳。做點事。旁室有溫著的茶。」

紗藍不滿這樣的對待。她不再是無足輕重的侍從，不能被呼來喚去。然而墨瑞茲走向她被指示的方向，紗藍只好不顧尊嚴跟了上去。

隔壁的房間要小很多，雖然是一樣的石壁，卻只有不顯眼的岩紋，橘色跟紅色混合得均勻，幾乎讓人以為只有一種顏色。雅萊的手下把這裡當作倉庫，角落的椅子就是證據。紗藍不理會在櫥櫃的法器上溫熱的茶罐，反而走近墨瑞茲。

「你在這裡做什麼？」她輕聲說。

他的雞輕輕叫了一聲，似乎有些緊張。

「我在監視那個人。」他往主廳望去。這時他的聲音沒有了偏遠地方的尖聲，精練許多。「我們對她有興趣。」

「所以她不是你們的一員？」紗藍問。「不是……鬼血的成員？」

「不是，」他瞇眼說。「她和她的丈夫是不穩定的變數。他們有自己的動機。我不認為他們支持任何一方，不管是人類或聆聽者。」

「我想，這代表他們的價值是不足以延攬的克姆泥。」

「道德不是我們的軸心，」墨瑞茲冷靜地說。「關乎的只有忠誠與力量。道德則在多變的環境下一瞬而去。這取決於看事情的角度。和我們工作的時候，妳就見識得到了。」

「我不是你們的成員。」紗藍低吼。

「對於這點如此堅持的人，」墨瑞茲拿起一張椅子。「卻隨意地使用起我們的標誌。」

紗藍愣住，猛然臉紅。所以他知道了那件事？「我……」

「妳的巡獵很有價值。」墨瑞茲說。「妳可以倚靠我們的權威達成妳的目標。這是身爲成員的福利，只要妳別濫用它就好。」

「我的哥哥們呢？他們在哪裡？你答應我會把他們送來。」

「耐心點，小小刀。我們一、兩週前才救出他們。我說到做到。不管怎樣，我有個任務要交給妳。」

「任務？」紗藍厲聲說，讓雞又尖鳴一聲。「墨瑞茲，我不會幫你的人做事。你們殺了加絲娜。」

「一個敵方的戰力。」墨瑞茲說。「噢，別這樣看我。妳知道那女人的能力，還有她攻擊我們的後果。妳會怪罪那位深有道德感的黑刺在戰爭時的作爲嗎？那難以計量的屠殺？」

「少用別人的過錯來避談你們的惡行。」紗藍說。「我不會幫你們往目標更進一步。我不管你認爲我該爲你的魂師付出多少代價，我都不會幫忙。」

「這麼快就堅持己見，然而妳心知肚明自己的債。一枚魂師不見了，毀掉了。但是爲了任務，我們可以讓這種事發生。在妳再次反駁前，妳要知道我們要求妳進行的任務，正是妳已經在執行的工作。妳想必已經知道這裡的黑暗面。還有……這裡的不對勁。」

紗藍看了看小房間，只有櫥櫃上的燭火在陰影中閃爍。

「妳的任務，」墨瑞茲說。「是保全這個據點。如果要充分利用引虛者的到來，兀瑞席魯必須保持它的強大。」

「利用他們？」

「是的。」墨瑞茲說。「我們遲早會掌握這股力量，但是我們不能讓任何一方宰制。保全兀瑞席魯。追獵妳感受到的黑暗，然後抹消它。這就是妳的任務。爲此我會以情報交換。」他靠得更近，說了一個名字。「赫拉倫。」

他抬起椅子走了出去，換上笨拙的步態，蹣跚的他幾乎要弄掉椅子。紗藍愣在原地。赫拉倫。她那位死在雅烈席卡的大哥——他爲了某個神祕的理由到了那裡去。

颶風啊。墨瑞茲知道了什麼？她怒視他的背影，憤怒不已。他怎能拿那個玩弄她？

不要把注意力轉到赫拉倫身上。這種想法很危險，而她現在不能化身爲圍紗。紗藍爲自己與雅多林各倒了一杯茶，用手臂夾了張椅子，以奇怪的姿勢退了出去。她坐在雅多林身旁，將茶杯遞給他。她啜飲一口，對瞪著她的雅萊微笑，雅萊轉而要墨瑞茲端來杯子。

「我認爲，」雅萊對雅多林說。「如果你眞心誠意想解決這起罪案，不必調查我丈夫的宿敵。你不會在你們的戰營裡找到有動機與機會的人。」

雅多林嘆了口氣。「我們將之建立在——」

「我的意思不是指控達利納動手。」雅萊看來很冷靜，手指卻抓住椅側，指節發白。她的雙眼……妝容不能掩蓋上面的紅痕。她哭過。她眞的很傷心。

除非這只是表演。我可以裝哭。紗藍心想。如果我知道接下來要見什麼人，如果我相信這樣可以強化我的地位，那我可以。

「那麼妳說的是？」雅多林問。

「歷史上將不存在的命令當眞的士兵比比皆是。」雅萊說。「我認同達利納不會在暗角手刃老友，但他的士兵可不會這麼安分。雅多林．科林，你想找出凶手嗎？看看自己的手下吧。我可以賭上整個藩國，科林家的軍隊中有人想爲他的藩王效勞。」

「那另一起謀殺案呢？」紗藍問。

「我不知道這個人的想法。」雅萊說。「或許他們食髓知味了？無論如何，我認爲我們都同意這場會面對未來無益。」她站了起來。「祝你有愉快的一天，雅多林．科林。我希望你能分享你發現的事情，這樣我的調查員才能有更多情報。」

「我想知道，」雅多林站了起來。「是誰負責妳手下的調查？我會送報告給他。」

「他叫梅利達司．阿瑪朗。我相信你認識他。」

紗藍吸了一口氣。「阿瑪朗？阿瑪朗上帥？」

「是的。」雅萊說。「他是我丈夫手下最有聲望的將軍。」

阿瑪朗。他殺了她哥哥。她瞥向墨瑞茲，他的表情沒有變化。颶風的，他知道多少？她還是不了解赫拉倫是怎麼取得碎刃。他是怎麼與阿瑪朗起了衝突？

「阿瑪朗在這裡？」雅多林問。「什麼時候？」

「他跟著誓門最後一批車隊與搜索隊抵達。他沒有讓塔城的人知道，只讓我知道。我們在颶風中找到他和他的助手，之後一直照顧他。他向我保證很快就會重拾自己的職責，也會以調查我丈夫的死為優先任務。」

「我知道了。」雅多林說。

他看向紗藍，紗藍點點頭，但還是一臉震驚。他們一起召來門旁的士兵，帶著他們走出房間。

「阿瑪朗。」雅多林低聲說。「橋小子知道一定不高興。他們兩個有仇。不止卡拉丁。

「父親原本任命阿瑪朗重建燦軍軍團。」雅多林繼續說。「如果雅萊在他名譽掃地以後還收留他……這舉動如同把我父親視為騙子，不是嗎，紗藍？」

她深吸一口氣。赫拉倫很久以前就死了。她只要擔心何時能從墨瑞茲口中得到答案就好。

「取決於她如何操弄。」她走在雅多林身旁，同時低聲說。「然而是的，她暗示達利納處置阿瑪朗的方式是他過分重判的表現。她在支持自己成為代替你父親管治的勢力。」

雅多林嘆了一口氣。「我曾以為沒有了薩迪雅司，事情會進行得更順利。」

「雅多林，這關乎政治因素——而政治難以定義。」她摟住他的手臂，通過帶著敵意的守衛。

「我非常不擅長這方面。」雅多林輕聲說。「我在這裡惹人嫌惡，我幾乎要直接攻擊她。紗藍，妳看見了。我會把事情搞砸。」

「是嗎？但我想你對有多位殺人者的看法是正確的。」

「什麼？眞的嗎？」

她點點頭。「我昨晚出去的時候聽說了一些事。」

「妳的意思是，妳那時沒有醉得跌跌撞撞。」

「雅多林，你知道我醉得很優雅。我們走……」此時一對書記急速走向雅萊的房間，她便安靜下來，守衛也跟了上去。

雅多林抓住其中一名薩迪雅司戰營的守衛，那人一看見藍制服便開始咒罵，還幾乎要動手。幸好這個人認出雅多林的臉，然後後退，手也從側面背帶上的斧頭移開。

「光爵。」這男子不情願地說。

「發生什麼事了？」雅多林朝大廳的地方點點頭。「爲什麼那兒的守衛站突然開始交談起來？」

「海岸的新消息。」守衛終於說。「新那坦南發現颶風牆。颶風回來了。」

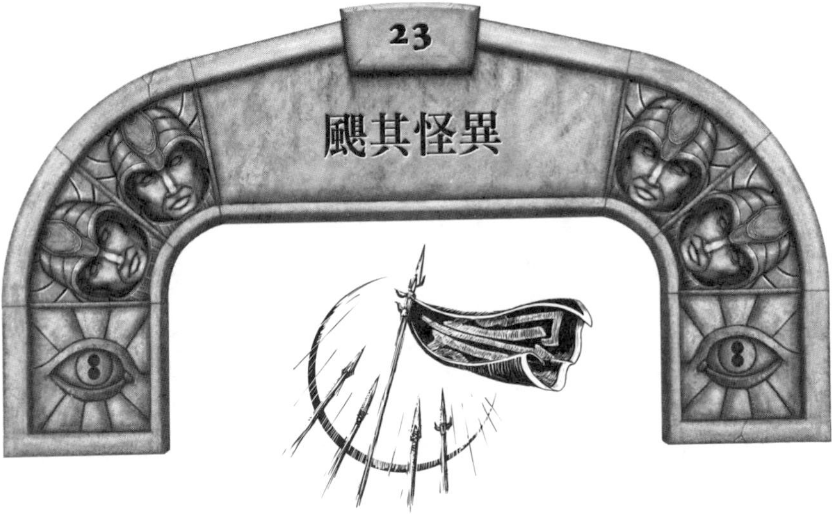

我不是詩人，能用機智的典故取悅你們。

——摘自《引誓》〈自序〉

「我沒有肉可以賣。」淺眸老人帶著卡拉丁到了石製掩體。「但是你的光爵與他的手下可以在這裡避風，而且不會收太多錢。」他對著巨大空洞的建築揮了揮手杖，這裡讓卡拉丁想起破碎平原的軍營——既長又窄，小小的尾端則在東方。

「我們要獨占這裡，」卡拉丁說。「光爵很重視他的隱私。」

老人瞥向穿著藍制服的卡拉丁。現在泣季已過，制服變得好看了。他不會穿著它參與軍官會議，但是他花了一番工夫才刷掉汙漬並打亮鈕釦。

穿著科林制服的人出現在法瑪藩王的領地，這可以有很多種涵義。希望不會讓人以爲是「這個科林家的軍官加入一團逃跑的帕胥人」。

「我可以給你整座掩體。」商人說。「本來這要租給雷沃拉的車隊，但是他們沒有出現。」

「發生什麼事了？」

「不知道，」他說。「但我得說這眞的颶極的怪異。三組車隊，領隊和貨物都不一樣，卻同時都沒消沒息，甚至沒有派跑腿的給我傳話。幸好我先收了一成訂金。」

雷沃拉。那是法瑪的首府，是這裡與科林納之間最大的城市。

「我們會使用掩體。」卡拉丁一邊說，一邊遞出無光的錢球。「還有你可以分享的食物。」

「以軍隊的規模來說能給的不多。可能有一、兩袋長根，一些拉維穀。本來想說其中一批車隊可以補充的。」他搖搖頭，表情冷漠。「士官，眞是奇怪的時節啊，颶風竟從錯誤的方向吹來。你有發現它會再次襲擊嗎？」

卡拉丁點點頭。永颶在前一天再次出現，已經是第二次了——這還沒算上他們最初在遠東遭遇的那一場。卡拉丁與帕胥人躲過了前一天的風暴，不可見的那個靈警告他們，讓他們在廢棄的礦坑裡躲藏。

「奇怪的時節。」老人又說。「好吧，如果你需要肉，南邊的山谷有一窩野豬。雖然這是卡迪拉領主的領地，所以那個……好吧，你也懂。」如果卡拉丁虛構出來的「光爵」是奉國王之命旅行，他們便可以在當地狩獵。如果不是，獵取其他領主土地上的野豬便是盜獵。

老人說話的方式像是個偏遠地方的農夫，和他的淺黃色眼睛不合，但是他顯然讓自己有辦法經營這裡的中途站。這種生活很孤獨，不過收入可能不錯。

「看看我能幫你們找到什麼食物。」老人說。「跟我來。話說，你確定颶風最近會侵襲嗎？」

「我有表格可以確認。」

「好吧，那麼感謝全能之主與神將的保佑。這會讓有些人很驚訝，但是能讓我的信蘆再次運作是件好事。」

卡拉丁跟著老人到他的房子背風向的石造小屋，他很快拿出三袋蔬菜。「還有一件事，」卡拉丁補充。「你不能看著軍隊進來。」

「什麼？士官，我的職責就是要看你們的人安置到——」

「我的光爵非常注重隱私。絕對不能讓人知道我們通過此地。這非常重要。」他一手放在腰刀上。

淺眸男人吸了吸鼻子。「你可以信任我的口風，士兵。而且不要威脅我，我可是第六那恩。」他抬起頭來，卻歪歪斜斜地走回房子，關緊大門，並將擋颶板拉上。

卡拉丁將三袋食物放進掩體，接著爬回他留置帕胥人的地方。他不斷留意西兒，但是當然什麼都看不到。虛靈跟著他們，隱藏身形，像是要確保他不會暗自動作。

❖

他們在颶風來臨前進到掩體。

荷恩、沙額還有其他人本來想等到夜裡再行動——他們不相信淺眸老人不會偷看。只是等到風開始吹起來，他們終於相信卡拉丁的說法，相信颶風已迫近。

卡拉丁站在掩體門口，緊張地看著帕胥人一個個進來。他們前幾天接應了另一批由不可見的虛靈帶領的帕胥人，那虛靈在把人送到後立刻離開。現在他們已是近百人的隊伍，其中包括老人與小孩。沒有人告訴卡拉丁他們的最終目標，只有靈知道目的地。

荷恩是最後一個進門的人。這位壯碩的帕胥女子逗留在門旁，彷彿想要觀看風暴。她最後拿出錢球——大多數是從卡拉丁身上偷來的——將袋子綁在外牆的鐵燈籠上。她朝卡拉丁揮了揮手，跟著他進門，將門閂拴上。

「人類，你做得不錯。」她對卡拉丁說。「我們最終集合的時候，我會為你說說話。」

「謝了。」卡拉丁說。颶風牆在外面重擊掩體，讓石牆搖晃、地面震動。

帕胥人安置下來，等待颶風結束。赫希的手往袋子裡撈，用精明的眼觀察裡面的蔬菜，她曾經在莊園的廚房工作過。

卡拉丁把背靠上牆，感受在外面暴虐的颶風。奇怪了，他為什麼這樣討厭溫和的泣季，聽著石牆外的雷聲反而振奮起來。颶風曾經多次盡其全力想要殺死他，他卻對此感到親切——當然也抱持戒心。它就像是過度粗魯對待新兵的士官。

颶風會爲他放在外面的寶石充能，其中不止錢球，也有他攜帶的大型寶石。只要充能了，他——好吧，這些帕胥人——就會有充足的颶光。

他必須作個決定。他還能延遲多久再飛回破碎平原？就算他可以在大城用自己的無光錢球交換充能的寶石，也可能在一天內用光。

他不能一直浪費時間。大家在兀瑞席魯做什麼？世界各地對此有什麼表示？這些問題縈繞心頭不去。他曾經很高興能帶領自己的小隊。在這之後，他自願接手一個軍團。他什麼時候開始關切整個世界的狀況了？

我至少要把信蘆偷回來，傳訊給娜凡妮。

他的眼角有什麼閃爍著。西兒回來了嗎？他瞥向她，準備開口問問題，但是在發現自己錯認以後，就住口了。

他身旁的那個靈發著黃光，不是藍白相間的光。這個嬌小的女人站在自地面升起的半透明金色石柱上，和卡拉丁平視。這道石柱就像靈的本體一樣，中央有著黃白相間的火焰。

她穿著過膝的飄逸裙子。雙手放在背後的她，觀察著卡拉丁。她的臉長得很奇怪——細窄的臉上有如孩童般的大眼，就像是來自雪諾瓦的人。

卡拉丁驚跳起來，讓小小的靈露出了笑容。

假裝你對她這樣的靈一無所知，卡拉丁心想。「嗯，呃……我看見妳了。」

「因爲我要你看見我，」她說。「你這個人很奇怪。」

「爲什麼……爲什麼妳要我看見妳？」

「這樣我們才能講話。」她開始繞著他漫步，每一步底下都有一柱黃石從地面竄出，接住她的赤腳。

「人類，你爲什麼還在這裡？」

「妳的帕胥人抓住了我。」

「你母親教你這樣說謊嗎？」她話中帶著笑意。「他們不到一個月大。能夠糊弄他們眞是恭喜啊。」

她停下來，對他露出微笑。「我則已經一個多月大了。」

「世界在改變，」卡拉丁說。「國家發生劇變。我想知道之後的走向。」

她看著他沉思。幸好，他有足夠的理由解釋臉龐流下的汗水。面對一個出奇聰明、發著黃光的靈，會讓任何人失常，而不只是藏著太多祕密的人。

「逃兵，你會爲我們而戰嗎？」她問。

「有人允許我這樣做嗎？」

「我們這一族完全沒有你們的靈所言的偏見。如果你可以拿著矛接受命令，那我當然不會趕你走。」

她雙手抱胸，用怪異的世故表情微笑。「作最後決定的不是我。我只負責傳遞訊息。」

「我在哪裡才能確認？」

「到了目的地的時候。」

「那目的地在……」

「很近了。」靈說。「怎麼了？你有去別的地方約會的壓力嗎？修剪鬍子？還是和祖母一起吃午餐？」

卡拉丁揉了揉臉。他幾乎忘記自己的鬍子已能戳刺自己的嘴。

「告訴我，」靈問。「你怎麼知道今天晚上有颶風？」

「我感覺到的，」卡拉丁說。「骨頭有感覺。」

「人類無法感受颶風，就算身體有問題也沒辦法。」

他聳聳肩。「這次颶風來的時間是對的，畢竟泣季已經完全結束了。」

對於這句話，她沒有點頭或作出任何可見的表示。她只是帶著世故的笑容，從他眼前漸漸淡去。

毫無疑問的，你們都比我更聰明。我只能連結所有故事與我的所作所爲，並讓你們導出結論。

——摘自《引誓》〈自序〉

達利納想起來了。

她的名字是璦葳。她高高瘦瘦，有一頭淺金黃色頭髮——不到依瑞雅利人那種亮金髮的程度，但還是一樣令人驚豔。

她平常不怎麼說話，和她哥哥一樣害羞，但是他們願意鼓起勇氣逃離他們的母國。他們帶來碎甲，還有……

這兩天他只回想起這些，其他的部分仍是一片模糊。他可以想起自己與璦葳見面的樣子，與她約會——這可怪了，他們雙方都知道這是政治需求促成的婚姻——最後非正式訂婚。

他不記得其中的愛意，但是他記得其中的吸引力。

這些記憶給他帶來疑問，就像是在雨後一湧而出的克姆林蟲。他忽視這些問題，與兀瑞席魯田野的一排守衛直挺挺地站著，挺住來自西方的冷風。這個廣大的平台有一些木材，此處有一部分變成堆放木材的場所。

他身後的繩索尾端在風中搖擺，不斷拍打木材。一對風靈以小小的人形舞過。

爲什麼我現在想得起璦葳了？達利納思索著。爲什麼我只回想起我們第一次在一起的回憶？

他記得璦葳死後那難過的幾年，這段難關在賽司這位白衣殺手殺害他兄長時，使他醉得一無是處。他認為他找過守夜者來擺脫失去她的痛苦，而這個靈以達利納其他的回憶當作代價。他不能肯定，但似乎是正確的。

與守夜者的交易應該是永久有效。就算詛咒也是如此。所以他怎麼了？

達利納看了看綁在他前臂的時鐘法器。晚了五分鐘。颶風的。他才戴上這東西沒幾天，已經像書記一樣分分必較。

兩塊時鐘之中倒數下一場颶風的那一塊還沒有倒數完成。而一場颶風已至，幸虧如此，它帶來為錢球充能的颶光。他們很久沒有充足的能量了。

然而，書記必須等到下次颶風才能判斷目前的模式。雖然他們也可能出錯，例如泣季比以往還長。數百年來——甚至一千多年來——細心記錄下來的資料可能已經無用。

曾幾何時，光是這樣的事就足以成為災難。這會毀掉農作季節並造成飢荒，搗亂旅行與船運，中斷貿易。不幸的是，面對永颶與引虛者，這只是第三順位的災變。

冷風再次吹襲。他們眼前是兀瑞席魯的大平原，周遭圍繞著十個高約十呎的大平台，一旁則堆著大量的箱子。每個平台的中央有座小屋，裡面的設施可以——

在一陣亮光後，一波颶光從左側第二個平台傳出。等到光線消失，達利納帶著他的榮衛迎上前，走上寬廣的階梯，直達頂部。他們走進中央的建築，裡面的人一走出來，就呆呆地看著兀瑞席魯，身旁圍繞著讚嘆靈。

達利納露出微笑。這座塔寬如城市、高如小山……好吧，這世界上沒有同樣的東西可比擬了。

初抵者的領袖是一位穿著深橘色長袍的男子。這名老人有張刮得乾淨的慈祥臉孔，他站著抬頭仰望城市，驚嘆得張大了嘴。他身旁是一名挽了髮髻的銀髮女子。她是雅德羅塔吉亞，卡布嵐司的首席書記。

有些人認爲她是藏在王座之後的眞正掌權者；其他人則猜想，在國王離開時留在卡布嵐司繼續管理城市的那名書記，才是權力中心。不管是哪種說法，他們讓塔拉凡吉安掛名領袖，而達利納很高興與他合作，能前往賈‧克維德與卡布嵐司。這名男子是加維拉的朋友，對達利納來說這就足夠了。他更開心至少有一名其他國的統治者來到兀瑞席魯。

塔拉凡吉安對著達利納微笑，接著舔舔嘴唇，他似乎忘記自己想說什麼，因此瞥向身旁的女子尋求幫助。她低語以後，他便在提示下大聲說話。

「黑刺，」塔拉凡吉安說。「很榮幸再見到你。好久不見。」

「陛下，」達利納說。「非常感謝你回應我。」達利納多年前曾經見過塔拉凡吉安好幾次。達利納印象中的他是個安靜、聰慧的人。

但是這個印象已經消失了。塔拉凡吉安一向謙遜，也自持甚重，因此多數人不知道他曾經是睿智的。他在五年前得了奇怪的病，娜凡妮十分肯定那併發了中風，讓他的心智能力受到永久損傷。

雅德羅塔吉亞碰了碰塔拉凡吉安的手臂，朝一位和卡布嵐司護衛站在一起的人點頭。那是個中年淺眸女子，穿著南方風格的裙子與短襯衫，襯衫的頂釦則沒有扣上。

這名奇異女子朝上伸展了右手，手中出現碎刃。她將碎刃平面靠在她的肩上。

「啊，是的，」塔拉凡吉安說。「介紹一下！黑刺，這位是新生的燦軍。賈‧克維德的瑪菈塔。」

❖

他們搭乘升降梯前往塔頂時，塔拉凡吉安王像是小孩一樣闔不攏嘴巴。他傾身往外探去，讓他的賽勒那保鑣用手穩住國王的肩膀，以免發生意外。

「好多層樓，」塔拉凡吉安說。「還有這個陽台。光爵，告訴我。這是用什麼運作的？」

他誠摯的提問令人意外。達利納身處在雅烈席卡的政治人物之間，發現誠懇在他們之中是種朦朧的概念，就像是不再使用的語言。

「我的工程師還在研究升降梯。」達利納說。「它必須使用複合法器才能運作，他們認爲有配件可以控制速度。」

塔拉凡吉安眨了眨眼。「噢。我的意思是……這是颶光嗎？還是有人在拉？我們在卡布嵐司有帕胥人幫忙。」

「颶光，」達利納說。「我們必須更換充能的寶石來讓它作用。」

「啊。」他搖搖頭，露齒而笑。

雅烈席卡不會讓像他這樣曾中風的人登上王位。不擇手段的家族會用暗殺來處理他，其他的家族則可能會挑戰他的王位。他不是被迫戰鬥，就是遜位。

或者……好吧，看來有人將他移出權力中心，讓他單單以國王之名活動。達利納輕輕地嘆一口氣，緊緊把持住自己的罪惡感。

塔拉凡吉安不是雅烈席人。卡布嵐司這個不參戰的國家，有個平凡、討喜的傀儡更爲合宜。這座城市應該樸實且無害。塔拉凡吉安成爲賈・克維德國王則是命運的轉折，這個國家曾是羅沙最強大的王國，但之後爆發了內戰。

他要是在維持王位上有問題，也是正常的，但是達利納可能會藉由聯盟來提供一些援助——或至少權威。達利納一定會盡其所能。

「陛下，」達利納走近塔拉凡吉安。「費德納的守備狀況如何？我有大量閒置的軍隊，可以派遣一、兩個軍營來幫你保護城市。我們不能讓誓門落到敵人手裡。」

塔拉凡吉安瞥向雅德羅塔吉亞。

她爲他回答。「光爵，費德納很安全，你不需要擔心。帕胥人一度朝城市推進，但我們還有不少費德納軍隊保護。被我們擊退的敵人，他們朝東方撤退。」

往雅烈席卡而去，達利納心想。

塔拉凡吉安又往外看向巨大的中央走廊，光線從東方的薄玻璃窗照了進來。「啊，我眞希望這一天不會到來。」

「聽起來陛下先前已經預料到了。」達利納說。

塔拉凡吉安輕輕地笑了。「不是嗎？我的意思是，預料到悲傷？悲傷……失落……」

「我試著不去預期任何一種心態。」達利納說。「這是士兵的風格。我們處理當天的事，接著睡一覺，明天再處理明天的事。」

塔拉凡吉安點點頭。「我記得，自己還是小孩子的時候，聆聽執徒向全能之主祈禱，燃燒符文。我記得我想……悲傷一定不會過去。邪惡一定不會終結。如果它們消失了，我們現在就可以到寧靜宮了，不是嗎？」他看向達利納，淺灰色的眼睛意外泛著淚光。「我不認爲你和我會到那樣光明的地方。達利納．科林，帶著血與帶著悲傷的人不會有那樣的結局。」

達利納無法回應。雅德羅塔吉亞握住塔拉凡吉安前臂安撫他，這位老國王轉過身去，隱藏自己洶湧而出的情緒。費德納的先王之死與屠殺戰場肯定讓他很難承受。

他們在上升的途中維持沉默，達利納乘機觀察起塔拉凡吉安的封波師（Surgebinder）。她便是聽從娜凡妮精心的指示，從另一端解開並啓動費德納誓門的那一位。她在前三階層的時候還沒有說什麼話，看向達利納時，嘴角似乎都帶著一絲微笑。

她的襯衫口袋裝滿了錢球，光芒透過法器傳了出來。這或許就是她笑的原因。達利納在看見自己指尖有颶光時感到寬慰——這不止代表雅烈席人的魂師可以重新運作，還包括能夠再次將石頭轉化爲食物，餵養塔裡的飢民。

娜凡妮和眾人在頂樓會合，她穿著無暇且華麗的銀黑長裙裝，髮髻上插了一支碎刃形狀的髮簪。她親切地向塔拉凡吉安致意，並與雅德羅塔吉亞握手。在問安以後，娜凡妮退後，讓泰紗芙領著塔拉凡吉安與隨從小隊進入他們命名的始源之廳。

娜凡妮把達利納拉到一旁。「如何？」她低聲說。

「他還是一樣忠厚老實。」達利納輕聲說。「但是……」

「愚鈍？」她問。

「親愛的，我才是愚鈍的那一位。但是他已經成了傻子。」

「達利納，你並不遲鈍。」她說。「你受到磨練。很實際。」

「我的寶心，我對於自己腦袋的遲鈍不抱期待，這已經讓我在許多場合做出正確的行動——笨頭笨腦總比頭破血流好。可是我不認爲塔拉凡吉安現在的狀況眞的能派上用場。」

「嘖，」娜凡妮說。「達利納，我們已經有夠多聰明人了。塔拉凡吉安在你哥哥掌權時就是雅烈席卡的朋友，不能因爲一點小病就改變我們對待他的態度。」

「妳說得當然對……」他打住話。「娜凡妮，他很誠摯。只是我不記得他帶著憂鬱。他一直都這樣嗎？」

「其實是的。」她看了看自己手腕上跟達利納款式差不多的時鐘法器，只不過上面裝飾了更多寶石，似乎是她正在打造的新法器。

「有卡拉丁上尉的消息嗎？」

她搖搖頭。距離他上次回報已經有好幾天，但他應該有颶光充能的寶石了。現在颶風已經回歸，他們很期待會有一些回應。

泰紗芙在大廳裡正指向各自代表一支燦軍軍團的眾多石柱。達利納與娜凡妮沒有一起跟進去，選擇在門口等候。

「那封波師呢？」娜凡妮低聲說。

「是解放者，招塵師（Dustbringer），雖然他們不喜歡這種稱呼。她宣稱她的靈是這樣說的。」他揉了揉自己的下巴。「我不喜歡她的笑容。」

「如果她眞的是位燦軍，」娜凡妮說。「她值得信任嗎？靈會不會選擇對抗軍團利益的人呢？」

又一個他不知如何回答的問題。他必須看看自己能不能分辨她是僅有一支碎刃，或是一支僞裝過的榮刃。

導覽團走下階梯到了會議廳，它在次一階層的位置，有道坡往下一階去。達利納與娜凡妮跟了上去。娜凡妮，他心想，在我懷中。這件事還是讓他有種眩暈的超現實感。彷彿作夢一般，一如他的幻象。他可以鮮明回憶起自己渴望她的日子。朝思暮想念著她，被她的步態、知識與畫圖的玉手給深深吸引——或是，颶風的，連她拿起湯匙湊到嘴邊這樣的動作也是。他記得自己那時一直盯著她看。

他記起戰場上的某一天，他幾乎因爲嫉妒兄長而失去分寸——這時他驚訝地發現璦葳進入了他的回憶。她的出現，將他與兄長在戰爭時期的久遠生硬記憶上了色彩。

「我的回憶持續回歸，」他們停在會議室的門口時，他說。「我只能認定這些記憶會全回來。」

「這種事不應該發生。」

「我本來也這樣想。但是誰能說得準呢？據說上古魔法是不可理解的。」

「不，」娜凡妮雙手抱胸，表情嚴肅，彷彿頑固孩童生氣時的表情。「我研究過的案例裡，恩惠與詛咒都會延續至死。」

「每個案例？」達利納說。「妳找到多少？」

「目前大約有三百個。」娜凡妮說。「帕拉尼奧的學者很難撥得出時間，世界各地都在找引虛者的資料。幸好陛下急切來此訪問，讓我有了特權，我也有些贊助，他們說資助圖書館最好透過個人管道，至少加絲娜一直是這樣說的……」

她深吸一口氣，在繼續說話前穩住失去女兒的哀慟。「達利納，不管是哪個案例，研究都很明確。我們連一件上古魔法被影響的案例都找不到。而數百年來更非沒有人嘗試過，那些爲了詛咒尋求治療的傳說，都已成爲一種故事形式了。正如我的學者所說的：『光主，上古魔法並不是會解除的宿醉。』」

她抬頭看向達利納，顯然看見了他的表情，歪著頭問：「怎麼了？」

「從來沒有任何人與我分擔這個包袱。」他輕聲說。「謝謝妳。」

「我什麼也沒查到。」

「沒關係。」

「你至少可以向颶父確認，他與你的聯繫是絕對的，那難道不是造成回憶恢復的原因？」

「我問看看。」

颶父隆隆地響。她爲何要我多說什麼？我已經說了，靈不像人一樣變化。這不是我的行事。這不是聯繫。

「他說這不關他的事。」達利納說。「他……因爲妳又問了一次，所以生氣了。」

她還是沒放下手。這點與她女兒一樣，她對於自己無法解決的問題會感到嚴重挫敗，彷彿因爲自己沒有幫上忙而更失望。

「或許，」她說。「你建立的約定有不一樣的地方。如果你能想起探訪過她多少次——細節越多越好——我會用來與其他的事比對。」

他搖搖頭。「不多。谷地那裡有許多植物。然後……我記得……我請求她帶走我的痛苦，而她也取走我的記憶。我想是這樣吧？」他聳聳肩，看見娜凡妮噘著嘴，用更銳利的眼神瞪著他。「我很抱歉。我——」

「不是你的問題。」娜凡妮說。「是守夜者。她在你精神錯亂、無法正常思考的情況下提出交易，接著將細節給抹消？」

「她是個靈。我不認爲我們可以期望她照著我們的規則行動，甚至連理解她都很難。」他希望自己可以多說一些，但就算他可以挖掘更多記憶，現在也不是談論的時候。他們應該專注在客人身上。

泰紗芙已經指點完內牆上看來有如窗戶的玻璃鑲板，此刻上面只餘陰影。她走到地面一對對環盤旁，那看起來像是被移開的柱子的遺跡——他們在許多房間也看到這副景象。

導覽結束以後，塔拉凡吉安與雅德羅塔吉亞回到大廳頂端的房間，站在窗戶前。新生的燦軍瑪菈塔，懶洋洋地坐在招塵師圖像牆面下的座位，凝視著圖像。

達利納與娜凡妮走上階梯，站到塔拉凡吉安身旁。「壯觀得令人屏息，不是嗎？」達利納問。「比升降梯的風景更好。」

「很衝擊。」塔拉凡吉安說。「空間好大。我們覺得……覺得我們是羅沙最重要的東西。但是羅沙許多地方卻缺了我們。」

達利納歪著頭。是的……老塔拉凡吉安的智慧還存在於某處。

「這是你以後開會的地方嗎？」雅德羅塔吉亞朝房間的方向點點頭。「那場聚集諸多王國的集會，就在這裡舉辦嗎？」

「不是，」達利納說。「這裡太像演講廳了，我不希望各國王室覺得自己是來聽人說教的。」

「然後……他們什麼時候來？」塔拉凡吉安期待地問。「我很期待見到其他人。亞西爾的皇帝……雅德羅塔吉亞，妳不是說有一位新皇？我認識芬恩女王——她人很好。我們會邀請雪諾瓦人嗎？他們眞是神祕。他們有國王嗎？還是住在部落？就像瑪辣提的野蠻人嗎？」

雅德羅塔吉亞親暱地點了一下他的手臂，但是也轉向達利納，顯然對其他王室也有興趣。

達利納清清喉嚨，卻是娜凡妮開了口。

「陛下，到目前爲止。」她說。「您是唯一回應我們示警的人。」

一陣沉默降臨。

「賽勒那呢？」雅德羅塔吉亞期待地問。

「我們五度交換通訊，」娜凡妮說。「女王每一次都避談我們的請求。亞西爾方面則是更加頑固。」

「依瑞王國直言不諱地拒絕我們，」達利納嘆了一口氣說。「瑪拉貝息安或里拉連最基本的回應都沒有送來。雷熙諸島沒有政府或是中心國家。巴巴薩南的極古之王只是個幌子，而大多數馬卡巴奇人的國家則等待亞西爾下決定。雪諾瓦人只送來致賀之詞，不知道是什麼意思。」

「那些可惡的人，」塔拉凡吉安說。「殺害這麼多位高權重的國王！」

「嗯，是的。」達利納對於國王態度驟變感到不自在。「我們首先把重點放在有誓門的地方，這是策略的緣故。亞西爾、賽勒那與依瑞王國似乎最重要。然而，我們已經向願意聽取我們報告的人確認誓門的狀況。新那坦南那裡似乎是假的，賀達熙人則認爲我想對他們用計。圖卡的書記仍然宣稱他們會把我的話帶到神王那裡。」

娜凡妮清了清喉嚨。「其實我們不久前已取得他的回應。泰紗芙的侍從那時正在操控信蘆。結果並不樂觀。」

「我還是想聽聽看。」

她點點頭，從泰紗芙那裡取得報告。雅德羅塔吉亞對達利納丟出詢問的眼神，但是他沒有將其他兩人遣走。他想要他們感受自己處於聯盟之中，這樣或許他們便能提供更有價值的洞見。

娜凡妮拿了一張紙回來。達利納無法讀取上面的文字，但字跡看來彎曲且豪放——甚至可以說是粗蠻。

「這是警告，」娜凡妮讀道。「由唯一者、神將中的神將、身負誓約的特席姆大帝提書。他的偉大、不朽與力量當受讚美。東方之人，抬頭聽吧，聽汝等的神告。

「除了大帝以外沒有燦軍。汝等可笑的宣稱已點燃他的怒火，而原本守序的你們取下他的聖城，是反叛且墮落的惡事。東方人，打開你們的誓門，讓他正義的勇兵接下你們腐壞的城池。

「撤回你們可笑的宣告，向他臣服。終颶的判決已經來此毀滅全人類，只有追隨他的道路才得以解脫。他紆尊遣下聖令，你們不得再回應。即便這比你們世俗之人應得的還要慷慨。」

她放下紙。

「哇，」雅德羅塔吉亞說。「好吧，至少態度很明顯。」

塔拉凡吉安抓了抓頭，眉毛皺了起來，像是完全不認同這份宣告。

「我想，」達利納說。「我們可以繞過圖卡里人。」

「我寧願尋求艾姆利人的支援。」娜凡妮說。「他們的士兵可能不夠強大，但他們也……好吧，不是瘋子。」

「所以……只有我們嗎？」塔拉凡吉安看向達利納，再看向雅德羅塔吉亞，一臉不安。

「陛下，只有我們。」達利納說。「世界的終結即將到來，但是沒有人願意接受。」

塔拉凡吉安自顧自地點頭。「那要先攻打哪裡？賀達熙？我的助手說這是雅烈席人侵略的第一步，但是他們也提出你可以考慮取下賽勒城，你可以掌控海峽甚至海洋。」

達利納聽見這樣的話十分驚愕。這顯然是假設。但事實明顯到連思想簡單的塔拉凡吉安都看得出來，還有什麼辦法可以讓雅烈席卡建立聯盟？雅烈席卡，這個偉大的征服者，這個由用劍統一王國的黑刺所領導的國家？

這個汙點讓其他王國與他們談話時生疑。他颶風的，他想。塔拉凡吉安並不是爲了聯盟而來。他認爲如果不這樣做，我就不會派兵到賀達熙或賽勒那——反而會派兵到賈·克維德，到他的國土。

「我們不會攻擊任何人，」達利納說。「我們的目標是引虛者，真正的敵人。我們會用外交手段獲得其他王國的支持。」

塔拉凡吉安皺起眉頭。「但是——」

然而雅德羅塔吉亞點了點他的手臂，要他停口。「光爵說得是，」她對達利納說。「我們可以理解。」

她認爲他在說謊。

達利納，你在說謊嗎？

如果沒有人願意聽從，他會怎麼做？他要怎麼在沒有誓門的情況下拯救世界？怎麼在沒有資源的情況下拯救世界？

如果我們奪回科林納的計畫成功了，他心想，*是否代表我們用同樣方法取下其他誓門也是可行的？沒有人可以同時對抗我們與引虛者。我們可以占領諸國首都並強迫他們——爲了自己的利益——加入我們的統一戰線。*

他曾經願意爲了雅烈席卡的福祉而征服雅烈席卡。他願意爲了人民的利益，取得王名以外的王權。爲了羅沙的利益，他會走到什麼地步？他會爲了準備對抗敵人，而做到什麼地步？況且還有九影鬥士。

我會聯合眾人，而非分裂。

他注意到自己站在塔拉凡吉安身旁，看向群山。從這個明確但可怕的角度，他回想起與瓔葳在一起的回憶。

25 仰望的女孩

我會在你們眼前坦承自己所有的殺戮。最令我痛苦的，是我殺害了某個曾摯愛我的人。

——摘自《引誓》〈自序〉

兀瑞席魯之塔是具枯骨，紗藍筆下的岩紋則是捆在骨上的血管，分支散播在整具身體上。只是這些血管攜帶的，並不是血。

她溜進第三階樓深處的走廊，遠離文明，經過沒有門板的門口與沒有居住者的房間。

人類將自己囚禁在光明中，自稱已經征服了這座遠古的巨獸，但他們只占據了黑暗的前哨站。永恆等待的黑暗。這些走廊從未沐浴在陽光下，席捲羅沙的颶風從沒有觸及此處。這是個恆久滯止的地方，而人類是宣稱能征服卵石的克姆林蟲，這小石也不過是牠們的藏身地。

她違背達利納的命令——他要求大家兩人一組行動。她並不擔心這一點，她的背包與內手袋裝滿了颶風充能後的錢球。她覺得自己帶了這麼多出來，實在很貪婪，但這樣可以讓她隨心所欲地吸收颶光。只要有颶光，她就很安全。

她穿著圍紗的衣服，還沒換上她的臉龐。這並不算是探索，雖然她在腦袋裡的確描繪了地圖。她只是想要來此感受。

這裡無法被理解，但可能可以讓人感受。

加絲娜花了數年尋找這座神祕城市，情報讓她認爲城市仍舊存在。紗藍確信娜凡妮談及的古老科技一定也在此，截至目前爲止，她還沒有達到目標。紗藍曾對著誓門低語，眼睛也對升降梯系統爲之一亮，但就這樣了。沒有過往的神奇法器，也沒有解釋失落科技的圖表，完全沒有書籍或是文獻，只有塵灰。

還有黑暗，紗藍心想，停在一處岔出七條走廊的圓型廳室。她的確感覺到墨瑞茲所說的不對勁。只要她試圖畫下這個地方時就會感受到。兀瑞席魯有著像圖樣那不可能存在的幾何線條隱身其中，令人不適，如同不和諧的聲音。

她隨意選擇了一條路線繼續前進，最後走到一處雙手都能一起觸及兩邊牆面的窄廊。這裡的岩紋是翡翠色的，對石頭來說是種奇異的顏色，有如一百道不對勁的陰影。

她經過幾間小房間，才進入一間大得多的廳室。她踏入廳室，高舉鑽石布姆照明，發現身在一間有著雕刻牆面與一排排……石凳的大廳高處。

這是劇場，她心想，*而我走上舞台了*。是的，她可以從上俯望下方。這樣的房間令人震驚。這裡的其他事物都空洞荒蕪，無盡的房間、走廊與洞穴；人跡如有碎屑撒落在各階樓中，就像是舊靴生鏽的絞鏈；朽靈如甲蟲一樣窩在古門之上。

劇場卻更有*眞實感*。就算經過許多時代，還是如此有生命力。她踏進中央旋轉幾圈，讓圍紗的外套飛舞起來。「我以前一直想要上台。在我還小的時候，成爲演員似乎是最偉大的工作，可以遠離家園，旅行到新的地方。」*這樣每天才不會有獨處的時候*。

圖樣哼著聲音，從她的外套飄了出來，在舞台上以三次元的形態飄浮。「這裡是？」

「這是演奏或演戲用的舞台。」

「戲劇？」

「噢，你會喜歡的。」她說。「一群人會裝作不同的人物，然後一起說故事。」她從側邊的階梯下來，走在石凳間。「觀眾則在這裡觀看。」

圖樣懸浮到舞台中央，像個獨奏家。「啊……」他說。「群體的謊言。」

「一個美好、美妙的謊言。」紗藍一邊說，一邊坐上石凳，身旁則是圍紗的背包。「那時人們會一起想像。」

「真希望我能看一場。」圖樣說。「這樣我可以理解人類……嗯嗯……藉由那個他們想要表達的謊言。」

紗藍閉上雙眼微笑，回想她最後一次在父親那裡看的戲。一個兒童劇團帶給她的歡樂。她從記憶取了這一段——它原本已經沉到海底。

「仰望的女孩。」她低聲說。

「什麼？」

紗藍睜開眼，然後吐出颶光。她沒有畫過特定的景象，所以用了手上的資源：一張她在市場裡畫的小孩。精神奕奕的快樂小女孩，年紀小到不用遮蓋內手。颶光化身成這個女孩，一跳一跳地跳上階梯，接著向圖樣鞠躬。

「曾經有個女孩，」紗藍說。「她在颶風之前、在記憶之前、在傳說之前便已存在。她帶著圍巾去吹風。」

一條飄動的紅色圍巾這時圍繞在女孩的頸邊，圍巾雙側在虛幻的風中拍打著。之前的演員會用弦線將圍巾吊起來，看起來十分逼真。

「戴著圍巾的女孩玩耍舞蹈，就像現在的女孩一樣。」紗藍一邊說，一邊讓女孩在圖樣身旁跳躍。「事實上，許多事物在以往都和現在一樣。只有一樣東西不同：牆。」

紗藍用光了背包裡好幾顆錢球，讓地面生出像她家鄉那般的草地與藤蔓。舞台後方有道紗藍想像的牆面。那是面高聳、可怕的牆，直達月亮的界線。牆擋住天空，將陰影落在女孩身旁的一切。

女孩站向前，伸頭想看見頂端。

「你看，當時的牆會擋住颶風。」紗藍說。「牆存在好久，沒人知道是什麼時候建的。但這並不讓他們覺得苦惱。爲什麼要知道山脈崛起的日子或是天空升高的時候？就像自然一樣，牆也是如此。」

女孩在陰影下舞蹈，而其他人形則從紗藍的颶光中衝了出來。每個人都是她素描過的人物。法達、加茲、帕洛娜、瑟巴瑞爾，他們如同農夫和洗衣婦一樣工作，低著頭完成他們的職責。只有那女孩仰望著牆，她的圍巾雙尾在身後飄動。

她接近一個站在水果攤車旁的男人，那男人覆上的是受颶風祝福的卡拉丁的臉。

「那裡爲什麼有牆？」她用自己的聲音問水果販。

「讓壞東西進不來。」他回答。

「什麼壞東西？」

「非常壞的東西。有了這座牆，就不要到牆外面，否則妳會死。」

水果販推起車子離開。然而女孩還是仰望著牆。圖樣在她身邊懸浮，自顧自地快樂哼著。

「那裡爲什麼有牆？」她問哺乳中的女子。這個女子覆上的是帕洛娜的臉。

「牆保護我們。」女人說。

「保護我們免於什麼？」

「免於非常壞的東西。有了這座牆，就不要到牆外面，否則妳會死。」

女人帶著小孩離開。

女孩爬上樹，往頂端看去。她的圍巾在背後飄動。「爲什麼那裡有座牆？」她對著懶洋洋地睡在樹幹上的男孩說。

「什麼牆？」男孩問。

女孩舉起手，指向高牆。

「那不是一道牆。」男孩語調朦朧地說。紗藍讓他覆上橋兵中那位賀達熙人的臉。「那只是告訴大家，天空在哪裡。」

「那是一道牆。」女孩說。「一道高牆。」

「那座牆在那裡一定有原因。」男孩說。「是的，那是一道牆。不要到牆外面，否則妳可能會死。」

「這個嘛，」紗藍在觀眾席繼續說。「這些答案都不能滿足仰望的女孩。她心裡有一套道理，既然牆可以擋住邪惡，那牆裡應該是安全的。

「所以，有天晚上，當村裡的其他人都睡著的時候，她帶著一大袋食物離開家裡，走向了牆。這塊土地的確是安全的，只是天色很暗，一直在牆的陰影下，陽光從沒有直接照到眾人。」

紗藍讓幻象滾動，就像是演員使用卷軸滾動場景，只是這個動作更爲眞實。她已經爲天花板上了光，抬頭便可看到無限的天際——卻由高牆主宰。

這東西……比我以前施放的範圍還要廣，驚訝的她心想。有如門閂或舊門釦的創造靈開始在石凳旁圍繞著她，不停滾動，或是永無止境地動作。

好吧，達利納的確告訴她要練習……

「小女孩旅行了好久好久，」紗藍回頭看向舞台。「沒有掠食者獵食她，也沒有風暴襲擊她。只有玩弄她圍巾的舒適微風，會發出聲響的克姆林蟲是她唯一看見的生物。

「最後最後，戴著圍巾的女孩站在高牆前。這座牆非常廣大，她從兩方看去都延續不絕，還有它好高啊！幾乎到了寧靜宮！」

紗藍站起來走向舞台，經過不同的地面——地面上有沃土、藤蔓、樹木與草地，但仍在可怕的牆的主宰之下。前方豎立著尖刺。

我沒有畫過這場景。至少……不是最近。

她從小開始畫畫，將她的奇思妙想畫上紙，畫得可仔細了。

「然後呢？」圖樣說。「紗藍？我要知道之後怎樣了。她回頭了嗎？」

「她當然沒有回頭。」紗藍說。「她爬了上去。牆上有突起的地方，就像是那些尖刺或是突起的醜陋雕像。她小時候就爬過最高的樹，因此她辦得到。」

女孩開始向上爬。她的頭髮一開始是白色的嗎？紗藍皺起眉頭。

紗藍讓牆根沉入舞台，因此女孩就算越爬越高，仍然在紗藍胸口與圖樣的高度。

「她爬了好幾天，」紗藍一邊說，一邊把手放在頭上。「這位仰望的女孩，在晚上會用圍巾綁成吊床睡覺。她在某個地方時看見了村子，驚奇村子看起來好小，她已經爬得很高了。

「她接近牆頂的時候，終於開始害怕自己在牆的另一面會發現什麼。不幸的是，這股恐懼並沒有讓她停下來。她很年輕，疑問比起恐懼更讓她困擾。因此等到她到了牆的最頂端，並且看向另一邊。那隱藏的另一面……」

紗藍哽咽住。她想起自己坐在座位的角落，聽著這個故事。作爲小孩子，看著演員演戲是生命中唯一的亮點。她有太多與父親有關的回憶，還有那位喜歡說故事的母親的回憶。她試著放逐那些回憶，但是回憶不會消失。

紗藍轉身。她的颶光……她幾乎用掉自己從背包拿出的所有寶石。座位外有一群黑暗的形體看著這副景象。他們沒有眼睛，只是她記憶中諸多人物的陰影。她父母、兄長與十數人的輪廓。她不能創造他們，因爲她沒有好好畫過他們。至少從她失去收藏以後，就沒有辦法……

女孩在紗藍身邊，志得意滿地站在牆頂，她的圍巾與白髮在瞬風吹來時飄逸。圖樣在紗藍身旁嗚動。

「……而在牆的另一面，」紗藍低聲說。「女孩看見了階梯。」

牆的另一面交錯著巨大的階梯，一路引到下面的下面。

「這……這是什麼意思？」圖樣說。

「女孩凝視這些階梯，」紗藍低聲說，回想起劇情。「突然間，她理解了自己那面牆上的醜陋雕像的意義了。還有矛刺。還有讓一切陷入陰影的地方。這道牆的確藏住邪惡的東西，藏住可怕的東西。它藏的是人，藏的是這個女孩和村裡的人。」

她身邊的幻象開始崩解。要維持幻象太累了，幻象崩解以後，她身體緊繃、精疲力竭，頭部開始陣陣作痛。她讓牆面淡出，吸取其中的颶光。地表的風景消失了，最後女孩也不見了。她身後座位上的陰影人形也開始蒸發。颶光流回紗藍身上，令她心中的颶風活躍。

「故事就這樣結束了？」圖樣說。

「沒有。」紗藍的口中流瀉颶光。「她下了階梯，看見由颶光點亮的美好世界，她偷了一些颶光回去。颶風則懲罰了人，將牆拆了下來。」

「啊……」圖樣在已經無物的舞台上，懸在她身旁。「所以第一場颶風是這樣出現的？」

「當然不是，」疲倦的紗藍說。「圖樣，這是個謊言。一則故事。沒有任何意義。」

「那妳爲什麼哭？」

她抹了抹眼睛，背向空空如也的舞台。她必須回到市場。

座位上最後一位影子觀眾終於消散。但是卻有一道影子站了起來，從劇場的後門離去。在這瞬間驚愕萬分的紗藍，只能愣在原地。

那個人形並非她的幻象。

她跳下舞台，重重落地，圍紗的外套在她身後翻飛著，然後往人形那裡衝去。她帶著剩餘的颶光，使用那震鳴的狂烈風暴，穿著耐用靴子與簡單長褲的她，得以側滑到外面的大廳。

影子繼續往走廊去。紗藍追了上去，嘴角露出微笑，讓颶光從她身上發散，點亮周遭的環境。她跑著跑著，從口袋拿出一條線綁上頭髮，化身爲燦軍光主。燦軍光主會知道抓到那人以後，究竟該做什麼。

人可以長得那麼像影子嗎？

「圖樣！」她大喊，右手往前揮去。帶著光輝的霧氣凝聚在一塊，成爲她的碎刃。颶光從她嘴裡流瀉，讓她更像是燦軍光主。颶光跟在她身後，彷彿追逐著她。她衝進一間圓型的小室，以側滑停了下來。

十數個她近來畫作裡的自己從她身上分散，衝過房間。紗藍穿著裙裝，圍紗穿著外套。還是孩子的紗藍，年輕時候的紗藍。化爲士兵的紗藍，成爲快樂妻子的紗藍，成爲母親的紗藍。瘦的，胖的，帶疤的。興奮得神采奕奕，也有一身血而痛苦的樣貌。她們越過她時就不見了，崩解成颶光，蜷縮扭曲後再消失。

燦軍光主用雅多林教導的站姿舉起碎刃，側臉流下汗水。這間房間本來就陰暗，但是盤旋在她皮膚上的颶光透出衣服，照亮她的附近。

空空如也。她若不是在走廊上跟丟了目標，就是那陰影實爲一個靈，而不是人。

或者一開始就什麼都沒有，她開始擔心起來。妳的心智最近並不可靠。

「那是什麼？」燦軍光主問。「你有看見它嗎？」

沒有，圖樣將思想傳遞給她。我在思考謊言。

她沿著圓室的邊緣行走。牆上有許多從地面延伸到天花板的深溝。她可以感受到空氣從這些深槽流動。這樣的房間，用途是什麼？設計這裡的人難道瘋了嗎？

燦軍光主注意到這些溝槽露出微弱的光——其中有許多人們發出的低聲迴音。是離散地市場嗎？是的，她就在這一區，雖然她在第三階層，但是市場所在的洞穴有四層樓高。

她移動到下一個溝槽，想要知道它會連到哪裡。這裡難道是——

有東西在溝槽裡移動。

深處有個黑色的物體，被牆面擠壓，就像漿糊一樣突了出來。那些東西像手肘、肋骨，還有在一面牆上張開的手指，每個關節都向後彎曲。

一個靈，她心想，身體顫抖。一個奇怪的靈。

那東西扭動，頭部緊縮，看向她。她看見反映著她的光的雙眼，像是被搗成爛泥的頭裡裝上兩顆錢球，展現出變形的人類樣貌。

燦軍光主驚呼一聲退後，再次召喚碎刃，用防守的姿態握著它。可是她能做什麼？在石牆開一條路，到那東西那裡去？她用再久的時間也不可能做到。

她眞的想要接近那東西嗎？

不想。她卻還是得這樣做。

市場。她心想，驅散碎刃並且回頭。它要往市場去。

在颶光的推進下，燦軍光主衝過走廊，幾乎沒有注意到她吐出的颶光已經將她的臉化爲圍紗的面貌。她在扭曲的小道上左旋右轉。這座迷宮，這些成謎的隧道，並非她心目中燦軍騎士的駐所。這裡爲什麼不是一座簡單卻宏偉的堡壘，是在黑暗時刻裡帶來光明與力量的指標呢？

然而這裡卻是個迷宮。圍紗跌跌撞撞地從無人的走廊進入有人活動的區域，穿過一群拿著夾幣在牆上製造陰影的歡笑孩童。

她又轉了幾個彎，到了洞穴般的離散地市場周遭的陽台，這裡有著閃爍的光芒與繁忙的道路。圍紗往左看向牆上的溝槽。這是通風口嗎？

那東西已經通過其中一處，但是它在那之後到哪去了？這時她聽見一聲尖銳且冰冷的尖叫，那尖叫從市場的地面傳來。她咒罵自己一聲，用魯莽的步伐前進，就像圍紗會做的一樣，直直奔向危險。

她用力呼吸，汲取身上冒出的颶光，讓自己不再發光。才衝刺不久，她就發現人們聚在兩排帳篷之間，這裡的貨攤販賣各種商品，很多商品像是從廢棄的戰搶營裡搶救出來的物品，許多有心的商人在諸位藩王心照不宣之下，派人回去盡力收集而來。在颶光再次流動與雷納林幫助開啓誓門的情況下，那些貨物終於能送來兀瑞席魯。

藩王們已經拿走他們要的東西。商人的其他貨物則堆在這裡的帳篷，由帶著壞脾氣、拿著長棍的守衛看守。

圍紗推開群眾來到前方，發現一個壯碩的食角人一邊咒罵，一邊握著他的手。是大石，雖然他沒有穿上制服，她還是認出了他。

他的手在流血。有如從中刺了一刀。圍紗心想。

「這裡發生什麼事？」她質問，同時控制住颶光，以免颶光散發開來，揭露她的身分。

大石瞪了她一眼，而他在橋兵隊裡的同伴——她似乎見過——開始包紮大石的手。「妳是老幾來問這個問題啊？」

颶風的。她現在是圍紗，但是她不敢暴露僞裝，尤其不能在公開場合這樣做。「我是艾拉達的警備隊，」她一邊說，一邊從口袋裡掏弄。「我的委託書在這……」

「算了，」大石嘆了口氣，似乎放下戒心。「我什麼都沒做。有人拿出刀，我沒有看清楚——長外套，還有帽子。人群中有個女人尖叫，吸引注意力。然後，這個人，他攻擊。」

「颶風的。誰死了？」

「死了？」食角人看向自己的同伴。「沒有人死。有人刺了我的手，然後跑掉。是暗殺的舉動，或許吧？對塔裡的規矩不高興的人，所以攻擊我，因爲我是科林家的守衛？」

圍紗感到一陣惡寒。食角人。高大且健壯。

攻擊者選了一個和她那時刺傷的人相像的對象。事實上，他們離眾人巷並不遠。只有幾條「街」而已。

兩位橋兵轉身離開，圍紗也任他們離去。她還能知道什麼？食角人並不是因爲他的行爲而被當作目標，是因爲他的樣貌。攻擊者則穿著外套與帽子，就像圍紗平常所穿戴的……

「我就知道會在這裡找到妳。」

圍紗愣了一下，轉過身來，手放在腰刀上。說話的人是穿著褐色哈法長裙裝的女子。她有雅烈席人的直髮，深褐色的雙眼，唇上塗了亮紅色的口紅，還有顯然化了妝的細尖眉毛。圍紗認出這個人，她似乎比坐著的時候還要矮。她是圍紗在眾人巷裡接觸的其中一位賊黨，是紗藍畫出鬼血標誌時眼睛一亮的那位。

「他對妳做了什麼？」女人朝大石的方向點點頭。「或者妳只是對刺傷食角人有興趣。」

「那不是我幹的。」圍紗說。

「我很確定。」女人站得更近。「我一直等著妳再次出現。」

「如果妳珍惜生命，就不要管閒事。」圍紗穿過市場。

矮小的女子從她身後奔來。「我的名字是伊希娜。我是個絕佳的寫手。我可以聽寫。我有在地下市場活動的經驗。」

「妳想要當我的助手？」

「助手？」年輕女子輕笑。「我們算什麼，淺眸人嗎？我要加入你們。加入鬼血，當然是了。」

「我們不收人。」

「拜託了。」她抓住圍紗的手臂。「求求妳。這個世界不對勁。沒有事情是合理的。但是妳……妳的團體……你們知道些什麼。我不想再當瞎子了。」

紗藍猶豫了。她可以理解想要達成事情的渴望，而不只是無助感受這個世界的顫慄與震動。但是鬼血很可惡。這名女子不會從鬼血手中得到她想要的東西。就算她成功了，也不是紗藍希望墨瑞茲可以獲得的棋子。

「不，」紗藍說。「放聰明點，把我的事情和我的組織都忘了吧。」

她拉開女子的手，急急穿過繁忙的市場。

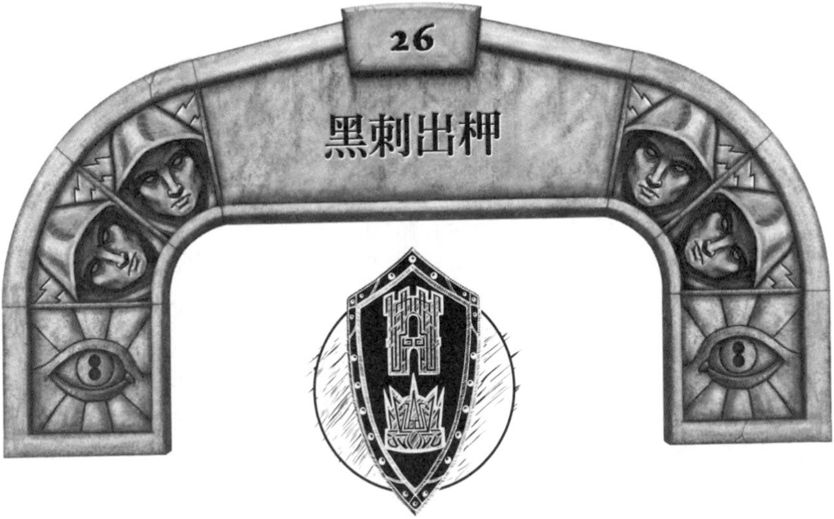

26 黑刺出柙

二十九年前

大如巨礫的火盆正燃著焚香。璦葳將手上一把寫上小小符文，並且封好的小紙擲入火盆，讓達利納吸了吸鼻子。他沐浴在帶著香氣的煙中，這股煙被風吹走，隨著有如光絲的風靈進入戰營。

璦葳在火盆前低頭。他的未婚妻有奇怪的信仰。在她的家鄉，單純焚燒符文並不足以稱作祈禱，而是更爲強烈的事物。她提到加斯倫與克雷克的時候，會用奇怪的方法稱呼他們：耶希（Yaysi）與克萊（Kellai）。她從未提過全能之主——而另外呼求被稱作「全一」的那一位，執徒說這是依瑞王國的異教傳統。

達利納低頭祈禱。*讓我比可能殺害我的人更加強大。*簡單明瞭的祈禱，他認爲全能之主偏愛這種禱告。他並不希望璦葳寫出來。

「全一照看你，我的未婚夫。」璦葳說，「並且軟化你的情緒。」她的口音比她哥哥更重，但是他已經習慣了。

「軟化情緒？璦葳，戰爭的重點不在於軟化。」

「達利納，你不必在憤怒中殺戮。如果你非戰不可，請記得每個死亡都傷到全一。我們都在耶希的眼裡。」

「是啊，好吧。」達利納說。

執徒似乎不在意他娶了半個異教徒。「用智慧將弗林教的眞義帶給她，」加維拉的首席執徒耶維娜曾對他說，口氣一如這位執徒談及他的征戰。「你的劍會爲全能之主帶來力量與榮耀。」

他漫不經心地想著，什麼才會讓眾執徒不快。

「達利納，你身爲人而非野獸。」瑷葳靠向他，將頭倚在他的肩上，想要讓他環抱住她。

他幾無興致地抱住她。颶風的，他可以聽見士兵經過時的竊笑。黑刺居然在戰前接受撫慰？公開擁抱他人，表現得恩恩愛愛？

瑷葳轉頭索吻，他回以簡單的一吻，幾乎沒有碰到嘴唇。她接下吻，露出微笑。她的確有美麗的微笑。如果瑷葳願意隨著婚約跟著他行事，那事情會變得簡單一些。但是她的傳統要求長期的訂婚，而她的哥哥不斷嘗試在婚約中增加新的條款。

達利納重重地跺步離開。他口袋裡還有一張娜凡妮給他的符文，她擔心瑷葳的異國字跡不夠精確。他摸摸那張柔順的紙，並沒有焚燒祈禱文。

他腳下的石地有細小的洞穴——是藏著草的小洞。他走過帳篷時可以親眼看見平原，其上的草隨風飄逸，高度及腰。他沒有在科林的領地中看過這樣長的草。

平原對面，集結著一支令人無法忽視的軍隊。這支軍隊比他們先前面對的任何軍隊都還要龐大。他滿心期待。在兩年的政治操作後，他們終於到了這裡，進行一場與眞材實料軍隊的戰鬥。

無論輸贏，這場戰鬥都是爲了王國而戰。太陽正升起，兩方軍隊分別沿著南北列陣，因此陽光不會射入他們眼裡。

達利納快步走進他的護甲師的帳篷，迅速穿上他的碎甲，再小心坐上馬僮帶來的馬。這隻巨大的黑馬速度不快，但是可以讓穿著碎甲的人坐在上面。達利納引領這匹馬經過一排排士兵——矛兵、弓兵、淺眸重步兵，還有艾勒馬帶來的五十名騎士，他們帶著攻擊碎刃師的長叉與繩索。期待靈像是旗幟一樣飄在他們身上。

達利納找到他哥哥的時候，鼻中還留有焚香的氣味。他的哥哥已經全副武裝、上了坐騎，在前線巡迴。達利納讓馬兒小跑步追上加維拉。

「你的年輕朋友沒來參戰。」加維拉指出。

「瑟巴瑞爾？」達利納說。「他才不是我朋友。」

「敵軍的陣線有個缺口，還等著他呢。」加維拉指向對方。「據報敵軍的後勤出了問題。」

「謊言。他是個懦夫。如果他來到戰場，他就必須選一邊站。」

他們騎到加維拉的守衛隊長提瑞姆身旁，這位隊長穿著達利納多出來的碎甲。嚴格說來，這件碎甲還是璦葳的。不屬於托渥，是璦葳本人的碎甲。這可奇怪了，女人爲什麼需要碎甲呢？顯然是準備送給丈夫的。提瑞姆敬禮。他很適合穿著碎甲，他正如許多心懷大志的淺眸人一樣受過良好訓練。

「達利納，你做得很好。」加維拉繼續前進。「這副碎甲很有幫助。」

達利納沒有回答。雖然璦葳與她哥哥拖延許久，才艱難地達到了訂婚的程度，達利納還是盡了義務。他只希望能夠對她更有感覺。帶點熱情，帶點眞正的感情。看著她在對話中狀況外的臉，讓他笑不出來。她對他的嗜血感到失望，因此他不能在她面前自誇。她一直要他抱著她，彷彿放開她以後，她會僅僅在他颶風的一分鐘後便弱不禁風，還有……

「看！」一名在木製機動塔上的斥候出聲，她用微弱的聲音喊著。「看那裡！」

達利納轉身，以爲敵人發動進攻了。但並非如此，卡拉諾的士兵還在部署。吸引斥候注意力的並不是人群，而是馬匹。有一小群約十一、二隻的馬帶著雄壯的傲氣，在戰場上奔馳。

「瑞沙迪馬，」加維拉低聲說。「牠們遷徒到遠東的這裡可不常見。」

達利納忍住不下令叫人包圍野馬。瑞沙迪馬？是的……他可以看見牠們身後有靈跟著飛行。樂靈不知爲何追在牠們身後。這颶得沒道理。好吧，試著抓住野馬也沒什麼用。牠們若不願選擇騎手，也沒人能坐在牠們身上。

「弟弟，今天我要你為我做件事。」加維拉說。「卡拉諾藩王本人要在今日殞落。只要他還活著，就會有反抗勢力。如果他死了，他的陣線也跟著崩垮。他的親戚洛拉達・法瑪則會掌權。」

「洛拉達會向你效忠嗎？」

「我肯定會。」加維拉說。

「那我會找上卡拉諾，」達利納說。「然後了結這件事。」

「我了解他，他不會輕易加入戰鬥。但他是個碎刃師，所以……」

「所以我們必須逼他交戰。」

加維拉露出微笑。

「怎麼了？」達利納說。

「我只是很高興看到你談論戰術。」

「我不是笨蛋。」達利納低語。他一向關注戰術，只是不喜歡那些永無止境的會議，還有那些文謅謅的談話。

雖然……這些事物在這段時間變得更折磨人，但他也開始熟悉了。或許是因為加維拉談的是如何鑄成一個王朝。這場持續多年的戰役越來越呈現不能快快了結的態勢。

「弟弟，把卡拉諾拿下來。」加維拉說。「今天我們需要黑刺。」

「你只需要把他放出來就好。」

「哈！說得好像有人掌握釋放他的權柄一樣。」

那不就是你試著做的事嗎？達利納心裡馬上冒出這念頭。讓我結婚，談論著我們必須「文明一點」？將我們必須抹消的過去，強調成是我出手所造成的錯誤？

他咬了一下舌頭，終於檢視完他們的陣線。他們點點頭分了開來，達利納往他的精兵騎去。

「長官，命令是？」瑞恩問。

「別擋我的路就好。」達利納說完，將面甲拉了下來。碎甲的頭盔密合起來，精兵無不靜默。達利納召出殞落之王名為引誓的劍刃，然後安靜等待。敵人為了阻止加維拉在鄉間掠奪而發兵至此；他們必須先動手。

過去一、兩個月，他們攻擊了偏遠、未受保護的城鎮，這些戰鬥不能滿足人心，卻也讓卡拉諾身處絕境。如果他退回他的堡壘，會任其領地受摧殘。當地領主已經開始質疑為什麼要向卡拉諾納貢，有幾個領主已經先行派傳令兵到加維拉那裡去，表示他們不會抵抗。

這一帶只差一步就落到科林家的手裡。因此卡拉諾藩王被迫離開堡壘交戰。達利納將馬調轉，在等待的同時盤算起來。但交戰的時刻很快就來到；卡拉諾的軍隊謹慎地踏上平原，盾牌向前平舉。

加維拉的弓兵發出飛箭。卡拉諾的士兵受過良好訓練，他們在致命的箭雨下維持正行，最後與科林家的重步兵交鋒；這一團士兵全身重甲，堅若磐石。在此同時，游擊弓兵從側翼湧出。這些輕甲部隊速度真快。如果科林家一如達利納對得勝的信心那般戰勝了，原因可能就是他們探索出來的新戰術。

敵軍發現自己被夾擊了——箭射在他們的突擊陣中。他們拉長陣線，步兵試著接近弓兵，卻削弱了中央，迫使中央部隊與重步兵苦戰。一般矛兵的軍團也跟著接戰，盡可能以他們的位置攻擊敵人。

這些事只發生在交戰的場域裡。達利納必須爬下馬等待，叫馬僮帶著這隻動物散步。達利納的內心與呼喚他上馬出陣的戰意對抗。

最後，他挑選了科林家軍隊某段對敵不力的陣線。這個好。他重新坐上坐騎，踢了馬刺奔馳。這是絕佳的時刻。他可以感覺到它。他需要在戰爭勝敗的樞紐上出擊，驅趕他的敵人。

由他進發所產生的風壓扭彎前方的草地，使之像是鞠躬成一片的物體。這可能是他征服雅烈席卡的最後一戰。在這之後他會如何呢？參與政治家無止境的宴會？加維拉居然想要他這種拒絕著眼在戰場之外的人參加宴會？

達利納的戰意充滿自身，驅趕這些煩擾。他以狂風掃落葉之勢，襲擊了敵方的軍隊。在他前方的敵兵無不崩潰，達利納舉起碎刃，在這側殺了十幾人，再轉身解決同樣的人數。

眾眼灼燒，手臂頹垂。達利納吞吐著征戰的愉悅，這是毀滅帶來、令人神往的美景。敵兵的陣線本應聯合起來攻擊他，但是他們都嚇壞了。

他們怎能安心呢？人們傳言有普通人擊敗了碎刃師——這顯然是虛構，只是引人反擊的幻想，以爲碎刃師不會追殺他們。

他的馬腳步艱難地越過堆積如山的屍體，讓他咧嘴一笑。達利納踢了馬刺要這隻動物前進，牠仰起身子——腳蹄落地時，卻撐不住身體。這動物崩潰地呼號，把他扔下來。

他嘆了口氣，推開馬匹站了起來。他已經讓馬的背部受傷了，普通的野獸不適合承載碎甲。

一群士兵試圖反擊。有勇無謀。達利納一揮碎刃，就讓他們紛紛倒下。有個淺眸軍官組織他的部下一起前來壓制達利納，就算技藝不精，也至少堆屍來阻擾了他。他朝他們衝刺，藉碎甲的能量與碎刃的精確，還有戰意……戰意讓他的戰鬥有了意義。

他可以在這樣的時刻，了解自己生於世界的理由。放著他聽人閒扯只會浪費他的天賦。他只能成爲人們挑戰極限的那一位，用刃緣索取他們的性命。他將他們送進寧靜宮，去準備那裡的戰鬥。

他不是人。他是審判本身。

心情愉悅的他殺了一個又一個敵人，開始覺得戰鬥的節奏有些奇怪，彷彿他持劍猛擊時，必須揮舞來對上節拍。他的視線邊緣開始發紅，最後終於像是紗幕一樣蓋住所有景象。這塊紅幕有如天鰻的核心，隨著他揮劍的節奏震動。

他聽見一道聲音呼喊著他，讓他爲之暴怒。

「達利納！」

他不理會這個聲音。

「達利納光爵！黑刺！」

這個聲音有如一隻在他的頭盔裡鳴叫的克姆林蟲。他砍倒兩名劍士。他們本爲淺眸人，但是雙眼已被碎刃燒消，再也看不出來。

「黑刺！」

嘖！達利納衝向聲音。

有個穿著科林藍服色的人站在附近。達利納舉起碎刃。那人退後，揮動沒有武器的雙手，繼續呼喊達利納的名字。

我認識他。他是……卡達西？是他的精兵部隊的一位隊長。達利納放下劍搖了搖頭，想要把那低鳴聲從耳裡趕走。這時他才看清周遭的景象。

他身旁有數百名死者，雙眼焦黑、裝備斷裂的他們，身體卻奇異得完好。全能之主在上……他殺了多少人？他打開頭盔，轉身看看自己身邊。草葉怯生生地在屍體上的手臂、手指與頭顱旁推擠。他已經讓平原覆上屍體地毯，讓草地難以伸展。

達利納滿意地笑了，又立刻爲之一寒。他眼中幾具眼眶焦黑的屍體，穿的是藍色的衣服。那是他戴著精兵臂章的手下。

「光爵，」卡達西說。「黑刺，你的任務已經完成了！」他指向一批衝向平原的騎士。他們帶著紅中鑲銀、有著一對雙山符文的旗幟。卡拉諾藩王不得不加入戰鬥。達利納已經消滅了好幾個連隊，如今只有另一名碎刃師可以擋下他。

「太好了。」達利納說。他拿下頭盔，從卡達西手中拿了張布擦了擦臉，接過一只水袋，把水袋喝得一乾二淨。

達利納拋開空空的水袋。戰意加快他的心跳。「叫精兵退後。我沒有倒下，就不要交戰。」達利納重新戴上頭盔，在卡闔的瞬間感受到舒適的緊繃感。

「是的，光爵。」

「把……倒下的人帶回去。」達利納指向科林家的死者。「確保他們和他們的眷屬都受到照顧。」

「當然，長官。」

達利納衝向來襲的部隊，他的碎甲敲擊著石地。只能與碎刃師交鋒的他覺得無比惆悵，因爲他沒辦法再與普通人戰鬥。他不能再分神了。他現在要殺的人，只有一個。

他隱約想起以前的自己，就算是難度不高的挑戰，也不會像是只想對抗旗鼓相當的戰鬥一樣讓他感到煩膩。他有什麼改變了嗎？

他朝原野東方一處石壘奔去。石壘上有巨大的尖塔，已經飽經風霜，像是一排石造的刑柱。他走進石壘的陰影中，可以聽見另一端戰鬥的聲音。有一部分的軍隊已經崩解，並試圖繞過石壘側襲對方。

卡拉諾的貼身護衛已經從基地分頭前進，讓藩王現身。他的碎甲漆上銀色，可能是鋼鐵或是銀葉色。達利納先前將他的碎甲磨回原本的鐵灰色；他總是不能理解人們爲什麼要將碎甲的美好之處作些「調整」。

卡拉諾騎著高大、駿逸的馬，一身潔白的牠有著長長的鬃毛。牠可以輕而易舉地承載碎刃師。這是隻瑞沙迪馬。卡拉諾下了馬，親暱地拍了拍這隻動物的脖子，接著向前站，面對達利納，同時召喚他的碎刃。

「黑刺，」他呼喊。「我聽說你一手毀掉了我的軍隊。」

「他們現在成爲了寧靜宮的戰士。」

「眞希望你加入他們。」

「總有一天會的，」達利納說。「等到我成了老弱殘兵，我會很高興被送到那裡。」

「眞有趣，暴徒居然化爲信徒，將殘害人命歸於全能之主，眞是輕鬆啊。」

「他們必然屬於他！」達利納說。「卡拉諾，我努力戰鬥。全能之主不能擁有他們；他只能在衡量我的靈魂時歸功於我！」

「那讓他們衡量你在沉淪地獄的重量吧！」卡拉諾讓他的親衛後退，這些護衛似乎很想撲向達利納。可惜的是，藩王決心孤身戰鬥。他揮舞有著巨大護柄與符文的細長碎刃。「黑刺，如果我殺了你，接下來會發生什麼事？」

「那薩迪雅司會摧毀你。」

「我懂了，這個戰場上沒有榮譽可言。」

「噢，你自己也好不到哪去。」達利納說。「我知道你爲了繼位做了什麼。你現在可不能裝成是締造和平的人物。」

「想想你自己對求和的人做了什麼吧，」卡拉諾說。「我認爲我算是好的。」

達利納向前一跳，以不在乎是否擊中對方的血式進擊。他年輕力壯，比他的對手靈巧。他要靠著既快又狠的揮擊對付敵人。

怪的是，卡拉諾也採取血式。兩人的劍刃交擊，讓他們不得不移動步伐——兩人都不停地想從同一個地方攻擊碎甲，好打開可以割刺血肉的開口。

達利納低哼一聲，將對手的碎刃打偏。卡拉諾是老了，技藝仍然精良。他有著神祕的力量來擋下達利納的攻擊，削弱他的衝擊力，以免盔甲碎裂。

他們猛烈劍擊數分鐘後，雙方都向後退，兩人碎甲的左側都瀉漏了颶光。

「黑刺，這種事也會發生在你身上。」卡拉諾低吼。「如果你殺了我，還是會有人起身，從你手中奪走你的王國。你的王國不會留存。」

達利納向前用力一揮。他前踏一步，扭轉全身。卡拉諾紮實地擊中他的右側，卻沒什麼效果，因爲這不是該攻擊的那一側。達利納的碎刃在空中蜂鳴，卡拉諾試圖以揮擊擋開，但是這一擊的力道太強了。

碎刃接觸到碎甲，讓碎甲迸出閃光，爆了開來。卡拉諾低哼一聲，跌跌撞撞站到一旁，幾乎就要被絆倒。他伸手護住碎甲的破洞，可是邊緣還是瀉漏著颶光。他的胸甲已經碎了一半。

「科林，你打得好似一定會贏一樣。」他低吼。

達利納不理會他的嘲弄，只是衝鋒。

卡拉諾逃開，他費盡力氣、匆匆穿過他的親衛，把一些人推倒，甚至造成骨折。

達利納差點逮到他，但是卡拉諾到了巨大的石壘旁。他丟下碎刃，任其化成霧消失，然後衝向石柱，開始向上攀爬。

他不久就到了天然高塔的底部。四周散著石礫，在颶風的奇特風向下，這裡不久之前可能還是山丘。颶風已經削除了山丘一大部分，讓石壘彷彿成爲朝天戳弄的尖刺，可能很快就會被吹垮。

達利納丟下碎刃，跳了起來，攀到一根石柱上，手指刮上石面。他懸在空中一會兒才站住腳，跟著卡拉諾爬上了陡牆。那位碎刃師試著把石頭踢下來，但是達利納不受石子所傷。

達利納追上他的時候，他們已經在五十呎高的地方。士兵聚集在下，目瞪口呆地指指點點。

達利納伸手去抓敵人的腳，還懸在上方的卡拉諾抽開腳，召喚了碎刃往下揮舞。達利納的頭盔被擊中數次，一邊低吼一邊滑了下來。

卡拉諾從牆上挖了幾塊碎石，往達利納身上一丟，再解散碎刃繼續往上。

達利納更加小心地跟上，從平行的另一根柱子爬了上去。最後他爬到頂端，看向邊緣，發現上面幾乎無法好好站立。不斷拍打盔甲的風中，有隻風靈從一旁竄出。

「風景眞好。」卡拉諾說。雖然底下的雙方軍隊已聚集了相當的人數，但是他們腳下的草地上，躺著的銀紅色士兵遠比藍色士兵多。「不知道有多少位君王可以在這麼尊貴的位置目睹自己滅亡。」

「你從不是王。」達利納說。

卡拉諾站起來，舉起碎刃往一邊延伸，指向達利納的胸口。「科林，關於這點，全取決於你的位置與期許。該打了嗎？」

把我帶上這裡還真聰明，達利納心想。達利納在公平對決下有明顯的優勢——因此卡拉諾將不穩定的機率帶進戰鬥中。風勁讓人腳步不穩，這個困境甚至可以害死碎刃師。

無論如何，這都是新奇的挑戰。達利納小心往前迎戰。卡拉諾轉換成風式，這是一種更靈活流轉的戰鬥方式。達利納則採取石式，穩住自己前進的腳步與力量。

他們的劍互相交擊，在這尖峰上前前後後，每一步都會踩出石屑，讓碎片往下方滾去。卡拉諾顯然想要拖延戰鬥的時間，希望達利納不小心滑下去。

達利納前後試探，迫使卡拉諾陷入困境，接著用盡一切力氣攻向他，大力揮劍。達利納的每一劍都讓自己內心燃燒起來，他稍早的暴虐渴望還沒被滿足。戰意想要更多。

達利納數度重擊卡拉諾的頭盔，將他逼到一步就會墜落的邊緣。最後一擊把卡拉諾的頭盔整個打碎，讓頭盔中幾乎沒有頭髮、剃淨鬍鬚的年邁面容暴露了出來。

卡拉諾一聲低吼，咬牙對達利納使出預料不到的凶暴攻擊。達利納用碎刃擋下，戰鬥變成了推壓的比試——他們扣住彼此的武器，讓武器沒有發輝空間。

達利納對上敵人的視線。他那雙淺灰色的眼睛，看見了東西。那是亢奮的能量。是熟悉的嗜血欲望。卡拉諾也感覺得到戰意。

達利納聽其他人談過競爭時的歡快。這是雅烈席人的祕密優勢。可是親眼看到想置他於死地的人有著這樣的眼神，令達利納感到憤怒。他不應該與敵人分享這種私密的感受。

他低哼一聲，利用湧現的力量將卡拉諾推開。卡拉諾踉蹌一步，滑落邊緣。他的碎刃立刻脫手，無力的他在墜落時，終究抓住了邊緣。

沒有頭盔的卡拉諾懸在半空，眼中的戰意化爲恐慌。「發發慈悲吧。」他低聲說。

「這就是慈悲。」達利納說完，直接用碎刃砸向他的臉。

卡拉諾從尖柱往下墜落，灰色的眼睛燒灼焦黑，落下的同時曳著兩道黑煙。他的屍體在掉落到遠處之前，便在石柱上處處碰撞磨損，最後墜落之處離主力軍隊遠遠的。

達利納吐出一口氣，力竭地跌坐在地。太陽已經落到地平線，拉出長長的影子。這是場好戰。他達成他的任務。他伐滅了站在眼前的敵人。

然而他無端感到空虛，心中有個聲音不停地說：「就這樣嗎？別人不是向我們保證更多嗎？」

下方有一群身著卡拉諾軍服的人搜尋著屍體。這些親衛看見了光爵的殞落嗎？達利納心中竄出一股怒氣。這是他殺的人，他的勝利。是他贏得這些碎具！

他半爬半滑地往下，下滑時視線模糊，到地面時則只見得到紅影。有名士兵拿起碎刃，其他人則爭奪已經碎裂損壞的碎甲。

達利納瞬間殺掉六人，包括取得碎刃的那一位。另有兩人逃跑了，但還是被達利納趕上。達利納抓住其中一人的肩膀，將他砸到石堆中。他再揮動引誓砍殺最後一人。

還要更多。哪裡還有更多人？達利納沒有看見穿著紅衣的人。只有一些沒有攜帶旗幟，採取圍攻陣形的士兵。然而他們中央有位穿著碎具的人。加維拉從戰場上脫身，在戰線後盤點戰況。

達利納內心的飢渴再次湧上。戰意突然席捲而來，讓他沉浸其中。爲什麼不讓最強大的人統治？爲什麼要他退到後面安坐，聽人閒話而非征戰？

就在那裡。那裡有人掌握他所要的。掌握著王座……而且不只是王座。還有達利納本應得到的女子。那是他被迫放棄的愛情，理由是什麼呢？

不，他還沒結束今天的戰鬥。完全沒有！

他朝那一團人凝視，心思含糊不清，內心深處發出沉痛抗議。激情靈像是雪晶一樣落在他身旁。

他不該有熱情嗎？

他不能從他的成就中取得回報嗎？

加維拉很軟弱。他打算放棄自己的力量，靠著達利納爲他贏得的東西而休息。好吧，有個方法可以讓戰爭持續。有個方法可以讓戰意活動。

有個方法可以讓達利納取得他應得的一切。

他開始奔跑。加維拉的軍團中有些人舉手歡迎他。軟弱的人。完全沒有現出武器擋下他！他可以在他們意識到之前殺了他們。他們死得應該！達利納應得——

加維拉轉向他，拿開頭盔，露出眞摯歡迎的笑容。

達利納停了下來，頓了頓腳步。他凝視加維拉，他的哥哥。

噢，颶父啊。達利納心想。我在做什麼？

他讓碎刃從指間滑落、消失。加維拉大步向前，看不到達利納在頭盔底下的驚駭。幸好這時沒有羞恥靈出現，他原本以爲會有一大團湧上。

「弟弟！」加維拉說。「你看見了嗎？我們贏了今天的戰鬥！盧沙藩王打敗了加蘭姆，爲他兒子取得了碎具。塔拉諾拿到碎刃，我還聽說你終於搞定卡拉諾。別跟我說他逃了。」

「他……」達利納舔舔嘴唇，深吸吐氣。「他死了。」達利納指向倒地的形體，從這裡看去不過是石影下一點銀色金屬的閃光。

「達利納，你這個既完美又可怕的人！」加維拉轉向他的士兵。「各位，黑刺萬歲！爲他歡呼！」勝靈從加維拉身邊竄出，這些金色球體像是王冠一樣繞著他的頭部。

達利納眨了眨眼。看著爲他歡躍的他們，突然湧起想要扯碎什麼的羞恥感。這時，有個像是花瓣的靈從他身邊飄了下來。

他得做些什麼。「碎刃與碎甲。」達利納急切地對加維拉說。「我贏得兩者，但我要給你。當作禮物，送給你的孩子。」

「哈！」加維拉說。「加絲娜嗎？她爲什麼需要碎具？不，不用，你——」

「收下吧，」達利納懇求，抓住他哥哥的手臂。「拜託你。」

「好吧！既然你這麼堅持的話。」加維拉說。「我想，你已經有另一副碎甲可以給繼承人了。」

「要是我有的話。」

「你會有的！」加維拉一邊說，一邊派人去取得卡拉諾的碎刃與碎甲。「哈！托渥終於得承認我們可以保護他的血脈。我認爲這個月就可以舉行婚禮了！」

數百年來未曾舉行過的加冕典禮，如今終於讓雅烈席卡的十位藩王臣服於一名君王底下。

達利納坐在石頭上，拿掉頭盔，接下一名年輕女信差遞來的水。不能再發生了。他對自己立誓。我讓給加維拉一切。讓他獲得王位，讓他擁有愛情。

我必不能爲王。

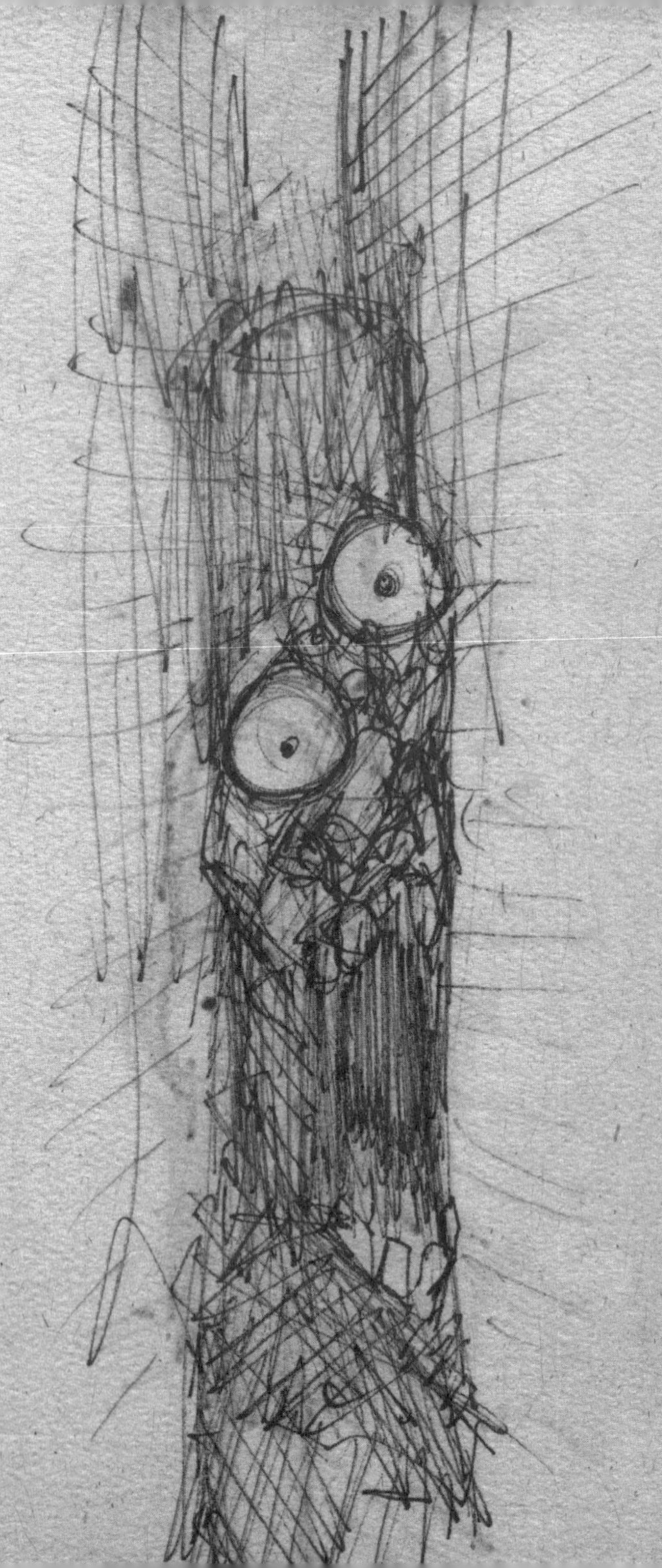

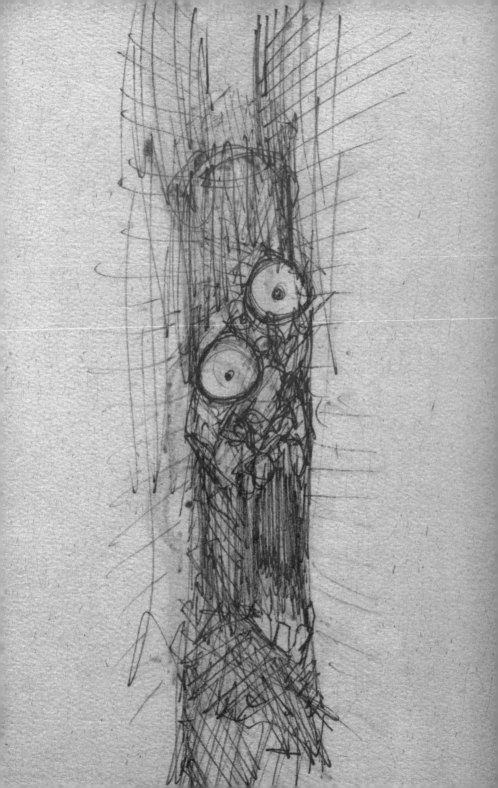

27 惺惺作態

我會坦承自己的異端。無論執徒們怎麼要求，我不會在自己的一字一句前退讓。

——摘自《引誓》〈自序〉

紗藍素描的同時，政要人物們爭論的聲音也傳到她耳裡。她坐在大會議廳後方，接近塔頂的一張石椅上，底下墊了一個枕頭，圖樣在底座上快樂地低鳴。

紗藍縮起腳來，用膝蓋頂著繪圖紙，襪子裡的腳趾頭蜷曲在前方石凳的邊緣。這不是什麼優雅的姿勢，燦軍光主可能會覺得有損顏面。達利納站在聽眾席正前方結合他與她的力量創造的發光地圖前。他邀請了塔拉凡吉安、諸位藩王夫婦與首席書記。艾洛卡則與最近擔任他書記的卡菈美一塊出現。

雷納林穿著橋四隊的制服，站在他父親身旁，看起來不太自在——基本上一如往常。雅多林閒坐在一旁，雙手抱胸，偶爾低聲對橋四隊的人說笑。

燦軍光主應該在下面參與會議，討論世界的未來這樣重要的大事。然而紗藍卻在一旁畫畫。有了這些寬廣的玻璃窗，這裡的光線眞好。她受不了被困在下層的黑暗廊道中，那裡總有種被監視的感覺。

她完成了素描，用帶袖的內手將繪圖紙轉向圖樣。他脫離原位來觀察她的畫作：那個卡在溝槽，帶著扭曲的非人雙眼的形體。

「嗯嗯嗯，」圖樣說。「是的，沒有錯。」

「這是某種靈，對吧？」

「我覺得我應該知道，」圖樣說。「這……這是很久、很久以前就存在的東西。」

紗藍為之一顫。「它為什麼在這裡？」

「我也不懂。」圖樣回答。「它不是我們的一員。而是他的手下。」

「憎惡手下的古靈。好極了。」紗藍翻頁，繼續畫下一張圖。

其他人進一步討論聯盟的事情，賽勒那與亞西爾仍是最需要被說服的國家，依瑞王國則清楚表明已加入敵軍。

「卡菈美光主，」主持會議的達利納說。「關於最後的報告，上面說敵人在瑪拉特集合，對嗎？」

「是的，光爵。」這位書記在書桌前說。「在南瑪拉特。您假設當地因為人口數少，而吸引引虛者聚集該處。」

「一向覬覦東方的依瑞王國已經掌握機會進軍，」達利納說。「他們將會占領里拉與巴巴薩南。在此同時，特里亞斯等羅沙中央地帶的南部，目前還不明朗。」

卡菈美光主點點頭，紗藍則用畫筆敲了敲自己的嘴唇。這個說法帶有暗示。這些城市的情況為何不明朗？這個時代的眾多大城都有數以百計的信蘆，更別說港口了。淺眸人和商人只要想保持與遠處產業的連絡，都是人手一支。

科林納的信蘆自颶風回歸以後開始作用——然後一一斷訊。最後傳出來的報告宣稱，敵軍已經聚在城市附近。接著……什麼訊息也沒有。敵人似乎有辦法取得信蘆的位置。

至少他們終於從卡拉丁那裡取得訊息。只有一個符文，暗示他們應該耐心等候。他還沒有辦法在城內找到女性為他書寫，因此只向他們報平安。只要這不是別人取得信蘆，假造符文來糊弄他們就好。

「敵人正計劃謀取誓門，」達利納認定。「他們的行動，包括在瑪拉特的集合在內，都指向這個可能。我直覺認爲這支軍隊準備反攻亞西爾，甚至跨越國境襲擊賈・克維德。」

「我相信達利納的評斷，」艾拉達藩王說。「既然他認爲這是可能的路線，我們就該聽從他。」

「呿，」盧沙藩王這個油光滿面的男人靠在對牆上，幾乎沒聽進會議幾句。「艾拉達，你講話又有幾分斤兩？想想你之前的去處，還有這幾天像被雷打到的樣子，你還能弄懂任何句子，可眞不容易。」

艾拉達衝了過去，手揮到一旁，作出召喚的姿勢。達利納阻止了他，而盧沙顯然知道達利納一定會介入。紗藍搖搖頭，繼續她的畫作，幾隻創造靈出現在她的繪圖紙上方，一個像是隻小鞋，另一個像是她用的鉛筆。

她畫的是薩迪雅司藩王的畫像，但是沒有仰賴特定的記憶。她從不想要把他加入自己的作品集收藏。她草草畫了，再翻到佩羅光爵的素描，也就是他們在兀瑞席魯發現的另一位死者。她想要重塑他無傷的臉龐。

她前後對照兩張圖。他們長得很像，紗藍判斷。同樣擁有臃腫的臉，同樣的身材。接著兩頁畫作則是兩位食角人，他們似乎也長得很像。至於那兩個被殺的女子呢？爲什麼那個男人勒死妻子以後招認犯行，卻發誓沒有殺掉第二人？殺一個人就足以被處決了。

那個靈在模仿這些暴行，她心想。用前些日子的同樣方法來殺傷人。算是某種……扮演？

圖樣輕輕地哼著聲，引起她的注意。紗藍抬頭一看，看見有個女人朝她這裡慢慢走來。那是個剃了短髮的中年女子。她穿著長裙、帶釦襯衫以及背心，這是賽勒那商人的裝扮。

「光主，妳在畫什麼呢？」女子用費德話問。

紗藍突然聽到母語而措手不及，她思考了一下才找到回應的字詞。「我畫人。」紗藍蓋上繪圖紙。

「我喜歡畫人。妳是和塔拉凡吉安王一塊來的吧？妳是他的封波師。」

「請叫我瑪菈塔，」她說。「但我不是他的手下。我是搭順風車來的，畢竟火花（Spark）建議我來看看再次現身的兀瑞席魯。」她觀察這間大劇場會議廳。紗藍看不見她的靈。「妳認為燦軍真的會坐滿整座大廳嗎？」

「燦軍有十個軍團，」紗藍說。「其中有些軍團達數百人。是的，我認爲我們會坐滿大廳。事實上，我不認爲這裡眞的塞得下所有人。」

「現在有四名燦軍。」她懶洋洋地說，同時瞪了一眼僵在父親身旁不動的雷納林。只要有人眼光移到他身上，他就不禁冒汗。

「五個人，」紗藍說。「有個會飛的橋兵出任務了——這些只是集合在這裡的燦軍。外面還有人跟妳一樣與靈締結，還在找方法與我們接觸。」

「如果他們想要的話。」瑪菈塔說。「事情不會如以往一般發展，他們有必要這樣做嗎？燦軍上次就沒有表現得很好，對吧？」

「可能吧，」紗藍說。「但是現在也不是測試的時候。寂滅已經回歸。要是我們不依靠以前的經驗，可能表現得更糟。」

「有趣的是，」女子說。「針對『寂滅』這檔子事，我們只有幾個胖胖的雅烈席人的說法，是吧，姊妹？」

紗藍聽見她隨性的語調，不禁眨了眨眼，然後使了個眼色。瑪菈塔一笑，晃到廳室前方。

「嗯，」紗藍低聲說。「她很討人厭。」

「嗯……」圖樣說。「等她開始毀滅東西，可能更讓人討厭。」

「毀滅東西？」

「招塵師，」圖樣說。「她的靈……嗯……他們那一族喜歡毀掉周遭的一切。他們想要知道裡面藏著什麼。」

「眞讓人覺得開心啊。」紗藍說完，再翻開畫作。溝槽裡的物體。還有死者。她覺得畫作既然完成，就可以向達利納與雅多林報告，也打算在今天提出。

然後呢？

我必須抓住它，她想。我得監視市場，之後一定會有人受傷。過了幾天，那東西就會模仿這起攻擊。

或許她可以在塔城裡尚未爲人所探索的區域巡邏？這樣可以找出它，而不是等它再次行凶？

那些黑暗的走廊。每個隧道都像是無法繪成的線條……

廳室安靜了下來。紗藍驅散她的思緒，抬頭看看發生什麼事。雅萊・薩迪雅司坐在轎子上，來此出席了會議。她身旁有個熟悉的人影：那是梅利達司・阿瑪朗。他是個人高馬大、身材結實的褐眼男子；他也是謀殺犯、竊賊與叛將。他試圖偷取碎刃時被逮個正著——證明了卡拉丁對這個人的指控。

紗藍磨起牙來，卻發現自己的氣憤……並不高漲。不過並沒有消失。不，她不會原諒這個殺了赫拉倫的人。但是令人不安的事實是，她不知道他哥哥怎麼會死在阿瑪朗手下，又是因爲什麼原因？她幾乎可以聽見加絲娜低聲對她說：別在取得更多細節前妄下評斷。

人在下方的雅多林起身，從中穿越幻象地圖，朝阿瑪朗走去。地圖的表面因此破碎，閃亮的颶光也分了開來。他狠狠瞪著阿瑪朗，但是達利納將手安在兒子肩上，把他拉了回來。

「薩迪雅司光主，」達利納說。「很高興看到妳同意參與會議。妳的智慧可以爲我們的計畫帶來幫助。」

「達利納，我不是來這裡幫你的。」雅萊說。「我之所以來到這裡，是因爲這邊方便找到你們所有人。我與領地裡的智囊開了會，我們都認爲目前身爲繼承人的侄子還太過年輕。薩迪雅司家族不能有任何一刻缺乏領袖，因此我下了決定。」

「雅萊，」達利納也踏進幻象，站在他兒子身旁。「請妳和我談談。我有個想法，雖然這不符傳統，可能——」

「傳統是我們的盟友。」雅萊說。「我不認爲你了解你應該知曉的東西。阿瑪朗上師是我們家族最有聲望的將軍。他深受士兵愛戴，也了解世界情勢。我將任命他爲攝政藩王暨薩迪雅司家名號的繼承人。他現在無論從任何方面，都身爲薩迪雅司藩王。我會請國王正式冊封這個名號。」

紗藍一時無法呼吸。艾洛卡國王還在座位上，他抬起頭來，但是視線彷彿在思索中迷失。「這合法嗎？」

「是的。」娜凡妮雙手抱胸說。

「達利納。」阿瑪朗一邊說，一邊走下階梯，往眾人聚集的劇場底部走去，他的聲音讓紗藍爲之一寒。優雅的動作、無瑕的面孔，還有堅挺的制服……這個人是士兵的標竿。

*我不是唯一惺惺作態的人。*紗藍心想。

「我希望，」阿瑪朗繼續說。「我們最近的……磨擦，不會妨礙我們一起爲雅烈席卡的需要合作。我已經和雅萊光主談過，我認爲我說服了光主，讓她理解羅沙的良善優先於我們的歧異。」

「良善。」達利納說。「你覺得你有資格討論良善嗎？」

「達利納，我做的一切都是爲了良善。」阿瑪朗的聲音聽起來很不自在。「*一切都是*。拜託。我知道你打算尋求法律程序來對付我。我會出庭受審，但是這件事要擺在我們拯救羅沙之後。」

達利納緊盯阿瑪朗一段時間，最後終於看向自己的侄子，粗魯地點點頭。

「光主，王室認可妳對攝政權的決定。」艾洛卡對雅萊說。「我母親會希望有正式文書，在見證下簽署命令。」

「已經做好了。」雅萊說。

達利納的眼神跨過飄浮地圖，與阿瑪朗四目相對。「藩王。」達利納終於說。

「藩王你好。」阿瑪朗回應致意，點了點頭。

「混帳。」雅多林說。

達利納明顯皺了一下眉頭，手指向出口。「兒子，你或許該出去走走。」

「是啊。當然。」雅多林甩開父親的掌握，往出口走去。

紗藍想都沒想，就抓起鞋子與繪圖紙追到他身後。她在外面的廊道追上雅多林，正好在雅萊停放轎子的地方，她抓住雅多林的肩膀。

「嗨。」她輕聲說。

他瞥了她一眼，表情鬆弛下來。

「你想談談嗎？」紗藍說。「你比以前更氣他的樣子。」

「不，」雅多林喃喃說。「我只是不高興。我們終於擺脫了薩迪雅司，結果換他接下權位？」他搖搖頭。「我還小的時候，很景仰他。但是我長大以後，開始懷疑起這個人，只是內心某部分的自己還是希望他符合大家口中的形象。一個超越世俗與政治的人物。一名眞正的將士。」

紗藍並不認爲「眞正的將士」不該關心政治。人們行動的原因難道無足輕重嗎？士兵不會那樣講話。她還抓不準他身上還有什麼理想形象，像是對服從的狂熱——變得只在意戰場與其上的挑戰。

他們走上升降梯，雅多林掏出一顆沒有被裝在錢球的寶石，放進軌道上的凹槽。這顆小鑽石的颶光被汲取出來，平台搖了搖，開始慢慢帶著他們下降。只要拿走寶石，升降梯就會停在下個樓層。這是個簡單的槓桿設計，拉動兩邊之中的一方，就能決定升降梯往上或往下。

他們離開頂層，雅多林靠在欄杆旁，往玻璃窗外望去。大家開始把這裡叫作中庭——雖然開口高達數十層樓。

「卡拉丁可要不高興了。」雅多林說。「阿瑪朗成了藩王？我們因爲阿瑪朗曾被關了兩週的牢房。」

「我認爲阿瑪朗殺了我哥哥。」

雅多林轉身盯著她。「什麼？」

「阿瑪朗有把碎刃。」紗藍說。「先前我在我哥哥赫拉倫的手裡見過。他的年紀比我大，多年以前就離開賈・克維德。就我所知，阿瑪朗有次上戰場時殺了他，取走了碎刃。」

「紗藍……那把碎刃。妳知道阿瑪朗從哪裡拿到的，對吧？」

「從戰場上拿到的？」

「從卡拉丁手上拿到的。」雅多林扶額。「橋小子堅持說他從碎刃師手上保護了阿瑪朗。阿瑪朗接著殺了卡拉丁的小隊，把碎刃據爲己有。基本上這就是他們互相仇視的原因。」

紗藍喉嚨一緊。「這樣啊。」

把記憶拿走。不要想。

「紗藍，」雅多林走向她。「妳的哥哥爲什麼想殺阿瑪朗？他知道這個上主已經腐敗了？颶風的！卡拉丁什麼都不知道。可憐的橋小子。要是他讓阿瑪朗死了，大家就好過了。」

不要面對它。不要去想它。

「是啊。」她說。「嗯。」

「但是妳哥哥怎麼知道的？」雅多林在平台上踱步。「他有說過什麼嗎？」

「我們不太說話。」紗藍已經覺得麻木。「他在我小的時候就離家了。我不是很了解他。」

快想辦法轉移話題。這個話題是她暫時還能逃避的一塊。她不想思考卡拉丁與赫拉倫曾經……

他們快到底層前都保持著長久的沉默。雅多林想再去看看父親的馬，但是她不想聞到馬糞味。她在二樓離開升降梯，準備回她的房間。

祕密。*這是世界上最重要的東西，赫拉倫曾經對父親說過。比起你或是你的罪行還重要。*

墨瑞茲知道。他藏著這些祕密不讓她知道，就像是藏著要孩童服從的糖果一樣。墨瑞茲利用這個祕密要她調查兀瑞席魯的詭異之處。這是好事，不是嗎？她總得搞定這件事。

紗藍在廊道上遊蕩，沿著瑟巴瑞爾的工人在牆上裝修的錢球燈籠步廊走去。這些燈籠只鎖著最不值錢的鑽石錢球，不值得破壞，它們的光線也很微弱。

她應該待在樓上的。沒有她的話，幻象地圖可能就會毀壞。她對此感到不快。她有沒有辦法讓幻象留在原處呢？這需要颶光才能維持……

不管怎樣，紗藍最後還是會離席。城裡的祕密誘人得難以忽視。她停在走廊上掏出素描簿，翻了幾頁以後，看著死者在她畫中的面貌。

紗藍無意間翻到一頁她想不起何時畫下的東西。這張線條紊亂的塗鴉，有著扭曲不安的線條。

她感到一陣寒意湧上。「我什麼時候畫了這張東西？」

圖樣移到她的裙子上，停在她頸部下方。他低聲哼鳴，聲音聽起來不太安心。「我想不起來。」

她翻到下一頁。這張圖則畫著從中心往外奔流的線條。這張混亂的作品讓人不明所以，最後化爲血肉被撕碎的馬頭。馬頭張著大眼，馬嘴尖叫著。這張圖既獵奇又噁心。

噢，颶父啊……

她顫抖著手指翻到下一頁。這張圖用畫圈圈的方式塗黑，最後螺旋到了中央。這是深沉的虛無，是無盡的廊道，而盡頭則有可怕的未知之物。

她緊緊蓋上素描簿。「我怎麼了？」

圖樣困惑地哼著。「我們……要跑嗎？」

「到哪？」

「出去。離開這裡。嗯嗯。」

「不。」

她不停發著抖，某方面來說她嚇壞了，但是她不能拋下這祕密。她必須持有祕密，掌握祕密，據爲己有。她急轉個彎，遠離她的房間。她走了不久，便走進瑟巴瑞爾士兵的住處。塔裡有許多這樣建在牆內的房間網路。兀瑞席魯曾經是軍事基地，這些房間足以證明，塔城低階層就可以容納上萬名士兵。

士兵在軍營的交誼廳內脫下外套閒坐，玩弄卡牌或是刀子。她的出現讓眾人驚呼並站了起來，不知道該先扣釦子還是敬禮。「是燦軍」的低語隨著她走進眾多房間的走廊時從四處傳來，這裡是獨立小隊居住的地方。她看著石上刻著舊式雅烈席數字的門牌，選了特定一間進去。

她闖進法達與小隊的空間，這些士兵正在幾顆錢球的光線下玩牌。可憐的加茲坐在角落的夜壺上，他驚呼一聲，迅速拉上門口的布簾。

我該預料到的。紗藍心想，汲取一些颶光來掩蓋自己的紅臉。她雙手抱胸、懶洋洋地看著其他人站起來敬禮。他們現在只有十二人，其中有些人在納拉克之戰戰死。

她本來希望他們都不在——這樣她就不必思考該叫他們做什麼。但她現在了解雅多林說得沒錯，她的態度實在不對。這些人是可用的人力，仔細想想，也忠心耿耿。

「我，」紗藍對他們說。「是個糟糕的雇主。」

「光主，我不覺得耶。」阿紅說——紗藍還是不知道這個蓄鬍的高個子怎麼會有這個綽號。「我們的薪水不會遲到，妳也沒讓我們死太多人。」

「偶死了。」在床上的舒布發語。他剛才敬禮時還躺在床上。

「閉嘴，舒布。」法達說。「你可沒死。」

「長官，偶這次死了。我很肯定。」

「那你至少會安靜一點。」法達說。「光主，我和阿紅看法一樣。妳待我們很公道。」

「是啊，可是閒閒沒事做的時光結束了。」紗藍說。「我有事情要你們做。」

法達聳聳肩，但有些人的表情很失望。雅多林某方面是對的，仔細想想，這些人的確需要一些差事。不過他們不會承認。

「這件事恐怕很危險，」紗藍露出微笑。「而且你們可能會因此醉上一點點。」

28

其他選項

最後，我會坦承自己的人性。我被稱爲怪物，也不否認這些指責。我即是我擔憂每個人都有可能成爲的怪物。

——摘自《引誓》〈自序〉

「我們已經決議，」泰紗芙說。「在我們有能力摧毀這座誓門以前，先將之封存。達利納·科林，我們知道這方向不符你的期望。但請知道亞西爾的皇帝很欣賞你，而且期待兩國之間的貿易協定與新條約所產生的共同利益。

「然而，在城市中樞的魔法傳送門有嚴重的安全隱憂。打開誓門對我們來說，並非值得高興的事，我們也建議你認同我們君主的意志。祝好，達利納·科林。願亞什爾保佑你，引導你。」站在小石室的達利納一拳敲在自己的掌中。泰紗芙與她的學徒占據了寫作台與一旁的座位，娜凡妮則在達利納對面踱步。塔拉凡吉安坐在靠牆的椅子上，駝著背的他雙手緊握，一臉擔憂地聽著亞西爾的決議。

到此結束了。亞西爾不會參加聯盟。

娜凡妮按住達利納的手說：「我很遺憾。」

「我們還有賽勒那。」達利納說。「泰紗芙，看看芬恩女王今天願不願意和我談話。」

「是的，光爵。」

他有塔拉凡吉安帶來的賈・克維德與卡布嵐司，還有回應仍很正面的新那坦南。如果賽勒那願意加入，達利納至少能聯合東方的弗林國家。有前例在先，就更能說服西方國家加入他們。只要大家的態度不變。

泰紗芙連絡賽勒那的同時，達利納開始踱步。他比較喜歡小房間，大廳室會讓他想起這座塔有多巨大。在這樣的小室之中，人可以假裝自己在某個舒適的小碉堡裡。

當然，就算是小小的房間也無法讓人忽視兀瑞席魯的特殊性。牆上的岩紋像是扇形的摺痕，或者看見經常可以在房間頂端找到的孔洞，位置就在牆與天花板的接合處。這間房讓他不禁想起紗藍的報告，是不是有什麼東西在監視他們？一個靈眞的會謀殺塔裡的人嗎？

他們幾乎得撤離這裡了。但是接著又要去哪呢？難道要放棄誓門嗎？目前他派出四倍人力巡邏，並下令要娜凡妮的學者尋找可能的解釋。至少在他找到解決方案前得這樣做。

泰紗芙仍在傳遞訊息到芬恩女王那裡去。此時的達利納站到牆邊，在意起牆上的孔洞。那個洞就在天花板上，就算他站上椅子也搆不到。他吸取颶光。橋兵曾經描述用寶石攀爬牆面的情景，因此達利納找了一張木椅，左手手掌按上椅背時，讓椅背跟著發出光亮。

他把椅背靠上牆面，椅子便卡在上面。達利納低哼一聲，嘗試爬上懸在桌面高度的椅子。

「達利納？」娜凡妮問。

「我在好好利用時間。」他一邊說，一邊小心在椅子上維持平衡。他跳了起來，抓住天花板孔洞的邊緣，撐起身子望進去。

那裡有三呎寬、一呎左右的高度。孔洞裡似乎沒有盡頭，他可以感受到一股微弱的氣息吹拂過來。他聽見的是……抓刮的聲音嗎？一隻貂叼著死老鼠，溜過了陰影中的交叉口。這隻細長的小動物轉頭看了他一下，把牠的獵物帶走。

「這些孔洞讓空氣得以流通，」他跳下椅子之後，娜凡妮說。「我們還搞不清楚運作方式。可能是還沒被發現的法器吧？」

達利納回頭看向孔洞。這些小小的隧道交織在牆上、天花板上，是個蔓延好幾哩的可怕系統。在這系統的某處，紗藍畫出的怪物……

「光爵，女王回應了！」泰紗芙說。

「好極了，」達利納說。「陛下，我們時間不多。我希望——」

「她還在回應，」泰紗芙說。「抱歉，光爵，她說……嗯……」

「泰紗芙，直接讀出來。」達利納說。「我已經習慣芬恩的脾氣了。」

「沉淪地獄的，你這傢伙。你就不能放我休息一下嗎？我好幾週沒辦法睡上一整晚。永颶已經襲擊我們兩次，我們的城市幾乎要撐不住了。」

「陛下，我可以理解。」達利納說。「我也迫切想送出我保證的援助。請您讓我們立下盟約。您已經迴避我的提議很久了。」

一旁的椅子終於砰一聲落地。他準備再用半是保證卻又委婉的言語爭取。芬恩最近交換訊息時，講話越來越正式了。

信蘆開始運作，並在瞬間停下。泰紗芙一臉沉重地看著他。

「不。」她讀道。

「陛下，」達利納說。「現在不是強調獨立的時候！我請求您，聽我說！」

「你現在該知道，」回應傳來。「聯盟是不可能的。科林……老實說，我很困惑。你明快的發言與樂觀的用字，讓人覺得你眞的認爲這能成功。

「當然你也知道。身爲女王，只有在糊塗或是絕望的時候，才會讓雅烈席卡軍隊進入城鎮的中心。我可能是前者，也可能是後者，但是……颶風的，科林。不。我不會成爲終於讓賽勒那落入你們手中的那一位統治者。對於你那微渺的誠意，我只能說聲抱歉。」

這段話似乎成爲定局。達利納走向泰紗芙，看著他無法閱讀的波形女性文字。

「妳有什麼想法？」他問娜凡妮，她則嘆了口氣坐到泰紗芙身旁。

「沒有。達利納啊，芬恩很頑固。」

達利納瞥向塔拉凡吉安，他也認定達利納的目的在於征戰。但考慮到自己的過去，誰不會這樣想呢？

如果能親自和他們談話，發展可能就不一樣了，他想。但如果沒有誓門，幾乎不可能做到。

「感謝她撥空回應，」達利納說。「並告訴她，我不會改變我的提議。」

泰紗芙開始書寫，娜凡妮看向他，注意到書記並沒有發現達利納語帶不安。

「我沒事，」他沒有說出眞話。「只需要一點時間思考。」

他在娜凡妮反駁他之前離開房間，門外的護衛也跟上他。他想要呼吸新鮮空氣，寬廣的天空看起來十分吸引人。然而他的步伐沒有往那個方向前進。他最後意識到自己隨意在走廊裡亂走。

現在該怎麼辦？

一如以往，只要他手上不持劍，就不會有人關注他。颶風的，彷彿他們想要他揮劍一樣。

他在廳廊間走了整整一小時，毫無目的。後來，傳令兵琳恩找到他。琳恩喘著氣，表示橋四隊需要他，沒有解釋原因。

達利納跟著她走，紗藍的素描讓他內心沉重。橋四隊找到了其他受害者嗎？琳恩的確帶他往薩迪雅司被害的地方而去。

他的不祥預感越來越強。琳恩帶他走上一處陽台，橋兵雷頓和皮特等著他。

「是誰？」他一見到他們就問。

「誰……」雷頓皺起眉頭。「噢！長官，不是這樣的。是別的事情。這裡走。」

雷頓帶著他走下階梯，到了第一階樓之外的田野，那裡還有另外三名橋兵，站在一排可能是用來種植塊莖的石盆栽前。

「我們意外發現這個，」雷頓一邊走向盆栽一邊說。這位健壯的橋兵天性開朗，就算對著達利納這位藩王說話，也像是在酒館和朋友聊天。「我們遵照你的命令巡邏，看看有沒有異常。然後……嗯，皮特注意到異常的地方。」他指向牆面。「看到那條線了嗎？」

達利納斜眼看去，看見石牆上的一道深痕。什麼東西可以把石頭切割成那樣？那看來似乎是……

他低頭看向盆栽，在兩盆之間看見從石地突出的劍柄。

那是一把碎刃。

碎刃整個沉入石地，很不容易被發現。達利納跪在一旁，從口袋裡拿出手帕，覆蓋其上，抓住劍柄。就算沒有直接碰觸碎刃，他還是聽見微弱的呻吟，像是有人從喉裡發不出的尖叫。他站直身子，將碎刃抽了出來，放在盆栽上。

銀刃的尾端幾乎像是鈎鉤。這把武器比其他碎刃還要寬，接近劍柄的地方則有如風的圖樣。他知道這把碎刃，而且爲之震懾。自從他多年前在壑城贏得它後，便持有這把碎刃數十年才交出。

這是引誓。

他抬起頭來說：「殺手肯定是把它丟出窗戶。它掉下時切斷石頭，落在此處。」

「光爵，我們也是這樣判斷。」皮特說。

達利納低頭看著碎刃。他的碎刃。

不。早就不是我的了。

他拿起碎刃，忍受著尖叫聲。這是死去的靈的尖叫。他聽到的尖叫聲，與其說像是碰觸其他碎刃時那種尖銳、痛苦，不如說是呻吟。就像是有個蹲在角落的男人，雖然受到打擊、面對了可怕的事物，但是已經疲憊得無法尖嘯。

達利納站起身子，拿起這把他十分熟悉重量的碎刃，將刃脊靠在肩上。他帶著眾多守衛、那名傳令兵與五名橋兵，從另一個出入口走回塔城。

你曾許諾不再持有死刃。颶父在他腦中轟鳴。

「冷靜一點，」達利納低聲說。「我不會與這把碎刃締結。」

颶父低聲發出警告的聲音，隆隆作響。

「這把碎刃不像其他的碎刃大聲尖叫。爲什麼？」

它記得你的誓言，颶父傳來訊息。它記得你贏得它的日子，更記得你釋出它的日子。它痛恨你——但沒有恨得像其他人那麼深。

達利納走過一群哈山手下的農人，他們試著種植拉維穀的幼苗，但是沒有成功。他一下子便引人注目。即便在這座擠滿士兵、藩王與燦軍的塔城裡，在公開場合持有碎刃也是難得一見的景象。

「它可以得到救贖嗎？」達利納進入塔裡、走上階梯時低聲問。「我們可以救回化爲這把碎刃的靈嗎？」

我不知曉方法。颶父說。它死了，因爲人類破壞誓言而死。

失落燦軍在重創期決定了自己的命運，騎士打破他們的誓言、放棄碎刃，就此遠走高飛。達利納曾經在幻象中看見這景象，只是他仍不知道，是什麼原因導致這樣的結果。

爲什麼？他們爲什麼做出如此極端的行爲？

他來到薩迪雅司家在塔裡的據點，穿著綠白相間制服的士兵控制出入口，但他們不能擋下藩王——尤其不能擋下達利納。傳令兵帶著訊息奔來。達利納跟著他們走，依他們的路徑判斷自己走對了方向。他的確走對方向，雅萊顯然在自己的房間。他停在一扇上好的木門前，依禮節敲了敲門。

其中一名傳令兵上前，氣喘吁吁地把門打開。光主坐在房間中央的寶座，阿瑪朗則站在一旁。

「達利納。」雅萊一邊說，一邊像是皇后看待物品一樣點點頭。

達利納把碎刃從肩膀舉起來，小心地放在地板上。這動作不如直接插在石面上戲劇化，不過現在他聽得見這把武器的尖叫，覺得自己已經夠恭敬地對待它了。

他轉身準備離開。

「光爵？」雅萊站起來說。「你要用這武器換得什麼？」

「不換什麼。」達利納轉身回來。「這屬於妳。我的手下今天找到的，殺手把它抛到了窗外。」

她瞇著眼睛望向他。

「雅萊，我沒有殺他。」達利納疲憊地說。

「我知道。你做這種事的時候，不會在嘴裡留下殘渣。」

他無視她的嘲弄，看向阿瑪朗。這個高大且出眾的男人對上他的目光。

「阿瑪朗，總有一天我會看著你接受制裁，」達利納說。「但那是事情落幕以後的事。」

「我說過你可以這樣。」

「要是我能相信你的說法就好了。」

「光爵，我授命而選擇了自己的立場，」阿瑪朗往前站。「引虛者的出現代表我是對的。我們需要精湛的碎刃師。深眸人取得碎刃是很精彩的故事，但你真的認爲我們需要這種床邊故事，而不是面對現實嗎？」

「你殺害了毫無防衛的人。」達利納咬著牙說。「殺了救你一命的人。」

阿瑪朗低下身子，拿起引誓。「那你作戰時殺的上千上百人呢？」

他們瞪著彼此。

「光爵，我很尊敬你。」阿瑪朗說。「你的人生成就了偉大功業，你也爲雅烈席卡的福祉謀益。雖然我帶著敬意，但仍然認爲你是個僞君子。

「你爲了粗暴的決心行了該做的事。你走過屍體，讓你有餘裕頌揚那高不可攀的模糊守則。好吧，這或許讓你比較能接受過去，只是道德並不是你戴著頭盔結束屠殺以後，能夠在拿下頭盔時取回的東西。」

他帶著敬意點頭，而不是將劍插進達利納的肚腹。

達利納讓阿瑪朗繼續拿著引誓，快步離開。達利納沿著走廊疾行，隨行人員只能匆忙跟上。

他終於到了自己的房間。「讓我獨處。」他對護衛與橋兵說。

他們居然遲疑了，颶風的。他轉身，準備斥責他們，又冷靜下來。「我沒有要在塔裡漫遊。我會遵守我制定的規則。走吧。」

他們不情願地退下，讓達利納的房間沒了防衛。他走進客廳。他曾下令把大多數家具放在這裡。娜凡妮的暖爐法器在角落發著光，一旁還有一張小地毯跟幾張椅子。他們終於有足夠的颶光啓用這個法器。

達利納被暖意吸引到法器旁，意外發現塔拉凡吉安坐在一張椅子上，凝視著發光發熱的紅寶石。好吧，達利納的確歡迎過這位國王隨意使用客廳。

但達利納只想獨處，因此思考是否要離開。他不認爲塔拉凡吉安注意到他。可是暖意讓人難以抗拒。塔裡沒有多少暖火，就算有牆擋風，仍讓人總是感到寒冷。

他坐上另一張椅子，長長地嘆了口氣。謝天謝地，塔拉凡吉安沒有向他致意。他們一起坐在無火的暖爐旁，凝視著寶石的深處。

颶風的，他今天失敗了。他無法建立聯盟，甚至無法讓雅烈席卡的藩王站在同一陣線。

「這和坐在暖爐旁不太一樣，對吧？」塔拉凡吉安終於用輕柔的聲音說話。

「不一樣。」達利納同意他的說法。「我懷念木材燒蝕的聲音，還有火靈的舞蹈。」

「這另有一番韻味。很巧妙的，裡面看得到颶光。」

「只屬於我們的小小風暴，」達利納說。「被我們捕捉、裝載，成爲媒介。」

塔拉凡吉安露出微笑，眼中閃爍著紅寶石的颶光光芒。「達利納・科林……你介意我問個問題嗎？你怎麼知道自己是正確的呢？」

「陛下，這是個很籠統的問題。」

「請你叫我塔拉凡吉安就好。」

達利納點點頭。

「你已經否認了全能之主。」塔拉凡吉安說。

「我——」

「不、不，我不是要把你當成異端譴責。達利納，我不在乎。我自己也懷疑神祇的存在。」

「我認爲神一定存在，」達利納輕聲說。「我的心卻帶著其他想法反抗我。」

「身爲君主，我們不是不必提出讓他人心靈恐懼的問題嗎？」

「或許吧。」達利納看著塔拉凡吉安。這位國王似乎若有所思。

沒錯，老塔拉凡吉安的智慧還有一絲存在，達利納心想。我們之前誤判了。他的心思可能不夠敏捷，但不代表他不會思考。

「我感受到一股暖意，」達利納說。「卻是從遠方而來。這個光幾乎看不到。如果這世界上有神，這個神也不是自稱榮譽的全能之主。全能之主是造物。他很強大，但仍是凡體。」

「那你怎麼知道這是正確的呢？是什麼在引導你嗎？」

達利納往前靠。他認爲他在紅寶石的光中，還看到更大的東西。有東西像魚在碗裡一樣游動。

他仍沐浴在暖意中。是光。

「我六十歲的時候，」達利納低聲說。「經過一座我現在也說不出名字的城鎮。雖然當地稱我是國王，但那裡偏遠得讓我得以不被認出來。甚至連那些每天在行政信件的封蠟上看見我頭像的人，都認不出我這個笨拙的旅人。」

塔拉凡吉安帶著疑惑看著他。

「我這是在引用一本書的內容。」達利納說。「很久以前，有個國王出發旅行。他的目的地就是我們這座城：兀瑞席魯。」

「啊……」塔拉凡吉安說。「是《王道》嗎？雅德羅塔吉亞提過這本書。」

「是的，」達利納說。「在這座城鎮中，我發現人們出了事。那裡發生了殺人事件，死的是一個負責保護地主獸類資產的畜農。他死前低聲說，其他三名畜農聯合起來對他動手。

「我抵達的時候，這起事件被人公開，人們也受到審問。然而，除了死者以外，地主還有四位畜農。其中三個人殺了人，卻在做了骯髒事以後看似可以擺脫法網。這四人都宣稱自己沒有參與密謀，審問也沒有問出眞相。」

達利納陷入沉默。

「後來呢？」塔拉凡吉安問。

「他沒有寫出來，」達利納問。「他在這本書裡一直提到這個問題。四人中有三人是粗暴的威脅，應承擔謀殺的罪行，一個人則是無辜的，你會怎麼做？」

「把四人都吊死。」塔拉凡吉安低聲說。

達利納聽見如此殘酷的答案，轉頭過去。塔拉凡吉安一臉憂愁，卻沒有什麼殘酷的面孔。

「地主該做的，」塔拉凡吉安說。「就是避免有更多殺人事件。我不認爲書中記錄的這件事眞的發生過。這故事太簡潔，像是寓言一樣。我們的人生則更加混亂。如果故事正如書裡所講的，眞的發生了，當時又完全沒辦法判斷誰有罪……就得把四個人都吊死。你不會這樣做嗎？」

「那無辜的人怎麼辦？」

「冤枉了一個人，卻能阻止三個殺手。這不是最好的、最能保護你的人民的方法嗎？」塔拉凡吉安揉了揉前額。「颶父啊，我簡直像個瘋子，不是嗎？但不就是要有這種瘋狂，才能作出這樣的決定？如果我們不揭開自己的僞善，就不能處理這樣的問題。」

僞君子，阿瑪朗的控訴還在他腦中迴響。

「爲什麼不放過大家呢？」達利納說。「如果你不能證明誰有罪——如果不能肯定的話——我認爲就該放過他們。」

「是啊……殺害四人中一個無辜的人也讓你難以承受。這有道理。」

「不，任何無辜的人爲此而死，我都難以承受。」

「你會這樣說，」塔拉凡吉安說。「很多人也會這樣說，但我們的法律還是要無辜的那一位參與那些與我們的智識一樣充滿瑕疵的審判。到最後，你還是會處決不該處決的人。承擔包袱的社會必須以此換取秩序。」

「我痛恨這種方法。」達利納輕聲說。

「是的……我也是。但這無關道德，不是嗎？而是門檻的問題。你要處罰多少罪人，才能接受一個無辜之人的死亡？處罰一千人？一萬人？還是一百人？一旦這樣思考，就會發現計算毫無意義。但是，善事眞的因此比惡事還要多嗎？如果是這樣，那法律便有它的意義。因此……我必須把四個人都吊死。」他停頓一下。「而我會爲此於暗夜啜泣，每個晚上都是。」

沉淪地獄啊，達利納必須重新評估他對塔拉凡吉安的看法。這位國王言詞委婉，卻不駑鈍。他只是單純偏好在發言前周詳思考過。

「諾哈頓最後寫，」達利納說。「地主選擇了普通的作法，他將四人都予以監禁。即便罰則應該是處以死刑，他還是將有罪與無罪兩者混在一起，認爲平均的罪行只夠將他們關進監獄。」

「地主只是不願意承認，」塔拉凡吉安說。「他不承認自己沒有尋求正義，只是安撫自己的良心。」

「他只是作了其他的選擇。」

「你這位國王曾說過他所作過的事嗎？」塔拉凡吉安問。「這位寫書的國王？」

「他說他只讓全能之主引導他的旅程，並讓各種遭遇依照情境來判斷。」

「所以他也不願意承認，」塔拉凡吉安說。「我本來還期待他有所作爲。」

「他的書講的是他的旅行，」達利納說。「還有他的疑問。我認爲他從未找到這個問題的完美解答。」

要是他曾經找到就好了。」

他們繼續坐在無火暖爐前，直到塔拉凡吉安站起來，將手放在達利納的肩膀上。「我可以理解。」他輕聲說，然後離開了。

他是個好人。颶父說。

「你說諾哈頓嗎？」達利納說。

是的。

達利納覺得身子僵硬，因此離開座位，往其他房間走去。雖然時間已晚，他並沒有停在臥室，而是繼續走到陽台，看望群雲。

塔拉凡吉安不是對的，颶父說。榮譽之子啊。你不是偽君子。

「我就是。」達利納輕聲說。「但是有些時候，偽君子與正在改變的人無異。」

颶父隆隆作響。他不喜歡改變這個概念。

如果我與其他王國開戰，達利納心想，或許就可以拯救世界？還是我該坐在這裡，以為可以靠一己之力達成？

「你有其他與諾哈頓有關的幻象嗎？」達利納帶著期望問颶父。

我已經向你顯現為你創造的幻象，颶父說。我沒有更多可以讓人看的。

「那麼我想重新觀看見到諾哈頓的那一段。」達利納說。「不過請讓我先找到娜凡妮，你再開始。我要她記錄我說了什麼。」

你要我也向她顯現幻象嗎？颶父問。她可以親自記錄。

達利納聞言，為之一愣。「你可以向其他人顯現幻象？」

我的任務，是選擇最應了解幻象的人。他停下來，接著不情願地說。選擇一位盟鑄師。

不，颶父不喜歡與人締結，但這是他所接獲的命令。

達利納幾乎沒有想過這一點。

颶父可以向其他人顯現幻象。

「任何人？」達利納說。「你可以顯現給任何人？」

颶風所到之處，我可以接觸我所選的人，颶父說。但你不必身處颶風之中，你可以加入我顯現給人的幻象，就算在遠處也一樣。

颶他的！達利納低吼出一聲笑意。

我做了什麼？颶父說。

「你解決了我的問題！」

《王道》裡的問題？

「不，更重大的問題。我一直想找方法與其他王室對話。」達利納露齒一笑。「我想，在接著襲來的颶風中，芬恩女王將會有個難忘的經驗。」

29
毫無退路

所以坐下來吧。閱讀或聆聽，一個曾經穿越於界域之間的人的經歷。

——摘自《引誓》〈自序〉

圍紗在離散地市場小心翼翼地前進，她壓低帽子，雙手插在口袋裡。除了她以外，似乎沒人聽見怪物的聲音。

塔拉凡吉安國王從賈・克維德帶來固定貨運與物資，讓市場人聲鼎沸。幸好現在還有第三位燦軍操作誓門，紗藍當班的時間就不多了。

錢球又能發出光來了，幾場颶風已經證明這樣的氣候沒有變化，讓大家心情都好起來。情緒高漲、川流不息，蓋著賈・克維德皇家印記的圓木桶流淌著美酒。

然而，只有圍紗聽得見掠食者在某處潛伏。她在笑聲間歇的沉靜中聽見那東西的聲音。那是一種黑暗深處延伸的隧道會傳來的聲音。有如身處暗室時，頸後傳來的吐息。

他們怎麼能在虛無監看的情況下放聲大笑呢？

這四天毫無收穫。達利納派出的士兵甚至在幾乎不可能出事的樓層巡邏，但是這些士兵找錯地方了。士兵太容易被看見，太擾亂情況。圍紗則派人用更精確的方法監視市場。

目前他們還沒有找到任何東西。她的小隊已經累了，紗藍也因爲數個長夜都化身成圍紗而疲倦。幸好，她這幾天不需要特別出力。雅多林的每日劍術訓練，不如說是嬉戲與調情；偶爾與達利納進行的會議，除了造出地圖以外，她不用再出手。

至於圍紗……圍紗在獵捕狩獵者。達利納用士兵的方法下了指令：增派巡邏、強化限令。他要求手下的書記在歷史紀錄中找出靈攻擊人類的證據。

他要的不只是模糊的解釋與抽象的概念——但藝術的精華正是如此。如果人可以完美解釋一樣東西，那就不需要藝術了。木桌與美麗的木雕是有差距的。人可以解釋桌子是什麼，它的用途、它的形狀、它的結構；木雕的美則只能感受。

她彎身進入一間帳篷酒館。這裡比前幾晚還熱鬧嗎？是的，達利納的巡邏讓人心神不寧。他們盡可能不到邪氣重重的昏暗酒吧，寧願選擇有好人聚集的明亮場所。

加茲與阿紅站在一疊木箱上，穿著樸素的襯衫與長褲而非制服的他們正拿著飲料。她希望這兩人還沒醉。圍紗走到他們的位置，雙手交叉放在箱子上。

「還沒事，」加茲低哼一聲。「像前幾晚一樣。」

「我們不是抱怨，」阿紅露齒而笑，灌了一口酒。「當差當成這樣眞的很可以。」

「今天晚上就有事了，」圍紗說。「我聞得出來。」

「圍紗，妳昨晚就這樣說了。」加茲說。

三個晚上以前，有場氣氛友善的卡牌遊戲演變成暴力事件，有個玩家拿了酒瓶砸向對手。那通常不會致命，但是這可憐的傢伙卻被打中要害。凶手是盧沙的士兵，隔天就被吊死在市場的中央廣場。

一如以往的不幸事件，正是她一直等待的事件。一場人類襲擊他人的暴力事件。她動員了小隊，安排他們監看酒瓶事件附近的酒館。盯好，她說。還會有人被酒瓶砸傷，是一模一樣的方法。找出和上一個死者形象相似的人物，並且看好對方。

紗藍已經畫出死者的畫像，死者是個垂著鬍子的矮個子。圍紗把畫像分配給大家，她的手下把這當成普通的差事。

現在……他們只能等待。

「會有攻擊事件的，」圍紗說。「你們監視的是誰？」

阿紅指向帳篷裡身高與死者相似，也留著一把鬍子的人。圍紗點點頭，拿了幾顆價值不高的錢球在桌上。「買點酒以外的東西。」

「好好好，」阿紅與加茲抓起錢球。「但是親愛的，妳不想再和我們待一會兒嗎？」

「阿紅，大部分想搭訕我的人都會少掉一、兩根手指。」

「那我還有其他隻手指來滿足妳，我保證。」

她回瞪他一眼，發出竊笑。「這句話回得不錯。」

「謝啦！」他舉起杯子。「那麼……」

「抱歉。我沒興趣。」

他嘆了口氣，仍高舉杯子，然後才喝了下一口。

「妳是怎麼蹦出來的？」加茲用他的獨眼看向她。

「紗藍在路上撿到我，就像船的尾波會捲起漂浮物那樣。」

「她是這樣做了。」阿紅說。「有時妳認為妳已經完整了，但是卻活在錢球所剩不多的光裡，不是嗎？下個瞬間又變成颶風的燦軍騎士，是大家都仰仗的傢伙。」

加茲低哼一聲。「是啊，是啊……」

「繼續看著，」圍紗說。「你們知道出事時該怎麼辦。」

他們點點頭。出事的時候，他們會派一個人到會合點，另一個人則要追蹤凶手。他們知道要追的對象可能不尋常，但是她沒有把事情的全貌告訴他們。

圍紗走回會合點。他們的會合點是市場中央井邊的一處座台。這個座台似乎曾是正式建築的基座，現在只剩下有四方階梯的六呎高地基。艾拉達的軍官在此設置警備隊的運作中心，還有懲治的設備。

她一邊看著群眾，一邊用手指轉動手上的刀。圍紗喜歡觀察人群，她和紗藍在這方面有同樣的喜好，知道彼此有所不同是好事，但是知道有共通點也不錯。

圍紗不是孤狼。她需要人。是的，她偶爾會唬騙他人，但她不是竊賊。她喜愛體驗一切。她身處人潮洶湧的市場時，便是最佳狀態，她可以觀看人群、思考事物、享受這一切。

至於燦軍光主……燦軍光主可以帶領人手，或是放著他們不管。他們是她的工具，但也是麻煩的傢伙。他們怎麼可以這麼常背離自己的最佳選項呢？他們要是照著燦軍光主所說的去做，就可以有所提升。不去管這部分的話，他們至少可以讓她獨處。

圍紗拋出小刀，再把刀子接住。燦軍光主和圍紗都很有效率，她們喜歡看到事情辦得妥妥貼貼，她們受不了蠢蛋。圍紗還可以嘲笑笨蛋，燦軍光主直接無視笨蛋。

市場傳來尖叫聲。

終於啊，圍紗心想，轉了刀子一圈。她警戒起來，感受到身體裡的渴望，汲取颶光。

尖叫從哪裡來的？

法達衝撞群眾、推開一名商人。圍紗跑向前與他會合。

「講細節！」圍紗大聲說。

「事情不像妳說的那樣，」他說。「跟我來。」

兩人沿著他衝來的路線折返。

「沒有人把酒瓶砸到頭上。」法達說。「我監視的帳篷在其中一座建築旁。妳知道市場裡的那些石屋吧？」

「然後呢？」她又問。

他們接近目標，法達在此時終於向前一指。他和葛夫監視的帳篷旁，有棟難以讓人忽視的建築。有具屍體懸在建築物突出的位置。

吊死。颶風的。那東西沒有模仿酒瓶的攻擊……而是模仿後來的處刑！

法達指向上方說：「殺手把人掛在那裡，引發騷動。接著凶手直接跳下來。就從這麼高的地方！圍紗——」

「往哪裡去了？」她厲聲問。

「葛夫在追。」法達指向一方。

兩人於是往這個方向奔去，推開一路上的群眾。他們最後看見葛夫在前方，站在井邊揮手。他是個矮壯的人，臉看起來像是要從皮裡爆開那般臃腫。

「是個全身黑衣的人。」他說。「直接往東邊的隧道跑了！」他指向市場群眾凝視的隧道，彷彿某人才剛從這條路線匆忙經過。

圍紗繼續向前衝。法達一開始還比葛夫有辦法跟上她，但有了颶光，她可以使用凡人不能及的力量衝刺。她闖進一條廊道，高聲問有沒有看到人經過。兩個女人指了指方向。

圍紗往那方向跑去，心臟劇烈跳動，體內的颶光正在狂飆。如果她追不上，就得再等兩名受害者——假如還有事發生的話。這個怪物知道她在監視它，可能會躲起來。

她沿著廊道衝刺，離開塔裡人聲鼎沸的區域。她大吼問路時，能指路的人也少了。

她追到廊道的交叉路口，開始失去追上對方的希望。她往兩條路看了看，發出強光，朝走廊探照，但是什麼都看不到。

她嘆了口氣，靠上牆。

「嗯，」在她外套裡的圖樣說。「它在那裡。」

「哪裡？」紗藍問。

「右邊。影子不見了。模式不對。」

她往右方踏進，光影中立刻有什麼東西分離出來，那是一個純黑色的形體，看起來像是液體或是打磨過的石頭，正反射著她的光。踉蹌跑開的它，不成人形。

圍紗不顧危險，跑了起來。這個怪物也許有能力傷害她——但祕密是更大的威脅。她必須知道那些祕密。

紗藍在角落急轉，衝向下一條隧道。她有辦法跟上這塊碎影，但沒辦法捉住它。

因爲這段追逐，她更接近塔城的底層，更接近未受探索的區域。這裡的通道更令人理不出頭緒。這裡有古老事物的氣息，有著遺落許久的灰與石。這裡的岩紋彷彿在牆上舞動，在她奔跑時猶如紡紗般扭曲。

怪物四肢著地，紗藍散發的光輝反映在它煤黑的表皮上。它倉皇逃離，撞上通道的彎道，擠進牆上的孔洞。那個孔洞有兩呎寬，接近地板。

燦軍光主蹲了下來，看著試圖擠到孔洞另一端的它。看來不是很窄，她如此想著，便站起身來。

「圖樣！」她命令，將手伸到一旁。

她用碎刃擊打牆面，將石面切開，碎石一下子崩落。石面上的岩紋在她的切割下，有種破碎且淒涼的美感。

她大量汲取颶光，推開被切斷的石牆，終於突入後方的小室。

這裡的地面是個深井，周圍沒有欄杆，洞穴穿過石地，往黑暗裡去。燦軍光主用碎刃往腳下的石面戳刺。石地多了個洞。就像她筆下那黑暗的螺旋，這個洞似乎直接通往虛無。

她釋放碎刃，跪了下來。

「紗藍？」圖樣從碎刃消失的地面抬起身子。

「我們得下去。」

「現在嗎？」

她點點頭。「但是首先……你去找雅多林，叫他帶士兵過來。」

圖樣哼著聲音。「妳不會自己下去吧？」

「不會，我保證。你可以沿路回去嗎？」

圖樣用肯定的聲音嗡鳴，消失在地面，沿著石地移動。弔詭的是，她破壞的牆壁上有生鏽的痕跡與古代門閂的殘餘。看來這裡原本有一扇通往此處的暗門。

紗藍說話算話。她被黑暗吸引，但她也不是笨蛋。好吧，大多數時候不是。她雖然等待著，仍被深穴緊攫著心思，不過緊接著就聽見身後廊道的聲音。雅多林不能看到我穿圍紗衣服的樣子！她心想，開始化回原狀。她在這裡跪了多久？

她拿掉圍紗的帽子與白色長外套，藏在瓦礫後方。颶光圍繞著她，在她的長褲、手套與緊釦襯衫上包覆了哈法長裙裝的影像。

是紗藍。她又變成紗藍了——那個天眞活潑的紗藍。就算沒有人想要她說話，她也是口齒伶俐。熱心的紗藍有時會過度急切。她可以化身成這副模樣。

那就是妳自己，她轉化成這個人格時，內心有一塊在啜泣。那就是眞實的妳，不是嗎？爲什麼妳要在另一張面孔上覆蓋自己的面貌？

有人進了房間，她轉頭看見一個穿著藍制服的矮個子一臉疲憊地進來，太陽穴附近已經有灰髮。他的名字是什麼來著？她這幾週與橋四隊相處了一陣子，還是沒認得所有人。

雅多林從一旁大步走來，身上穿著科林藍碎甲，面罩打開的他，碎刃靠在肩上。從廊道的聲音還有跟著探進來的賀達熙面孔判斷，雅多林不是只帶三、五個士兵，而是整支橋四隊。

這其中也有雷納林。他重步跟在哥哥後方，身上也包覆著碎甲。全副武裝的他看起來沒有那麼弱不禁風，只是就算他摘下了眼鏡，也沒有士兵老練的臉孔。

圖樣靠近雅多林，想要滑上紗藍的幻象裙裝。但是他一下子停住、後退，滿足謊言的他愉悅地哼著。

「我找到他了！」他宣告。「我找到雅多林了！」

「我知道。」紗藍說。

「他來找我的時候，」雅多林說。「我正在訓練廳，他在裡面尖叫說找到殺手。他說如果我不去找妳，妳可能——我就引用他的說法：『在我沒看著的情況下做出蠢事。』」

圖樣哼著聲音。「愚笨。很有趣的東西。」

「那你該找一天造訪雅烈席卡的宮廷才是。」雅多林靠近洞口。「所以……」

「我們追蹤那個攻擊人的東西。」紗藍說。「它在市場殺了人，然後到了這裡。」

「東西……？」一名橋兵問。「不是人嗎？」

「那是一個靈。」紗藍低聲說。「不像我曾見過的任何一種。它有能力暫時模仿人類的樣子，最後會化為其他的東西。它的身形扭曲，帶著破碎的面容……」

「斯卡，好像是你最近勾搭的女孩呢？」一名橋兵說。

「呵，」斯卡乾笑。「艾瑟，要不要我們把你扔下去，看看洞有多深啊？」

「所以這個靈，」洛奔靠近洞口。「它，的確殺了薩迪雅司藩王？」

紗藍猶豫著要不要回答。不，這個靈是模仿殺害薩迪雅司的方法才殺掉佩羅的。殺掉藩王的另有其人。她瞥向一臉嚴肅的雅多林，想必他也在思考同樣的問題。

這個靈是更大的威脅——它已經動手殺了許多人。然而，她對藩王之死的調查仍毫無進展，整件事讓她覺得不安。

「我們曾經過這裡十幾次。」一名士兵的聲音從後方傳來，讓紗藍愣了一下；那是女性的聲音。沒錯，她將達利納手下的那名長髮、嬌小的斥候誤認爲橋兵，即便制服不同也還是認錯了。她看著紗藍爲了進入房間而切開的切口。「泰夫，你確定自己探查過這個彎曲的廊道嗎？」

泰夫點點頭，揉了揉帶鬚的下巴。「琳恩，妳說得對。但爲什麼要這樣把房間藏起來？」

「下面有東西。」雷納林探向洞口，同時低聲說。「一個……古老的存在。妳感覺到了，對吧？」

他抬頭看向紗藍，然後是房間裡的其他人。「這地方怪怪的。整座塔都怪怪的。你們都感覺到了，對吧？」

「小子，」泰夫說。「你是怪異的專家。我們信得過你。」

紗藍聽見這句汙辱，擔心地看向雷納林。但他只是露齒一笑，另一名橋兵則不管他身上的碎甲，拍了他的背一下。洛奔和大石開始爭辯誰才是他們當中的怪人。這時紗藍才驚覺，雷納林已經完全融入橋四隊了。他或許是藩王的淺眸兒子，還穿著顯眼的碎甲，但在這裡只是另一位橋兵。

「所以，」其中一個手臂過長的壯漢說。「我想我們得進去這個可怕的地窖？」

「是的。」紗藍說。她記得他的名字是德雷。

「颶透了。」他說。「泰夫，進軍的命令？」

「由雅多林光爵決定。」

「我找了能找的精英。」雅多林說。「但是覺得我該帶上整支隊伍。妳確定要現在冒險嗎？」

「是的，」紗藍說。「雅多林，我們必須冒險。而且……我不認為人數會改變局勢。」

「好吧。泰夫，派個強壯的側衛，我可不喜歡有什麼東西偷襲我們。琳恩，我要妳畫張精確的地圖——要是我們前進太快，超過妳繪製的範圍，就叫我們停下。我要知道確切的撤退路線。各位，我們慢慢前進。做好準備，在我下令時小心地控制好撤退的行動。」

人們開始更換位置。接著這群人終於沿著階梯一個一個走下去，紗藍和雅多林位於隊伍的中間。階梯直接從井裡延伸，寬度還可以再容一人行走，他們不用擔心掉下去。紗藍試著不要和人擦身而過，以免導致她穿著裙子的幻象受影響。

他們的腳步聲墮入虛無，很快就走進無盡的黑暗中。橋兵帶來的錢球燈籠並沒有將洞裡照得多亮，這裡讓她想起家裡莊園的山腳墓穴，達伐家的先祖在那裡被魂術化為雕像。

她的父親並沒有安葬在那裡。他們沒有錢請魂師——除此以外，他們要裝作他還活著。她和哥哥們學深眸人的方法，燒了屍體。

痛苦……

「光主，我得提醒妳，」前面的泰夫說。「妳可不能期待我們……辦到什麼驚人的事。我們有少數人能汲取颶光，因此大搖大擺得像是受颶風祝福的那位一樣。然而卡拉丁離開以後，這情況就消失了。」

「大佬，那會回歸的。」後方的洛奔說。「卡拉丁回來以後，我們會繼續發亮。」

「閉嘴，洛奔，」泰夫說。「小聲點。總之，光主，大夥兒會盡力，但是妳要知道自己能期待什麼，還有不能期待什麼。」

紗藍並不期待他們當中有燦軍的力量。她早已知道他們的限制。她只是需要士兵。最後，洛奔將一枚鑽石夾幣丟進洞裡，此舉贏得雅多林的一記白眼。

「那東西可能在下面等著，」王子低聲說。「別引起注意。」

這名橋兵一臉喪氣，然後點點頭。錢球像是下方發著光的針，紗藍慶幸他們終於接近了底部。她開始想像要面對無盡的迴圈，就像十愚人中的老迪利德，這個傳說中的人物爬山往寧靜宮跑去，腳底的沙則不斷流失——永遠向上跑的他一直沒有前進。

到了底部以後，有幾個橋兵出聲嘆氣。眼前這圓室的邊界有一堆堆碎片，朽靈覆蓋其上。這裡本來有階梯，但已隨著時間而崩壞。

縱井只有一個出口，一個比塔城其他地方還大的拱門。他們頭上的石頭十分均質——彷彿是整座塔都用了同一塊岩石。這裡的拱門以一顆顆石頭築成，隧道的牆壁則鋪上淺色的磁磚。

他們一進大廳，紗藍便驚呼一聲，舉起一顆鑽石布姆。這邊有美妙細緻的神將馬賽克拼貼畫像，裝飾天花板的圓形創作。

牆上的藝術作品則更讓人難以理解。一個孤單的形體懸在一只大大的藍碟前，雙手伸向兩方，彷彿要擁抱這塊大碟。全能之主的樣貌中，他的傳統形象是個充滿能量與光輝的雲塊；一位如樹的女子，則朝天伸出化為枝幹的雙手。誰能想到燦軍騎士的堡壘會有這種異教的象徵呢？其他拼貼畫的形象則讓她聯想到圖樣、風靈……總共十種靈。每個軍團都有一個嗎？

雅多林派人探路，人手很快就回來。

「光爵，前面是金屬門。」琳恩說。「大廳兩端各一扇。」

紗藍將視線從拼貼畫上移開，跟著部隊主體前進。他們在一扇巨大的鐵門前停下，廊道仍持續延伸。紗藍要橋兵試圖開門，但是他們打不開。

「鎖住了。」德雷擦了擦額頭。

雅多林拿著劍向前說：「我有鑰匙。」

「雅多林……」紗藍說。「這些是古老的藝術碎片。它們很珍貴。」

「我不會完全弄壞它。」他信誓旦旦地說。

「但是——」

「我們不是在追捕凶手？」他說。「而它躲在上鎖的房間裡？」

她嘆了口氣，讓他揮手教其他人退後。她縮起內手，滑過了她的手臂。看著自己的手覆上假袖，實際卻是用手套觸碰的感覺，有種說不出的怪異。讓雅多林知道圍紗的存在真的是壞事嗎？

她心裡的某個角落慌張起來，讓她很快把這想法拋下。

雅多林用碎刃插入門鎖的可能位置，往下一切。泰夫試著推門。門的確能被推開，門閂大聲地磨擦。橋兵首先拿著矛鑽進去。泰夫雖然堅稱不要期待他們的表現，但是他們不用下令便各就定位，即便身旁有兩位碎刃師也一樣。

雅多林跟著橋兵衝進房間確保安全，但是雷納林沒有什麼行動。他還在主廊道上駐足，望著深處的他心不在焉地舉著手，另一手拿著碎刃。

紗藍遲疑地走到他身旁。他們身後有道涼風，彷彿黑暗將風吸食。那才是謎團潛伏的位置，是那吸引人的深處。她的感覺更加敏銳。這不是邪惡的感覺，是不對勁。就像是看見斷骨的手腕掛在手臂上。

「那是什麼？」雷納林低聲說。「葛萊斯很害怕，不敢說話。」

「圖樣也不知道，」紗藍說。「他說那是古老的存在。是敵人的一份子。」

雷納林點點頭。

「你父親似乎沒辦法感覺到它。」紗藍說。「那我們爲什麼可以？」

「我、我不知道。或許——」

「紗藍？」雅多林拉開面罩，看向房間外的他們。「妳該看看這個。」

房間裡的瓦礫比塔裡其他地方還要破敗。木板上有生鏽的鎖鏈與釘子，一堆堆已解體的木造物排成數列，裡面有許多脆弱的書封與書背。

這裡是圖書館。他們終於找到加絲娜夢寐以求的發現。

但是全都毀了。

紗藍心裡一沉，用腳趾靠近灰塵與碎屑，來趕走朽靈。她找到一些還有書的模樣的地方，但是一碰就碎了。她跪在兩排散落的書之間，十分失落。這些知識……已經死不復返。

「我很遺憾。」雅多林小心地用怪異的姿勢靠近她。

「別讓人擾亂這裡。或許……或許娜凡妮的學者可以修復。」

「要我們搜查其他房間嗎？」雅多林問。

她點點頭，他便踏出鐵靴。不久，她就聽見雅多林用蠻力開門的聲音。

紗藍突然覺得好無力。如果這些書都毀了，那就更難找到保存更好的書籍向前看。她站起身來，拍拍膝蓋，然後才想起她的裙襬並非實物。*妳不是來這裡探尋祕密的。*

她走到裝飾著拼貼畫的主廊道。雅多林與橋兵在另一側探索，但這處與另一處無異，周遭也只有一堆堆瓦礫。

「呃，各位？」琳恩叫喚。「雅多林王子？燦軍光主？」

紗藍轉頭看去。雷納林繼續往走廊深處而去。斥候雖然跟著他，卻在玄關愣住。雷納林的靈在遠處點亮了東西。那是個反射光線的巨物，就像大塊的瀝青。

「我們不該來這裡的。」雷納林說。「我們打不贏的。颶父啊。」他踉蹌後退。「颶父啊……」

橋兵趕在紗藍之前一擁而上。泰夫大喊，下令建立起橫跨主廳的陣形。第一排的人低持長矛，第二行人則越頭上舉。

雅多林從第二間圖書室跑了出來，接著因爲看見遠處那波動著的形體驚呼出聲。那是活生生的黑暗。這股黑暗慢慢滲入大廳，終究會覆蓋廳裡的一切，掩蓋牆面、遮住天花板。黑暗的主體在地面如波浪般，化身爲許多形體。這些有著雙腳的怪物很快長出臉來，身上分裂出衣裝。

「她就在這裡，」雷納林低聲說。「她是其中一位魄散。瑞奈斐爾……子夜之母。」

「快跑！紗藍！」雅多林大喊。「大夥兒，準備全退到大廳。」

雅多林理所當然地衝向在地面波動的怪物。

那些形體……長得像我們一樣，紗藍如此心想，往橋兵的陣線後退。有個午夜怪物看起來像是泰夫、另一個則像是洛奔的複製品，還有兩個似乎穿著碎甲的巨大形體。但是他們身上發著光的是瀝青，臉龐則臃腫難看。

怪物張開嘴來，露出尖刺般的牙。

「照王子說的小心撤離！」泰夫喊著。「不要被對方困住！維持隊形！雷納林！」

雷納林還站在前方，將細長劍身覆上波紋的碎刃指向前。雅多林到了弟弟身旁，抓住他的手臂，試圖把他拖回去。

雷納林反抗著，化身成怪物的那陣線似乎迷住了他。

「雷納林！聽著！」泰夫大喊。「返回隊形！」

這孩子突然注意到命令，明明是國王堂弟的他，慌忙地照著士官的命令回返。雅多林與他一同後退，兩人加入了橋兵的陣線，一塊退向主廳。

紗藍跟著退後，大概位在陣線後方二十呎處。敵隊突然加速衝來，紗藍大喊出聲，橋兵發出咒罵，將矛尖指向從走廊兩邊湧來、蓋住美麗拼貼畫作的黑暗之物。

午夜怪物向陣線衝鋒，產生有如爆炸的震撼衝擊，橋兵維持陣形，攻擊突然從牆上暗處繞到兩旁的怪物。這些怪物受傷時冒出了蒸氣，這種黑暗的氣息消散在空中。

就像煙一樣，紗藍心想。

瀝青滑下牆面，包圍了橋兵，橋兵背靠背圍成一圈，以免側翼受到攻擊。雅多林與雷納林在最前方揮舞著碎刃，讓黑色怪物在發出嘯聲與黑煙的同時，成爲碎塊。

紗藍發現自己和士兵分開了，他們之間有墨黑之物。這些怪物似乎沒有仿造她的模樣。

午夜的眾多面孔長出尖牙，它們雖然與長矛交擊，形態卻十分詭異。它們有時會進行眞正的攻擊，讓橋兵眞的受傷，傷者會退到陣形中央，讓琳恩或洛奔急忙包紮。雷納林趕到了中央，發出颶光，開始治療傷者。

紗藍看著眼前的情景入迷，彷彿被麻痺。「我……我知道妳。」她對黑暗低聲說，知道這塊黑暗正是實體。「我知道妳在做什麼。」

眾兵低吼刺擊。雅多林揮舞碎刃，從怪物的傷口上拖曳出黑煙。他切碎數十隻怪物，但是新的怪物繼續以熟悉的身形現身。達利納。泰紗芙。諸多藩王與斥候、士兵與書記。

「你試著模仿我們。」紗藍說。「但是妳失敗了。妳是個靈。妳並不能完全理解我們。」

她步向被包圍的橋兵。

「紗藍！」雅多林一會兒大喊，一會兒又橫掃眼前三個怪物。「逃出去！快跑！」

她沒有理會他，而是走進黑暗。在她眼前的圓形陣線中，德雷直接刺穿一隻怪物的頭，讓怪物蹣跚後退。紗藍抓住怪物的肩膀，把它轉到她這一面。它有娜凡妮的形象，臉卻穿了一個大洞，黑煙隨著嘯聲散去。就算不管這部分，這張臉也不成形。它的鼻子太大，雙眼不在同樣的高度。

怪物倒地扭動，像是瀉出內物的酒袋一樣。

紗藍衝向陣線。那些怪物遠離她，躲到一旁。紗藍的直覺告訴她一個可怕的現實：就是這些怪物如果想要的話，可以掃蕩所有橋兵——只要用一股可怕的黑浪就能成功。但是子夜之母想要學習。她想要用矛戰鬥。

然而就算是這樣，她也漸漸不耐煩了。新生的尖牙人形越來越扭曲、怪異。

「妳的模仿太可悲了。」紗藍低聲說。「來。我告訴妳該怎麼做。」

紗藍汲取颶光，全身像是信標一樣發亮。怪物尖叫著從她身邊退開。紗藍繞著驅趕左翼的黑暗橋兵，讓發光的人形從她身邊延伸。這些人形，正是她最近重建的畫作。

帕洛娜、廳堂的士兵、一群兩天前經過的魂師、市場的男男女女、藩王與書記、酒館裡與圍紗調情的男子、被她刺傷手的食角人、士兵、乞丐、斥候、洗衣婦，甚至還有幾位國王。

這是發出燦光的軍隊。

她產成的人形繞到被圍攻的橋兵旁，就像是護哨一樣。這群新生的光輝軍隊驅離敵方的怪物，而瀝青般的形體則沿著大廳兩側退後，直到離開撤退的通道。子夜之母仍然掌握大廳尾端的黑暗，那是他們尚未探索的區域。她在那裡等待，沒有後退的跡象。

橋兵鬆了口氣，雷納林在治療最後幾名傷兵時喃喃自語。紗藍的燦光軍隊向前組成陣形，爲橋兵擋住了黑暗之物。

黑暗之物再次創造了怪物，猛惡如獸。這些不成人形的腫塊有著長牙的裂嘴。

「妳怎麼辦到的？」雅多林的聲音在頭盔裡鳴響。「它們爲什麼會怕？」

「你有沒有被不認識的人拿刀威脅過？」

「有啊，然後我就召喚碎刃了。」

「差不多就是那感覺。」紗藍站前一步，雅多林也跟上她。雷納林召喚碎刃，快步跟上他們，他的碎甲沉沉作響。

黑暗之物往後退，顯示後方還有一間房間。紗藍靠近的時候，她的颶光將這個碗型的廳室照亮起來。廳室中央有個帶著波紋脈動的高舉黑物，從地板往天花板上舉約二十呎。

午夜怪物試著向她的燦光突進，似乎不再慌張。

「我們得作出選擇，」紗藍對雅多林與雷納林說。「撤退或是進攻？」

「妳覺得呢？」

「我不知道。這個怪物……她一直在觀察我。她改變我觀察塔城的方式。我覺得我能夠理解她，但是我沒辦法解釋這個連結。這不是好事，對吧？我們還要相信我這個人的想法嗎？」

雅多林拿開面罩，對她露出微笑。颶風啊，這個笑容。「哈拉德元帥一向認爲，要打敗對手，必須要先理解對方。這成爲戰地守則的一部分。」

「那……他對於撤退有什麼看法？」

「每場戰鬥都要規劃不得不撤退的計畫，但是要如同毫無退路一樣戰鬥。」

廳室裡的巨物繼續波動，瀝青般的表面露出眾多像是要從黑暗逃脫的臉孔。這個巨大的靈不僅僅如此。是的，她被綑在中央的柱子上。

這些拼貼畫、難以理解的作品，以及知識的寶藏……這是個重要的地方。

紗藍扣住雙手，讓圖刃（Patternblade）從她手掌現身。冒著汗的她緊握著碎刃，擺出雅多林教過她的架式。

她一拿起圖刃，馬上就感受到痛苦。那不是死去的靈的尖叫，而是她內心的痛苦。那是她的理念，她雖然已經宣誓了，卻還沒克服的痛苦。

「橋兵，」雅多林說。「你們願意再試一次嗎？」

「大佬，就算你有閃亮亮的盔甲，我們可是比你還撐得久啊！」

雅多林一笑，用力蓋上面甲。「燦軍光主，只等妳一聲令下。」

她派出幻象進攻，但是暗影不再像之前一樣害怕。黑色怪物攻擊她的幻象，這樣嘗試的它們發現幻象並非實物。數十隻午夜怪物堵住入口。

「幫我清開一條路到中間的物體去，」她試著用比心緒更堅定的聲音說話。「我必須靠近她。」

「雷納林，你可以守住後面嗎？」雅多林說。

雷納林點點頭。

雅多林深吸一口氣，衝進房間，衝過他父親的幻象。他攻擊第一個午夜之人、將之砍倒，狂暴地揮舞武器。

橋四隊大喊，跟著他衝進去。他們一塊幫紗藍開路，屠殺她與高柱之間的怪物。

她穿過在她兩側舉矛的橋兵。雅多林繼續往柱子推進，雷納林則在他背後避免哥哥被包圍，橋兵在兩側守住雷納林，以免他被怪物淹沒。

這些怪物不再在乎是否模仿人類。它們直接攻擊雅多林，不眞實的爪牙抓刮他的盔甲。其他的怪物緊咬住他，想要將他壓倒，或是找出碎甲的接合處。

它們知道如何對付像他一樣的戰士，如此心想的紗藍仍然一手握著碎刃。那它們爲什麼害怕我？

紗藍編織颶光，讓燦軍光主的形象出現在雷納林身旁。怪物攻擊幻象，卻沒有繼續攻擊雷納林——不幸的是，她的幻象多半倒下，化爲颶光消散。她心想，要是有更多練習，她就可以維持幻象。

她編織了自己的形象。這些幻象中，有年輕的她，也有老邁的她。有些一臉自信，有些驚慌不已。紗藍創造了十幾個自己的幻象。她震驚地發現其中幾個形象正是她丟失的自畫像，是那些她對著鏡子練習的作品。必繪者丹奪司堅稱這對立志成爲藝術家的人來說十分重要。

有些紗藍畏懼了，其他的則開始戰鬥；紗藍一度迷失自我，甚至讓圍紗跟著這些幻象出現。紗藍是每位女人、每位女孩中的那一位，但是每一位又不能被稱作她。它們是她利用的對象，她操控的對象。只是幻象。

「紗藍！」雅多林嘶聲大喊，雷納林低吼著將午夜怪物砍倒。「不管妳想做什麼，現在就動手！」

她站在士兵為她開的路，人就在雅多林附近。她將視線從某個在午夜怪物間跳舞的紗藍女孩移開。她眼前的巨物覆蓋著廳室中央的柱子，諸多臉孔試著從表面突出，嘴巴似乎想要尖叫，又像是溺入瀝青一樣被吸收。

「紗藍！」雅多林再次叫喚。

這個脈動的巨物如此可怕，但也如此吸引人。

洞口的畫像。通道上扭曲的線條。幾乎無法令人視其全體的塔城。這些東西正是她來此的原因。

紗藍大步向前，伸出手臂，讓幻象織成的袖子消失。她拉開手套，站在巨大的瀝青物體前，看著其上的無聲尖叫。

她把內手按在它上面。

30 謊言之母

聆聽一個愚人的肺腑之言。

——摘自《引誓》〈自序〉

紗藍接納這怪物。裸著手的她皮膚綻裂，心靈暗自驚呼。

怪物可以進入她的心靈。

而怪物也接納她。

她感受到怪物對人類的嚮往。她記得人類——如同初生的貂天生害怕天鰻那樣，有種生來便理解的先天學習。這個靈並沒有完全的意識，甚至沒有警覺心。她生來就憑靠直覺跟異樣的好奇心存活，像是腐食者嗅聞血液一樣，沉溺於暴力與苦痛之中。

她和瑞佘斐爾在這瞬間理解彼此。這個靈試探起紗藍與圖樣的締結，想要截斷這個聯繫，取而代之。圖樣緊抓著紗藍，她也緊抓著他，想要保存彼此。

她害怕我們，圖樣在她腦內嗡鳴。*她爲什麼要害怕我們？*

她的心眼見到自己與人形的圖樣抱在一起，兩人在靈的攻擊下彼此緊擁。在房間裡的一切都陷入黑暗的現在，她只看得到這樣的畫面。

這是個古老的存在。是許久以前恐怖之物的靈魂碎片。瑞佘斐爾受命製造混亂、散播恐慌來令人困惑，進而被毀滅。隨著時間推移，她慢慢對被她殺害的人物起了興趣。

她開始模仿她在世界上見到的一切，卻缺乏愛意與情感。就像是讓石頭活了過來，但只有殺與被殺的分別，並沒有其他情緒與喜悅。她過度強大的好奇心雖然施展暴力，卻對暴力毫無興趣。

全能之主在上……她就像創造靈一樣。只是非常、非常不對勁。

圖樣嗚咽著。他的人形穿著硬挺的袍子，頭部有變動的圖形。紗藍試著為他抵擋猛攻。如同毫無退路一樣戰鬥。

紗藍看著虛無的漩渦，子夜之母——瑞余斐爾的靈魂在其中旋轉。紗藍低吼一聲，發動攻擊。

她的攻擊方式並非謹慎的弗林社會教導端莊淑女的方法。她像是殺害母親的失控小孩一樣攻擊。像是被迫刺穿太恩胸膛的女人。大家認為她善良甜美，而對此產生憎恨的她，將這股情緒帶了上來。這部分的她厭惡被稱作容易分神或是聰明的女孩。

她汲取颶光，繼續往瑞余斐爾的內部推進。她也不清楚這是不是眞實——不清楚自己的實體是否更加深入怪物的黑泥——或者這只是在其他地方展現的景象。在塔之外的某處，甚至可能不在幽界。

怪物顫抖著，紗藍此時終於發現她恐懼的原因。她被困在這裡。就這個靈的認知，這只是最近的事，但紗藍認為其實已過了好幾百年。

瑞余斐爾擔心自己再被囚禁。她沒有意料到會身入囚籠，覺得這並不可能。然而像紗藍一樣的織光師達成了這個任務，因為織光師理解這個怪物。這隻魄散就像一隻害怕粗暴主人的野斧犬。

紗藍堅持住，壓制她的敵人，但是她對怪物的理解沖蝕著她——她理解到這怪物會徹底了解她，發掘她每個祕密。

她的狠勁與決心受到動搖。她的使命感開始流失。

因此她欺騙自己。她堅持自己並不害怕。她身負任務。她一向如此。她會持續這個道路。力量是人們眼中的幻象。甚至能在心中產生力量。

瑞佘斐爾碎裂開來。她的尖鳴讓紗藍的身軀也爲之震動。這尖嘯顯示瑞佘斐爾對於監禁與更慘烈遭遇的恐懼。

紗藍退到眾人戰鬥的房間。雅多林的鐵手抱住她，一膝跪地，碎甲在地面發出重重一聲。迴蕩的尖叫聲慢慢隱沒，但沒有消散。是逃跑、脫離，決定離紗藍遠遠的。

她強迫自己打開眼睛，發現房間裡的黑暗已經被清除了。午夜怪物的分體也消散了。雷納林很快便跪在受傷的橋兵身邊，拿下他的手甲，用治癒的颶光注入傷口。

雅多林幫紗藍坐了起來，她將暴露的內手塞進自己的手臂。颶風啊……她還維持著長裙裝的幻象。即便如此，她也不想讓雅多林發現圍紗的存在。她不能這樣做。

「在哪裡？」她精疲力盡地問他。「她到哪裡去了？」

雅多林指向房間另一端，那裡有道隧道通向山的深處。「她像煙一般往那裡逃走了。」

「所以……我們該追上去嗎？」艾瑟邊問邊小心接近隧道。「這下面有一段路。」

紗藍可以感受到空氣中的變化。這座塔……變得不一樣了。「不要追。」她想起衝突時的恐懼。讓怪物離開反而讓她放心。「我們可以派人守住這個廳室，但我不認爲她會回來。」

「是啊，」泰夫靠著長矛，擦拭臉上的汗水。「派守衛是個非常、非常好的主意。」

紗藍聽著他的語調，不禁皺眉，順著他的目光看向瑞佘斐爾本來蟄伏的地方。也就是在房間正中央的柱子。

上面有上千顆經過切割的寶石，每顆都比紗藍的拳頭還大。這些寶石代表的財富，遠遠超過了諸多王國。

31 勒令颶風

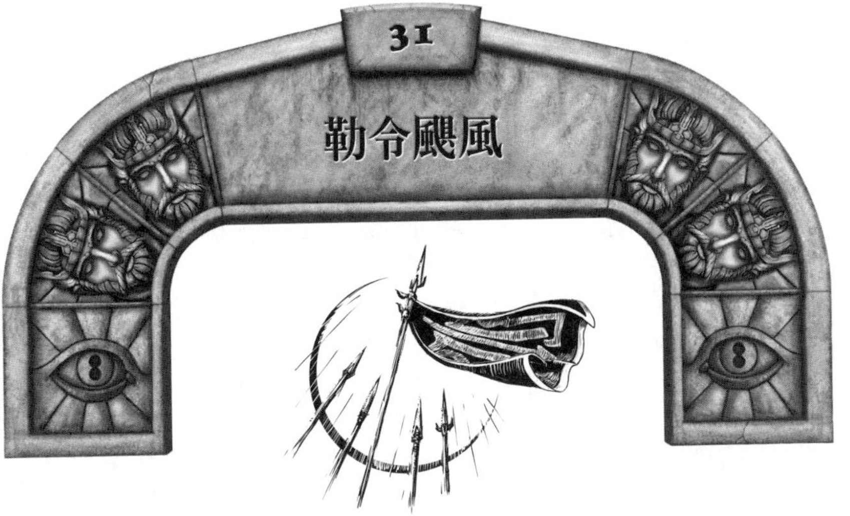

如果它們無法讓你們比較不愚昧，至少讓它們給予你們希望。

——摘自《引誓》〈自序〉

卡拉丁從小就夢想要從軍，離開寧靜的爐石小鎮。人人都知道士兵可以周遊各處，見識這個世界。

他的確見識了這個世界。他見過數十座無人的山丘、覆蓋蘆葦的平原，還有整座的戰營。雖然眼前是貨眞價實的世界，但是……說來話長。

正如同行的帕胥人所言，雷沃拉城離爐石鎮只有一、兩週的路程。他從沒有來過這裡。颶風的，不算戰營的話，他根本沒有住過城市。

他認爲大多數城市並不像雷沃拉城一樣，被軍隊包圍。雷沃拉位於群山環繞的背風側，對於小鎮來說是絕佳的位置。然而這並不是什麼鄉野小鎮。這座城市擴張到山間，城區蔓延到背風向的坡上——只有山頂沒有人跡。

他本以爲人們會規劃城市的發展。他曾經想像城市會像精簡的戰營一樣，有排列整齊的住宅。然而這裡的樣貌，反而像是破碎平原裂谷中叢生的植物，街道恣意延伸，市集的位置也沒有規則可循。

卡拉丁跟著帕胥人的隊伍，走上鋪著平滑克姆泥的道路。他們路過成千上萬名紮營的帕胥人，隨著推移，人數也更多了。

他的隊伍是唯一用肩扛著石矛、帶著曬乾穀餅，還穿著野豬皮涼鞋的一行人。他們用皮帶束起工作服，手上還有石刀、石斧，更有他用換來的蠟燭上蠟的袖套，裡面藏著打火石。他甚至教他們如何用投石器。

他或許根本不該教導他們；然而他爲此還是十分自豪，跟著大步走進城裡。

街道上擠滿了人。這些帕胥人從哪裡來的？這裡至少有四萬到五萬人。他知道大多數人不怎麼在意帕胥人……好吧，他也曾經如此。但是他總以爲帕胥人沒有多到這種地步。即使是高階淺眸人也只有幾名帕胥人服侍，商隊倒是有不少。事實上，就算是不怎麼有錢的城鎮居民也有帕胥人服侍，還有船工、礦工、送水人，以及建造大型建築時的工人……

「太棒了。」走在卡拉丁身旁的沙額說。他把女兒扛在肩上，讓她有更好的視野。她拿了幾張木牌，像是抱著塡充娃娃般緊抱著這些卡牌。

「棒？」卡拉丁問沙額。

「阿卡，這是我們自己的城市。」他低聲說。「我還是奴隸的時候，幾乎不曾想過這副景象，卻仍有這個夢想。我曾經想像，要是有自己的家、自己的生活，會是什麼樣子。這就是了。」

帕胥人顯然住進街上的房子了。他們也會經營市場嗎？這讓他想起一個不安的難題。人類到哪裡去了？不可見的靈引導荷恩的隊伍，帶領他們深入城裡。卡拉丁看見令人擔憂的景象：破窗與頹門。這些可能是永颶的影響，但是他也經過了兩道顯然是被斧頭砍開的破門。

掠奪。前方是內城的牆。這裡位在城區中央，有很好的防禦工事，可能是城池原本的邊界，上方有一些高得不可思議的結構。

卡拉丁終於在這裡發現他回返雅烈席卡的旅程中，原本預期一路會見到的打鬥痕跡。內城門已被破壞，哨站被燒毀，還有插在樑柱上的箭矢。這座城市是被征服下來的。

那麼人類遷移到哪裡了？他該找找集中營，或是堆得高高的焦骨嗎？光是想到這樣的情景，他就覺得反胃。

「這就是你們談的目標嗎？」卡拉丁走進內城時問。「沙額，這就是你們想要的東西嗎？征服這個王國？消滅人類。」

「颶風的，我不知道。」他說。「但是阿卡，我不能再成爲奴隸。我不會讓他們帶走泛伊，讓她失去自由。他們如此對待你，你還要爲他們說話？」

「他們是我的族人。」

「這不是藉口。如果你的『族人』殺了另一人，你不是也會把殺人犯關進牢裡？奴役我們一族的懲罰又會是什麼？」

西兒從高處飛過，從一團發光的霧中窺視。她對上卡拉丁的目光，在窗台上化身成一塊小石頭待著。

「我……」卡拉丁說。「沙額，我也不懂。但發動戰爭消滅其中一方？這不是答案。」

「阿卡，你可以與我們並肩作戰。這場戰爭可以不是人類對抗帕胥人的戰爭，而是更高尚的一戰。受壓迫者對抗壓迫者的戰爭。」

他們走過西兒所在的位置時，卡拉丁的手沿著牆滑去。西兒則如他們以往練習的一樣，鑽進他外套的袖子。他可以感覺到她，和一陣風一樣，從袖子竄到領口，再圍繞在髮間。長長的鬈髮讓她得以躲起來，此時他們心意相通。

「卡拉丁，這裡有很多黃白相間的靈，」她低聲說。「他們在空中流竄，在建築間舞蹈。」

「有人類的蹤跡嗎？」卡拉丁低聲說。

「在東邊。」她說。「他們聚在軍營與帕胥人以前的住處。其他人則在圍欄中，還有守衛監視。卡拉丁……今天還有一場颶風。」

「什麼時候？」

「很快吧？我最近才開始感覺。我不認為有人預料到，大家都被搞亂了。在其他人製作新表以前，舊的表可能會有問題。」

卡拉丁嘶了一聲。

他所屬的隊伍接近一大群帕胥人。根據這些人組成的大型動線，此處是處理新抵隊伍的工作站。荷恩的百人隊伍很快就排成一列等待。

前面有個長著帕山迪人全罩面甲殼的帕胥人，沿著排隊的隊伍走來，手裡拿著寫字板。這個帕山迪人接近荷恩的隊伍，西兒抓緊了卡拉丁的頭髮。

「你們從哪些城鎮、哪些工作營地還是軍隊來的？」他的聲音有種奇特的韻律，很像卡拉丁在破碎平原遇見的帕山迪人的說話方法。荷恩的隊伍中也有人用這種韻律講話，但是口音沒這麼重。

帕胥人書記寫下荷恩列出的城鎮名單，注意到他們的長矛。「你們滿勤勞的。我推薦你們進行特殊訓練。把你的俘虜送去圍欄，我會寫下他的描述，等到你們安頓好，就可以指派他工作。」

「他……」荷恩看向卡拉丁。「他不是我們的俘虜。」她似乎不太樂意地說。「他曾是人類的奴隸，就和我們一樣。他想要加入我們，一起戰鬥。」

帕胥人望向無物的空中。

「伊克希莉在幫你說話。」沙額低聲對卡拉丁說。「她對你的印象不錯。」

「好吧，」書記說。「也不是沒聽過這種狀況。但是你們必須找一位煉魔取得許可，才能讓他自由。」

「找一位什麼？」荷恩問。

拿著寫字板的帕胥人指向他的左側。卡拉丁和其他人必須站出隊伍，才能看見一名頭頂長髮的帕胥人。她的臉頰長出面甲，一路長到顴骨並深植入髮。她的手臂隆起臂筋，彷彿皮膚底下還有盔甲。她的雙眼發出紅光。

卡拉丁一時無法呼吸。橋兵曾經描述過這些怪物，他們往破碎平原中央推進時，曾與這種怪異的帕山迪人戰鬥。這就是召喚永颶的存在。

這個煉魔直接看向卡拉丁，紅色的目光帶著壓迫感。

卡拉丁聽見遠處的雷聲。他身邊的帕胥人開始低語。是颶風。

卡拉丁這時下了決定。他大膽待在沙額一行人裡太久了。他已經明瞭自己足以了解的現況。而颶風則給了他一個機會。

該走了。

那個被稱作煉魔，高大而危險的紅眼生物，開始走向荷恩的隊伍。卡拉丁不知道她是否已認出他的燦軍身分，不過他不打算等她走來。他一直都在盤算，曾爲奴隸的直覺已經爲他選好了最方便的逃脫路線。就在荷恩的腰帶上。

卡拉丁從她的腰帶汲取颶光。隨著力量湧現，他散發出光芒，接著扯開腰帶，拿走他需要的寶石。

「把妳的人帶到庇護所，」卡拉丁對見狀嚇到的荷恩說。「颶風就要來了。謝謝妳的善意。不管別人說什麼，記得這點：我並不希望成爲你們的敵人。」

煉魔怒吼出聲。卡拉丁看見沙額被背叛的神情，起身飛向空中。

這是自由。

卡拉丁開心得顫抖。颶風的，他好懷念。他懷念風，懷念上空的開闊，還有拋開重力時腹部的緊縮。

西兒化作光帶，圍繞在他身旁，產生了發光的旋線。卡拉丁頭上冒出了勝靈。

西兒化爲人形，這樣才能比冒出的光球還亮。「這是我的。」她一邊說，一邊把勝靈掃開。

卡拉丁到了五、六百呎高的時候，改用一半的捆術力量，慢了下來，懸浮在空中。下方的紅眼帕胥人指著他大叫，但是卡拉丁聽不見她的聲音。颶風的，希望這不代表沙額一夥人會有麻煩。

他現在能以絕佳的視野看清城市，看著街上的人形躲進建築尋求保護。其他的群體則從各處往城裡跑動。就算卡拉丁花了這麼久時間與他們相處，在這一瞬間仍然很不舒服。這裡居然聚集了這麼多帕胥人？這不正常。

這畫面讓他產生前所未有的不適。

他看了一眼遠處的颶風牆。在颶風到來以前，他還有時間。

他必須飛到颶風之上，才能避免自己被強風捲襲而去。那接下來又如何？

「兀瑞席魯就在西方的某處。」卡拉丁說。「妳可以帶我過去嗎？」

「我要怎麼做？」

「妳去過那裡。」

「你也去過。」

「西兒，妳是大自然的力量。」卡拉丁說。「妳可以感受颶風。妳難道沒有……方向感嗎？」

「你才是這個界域的存在，」她一邊說，一邊掃開一隻懸在他們身旁的勝靈，雙手抱胸。「而且，我不是大自然的力量，而是原初之力在經過特定人選想像後爲其理念人格化的結果。」她對他咧嘴一笑。

「妳哪來的理論啊？」

「不知道耶。我可能在哪裡聽過。也可能我就是這麼聰明。」

「我們必須到破碎平原，」卡拉丁說。「我們可以突破雅烈席卡南部的大城，更換新的寶石，希望換得的量夠我們回到戰營。」

他作了決定以後，便將寶石包綁在腰帶，向下俯瞰，試著在離開之前再估算帕胥人堡壘的軍力。現在不必擔心颶風是件怪事，但他只要往上飛得夠高就好。

卡拉丁從高處可以看見石面上有颶風來時導引泛濫雨水的溝槽。

雖然大多帕胥人已經跑到避風處，仍有些在下面抬頭仰望他。他們顯然見識到身受背叛的樣貌，只是他根本認不出他們是不是荷恩隊伍裡的人。

「怎麼了？」西兒問，她在他肩上發著光。

「西兒，我就是覺得和他們很相近。」

「他們征服了這座城市。他們是引虛者。」

「不，他們也是普通人。他們也很憤怒。這股憤怒是合理的。」一股強風吹襲到他身上，讓他飄移到一旁。「我知道這種感覺。這種感覺燒灼著你，腦袋裡像是長蟲一樣，啃噬你對自己遭遇的不公不義的感觸。這是我對艾洛卡的想法。有時候，眼前出現你應得的東西時，在合理解釋下運作的世界也毫無意義。」

「卡拉丁，你改變了對艾洛卡的看法。你看到正確的一面。」

「是嗎？我是發現了正確的一面或者只是任由自己用妳想要的方法看待事物？」

「殺掉艾洛卡是壞事。」

「那麼我在破碎平原殺掉的帕胥人又怎樣？殺掉他們就不是壞事嗎？」

「你那時在保護達利納。」

「達利納攻擊這些帕胥人的家鄉。」

「因爲他們殺了達利納的哥哥。」

「就我們所知，他們是因爲見到加維拉王與他的人民如何對待帕胥人，才這樣做的。」卡拉丁轉向坐在他肩上的西兒，她收起一隻腳。「所以西兒，這有什麼差別？達利納攻打帕胥人，與帕胥人拿下這座城，有什麼差別？」

「我不知道。」她輕聲說。

「如果讓艾洛卡因爲自己的不義之舉被殺，就會比我在破碎平原上殺害帕胥人還要好嗎？」

「有一個錯了。我的意思是，就是不對。我想兩個可能都不對吧？」

「可是其中一個幾乎破壞我與妳的締結，另一個卻不會。西兒，我們的締結無關對錯，而是妳如何看待事物的對錯。」

「是我們如何看待對錯，」她糾正他。「還有對誓言的看法。你發誓要保護艾洛卡。你倒是說說，打算背叛艾洛卡的時候，你內心深處不認為自己準備做的是件錯事。」

「好。但這仍和我們的立場有關。」卡拉丁任風吹拂，肚子就像開了個口那般空洞。「颶風的，我本來希望……我本來希望妳可以告訴我絕對正確的是什麼。在這種情況下，我希望我的道德準則不會被一連串的例外所取代。」

西兒若有所思地點點頭。

「我本來以為妳會反駁。」卡拉丁說。「妳是……什麼來著？人類如何看待榮譽才產生的具體存在嗎？妳不是至少該認為自己有所有答案嗎？」

「可能吧，」她說。「或者是有答案，只是要找出答案的是我罷了。」

颶風牆現在已清晰可見；颶風吹起這個帶著雨水與席捲之物的高牆。卡拉丁沿著風勢飛離城市，使用捆術往東，飄過構築城市擋風面的群山之間。他在這裡發現稍早沒有注意到的東西：一大群人類。

東風吹得更強。然而看守圍欄的帕胥人站著不動，彷彿沒有人下令他們動作。颶風的初響遠渺，容易錯失。他們可能很快就知道颶風將臨，但也可能為時已晚。

「噢！」西兒說。「卡拉丁，看看那些人！」

卡拉丁咒罵出聲，鬆開將他往上拉的捆術，急墜而下。他落到地面，身周冒出一圈颶光。

「颶風！」他對帕胥人守衛大喊。「颶風要來了！把人帶到安全的地方！」

守衛愣愣地看著他。這樣的反應並不讓人意外。卡拉丁召喚碎刃，推開帕胥人，靠上養豬圍欄的低矮石牆。

他高舉西刃。鎮民蜂擁而上，高喊著「碎刃師」。

「颶風要來了！」他大喊，但是聲音很快就被騷亂淹沒。他不認爲引虛者可以控制暴民。他汲取更多颶光，升到半空。這情景讓市民安靜下來，甚至讓他們稍微後退。

「上個颶風來的時候，」他大聲提問。「你們躲在哪裡？」

前面有幾個人指向附近的大型掩體。那個掩體是颶風來臨時，用來安置牲畜、帕胥人，甚至是旅人的地方。那裡可以容納所有人民嗎？如果擠進去的話，或許就有可能。

「快走！」卡拉丁說。「颶風很快就要來了！」

卡拉丁，西兒在他腦海裡說話。小心後面。

他轉身看見帕胥人守衛拿著矛靠近他站立的牆上。卡拉丁跳下牆，市民才終於有了反應，紛紛爬上幾乎不及胸的矮牆，上面還平滑地鋪著強化牆頂的克姆泥。

卡拉丁向帕胥人走近一步，碎刃一揮，切斷他們的矛尖。這幾個帕胥人比他一塊旅行的那一群還更疏於訓練，全部困惑地退後。

「你們想跟我打嗎？」卡拉丁問他們。

其中一人搖搖頭。

「那麼看好這些人，讓他們進去安全的地方時，不要急得絆倒別人。」卡拉丁指向人群。「你們也不要讓其他守衛攻擊他們。他們不是在叛亂。難道你們聽不見雷聲，感受不到風起嗎？」

他再飛上牆，揮手要人前進，大喊著指示。帕胥守衛最後決定不與碎刃師對陣，而是冒著惹上麻煩的風險，照著這個人類的說法行事。不久，卡拉丁就有一整隊帕胥人引領人類進入避風所，雖然過程沒那麼溫柔就是了。

卡拉丁落在一名守衛旁邊，那名女子的矛之前才被卡拉丁削掉。「上個颶風來時，他們在做什麼？」

「我們讓人類自生自滅，」她坦承。「我們自己都快保不住自己了。」

所以說，引虛者也沒有預料到風暴的來臨。卡拉丁皺起臉，試著不去想颶風牆的威力取走多少人命。

「你們要做得更好，」他對她說。「妳現在負責指揮這些人。你們已經拿下這座城市，拿了你們要的東西。如果你們宣稱自己站在道德的置高點，那就好好對待你們的俘虜，不要像他們以前對待你們一樣惡劣。」

「喂，」帕胥女子問。「你究竟是何方神聖？爲什麼——」

卡拉丁瞬間被巨物撞擊。他被重重抛到牆上，發出砰的一聲。巨物有著雙臂，這個怪物掐住卡拉丁的喉嚨，試圖將他勒死。他踢開那個眼發紅光的東西。

紅眼帕胥人發出黑紫色的光，有如暗色颶光。卡拉丁咒罵一聲，用捆術向上飛。怪物跟了上來。

附近還有一個怪物也像他一樣輕鬆飛升起來，身後拖曳著微弱的紫光。這兩人和他之前見過的帕胥人不同，更爲精瘦，而且頭頂更長的頭髮。西兒在他心中哭喊，聽來像是驚喜與痛苦的混合。他心想，眼下的情況只可能是他飛走以後，有人跑去找來了怪物。

幾隻風靈竄過卡拉丁身旁，開始玩鬧似地圍繞著他。天空暗了下來，隆隆作響的颶風牆襲地而來。紅眼的帕山迪人追上天。

卡拉丁使用捆術，將自己拉往颶風。

他曾經以此法對抗白衣殺手。颶風是危險的，也是他某種程度上的盟友。那兩個怪物跟了上來，卻高估了卡拉丁飛升的高度，必須用捆術再往下降，身體晃動得奇怪，讓卡拉丁想起自己首次試驗自身力量時的事情。

卡拉丁抱住身子、手持西刃，身邊帶了四、五隻風靈闖進颶風牆。不穩定的黑暗將他吞噬。這股黑暗通常會被雷電分割，或是被魅影般的炫光碎裂。強風如同敵軍扭曲並衝擊一切，沒有規則可言，卡拉丁被吹得東倒西歪。就算他全力施展捆術，也只能往他要的方向約略前進。

他轉頭眼看兩名紅眼帕胥人追來。他們的奇異光輝比他自己的還要讓人懾服，而且令人有種反物質光線的感覺。就像是黑暗攀到了他們身上。

他們很快便受到干擾，在風中旋轉。卡拉丁露出微笑，結果差點撞上朝他滾來的巨石。他很幸運地躲開了。只要再幾吋之差，巨石就可以扯掉他的手臂。

卡拉丁用捆術飛升，穿過風暴的頂端。「颶父啊！」他大喊。「颶風之靈！」

沒有回應。

「你必須轉向！」卡拉丁對著暴風大喊。「下面有人！颶父！你必須聽我說！」

風暴仍在狂虐。

卡拉丁飛向他曾見過颶父的高度——那裡看起來並非現實所處之地。他離地面遠遠的，依稀可見的地表已經浸了雨水，卻荒蕪一空。卡拉丁在空中懸浮。他沒有使用捆術，但腳下的空氣使他得以站穩腳跟。

榮譽之子，你有何能耐勒令颶風？

颶父的臉如天一般寬廣，如同日出一樣占領天際。

卡拉丁高舉碎刃。「颶父，我知道你是什麼。你是靈，就像西兒一樣。」

我是神的記憶，是他的碎片。是颶風的靈魂，也是永恆的心靈。

「既然有了靈魂、心智與記憶，」卡拉丁說。「你應當給予底下的人多些慈悲。」

那先前在這樣的風中死去的數十萬人呢？我之前該饒過他們嗎？

「沒錯。」

那麼吞噬的波浪、食物的火海呢？你也要擋下它們？

「我現在只和你談話，也只在今天和你談話。拜託你。」

雷聲隆隆。颶父似乎真的在思考這個提議。

塔那伐思特之子，這不是我辦得到的事。不會吹拂的風便不是風，是無物。

「但是——」

卡拉丁落入風暴之中，彷彿時間沒有流逝。他躲避強風，遭到挫敗的他咬著牙。風靈伴隨在他身邊，現在他身邊有二十幾個風靈，這群在他身邊旋繞歡笑的群體，猶如帶光的綵帶。

他穿過其中一個雙眼發光的帕胥人。煉魔是吧？這是這些眼睛發光的帕胥人的代稱嗎？

「西兒，颶父本來可以幫上更大的忙。他不是宣稱自己是妳的父親嗎？」

一言難盡，她在他的腦海裡說。*他很頑固。我很抱歉。*

「他沒有同情心。」卡拉丁說。

卡拉丁，他是風暴。正如人們千年來的想像。

「他可以做出選擇。」

可能吧。可能也不行。我認為你所要求的，就像是要火焰不許燙人。

卡拉丁竄到地面，很快到了雷沃拉周圍的山丘。他希望看到大家躲到安全處的樣子，但是這個希望很快就破碎了。眾人分散在圍欄與掩體之間的地面。其中一個掩體大門還開著，有幾個人——願上天保佑他們——正努力協助門外的人進入掩體。

還有許多人離得太遠。他們在地上緊抱住身體，抓著牆或是突出的岩塊。卡拉丁幾乎沒辦法在閃電中幫助他們逃脫，他們現在不過是風暴中受驚的團塊。

他感受到強風。曾經弱不禁風的他，也被綁在屋子上面對這樣的勁風。

*卡拉丁……*西兒在他落下時，從他的腦海裡發聲。

他體內有股風暴正在搏動。隨著颶風的來臨，他的颶光也充滿了能量。颶光讓他存活下來，救了他十數次。正是這股過去試圖殺害他的力量，成了他的救贖。

他落到地面，忽略西兒，抓住一個帶著兒子的年輕父親。他拉起兩人，穩穩地抱住他們，試著協助他們跑向屋裡。在他身旁一個辨識不了形體的人被風帶走，沒入黑暗。

卡拉丁，你不可能救上所有人的命。

他大聲吶喊，抓住另一人，緊緊拉著她向前走。他們在狂風中蹣跚，抵達緊抱著彼此的人群。這裡有二十幾人，躲在圍欄周遭的牆邊。

卡拉丁將他奮力帶來的父子與女子交給他們。「你們不能待在外面！」他對他們大喊。「一起走。你們必須一起前進，往這裡走！」

他在強風咆哮、落雨如刃的困境下，讓人們勾著手臂走過石地。他們本來走得很順利，直到巨石砸到一旁的地面，讓其中有些人恐慌地抱著彼此，蹲了下來。狂風又把一些人吹飛，只有還握著手的人沒有被吹走。

卡拉丁眨了眨眼角混合雨水的淚。他低聲咆吼。附近有一道閃光，照亮一個男人撞上破牆、被風暴拖走的景象。

卡拉丁，西兒說。我很遺憾。

「光是遺憾還不夠！」他大吼。

他一手抱著一名孩童，他的臉迎向風暴與可怕的勁風。風暴爲何要摧毀事物？風暴塑造了事物，它難道也要毀掉事物嗎？卡拉丁的心緒被痛苦與遭到背叛的情緒吞沒，颶光從他身上洶湧而出，他舉手試著想以隻身之力推開暴風。

上百隻帶著光的風靈排成一列，在他的手臂扭轉，像是綵帶一樣圍繞著他的臂膀。它們湧出颶光，向外爆發，霎時化爲一張耀目的薄幕，圍繞在卡拉丁身旁，擋住了他身邊的強風。

卡拉丁舉手走進風暴，並且讓風偏斜。他有如在河中擋開水流的石頭，在颶風中打開了開口，在他身後留下無風的尾跡。

狂怒的風暴持續打擊他，但是他利用風靈如翼的陣形令風偏吹。他終於在風暴打擊下轉頭往後看。在後面緊擁彼此的人雖然一身溼淋淋，卻也困惑著自己爲何處於無風的地帶。

「快走！」他大喊。「動起來！」

他們站起來。年輕的父親帶著兒子，跟在卡拉丁之後。卡拉丁支應著他們，維持著擋風牆。這是唯一被風困住的一批人，卡拉丁正竭盡氣力抵擋風暴。

強風似乎對於他的不屈不撓感到憤怒。只要風暴吹來一顆巨石，他就完了。

一個眼發紅光的形體站在他眼前。那身影向前走來，此時人群終於抵達掩體。卡拉丁嘆了口氣，鬆綁風群，他身後的風靈就此消散。精疲力盡的他，任由颶風捲走自己。他速速使用捆術飛升，以防自己撞上城裡的房子。

哇！西兒在他腦海裡說。你剛才做了什麼？你對風暴做了什麼？

「我做得還不夠。」卡拉丁低聲說。

卡拉丁，你竭盡全力也沒辦法滿足自己的期望。但這還是太棒了！

他在一瞬間飛越雷沃拉，轉頭一看，那座城市僅是風中的瓦礫。煉魔追了上來，但他們最後也消失了。卡拉丁與西兒衝出颶風牆，在颶風前方馳騁。他們經過諸城、平原與群山——在背後就有能量可採集的情況下，從沒用盡颶光。

他們飛了一小時，直到風轉向南方。

「跟著風走。」化爲光帶的西兒說。

「爲什麼？」

「就聽我這大自然化身的話，好嗎？我想父親想要用他的方式道歉。」

卡拉丁低哼一聲，仍然讓風導引他到特定的方向。他往這裡飛了幾個小時，迷失在風暴的聲響中，最後終於停了下來。這半是因爲他的意志，半是因爲風的壓迫。風暴已過，將他留在一片巨大的石地上。

這是塔城兀瑞席魯前的台地。

32 友伴

因爲在所有人之中，我，已經脫胎換骨。

——摘自《引誓》〈自序〉

紗藍坐在瑟巴瑞爾的客廳。這間怪異的廳室有個樓中樓，瑟巴瑞爾有時會安排樂手在那裡。地板有一個凹洞，他說要裝水養魚。他很確定他這樣說，只是想要用鋪張浪費來惹惱達利納。

目前他們還以木板蓋著凹洞，瑟巴瑞爾會不時警告大家不要踩上去。房間裡充滿奢華的裝飾，她肯定自己曾在達利納戰營的某間修道院看過那些花毯，它們正好襯托這裡的豪華家具、金燈與陶器——而中間卻有一堆碎木板蓋住洞口。她搖搖頭。蓋著層層毯子的她，蜷縮在沙發上。她很感謝帕洛娜爲她泡的熱柑橘茶。直到此刻，她還是無法擺脫數小時前與瑞佘斐爾對抗時帶來的顫慄。

「還有什麼需要幫忙的嗎？」帕洛娜問。

紗藍搖搖頭，這位賀達熙女子便坐到一旁的沙發，也爲自己拿了一杯茶。紗藍啜飲熱茶，很高興有人陪伴。雅多林要她先去睡，但是她現在絕對不要獨自一人。他把她交給帕洛娜照顧，接著到達利納與娜凡妮那裡去報告。

「所以說……」帕洛娜說。「她長什麼樣子？」

這個問題要怎麼回答啊？她碰到了颺風的子夜之母。這個來自古代傳說的名字屬於一個魄散，是引虛者的王侯。人們在短詩與史詩中傳頌她的名字，將她的形象描述得黑暗而美妙。許多畫作將她畫成紅瞳魅人的黑衣美女。

看來這足以解釋，人們對這些事物的記憶多麼稀薄。

「她跟傳說講的不一樣。」紗藍低聲說。「瑞余斐爾是個靈。她是個巨大且可怕的靈，極度渴望理解人類。因此她殺人，好模仿我們的暴行。」

然而這背後還有個謎團，那是她與瑞余斐爾糾纏時產生的一縷煙絲。紗藍開始思考，這個靈並不是打算理解人類，而是尋找自己失去的東西。

這個怪物在記憶難以企及的遠古，是否曾是人類？

他們並不清楚。他們什麼也不知道。紗藍初次報告之後，娜凡妮便派學者尋找資料，但是他們能取得的書籍仍然有限。就算連絡上了帕拉尼奧，紗藍對結果也不抱持樂觀。加絲娜已經花上數年尋找兀瑞席魯，而她多數的發現也不可靠。時代太久遠了。

「想想她一直就在這裡，」帕洛娜說。「躲在底下。」

「她被囚禁了，」紗藍低聲說。「最後她逃了出來，但那也是幾百年前的事了。她從那時起便一直在這裡等著。」

「那麼，我們應該找出其他魄散，並且確定他們不會跑出來。」

「我不知道其他魄散有沒有被抓到。」她從瑞余斐爾身上感受到孤立與孤獨，彷彿其他同類逃了出去，卻把她留下。

「所以說……」

「魄散不在這裡，一直在外面。」紗藍覺得精疲力盡，快睜不開的眼睛則是硬撐著，像是要向雅多林證明，她並不如他所想的那樣累壞了。

「我們現在發現他們了。」

「我也不清楚。」紗藍說。「他們……我們很快就會習慣他們的存在。就像其他事物一樣。」

她打了個呵欠，失神地點頭回應帕洛娜的話語，她的聲音泛濫成對紗藍行動的褒美之詞。雅多林之前也這樣，但她那時不在意，達利納則是待她十分親切——不像他一貫的人形頑石形象。

她沒打算告訴他們，自己幾乎要崩潰的事實，還有她多害怕再次遇到這個怪物。

但是……或許她的確該接受一些讚賞。她從小離家，想要為家裡求救。在她上船的第一天，目送著賈·克維德的影子遠去，覺得自己真的掌握了一切。她彷彿在生活中找到了重心，掌握了自己與環境。

她尤其有種自己成人的感覺。她笑著躺進毯子裡，一邊喝著茶，一邊讓心思暫時拋開整支部隊都看見她裸露內手的事。她算是大人了。她能承受這一點羞怯。事實上，她越來越肯定只要紗藍、圍紗與燦軍光主三者齊在，她就可以處理任何事情。

此時外面的騷動讓她坐起身來，不過這股騷動並不是危機。外頭傳來雜語與喧鬧的呼叫。雅多林進門時，她沒有特別驚訝。他拘禮地帕洛娜一鞠躬，再繞過她。之前穿著碎甲的他，身上制服仍然皺皺的。

「不要慌張。」他說。「是件好事。」

「事情？」她警醒起來。

「這個嘛，有人剛抵達塔城。」

「噢，這個啊，瑟巴瑞爾告訴我，橋小子回來了。」

「他嗎？不是，我講的不是他。」雅多林思索該怎麼表達時，眾人的交談聲也進了房間，房裡又多了幾個人。

帶頭者是加絲娜·科林。

——第一部結束

間曲

蒲利 ◆ 艾黎絲妲 ◆ 凡莉

I-1 蒲利

守塔人蒲利盡可能不讓其他人知悉他多期待新來的風暴。嗚呼哀哉。嗚呼哀哉。他告訴莎瑾的時候，她可還在哭呢。她嫁新郎時還覺得不可一世、受到保佑。她已經住到男子上好的石屋裡，那房子位於鎮上北壁的後方，還可以種花。

蒲利收集怪異風暴從東方帶來的碎木，堆到他的小拉車裡。他用雙手拉動車子，任莎瑾一個人哭泣。算上現在這個，她已經失去了三個丈夫，都是在海上喪命。嗚呼哀哉。

然而他還是期待風暴。

他把車子拉過其他破屋，這些屋子本來應該位在懸崖的西側。蒲利的爺爺記得懸崖原本不在那裡，克雷克在風暴中將土地一分爲二，製造了上好的新居之地。

現在的富人又要住到哪裡去呢？

他們這裡的確住了有錢人，他從來不管從海上來的旅人怎麼說的。那些人會在這個位於羅沙破碎東境的小港口停留，在他們懸崖下的避風港躲避風暴。

蒲利把車拉過避風港。那裡有外地來的船長，他們有長長的眉毛與褐色的皮膚，而不是正常的藍色。其中一名船長正想搞清楚她的船是怎麼被毀掉的。石頭砸了她停在避風港的船，也被雷電擊中，最後撞上石塊。現在這艘船只剩下船桅可見。

嗚呼哀哉。不過他得稱讚船長的船桅實在不錯。

蒲利再取了幾塊破船被沖上海岸的船板，丟進他的拉車裡。就算風暴毀掉不知多少艘船，蒲利還是很高興遇到這場新風暴。暗自歡喜。

難道他爺爺曾經警告過的時刻已經到來？那個世局變化的時代，始源之海的祕島居民會重奪那塔那坦嗎？

即便這件事沒有發生，他還是藉著新風暴取得了許多木材。石苞的碎片與樹木的枝條。他渴切地收集它們，在車上疊得高高的，然後拉車經過群聚的漁夫，他們正在抉擇如何在風暴夾擊的世界裡存活。漁夫不像懶惰的農夫一樣可以睡過整個泣季。他們在泣季工作。他們在無風之時工作。他們拋擲許多餌食，但是直至現在，才終於風起。

這是悲劇，他向奧蘭牡提議幫忙清理糧倉的殘骸時說了。最後有許多木板都上了蒲利的車。

這是悲劇！他同意幫赫瑪達看孩子，好讓她送湯給發燒的妹妹的時候，也說了這件事。

這是悲劇，他幫德拉姆兄弟從浪中拉回那張舊帆，並在石面上攤開時說了。

最後，蒲利完成工作，拉著車走向通往不屈塔的蜿蜒小道。那是他的燈塔之名。其他人不會這樣稱呼它，因爲它只是普通的燈塔。

他在頂樓留了獻給克雷克的水果，這位神將就住在颶風中。他接著把車子拉到底層。不屈塔不是什麼高聳的燈塔。他看過長眉海峽那些時髦雅致的燈塔畫作。有錢人的燈塔是給那些不捕魚的船看的。不屈塔只有兩層樓高，矮矮方方得像座碉堡，但是這座燈塔的石工很好，外層還塗了克姆泥防水。

這座燈塔已經屹立百年，克雷克還不打算破壞它。颶父知道這座塔有多重要。蒲利搬了一堆颶流木與破板走到燈塔頂端，放在白天燜燒的火堆旁烘乾。他拍拍手上的木屑，再走到燈塔的外環。這裡的鏡子會將火光從洞裡往外照。

他看向懸崖，看向東方。他的家族長得像燈塔一樣，都是矮壯卻有力的存在，而且不屈不撓。

他們會在口袋裡帶著颶光來到，爺爺曾經說。他們會帶來毀滅，但你還是要看著他們。因爲他們來自始源之海，是在無盡海洋上迷失的水手。蒲利，你晚上要高掛光明。你要把火燒旺，直到那一天的來臨。

他們會在夜最深暗的時候來到。
而這正是那股新風暴。深暗之夜。這是悲劇。
也是預兆。

I-2 艾黎絲妲

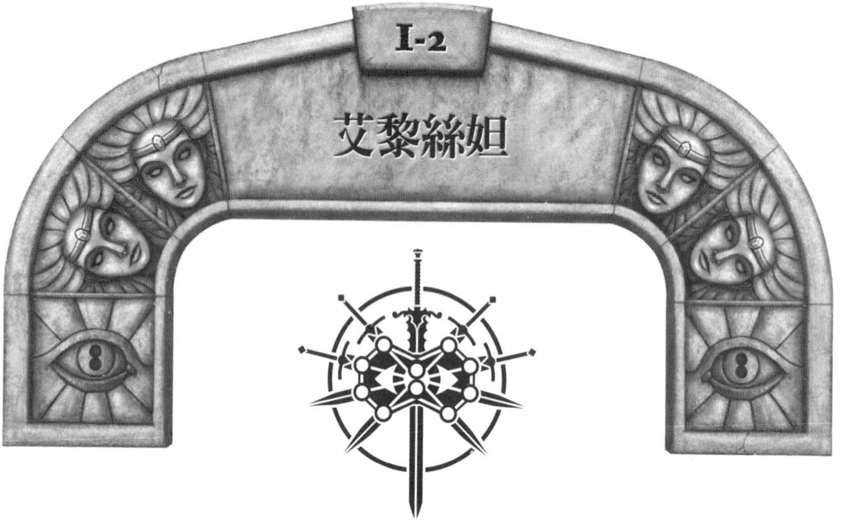

攸卡紗修道院通常是塊寧靜之地。這座修道院位在食角人山峰西坡的森林中，颶風來臨時，這裡只會承接雨水。當然此時是暴雨，但是比不上風暴在世界他處的肆虐。

艾黎絲妲每度過一次風暴，便慶幸自己的幸運。有些執徒花了大半生想要轉調到攸卡紗，遠離政治、颶風與其他煩雜，因爲在攸卡紗，人可以單純進行思考。

通常是這樣。

「你還在依賴這些數據嗎？你看東西不經腦袋了是吧？」

「我們還不能判斷。這些特例還不夠！」

「兩份數據可能還是巧合，但是三個就有連結了。永颶和一般颶風不一樣，是用恆速行進的。」

「你不能這樣說！你大肆宣揚的那個數據是照著颶風原本的走向行進，但這是不尋常的事件。」

艾黎絲妲用力闔上書，塞到她的書包裡。她速速遠離閱讀席，瞪了在大廳爭論、戴著首席帽子的兩名執徒一眼。他們吵得很凶，甚至不回應她強烈表達不滿的瞪視。

她匆匆進了圖書館，走在充滿自然元素的長道上。溼潤的空氣圍繞著安靜的大樹與寧和的小溪，長著苔蘚的藤蔓在傍晚伸展開來。的確有一大片樹林被新風暴颳倒，但這不足以成爲大家不滿的理由。要擔心這件事的是世界的他處。這裡可是心智信壇，她要做的事只有閱讀。

她把手邊的東西放在開著窗的閱讀桌上。溼氣對書不好，只是微弱的風暴帶來旺盛的水氣，所以她只好接受這一點。幸好那些除溼的法器可以……

「……就跟你說，我們必須撤離！」大廳迴響著新的聲響。「你看，風暴就要毀掉這片樹林。這片山坡不久就會變得光禿禿一片，颶風就會全力襲擊我們。」

「貝坦，新起的風暴沒什麼強風。它不會把樹吹倒。你有看過我的數據嗎？」

「我不接受那些數據。」

「但是──」

艾黎絲妲揉了揉太陽穴。她像其他執徒一樣剃了頭髮。她的雙親還是愛拿她的髮型開玩笑，說她只是討厭整理頭髮。她裝了耳塞，但是爭論的聲音仍舊傳進她的耳朵，她再度收拾東西。

到下層去如何？她往外走了一段路，沿著山坡的林間小徑往下。來到修道院之前，她曾經幻想在學者之間生活的景象。沒有口角、沒有政治──最終她發現這並非事實。不過人們通常會讓她獨處。因此她在這裡仍然算是幸運的，她再次對自己這樣說，進入低層建築。

這裡基本上直接變成動物園了。數十人在此用信蘆取得情報、進行談話，忙著跟藩王與國王討論。她停在門口，看了一眼，轉身悄悄離開。

接下來要怎麼辦？她往回走，速度慢了很多。這可能是通往寧靜的唯一道路……她看著林地心想。

她走進森林，盡可能不理會塵土與克姆泥，還有那些可能會落到她頭上的東西。她不打算走太遠，畢竟誰知道這裡有什麼東西出沒？她挑了一棵沒有太多苔蘚的樹樁，坐在在附近冒出來的生靈旁，把書放到大腿上。

她仍然能聽見執徒爭論的聲音，但這些聲音已經小了許多。她翻開書，打算把想讀的章節讀完。

葳瑪躲避史特林光爵的探覓，內手按在胸口的她，低頭看著他美麗的金髮。這樣的誘惑激發失德的心，絕對沒有辦法持續滿足她，但是他顯然一直專注在他美妙的歡愉，在她的空閒時間取悅她，現在他們幾乎放肆無禮，並且有失形象。

「噢！」艾黎絲妲邊讀邊喊。「不，妳這個蠢女孩！他最後會告白的。妳最好不要跑掉！」

她怎能讓自己因爲這一時歡快而被稱作蕩婦呢？她不是該謹愼選擇，接受叔叔在偏執之下挑選的對象嗎？伐達姆光爵有藩王冊封的屬地，比普通軍官有更多條件滿足她，這名軍官個性又好，長得又帥，撫觸又如此溫柔。

艾黎絲妲驚呼：「伐達姆光爵？妳這小賤貨！妳忘記他怎樣把妳爸丟進大牢了嗎？」

「葳瑪，」史特林光爵緩慢而嚴肅地說。「看來我嚴重誤判了妳的對象。這讓我覺得自己被扔進因愚蠢而羞恥的深淵。我該遠去，去到破碎平原，這樣妳便不會再因爲我的出現而受苦。」

他以正派紳士的方法鞠了躬，表現了他的文雅與敬重，誠懇得像是在國王面前一樣。簡潔同時充滿熱情，帶著尊重行事，這讓他先前的提議更加有說服力，卻也一瞬間展現了他的保護色的裂痕。那是脆弱的開口，而不是貪婪的模樣。

他抬起門閂，準備從她的生命中放逐自我。葳瑪的內心湧出無盡的羞恥與愁思，它們扭轉在一起，彷彿兩組紡線編織成一張欲望的花毯。

「等等！」葳瑪大喊。「我親愛的史特林，等我說句話。」

「颶風的史特林，你最好不要跑。」艾黎絲妲靠近書本，翻到下一頁。

端莊守禮什麼的已經不重要了，她已經沉溺於史特林的疼愛。她衝向他，用沒有上袖的手撫上他的臂，抬起他堅實的下巴，輕柔地觸碰。

森林裡眞是溫暖——實際上熱得要命。艾黎絲妲把手按在唇上，睜大眼睛的她顫動著讀下去。

她是否還能找到高大盔甲後的窗口，找出與自己內心相似的傷，使他向她的心互訴衷腸。只要——

「艾黎絲妲？」有個聲音問。

「噫！」她跳了起來，迅速蓋上書，轉向聲音的來源。「呃。噢！厄夫執徒。」這個年輕、高瘦的席爾那森執徒，有時大聲得讓人討厭。特別是跟蹤同僚進到森林時還是這樣。

「妳在研究什麼？」他問。

「重要的作品，」艾黎絲妲坐在書上。「你不必在意。有什麼事嗎？」

「嗯……」他低頭看向她的書包。「斑瑟爾收集的晨頌，最後是妳檢查解譯的吧？就是舊的版本？我只是想看看妳的進度。」

晨頌。對。他們在颶風來臨前正在這上頭努力，然後大家都被擾亂了進度。雅烈席卡那位年長的娜凡妮．科林，似乎找到方法解讀晨頌。她解讀的故事內容很無稽——反正科林家的政治動向一直是團迷霧——但是她確實掌握住要訣，讓他們可以慢慢處理古老文字。

艾黎絲妲往書包裡搜索，最後她拿出三本發霉的手抄本還有一疊紙，後者是她目前的進度。煩人的厄夫坐到樹樁旁的地上，拿了她提供的論文。他把自己的書包放在大腿上，開始閱讀。

「眞是難以置信，」不久後他說。「妳的進度比我還快。」

「大家都太擔心颶風了。」

「這個嘛，這個風暴的確是足以毀掉我們文明的威脅。」

「反應過度。大家對小小一陣風都大驚小怪。」

他翻閱她的紙頁。「這一段是什麼？爲什麼要這麼在乎文字的來源？蜚克辛認爲以晨頌寫作的書籍都是從同一個中心地帶散播出去的，因此不需要在乎它們最後的去向。」

「蜚克辛只是個書蟲，並不是學者。」艾黎絲姮說。「你瞧，這裡就有個簡單的證據顯示這個文字系統曾經在全羅沙通行。我參考了馬卡巴坎王國、瑟拉．泰爾王國、雅烈席拉王國（Alethela）……這並不是流散的文字，而是他們用晨頌來寫作的證據。」

「妳認爲他們都說同一種語言嗎？」

「不太可能。」

「但是加絲娜．科林的《遺俗與遺跡》裡又怎麼說？」

「書裡沒有說他們講同一種話，只說他們用同一種文字。數十個國家不可能在數百年來要大家都用同一種語言。因此有轉譯的書寫文字供學者使用，就像是雅烈席文字下方標記的內容一樣。」

「啊……」他說。「然後寂滅時代就來了……」

艾黎絲姮點點頭，拿出那疊紙下方的筆記說：「這種奇怪的中介語言，是人們試著用晨頌文字發音轉譯至他們的語言，但是效果不好。」她又翻了兩頁。「在這個殘篇，我有賽勒．弗林符文的原型基礎，這裡則是更接近現在使用的賽勒那文字格式。

「我們一直在思考晨頌出了什麼事，人們爲何會忘記如何讀取自己的語言？現在這個答案很明顯了。晨頌成爲死語超過千年才出現，接下來的人們不會用晨頌說話，世代如此。」

「眞是高超的答案。」厄夫說。以席爾那森人來說，他人還不算壞。「我盡力翻譯了，但是在〈柯伐殘篇〉卡住了。如果妳目前的作法是正確的，可能代表柯伐並不是用晨頌寫作，而是轉譯另一種古老的語言……」

他瞥向一旁，歪著頭。他難道是在看——

噢不，他看到她坐著的那本書。

「《美德的可靠》。」他嗯哼一聲。「好看。」

「你讀過這本書？」

「我對雅烈席史詩有興趣，」他心不在焉地邊說邊翻頁。「不過女主角應該選伐達姆的。史特林是個愛調情又不願付出的男人。」

「史特林是個高貴正直的軍官！」她瞇起眼。「厄夫執徒，你現在只是想要氣我。」

「可能吧。」他繼續翻頁，研究她的晨頌文法圖表。「我有續集。」

「它有續集？」

「跟她妹妹有關。」

「那個無趣的傢伙？」

「她受人注目，必須從高壯的海軍軍官、賽勒那銀行家與國王的智臣之間選擇一人。」

「等等，所以這次有三個男人了？」

「續集總是會搞得更大，」他一邊說，一邊把那疊紙還給她。「我會借妳看。」

「噢，你會借我看，是吧？那寬宏大量的厄夫光爵想要什麼回報？」

「他要妳幫忙翻譯晨頌難搞的部分。有位贊助者把截稿日訂得很死。」

I-3 失落節奏

凡莉哼著渴切，往裂谷下方爬去。這副絕佳的新形體被她稱作颶風形體，讓她可以雙手緊緊抓住山邊，懸在數百呎的高處，一點都不害怕墜下。

她皮膚底下的殼甲沒有以前的戰爭形體那樣雄武，不過一樣好用。在召喚永颶的時候，有個人類士兵直接刺穿她的臉，他的矛穿透了鼻梁，但是殼甲削弱了武器的威力。

她沿著石壁往下爬，她以前的配偶戴米和另一群忠實的友人跟在其後。她在腦海裡哼出命令，這種節奏與感謝類似，卻更加強大。她的手下都聽得見帶著一些音調的節奏，然而她卻聽不見以往常見的那一首，只有這種更高一等的新節奏。

在她底下的是被沖蝕的裂谷，颶風帶來的雨水已經積起土堆。她最後抵達底部，其他人也跳了下來，令地面震動。帶領他們的靈名爲烏林姆，他像是滾動的閃電，沿著石面往下。

這個靈的閃電形態在谷底化爲有著怪眼的人類形體。烏林姆坐到斷木上，雙手抱胸，不可見的風拍打著他的頭髮。凡莉並不清楚爲什麼，憎惡親自派來的靈竟然長得像人類。

「就在這附近，」烏林姆說。「散開來搜索。」

凡莉緊緊收著下巴，哼著憤怒。她的手臂漫著能量的漣漪。「虛靈，我爲什麼要遵從你的命令？我才該是下令者。」

靈沒理她，這更加激怒她。戴米卻將手放在她肩上捏了捏，哼著滿足。「來，跟我往這走。」

她抑制自己的節奏，跟著戴米走向帶著碎礫的南方。克姆妮將裂谷的底部塡平，但颶風還是留下不少殘骸。

她與渴切和鳴，這是個快速且粗暴的節奏。「戴米，該指揮的是我，而不是那個靈。」

「是妳在指揮沒錯啊。」

「那爲什麼我們什麼也不知道？我們的神祇已經回來了，然而我們根本看不見他們。我們爲了這些形體犧牲了許多東西，創造這個足以爲榮的眞正形體。我們……我們究竟失去了多少？」

有時這種新節奏似乎要消失，她便會開始思考這種問題。她祕密與烏林姆會面，引導她的人民轉化爲颶風形體。這關乎拯救她族人的性命，不是嗎？數萬名聆聽者爲了召喚風暴而戰，卻只有一小隊存活了下來。

戴米和她本來是學者，現在連學者都要加入戰鬥。她仍感覺得到臉上的傷口。

「我們的犧牲是值得的。」戴米用嘲弄對她說。「是的，我們失去很多族人，但是人類本來就想把我們滅絕。我們這樣至少還有倖存者，而且有強大的力量！」

他說得對。如果她一直想要有一副具有力量的形體，那她已經成功了。就因爲她在颶風中抓到一個靈。當然，那不是烏林姆的同類——次等靈才是用來改變形體的媒介。她偶爾會感受到，那個與自己締結的靈，正在自身深處的脈動。

無論如何，這次變形讓她擁有了強大的力量。人民的福祉對她來說一向是次要的，現在才要重拾良心，已經太遲了。

她再次哼起渴切，戴米露出笑容，再捏了捏她的肩膀。他們一起化爲配偶形體時，曾經共享過一段時光。現在他們已不再感受到那種愚蠢、令人精神渙散的烈情，那可不是還有理智的聆聽者的所欲所望。但那是他們的共同回憶，的確讓他們有了羈絆。

他們穿過殘骸，走過幾個剛死不久的人類，他們的屍體卡在岩縫裡。看到這些屍體是好事，能夠讓她想起她的人民就算失去許多同胞，同時也殺了許多敵人，是件好事。

「凡莉！」戴米說。「看！」他爬上卡在裂谷中央的木橋。她跟了上去，十分滿意自己的氣力。她可能忘不了戴米在化身之前原本是個高瘦、不禁風的學者，但是她不認為他們願意回歸過去的形體。這些充滿力量的形體實在令人入迷。

他們走過木板後，她就看見戴米發現的身形。那形體頹然陷在裂谷谷壁上，頂著頭盔的頭低垂望地，有如凍火的碎刃插在一旁的石地上。

「終於找妳了！伊尚尼！」凡莉從木板上躍起，落在戴米身旁。

伊尚尼似乎精疲力竭。事實上，她連動都沒動。

「伊尚尼？」凡莉跪在她姊姊身旁。「妳還好嗎？伊尚尼？」她抓住這個身覆碎甲的人形的肩膀，輕輕搖晃。

伊尚尼的頭歪向一旁。

凡莉為之一震。戴米嚴肅地揭開伊尚尼的面甲，揭露了伴著死亡眼神的黯淡臉龐。

伊尚尼……不……

「啊，」烏林姆的聲音傳來。「好極了。」這個靈靠近石壁，就像是在石上劈打的閃電一樣。「戴米，手。」

戴米順從地抬起手，並將掌心向上，讓烏林姆從牆上竄到他手上，再化為人類形體，站在他手邊並說：「嗯……盔甲已經沒有颶光了。背面受損，我懂了。好吧，據說這盔甲就算從主人身上卸下來許久，也會自己長回來。」

「碎……甲。」知覺已經麻木的凡莉輕聲說。「你要的是碎甲。」

「這個嘛，當然還有碎刃。否則幹嘛找屍體呢？妳……噢，妳以為她還活著是吧？」

「你說要找我姊姊的時候，」凡莉說。「我以為……」

「是的，看來她被颶風的洪水淹死了。」烏林姆發出像是彈舌的聲音。「她把劍插到石頭裡，想要穩在原地，但是連呼吸都辦不到。」

凡莉和鳴起失落。

這是個古老的內在節奏。她從變形以後再也沒有聽見這種節奏，不知道這時爲什麼會哼唱起來。她覺得自己與這嚴肅的悼調有種疏離感。

「伊尙尼……？」她低聲說，再次輕推屍體。戴米驚呼一聲，因爲觸碰逝者的身體是個禁忌。古老的歌謠傳說，人類會切開聆聽者的屍體，從他們身上取得寶心。聆聽者則讓死者平靜自處。

凡莉凝視伊尙尼無神的雙眼。*妳是理性的聲音*，凡莉心想。*妳與我爭辯……妳應該要囚禁我的。沒有妳我該怎麼辦？*

「好啦，小鬼們，把碎甲拿下來。」烏林姆說。

「你給我放尊重一點！」凡莉說。

「尊重什麼？這對死者才是最好的處置。」

「最好嗎？」凡莉說。「最好嗎？」她站起來，質問站在戴米掌上的小靈。「這可是我的姊姊。她是我們最偉大的戰士，是激勵我們的先烈。」

烏林姆聽見這樣的評論，似乎既厭煩又無奈，大力搖了搖頭。他怎麼敢這樣！他不過是個靈。他應該是她的僕人。

「妳的姊姊，」烏林姆說。「沒有成功變形。她抗拒了，所以我們還是失去了她。她沒有朝我們的方向努力。」

凡莉哼著憤怒，用一字一字大聲叫喊的聲音怒斥。「不准你再說這種話。你只是靈！你生來就要服侍。」

「我的確生來服侍。」

「那你就得聽我的話！」

「聽妳的？」烏林姆笑著。「孩子，妳跟人類打了幾年小仗啦？三年還是四年？」

「靈，我們打了六年。」戴米說。「血淋淋地長達六年。」

「那麼，你們想猜猜我們打這場仗多久了嗎？」烏林姆問。「儘管說。猜吧。我等你們。」

凡莉不服氣。「這並不重——」

「噢，這可重要了。」烏林姆的紅眼發出電光。「凡莉，妳知道怎樣帶兵嗎？眞正的軍隊哦？還有如何在百里之外的戰場上支援部隊嗎？妳有從亙古以來在這方面的記憶與經驗嗎？」

凡莉怒視著他。

「我們的諸多領袖，」烏林姆說。「知道自己所爲何事。我侍奉他們。但我才是那個逃跑的靈，那個尋求救贖的靈。我不必聽妳的話。」

「我會成爲女王。」凡莉用惱怒說。

「若妳能活著的話嗎？有可能。但是妳姊姊呢？她和其他人派了殺手，殺害了那位人類國王，就是爲了不讓我們回歸。妳的人民是叛徒——但是凡莉，你們的努力挽回了局面。要是妳夠聰明的話，就會有更進一步的祝佑。總之，把碎甲從妳姊姊身上脫下來，然後擦乾淚水，準備爬回上面。這些台地有帶著榮譽臭味的人類遊蕩，我們必須離開，看看妳的祖先要我們做什麼。」

「我們的祖先？」戴米說。「逝者和這件事有什麼關係？」

「關乎一切。」烏林姆回答。「他們正是掌握權力的存在。卸下碎甲。現在就動手。」他竄到牆上，變回一道小小的閃電，接著離開。

凡莉哼著嘲弄做回應，違反禁忌地協助戴米將碎甲卸下。烏林姆帶著其他人回來，命令他們收齊碎甲。

他們往上爬，留下凡莉負責拿走碎刃。她將石中的刀刃拉了起來，斜眼看向她姊姊的屍體——此時她身上只剩下帶著襯墊的內衣。

凡莉覺得內心有道尖刺。她突然又隱約聽見失落節奏，哀悼的分拍慢慢地行進。

「我……」凡莉說。「總之，我不必再聽妳說我愚蠢的話，不必再擔心妳想要做什麼。我會做我想做的。」

這嚇壞了她。

她轉身離開，又因爲看見其他東西而停下來。從伊尚尼身上跑出來的小靈是什麼？看起來像是白焰的火球。它發出光環，移動時留下曳影，如同彗星一般。

「你是什麼？」凡莉用惱怒問。「滾。」

凡莉離開姊姊陷在谷底的孤單遺體。裂谷魔或是颶風將以她爲食。

第二部

初始唱頌

New Beginnings Sing

紗藍◆加絲娜◆達利納◆橋四隊

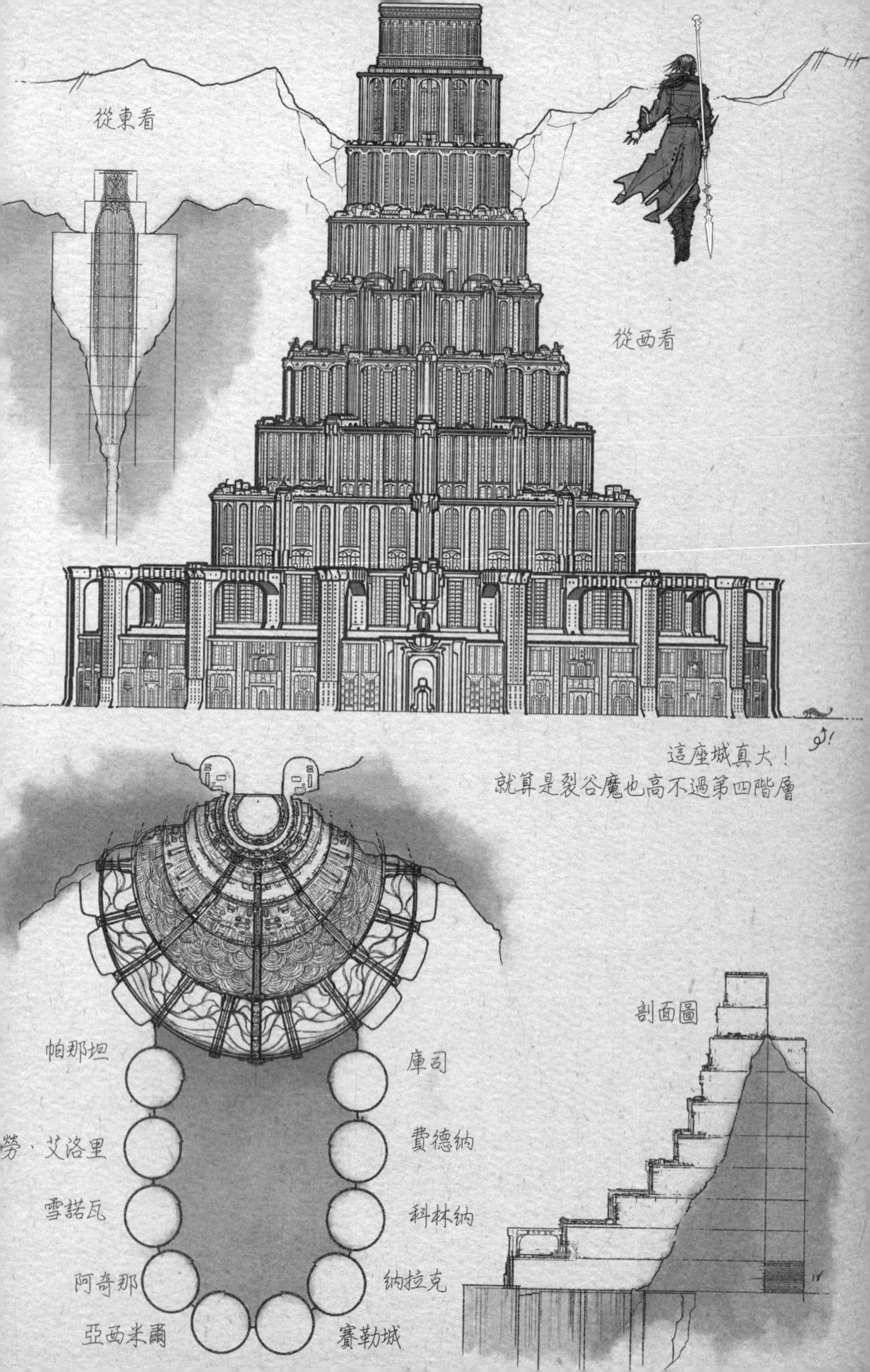
從東看
從西看
這座城真大！
就算是裂谷魔也高不過第四階層
剖面圖
帕那坦
庫司
勞·艾洛里
費德纳
雪諾瓦
科林纳
阿奇那
纳拉克
亞西米爾
賽勒城

親愛的賽凡琉斯，

毋須猜疑，我收到了你的來鴻。

加絲娜．科林沒有死。

加絲娜．科林還活著。

大家都認爲剛經過嚴峻考驗的紗藍應該好好休息，而不在意橋兵才是當時掌控戰局的人物。她辦到的事情，不過是輕觸一個邪怪的靈。儘管如此，她隔天還是只待在自己的房間裡畫畫、思考。

加絲娜的回歸啓發紗藍心中的導火線。紗藍本來更習於分析自己的畫作，會在素描上補上注記與解說。但前一陣子，她只畫了一頁又一頁扭曲的圖像。

可是，她接受的不是成爲學者的訓練嗎？她不應該只在一旁畫畫；她應該進行分析、推理與觀察。因此，她宣布要完整記錄自己對上魄散的遭遇。

雅多林與帕洛娜分別來找過她，甚至達利納都在娜凡妮咋舌不已的情況下，前來問候她是否安好。有大家相伴反而令紗藍倍感煎熬，急切地想重新執筆。她有許多問題。她要怎樣把這些問題拋諸腦後？它創造的又是什麼？

然而，處理自己的研究，卻讓她洩了氣。

颶風啊……加絲娜還活著。

這改變了一切。

紗藍終究無法再閉門思索。娜凡妮提到加絲娜晚些會來看她，紗藍為此梳洗打扮，將背包放到肩上，出發去尋找那個女子。她必須知道加絲娜是怎麼活下來的。

紗藍雖靜悄悄地走過兀瑞席魯的廳堂，卻發現自己越來越煩惱。加絲娜說過要一直用符合邏輯的觀點看待事物，但是她也有戲劇般的天分，足以與任何說書人匹敵。紗藍清楚記得卡布嵐司的那一夜。那時加絲娜刻意引誘強盜接近，接著用令人震驚的粗暴風格解決了他們。

加絲娜不單單是要證明她的觀點。她還要將這樣的思想深植到你的腦內，伴以簡潔有力的佳句。她為什麼不用信蘆報告她存活的消息呢？颶風的，她這段時間到哪裡去了？

紗藍稍微打聽，引導自己回到有著螺旋梯的深坑。穿著筆挺科林藍的守衛讓她確認加絲娜就在下方，紗藍再次拾級而下，意外發現自己並沒有因為往下走而感到焦慮。事實上……自從來到塔城後一直有的壓迫感，似乎已經蒸發。她不再有恐慌，不再有不對勁的無形感受。被她趕走的怪物似乎正是那種感覺的源頭。不知為何，它的氣息滲透了整座塔。

她在階梯底下看見更多士兵。達利納顯然要看人守好這個地方。她求之不得。她順利通過守衛，伴隨鞠躬行禮與說著「燦軍光主」的低喃。

她大步走過裝飾著壁畫的大廳，牆角的錢球燈籠為大廳提供充分照明。她經過空空如也的幾間圖書室，到了另一端，聽見前方依稀有聲音傳來。她走進面對子夜之母的房間。這個房間終於沒了扭曲的黑暗，她也終於能夠看清楚這裡。

中央閃著晶光的柱子如此不可思議。它不止是一顆寶石組成，而是大量相鑄的寶石：祖母綠、紅寶石、黃玉與藍寶石……十種寶石似乎都被熔接在這一支二十呎高的重柱上。颶風啊……如果這些沒有颶光存留的寶石都充能的話，會是什麼光景？

一群守衛站在房間另一端的封鎖線，監視著魄散消失的隧道。加絲娜正繞著巨柱走，外手觸摸石柱。這位皇族穿著紅衣，塗上相襯的口紅，頭髮盤了起來，並且插了幾支劍形的髮簪，類似劍柄的地方則鑲著紅寶石。

颶風啊。她真是個完美的女人。她有豐滿的身材、褐色的雅烈席膚色，還有淺紫色的眼瞳，純黑的頭髮裡沒有一絲雜色。加絲娜．科林才貌雙全，這可真是全能之主做過最不公平的事了。

紗藍在門口躊躇不前，如同她在卡布嵐司初見此人時一樣百感交集，感到不安及不知所措，而且老實說——還嫉妒不已。不管加絲娜經歷什麼苦難，她看起來都沒有受過傷的跡象。想起自己上次看見加絲娜的時候，加絲娜還意識不清地躺在地上，被人一刀刺穿胸口。

「我的母親，」手還放在柱子上的加絲娜，並沒有轉頭看向紗藍，而是直接發話。「認爲它一定是複雜精細的法器——這推斷符合邏輯。我們一直相信古人有強大且偉大的科技，否則大家要怎麼解釋碎刃與碎甲？」

「光主？」紗藍說。「但是……碎刃不是法器。它們是藉由締結轉化的靈。」

「正如法器一樣。」加絲娜說。「妳知道怎麼製造法器，不是嗎？」

「不是很清楚。」紗藍說。她們才重聚不久，就開始上課了？眞是實際。

「人要捕捉一個靈，」加絲娜說。「將靈囚禁在爲特定用途切割的寶石裡。法器製作師發現特定的刺激物可以激發靈的反應。舉例來說，只要按壓寶石上的金屬，就會刺激困在裡面的火靈，這樣就可以增加或減少熱氣的產生。」

「這眞是……」

「太神奇了？」

「太可怕了，」紗藍知道一點相關的知識，但是直接深思其中的道理卻讓她驚駭無已。「光主，我們要囚禁靈嗎？」

「跟在芻螺身上架貨車差不多。」

「當然，這個前提是有人將芻螺永遠關在箱裡。」

圖樣在她的裙裡輕聲哼著同意的聲調。

加絲娜豎起眉毛。「孩子，靈是有分別的。」她手再次按在柱上。「幫我畫一張它的樣子。顏色的比例要對，麻煩妳了。」

加絲娜這個理所當然且不經意的指示，像是給了紗藍一巴掌。她是什麼人，是被人使喚的僕從嗎？

沒錯，她心裡的某部分想著。*妳正是這種身分。妳是加絲娜的學徒。*在這種情況下，這個要求並不算過分，只是她已經習慣被人用其他方式對待，相較之下，這個就……

不過，她不應該覺得受到冒犯，她應該接受這點。颶風啊，她什麼時候變得這麼敏感？她拿出素描簿，同時開始工作。

「我聽說妳靠著自己的力量來到這裡，覺得很振奮。」加絲娜說。「我……必須爲隨風號上的事情道歉。我的目光短淺，讓許多人因此而死去，而且肯定讓妳很難熬。紗藍，請接受我的悔意。」

紗藍聳聳肩，繼續素描。

「妳做得非常好，」加絲娜繼續說。「想想我到了破碎平原，發現戰營的人已經遷到這裡時，有多麼驚奇。孩子，這是妳出色的成就。然而我們必須進一步談談，談談那個試圖刺殺我的團體。在妳朝最後理念前進的路上，鬼血遲早會盯上妳。」

「妳確定是鬼血的人攻上船嗎？」

「當然，」她瞥向紗藍，擺出臭臉。「孩子，妳確定妳有足夠的理解嗎？妳似乎意外地拘謹。」

「我沒事。」

「我保有一些祕密，讓妳不高興了？」

「光主，我們都需要祕密。我比任何人更了解這點。但是如果妳能告訴我們妳還活著會更好。」*我本*

來以爲可以自己處理這裡的事情——也認爲我必須處理這裡的事情。但是就在這時，妳回來把一切拋到空中。

「我只是掌握了機會來到戰營，」加絲娜說。「接著決定我不能冒險。我既疲累，又缺乏保護。如果鬼血想要了結我，他們隨時可以動手。我決定再等幾天，讓人認爲我已經死了，才不會引起他們的警戒。」

「但妳究竟是怎麼活下來的？」

「孩子，我是異召師（Elsecaller）。」

「當然，光主，妳是異召師。妳從沒解釋過這個名詞。這個字只有少數努力至極的學者才認得出來！這個解釋眞是完美。」

加絲娜不知怎地露出了微笑。

「燦軍都與幽界有所連結，」加絲娜說。「我們的靈來自那裡，我們的締結將我們與那裡連結。不過我的軍團特別掌握了在界域之間移動的能力。我可以在殺手面前逃至幽界。」

「那妳胸口上颶風的那把刀就沒事了？」

「不是。」加絲娜說。「但妳現在當然知道了吧？一點颶光對於受傷的助益？」

當然知道，而她可能早就猜想到這一切。只是因爲某些原因，她並不想接受。她想要維持自己對加絲娜的不滿。

「眞正的難處不在逃離，而在回歸。」加絲娜說。「我的能力可以輕鬆往幽界而去，但回到這個界域卻不能靠小伎倆。我必須找到傳送點，找到幽界與我們的界域接觸的地方，那比大家所想的還要困難。這就像是……下山之後，再爬回山上。」

然而，她的回歸使紗藍受到一些壓力。加絲娜可以變成「燦軍光主」，紗藍則是……這個嘛，什麼都可以。

「我們必須進一步談談，」加絲娜說。「我要聽妳親口描述發現兀瑞席魯的經過。我想妳應該有變形的帕胥人素描吧？那會給我們許多資訊。我……我相信我曾經貶抑妳的藝術能力的用處，而我現在有理由認爲，自己的推斷讓自己成爲了笨蛋。」

「沒關係，光主。」紗藍嘆了口氣，仍在繪畫柱子。「我會讓妳拿到畫，但是我們要談的東西非常多。」可是我還有多少東西可以講？加絲娜會有什麼反應，例如知道紗藍與鬼血有來往時，又會如何呢？

這並不代表妳眞的屬於那個組織，紗藍心想。就算是，妳也是利用他們取得情報。加絲娜可能會覺得很羨慕。

紗藍並不希望提出這個難搞的話題。

「我覺得很失落……」加絲娜說。

紗藍從素描簿抬起頭，看見加絲娜再次望向柱子，輕聲說話的她彷彿對著自己低喃。

「多年來我一直追尋這裡。」加絲娜說。「若我不小心絆倒，就會掙扎著讓自己站起來。我叔叔的幻象則……則在我缺席的時候重建了燦軍……

「說到燦軍，那位逐風師，紗藍，妳對他有什麼想法？他符合我想像的逐風師的樣子，但是我只見過他一次。這一切來得措手不及。我們在陰影中多年奮鬥，終於見到曙光，然而就算我已研習多年，我的理解還是如此之少。」

紗藍繼續素描。她很高興發現她跟加絲娜之間就算有這麼多的差異，仍有一個共通點。

她只希望她們的無知，並不是共通點上的頭號項目。

34 抗拒

我在它寄達當下就注意到了，就如同你對我的土地造成的諸多紛擾那般顯著。

是時候了。颺父說。

達利納身邊一片漆黑，身處現實世界與幻象之間的領域。這裡有一片黑天，還有延伸至無窮盡處的骨白色石地。他身邊的石地冒出化形再消失的煙霧。它們的化形都是常見的人事物，可能是一張椅子，一只花瓶，或是一株石苞，有時也會出現人形。

我找到她了。颺父的聲音彷彿永恆的巨震搖撼此地。賽勒那的女王。我的颶風正侵襲她的城市。

「很好，」達利納說。「請把幻象傳遞給她。」

芬恩正看著燦軍從天而降，讓一座小村莊免於怪異的強大力量刁難。達利納想讓她親眼看見燦軍曾經的樣子。看見他們曾經是正義的保護者。

我該把她放在哪裡？颺父問。

「放在你第一次顯象給我的地方。」達利納說。「在那個住家。和一家人在一起。」

那你呢？

「我會觀察，之後再和她談談。」

你必須參與幻象的事件，颶父堅稱。你必須扮演某個人。幻象是這樣運作的。

「好。選個人吧。如果有辦法的話，讓芬恩看見我的眞身，也讓我看見她的本體。」他這時還感覺得到，腰帶上的劍還在。「還有，你可以讓我帶佩劍嗎？我不想再用火鉗戰鬥了。」

颶父不滿地隆隆作響，但是沒有反對。無盡白石之地開始消失。

「剛才這是什麼地方？」達利納問。

那裡什麼都不是。

「但是幻象的其他部分都是眞實的，」達利納說。「所以那裡為何什麼都——」

那裡什麼都不是，颶父堅定地宣稱。

達利納陷入沉默，任自己落入幻象中。

那是我想像出來的，颶父的口氣軟化了些，彷彿在承認一件難堪的事。所有事物都有靈魂。不管是花瓶、牆壁還是椅子。花瓶破了以後，它在實體界可能是死的，但是花瓶的靈魂還記得自己曾經是什麼。所以一切事物若要死，必須死兩次。它的第二次死亡，就是眾生忘記它曾是花瓶，而只認為它是一堆碎片。接著我會想像花瓶消失，形體化為無物。

達利納從沒聽聞颶父講過這麼有哲學意味的談話。他從未想過一個靈就算已經掌握颶風的大能，還會有這樣夢幻的想法。

達利納突然發現自己正在半空中猛衝。

他大揮雙臂，驚慌地大喊。地面沐浴著第一月亮的紫光。他的胃扭成一團，衣服在空中拍打著他。他繼續大喊，直到發現自己並沒有向下墜落。

他並非往下墜落，而是在空中飛行。空氣竄過他的頭頂，不是直接擊打他的臉。他現在確實看見自己發光的身體，原來他身上流動著颶光。雖然他並不覺得自己持有颶光——他的血管裡沒有新的湧動，也沒有行動的迫切感。

他擋住吹向臉的強風，然後向前看。前方還有一名正在飛行的燦軍，穿著藍色盔甲的他閃閃發光，盔甲的邊緣與溝槽發出最明亮的光輝。男子顯然是聽見達利納的大喊，回頭看向他。

達利納向他敬禮，表示自己沒事。覆甲男子點點頭，再次往前看。

他是位逐風師。達利納心裡慢慢拼湊起現況。我接手了他同伴的位置，一位燦軍女子。他曾經在幻象中見過這兩人，他們正要飛來拯救村莊。達利納並不是利用自己的力量移動——逐風師用捆術帶著燦軍女子上了天空，就像納拉克之戰時，賽司對他所做的一樣。

但他還是很難接受自己沒有墜落的事實，他還是感覺得到胃部下沉的感受。他試著將注意力放在其他事物身上。他穿著沒見過的褐色制服，很高興還帶著他要求留著的劍。不過他扮演的人物為什麼沒有碎甲？之前的幻象中，這名女子身穿有如發光琥珀的全套盔甲。難道這是他向颶父多作要求所致？畢竟颶父試著讓他可以以本體與芬恩見面？

達利納仍然不知道燦軍的碎甲為何發光，在他的時代，碎甲沒有光輝。難道古代碎甲曾經像燦軍碎刃一樣「活著」嗎？

也許他可以從前面的燦軍身上找到答案。然而他得謹慎拋出問題。其他人會把達利納視為那名燦軍女子，要是他的提問不符合此人的形象，大概只會令人困惑，不會得到答案。

「距離還有多遠？」達利納問。他的聲音被風聲吹散，所以他喊得更大聲，才引起同伴注意。

「不遠了。」男子回頭大喊。他的聲音在發著藍光的頭盔裡迴響，燦光在盔甲邊緣與窺視孔裡最為明顯。

「我覺得我的碎甲有問題。」達利納對他喊。「我脫不下我的頭盔！」

那一名燦軍的回應，竟然是消失在他眼前。達利納看見一股由光或霧組成的氣團。頭頂頭盔的男子有著黑膚與黑色的鬈髮，雙眼發出藍光。「脫下頭盔？」他大喊。「妳還沒召喚妳的盔甲；妳要解散了盔甲，我才能用捆術帶著妳飛。」

噢，達利納心想。「我是說剛才。我想要解散它，卻不順利。」

「找哈凱連問問，或是問問妳的靈。」逐風師皺起眉頭。「這對我們的任務有影響嗎？」

「我不知道。」達利納喊。「但是讓我精神不集中。你再跟我說一次，我們怎麼知道要去哪裡，還有我們要對抗什麼？」他聽見自己的怪聲音，覺得有點彆扭。

「準備好對抗子夜精，看到傷口就用使用重生術。」

「但是——」

榮譽之子，你會發現找到有用答案的困難。颶父隆隆作響，這些人沒有靈魂或心智。他們是以榮譽意志重塑的再造之物，並沒有眞人的記憶。

「我們當然可以知道些什麼。」達利納用氣音說。

他們只被造來傳遞確切的概念。再進一步只會揭露這幻象的淺薄。

這讓達利納想起他第一次進入幻象時，那座虛造的城市，那座被夷平的科林納城比現實中更整齊。但是幻象中還是有可以了解的地方，可以了解到那些榮譽當時並不打算放入幻象，卻意外加入的內容。

我得找娜凡妮和加絲娜來，他心想。讓她們化身爲這些再造之物。

達利納上次見到這幻象時，替代的是一位名叫希伯的男子；他是一家之父，卻只能用撥火鉗保護他的家人。他記得他無力地對抗一隻油膩的黑夜怪物。他戰鬥，流血，悲呼。他似乎在永恆之中試著保護妻女，最後失敗了。

這樣的個人記憶雖是仿造而成，但他還是經歷其中。事實上，當他看見前方偎在大石壘地的小鎮時，達利納的情緒一湧而上。他覺得很痛苦，因爲他清楚記得這個地方、這些人物，而腦海中對璦葳的記憶仍然在模糊的陰影中。

逐風師抓住達利納的手臂，使他慢了下來。他們停在半空中，懸在村外的石台上。

「那裡。」逐風師指向鎭外的黑色異怪。它們有野斧犬的大小，還有反映著月光的油膩外表。它們用六足行走，不像任何動物。它們有螃蟹一般細長的腿，卻有臃腫的身體和扭曲的脖頸，頭部除了一張長著黑牙的嘴以外，沒有其他五官。

紗藍曾經在兀瑞席魯的深處面對生成怪物的源頭。達利納自從知道曾有魄散躲在塔城底下，晚上越睡越不安寧。其他八個是不是就在附近潛伏呢？

「我先下去，」逐風師說。「吸引它們的注意力。妳到鎮上幫忙鎮民。」男人手按著達利納的手。「妳三十秒後就會墜落。」

男子的盔甲化為實體，墜向怪物。達利納記得幻象中下墜的景象——那人就像墜星一樣救了達利納和他的家人。

「我們，」達利納低聲對颶父說。「我們要怎樣取得盔甲？」

說出箴言。

「哪一句？」

你會知道或不知道。

好極了。

達利納找不著他曾保護過的那一家人，沒有看到塔凡或西莉。他之前在幻象見過她們，但是現在他在飛行。他不確定這次的幻象能持續多久。

颶風的，他是不是沒有規劃好？他本來期待到芬恩女王那裡救助她，讓她不要身陷危機。結果，他卻在空中浪費時間。

笨蛋。他必須學著向颶父提出更精確的請求。

達利納以能夠控制的速度落地。即使他對逐風師的波力有些概念，仍對此感到驚奇。他一落地，那股輕盈感馬上離開，圍繞在他皮膚上的颶光消散逝去。相較於另一位亮如藍色信標的燦軍，這讓他比較不容易成為目標。那位燦軍正用一把大大的碎刃朝子夜精揮去。

達利納潛行穿過小鎮，身上那把普通的佩劍跟碎刃相較，簡直弱不禁風——但劍總比鐵鉗好。怪物穿過主幹道，但是達利納躲在掩體中等它們經過。

他輕易認出那棟房子，後面有一間小穀倉，就位在庇護小鎮的石壁下。他潛行過去，發現穀倉的牆已經被扯開。他記得自己與西莉從怪物手下逃走，躲在這裡。

穀倉是空的，他往住屋去，住屋沒有受到太大損傷。這棟用克姆泥磚建成的房子看起來大上很多，但似乎只有一個家庭住在這裡。這麼大的房子卻只住一家人，不是很奇怪嗎？疊地上的空間運用一向很重要的。

他的設想顯然不適用這個時代。雅烈席卡的居民會把木造莊園當作財富的象徵，然而這裡卻已有許多木造的屋子。

達利納溜進屋內，越來越擔心。芬恩的肉體不會在幻象中受傷，但還是感受得到痛楚。所以就算傷口不是眞的，她也會遷怒達利納。他可能會因此毀掉讓她接受他的說法的機會。

*但她已經不願意接受了。*他自顧自地想。娜凡妮也同意——這個幻象不會讓情況變得更糟。

他覺得口袋裡裝了東西，很高興發現其中有些寶石。燦軍會使用颶光。他拿出一顆鵝卵石大小的鑽石，用它的白光觀察房間。桌椅東倒西歪，支腳碎裂，門懸開一半，在風中發出咿呀聲。

他找不到芬恩女王的蹤跡，塔凡陳屍在火爐旁。她穿著一件式的褐色裙裝，現在已經殘破不堪。達利納嘆了口氣，收起劍，跪下來輕觸她背上被妖爪刺穿的洞。

*這不是眞的，*他告訴自己。*至少不是現實。這個女人幾千年前就死了。*

可是看到她的慘況還是讓人心傷。他踏出搖擺的大門，走進夜色之中。此時的小鎮正四處傳來吼叫與哭喊。

心急的他大步走上路。不……他不只是心急，還帶著一絲不耐。他看見塔凡的屍體，心念一轉。他不是困守於夢魘攻擊的男人，也不像第一次來到這裡時一樣恐慌。他為什麼要躲躲藏藏的？幻象可是在他的掌握中。他不應該害怕。

有隻怪物從陰影中衝出來。達利納汲取颶光的同時，怪物跳起來咬住他的腿。他雖然感到疼痛，但是忍耐一下，傷口就復原了。他瞥向再次攻擊卻徒勞無功的怪物。它退後幾步，達利納可以從它的姿勢中看見它的疑惑。狩獵者不應該有這種表現。

「你們不會吃掉屍體，」達利納說。「只是殺人取樂，對吧？我常在想人與靈有什麼分別，但我們在這一點是一樣的。我們都可以謀殺。」

不潔之物再向他發動攻勢，達利納這次用雙手制服了它。怪物的身體如同酒袋般被擠壓變形。他用颶光將這隻哀嚎的怪獸撞上附近的建築。怪獸的背先撞上牆，再跌跌撞撞地陷入數呎深的地下。

達利納繼續前進。他逕自砍殺接著出現的兩隻怪物。怪物的身體直接分離、扭曲，甲殼冒出黑煙。

*那道光是什麼？*那道在前方舞蹈的光越來越強，迅捷的橘光在街道的尾端傾瀉而出。

他印象中這裡沒有出現過火光。房子燒起來了嗎？達利納靠近以後，發現了跳著火靈的火堆正燒著家具。周圍有數十名男女，各自拿著掃把和耙子等手邊找得到的武器，甚至還有一、兩個人手持鐵鉗。

達利納看見他們周圍的懼靈，知道他們嚇壞了。他們還是擺出陣勢，讓小孩擠在中央靠近火堆的地方，無力地抵擋子夜精的攻勢。火堆旁有個箱子，上面站著發號施令的人物。那是芬恩女王，她的聲音沒有口音。對達利納來說，她說著一口純正的雅烈席語，雖然說在幻象中，其實大家所言所思都使用古語。

*她怎麼這麼快就掌握狀況了？*達利納看著鎮民的戰鬥看到入迷。他們當中有人淌血倒下，尖叫此起彼落，卻也有人纏住怪物，刺穿怪物的背部來嚇阻它們——其中甚至有人用的是菜刀。

達利納還待在城鎮的外圍，等到那個驚人的身影發著藍光進入視野。那名逐風師很快地解決了剩下的怪物。

最後，他瞪了達利納一眼，說：「妳站在那邊做什麼？怎麼沒有幫忙？」

「噢——」

「我們回去後要好好檢討！」他大喊，指向倒地的鎮民。「快去治療傷患。」

達利納照著他的手勢走向人群，目標卻不是傷者，是芬恩。有些鎮民正互抱著痛哭，也有人為了存活歡呼，舉起他們殘破不全的武器。達利納以前就見過這種戰後的後續效應，人們的情緒會用不同的方式湧現。

火堆的熱氣讓達利納的眉毛開始流汗。火煙滾滾冒出，讓他想起他踏入這次幻象之前的景象。他一直喜歡真實火焰的溫暖，那些跳著舞的火靈如此渴望撲火而亡。

芬恩比達利納還要矮一呎以上，圓臉的她有著黃色的雙瞳，還有賽勒那人的白色卷眉，一路垂到臉頰。她不像雅烈席女子一樣綁住頭髮，而是任其披肩。幻象中的她有件簡單的襯衫和長褲，正是她代入的那位男人的衣著，但她還是找了內手的手套戴上。

「這回，黑刺本人現身了？」她說。「沉淪地獄的，這個夢可真怪。」

「芬恩，這不完全是夢。」達利納邊說邊回頭看向逐風師。這名燦軍正衝向街上一群子夜精。「我不知道有沒有時間解釋。」

「我可以減緩時間。」村民口中傳出了颼父的聲音。

「麻煩你了。」達利納說。

人事物都停了下來。或者說……大大慢了下來。火堆烈焰的閃動猶如光絲，人群緩遲行動。但達利納沒有受到影響，芬恩也是。他坐在芬恩站著的箱子旁，她遲疑一下，才跟著坐下。「這真的是場怪夢。」

「我第一次看見幻象時，也認為自己在作夢。」達利納說。「等到幻象不斷出現，我不得不理解這既確實又合理的過程不是夢境。我們不能在夢中這樣對話。」

「我作夢的時候，一向覺得一切都如此自然。」

「妳醒來以後就會發現不同之處。芬恩，我可以向妳展示更多驚喜。這些遺物是一個……存在留給我們，幫助我們從寂滅時代存活的事物。」達利納心想此時還不能講起他的異端說法。「如果一場幻象不足以說服妳，我可以理解。我也是堅持了幾個月才接受這些幻象。」

「這些幻象都這麼……強烈嗎？」

達利納露出微笑說：「對我來說，這是最強烈的一段了。」他望向芬恩。「妳做得比我之前要好。我剛才只擔心塔凡和她女兒，但最後還是被怪物包圍。」

「是我讓那女人死的。」芬恩輕聲說。「我帶著小孩逃跑，讓那些怪物殺了她，可以說是把她當成誘餌了。」她雙眼驚恐地看向達利納。「科林，你有什麼意圖？你暗示自己掌握幻象的力量。為什麼要讓我身陷這樣的夢境。」

「老實說，我只是想和妳對話。」

「寄封颶風的信啊！」

「芬恩，我要親自見到妳。」他朝聚在一起的鎮民點點頭。「妳辦到了。妳組織全鎮的人，讓他們在一起對抗敵人。這太厲害了。妳以為我會在世界陷入類似的情況下，任由妳背棄這個世界嗎？」

「別蠢了。我的王國正遭受著苦難，我知道我的人民的需求；我不會背棄任何人。」

達利納看向她，抿緊嘴唇，但是什麼也沒說。

「好。」她厲聲說。「好啊，科林。你想要挖掘事實是吧？那告訴我，你真以為我認為颶風的燦軍騎士就要回歸，而且全能之主選了你這個暴君兼屠夫來領導燦軍？」

達利納的回應是起身汲取颶光，他的身體冒出光煙。他說：「如果妳要我證明，我是有辦法說服妳。雖然這看起來不可思議，但是燦軍的確回歸了。」

「但你沒解釋後面？是的，新的風暴是出現了，可能還有新生的力量。好。我不能接受的是，全能之主竟然要你這傢伙領導大家。」

「我接到的命令是聯合大家。」

「由神授權——跟神權時代控制政權的方式一模一樣。那創日者薩迪斯又是怎麼回事？他也宣稱自己接受全能之主的召喚。」芬恩站起身來，沿著幾乎靜止在原地的鎮民走動，再轉身把手指向達利納。「然後你也來這一套——不至於威脅，卻由不得人反對。讓我們加入聯盟！不加入的話就死定了，是吧？」

達利納覺得自己的耐心正在流失。他咬牙強迫自己壓下稜角，然後起身。「女王陛下，妳現在不講理了。」

「是嗎？噢，讓我颶風的想想哦。我只是要讓颶風的黑刺本人踏進我的都城，讓他指揮我的軍隊！」

「那妳要我怎麼辦？」達利納大喊。「妳要我看著世界崩壞嗎？」

她歪著頭看著他暴怒不已。

「妳說得或許沒錯，我的確是暴君！或許讓我的軍隊入城有很高的風險，但妳也沒有比較好的選擇了！可能好人都死光了，妳就只剩下我可以支援賽勒那！颶來颶去的說話也改變不了事實，芬恩。妳可以冒著被雅烈席軍隊征服的風險，或者接受孤軍在引虛者手下滅亡的必然！」

弔詭的是，芬恩手臂交叉，左手抵著下巴端詳達利納。一點也不受達利納的怒吼所影響。

達利納經過一個猶如深入泥沼緩行的矮壯男子，往他們本來坐著的箱子走去。「芬恩，」達利納說。「妳不喜歡我，這不成問題。妳倒是當著我的面說說，信任黑刺比面對寂滅更糟糕。」

芬恩還是端詳著達利納，那雙年邁的眼若有所思。有什麼不對勁嗎？他說錯什麼了？

「芬恩，」他再度嘗試。「我——」

「我之前怎沒見到這股熱情？」她問。「爲什麼你寫信的時候，不用這種方法說話？」

「我……芬恩，我那時試著合乎禮節。」

她哼了一聲。「那樣做只會讓我覺得在跟委員會講話，反正大家用信蘆通訊時都認爲對方會這樣。」

「所以？」

「所以比起那樣，聽見有人發出眞誠的怒吼反而是好事。」她瞪了周圍的人一眼。「這裡詭異得要命，我們可以擺脫這種情況了嗎？」

達利納不自覺地點頭，主要是換取思考的時間。芬恩似乎將他的怒氣視爲……好事？他指向群眾之間的空道，讓芬恩跟著他離開火堆。

「芬恩，」達利納說。「妳說妳認爲用信蘆對談，面對的是一整個委員會，那有什麼問題嗎？爲什麼反而要我對妳大吼才願意聽我說話？」

「科林，我沒有要你對我大吼。」芬恩說。「但是老兄，颶風的。你知不知道過去幾個月，大家是怎麼談論你的？」

「不知道。」

「你是信蘆情報網上炙手可熱的話題！身負黑刺之名的達利納・科林居然瘋了！他居然宣稱殺害了全能之主！他前一天拒絕再戰，隔天就帶兵到破碎平原執行瘋狂的任務！他居然說要奴役引虛者！」

「我沒有那樣說……」

「達利納，大家不會把所有報告都當眞，但是我有特別可靠的情報來源，那裡的人表示你已經瘋了。重建燦軍？喧嚷著寂滅將至？你幾乎可以說是雅烈席卡的國王了，就只差個頭銜，可是你不與其他藩王爭鬥，反而帶著自己的部隊在泣季出動。接下來你還說有股新的風暴。這些資訊足夠讓我認爲你那時是個瘋子。」

「然後風暴便現身了。」達利納說。

「然後風暴便現身了。」

他們沿著寧靜的街道前進，後方的火光曳飛，拉長他們的影子。右方的房子之間有個溫和的藍光——那是正在緩遲的時空中對抗怪物的燦軍。

加絲娜說不定能從房子古老的結構了解什麼，這裡的居民也穿著他不熟悉的服裝。他以爲過往的一切都很粗糙，然而並非如此。這裡的房門、建築與眾人的服裝都不粗糙。這些東西幾乎都很完整，只是……缺乏難以定義的某個部分。

「永颶的存在證明我不是瘋子了？」達利納說。

「永颶證明事有蹊蹺。」

達利納立刻停了下來。「妳認爲我和他們合作！妳認爲這能夠解釋我的行爲、我的預知。妳認爲我之所以有不尋常的舉動，是因爲我跟引虛者勾結。」

「我那時只知道，」芬恩說。「信蘆的另一端並不是我預期的達利納‧科林。信蘆傳來的言詞太有禮貌，冷靜得不能被信任。」

「現在呢？」達利納問。

芬恩轉身回答：「現在……我會考慮考慮。我可以看看幻象其他的地方嗎？我想知道小女孩怎麼了。」

達利納沿著她的目光而去，終於在這麼多次幻象後，看見小小的西莉和其他小孩坐在火堆旁，抱在一起。她的眼神中帶著驚慌。他可以想像小女孩在芬恩帶著她與母親分離後逃之夭夭的恐慌。

西莉突然動了起來，轉頭用空洞的眼神看著跪在她身旁的女子，準備拿起女子提供的飲品。颶父已經讓幻象回到正常速度。

達利納退後，讓芬恩重回人群，來體驗幻象的終結。他雙手抱胸看著幻象，同時注意到身旁有閃爍的光。

「我們要再給她看更多幻象。」達利納對颶父說。「只有讓更多人了解全能之主留下來的眞相，才能召集更多人手。一場颶風可以帶多少人進入幻象？只能帶一個？還是我們可以多帶幾個人加速這個過程？你可以一次帶兩個人進入兩場不同的幻象嗎？」

颶父隆隆作響。我不喜歡被命令。

「還是你想讓憎惡獲勝？颶父，你的傲氣能撐到什麼時候？」

這不是傲氣，颶父的口氣似乎仍然頑固。我不是人。我不受令，亦不退縮。我照著我的本性行事，不這樣做會覺得痛苦。

那位燦軍逐風師解決最後一隻怪物，走向群眾，望向芬恩說：「你所學可能不多，但是你的領導才能令人驚豔。我很少看見任何人可以像你一樣組織群眾，作出優秀的防衛，就算是我見過的國王或軍官，都沒這麼出色。」

芬恩歪著頭。

「對我無話可說？」燦軍說。「好吧。如果你想學習真正的領導能力，就來兀瑞席魯吧。」

達利納轉身看向颶父。「這幾乎跟他上次對我講的話一模一樣。」

這是設計好的，永遠會在幻象裡出現，颶父回答。我不了解榮譽所有的目的，但我知道他希望你和燦軍互動，了解他人也可以加入燦軍。

「燦軍需要所有懂得反抗的人，」燦軍對芬恩說。「是的，任何願意戰鬥的人，都應該來雅烈席拉。我們可以教導你、幫助你。如果你有戰士的心，這股熱情在沒有引導的情況下，可能會毀了你。加入我們吧。」

燦軍大步離開，芬恩在西莉對她說話時驚跳一下。達利納聽不見女孩的低語，但他猜得到這是什麼場景。幻象結束的時候，全能之主都會從幻象的人口中說話，將他的智慧傳授給人，而非達利納一開始所想的互動。

芬恩聽了全能之主的話，似乎很擔憂。她也應該擔憂。達利納還記得那段話。

是的，這很重要，不要讓自己陷入紛爭中。你要堅定。保持你的榮譽心，榮譽心自會幫助你。

然而榮譽已死。

全能之主的話語一完，芬恩轉向達利納，眼神中帶著思量。

她還是不信任你。颶父說。

「她在想我是不是利用引虛者的力量創造幻象。她不再以爲我是瘋子了，但還是質疑我是不是加入了敵人。」

所以你又失敗了。

「不，」達利納說。「她今晚已經願意傾聽。我想她最後會賭一把，來到兀瑞席魯。」

颶父發出困惑的隆隆聲。爲什麼？

「因爲，」達利納說。「我知道該如何跟她說話了。她不聽帶著禮數或是外交辭令的話語。她要我眞誠以待。而我確信這正是我能傳遞的。」

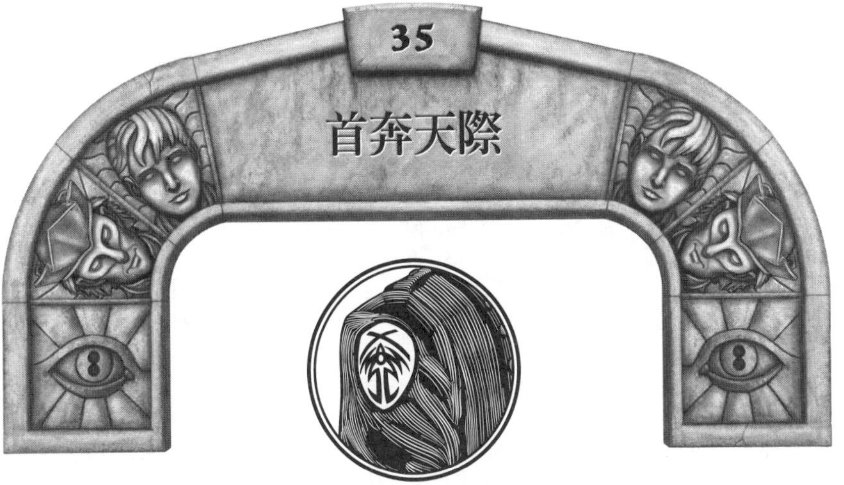

你自視聰穎，然而我的目光不如淺薄的貴族，容易受到自傲的鼻梁和雙頰的塵土矇蔽。

有人撞了撞席格吉的床，把他弄醒。他打了個呵欠，隔壁傳來大石的早餐鈴。

他的夢是亞西須語組成的。他回到家鄉，準備公職人員的考試。通過考試，他才能就讀眞正的學校，讓自己從商店店員搖身一變成爲重要人物。然而在他的夢中，卻因爲自己失去閱讀能力而驚慌失措。

離開家鄉好幾年的他，想起母語已有種奇怪的感覺。他又打了個呵欠，在床上坐起身，靠向石牆。他們這支部隊有三個營房，繞著中央的交誼廳。

大家已經在外面推擠碰撞，往餐桌那裡而去。大石必須再一次大喊，才能讓大家守秩序。大家在橋四隊好幾個月了，現在甚至成爲見習的燦軍成員，但還是有人不知道要乖乖排隊。他們這樣可無法在亞西爾活下去，亞西須人不止認爲人要排隊取餐，甚至把這個習慣當作一國之光。

席格吉把頭靠在牆上，回憶夢境。他是家族裡好幾個世代以來，第一個通過考試的人。這個夢想起來眞蠢。亞西爾王國到處都有人談論樸拙之輩成爲首席的事，但是粗工的兒子卻幾乎沒有時間學習。

他搖搖頭，在昨天準備好的水盆邊盥洗後，再拿梳子梳頭，對著磨亮的鐵片端詳自己。他頭髮長太長了，濃密的黑色鬈髮很難梳直。

他拿出錢球照明，利用光線刮起鬍子來——用的是他腰帶的剃刀。才剛開始動手，他就切出傷口，因為痛覺而吸了一口氣，他的錢球閃了一下。這到底……

他的傷口痊癒了，溢出一道帶著光的煙霧。噢，對耶，卡拉丁回來了。

這個嘛，他的回歸可以解決許多問題。他拿出另一枚錢球，試著不要在刮鬍子的時候用掉錢球的颶光。在這之後，他把手按在自己的額頭上摸了摸。他頭上本來有奴隸的印記，後來刻上了橋四隊的刺青，但是颶光把前者治好了。

他起身穿上制服。這件制服用的是科林藍色，筆挺合身。他把豬皮筆記本放進自己的口袋，走進交誼廳——停在倒吊在他面前的洛奔。席格吉差點撞上這個賀達熙人，這傢伙的腳卡在颶風的天花板上。

「嗨。」洛奔舉著粥，雖然粥碗並沒有違反重力，但是對洛奔來說正好上下顛倒。這個賀達熙人試著吃了一口，粥卻從湯匙滑下，濺到地上。

「洛奔，你到底在幹什麼？」

「練習啊。老兄，我得在他們面前好好表現。這就像是和女人交往一樣，只是我還要把自己黏在天花板上，不要讓食物掉到你們這些人頭頂。」

「洛奔，走開。」

「啊，你得用對句子。我可不是以前那個獨臂人了！大家不能把我推開。來吧，你覺得要怎樣才能請雙手完全的賀達熙人做事呢？」

「如果我知道，就不會和你講話了。」

「這個嘛，你顯然要把他手上兩支矛都拿走。」他露齒而笑。幾呎外的大石大聲「哈！」了一聲。

洛奔對著席格吉揮了揮指甲發光的手指，彷彿是在嘲弄他。他的賀達熙人指甲就和族人一樣是深褐色的，同時硬如水晶，讓人想起甲殼。

洛奔頭上也還有刺青。雖然只有少數幾個橋四隊隊員知道使用颶光的方法，他們還是留下自己的刺青。卡拉丁是例外，他一汲取颶光，刺青就會融入皮膚，但他的傷疤還是不會痊癒。

「老兄，幫我記一下。」洛奔說。他從沒有提及這個「老兄」是什麼意思，席格吉也不知道他爲什麼這樣稱呼他。「我很需要，眞的，很多很多新笑話，還有袖子。要兩倍的量。但是背心例外。其他的也要兩件。」

「你怎麼上去的，還黏在那上……不，不要開口。我不是眞的想知道。」席格吉低身穿過洛奔的下方。大家還擠著搶食，混亂地笑鬧。席格吉大喊，想抓住他們的注意力。「別忘了！上尉要我們在第二響鐘以前準備好校閱！」

沒有幾個人在聽席格吉說話。泰夫到哪去了？其他人會聽他的命令。席格吉搖搖頭，轉身走向門口。他的身高在這裡算是一般水準——現在他可是在雅烈席人之中，這些人根本就是巨人。他跟其他人比起來，都還矮了幾吋。

他溜到走廊去。橋兵隊在塔裡的第一階住了一大排。橋四隊取得燦軍的力量，但營裡還是有數百個普通步兵。泰夫可能已經去查看其他隊員，畢竟他受命訓練他們。希望這不代表其他意思。

卡拉丁住在走廊尾端的小小套房，席格吉走到那裡，看著自己在筆記本上的注記。他用的是雅烈席人的符文，這裡的男人用符文書寫還算是可以接受的事，但他們從不學習眞正的書寫系統。他颶風的噢，他離家太久，那場夢可能就是事實。他可能已經不太記得如何用亞西須文字書寫了。

要是他當時沒有失敗、讓人失望，他的人生會變成什麼樣子？如果他通過重重考試，沒有惹事讓他後來的老師救他出來的話，會變成什麼情況？

先解決問題清單的第一項，他決定先到卡拉丁的房門前敲敲門。

「進來！」上尉的聲音從裡面傳來。

席格吉看見卡拉丁正在石地上進行早上的鍛鍊。卡拉丁問：「大家起床集合了嗎？」

「起床是起床了，」席格吉說。「我過來的時候，他們似乎還在搶著吃飯，只有半數人穿著制服。」

「他們到時就會準備好，」卡拉丁說。「席格，你有什麼事？」

席格吉坐在卡拉丁身旁的椅子，並且拿出筆記本。「長官，我想知道很多事。其中包括你應該有位真正的書記，而不是我這個……不管是什麼身分。」

「你是我的記錄員。」

「辦事不力的記錄員。我們有一整個營的兵力跟四個中尉，卻沒有正式的書記。長官，老實說，橋兵還是一團亂。我們的財政也一團糟，物資訂單堆積的速度比雷頓處理得還要快，還有需要軍官管理的組織體質問題。」

卡拉丁低哼一聲。「這就是帶領軍隊有趣的地方。」

「正是。」

「席格，真是諷刺啊。」卡拉丁站起身，用毛巾擦了擦額上的汗。「好吧，繼續說。」

「我們先從簡單的開始。」席格吉說。「皮特現在正式跟他交往的女人訂婚了。」

「凱？真是太棒了。她或許可以幫你處理一些書記職務。」

「或許。我相信你之前就有在想辦法幫成家的隊員取得住處吧？」

「是啊。那也是泣季弄得事情一團亂的時候了，是在破碎平原遠征之前的事，還有……啊，我應該去找達利納的書記處理，是吧？」

「除非你想讓結婚的一對住在營房裡？我說，你該快點去找人了。」

席格吉看看筆記本的下一頁。「我認爲比西格也快訂婚了。」

「真的嗎？他太安靜了。我從不知道他在想什麼。」

「更不用提普尼歐，我最近發現他早就有老婆了。他老婆會帶食物給他。」

「我以爲那是他妹妹！」

「我認爲他不想要顯得例外。」席格吉說。「他的破口音已經讓他很難融入大家了。然後是德雷。」

「他怎麼了？」

「這個嘛，他正在跟男人交往……」

卡拉丁套上外套，呵呵笑了出來。「這件事我倒是知道。你現在才發現嗎？」

席格吉點點頭。

「他還在跟德魯交往，對吧？分區補給官那裡的人？」

「是的，長官。」席格吉低頭看。「長官，我……我只是覺得……」

「請說？」

「長官，德雷還沒塡妥應塡的表格。」席格吉說。「如果他想要和其他男人交往，他必須提交社交調任書，不是嗎？」

卡拉丁翻了翻白眼。看來，雅烈席卡沒有這種表格。

席格吉不能說自己不意外，畢竟雅烈席人沒有相關的程序。他問：「那麼社交調任時要怎麼處理？」

「我們不這樣做。」卡拉丁皺起眉頭。「席格吉，這對你來說眞的是個大問題嗎？或許——」

「長官，我並不是針對這件事。你可知道現在橋四隊裡有四種不同的信仰？」

「四種？」

「霍伯信仰烈情諸神，長官。不算上泰夫也有四種，畢竟我看不出來他信什麼。現在達利納光爵宣稱全能之主已死，然後……我覺得我該負責。」

「爲了達利納負責？」卡拉丁皺起眉頭。

「不，不是。」他深吸一口氣。他一定有辦法解釋。

他的老師會怎麼做？

「那麼，」席格吉苦苦思索。「大家都知道迷辛——第三月亮——是最冰雪聰明的月亮。」

「好吧……這又有什麼關係？」

「這是個故事。」席格吉說。「不要講話。呃，長官，我的意思是，請你聽我說。如你所知，這個世界有三個月亮，第三月亮是最聰明的。她不想要留在天上。她想要逃跑。

「所以有天晚上，她騙了那坦人的女王——這是很久以前的事了，那時候那坦人還存在。我的意思是，他們現在當然還存在，但是長官，他們那時人還更多。這顆月亮愚弄了女王，她們交換了位置，從此那坦人有了藍色的皮膚。這故事很合理吧？」

卡拉丁眨了眨眼。「我完全聽不懂。」

「嗯，也是。」席格吉說。「這當然很奇幻。但這並不是他們皮膚是藍色的眞正原因，然後，呃……」

「這本來可以解釋什麼嗎？」

「我的老師都這樣教我。」席格吉低頭看著自己的腳。「每次我覺得疑惑，或是有人對他不滿，就會講故事。然後，這個嘛，就能改變一切。」他看向卡拉丁。

「我想，」卡拉丁緩緩地說。「這可能讓你覺得……像是一顆月亮……」

「不，並不算是。」這是跟責任有關的話題，但是他解釋得眞的不太好。颶風的。霍德大師任命他成爲正式的世界歌者，現在他卻連直接講好一個故事都沒辦法。

卡拉丁拍拍他的肩膀。「席格吉，沒關係。」

「長官，」席格吉說。「其他人沒有方向。你給了他們動機，讓他們想成爲好人。他們的確是好人。在另一個層面上，身爲奴隸的我們很容易沒有方向。但要是大家都獲得了颶光的能力呢？我們在軍隊中的地位會到什麼地步？科林光爵讓我們不用負責守衛的任務，正如他所說，他要我們接受燦軍的訓練。但是燦軍又是什麼？」

「我們必須找出答案。」

「如果我們需要指引呢？如果大家需要一個道德中心怎麼辦？總得有人在大家犯錯的時候告誡他們，現在因爲達利納光爵的言行，執徒都不理我們了。」

「那你覺得自己可以引導大家嗎？」卡拉丁問。

「總得有人站出來啊，長官。」

卡拉丁揮揮手，要席格吉跟著他沿走廊行進。席格吉拿著錢球照明前路，和卡拉丁一起走向橋四隊的兵營。

「如果你想要肩負橋兵隊裡跟執徒一樣的工作，我不介意。」卡拉丁說。「席格吉，像你這樣的人，累積了許多善道的言論。只是你要了解大家各自對人生的期望，並且尊重他們，而不是把自己認爲大家應該表現的樣子投射到所有人身上。」

「可是長官，有些事情本來就不是對的。你知道泰夫的過去，而輝歐還跑去嫖妓。」

「這是被允許的。颶風的，有些士官還說這可以讓人帶著健全的心態上戰場。」

「長官，這是不對的。這樣做就是在沒有承諾的情況下假造誓言，主要的幾個信仰都同意這點。雖然我想雷熙那邊不是這樣。但就算是異教徒，他們當中也有異端。」

「你的導師教你這樣評斷他人？」

席格吉突然停下來。

「席格吉，我很抱歉。」卡拉丁說。

「不，長官。我的導師也一直這樣提醒我。」

「我准許你跟輝歐好好談談你的擔憂，」卡拉丁說。「我不會禁止你表達自己的道德感——我會鼓勵這種事。但是不要把你的信仰當作大家的守則。把你的信仰當作你自身的原則，好好辯論道理。大家或許會接受。」

席格吉點點頭，趕緊跟上去。爲了掩飾他的失態，他低頭看向筆記本。雖然說他想掩飾的，更接近那則說得不明所以的故事。他說：「長官，這又讓我想起其他難題。橋四隊在第一場永颶中損員到只剩二十八人。我們可能要召募新人。」

「召募新人？」卡拉丁歪著頭說。

「這個嘛，若是我們再折損幾個成員——」

「我們不會讓這種事發生。」

「——就算不會，我們的人數也不足一個完整橋兵隊應有的人數。正常的橋兵隊有三十五到四十人。或許我們用不著那麼多人，但是作爲現役部隊，我們仍要關注可以召募的對象。

「如果軍中有其他人表現出成爲逐風師的潛力呢？或者更直接說，要是橋四隊有人說出誓言，並和靈締結呢？橋兵隊會解散，讓大家各自成爲燦軍嗎？」

卡拉丁一想像橋四隊解散，便感受到與戰時手下死傷一樣的痛苦。他們靜靜地走了一會。兩人的方向早就不是橋四隊的營房，卡拉丁轉了個彎，往塔城深處前進。他們走過一輛由粗工拉向軍官區的水車，以前這通常是帕胥人的工作。

「我們至少該發個召集令。」卡拉丁終於鬆口。「老實說，我想不到自己有什麼辦法從茫茫人群中湊出可以接受的人數。」

「長官，我會準備一些對策。」席格吉說。「容我提問，我們現在在哪裡……」他看見琳恩急忙往他們這裡來的時候住了口。琳恩掌上拿著鑽石夾幣照明。她穿的是科林家的制服，雅烈席黑髮綁著馬尾。

她看到卡拉丁便停下來，用巧妙的方式敬禮。「找到你了。區域總管維費達要我傳訊息表示，他達成了長官您不尋常的要求。」

「好極了，」卡拉丁一邊說，一邊繞過她繼續前進。她跟上他們的步伐，席格吉看了她一眼，只見她聳聳肩。她不知道是怎樣不尋常的要求，只知道事情已經成了。

卡拉丁邊走邊看了琳恩一眼，然後說：「琳恩，妳幫過我們橋四隊，對吧？」

「是的，長官！」

「還有，妳似乎用了不少理由來橋四隊傳訊。」

「嗯，是的，長官。」

「所以妳不怕什麼『失落燦軍』囉？」

「長官，老實說，就我在戰場上的見聞，我寧願站在你們這一方，也不要站在對立面。」

卡拉丁點點頭，邊走邊想。他終於說：「琳恩，妳想加入逐風師的行列嗎？」

女子停在原地，張大了口。「長官？」她行了禮。「長官，我超想這樣！颶風啊！」

「好極了，」卡拉丁說。「席格吉，你可以給她帳本跟紀錄嗎？」

琳恩的敬禮手勢落了下來。「帳本？」

「隊員也需要有人幫忙寫信給家人。」卡拉丁說。「我們也需要寫寫橋四隊的隊史。人們以後一定會對我們感到好奇，一份文獻可以讓我不至於每次都要解釋一次。」

「噢，」琳恩說。「要我當書記啊。」

「當然，」卡拉丁說完，轉頭皺著眉頭望向她。「妳是女人，不是嗎？」

「我本來以爲您是要……我的意思是，藩王大人的幻象裡，燦軍是有女性的，而且我們的紗藍光主……」她的臉紅了起來。「長官，我之所以成爲斥候，並不是因爲喜歡坐在帳本前。如果這是您的條件，請容我拒絕。」

她的肩膀垂了下來，也不願意對上卡拉丁的眼神。席格吉不知怎地，很想揍自己的長官一拳。記得，不能太用力，只是輕輕地「打醒」長官。他想不起來自己上次想這樣做的時候是什麼感覺，那時他們還在薩迪雅司的戰營裡，卡拉丁頭一次在早上把他挖了起來。

「我了解了。」卡拉丁說。「那個……我們以後有加入軍團的測驗。妳願意的話，我接受妳來應徵。」

「測驗？應徵眞正的職位嗎？不是作作帳而已？颶風啊，算我一份。」

「那跟妳的長官講講吧。」卡拉丁說。「我還沒仔細規劃適合的測驗，妳還是要參加測驗才能加入。無論如何，妳都要有轉調的證明。」

「是的，長官！」她說完便蹦蹦跳跳地跑開。

卡拉丁看著她離開，輕輕低哼一聲。

席格吉想都沒想，就喃喃說：「難道你的導師教你這樣不通人情嗎？」

卡拉丁瞪了他一眼。

「長官，我有個建議。」席格吉繼續說。「你要了解大家各自對人生的期望，並且尊重他們，而不是把自己認為大家應該表現的樣子投射到大家身──」

「閉嘴，席格吉。」

「是的，長官。抱歉，長官。」

他們繼續前進，卡拉丁清清喉嚨，才說：「跟我不用這麼拘謹。」

「長官，我知道。但你現在是淺眸人了，還是個碎刃師……拘謹一點比較好。」

卡拉丁一臉嚴肅，沒有反駁他。的確，席格吉總是覺得……不能把卡拉丁當作一般橋兵看待。至於對待其他人，就還能接受──不管是泰夫、大石，甚至是古怪的洛奔都可以。席格吉覺得把上下關係弄清楚比較好。一個是長官，一個負責帳本。

摩亞許曾經是卡拉丁的摯友，他卻不再是橋四隊的成員了。卡拉丁沒有提過摩亞許做了什麼，只說「把他從名單中剔除」。卡拉丁聽見摩亞許的名字時，總是一臉嚴肅、恍若無聞。

「你還有什麼待辦事項嗎？」卡拉丁通過走廊的衛兵時發問。衛兵明確地向他敬禮。

席格吉看了看筆記本。「帳目需要書記支援……隊員的道德準則……召募新人……噢，我們還要決定我們在軍中的地位，畢竟我們不再是貼身護衛了。」

「我們還是護衛，」卡拉丁說。「只是我們保護的是所有需要我們的人。我們面臨的問題更嚴重，它們就在颶風之中。」

永颶已經三度降臨，顯示永颶比颶風更爲規律。永颶每九天就會出現一次。然而他們人在高山，永颶只是茶餘飯後的話題——這個世界的他處，永颶一次次緊縛著已被風暴圍困的諸城。

「長官，我可以了解。」席格吉說。「但我們還是得擔心程序問題。我想問問，身爲燦軍的我們，仍分屬雅烈席卡的軍事組織嗎？」

「不再是了。」卡拉丁說。「這場戰爭牽涉的不止雅烈席卡，而是爲了全人類而戰。」

「好的，那我們的指揮鏈呢？我們要服從艾洛卡國王嗎？我們還是他的從屬嗎？我們的階級屬於第幾那恩？你是達利納手下的碎刃師，不是嗎？

「還有付薪水給橋四隊的是誰？那其他橋兵隊該怎麼辦？如果達利納在雅烈席卡的屬地發生紛爭，他可以命令你，甚至是橋兵隊爲他作戰嗎？就像一般的王侯與領主的關係一樣嗎？如果不是，那我們可以把他當作雇主嗎？」

「沉淪地獄啊。」卡拉丁深吸一口氣。

「抱歉，長官。這——」

「不會，你問得好。你能問這種問題眞是太好了。」他拍拍席格吉的肩膀，停步在區域總管辦公室的門外。「我有時覺得你身在橋四隊都浪費了。你該成爲學者的。」

「好吧，我好幾年前是有這種衝動。長官，我……」他深吸一口氣。「我沒通過亞西爾的公務訓練考試。我的能力不夠。」

「考試什麼的蠢斃了。」卡拉丁說。「亞西爾少了你，現在可是輸了一大截。」

席格吉露出微笑說：「我很高興我不在其中。」而且……奇怪的是，他居然眞心這樣想。他身上無名的負擔似乎就這樣滑下肩膀。「老實說，我和琳恩有一樣的感覺。我不想要拿著帳簿巴望空中的橋四隊。我想要成爲首奔天際的那一位。」

「我想你得和洛奔角逐這個成就。」卡拉丁笑著說。「走吧。」

他走向區域總管的辦公室，等在門外的守衛馬上讓出路來。他來到櫃檯，一個捲起袖子的粗壯士兵正在箱櫃之間喃喃翻找。旁邊壯碩的女子應該是他的妻子，正在檢查需求清單。她用手肘頂了頂男子，指向卡拉丁。

「終於啊！」區域總管說。「我快被這些東西煩死了，老是關注這些東西讓我覺得自己像是一個流汗流到渾身是靈的間諜。」

他拿出角落兩大袋黑色的袋子，席格吉覺得這兩袋一點都不起眼。區域總管抬起袋子，瞥向正再度確認的書記。書記點點頭，把表格給卡拉丁按下上尉的用印。完成文書作業用後，區域總管把其中一袋交給卡拉丁，一袋交給席格吉。

袋子一動就發出碰撞聲，而且意外地沉重。席格吉解開綁結，望向裡面。

裡面浮動著綠光，耀眼有如陽光，照在他身上。這是祖母綠，而且是大顆的，不是錢球，可能是直接從破碎平原獵殺的裂谷魔身上的寶心切割出來。這時，席格吉了解門口的守衛並非等著拿什麼，而是要保護這些財寶。

「這是國庫撥出的祖母綠存底。」區域總管說。「備來製造急難糧食，今天早上才用颶風充能。至於你是怎麼讓藩王撥款的，不在我的管事範圍。」

「我們只是借用而已。」卡拉丁說。「我們會在入夜以前歸還。不過事先跟你說一聲，有些寶石會耗竭無光。我們明天要再來看看，後天也……」

「這麼多寶石都可以買個藩國了。」區域總管低哼一聲。「以克雷克之名，你要用寶石做什麼？」

席格吉已經猜到了。他笑得像個笨蛋。「我們要練習怎麼當個燦軍。」

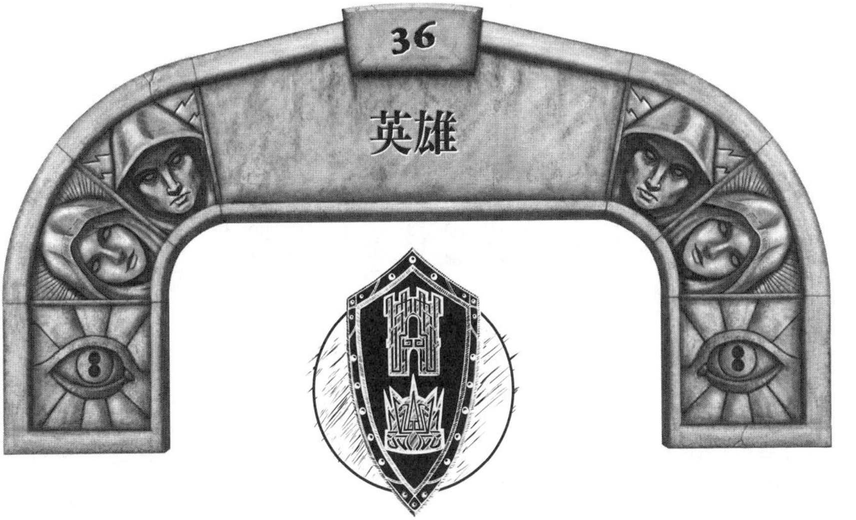

36 英雄

二十四年前

火堆冒出一大堆煙塵，達利納不禁咒罵出聲。他用自身的體重把煙囪打開，裡面又冒出暖暖的煙氣。他咳了咳，退後揮走眼前的煙霧。

「我們會把暖爐換個位置。」璦葳此時坐在沙發上，正在做針線活。

「是啊。」達利納一屁股坐在火爐前。

「至少你很快就掌握了訣竅。今天我們要刷洗牆壁，這樣我們的夜晚就會像日光一樣明鑑秋毫！」

璦葳老家的成語翻譯成雅烈席文時，偶爾會變得很怪異，但並非總是這樣。

達利納覺得有暖火是件好事，畢竟他已經淋溼了。他不想再聽到泣季久不停歇的雨聲，於是看著一對火靈在木柴上舞蹈。它們似乎有著人形，只是形體飄忽不定。他望著其中一隻火靈跳向它的舞伴。

他聽見璦葳站起來的聲音，想說她又要用廁所了。但是她其實是坐到他身旁，抱住達利納的手臂，滿意地嘆了口氣。

「這不怎麼舒服。」

「你不也還是這樣坐下來了。」

「我可沒有身懷六甲——」他看向身旁璦葳開始有了弧度

的肚子。

璦葳露出微笑說：「親愛的，我沒有脆弱到坐在地上就小產哪。」她抱得更緊。「看看這些火靈，它們這麼喜歡玩耍！」

「它們看起來在對練。」達利納說。「我可以依稀看見它們手上的迷你武器。」

「你一定要將所有事都聯想到戰鬥嗎？」

達利納聳聳肩。

璦葳把頭靠在達利納的手臂上。「達利納，你不能單純只是享受嗎？」

「有什麼可以享受的？」

「享受你的人生。你爲了建立這個王國付出許多。你不能因爲勝利而感到滿足嗎？」

達利納站起來，鬆開璦葳的手，走到房間另一端倒酒。

「別以爲我沒注意你的行爲噢。」璦葳說。「每次你聽到國王說邊境有紛爭，就算是小事也會激動起來。你找了書記記錄你的偉大戰功，嘴巴也總是掛著之後要決鬥的事。」

「這不會持續太久，」達利納不滿地抱怨，然後啜飲了一口酒。「加維拉說我該明哲保身，若是有人要用決鬥作爲挑戰他的策略，我得找個代戰的勇士。」他盯著酒。

他一向看不起決鬥。決鬥不過是太過虛假、不如戰爭的骯髒活動，但至少可以活動筋骨。

「你像是行屍走肉。」璦葳說

達利納望向她。

「你似乎只能在爭鬥中活躍。」她繼續說。「你說你像古老故事裡的黑色存在一樣殺戮。你只有取人性命時才表現出生命力。」

璦葳的淡金黃髮襯托出淺金色的肌膚，讓她就像是發光的寶石。她是個可愛甜美的女人，達利納覺得，自己對待她的方式眞配不上她。他只好逼迫自己回到她身邊坐下

「我還是覺得火靈正在玩耍。」她說。

「我一直好奇，」達利納說。「火靈是火本身產生的嗎？看起來好像是這樣，可是情緒靈要怎麼算？難道怒靈就是由憤怒本身產生的嗎？」

璦葳不以爲意地點頭。

「那麼勝靈呢？」達利納問。「它們是勝利的產物嗎？可是勝利又是什麼？就算是理智不清的人跟醉鬼，覺得自己達成了偉業，也還是能在群起譏諷的情況下產生勝靈嗎？」

「這是個祕術，」璦葳說。「是希熙的禮物。」

「但妳沒有想過這個問題嗎？」

「想了有什麼結果嗎？」璦葳說。「我們回到全一時，終究會知道的。我們不需煩惱我們不能理解的事物。」

達利納瞇起眼睛看著火靈。火靈的確拿著劍，像是縮小的碎刃。

「我的丈夫，這就是你爲什麼愁眉苦惱的原因。」璦葳說。「讓推心置腹有個重石不是好事，而且這石頭還帶著瀅苔。」

「我……妳說什麼？」

「你不要胡思亂想。說起來，是誰讓你思考這些事的？」

他聳聳肩，事實上卻想起了兩天前，和加維拉跟娜凡妮一起在雨篷下喝酒的事。她談及自己對靈的研究，加維拉單純低聲應答，同時用符文在地圖上注記。娜凡妮帶著熱情與興奮談論她的研究，但是加維拉沒有理會她。

「享受當下。」璦葳對他說。「閉上眼來靜想全一那位賜予你的。尋求脫身的平靜，讓感官的喜悅溫暖你。」

他照她所說閉上眼睛，試著感受和她待在一起的喜悅。「璦葳，人眞的可以像靈一樣改變嗎？」

「當然。」璦葳說。「你們的教則不也是在談論轉化嗎？讓人藉著魂師從愚人變成顯榮之人？」

「我不知道那有沒有用。」

「那就向全一那位提議。」她說。

「靠著祈禱嗎？靠著執徒嗎？」

「不，小笨蛋。自己來。」

「親自祈禱？」達利納問。「直接到信壇祈禱？」

「如果你想親自見到全一那位，你必須親自前往谷地。」她說。「這樣你便能親自見到全一，或是他的化身，並接受贈予——」

「上古魔法。」達利納斷聲說。他張開雙眼。「璦葳，不要談守夜者那方面的東西。」颶風的，她的異端思想總是在奇怪的地方蹦出來。她明明可以好好談論弗林教的教義，又談起這種內容。

幸好她沒有繼續說下去，只是閉上眼輕輕哼吟。此時，有人從外門敲了敲。

他的貼身侍從哈森會去回應。達利納聽見他的聲音，接著便看見廳門的亮光。「光爵，是您的王兄。」哈森從門外說。

達利納起身，開門走過他的首席僕人。璦葳也跟了上去，手指一樣照著自己的習慣摸著牆壁過來。他們走過開向沉睡的科林納城景的窗戶，城裡只有行人的燈籠閃爍。

加維拉在客廳等著，身上穿著筆挺的雙排釦套裝，鬈曲的黑髮垂至肩膀，也留了很有型的鬍子。

達利納討厭鬍子，鬍子會卡住頭盔。但他不能否認這讓加維拉顯得高貴，既不是偏鄉的惡棍，也不至於像是征服所經之地的野蠻軍閥。不，這個人可是個國王。

加維拉手上拿著一疊紙。

「怎麼了？」

「拉薩拉思。」加維拉將文件推給璦葳。

「又來了！」達利納說。他從壑城取得碎刃已經是好幾年前的事。

「他們要求索回你的碎刃。」加維拉說。「他們宣稱塔納蘭的繼承人已經回歸，由於你並不是在眞正的決鬥中贏取碎刃，所以碎刃是屬於他的。」

達利納感到一陣惡寒。

「我確信這是假消息。」加維拉說。「因爲我們當年征服拉薩拉思的時候，你說你解決了繼承人。你的確處理掉他對吧，達利納？」

達利納想那一天。他記得那道黑暗的門口，體內的戰意在奔騰。他想起一個泣不成聲的小男孩，手裡握著的正是碎刃。他的父親已經成爲身分骨裂的屍體。還有求饒的低語。

那時他的戰意消失了。

「加維拉，他當時只是個孩子。」達利納用粗啞的聲音說。

「沉淪地獄的！」加維拉說。「他是舊政權的遺族……颶風的，都已經十年了。他的年紀如今足以構成威脅。整座城市都會發起叛變，整個地區。我們不做點什麼，皇家領土就會分崩離析。」

達利納露出微笑。他對自己的情緒感到驚訝，又馬上收起笑容。但是當然……當然有人要去處理叛軍。

他轉身看見瓔葳。她投注強烈的視線，雖然達利納已經知道她會對征戰感到不悅。她直接走來握住他的手臂說：「你饒過了孩童。」

「我……他連碎刃都舉不起來。我把他交給他母親，要她把兒子藏起來。」

「噢，達利納。」她把達利納拉得更近。

他心裡湧起一股自豪。當然這很可笑。他造成了王國的危機——要是眾人知道黑刺正好是造成危機的元凶？大家會笑死。

但此時的他並不在乎。只要他是妻子的英雄就好。

「好吧，我早就預期會有叛亂了。」加維拉望向窗外。「我們正式統合已經是好幾年前的事了。大家開始尋求自己的獨立。」他伸手把達利納轉過來。「弟弟，我知道你要什麼。可是你必須忍下來，我不會派兵。」

「但是——」

「我可以用政治手段處理。我們不能只靠軍隊來維持統一，否則我死後，艾洛卡只會忙著滅火。我們需要人們把雅烈席卡視爲一個王國，而非一直爭權奪利的分裂地區。」

「聽起來不錯。」達利納說。

然而有那把如芒刺在背的碎刃，他們不可能達成目標。只不過這次，他很高興自己不必指出這點。

37 最後的行軍

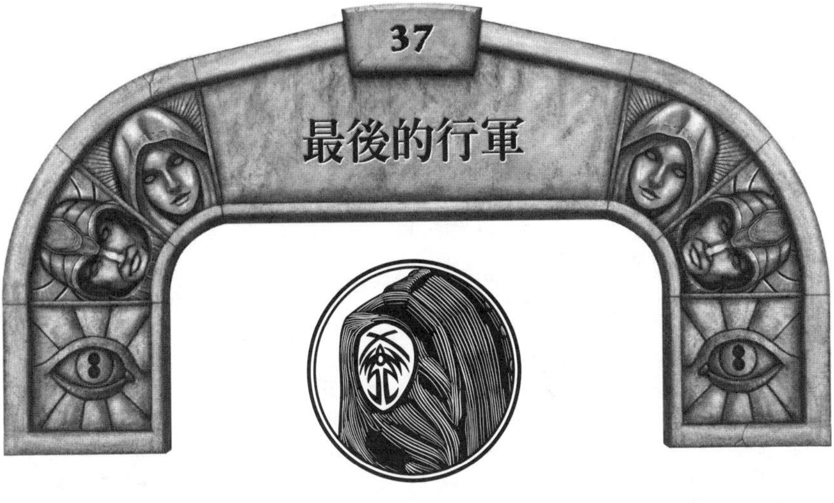

關於雷司，你的憂慮是多餘的，儘管艾歐娜和史凱的事值得憐憫，但他們仍然愚蠢——從一開始就違反了我們的盟約。

弩母呼苦馬奇亞奇艾亞路納摩過往接受教導，這些教導談到知敵乃戰事的第一法則。人們可能以爲這樣的教訓並不會和自己的人生息息相關。幸好，煮鍋好燉菜與上戰場有許多共通點。

路納摩在朋友之間的名字是大石，這個名字的由來是身爲食角人一族的他，說了一口濃重到無法好好講出低地語言的結果。他用如長劍般的木湯匙攪拌鍋中物。鍋子的火力來自底下燃燒的乾石苞，一個愛玩的風靈拍打著煙霧，讓路納摩不管是站在哪裡，都會被炊煙燻到。

他曾經在破碎平原用這鍋子煮食過，那裡有美麗的光線與墜星，讓他驚訝地發現自己居然懷念那裡。哪裡有人會想到，他居然喜歡起那片貧瘠的狂風平原呢？他的家鄉可是有極端的地形呢。有銳冰與粉雪，也有滾燙的熱源，環境也不乾燥。

下山以後，他周圍的環境變得十分……平庸。破碎平原更是其中之最。他在賈・克維德還可以找到被藤蔓覆蓋的山谷；雅烈席卡至少有石苞蔓延無盡的田野，彷彿是沸鍋中的起泡。然而破碎平原就只有無窮的空曠台地，上面什麼都沒長。弔詭的是，他喜歡那裡。

路納摩一邊用雙手攪拌食物避免底部燒焦，一邊輕輕哼吟。等到燻煙終於不再撲上他的臉——這個可惡的強風吸了太多空氣，根本怪異得很——他便能聞到破碎平原的氣味。這股氣味中有廣大的天空，還有被太陽烘熱的石頭，佐以裂谷生物作爲調味，就像一撮鹽一樣。鍋裡帶著滋潤的氣味，像是混合了植物與腐物的生氣。

路納摩在迷失許久以後，才在裂谷中重新尋回自我。他重生了，重新找到生命的意義。

重新掌廚。

路納摩嚐了一口燉菜——他當然拿了新湯匙來試味道，才不像低地那些野蠻的廚師。長根還得再煮一會，才能把肉加進去。他用的是眞材實料的肉，是他花了整晚剝殼的手指蟹。要是煮太久的話，蟹肉會變得過硬。

橋四隊的其他成員正在台地上聽卡拉丁訓話。路納摩背後的方向，是破碎平原中心的城市納拉克。附近還有個由雷納林負責啓動的誓門，在此同時閃閃發光。路納摩希望自己不要被吸走注意力。他想要望向西方，望向以往的戰營。

*不必再等多久了。*他心想。*可是不要焦急。這一鍋還需要一些碎林姆草。*

「我曾在裂谷訓練你們當中不少人。」卡拉丁說。橋四隊多了幾個來自其他橋隊的隊員，甚至有兩位達利納建議進行訓練的一般士兵。五個女斥候也挺令人意外的，但是路納摩有資格論斷嗎？

「我可以訓練人使矛，」卡拉丁繼續說。「因爲我本身就受過這樣的訓練。但我們今天要嘗試不同的練習。我幾乎不了解自己如何學會使用颶光，因此將與你們一起在學習上碰碰撞撞。」

「沒問題啊，大佬。」洛奔大喊。「學會飛行有什麼難的？天鰻整天都在飛，可是牠們又笨又醜。大多數的橋兵頂多只有天鰻的一種屬性。」

卡拉丁停在洛奔那一排。長官今天心情不錯，路納摩居功不少，畢竟他幫卡拉丁做了早餐。

「我們的第一步，是要說出理念。」卡拉丁說。「我想你們當中有少部分人已經宣誓了。至於沒說出理念的其他人，若要成爲逐風師的侍從，就必須宣誓。」

眾人誦唸誓詞。現在大家都知道正確的詞句了。路納摩也低聲唸著第一理念。

生先於死。力先於弱。旅程先於終點。

卡拉丁遞給洛奔滿滿一小袋寶石。「眞正證明你們足以效力的測試，就是知道如何用身體汲取颶光，你們當中已經有幾個人學會——」

洛奔馬上發出光來。

「——他們也會協助大家學習。洛奔，你帶第一隊到第三隊。席格吉，你帶第四隊到第六隊。皮特，別以爲我沒注意到你發光過，你負責其他橋兵。泰夫來教導斥候，接著……」

卡拉丁四處觀望。「泰夫到哪去了？」

他現在才發現嗎？路納摩很崇敬自己的長官。只是他有時會心不在焉。可能是空氣病吧。

「長官，泰夫昨天晚上就沒回來營房。」雷頓大喊，臉色並不好看。

「好吧。我來帶斥候上課。洛奔、席格吉、皮特，跟你們負責的小隊談談如何汲取颶光。在天黑以前，我要大家像是呑了燈籠一樣發光。」

大家迫不及待地分開行動。石地揚起模糊的紅潮，像是被風拍打一樣。是期待靈。路納摩用手往肩上伸，再按住額頭，向這些靈表示敬意。他們是次等神，仍是神聖的存在。他可以看見靈在波潮中的眞實形體，彷彿是大型生物在地面上的模糊影子。

路納摩將攪拌的工作交給一旁的年輕橋兵達畢。這個年輕人從不說話，打從卡拉丁救他脫離戰場那天以來都沒有開口。不過他還是可以顧好鍋子，也可以幫人裝水。達畢是橋兵中第一個被卡拉丁救回來的，從此被隊裡私下認定爲吉祥物。橋兵遇到達畢的時候，會微微敬禮。

今天和路納摩一起開伙的是輝歐，而且這樣的組合越來越常見。輝歐想要處理伙食，其他人則敬而遠之。這個矮壯的賀達熙人正輕輕地哼著歌，把褐色的熙齊倒進去攪拌。路納摩把飲料放在金屬桶裡，置於兀瑞席魯外的台地冰了一晚。

怪的是，輝歐從罐裡拿了一大把拉斯伯辣粉，灑了進去。

「你瘋了嗎？你是在做什麼？」路納摩低吼著大步踏過來。「把拉斯伯辣粉倒進飲料裡？那是辣粉啊！你這空氣病的低地人！」

輝歐用賀達熙語說了幾個字。

「呿！」路納摩說。「我不懂你那種瘋狂的語言。洛奔！過來訓訓你的親戚！他把酒給搞砸了。」

然而洛奔正手足舞蹈地指向天空，嚷嚷他稍早黏在天花板上的事蹟。

路納摩低哼一聲，回頭看向輝歐。這個賀達熙人遞出一支湯匙，液體從一旁流下。

「空氣病的笨蛋，」路納摩一邊說一邊啜飲。「你會搞砸……」

感謝海與石的諸神。這很好喝。這香料給了冷飲正需要的刺激口感，混合出前所未有的口味——非常時髦。

輝歐露出微笑，用濃濃的口音說出雅烈席語：「橋四隊！」

「你很幸運。」路納摩說。「我今天不會殺掉你。」他又喝了一口，指著湯匙。「其他熙齊酒也照樣做。」

那麼，霍伯到哪裡去了？那個高瘦的缺牙男子應該沒有跑太遠。副手不良於行有個好處是，這個助手會好好留在被安排的位置。

「現在仔細看好了！」洛奔對他的小隊說，嘴裡也散出颶光。「好吧，這就是了。我，洛奔，現在飛向天際。如果喜歡的話請拍手。」

他跳了起來，接著面朝地撞回地面。

「洛奔！」卡拉丁大喊。「你該做的是教導其他人，不是炫耀！」

「抱歉，大佬！」洛奔說。他在地面扭動，臉貼著地面沒有起來。

「你……難道把自己黏到地上了？」卡拉丁問。

「大佬，正如我過去一部分的計畫！」洛奔回答。「如果我能成為天上一朵美雲，那我必須說服地面，讓她知道我不會背離她。她當然是個憂心忡忡的愛侶，必須安撫她，並且一再向她保證自己的歸來，最後戲劇化地登上天上的王位！」

「洛奔，你不是王。」德雷說。「我們談過這件事了。」

「我現在當然不是。我是退位的王。我剛才講的時候，你一定沒在聽。」

路納摩低聲笑了一下，繞著料理台走向霍伯。他這時才想起，他派霍伯到平台邊緣削塊莖。路納摩慢了下來。他懷疑自己眼前的景象：卡拉丁跪在霍伯前面，遞給他……一顆寶石？

啊……懂了。路納摩心想。

「我必須靠呼吸來汲取能量，」卡拉丁溫柔地解釋。「我這樣做了好幾個禮拜卻沒有自覺，甚至可能更久。泰夫告訴了我真相。」

「長官，」霍伯說。「我不知道這……我是說，我不是燦軍。我連矛都拿不好。我甚至連做菜都燒不好。」

其實作菜還湊合著，只要霍伯認真也能派得上用場，路納摩很高興自己能有這樣的助手。更何況霍伯需要坐著才能工作。一個月前，白衣殺手闖進戰營王宮試圖刺殺艾洛卡國王時，讓擔任守衛的他沒了正常的腿。

卡拉丁將寶石塞在霍伯的指間，輕聲說：「就試試看吧？燦軍的資質與你的力量或技巧無關，在於你的心靈。你有我們這群人當中最誠摯的心。」

對外人來說，他們的長官似乎威風凜凜，一舉一動都可以掀起風暴，有股令人為之喪膽的力量。同時這個人也出乎意料地溫柔。卡拉丁用手臂扛起霍伯，表情悲痛得幾乎要潸然淚下。

有些時候，就算整個羅沙的岩土都無法傷到受颶風祝福的卡拉丁分毫。然而卡拉丁只要一看見他手下受傷，就會露出脆弱的一面。

卡拉丁轉身往他協助練習的那群斥候走去，路納摩跑著跟了上去。他向橋兵長官肩上的小小神靈鞠了躬。「卡拉丁，你認爲霍伯辦得到嗎？」

「我相信他可以。我相信整個橋四隊都辦得到，甚至還有其他人能夠成功。」

「哈！」路納摩說。「受颶風祝福的卡拉丁，發現你臉上的笑容，像在湯裡發現了不見的錢球。很驚奇，不過也很好。來，我有飲料，你要試試。」

「我必須回去——」

「來！飲料！你要試試！」路納摩帶他來到熙齊酒罐旁，倒了一杯給他。

卡拉丁啜了一口飲料。「嘿，大石，好喝！」

「這不是我的食譜。」路納摩說。「輝歐更換配方的。我不讓他升官，就要把他推下台地。」

「升到什麼階級？」卡拉丁邊問邊拿了第二杯。

「空氣病低地人，」路納摩說。「第二階級。」

「大石，你太喜歡用那句話了。」

在一旁的洛奔還黏著地面，同時對著地面說話。「親愛的，別擔心。偉大的洛奔足以擁抱諸多力量，無論來自穹天或地底！我必須衝向天際，否則要是我一直留在地面，身上的引力會讓地面崩壞分裂。」

路納摩看向卡拉丁，然後說：「是的，我喜歡那句話。還不都是因爲你們全病得那麼重。」

卡拉丁露齒一笑，啜飲一口飲料並看向眾人。台地的另一端，德雷突然舉起長長的手臂，大聲喊了一聲：「哈！」他身上發出颶光。比西格很快跟著發光，他的手曾被白衣殺手所傷，颶光應該可以治療他的手。

「大石，訓練會行得通。」卡拉丁說。「大家已經鄰近這個力量好幾個月了。只要他們眞正擁有力量，就有治癒的能力。我就不用一邊擔心失去你們，一邊上戰場了。」

「卡拉丁，」路納摩輕聲說。「就算我們有所起色，這仍是戰爭。人會死。」

「橋四隊會用這個能力保護自己。」

「那敵人呢？他們沒有力量嗎？」路納摩站得更近。「受颶風祝福的卡拉丁正覺得前途光明，我當然不想澆冷水，但是沒有人永遠安全。這是悲傷的事實，我的朋友。」

「可能吧，」卡拉丁的臉色疏離。「你的族人只會派次序較小的兒子上戰場，對吧？」

「只有吐安那利奇那這些第四子及排行更後面的兒子，就算死傷也還能承受。長子、次子和三子都很珍貴。」

「第四子之後。這條件不好符合。」

「哈！你不知道食角人的家族有多大！」

「這還是代表你們在戰場上的死傷少一些。」

「食角人山峰不一樣，」路納摩笑著看向從卡拉丁肩膀飛升而起的西芙蕾娜，這個靈飄到其他的風靈旁跳舞。「我們不止有適量的空氣讓腦袋運作。攻擊其他山峰耗費大，也很難，需要很多準備與時間。我們說得多，做得少。」

「聽起來是好事。」

「你有天會和我去那裡！」路納摩說。「你和橋四隊所有人，你們是家人了。」

「大地啊，」洛奔說。「我還是愛著妳的。沒有其他東西比妳更吸引我。就算我離開了，也會馬上回來！」

卡拉丁瞥向路納摩一眼。

「或許，」路納摩表示。「那個人少吸一點有毒的空氣，就不會那麼……」

「洛奔？」

「我雖然是這樣想，但結果應該沒用，眞可憐。」

卡拉丁笑了出來，把杯子還給路納摩，接著更靠近他說：「大石，你哥哥怎麼了？」

「就我所知，兩個哥哥都很好。」

「三哥呢？」卡拉丁說。「你是因爲他的去世，才從四子變成三子，而不再是士兵，成了一名廚子？不要否認這點。」

「那是個傷心的故事。」路納摩說。「今天不是說傷心故事的日子。今天是歡笑、燉菜、飛行的日子。」

此外，希望還有……希望還有更宏大的東西。

卡拉丁拍拍他的肩膀說：「如果你需要談談，儘管找我。」

「我很高興知道。雖然今天，我相信有別人想要談談。」路納摩朝那個正走過橋面、往這裡來的身影說。那個人影身穿筆挺的藍色制服，頭上綁有銀飾。「國王很想和你談話。哈哈！我們知道你回來，他問了我們好幾次。我們像是偉大飛天領袖的排班人員。」

「是啊，」卡拉丁說。「他前幾天來找過我。」卡拉丁雙手抱胸，收起下巴，走向剛大步走上台地的國王，還有那群橋十一隊的守衛。

路納摩很好奇，於是刻意站在可以聽見對話的湯鍋旁。

「逐風師，」艾洛卡對卡拉丁點頭。「看來你很好，你的手下已經重拾了力量。他們還要多久才能準備上場？」

「陛下，他們已經有戰鬥的架勢了。至於掌握颶光力量……老實說，我也說不準。」

路納摩啜飲一口湯。他沒有面向國王，而是一邊攪拌湯鍋，一邊聆聽對話。

「你思考過我的要求了嗎？」艾洛卡說。「你願意和我一塊飛到科林納，奪回我們的都城嗎？」

「我會照指揮官的指示做事。」

「不，」艾洛卡說。「我是以個人身分問你。你願意去嗎？你願意幫我奪回家鄉嗎？」

「會的。」卡拉丁輕聲說。「再給我一點時間，至少給我一週來訓練我的手下。我想要帶幾個逐風師侍從隨行——如果幸運的話，我甚至可以安排一個訓練完全的燦軍，擔任我的候補。不管怎麼說……是的，艾洛卡，我會陪你回雅烈席卡。」

「很好。我們還有時間，我叔叔也希望利用幻象連絡科林納的人。二十天夠不夠？這樣的時間訓練得出來侍從嗎？」

「陛下，我必然得這樣做。」

路納摩瞥向雙手抱胸的國王。國王正注視充滿潛力與衝勁的逐風師軍團。他不只是來找卡拉丁說話，還想要觀看訓練的過程。卡拉丁回到受訓中的斥候身旁，他的神靈也在空中跟著他。路納摩要拿飲料給國王喝，但國王已走上台地，讓他在橋邊遲疑了一下。

他們以前進行橋兵衝鋒的舊橋，現在是自納拉克傳來此處的他人的移動路徑。他們還要花時間重建固定的橋。路納摩拍拍橋上的木頭。他們本來以為橋已經不見了，結果回收部隊發現它就懸在不遠處的裂谷中。達利納同意了泰夫的要求，把橋帶過來。

想想這座老橋飽經風霜的程度，它的狀況算是不錯了。這座橋用硬木製成，就像橋四隊一樣。他看向橋的另一端，進入他視線的平原——或瓦礫——讓他一陣不舒服。那是台地的遺跡，現在只是裂谷底部二十呎高左右的碎石。瑞連說，那是在他們還沒上納拉克戰場前的事了，那時永颶跟颶風還未相交。雙颶相衝的災變將平原撕裂成碎石。儘管永颶回歸了幾次，但是兩道颶風並未在有人煙處再次相撞。

路納摩拍了拍老舊的橋，搖搖頭，回到他的料理台去。

他們或許可以在兀瑞席魯受訓，不過橋兵並沒有抱怨到下面來。破碎平原比塔城前面那單調的台地好太多了。這裡雖然荒涼，卻專屬於他們。

他們也沒有質疑路納摩為什麼要把鍋子跟食材帶下來煮午餐。這樣煮沒有效率，但是煮出來的熱食可以彌補這方面的不足——除此以外，他們還有不成文的規則。雖然路納摩、達畢和霍伯不會參與訓練或對練，他們仍是橋四隊的一員。他們跟著大家行動。

他要輝歐把肉加進去，嚴格限制他在加任何辛香料前先問一聲。達畢靜靜地攪拌湯。他看來很滿意，只是那一鍋會怎樣還很難說。路納摩用一只鍋子洗手，繼續處理麵包。

烹飪就像是戰爭，你必須了解你的敵人——不過在這場比試當中，他的「敵人」卻是他的朋友。大家期待吃上美好的一餐，路納摩也一再證明自己做得出這樣的料理。他將湯與麵包放在與戰爭同等的地位，滿足大家的口味與肚腹。

他的手深深壓進麵糰，彷彿聽見母親的哼吟，還有她精細的指導。卡拉丁錯了；路納摩並不是後來成為廚師的。他自從可以站在凳子上摸到櫥櫃，讓手沾上黏黏的麵糰時，就成了廚師。是的，他也曾經接受弓術訓練。但是士兵也要吃飯，努阿托瑪的守衛都會身兼數職，單單身為守衛也有特有的傳承與祝佑。

他閉上雙眼，一邊揉捏麵糰，一邊照著他幾乎算是聽得見的微弱節奏，哼著母親的歌謠。

不久，他聽見橋上傳來輕巧的腳步聲。雷納林王子站在鍋旁，看來他打開誓門傳送眾人的工作暫告一段落。平原上的橋四隊已經有三分之一人力獲得汲取颶光的技巧，但是卡拉丁帶領的新人都沒有掌握到能力。

雷納林漲紅著臉看著大家。顯然他一結束工作就跑來了，現在卻遲疑不敢加入。艾洛卡已經在石堆旁坐下觀看，雷納林往他那裡站過去，彷彿自己本來就可以坐在旁邊。

「喂！」路納摩說。「雷納林！」

雷納林跳了起來。這個少年穿著藍色的橋四隊制服，然而他穿起來……比其他人合身。

「我做麵包可以用上你搭把手。」路納摩說。

雷納林馬上露出微笑。這個年輕人一向希望自己被視為同路人。是的，態度可以助人一把。如果要他因此而不碰麵糰，他甚至可以要藩王來揉麵糰。達利納可以好好學上一堂麵包課。

雷納林洗了手，坐在路納摩對面，照著他的指導工作。路納摩撕開一團和他的手一樣大的麵糰，鋪開，拍上用火烤過的大顆石頭。麵糰黏在石頭上，之後就等人在熱好以後撕下來。

路納摩沒有強迫雷納林談話。有些人必須施加壓力才能發揮。有些人則是只要讓他們照著自己的步伐來就好。就像是燉菜要大火煮沸，還是小火慢煨的區別。

可是他的神靈在哪？路納摩可以看見所有靈。雷納林王子已經與一個靈締結，路納摩一直沒有辦法看見靈。他趁雷納林沒注意的時候，向這位看不見的靈鞠了個躬，做了個動作表示對隱匿神靈的敬意。

「橋四隊做得很好。」雷納林終於說。「卡拉丁很快就會讓所有人暢飲颶光。」

「看來是這樣，」路納摩說。「哈！不過他們要花時間才能追上你。眞觀師啊！這名字好。要有更多人看見眞相，不是看見謊言。」

雷納林臉紅了起來，他說：「我……我想這代表我不能待在橋四隊裡了，對吧？」

「爲何不能？」

「我是不同燦軍軍團的成員。」雷納林一邊說，雙眼垂下來看著那塊完美的圓麵糰，小心地貼上烤石。

「你有治療的力量。」

「進展與照映的封波術。我不知道怎樣進行後者。紗藍已經解釋了七次，但我甚至連小小的幻象都創造不出來。似乎有什麼不對勁。」

「所以現在只有治療？治療對橋四隊很好！」

「我不能繼續待在橋四隊。」

「胡說。橋四隊又不是逐風師。」

「那橋四隊是什麼？」

「橋四隊就是我們。」路納摩說。「橋四隊是我，橋四隊是他們，橋四隊也是你。」他朝達畢那裡點點頭。「那一位，不再能拿矛了，他不會飛，但他是橋四隊。我不可以戰鬥，但我是橋四隊。還有你，你有神奇的頭銜跟不同的力量。」他靠向前。「但是我知道橋四隊。而你，雷納林．科林，就是橋四隊。」

雷納林露出大大的微笑。「可是大石，你不擔心自己不像大家覺得的樣子嗎？」

「大家都認爲我聲音大，也粗魯得難以忍受！」路納摩說。「所以是別的樣子，不會是壞事。」

雷納林哈哈地笑了。

「你自己在煩惱這種事嗎？」路納摩說。

「可能吧。」雷納林又做了個完美的圓麵糰。「我大多數時候都不知道自己是什麼，我似乎是隻身一人。從我學會走路開始，大家都在說：『看看他多麼光潔。他該成爲執徒。』」

路納摩低哼一聲。他既然知道自己聲音大又難以讓人忍受，就知道有時不要講話。

「大家認爲這非常明顯。我擅長處理數字，不是嗎？好，就成爲執徒吧。當然，沒有人說出來我比不上哥哥，也沒有人眞的指出我這個病弱的奇怪弟弟應該被扔到修道院裡。」

「你說這些話的時候，非常尖酸呢！」路納摩說。「哈！一定需要很多練習。」

「練習一生了。」

「告訴我，」路納摩說。「雷納林．科林，你爲什麼想要戰鬥？」

「因爲我父親想要我這樣。」雷納林馬上回答。「他可能自己不明白，不過大石，他絕對想要我這樣。」

路納摩低哼一聲，然後說：「這可能是個笨理由，卻也是理由，我尊重理由。那你告訴我，爲什麼你不想要成爲執徒或防颶員。」

「因爲大家都認爲我該這樣！」雷納林一邊說，一邊把麵包拍到烤石上。「如果我照做，我就會眞的變成大家想要的樣子。」他看起來有些不安，路納摩交給他更多麵糰。

「我想，」路納摩說。「你的問題和你說出來的不一樣。我說你不是大家所認爲的樣子。或許你其實擔心的是，你就是這樣的人。」

「一個病弱的弱者。」

「不，」路納摩靠著東西說。「你可以成爲自己，不會變成壞東西。你可以承認自己和哥哥不一樣，也可以知道這不是缺陷。這樣的人就是雷納林．科林。」

雷納林用力揉起麵糰。

「好事，」路納摩說。「學會戰鬥是好事。人學會各種技能，就會做得好。但是人也要利用神給他們的東西。在山脈裡，人沒有很多選擇。而是特權！」

「我想是吧。葛萊斯說……這個，很複雜。我可以和執徒談談。可是大石，我不知道該不該在橋兵中標新立異，我已經是大夥兒之中最怪的一位了。」

「是嗎？」

「大石，不要不承認這點。洛奔他……有他的風格，而你也是……有自己的風格。但我還是很怪。我一直是最古怪的一位。」

路納摩把麵糰丟到烤石上，再指向瑞連，這位原本被稱作「沈」的帕山迪橋兵，正坐在小隊的石頭旁，看著艾瑟不小心把手掌黏在石頭上的樣子。瑞連現在是戰爭形體，比以前還要高壯——不過人類似乎完全不把這當一回事。

「噢，」雷納林說。「我不知道要不要把他算進來。」

「大家都對他說這件事。」路納摩說。「說了一次又一次。」

雷納林凝視遠處一陣子，路納摩繼續製作麵包。雷納林最後站起來拍了拍制服，走到石頭平原上，坐在瑞連身旁。坐立不安的雷納林什麼都沒說，而瑞連則看起來很高興有人陪他。

路納摩露出微笑，把最後一塊麵包做好。

他站起來，把熙齊酒和一疊木杯準備好，他另外幫自己倒了一杯，轉頭瞥向正在拿取麵包的輝歐。這位賀達熙人發出微弱的光芒——顯然他已經知道如何汲取颶光了。

空氣病的賀達熙人。路納摩舉起手，讓輝歐丟了一片麵包給他，咬了一口。他嚼了嚼溫暖的麵包，開始深思。「下一次再加點鹽？」

賀達熙人輝歐只是繼續取下麵包。

「你覺得要更多鹽，對不對？」路納摩說。

輝歐聳聳肩。

「下一爐的麵糰加更多鹽，」路納摩說。「不要覺得滿意。我還是想把你丟下平原。」

輝歐露出微笑，繼續工作。

受訓的人們開始往這裡來取飲料。他們張口大笑，重重拍了路納摩的背，說他是個天才。當然，沒有人記得他之前就想提供熙齊酒給大家喝。大家通常會忽略這些壺裡的飲料，改喝啤酒。

他們今天不覺得那麼熱，沒有流那麼多汗，也沒有覺得太挫敗。了解你的敵人。這裡有適合的飲料，他就是小小的神靈。哈！冷飲與友好建言的神靈！任何廚藝夠好的廚師都很會說話，因爲烹飪是門藝術——藝術是主觀的。一個人可以喜歡冰雕，另一人可以覺得作品無趣。食物跟飲料也是一樣。不喜歡吃的東西，不喜歡喝的東西，並不會讓食物壞掉，也不會讓人壞掉。

他和雷頓聊了起來，這人還走不出兀瑞席魯深處那黑暗神祇的經歷。那是很強大的神祇，而且充滿怨怒。山脈上也有這樣的傳說：路納摩的天祖父在三界中旅行時遇過一個。那是個很棒、很珍貴的故事，但路納摩不會選在今天和人分享。

他安慰雷頓，表示他也有同感。這個身材厚壯的盔甲匠是個健壯的人，有時嗓門還跟路納摩一樣大。哈！他的聲音可以從兩塊台地外傳來，路納摩喜歡這樣。那些細語呢？就沒人聽到那些細語嗎？

雷頓回去操練，但其他人也有各自的困擾。斯卡是這群人中最會使矛的，在摩亞許離開後便是這樣，但是斯卡很困擾自己還沒能汲取颶光。路納摩請他示範他所學到的技巧，在斯卡提供了建議後，路納摩自己也懂得了汲取一點颶光，爲此又驚又喜。

斯卡跳著走開了。其他的人可能感覺沒那麼好，但是斯卡有顆爲師的心。這個矮個子還是希望路納摩哪天可以走上戰鬥的道路。在橋兵中，只有斯卡常和厭戰的路納摩討論他的想法。

等到大家都喝了飲料，路納摩看見遠方有什麼在移動。不過，還是專心準備餐點吧。燉菜簡直完美——他很高興能拿到一些螃蟹。大家在塔城上吃了太多魂術製造的口糧與肉，根本沒什麼味道。麵餅也很好，他昨天晚上甚至做了醃醬，現在他只要……

路納摩看向台地的左側，差點跌到自己的鍋裡。諸神啊！強大的諸神，像西芙蕾娜一樣。這群神明繞著一名高大的女性靈，頭髮垂在後方。她選了人的形貌，人的體型，同時穿著一件優雅的袍子。其他的靈在空中流轉，但他們的目標顯然是正在練習的橋兵，和那些有機會成爲生力軍的人。

「烏瑪阿米土庫馬馬菲里奇……」路納摩慌忙地表現出恭敬的樣子。接著他進一步跪下來鞠躬。他從沒有在這裡見過這麼多神。就算在山脈上遇到瑪法利奇，也沒有這麼讓他震驚。

那他該獻上什麼呢？他不能只對這樣的神蹟鞠躬而已。但是麵包和燉菜？瑪法利奇不會想要麵包和燉菜的。

「嘿，」一個女聲在他身邊說。「你眞是崇崇敬敬，幾乎像是笨蛋了。」

路納摩轉身，發現西芙蕾娜化身成小小的女性，雙腳交叉，坐在他的大鍋邊緣。

他再次致意。「他們是妳的親戚嗎？艾里伊卡慕菈，這個女人的樣子是妳的努阿托瑪前的那一位艾里伊卡慕拉？」

「可能可以說差不多啦。」她歪頭說。「我依稀記得一個聲音……芬朵菈娜訓斥我的聲音。我爲了找到卡拉丁惹了好多麻煩。他們找到橋四隊這裡，卻不和我說話。我想如果他們和我說話，就證明自己錯了。」她露出大大的笑容，向前靠近。「他們一定討厭自己錯了。」

路納摩嚴肅地點點頭。

「你不像之前一樣黑了。」西芙蕾娜說。

「是的，我的褐皮慢慢消失了。」路納摩說。「太多時間待在裡面，瑪法利奇。」

「人類可以變顏色？」

「不止這樣。」路納摩舉起手。「其他山峰有人是白色的皮膚，像雪諾瓦人，但是我的山峰的人一直都是古銅色。」

「你看起來被人洗得太白了。」西芙蕾娜說。「他們拿了刷子，把你的皮刷掉了！所以你的頭髮才是紅的，因爲你已經被刷得很不開心。」

「這是聰慧的話。」路納摩還不清楚這爲什麼顯得聰慧。他得好好思考一下。

他往口袋裡撈出爲數不多的錢球。然而，他還是將錢球一個個放在碗裡，給接近的靈群。這裡有超過二十位靈！卡里卡林諸魂啊！

當然，其他的橋兵看不見諸位神靈。他不認爲輝歐和霍伯會理解，理解他爲何頻頻走過平原，並且鞠躬朝裝著錢球的碗獻祭。他抬頭一看，艾里伊卡慕拉這位在這裡最重要的靈，正觀察著他。她把手伸手其中一個碗裡，汲取颶光，接著便化爲光帶竄飛而去。

其他的神靈還留在這裡，他們是色彩斑駁的雲霧、綵帶、人形、葉堆，還有其他天然的存在。他們輕快地飛到空中，看著底下訓練的人群。

西芙蕾娜穿過空中，站到與路納摩頭部同高的地方。

「他們在尋找，」路納摩低聲說。「事情就要成了。不只有橋兵，不只有侍從，會成爲燦軍，如卡拉丁所願。」

「等著瞧。」她說完便吐了一口氣，再次化爲光帶。

路納摩將碗留了下來，以備其他神靈想要分享他的獻禮。他把麵包疊在料理台上，想要把盤子交給霍伯拿去分人。但霍伯沒有回應他的要求。這個瘦高的人還坐在他的凳子上，向前靠著，拳頭裡緊握著一顆發光的寶石。他本來還在洗杯子，現在全被他堆在一旁不管了。

霍伯的嘴巴動了，似乎正在低語，像是雪地寒夜裡看著火盆內燃物的人一樣，看著拳中的寶石。用在絕境中的決心，祈禱著。

加油，霍伯。路納摩一邊想，一邊向前走。飲用颶光。讓颶光成爲你的。持有颶光。

路納摩感覺周圍有能量的氣息。這是專注的時刻。幾個風靈轉向霍伯，路納摩在一下心跳的瞬間，似乎覺得其他的人事物都褪隱而去。霍伯成爲暗處唯一的一人，他的拳頭發出光來。他凝視著力量的跡象，目不轉睛。是救贖的跡象。

霍伯拳裡的光消失了。

「哈！」路納摩大喊。「哈！」

霍伯一驚。他張開嘴，看著已經黯淡的寶石。再呆呆地看著手中冒出的光煙。「各位？」他喊。「那個，各位！」

橋兵們從原位衝了過來，路納摩必須往後退。「把你們的寶石交給他！」卡拉丁見狀大喊。「他需要很多！堆起來！」

橋兵們擠在霍伯身旁並交出祖母綠，霍伯汲取更多颶光。光芒又突然黯淡了下來，霍伯喊著：「我感覺到了！我感覺到腳趾了！」

他試著找人支撐他。德雷跟皮特分別支持他的左右手，霍伯便滑下凳子站了起來。他露出缺牙的笑容，雙腿顯然還不夠強壯的他，差點又倒下來。德雷和皮特扶住他，但是他把他們推開，自己搖搖晃晃地站起來。

橋兵隊等都沒等，就發出興奮的叫喊。悅靈旋繞在人群中，就像藍葉的旋風。洛奔推開大家，在霍伯身旁作了橋四隊的敬禮。

這對洛奔來說似乎是件很特別的事。兩隻手臂。其中一隻是他終於可以敬禮的新手。霍伯回禮，像是第一次射中紅心的男孩一樣笑著。

卡拉丁站到路納摩身旁，西芙蕾娜站在卡拉丁肩上。「大石，這會成功的。力量會保護他們。」

路納摩點點頭，習慣性地往他整天觀察的西方望去。這時他看見了東西。

看起來像是一縷煙。

❖

卡拉丁飛往那裡查看是怎麼回事。路納摩和其他人則從地面帶著行動橋樑跟上。

路納摩扛著橋的正前段奔跑。這帶給他回憶的味道。本來被汗漬蓋住了的木頭氣味。有數十人在近旁低哼與呼吸的聲音。有腳掌拍打在平原地面的聲音。還混雜著疲乏與恐慌。一場突擊。箭雨。死人。

路納摩知道自己與凱夫哈離開山脈時，會發生什麼事。山脈上還沒有弩阿托瑪能挑戰雅烈席人或費德人成功，贏得他們的碎刃或碎甲。然而凱夫哈還是決心放手一搏。他覺得最糟糕的情況就是自己死去，家族則成為低地富人的僕從。

他們卻沒有預料到薩迪雅司的殘酷，這個藩王在不正式的決鬥中殺了凱夫哈，還殺了路納摩家族中反抗的人，並且將凱夫哈的財產據為己有。

路納摩一邊大喊往前衝。他離開前帶了一小袋錢球，奔跑中的他，皮膚開始發出颼光。他簡直像是用一己之力抬著橋，把其他人拖著走。

斯卡喊出行軍句，橋四隊重複字詞。橋四隊已經強大到不必特別費力就能扛橋進行長距離行軍，但是今天的力量非昔日可比。他們一路衝鋒，漫著颼光，路納摩呼喊著卡拉丁跟泰夫會喊的命令。當他們抵達裂谷，他們眞的直接把橋扔到兩端架好。過橋以後，他們就像撿起蘆葦一樣輕巧地再抬起橋。

他們似乎沒跑多久就到了煙的來源：那是遭到圍困的車隊。路納摩把全身的重量壓在橋上的支桿，將橋推過裂谷衝了過去，其他人也跟上。達畢與洛奔把橋邊綁著的矛與盾鬆開，並將武器交給其他橋兵。他們組成陣形，平常跟著泰夫的人則跟在路納摩身後，不過他當然把洛奔遞給他的矛推開了。

車隊中有不少載著戰營外森林的木材，也有疊得高高的家具。達利納．科林談過遷移戰營的事情，那裡還是有兩位藩王在慢慢蠶食土地、擴張勢力——像天鰻一樣安靜。就目前來說，大家頂多能幫兀瑞席魯收集到這種程度的物品。

車隊利用達利納的帶輪橋樑越過裂谷。路納摩經過一座已經橫翻的斷橋，三個載著木材的大貨車著火，讓空氣中充滿刺激性的煙霧。

卡拉丁手持發亮的碎矛飄浮在上。路納摩瞇起眼看著煙霧，來到卡拉丁正看著的位置，並且對天空作出手勢。

「引虛者的攻擊，」德雷低語。「我們早該猜到他們會對我們的車隊展開掠奪。」

路納摩一時沒有在意這句話。他從躲在車底的疲累守衛與嚇壞的商人之中推開一條路。後方到處都是屍體，引虛者殺了數十人。路納摩在一片混亂中，發著抖搜查環境。這是一具帶著紅髮的屍體嗎？不，那是被血浸染的頭巾。還有……

還有一具非人的屍體——那具屍體有大理石般的皮膚。一枝漂亮的鵝毛白箭插在屍體背部。那是昂卡拉其的箭。

路納摩看向右方，似乎有人把家具堆得像堡壘一樣。又有人從家具堆的頂端探頭出來，那是一名有著圓臉的壯碩女子，綁著深紅色的髮辮。她站起來，對路納摩舉起弓。此時還有其他臉孔從家具後方冒出，分別是一名少年和一名少女，大概十六歲左右。接著有更多年幼的面孔，算算孩子的人數，總計有六人。

路納摩衝向他們，發現自己嚎啕大哭。他的臉上掛著兩行淚，爬上這個臨時要塞。

他的家人終於抵達破碎平原。

❖

「這位是頌恩，」路納摩把女子拉到身旁，一隻手臂環著她的肩。「山峰最棒的女人。哈！我們在小孩子時會造雪堡，她的最棒。我早該知道會在堡壘找到她，就算堡壘用舊椅子堆起來也是！」

「雪？」洛奔問。「你們怎麼能用雪造堡壘啊？我聽過雪這東西——就像霜一樣，對吧？」

「空氣病的低地人，」路納摩搖搖頭，走向雙胞胎。他的雙手環在少年與少女的肩上。「男孩是給福，女孩是可絨。哈！我離開的時候，給福跟斯卡一樣矮，現在他快和我一樣高！」

他忍著別讓聲音中帶著悲痛。快一年了，眞久。他原本想盡快帶他們來，可是事情出了錯。薩迪雅司，還有橋兵隊……

「第二子是小石，但不是我這個大石。這是……嗯……比較小的小石。三子是星達。二女是庫瑪堤奇，是一種甲殼類，你們這裡沒有。小女兒也有頌字，美妙的碧頌。」他蹲在她旁邊微笑。這女孩只有四歲，她退了開去。她沒記起自己的爸爸，這讓爸爸傷心了。

頌恩——全名是圖婭卡黎娜科彌諾——一手貼在大石的背上。卡拉丁在一旁介紹橋四隊的成員，但是只有給福和可絨學過低地人的語言，可絨也只會費德語，給福則勉強用雅烈席語打招呼。

小頌抓住母親的腿。路納摩眨了眨淚眼，這些並不全都是悲傷的淚。他的家人在這裡。他存下來的第一筆錢，就用來傳訊到山峰的訊息站去。訊息站離他老家要走一個禮拜，然後從山上下來跨越雅烈席卡要花上好幾個月。

車隊慢慢地恢復行動。路納摩終於有機會介紹自己的家人，橋四隊花了半小時救助傷患。接著，雷納林和帶著兩個連的雅多林到達現場——雷納林不用擔心自己派不上用場，他的治療能力已經救了好幾條命。

圖婭卡揉了揉路納摩的背部，跪到他身旁，和他一起各用一隻手抱起女兒。「旅程很長，快要到時，那些東西從天上下來。」

「我應該先來戰營的。」路納摩說。「陪妳。」

「我們現在到了。」她說。「路納摩，怎麼了？你的訊息很短。凱夫哈死了，但是你呢？你怎麼這麼久沒消息？」

他低下頭。他要怎樣解釋？他跑步運送橋樑，他心碎的靈魂。要怎樣才能解釋，圖婭卡口中這麼強壯的男人，曾經想要去死？他怎麼在瀕臨絕境時，成了懦夫，還放棄過？

「提非跟辛那庫阿呢？」她問他。

「死了。」他低聲說。「他們拿起武器復仇。」

圖婭卡用手遮住嘴巴。她的內手戴著手套，以示尊重弗林教的愚蠢傳統。「那麼你——」

「我現在是廚師。」路納摩堅定地說。

「但是……」

「圖婭卡，我下廚。」他把她拉了過來。「來，我們把小孩帶到安全處。我們會到塔城，妳會喜歡的——就像山峰一樣，幾乎像是。我會告訴妳故事。有些很痛苦。」

「好，路納摩，我也有故事要說。山峰，我們的家……不對勁。非常不對勁。」

他退後對上她的眼。低地這邊會叫她淺眸人，不過他可以看見她那褐綠混合的眼裡有無限的深沉、美麗與淺光。

「我們安全時我會講，」她作出承諾，把小碧頌抱起來。「你引我們來是聰明的，一如以往。」

「不，我的愛，」他低聲說。「我是笨蛋。我會怪這是空氣的錯，但我在山上也是笨蛋。我是讓凱夫哈下山做蠢事的人。」

她帶著小孩走過橋。路納摩看著，很高興再次聽到正常的昂卡拉其語。幸好其他人不會說。如果他們懂，他們會指出他的謊言。

卡拉丁站起來，拍拍路納摩的肩膀說：「大石，我會把我的房間給你們家。我的進展太慢，還沒爲橋兵拿到家庭區，這麼做可以讓我有動力。我會讓有家室的人分到住處，在那之前我就和其他人一起住在營房裡。」

路納摩本想開口拒絕，但接著想這樣也好。有時候，不帶爭執接下禮物才是光榮的事。「謝謝你，」路納摩說。「給我們房間。還有其他東西，長官。」

「大石，和你家人一起走吧。今天你先走，我們還是可以扛橋。我們有颶光。」

路納摩手撫過平滑的木材。「不，」他說。「我有扛最後一次橋的特權，爲了我的家人。」

「最後一次？」卡拉丁說。

「受颶風祝福的你，我們現在到天上了。」路納摩說。「我們接下來的日子不再行走。這結束了。」

他回望竊笑的橋四隊，似乎感受到他說對了什麼。「哈！不要一臉悲傷！我在城市附近留了好菜。我們回去的時候，霍伯應該還沒毀掉它。來！抬起橋！最後一次扛橋，不是往死亡去，而是往塡滿的肚子跟好歌去！」

雖然他這樣催促，大家還是一臉嚴肅地帶著敬意抬起橋來。他們不再是奴隸。颶風的，他們口袋的寶石讓他們富有！寶石發出劇烈的光芒，他們的皮膚也跟著發亮。

卡拉丁站在隊伍前方。他們今天最後一次扛著這座橋——像是帶著敬意抬起國王的棺木，帶著國王去往永眠之墓。

38 破誓的一群

你的技巧值得欽佩，然而你仍只是個人。你曾經有機會變得非凡，卻摒棄了這樣的機會。

達利納進入下個幻象時，是在幻象的征戰當中。

他已經知道，他不必與他人進行意料之外的纏鬥。這次他決定找個安全的地方，再把人帶進來。

這代表他要像好幾個月前一樣，化身成雙手冒汗的持矛者。站在破碎的孤石上的這個人，被穿著原始衣著的人群包圍。他們的衣服是用拉維穀纖維編織的布料，還有用豬皮做的涼鞋，手上握有青銅矛尖的矛，其中只有軍官身著護甲，但也不過是件皮革背心，甚至沒有鞣化。皮用鹽醃過，以粗糙的手法剪成背心。如果有人迎面揮斧一砍，這件背心完全沒有防護力。

達利納一想到自己第一次進入幻象的狀況，馬上大聲咆吼。這是他早期見過的幻象之一，那時他還把幻象當作噩夢。這次，他打算梳理出眞相。

他向同樣穿著粗劣衣著的敵人衝去。達利納的戰友靠向後方的崖壁。如果他們不戰鬥，就會全體落入五、六十呎深的谷底。

達利納重擊那些想逼他們到絕境的敵軍。他和其他人的衣裳沒什麼差別，只有某處特別奇異：他的腰間有滿滿一袋寶石。

他用矛刺穿敵人的肚子，往前方一推；那三十幾個敵人都帶著沒有修整的鬍子和冷血的眼神。其中兩人被瀕死的盟友絆倒，讓達利納的側邊暫時解除危險。他拿起倒地敵兵的斧頭，往左一揮。

敵兵呼吼一聲擋了下來。這些人沒有受過足夠的訓練，但是手持銳器的莽夫一樣危險。達利納切砍、割劃，沉浸在揮舞這支比重均衡的好斧頭的快感之中。他有信心能打敗這群人。

但有兩件事不如他的想像。首先，其他的矛兵沒有支援他。沒有人保護他的後翼，使他遭到包圍。再來，這些野人並沒有退縮。

達利納以前習慣依賴士兵跟著他推進。他得依靠他們的紀律來補足自己隨著戰鬥衰弱的力量——就算他不是碎刃師，也只能依靠自己的殘暴和自己的氣勢來取勝。

然而一個人就算技藝精良、戰意堅定，他的氣勢還是會在身體撞上石牆時幾乎消失不見。他眼前的人沒有屈服，不顯恐慌，就算他已經殺了四個人，也沒有顫抖的樣子。他們攻擊的力道越來越暴虐，其中一人甚至笑了出來。

他甚至沒看到敵人的斧頭，手臂就被砍了一道，又順勢被推倒。達利納倒落到地面，不可置信地看著左前臂的傷口。這股痛覺似乎不屬於自己，並不明顯。那裡只飛出一隻如筋骨手掌的痛靈，出現在他的膝蓋上。

達利納的士氣突然消退，並且覺得羞慚。難道這就是老兵在戰場上倒地時的感受嗎？這種怪異、不真實的感覺，以及長久以來深深埋藏、想離開戰場告老還鄉的歸隱之心？

達利納咬緊牙根，用還沒受傷的手拉開充作皮帶的皮條。他咬住其中一端，綁住手腕上的切口。這個砍傷還沒有流太多血。這樣的傷口一開始會流血，接著身體就會阻攔血液流出。

颶風的。這一下可真銳利。他想起自己並非真的皮開肉綻，像是豬肉一樣露出的骨頭並不是他自己的。

爲什麼你不像和芬恩在一起時那樣治療自己？颶父問。你有颶光。

「那是作弊。」達利納低哼一聲。

作弊？颶父說。沉淪地獄的，這怎麼叫作弊？你沒有說出誓言。

達利納聽見神的裂片咒罵起來，不禁露出微笑。他在想颶父是不是從自己這裡學壞了。他盡可能不理會身上的疼痛，一手拿起斧頭，跌跌撞撞地站起來。前方的十二人小隊絕望地用拙劣的方式對抗敵人的猛攻，他們已經被逼到懸崖邊緣。這裡四周是高高的石堆，就像裂谷一樣，只不過有更多空間。

達利納站得不穩，幾乎又要倒下去。颶風的。

治療你自己就好。颶父說。

「以前這種程度的傷對我不痛不癢。」達利納看向自己的斷臂。好吧，他可能沒有傷過這麼重。

你老了，颶父說。

「可能吧，」達利納站穩身子，眼前恢復光明。「可是他們犯了錯。」

這個錯誤是？

「他們背對了我。」

達利納再次衝刺，一手揮舞斧頭。他拿下兩個敵軍，打開一條路到他的手下身邊去。「下去！」他對他們喊。「我們不能在這裡戰鬥！沿著滑坡到下面的平台。我們要找辦法爬下去！」

他跳下懸崖，往斜坡下去。這是無情的指令，只是颶風的，他們在上面活不下去。他往下滑，穩穩地站上台地邊緣的懸壁。他現在踉蹌站在最邊界的平台上。

其他人也跟著滑了下來。他丟下斧頭，抓住一個差點成了落谷死者的人。但是他救不到另外兩個。最後有七人站在他身旁。達利納吐出一口氣，再次覺得頭昏腦脹，他看向目前所處的崖緣，峽谷至少有五十呎深。

他的同伴已經敗裂不齊，一身是血的他們更心懷恐懼，疲憊靈有如噴射的灰一樣竄出。上方的野人聚在崖緣，滿心期待地往下看，就像是等著主人桌上食物的野斧犬。

「颶風啊，」達利納救到的那個人頹坐在地。「颶風啊！他們死了！大家都死了！」這人雙手抱頭。

達利納看著他，注意到只有另一人還拿著武器。這人的止血帶已經滲出血。

「我們要贏了。」達利納輕聲說。

其他人看向他。

「我們贏定了。我見過這場景。我們這一隊是最後一支隊伍。我們可能倒下，卻將贏得戰爭。」

此時上方又有個人影加入了野人。那是個比其他人還高出整整一顆頭的人影，那人影有可怕的黑紅相間殼甲，雙眼發出深深的紅色。

沒錯……達利納記得這個怪物。以前的幻象中，他會被其他死者拋棄。這個人形走了過來。他認爲這是個從噩夢中走出來的怪物，是從他的潛意識捕撈出來的怪物，就像是他在破碎平原對抗的存在一樣。現在他明白眞實的狀況。那個怪物就是引虛者。

然而永颶不曾在以往出現過，他從颶父那裡確認了這點。所以，這種怪物是如何在這個時代出現的？

「排好陣形！」達利納喊。「準備好！」

有兩個人聽令聚在他身旁。老實說，七人裡有兩人遵命，已經超出他的預期。

懸崖突然像是被巨物撞擊一樣搖動，附近的石塊被撕裂開來。達利納眨了眨眼，他失血的程度會讓幻象晃動嗎？石面開始發光、波動出漣漪，好似被擾亂的湖面。

有人抓住他們所處的平台邊緣。這個穿著燦爛碎甲的人形攀上平台，盔甲的每一塊都發出超越日光的琥珀光芒。這個氣宇不凡的人物，甚至比其他身著碎甲的戰士還要巨大。

「走，」碎刃師命令。「把人帶到治療者那裡去。」

「怎麼走？」達利納問。「懸崖——」

達利納愣住了。懸崖現在突然有扶手了。

碎刃師一手壓住引虛者方向的上坡，石面似乎再次崩裂。石頭上出現印記，彷彿這些石頭是能夠流動與塑形的蠟。碎刃師手往身旁一伸，一支發光的巨鍾便出現在他手上。

他朝引虛者衝鋒。

達利納摸了摸石面，石面非常堅實。他搖搖頭，帶著手下往下爬。

最後一個下去的人看著達利納手上的缺口，問道：「馬拉德，你要怎麼下來？」

「我會想辦法的，」達利納說。「下去吧。」

男子也離開了。達利納這時越來越頭暈，最後他屈服了，汲取一些颶光。

他的手臂長了回來，切口的傷首先癒合，接著血肉像是盛開的植物一樣延展。他在一瞬間便扭了扭手指，發出讚嘆。颶光讓他神智清醒，他深吸一口氣讓自己煥然一新。

上方發生戰鬥，但是達利納伸長了脖子也看不清楚——不過有些屍體滾下來，再從平台滑了下去。

「那些是人類。」達利納說。

顯然是。

「我以前沒有兜在一塊，」達利納說。「以前也有人類在引虛者手下戰鬥嗎？」

有些是。

「那我見到的碎刃師呢？他是神將嗎？」

不是。只是個石衛師（Stoneward）。他使用一種波力改變石頭，而盟鑄師無法使用那力量。

反差真大。普通士兵的穿著雖然原始，可是那位封波師……

達利納搖搖頭，沿著石面的扶手往下爬。他看見自己的手下加入峽谷下方的大批士兵，他們的位置傳來歡欣的尖叫與呼喊。正如他依稀記得的一樣：他們贏了戰事。只有極少數的敵人仍在抵抗。主力已經開始慶祝了。

「好吧，」達利納說。「把娜凡妮和加絲娜帶來。」他終究會把這個幻象帶給亞西爾的年輕皇帝看，首先他得先做好準備。「請把她們帶到我身邊，讓她們穿著原本的衣服。」

於是他身邊便有兩個人影出現。颶光包覆在兩個人形身上，最後光霧消散，穿著哈法長裙裝的娜凡妮和加絲娜現身。

達利納慢跑到她們身旁。「女士們，歡迎來到我的狂想之中。」

娜凡妮轉身，伸長脖子凝視頂端猶如城堡的構造。她瞥向瘸行而來的士兵，其中一人幫助受傷的同伴並且呼求重生術。「颶風啊！」娜凡妮低聲說。「這感覺好真實。」

「我提醒過妳了。」達利納說。「幸好妳在房間裡的穿著還算正常。」雖然他已經知道他不再需要扮演幻象裡的角色，但是加絲娜、娜凡妮和他帶入幻象的君主可不清楚。

「那個女人在做什麼？」加絲娜好奇地問。

一個年輕的女子遇上瘸行的男子。她是一名燦軍嗎？她沒有穿著碎甲，但是有那副模樣。她散發出自信的氣息，在安撫士兵的同時，從腰間小袋拿出發光的東西。

「我記得這個東西，」達利納說。「這是我在另一個幻象提到的裝置。這個裝置可以施展他們口中的重生術。可以治療。」

娜凡妮睜大眼睛，眼神明亮得像是在中年節拿到一整盤甜食的小孩。她抱了達利納一下，就趕緊跑過去觀看。她站在那群人身邊，不耐地揮手示意燦軍繼續治療。

加絲娜轉身望向峽谷。「叔叔，我們的時代沒有這地方的描述。從這個構造來看，這裡看起來像颶風地。」

「或許在無主丘陵某處，只是我們沒有發現？」

「若不是在那裡，就是這些岩石地形已經被風雨摧殘了。」她瞇起眼看向帶著士兵飲水穿越峽谷的人群。達利納上次跌跌撞撞到峽谷裡，正好遇見他們，拿了飲品。

*上面需要你。*那時有人指著峽谷另一端，也就是方才他戰鬥的陡坡說著。

「這些服裝，」加絲娜輕聲說。「還有武器……」

「我們回到古昔了。」

「是的，叔叔。」加絲娜說。「但你不是說這是寂滅時代結束的幻象嗎？」

「就我記憶所知，是的。」

「所以依照歷史來說，子夜精幻象的時間點在這之前。可是你看見了鋼鐵，或至少是一般的鐵。還記得火鉗嗎？」

「我可不會忘記。」達利納揉揉自己的下巴。「那時有鐵與鋼，這裡的武器卻是粗糙的紅銅或青銅。就算他們的時代相對較晚，似乎也不知道如何用魂術製造金屬，或是至少不知道如何成功地鑄造鐵器。呵，這可奇怪了。」

「這證明了我們被教導的歷史觀點，但是我永遠不敢相信，寂滅時代居然可怕到毀滅了學習與進步，徒留下失散的人群。」

「燦軍軍團本來應該阻止寂滅時代，」達利納說。「我從另一個幻象得知這點。」

「是的，我讀過那一篇。其實，我全讀過了。」加絲娜看向達利納，露出微笑。

其他人會很驚訝發現面無表情的加絲娜表達情緒，不過達利納認為這種評論對加絲娜不公平。加絲娜會笑——她不會保留這種眞誠的表現。

「謝謝你，叔叔。」她說。「你讓這世界獲得了龐大的禮物。一個人可以勇敢面對上百名敵人，但是來到此處，選擇記錄幻象而非隱瞞，是另一個層次上的勇敢了。」

「這只是我的頑固。我堅決認定自己並不是在發瘋。」

「叔叔，那我要感謝你的頑強。」加絲娜噘起嘴來思考，她用更輕柔的聲音說：「叔叔，我擔心你的狀況，擔心其他人的說法。」

「妳是說我的異端言行嗎？」達利納說。

「我對異端的說法反倒不怎麼擔心，我是擔心你要怎麼面對接下來的抵制。」

前方的娜凡妮強迫燦軍讓她檢視法器。時間已經接近傍晚，峽谷陷入陰影之中。這個幻象會持續很久，他可以花點時間等待娜凡妮。他坐到一塊石頭上。

「加絲娜，我並不否認神。」他說。「我只是相信，我們稱作全能之主的那位，並不是眞正的神。」

「想想你所見的幻象，這是個聰明的選擇。」加絲娜坐到他身旁。

「妳應該很高興聽見我說這樣的話。」他說。

「我很高興能找人談談這樣的事，我也非常開心發現你正在探索的路上。但是我看到你承受痛苦時，難道會開心嗎？看見你被迫放棄你曾緊擁的信念，難道我會高興嗎？」她搖搖頭。「叔叔，我不在意人們認定什麼信仰，似乎沒有人能夠理解到——我沒有共享這些信仰。我不需要夥伴，就能取得我的自信。」

「加絲娜，妳是怎麼熬過來的？」達利納說。「大家在妳背後說的話？我在這些人把話說出口之前，就從他們的眼中看見謊言。不然就是他們表現誠懇卻喋喋不休，談及據報我曾說出口的言論——就算我否認這些言論也一樣。他們寧願聽從謠言，也要拒絕我實際所說的話語！」

加絲娜望向峽谷的另一端。那裡聚集了更多人，有一批曾受到圍攻的虛弱兵隊，現在才發現他們是戰鬥的勝者。遠方升起了一道煙柱，達利納看不見煙從哪裡來。

「叔叔，要是我有答案就好了。」加絲娜輕聲說。「奮戰會讓人強大，也會讓人麻木。我擔心我在麻木不仁這方面學了太多，卻沒有學習如何讓自己強壯。不過，我還是可以提出警訊。」

達利納抬起一邊眉毛，看向加絲娜。

「那些人會試著，」加絲娜說。「把你定位成與你不一樣的人物。不要讓他們這樣做。我可以成爲學者或婦人，也可以是歷史學家或燦軍，但人們還是會把我分類成外人。諷刺的是，他們要的就是把我沒有執行或相信的事，強加在我身上。我一直駁斥這一點，也會繼續下去。」

她將外手放在達利納手臂上。「達利納・科林，你並不是異端。你是位君主，是位燦軍，也是父親。

你的信仰很複雜，你不會盡信別人所言。你本人可以決定自己如何被定義。這一點你不能拱手讓人，要是你讓給他們，他們會開心地拿這機會來定義你。」

達利納緩緩地點頭。

「不管如何，」加絲娜站起身來。「這裡可能不是促膝長談的好地方。我知道我們可以任意重現幻象，只是能夠重現幻象的颶風卻不多。我應該乘機多探索一點。」

「上一次我走到了那邊，」達利納指向坡道。「我想要再看看上次看到的東西。」

「好極了。我們最好分開來探索更多區域。我會往另一邊走，之後再集合比較心得。」她走下坡道，往最大一群人而去。

達利納站起來伸展身體，他稍早用盡了精神，現在還覺得頭沉沉的。不久後娜凡妮回來了，喃喃低聲的她正解釋自己所見到的器具。在現實的世界中，娜凡妮身邊似乎是泰紗芙負責記錄，加絲娜身邊則有卡菈美，這也是他們在幻象中唯一能夠記錄的方法。

娜凡妮勾住達利納的手，看向加絲娜的背影，唇上有一抹開心的笑意。要是其他人看到這對母女淚眼婆娑地重聚，就不會再以為加絲娜是個沒有感情的女子了。

「妳是怎麼養大她的？」達利納問。

「主要是讓她不要覺得被我管束。」娜凡妮一邊說，一邊靠得更緊。「達利納，那個法器太棒了。就像是魂師一樣。」

「怎麼說？」

「因爲我完全不知道它怎麼運作！我想……我想我們檢視上古法器的方式可能有錯。」達利納看向娜凡妮。她搖搖頭，繼續說：「我還沒辦法解釋。」

「娜凡妮……」達利納鼓勵她說出來。

「不，」她固執地說。「我必須把我的想法報告給學者，看看我所想的是否合理，再提出報告。簡單來說就是這樣。達利納．科林，請耐心等候。」

「我應該還是聽不懂妳的報告。」他低聲抱怨。

他沒有馬上前往上次去過的地方。上一次有人指引他這樣做。這次他的行動不一樣，引導他的人還會出現嗎？

他沒等多久，就有個軍官跑向他們。

「那邊的，」軍官說，「那邊的，」男子說。「詹特之子馬拉德，那是你的名字對吧？你現在是士官了，到營地去。」男子指著上坡。「到另一邊的圓丘上。用跳的！」他對著位置與達利納過於親近的娜凡妮瞪了一眼，接著沒再說一句話就衝了出去。

達利納露出微笑。

「怎麼了？」娜凡妮說。

「這些是榮譽設計來讓我經歷的過去。雖然在這裡面還可以自由活動，但我認爲不管做什麼，得到的還是一樣的資訊。」

「那麼，你想要抗命嗎？」

達利納搖搖頭說：「有些東西我必須再看看——現在我理解幻象是精確的，所以可以更清楚地提問。」

他們手勾著手，爬上有平順石面的坡道。達利納覺得內心有種情緒在湧動，可能是因爲加絲娜方才談及的東西。這是更深層的情緒，是感恩與解脫，甚至包含愛的湧井。

「達利納？」娜凡妮問。「你還好嗎？」

「我只是……在思考。」他試著讓自己的嗓音聽起來平穩。「先祖啊……已經過了半年了，不是嗎？這一切就從那時開始。那時的我，只能獨自承受。娜凡妮，我只是很高興有人能夠分擔這個重負。能夠把這一切顯現給妳，自此絕對且確定地知道，我所看見的一切並不僅僅存在於我的腦中。」

娜凡妮把達利納拉得更緊，頭倚在他的肩上。她此舉表現的強烈愛意，早已不符雅烈席卡的禮節規範，可是他們不是早就棄之如敝屣了嗎？此外，沒有人看見他們這樣做——至少不是眞人。

他們攀上坡道，經過一些焦黑的地面。究竟是什麼東西可以把岩石燒成那樣？地面的他處則像是被巨大的重量壓碎，一部分又形成了奇怪的洞孔。娜凡妮站在其中一個石質構造旁，及膝高的構造被切出對稱的圖案，看起來像是在流動時被凍住的液體。

峽谷與平原迴蕩著痛苦的呼喊。達利納望向崖邊，看見了主戰場。放眼所及都是屍體，數以千計的屍體堆積如山，其他死在屠刀下的人疊在石牆上。

「颶父？」達利納向這位與他締結的靈提問。「這正是我告訴加絲娜的事對吧？阿哈利艾提安。最終寂滅。」

它是這樣被稱呼的。

「你回應的時候也讓娜凡妮知道。」達利納提出要求。

你再一次向我下令。你不該這樣做。颶父的聲音在空中隆隆作響，讓突然聽見的娜凡妮驚跳了一下。

「這是阿哈利艾提安，」達利納說。「歌謠與圖畫並沒有描述引虛者的最終潰敗。那些作品中，總是有一場巨獸與勇兵陣線的對決。」

人類在詩歌中說謊。你當然知道這點。

「所以這只是……普通的戰場。」

那你要怎麼解釋身後的石頭？

達利納轉身一看，發出驚呼，他發現原以爲是巨石的東西，其實是巨大的骷髏頭。他們走過的地面，其實是他在其他幻象中見過的怪物。那個撕裂地面而出的石怪。

娜凡妮走向前問：「帕胥人在哪裡？」

「不久之前，我對抗的是人類。」達利納說。

他們被召集到彼端。颶父說。**我認為是如此。**

「你認爲？」達利納厲聲質問。

這個時候，榮譽還活著。我還不完全，只是風暴，對人類沒有興趣。榮譽的死改變了我。我那時的記憶很難解釋。如果你想看見帕胥人，你只要看看戰場。

娜凡妮跟著達利納走到山脊，看向下方堆滿屍體的平原。「哪些是帕胥人？」娜凡妮問。

妳分不出來？

「從這裡分不出來。」

可能有半數是妳稱作帕胥人的物種。

達利納瞇著眼，仍分不出哪些是人類，哪些又不是。他帶著娜凡妮走下山脊，橫跨平原。這裡的屍體交雜，死者有穿著原始服裝的人類，還有流著橘血的帕胥人。他先前應該要注意到這個警告，但是第一次進入幻象時沒有理清頭緒。他一直認爲自己在破碎平原上對抗的，其實是個夢魘。

他知道該走哪條路帶領娜凡妮穿越屍堆，進入高大尖柱下的陰影。這裡的光線被巨柱擋下，讓達利納心生好奇。他之前以爲自己意外遊蕩到這地方，事實上整個幻象都在引導他往這裡走。

他在這裡發現九把插在石中的碎刃。是被人遺棄的。娜凡妮看著這場景，戴著手套的內手遮住了嘴——九把美麗的碎刃，每一把都是珍寶，卻被這樣遺棄？爲什麼會如此？又怎麼會如此？

達利納走進陰影，繞著九把碎刃走。他第一次來到這個幻象時，對這景象作出錯誤的解讀。

「艾希的眼睛啊，」娜凡妮指向其中一把。「達利納，我認得那一把。那把就是……」

「那把就是殺了加維拉的碎刃。」達利納看向最平凡的一把細長碎刃。「這是白衣殺手的武器。它其實是一把榮刃。它們都是。」

「這是神將昇華到寧靜宮的日子！」娜凡妮說。「他們改在那裡領軍。」

達利納瞥見天空的爍光，轉過去看。是颶父。

「只是……」娜凡妮說。「這並非真正的結局。因爲敵人回來了。」她走向插著碎刃的圈環，看著圓環中的缺口。「第十把榮刃到哪裡去了？」

「傳說並不正確，對吧？」達利納問颶父。「我們並沒有像神將宣稱的一樣擊敗敵人。神將說了謊。」

娜凡妮瞬間抬起頭來，雙眼直盯著達利納。

我從前咎責他們許久，颶父說，**責斥他們缺乏榮譽心。對我而言，我……難以接受以往的誓言被打破。我曾經憎恨他們。現在，我越了解人類，越能在你們稱作神將的可憐生物身上看見榮耀。**

「告訴我發生什麼事，」達利納說。「實際上發生了什麼事？」

你準備好了解了嗎？這裡面有些內容不討你喜歡。

「既然我能接受神祇已死的說法，我也可以接受神將的殞落。」

娜凡妮坐在一旁的石頭上，面色蒼白。

這要從你們名為引虛者的生物說起，颶父的聲音隆隆作響，低沉的聲音似乎有些疏離。**如我所說，我對這些事件的觀點已經扭曲。我曾經記得這些事件，卻是你們看見事件很久之前的事了。當時這種生物在可怕與狂怒的刀下死去。那個被稱作憎惡的敵人給予他們強大的力量。這正是始端，眾多寂滅時代的源起。**

這些生物死去以後，卻拒絕消逝。

「現在正是如此，」達利納說。「永颶中的力量將帕胥人轉化成這樣的形體。那個力量是……」他吞了吞口水。「他們逝者的靈魂？」

他們是遠古之前死亡的帕胥人的靈。這些靈是他們的諸王、他們的淺眸人，或是他們久遠以前的勇兵。轉化的過程對他們來說並不容易。有些靈現在只是單純的力量。這些充滿野性的靈，只是接受憎惡力量的心智碎片。其他的則……覺醒了。他們每次重生，都會傷害他們的心智。

他們藉著帕胥人的身體重生，化為煉魔。即便是在煉魔學會操縱封波術之前，人類也不是他們的對手。人類無法殺害每次刀落之後，都還會重生的怪物。因此，我們有了誓盟。

「那十個人，」達利納說。「五男五女。」他看向眾劍。「他們阻止了寂滅時代？」

他們為此獻身。憎惡已被榮譽與培養的力量封印，你們的神將將死者的靈封印到你們口中的沉淪地獄。神將向榮譽祈求，榮譽便給他們這個權力，這個誓約。他們以為這會永遠終結戰爭。但是他們錯了。榮譽想錯了。

「榮譽本來也像是靈。」達利納說。「你曾經這樣說過——憎惡也是。」

榮譽任自己的力量遮蔽了真相——靈與神不能破壞誓言，人卻可以。十名神將跟著被封印在沉淪地獄中，在那裡困住引虛者。然而，只要任何一位破壞誓言，任引虛者出逃，就會引發暴洪。這些引虛者便能傾巢而出。

「這又導致寂滅時代的開始。」達利納說。

那的確導致寂滅時代的開始。颶父同意這個說法。

誓言既然可以被打破，那麼誓盟也可能缺乏效力。達利納了解過往發生了什麼，那段過去實在顯而易見。達利納說：「神將在裡面被折磨，對吧？」

嚴酷的折磨。折磨他們的是被他們困住的靈。神將因為締結得以互享痛苦——最後總有人會屈服。只要有一人破壞誓盟，十名神將都會回到羅沙。他們會戰鬥。他們會帶領人類。他們的誓盟可以延遲煉魔的時間，不讓煉魔馬上回歸。每經過一次寂滅時代，神將就得再回到沉淪地獄封印敵人。他們躲藏，再現身戰鬥，最後成為壁壘。

如此一再循環。最初，寂滅時代之間會延遲很長一段時間。長達數百年。到了盡頭之時，寂滅時代之間的間隔不到十年。最後兩次寂滅時代，甚至間隔不到一年。神將的精神被磨耗殆盡。他們幾乎會在剛回到沉淪地獄被折磨時，便再次打破誓言。

「這樣就能解釋這回爲什麼這麼悲慘。」坐著的娜凡妮低聲說。「人類社會在短時間內一再承受寂滅時代的衝擊，不管是文化或是科技……都被破壞了。」

達利納跪下來揉揉她的肩膀。

「這沒有比我所恐懼的來得嚴重。」她說。「神將本來是有榮譽心的。他們可能不神聖，現在知道他們就只是凡人，我反而更喜歡他們。」

他們是破誓的一群，颶父說。**但我可以慢慢原諒他們，與他們破壞的誓言。我……以前不曾想過如此行事，現在卻合理了。**颶父聽起來很驚訝。

「造成最後寂滅的引虛者，」娜凡妮說。「已經回歸了。再次回歸。」

煉魔，這些久遠以前逝者的靈魂，憎恨著你們。他們沒有理性。他們已被憎惡的力量浸淫，浸淫在純粹的恨意裡。他們會為了毀滅人類，而毀滅世界。並且，是的，他們回歸了。

「阿哈利艾提安，」達利納說。「並不是眞正的終結。它只是另一場寂滅。然而神將的表現不一樣，他們把自己的劍留下來了？」

寂滅時代一過，神將就得回到沉淪地獄。颶父說。**如果他們一死，便會直接回到其中。存活者則會等終結以後自願回去。他們接獲警告，知道一旦有人離散，可能就會導致災難。同時，他們又必須待在一起，待在沉淪地獄中，來分擔被捕殺的他人的負擔。這一次，怪事發生了。由於懦弱，又或是運氣的關係，他們迴避了死亡。只有一人死於戰鬥。其他人存活了下來。**

達利納看著劍環的缺口。

剩餘的九人理解到，颶父說。**死去的那一位從未崩潰。至於其他人，都曾有放棄的時候，還為了逃避痛苦導致寂滅時代。因此，他們認為他們不再需要全體回歸沉淪地獄。**

他們決定待在這個世界，冒著永恆寂滅的風險，希望他們棄留在沉淪地獄的那一位能夠獨力承擔。那一位本來並不打算加入神將，那個人不是國王，不是學者，不是將軍。

「塔勒奈拉。」達利納說。

痛苦的承擔者。被遺棄在沉淪地獄的那位。在那裡獨自堅撐折磨。

「全能之主在上，」娜凡妮低聲說。「這個時間持續多久？有一千年以上，對吧？」

四千五百年，颶父說。**四又二分之一個千年的折磨。**

被銀刃與長影點綴之地陷入沉默。達利納覺得一陣虛弱，坐在了娜凡妮身旁的地面上。他凝視這些榮刃，突然對神將產生暴怒的恨意。

這太蠢了。就如娜凡妮所說，他們本是英雄。他們獻出自己，讓人類長久免於受襲。然而他還是憎恨他們。因爲他們遺棄了一人。

那一位……

達利納跳起來。「是那個人！」他大喊。「那個瘋子。他眞的是神將！」

他終於崩潰了，颶父說。**他加入了仍然存活的其他九人。數千年來，這九人不曾有人死去，更不曾回到沉淪地獄中，但是這已經無所謂了。誓盟已經微弱到近乎消滅的地步，憎惡也創造了自己的颶風。煉魔死去後不再回到沉淪地獄，而會在下一場永颶重生。**

颶風的。他要怎麼擊敗這樣的敵人？達利納再次看了看劍環的缺口。「那名發瘋的神將，帶著碎刃到科林納去。那難道不是他的榮刃嗎？」

的確是榮刃。但是交給你的那把不是。我不知道發生什麼事。

「我得和他談談。他……他在修道院裡，那時我們要進軍了，對吧？」達利納得問問那名帶著瘋狂神將撤離的執徒。

「這是燦軍反叛的原因嗎？」娜凡妮說。「這就是導致重創期的祕密嗎？」

不，那是更深一層的祕密。這個祕密，我不會談及。

「爲什麼？」達利納質問。

你若知道，便會像古老燦軍一樣背棄誓言。

「我不會背棄誓言。」

你不會嗎？颶父放大聲量說。**你難道要發誓嗎？為了未知發誓？這些神將宣誓會抵擋引虛者，他們之後又怎麼了？**

達利納．科林，活人從未有永遠守住誓言的先例。你的新生燦軍掌握了我孩子的命與靈。不。我不會讓你重蹈前人的覆轍。你知道重要的就好。其他則是與你無關。

達利納深吸一口氣，忍住自己的怒火。某種程度上，颶父是對的。達利納並不知道這個祕密會如何影響他，以及他手下的燦軍。

但他還是想知道。他覺得，自己正走向隨時準備取他性命的劊子手。

他嘆了口氣，娜凡妮也走向他，勾住他的手臂說：「我得試著用記憶畫下這些榮刃的樣貌——如果派紗藍來做會更好。我們也許可以用圖畫來取得其他榮刃的所在地。」

一道人影到了入口，一名年輕男子跌跌撞撞闖進來。他的皮膚蒼白，有雙奇怪的雪諾瓦大眼，還有鬈曲的褐髮。他可能是達利納一生少數見到雪諾瓦人之一——雪諾瓦人過了數千年，仍然爲數稀少。

這個男子在遺棄的榮刃前軟了腳，但是他很快定睛於達利納，用全能之主的聲音說：「聯合他們。」

「你不能爲神將做任何事嗎？」達利納問。「他們的神沒辦法阻止這件事嗎？」

當然，全能之主無法回答。他也對抗大家面對的敵人，對抗被稱作憎惡的那股力量。他某種程度上也付出性命，爲的是和神將一樣的使命。

幻象消失。

即便利亞佛的時尚精銳在以往的搜錄展示了更大膽的設計，但他們發現若要影響雅烈席人與費德人的時尚風格，還是先將傳統的弗林長裙裝作些小修改比較快。

39 紀錄

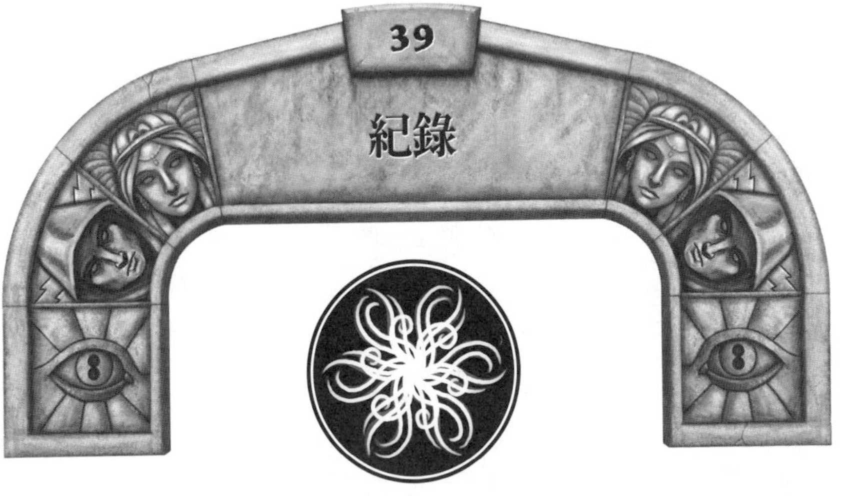

兩個碎神居處一地不會有好事發生。我們原本都認同彼此之間不該互相干擾，而能夠堅守這項最初協議的碎神竟然如此稀少，令我感到失望。

「紗藍可以幫我們記錄。」加絲娜說。

紗藍從筆記本裡抬起頭來。穿著藍色長裙裝的她靠在嵌上磁磚的牆面，坐在地上。她準備用畫圖打發會議時間。

圖書室積灰的走廊已經清掃乾淨，娜凡妮的學者小心歸類了各種殘片。空蕩蕩的空間只是更進一步讓人覺得這裡已無資訊可覓。

距離她康復以後，和加絲娜會面已經過了一週。紗藍覺得自己慢慢復元了，但也越來越不像自己。她一如既往跟著加絲娜跑，這種感覺很不眞實。

達利納今天召集了燦軍的集會，加絲娜建議到安全無虞的地下室。她很擔心隔牆有耳。

眼下大家都看著她。「記錄？」紗藍問。她幾乎沒有跟上對話。「我們可以召來泰紗芙光主——」

目前開會的還是小團體。其中有黑刺本人、娜凡妮，還有處於核心的封波師：包括加絲娜、雷納林、紗藍自己，以及受颶風祝福的卡拉丁，也就是那個會飛的橋兵。雅多林和艾洛卡去了費德納調查塔拉凡吉安的軍力，不在現場。瑪菈塔則負責誓門的運作。

「沒必要再叫其他書記過來。」加絲娜說。「紗藍，我曾訓練妳學習速記的技巧。我想看妳重拾技巧的程度。確切來說，我們要向我的王弟報告決策。」

在場其他人都坐在椅子上，除了卡拉丁，他站靠在牆邊，看起來像是一朵蠢蠢欲動的雷雨雲。卡拉丁殺了她的哥哥赫拉倫，這消息雖然讓紗藍的情緒高漲，仍被她給撫平了，她把這份情緒塞往心中深處。她不能因此責怪卡拉丁，卡拉丁那時只是在保衛他所屬的光爵。

紗藍站了起來，彷彿是個受迫起身的孩子。眾人的目光將她引到加絲娜身旁，她拿出簿本與鉛筆。

「所以，」卡拉丁說。「照颶父的說法，全能之主不僅死了，還責罰十神將進入永恆的折磨。我們稱他們為神將，但他們不僅背叛誓言，還可能失去理智。我們已經管束了其中一位，可能還是最瘋狂的一個。可是我們在把大家帶往兀瑞席魯的混亂中，失去了他的蹤跡。簡單來說，願意幫忙我們的人不是瘋了就是丟掉性命，或者成為叛徒，也可能同時是三種人加在一起。」他雙手抱胸。「想想這情況。」

加絲娜瞥了紗藍一眼。紗藍嘆了口氣，整理起卡拉丁的發言——雖然他的話早已經是整理過的版本。

「那我們要怎樣運用這樣的訊息？」雷納林握住手向前靠。

「我們必須壓制引虛者的襲擊。」加絲娜說。「我們不能讓他們站穩腳步。」

「帕胥人不是我們的敵人。」卡拉丁輕聲說。

紗藍瞥向卡拉丁，他那頭波浪捲的頭髮和陰沉的面容在她心中非一般可語。這人總是這麼認眞、這麼嚴肅——而且神經緊繃。彷彿他必須束縛自己的熱情一樣。

「他們當然是我們的敵人。」加絲娜說。「他們正朝著征服世界的目標前進。就算他們在你的報告中，並沒有我們擔憂的那麼有破壞力，他們仍然是龐大的威脅。」

「他們只想過得更好。」卡拉丁說。

「我可以相信，」加絲娜說。「一般帕胥人只有這樣單純的動機，可是他們的領袖又怎麼說？他們的確要滅絕人類。」

「我也這樣認爲。」娜凡妮說。「他們生來就有摧毀人類的扭曲渴望。」

「帕胥人正是關鍵。」加絲娜一邊翻閱筆記一邊說。「就你的發現來看，所有帕胥人似乎在他們的自然生命周期中，都會與一個普通的靈建立締結。我們所稱的『引虛者』，其實是帕胥人與帶敵意的靈或魂的組合。」

「也就是煉魔。」達利納說。

「好極了。」卡拉丁說。「好吧，那我們就對抗這批人。平民又跟這個何干？」

「或許，」加絲娜說。「你該看看我叔叔的幻象，看看自己還能不能心軟。你如果親眼見證了寂滅時代，可能就會改變觀點。」

「光主，我見識過戰爭。我可是個軍人。問題是，我的燦軍理念已經關注更多對象。我不能把普通人當作敵人，他們不是怪物。」

達利納舉手阻止加絲娜回話。「上尉，你的關切賭上的是你的信譽。」達利納說。「你的報告出乎意料地及時。你確實認爲能安置他們嗎？」

「我……我不知道。就算是一般的帕胥人，也對我們以往在他們身上施加的惡行感到憤怒。」

「我不能迴避戰事，」達利納說。「你說的都對，但也不是新鮮事。我在戰場上從未見過任何可憐呆愣的士兵，當初是自願上戰場承受苦痛的。」

「可能吧，」卡拉丁說。「這會讓人重新思考戰爭的其他本質，而不是用來合理化這一場戰事。」

紗藍止住呼吸。對黑刺不能這樣說話。

「上尉，戰爭如果有這麼簡單就好了。」達利納大聲嘆了口氣，紗藍見到黑刺這模樣，覺得他似乎有些……蒼老。「我就說說吧，有件事是肯定的，就是我們要保衛我們的故土。我不會隨意派你參戰，但我必定會要你出手防衛。因爲雅烈席卡正遭受圍攻。你遇上的人們可能無辜，但仍舊被邪惡掌控。」

卡拉丁緩緩點頭說：「國王已經請求我幫忙打開誓門。我同意幫他的忙。」

「一旦我們保全自己的母國。」達利納說。「我保證會審慎思考你的報告帶來的新想法。我會尋求談判的空間，看看有什麼方法可以避免兩軍交鋒。」

「談判？」加絲娜說。「叔叔，這些怪物狡猾、古老且憤怒。他們數千年來不斷折磨神將，只爲了回歸來毀滅我們。」

「耐心點。」達利納說。「可惜我還不能用幻象聯繫城裡的人，颶父眼中的科林納一片黑暗。」

娜凡妮點點頭說：「這和我們無法用信蘆聯繫城內正好是不幸的巧合。卡拉丁上尉證實我們收到的最後一則消息：敵人正在往圍攻都城的路上。在突擊隊殺進去以前，我們都無法知道城裡的狀況。上尉，你們可能還是要潛入已備戰的城裡。」

「希望你們傳訊說不必如此，」雷納林雙眼下垂，低聲說。「有多少人會在牆上與夢魘戰鬥至死……」

「我們需要更多情報，」加絲娜說。「卡拉丁上尉，你可以帶多少人馬到雅烈席卡？」

「我打算飛在颶風的前頭。」卡拉丁說。「就像我回來兀瑞席魯一樣。那一趟不算一帆風順，不過我或許可以在風勢之上飛行。我要試試看。總之，我認爲我可以帶一小批人。」

「你不需要大軍，」達利納說。「只需要有你和手下幾名精銳扈從。我也會派雅多林隨行，這樣就有另一名碎刃師，以備不時之需。或許就派六個人去？包括你、三個部下、國王和雅多林。你們躍過敵軍的陣線，潛入王宮，啓動誓門。」

「恕我僭越說句話。」卡拉丁說。「但我對艾洛卡有疑問。爲什麼不派我和雅多林就好？國王可能會拖慢我們的進度。」

「國王本身有自己的理由要參與。你們兩位有不方便的地方嗎？」

「長官，我會做我該做的事，不受感覺左右。況且，那些情緒也都是過去的事了。」

「太沒志氣了。」加絲娜埋怨。

紗藍愣了一下，看往加絲娜，發問：「太沒志氣了？」

「這樣的目標還不夠遠大。」加絲娜用堅定的語氣說。「就颶父的解釋，煉魔是不朽的。神將倒下以後，就沒人能阻止煉魔重生。這才是我們眞正要面對的問題。我們的敵人擁有多不勝數的帕胥人肉身可以寄居，根據我們好上尉的完整經歷，煉魔還可以使用一些封波術。我們要怎麼與這樣的敵人作戰？」

埋首筆記的紗藍抬起頭來，掃視房裡與會的眾人。雷納林雙手緊握地往前傾身，直直盯著地面。娜凡妮和達利納互相看了一眼。卡拉丁仍然雙手抱胸靠在牆上，只是也站不住原本的姿勢，換了站姿。

「既然這樣，」達利納終於說。「我們必須一一拿下目標。首先就是科林納。」

「叔叔，容我插話。」加絲娜說。「我並不反對第一步棋，但現在不是只思考短淺未來的時候。如果我們要阻止寂滅時代破壞文明社會，勢必要借鑑過往歷史作爲我們的引導，爲此立下計畫。」

「她說得對。」雷納林低聲說。「我們面對的是殺害全能之主的東西。我們要和摧殘心智並毀滅靈魂的可怖之物作戰。我們不能這麼沒有志氣。」他用手撫過沒有哥哥那樣大量金髮的頭頂。「全能之主在上，我們必須放遠我們的眼光——我們能在失去理智之前承受一切嗎？」

「答案呼之欲出。我們必須找到神將。」

達利納深吸一口氣說：「加絲娜，妳覺得要如何從長計議？」

卡拉丁點頭表示同意。

「接下來，」加絲娜補上一句。「我們得殺掉他們。」

「什麼？」卡拉丁厲聲問。「妳這女人是瘋了嗎？」

「颶父已經坦白了。」加絲娜毫不在乎地說。「神將已經立下誓盟。他們死後便會進入沉淪地獄，困住引虛者的靈魂，讓這些靈魂無法回歸。」

「是啊，接著神將就會被折磨到崩潰。」

「颶父說過神將的誓盟已經弱化了，卻沒說誓盟已被毀。」加絲娜說。「我建議至少見見一位願意回到沉淪地獄的神將。他們或許還能防止敵人的靈重生。若不這樣做，就得滅絕帕胥人，讓這些靈魂再沒有宿主。」她對上卡拉丁的雙眼。「若要處理極端的狀況，我認為犧牲一、兩位神將也是可以接受的。」

「他颶風的！」卡拉丁站直身板。「妳沒有同情心嗎？」

「橋兵先生，我懂得同情。幸好我用邏輯控制這種情感。未來你也該思考一下自己的邏輯能力。」

「光主，給我聽著。」卡拉丁開口。「我——」

「上尉，夠了。」達利納也瞥向加絲娜，使爭辯的兩人靜了下來，加絲娜甚至沒有對上其他任何人的視線。紗藍沒見過加絲娜對達利納以外的人有如此敬意。

「加絲娜，」達利納說。「即使神將仍守護誓盟，我們也不知道他們是否會待在沉淪地獄裡——也不知道封印引虛者的機制。所以，我們最好將第一步放在找到神將上頭。他們所知的一切，能給予我們大大的輔助。加絲娜，這件事就交給妳了，妳負責規劃如何找到他們。」

「那麼……那麼要拿魄散怎麼辦？」雷納林說，「就像我們在底層遇到的那樣？」

「娜凡妮正在研究。」達利納說。

「叔叔，我們的行動必須更加深入。」加絲娜說。「我們必須觀察引虛者的動向。擊退他們大軍的唯一希望如此明顯，明顯到就算是他們的領袖不停重生，也不能用人海戰術打敗我們。」

「保衛雅烈席卡的方法，」卡拉丁說。「並不等同要徹底擊潰帕胥人，而且——」

「上尉，如果你有需要的話，」加絲娜打斷他。「我可以找些貂皮玩偶給你抱一抱，方便讓我們大人好好開會。沒有人想討論殘酷的事情，但這一切仍是必然。」

「真是謝謝妳啊，」卡拉丁說。「為了報答妳，我可以抓幾隻天鰻給妳玩玩，讓妳身至如歸。」

怪的是，加絲娜對這句譏諷報以笑容。「隊長，我問你一個問題，你認為忽視引虛者部隊的行動是件智舉嗎？」

「大概不是。」卡拉丁承認。

「那麼，你有沒有想過訓練手下的逐風師侍從飛到高處偵察？既然信蘆並不可靠，我們便要用其他方法觀察敵人。我很樂意抱抱那些天鰻，只要你的小隊願意花一些時間去模仿牠們。」

卡拉丁看向達利納，達利納點頭表示全然同意。

「好極了。」加絲娜說。「叔叔，聯合其他君主的作爲是很好，我們必須對敵人施加壓力，防止他們席捲羅沙。如果……」

她突然閉口不語。紗藍停下筆，看見自己手上已經完成一幅塗鴉……比普通塗鴉還要複雜一些。這是卡拉丁的頭像。頭像中的卡拉丁雙眼燃燒熱情，一臉堅定。加絲娜注意到有隻創造靈化作小顆寶石的形體，落在紗藍的頁面上。紗藍臉上一紅，把這個靈揮走。

「叔叔，」加絲娜瞥向紗藍的素描簿。「我們可以休息一下。」

「如妳所願。」他說。「我可以找點飲料喝。」

大家解散以後，達利納和娜凡妮一邊低聲談話，一邊走向主走廊的守衛與僕人。紗藍帶著欽羨的眼神看向他們，感覺到偷偷溜到她身旁的加絲娜。

「我們聊聊吧。」加絲娜一邊說，一邊點頭示意到長方形房間的另一端。

紗藍嘆一口氣，把本子蓋上，隨加絲娜到鋪著磁磚圖案的另一邊。這裡離開會議照明用的錢球很遠，光線並不明亮。

「我可以看看嗎？」加絲娜伸手，想拿紗藍的素描簿。

紗藍放手交給她。

「這張圖把那位年輕上尉描繪得不錯。」加絲娜說。「我看看……接到指示進行記錄後……寫了三行是吧？」

「我們本來就該派人找個書記的。」

「我們已經有了書記。紗藍，負責記錄並不是什麼低下的工作，妳可以爲我們效勞。」

「如果這不是低下的工作，」紗藍說。「那妳也可以負責。」

加絲娜蓋上素描簿，以冷靜的眼神瞥了紗藍一眼。她的眼色讓紗藍不由得緊張起來。

「我記得，」加絲娜說。「以前有一位緊張兮兮、陷入絕境的年輕女子，急切地想尋求我的首肯。」

紗藍沒有回應。

「我可以理解，」加絲娜說。「理解妳盡享了自由的滋味。妳在這裡的成就可說是創舉。妳甚至贏得了我叔叔的信任——這可是很有挑戰性的任務。」

「所以我們的師徒關係告一段落了，可以這樣說嗎？」紗藍說。「我的意思是，我是正式的燦軍了。」

「妳是成爲了燦軍。」加絲娜說。「但是作爲完全的燦軍又如何？妳的碎甲到哪去了？」

「呃……碎甲？」

加絲娜輕嘆一口氣，又翻開了素描簿。「紗藍，」加絲娜用一種怪異的安撫口氣說。「我很驚豔。我非常驚豔，眞的。只是我聽說了妳的狀況，覺得有些不安。妳與我的家人相處融洽，也與雅多林訂了婚。然而妳在這裡卻會讓自己的眼神飄移，這幅素描便是證明。」

「我——」

「妳不參與達利納召開的會議。」加絲娜用輕柔卻沉穩的聲音說。「妳到場的時候，則只是坐在後面神遊。達利納說，妳好幾次都找理由提早溜出去。

「妳調查到塔城裡那位魄散的存在，還靠一己之力嚇跑它。可是妳從未解釋自己怎麼在達利納手下遍尋魄散不著時，能找到它的方法。」

紗藍抿著嘴唇，但還是點點頭。

「我想邀請妳，」加絲娜說。「請妳和我聊聊。」

紗藍再次點頭。她自己並沒有爲鬼血工作，幫鬼血工作的是圍紗，加絲娜不需要知道圍紗的存在。加絲娜絕對不能知道圍紗的存在。

「很好，」加絲娜嘆了口氣。「妳的學徒生涯還沒結束。在我相信妳達到學者的基本要求前，都不會結束。舉例來說，像是在重大會議裡進行速記這類的內容。我不知道還能不能指導妳，因爲每支軍團都有不同的目標。不過年輕人可不能拿自己的一身劍技當藉口而翹掉他的地理課，我不會因爲妳覺醒了燦軍的能力，就放任妳不盡學徒的義務。」

加絲娜把素描簿還給紗藍，走到會議的座位上。她坐在雷納林身旁，溫和地請他開口。雷納林終於抬起頭來點頭說話，紗藍聽不見他在說什麼。

「嗯……」圖樣說。「她有智慧。」

「她的智慧可能是最讓人不耐的地方，」紗藍說。「颶風啊，她的存在讓我覺得自己像個小孩。」

「嗯嗯。」

「最討厭的是，她可能沒有說錯。」紗藍說。「在她身旁，我的作爲眞的像是小孩子。某種程度上我想要讓她接手一切，然而我討厭、厭惡、憎恨那樣的自己。」

「有解答方法？」

「我不知道。」

「或許……像大人一點？」

紗藍捧住臉，輕輕低吟的她用手指揉了揉雙眼。別人不就是這樣要求她的嗎？「走吧，」她說。「我們找其他人談談。雖然我也想找理由溜出去。」

「嗯……」圖樣說。「這個房間……」

「怎麼了？」紗藍問道。

「有些東西……」圖樣發出嗡嗡聲。「紗藍，這間房間有它的記憶。」

記憶。他說的是幽界的事情嗎？她不想進入那裡——加絲娜的這句忠告，她會好好聽。

她回到座位，想了一下，便傳了紙條給加絲娜。圖樣說這間房間有記憶，值得為此探索幽界嗎？

加絲娜看了看紙條，寫上回應。

我認為我們不能忽視靈們脫口而出的言論。施加壓力要他再說。我會調查這裡。謝謝妳的建議。

會議再次開始，這回大家開始討論羅沙大陸上的各個王國。加絲娜最希望讓雪諾瓦人加入陣容。破碎平原的誓門是所有誓門中位處最東部的一座，也已經在雅烈席人的掌握之中。如果他們能取得最西部的一座，便能穿越整座羅沙，不管是颶風侵襲的起點，或是永颶肆虐的始源，都能在一下心跳便穿越。

他們沒有特別討論戰略；這是蠻力的技藝，達利納會希望眾藩王與將軍和他討論戰事。然而紗藍沒有漏掉加絲娜提過的戰略用語。

在這方面，紗藍很難把持自己身為女性的禮數。加絲娜某方面極具勇猛的男子氣概，她恣意研究學術，談起戰略就和詩歌一樣容易。她可以積極進取到冷酷的地步——紗藍也見過她直截了當地處決搶劫未遂的盜賊。除此以外……她也不去推測那些沒有意義的事情，儘管大家還是在她背後竊語。加絲娜擋下每位追求者，即便是十分出色又有影響力的人物也一樣。人們開始想，她是不是單純對感情沒興趣？

這樣的特質似乎會展現在沒有女人味的人身上。但加絲娜用上了最好的妝容，還化得不錯，她上了眼影，為嘴唇塗上亮紅色的唇彩。她還綁著繁複的辮子。她的行止與思維高度可說是弗林教女性的模範。

至於坐在加絲娜身旁的紗藍，則是一位毫無血色的笨拙女子，身材也沒有線條。紗藍心想，自己要是有她這般自信，會是什麼樣子？可以如此美麗奔放嗎？當然，加絲娜・科林的一生沒有紗藍一樣多舛。至少她沒有自己製造那麼多問題。

這時紗藍才發現自己已神遊整整十五分鐘，又一次漏寫了筆記。她滿臉通紅，縮在椅子上的她努力專心在會議上。最後她交出一張正式的速記給加絲娜。

加絲娜翻開筆記，皺起了形狀完美的眉毛，盯著紗藍分心時記錄的東西。那一行是這樣寫的：達利納此時講了話。這很重要也很實用，我相信大家不用提醒就記得下來。

紗藍露出抱歉的笑容，聳了聳肩。

「請用一般文字寫下來，」加絲娜把筆記交還給她。「把副本交給我母親，還有我弟弟的首席書記。」

紗藍把這當作解散的意思，匆匆離開，就像終於結束煩躁課程的學生。在此同時，她也想要快快跑去完成加絲娜的要求，好讓這位女士重拾對她的信心。這部分讓她更加躁動。

她沿著塔城地下室的階梯往上走，使用颶光來減除自己的疲累。她內心產生的分裂正斥責著彼此。她在加絲娜數個月的精心教導下，成了她父親要她成爲的羞赧書記。

她想起以前在卡布嵐司的日子，那時她仍然時時心慌、一副羞澀的樣子。她不能又變回那副德性。她不會變回去。只是她要怎麼做呢？

她到了房間時，圖樣便發出嗡嗚。她把素描簿和背包丟到一旁，想找出圍紗的外套與帽子。圍紗知道該怎麼辦。

然而，圍紗的帽子上釘了一張紙。紗藍愣了一會兒，才驟然焦慮地環顧四周。她遲疑地拿下釘子，打開紙頁。這張信紙的開頭是這樣的：

妳完成了我們指定妳達成的任務，已經調查了魄散，不僅對它有所認識，還嚇走了它。一如約定，這是妳的獎勵。

這封信會解釋妳已逝兄長的眞相。妳那位名爲南·赫拉倫，身爲燦軍破空師軍團一員的哥哥。

至於烏麗·妲，打從一開始就看得出來，她會是個大麻煩。好個解脫。

信上寫：除了鬼血以外，還有兩大組織預示了引虛者與寂滅時代的回歸。

妳已熟知第一個組織，也就是自稱「榮譽之子」的那一群。雅烈席卡的先王，黑刺的哥哥加維拉·科林，原本在擴展組織的勢力。他將梅利達司·阿瑪朗帶進了組織。

妳確實潛入阿瑪朗在戰營的宅邸，榮譽之子毫無疑問試圖讓寂滅時代回歸。他們相信只有引虛者才能令神將現身——並深信這會重建燦軍與弗林教的傳統力量。加維拉試圖重興寂滅時代，似乎正是他被刺殺的原因。雖然他遇刺那晚，還有很多等著行刺他的理由。

第二個知道寂滅時代回歸的是破空師。這個組織由古代神將納拉·艾林，也就是簡稱爲納勒的男人領導——破空師是唯一沒有在重創期背叛誓言的燦軍軍團。他們從古代便祕密傳承到現在。

納勒相信其他燦軍若是說出誓言，就會加速引虛者的回歸。我們不知道這究竟有什麼可能，但是他既然是神將，所知與所理解的，可能超出我們的了解。

妳要知道，神將不能再視爲人類的盟友。他們已經徹底瘋了，而且破碎四散。納勒本身冷酷無情，沒有一絲憐憫與慈悲。他花上二十年——甚至更久——的時間處置與靈締結的人類。有時他也會召集人馬與上族靈締結，讓這些人成爲破空師。然而他會殲滅其他的締結者。如果他的目標已經與靈締結，他會親自了結這些人。就算無法親臨，他也會派個小兵前去。

妳的哥哥赫拉倫，就是其中一位。

妳母親與破空師的追隨者密集往來，妳也知道這樣的下場。納勒對妳哥哥印象深刻，召募他成爲一員。納勒也用我們不清楚的方式得知妳的家族很可能與靈締結。若這件事屬實，他們便相信赫拉倫是他們的人選。他們向他展示了強大的力量與碎具，把他拉攏進去。

然而赫拉倫仍無法證明自己有資格與靈締結。納勒對自己召募的人選要求很高。於是他派赫拉倫去殺阿瑪朗，來證明他的能力——或者用來證明自己足以贏得正式的頭銜。

破空師可能知道阿瑪朗軍中有快要與靈締結的人物，但我認爲攻擊阿瑪朗的原因，只是爲了襲擊榮譽之子。依據我們針對破空師的調查紀錄，阿瑪朗軍中與靈締結的那一位很早就被解決了。

就我們所知，破空師並不知道那位橋兵的存在。如果有人發現他，他在還身爲奴隸的時期就會被揪出來處理掉了。

信就寫到這裡。讀完信的紗藍在錢球的微光中坐著。赫拉倫是破空師？加維拉國王和阿瑪朗合作，想讓寂滅時代復歸？

在紗藍裙上的圖樣不安地發出嗡嗡聲，移到信紙上閱讀。紗藍喃喃著字句背誦下來，畢竟她也知道這封信不能留下。太危險了。

「祕密。」圖樣說。「信中有謊言。」

這封信有太多問題需要釐清。信中暗示，加維拉國王遇刺那晚，還有其他人馬在場？以及阿瑪朗軍中的封波師又是怎麼回事？「墨瑞茲在拿餌引誘我，」紗藍說。「就像是在船板上揮舞魚肉來訓練庫殼舞蹈。」

「不過……我們想要這個好餌，不是嗎？」

「這就是它奏效的原因。」飀風啊。

她現在不能處理這件事。她眨眼記憶了紙頁的內容。這樣看待文字內容並不好，不過還是足夠應急。她把信放進水盆裡洗掉墨水，撕掉信紙，揉成球團。

她換上外套與長褲，戴上帽子的她化身爲圍紗，匿蹤離房。

❖

圍紗在營房的交誼廳找到了法達，他正和其他手下打牌。雖然這個營房隸屬瑟巴瑞爾麾下，卻也有藍制服的士兵——因爲達利納下令讓手下與友軍的士兵共處，好建立同袍情感。

圍紗一進門就吸引大家的目光，也僅止於一瞥，不至於凝視。交誼廳並非女士止步的地方，只是這裡也沒多少女性進出。對女人來說，沒人想聽男人說出：「嘿，我們到軍營的交誼廳看看漢子們低聲呼哼，抓抓癢吧？」

她不疾不徐地走到法達一行人圍繞的木桌。平民終於也有自己的家具了，紗藍現在甚至有張床。圍紗坐上椅子向後靠，把椅子斜仰到撞上石牆。這間大型交誼廳有著不討人喜歡的黯淡光線，還有各種強烈的氣味，讓她聯想到酒窖。

「圍紗，妳好。」法達向她點頭致意。這一桌的玩家分別是法達、獨眼的加茲、高瘦的阿紅，還有舒布湊成四人。舒布的手臂包著一圈祈禱符文，時時吸起鼻子。

圍紗把頭往後靠，同時說：「來點什麼東西吧。」

「我的配給還剩一、兩杯。」阿紅開心地說。

圍紗彷彿被他撞了一下，瞪了他一眼，他還是帶著笑容，似乎沒有意會。「阿紅，你還是老樣子。」圍紗一邊說，一邊拿出幾個夾幣丟給阿紅。他拿出他的配給牌，交出這片印上數字的金屬。

不久後，她帶著幾杯拉維穀啤酒回來。

「今天不好過嗎？」法達排起牌。這些小石磚有姆指左右的大小，每個人都收下十張牌，他們開始下注。法達這一回成了被獵的貂。

「沒錯，」圍紗回答。「紗藍覺得比以前更痛苦了。」

眾人低哼一聲。

「她好像不能決定自己是誰，懂嗎？」圍紗繼續說。「她可能上一秒和老婦人一邊編織一邊說笑——下一秒她就用空洞的眼神瞪著你們，讓你們以為她失了魂。」

「我們親愛的女士，她可眞是奇怪啊。」法達認同這個說法。

「她還想讓人做些自己從沒想過會做的事。」加茲咕噥道。

「對啊，」隔壁桌的葛夫說。「我拿到獎章，沒錯，我本人。就只是因爲我幫人找到那個躲在地下室亂七八糟的玩意兒。科林家的老大親自頒給我的。」這個過胖的士兵困惑地搔搔頭，不過他還是把獎章釘在領口的右側。

「其實很好玩啊，」加茲老實說了出來。「明明是出去大喝一場，卻像是在辦正事一樣。她答應我們這樣做，懂嗎？這次又有新花招了。」

「這次不同的是，」法達說。「要拿你們的錢球塞滿我的荷包。你們跟不跟啊？」

另外三名玩家也下了幾個錢球的注。弗林教很不情願地核准藩王牌這款遊戲，即便遊戲本身具備不應有的隨機性質——賭注的行為正如同嘗試預測未來。然而預知未來什麼的根本是胡說八道，想到這個就讓圍紗一陣雞皮疙瘩。她不像紗藍那麼虔誠。

正常的兵營不會玩這些遊戲消磨時間。然而待在這裡的人會玩起需要猜測彼此的遊戲。法達將九張牌組成三角形，第十塊則在一旁設成種子牌。這就像是隱匿的九，中間有代表雅烈席卡一塊領土的牌，被其他九個圍繞。這回合，牌排成芻螺的形狀，種子牌則是艾拉達的家徽。

遊戲的勝利條件是在牌面朝下的情況下，將手上待人檢視的牌組排成可以辨認的圖案。玩家必須用一連串的問題猜測、窺看與推論來得知牌的內容。玩家可以根據相關規則，強迫貂翻開一張牌給你或所有人看。

最後，有人叫出聽牌，大家會把牌全部翻開，圖案最接近貂的玩家便是贏家，可拿到賭注。貂可以依照規則分紅，例如看看有人聽牌前輪了幾回。

「你們跟嗎？」加茲一邊問，一邊丟了幾個夾幣到賭注罐裡，取得窺看法達一張牌的權利。「紗藍這次要去多久，才會想起我們在這裡？」

「希望她忘久一點，」舒布說。「偶認爲偶可以搞定一點事。」

「所以跟平常差不多。」阿紅說。

「這次要搞的事可大了。」舒布說。「偶認爲偶可能變成引虛者。」

「引虛者啊。」圍紗語調平淡。

「對啊，看看這傷就知道了。」他拉開祈禱符文帶，露出他的上臂。

法達打了個噴嚏。

「呃！」舒布說。「長官，我看來要死了。妳看看，我就要死了。」他整理幾張牌。「如果我死了，就把我賭贏的東西送給孤兒。」

「哪些孤兒？」阿紅問。

「就孤兒啊，」舒布抓抓頭。「總有地方有孤兒吧？孤兒不是要吃東西嗎？我死了，就把東西給他們吧。」

「舒布，」法達說。「這世界如果還有公義，我可以保證你會活得比我們其他人還久。」

「啊，那好。」舒伯說。「長官，妳來得正好。」

他們沒幾輪以後，就在舒布開始翻牌時停了下來。

「果然！」加茲說。「舒布你這下流的克姆林蟲。你還不能這樣，我還沒連成兩條線。」

「太遲了。」舒布說。

阿紅與加茲開始翻牌。

「薩迪雅司、貝沙伯、盧沙、洛依恩、薩拿達、科林、瑟巴瑞爾、法瑪、哈山，」紗藍心不在焉地說。「艾拉達則是種子牌。」

法達對她的說法驚呼一聲，翻開牌，現出的牌正如圍紗所說的一樣。「妳連瞄都沒瞄一眼……颶風的，妳這女人。我以後要記得別跟妳比這個。」

「我哥以前也說同樣的話。」她一邊說，一邊看著只錯了三張牌的舒布分紅。

「再來一把？」加茲說。

大家看向他的錢球碗，碗裡已經空空如也。

「我還可以借，」他馬上說。「達利納的護衛中有人說——」

「加茲你啊。」法達說。

「但是——」

「說眞的，加茲，你夠了。」

加茲嘆了口氣。「我想我們就玩到這裡了。」他一說完，舒布就一臉期待地撈出一堆勉強稱得上錢球，但是中間沒有寶石的玻璃球。這些是沒有實質貨幣風險的賭博代幣。

圍紗覺得手上的啤酒比想像中還好喝。只要坐在這裡和這夥人一起放鬆，就不用煩惱紗藍的問題。紗藍就不能放鬆一下嗎？她不能就任這些紛紛擾擾過去嗎？

洗衣婦進來喊說再過幾分鐘就要收送洗衣服了。法達一夥人沒有動靜。圍紗看看他們，覺得該讓他們把衣服送去刷洗一下。

可惜圍紗不能完全將紗藍的問題置之不理。雖然墨瑞茲用字條證明他可以提供多大的助力，她還是得小心爲上。墨瑞茲顯然想在燦軍中安個暗樁。我必須反轉局勢，變成我了解他知道什麼，紗藍心想。他已經透露破空師與榮譽之子的目標，但墨瑞茲和他的黨羽又想做什麼？他們的目的到底是什麼？

颶風啊，她敢背叛他嗎？她眞的有那樣的經驗或是足夠的訓練來嘗試叛離別人嗎？

「嘿，圍紗，」法達一邊和其他人準備下一場賽局時問她。「妳覺得呢？光主已經忘記我們的存在了嗎？」

圍紗搖搖頭，揮開她的思緒。「可能吧。她看來不太清楚怎麼和你們一夥人共處。」

「她也不是第一個不懂的人，」阿紅拿到下一局的貂，小心地安排自己的牌然後蓋上。「我的意思是，我們沒被當作正式的士兵看待。」

「我們已經免了罪。」加茲低哼一聲，用唯一的眼睛看著阿紅翻開種子牌。「可是免除罪惡並不等於被遺忘。沒有部隊願意接受我們，不過也不能怪他們。我只是慶幸好他颶風的橋兵沒打算把我吊起來打死了。」

「橋兵？」圍紗問。

「他和他們有過節。」法達說。

「我本來是他們颶風的士官，」加茲說。「用盡各種方法讓他們把橋運得快些。當兵上面的士官不會有人喜歡。」

「我相信你這個士官本來完美到不行，」阿紅露齒而笑。「加茲，你一定很關照他們。」

「閉上你的泥嘴。」加茲抱怨。「雖然我曾想過，如果我以前沒對他們那麼過分，你們覺得我有可能也在台地上跟那夥人一起練習嗎？學會如何飛行……」

「加茲，你居然以爲自己可以變成燦軍啊？」法達呵呵笑說。

「不。不會。我想我不行。」他望向圍紗。「圍紗，妳跟光主說，我們不算好人。好人的話，會把時間用在有用的地方。我們、我們是正好相反的那種人。」

「相反？」隔壁桌的贊迪德發話，其他人繼續喝酒。「有用的另一面？加茲，我想我們已經成了那副樣子了。我們永遠處理骯髒事。」

「我不算。」葛夫說。「我可是有獎章呢。」

「我眞正要表達的意思是，」加茲說。「我們可能會捲入麻煩，但我喜歡派上用場，這讓我想起自己剛入夥時的事。圍紗，妳跟光主講講，告訴她不要只讓我們吃喝聚賭。老實說，不管是喝酒還是賭博，我都不太在行。」

圍紗緩緩點頭。洗衣婦在旁整理一袋袋衣物。圍紗敲敲杯緣，站起來抓住衣婦的裙子，把她拉回來。女子叫了一聲，踉蹌一下，衣服散落一地，差點整個人跌倒。

圍紗把女子那頂褐黑相間的假髮扯了下來。她的眞髮是雅烈席人的純黑色，還在臉頰撲上灰，裝作雜工的樣子。

「是妳！」圍紗說。這是眾人巷酒館的女人。她的名字是什麼來著？伊希娜？

旁邊幾個士兵聽到女子叫聲，眼神也警戒起來。這幾名士兵都在達利納麾下，紗藍注意到這一點，同時忍住翻白眼的衝動。科林家的軍隊總是認爲這夥人管不好自己。

「坐下。」圍紗指向桌邊，阿紅急忙拉了一張椅子來。

伊希娜坐了下來，把假髮摟在胸前。她臉紅得要命，還算維持住一點矜持，雙眼對上法達與他手下的眼神。

「妳這女人，總有一天會讓人厭煩的。」圍紗坐了下來。

「妳憑什麼以爲我是爲了妳才跑來的？」伊希娜說。「不要亂下結論。」

「妳對我的助手表現了不尋常的注意力。現在我識破了妳的僞裝，原來是在竊聽我們的對話啊。」

伊希娜抬起下巴說：「我也可能只是想向妳證明自己的實力。」

「妳的實力不過是我一眼識破的僞裝嗎？」

「妳上次就沒發現我。」伊希娜說。

上次？

「妳那次想找食角人的酒。」伊希娜說。「阿紅堅稱那很難喝。加茲倒很喜歡。」

「颶風的。妳盯我多久了？」

「沒有很久，」伊希娜馬上說出自相矛盾的話。「我能向妳保證，甚至發誓，我比這些惡臭的丑角更有利用價值。我向妳請求，求妳讓我一試。」

「丑角？」加茲說。

「惡臭？」舒布說。「噢，小姐，那只是我煮的東西。」

「跟我來。」圍紗站起身，大步離開木桌。

伊希娜匆忙起身跟上。「我不是眞的有心刺探妳。可是我不這樣做，又要怎麼——」

「閉嘴。」圍紗說。她站定在兵營門口，木桌那夥人是聽不見的。她雙手抱胸，靠在門邊的牆上，回望自己的手下。

紗藍無法持續長長的專注力。她是意圖良善、計畫宏大，卻太容易因爲新產生的問題與風險分心。幸好圍紗可以幫她理清一些思緒。

她有忠心的手下，這些手下也希望自己派上用場。女性的忠誠度與利用價值就沒那麼高了。

「妳的僞裝可圈可點，」她對伊希娜說。「下次妳要把外手弄粗一點。妳的手指露了馬腳，這可不是雜工的手指。」

伊希娜臉一紅，將外手握緊。

「跟我說說妳有什麼能耐，還有我爲什麼值得在意妳。」圍紗說。「給妳兩分鐘。」

「我……」伊希娜深吸一口氣。「哈瑪拉汀家把我訓練成間諜。妳知道他們家是法瑪的手下嗎？我會收集情報、編寫密訊與偵測，也可以在搜查房間後，不留下任何痕跡。」

「那麼，妳既然這麼厲害，現在又怎麼了？」

「你們的鬼血出事了。我聽說過他們，哈瑪拉汀光淑不時提起他們的事。她和他們搭上了線，然後……」她聳聳肩。「她死了，其他人以爲是我們這些間諜裡有人幹的。我逃到地下世界，替一個無足輕重的賊黨做事。但是我的能耐不止這樣。我可以證明給妳看。」

圍紗雙手抱胸。間諜是吧。這可以派上用場。事實上，圍紗本身沒有什麼眞材實料的訓練——她只有從太恩那裡學到的功夫，還有些自學的技藝而已。如果她想與鬼血周旋，她必須更厲害才行。現在的她，連自己不懂什麼都不知道。

她可以從伊希娜這裡學到什麼嗎？怎樣才能讓圍紗佯裝嫻熟、實則手生的技藝得到訓練呢？

她開始有了想法。她不信任這個女人，其實也用不著信任她。如果這女人先前服侍的光淑的確被鬼血殺害，或許可以揭發什麼祕密。

「我有些重要的滲透計畫。」圍紗說。「這個任務事關敏感情資。」

「我能幫忙！」伊希娜說。

「我要的其實是支援小組，這樣我就不必獨自進行。」

「我可以找些人手！他們都是專家。」

「我沒辦法信任他們。」圍紗搖搖頭。「我要我忠心的手下。」

「像誰？」

圍紗指向法達一夥人。

伊希娜拉下了臉，然後說：「妳想把那種貨色調教成間諜？」

「這正是我要妳給這些人的示範。」希望我也能學到幾招，圍紗心想。「小姐，別那麼敏感。他們不用練到爐火純青，只要對我的工作有一定的了解，能支援我就好。」

伊希娜狐疑地抬起一邊眉毛，環視眾人。舒布挖著鼻孔，一臉期待的樣子。

「這就像是要我教豬說話——但只要教的是雅烈席語，而不是費德語或賀達熙語就好。」

「我只給妳這個機會。妳不接受，就離我遠一點。」

伊希娜嘆了口氣，最後說：「好吧！我們就試試看。如果這些豬還是學不會講話，可別怪我了。」

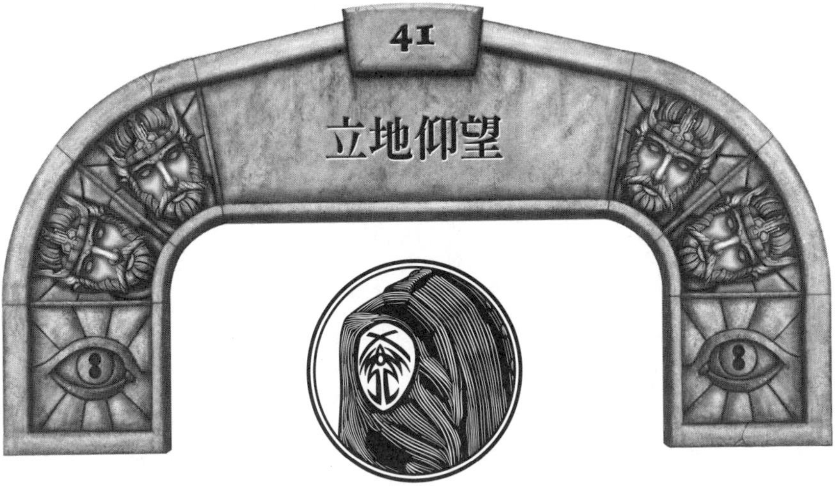

無論如何，這不關你的事。你違抗的可是神。如果雷司轉爲禍害，他會受到處置的。

屆時你也是。

泰夫的運氣不好，已經醒了。

他首先感受到痛覺。這是他習慣已久的老毛病。其中有眼窩後的脹痛、灼燒手指的刺痛，還有他那早已不中用的全身僵硬的關節。克雷克的呼息啊，他這副身子還能不能用啊。

他翻身低哼一聲。他身上沒有覆蓋外套，只有一件內襯鋪在地上，睡在離散地市場的巷子內。高高的天花板早已隱沒在黑暗中，巷外傳來閒聊與買賣的嘈雜聲。

泰夫蹣跚起身，半扶著空箱的他，這才想起自己先前做了什麼。颶風無法洗淨這裡的一切。而且他不是滾了一身泥還到處亂尿的醉漢，對吧？

他一想到這個，就想起更深一層的痛苦。這種痛苦不像腦袋的脹痛或骨骼的疼痛。這種痛苦一直跟著他，久久圍繞不去，深入他的內心。他總是被這種痛苦喚醒。這種欲求所帶來的痛苦。

他不是醉漢。他的所爲更爲人不齒。

他蹣跚地走出巷子，試著順順頭髮跟鬍子。女子用內手掩著口鼻經過他，像是不想令他難堪那般別開視線。他沒穿上外套反而是好事——颶風的別讓人認出他是誰，這會讓整隊人蒙羞。

泰夫，你已經讓全隊蒙羞了，你自己知道，他心想。你是被神遺棄的渣滓。

他終於找到水井，站在隊列後方排隊。他一到水邊，就跪下來用顫抖的手，朝水裡撈了一個錫杯的水。一吞下冷水，本來已經渴到極限的他卻立刻感到反胃。他碰了火苔一整晚後都會這樣，他已知道如何駕馭這些不適，但願能把水喝下去。

他抱著肚子重重坐下，把後面的人嚇著了。有幾個穿著軍服的人推擠井邊的人群，到了井水邊。那些人穿著森林綠的制服，是薩迪雅司的人。

他們沒有排隊，就來裝滿他們的水桶。有個身著科林藍的士兵提出抗議，薩迪雅司的人迎面就給那人臉上一拳。科林家的士兵退了下去。這個科林家的士兵是個乖孩子。他們可不能再和薩迪雅司或其他陣營的士兵起爭執了。

泰夫再把杯子浸到水裡，上一口水的不適感慢慢消退。這口井似乎很深。井口湧出的泉水中，深藏著黑暗。

他差點掉了進去。要是他隔天醒在沉淪地獄裡，這種心癢的欲望還會在嗎？這種折磨正適合他。引虛者不必撕裂他的靈魂，只要指稱他永遠不能滿足他們，就可以看著他痛苦地蠕動。

水井的倒映中，有張臉出現在他肩上。那張蒼白的臉發出微弱的光輝，頭髮像雲彩一樣飄浮。

「妳別管我，」他打散了水面。「妳……妳去找妳在乎的人。」

他蹣跚地往後幾步，才終於讓人占據他原本取水的位置。颶風的，現在幾點了？那些婦女已經取了一天所用的水，醉夜歡群也已經被認真工作的商家所取代。

他又在外面遊蕩了整夜。克雷克的！

現在該放聰明點，回兵營去才對。只是他這副狼狽樣又怎麼辦？他只好垂著眼穿過市場。

我越來越不妙了，他心裡仍有一絲認知。他原本是橋兵、窮了好一陣子，在達利納旗下第一週的時候，他還能壓抑癮頭。但是，一拿到錢就不行了。手頭上有錢是很危險的。

他曾試著控制自己只蹉跎一晚，偶爾又再度過一夜。然而卡拉丁一離開，又加上這座怪塔，就讓他覺得不對勁了。那些黑暗的怪物中，甚至有一隻是他的形狀。

他得瘋狂地施用，才能麻痺那種恐慌。大家都只能這樣吧？泰夫嘆了口氣，抬起頭來，看見那個靈站在他正前方。

泰夫……她低聲說，你已經說出誓言……

愚昧、笨蠢的誓言。那時他希望藉著成爲燦軍，就能擺脫這種強烈的欲望。他背對靈而去，想找間酒館的帳篷澆愁。大部分的酒館一到早上就關了，但是這間沒有名字，也不需要名字的酒館仍然開著。這家酒館就像達利納和薩迪雅司戰營裡曾有的酒館一樣。這些酒館比其他店家還要難找，不過這些無名場所仍舊爲眾人所知。

坐在店門前的賀達熙壯漢招手讓他進來。裡面的光線不亮，泰夫還是找到座位跨了上去。一名穿著緊身衣與無指手套的女子給了他一碗火苔。他們沒有要求報酬。大家都看得出這個客人在今天已經給不出任何錢球，而且癮頭早就重到不行，但他們還是會確保自己最後能拿到款項。

泰夫難以抗拒地看著小碗。碗裡的香氣令他悶哼一聲，用手夾起火苔。火苔冒出一陣煙雲，中央的微光發出琥珀般的光芒。

這樣當然很痛。他昨晚已經傷到關節，現在又用裸露的發熱手指搓揉起火苔。痛苦既尖銳，也在瞬間消逝。這種痛覺不是壞事。這種單純的物理疼痛，反而是生命的印記。

他過了一分鐘才感受到藥效。有股能量洗刷他的痛苦，給了他解放感。他還記得久久以前，火苔讓他陷入的境地——他想起他的歡欣，浸淫在昏沉與美妙的暈眩中，一切古怪在他眼中都是世上的常態。

現在他得靠火苔保持正常。他就像是在潮溼的石地上爬行的人，爬上眾人所在的頂點，卻慢慢地往下滑。這不是他想要的歡愉；這只是支撐下去的小小動力。

火苔卸除了他的重擔。讓他不再見到自己過往黑暗的幻象。那些將家人誣衊成異端，最後證明家人是對的記憶。他是個不幸的懦夫，沒資格戴上橋四隊的標記。他已經背叛了那個靈。那個靈最好快逃走。

他有一瞬間覺得，自己可以為火苔獻出一切。

不幸的是，泰夫有某部分是崩壞的。他在薩迪雅司軍中時，早就和隊裡的人一起成了癮了。他們會揉點好料，強化自己，就像是站哨的士兵會嚼裂皮草根來保持清醒。有些人用一點火苔放鬆，就可以有活下去的動力。

火苔在泰夫身上有不一樣的作用。他排開自己的重擔後，的確可以回到橋兵群中活動，開始全新的一天。

颶風的，再享受幾分鐘的話，感覺就好多了。他繼續揉搓，直到光線遮住他雙眼以前，他已經用了三碗。他從流涎的桌面上，不好意思地抬頭。這些又用了多久？那道可怕、噁心的光又是什麼？

「他在這裡。」泰夫在光芒下眨眼，同時聽見卡拉丁的聲音。「噢，泰夫……」

「他欠我們三碗的份量。」小帳篷的老闆說。「欠一個紅寶石布姆。」

「你該覺得高興，」一道帶著口音的低吼。「我們沒把你撕碎來還債。」

颶風的，大石也在嗎？泰夫呻吟一聲，轉過身去。「別看我的臉。」他嘶啞出聲。「不要……」

「食角人，我們可是正派經營。」老闆說。「如果你想侵犯我們的權利，我們就會叫守衛來，他們也管我們這裡。」

「你們這些貪婪的天鰻，想吸人血的錢就拿去吧。」卡拉丁把光源推給店家。「大石，你可以扶住他嗎？」

大石的大手抬起泰夫，卻意外地輕柔。他居然在哭，克雷克的……

「泰夫，你的外套呢？」卡拉丁在暗處問。

「我賣掉了。」泰夫緊閉眼睛，承認自己的作爲。羞恥靈在他身邊如花瓣飄落。「我颶風的把外套賣掉了。」

卡拉丁陷入沉默，泰夫則任由大石抬他離開。走到一半，他便重拾自信來抱怨大石的口臭，並且要他們讓他自己行走——但手臂還是有人扶著。

❖

泰夫嫉妒那些比他好上太多的人。那些人不會有蠢蠢欲動的想望，不會有深釘靈魂的尖刺。這尖刺一直都在，與他同在，卻怎麼都刮不下來，再努力也是徒勞。

卡拉丁和大石把泰夫帶到一間鋪著地毯的私人房間，還給他一碗大石的燉菜。泰夫發出其他人期待的咀嚼聲。他表示歉意，表示自己如果又犯癮，就會告訴他們，並且向他們保證，會讓他們幫忙。雖然他暫時還吃不完燉菜，但他之後會找時間吃下肚。

颶風的，他們的確是好人。是他不應結交到的好友。他們都成爲了偉大不凡的人物。可是泰夫……只能留在地面仰望。

卡拉丁和大石留他在房裡休息。他凝望著燉菜，嗅聞熟悉的香味，不敢再吃下一口。他會在入夜以前出去訓練其他橋兵。他還有能力正常發揮，假裝自己還正常。颶風的，他在薩迪雅司軍中原本還維持著平穩的生活，結果後來還是成癮了，因此在數次曠職以後，被下放到橋兵隊作爲懲罰。

他只有在運橋的那段時間，才沒有被火苔主宰。就算是那個時候，他也能負擔一點酒錢，因此知道自己還會重蹈覆轍。酒精絕對不夠。

就算他強逼自己上工，腦子裡還是籠罩著擾人的思緒。那是個讓他抬不起頭來的念頭。

我會有好一陣子用不到火苔，是吧？

這個惡毒的認知比任何東西還要傷他更深。他會度過一陣難受的日子，這段時間他的表現會不成人樣。他只能獨自感受內心欲求，存活在羞恥與回憶之中，接受其他橋兵的側目。

這些日子沒有颶風的任何幫助。

他非常害怕這樣。

42 報應

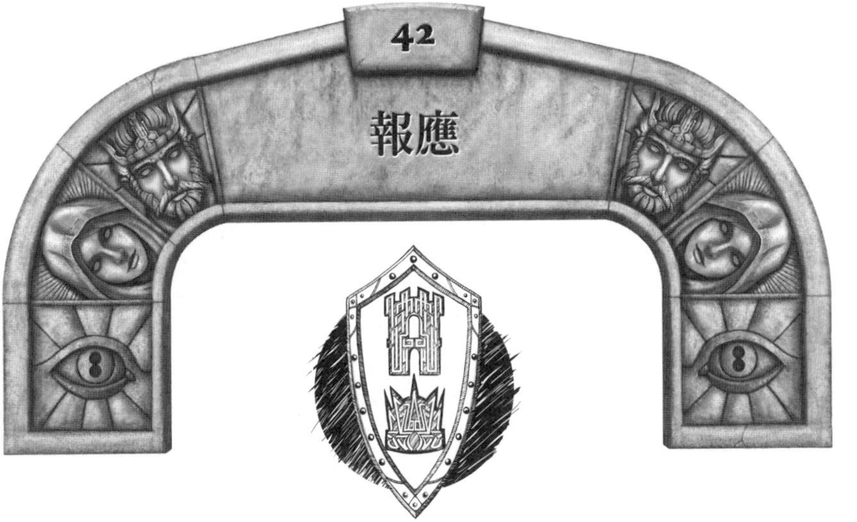

賽凡琉斯，第一寶石的承載者，
你理應了解自己用過往的關係來質疑我們是不智的。

達利納越來越熟悉這段幻象了，這回他拉滿了弓，釋出帶著黑羽的箭矢擊中野人。野人的驚愕呼喊在殺天震地的戰場上隱沒，前方的人馬無力地被逼到崖邊。

達利納熟練地上了第一枝箭，放出。這枝箭也擊中目標的肩膀。野人男子放下斧頭，結果忽略了倒在地上的黑膚青年。這孩子才十幾歲，還沒適應這裡的怪異感——像是那對過長的腿，還有過度圓滑的稚嫩臉孔。這樣的孩子，達利納頂多派他當傳令兵，不會在前線持矛。

這孩子的年紀還是足以讓達利納辨認出他的身分。這位就是馬卡巴奇諸國的皇帝，阿卡席克斯首座，亞納高一世。

達利納拿著弓，盤據在石塊上。他此時並不想重蹈帶領芬恩女王進入幻象時，任她掌握全局的結果，但也不希望亞納高完全不必接受挑戰與壓力。全能之主會把達利納放在發生危機的幻象之中，不是沒有原因的。皇帝必須深入了解到什麼是當務之急。

他把逼近少年的另一人擊倒。從他的視野來看，射擊這些戰兵並不是難事——他練過弓，但近年拿的是叫作碎弓的法器，是只有裝備碎甲的人才拿得動的重弓。

三度經歷這場戰事的他覺得不對勁。雖然重現的畫面有微妙的不同，細節還是讓人很熟悉。像是這裡的硝煙與乾涸的非人血液，以及失去手臂的男子發出的大聲喊叫，對全能之主半是呼求，半是詛咒。

達利納的弓術，讓抵禦者撐到穿著發亮碎甲的燦軍爬上崖上的山脊。亞納高皇帝坐在集合的士兵身旁，看著燦軍擊退敵軍。

達利納放下弓，端詳少年顫抖的身形。有些人說，顫抖往往在戰鬥後才會發生——正是這種恐慌揪住了他們。

皇帝陛下跌跌撞撞地扶著矛站起來。他們注意到達利納，甚至不去懷疑他身旁的箭堆與屍體是怎麼來的。這孩子不是軍人，不過達利納也不期望他有軍人的表現。以他的經歷而言，顯示亞西爾的眾將領務實到不想取得王位。他們若要取得王座，就要牽扯到大量的官僚程序，也必須要提出論文。

少年沿著懸崖的路徑走了下去，達利納也跟上。這是最終寂滅，經歷這事件的人類可能以爲這是世界末日。不過他們當然認爲自己死後可以回到寧靜宮。要是他們知道過了四千年，人類還是沒辦法回到天堂，又會怎麼想呢？

少年停在扭曲小徑的末端，從這裡可以通往軍隊集合的谷地與石壘之間的區域。他看著傷兵在友人手上攙扶而行，到處都有呻吟與呼號的聲音。達利納準備站向前解釋幻象。少年卻大步走向傷者，開始與傷兵談話。

達利納好奇地跟上前，聽見對話的片段。像是這裡發生什麼事？你是誰？你剛才爲什麼要作戰？

傷兵一夥人沒給多少答案。痛靈跟在疲累的傷兵身後。傷兵找上眾人聚集的地方，那裡正是上次幻象中，加絲娜前往的方向。

眾人圍在一名站在大石上的人物。這個高個子充滿自信，約三十歲左右的他，穿著藍白相間的服裝。他看起來像是雅烈席人，又……不太一樣。他有著暗黑色的膚色，外觀也有些不同。

這個人……似乎有點面熟。

「你們必須傳揚出去，」男子宣告。「我們勝利了！我們終於打敗了引虛者。這不是我一個人的勝利，也不是其他神將的勝利，這是屬於你們的勝利。是你們達成的。」

其中有些人為勝利歡呼。大多數人只是死氣沉沉地望著他。

「我會帶人向寧靜宮進發，」男子喊。「你們不會再見到我了，但是不用多慮！你們已經獲得了和平。盡享你們的和平吧！重建這個世界。去吧，幫助你們的夥伴，帶著君王神將的誓言光輝。我們經年累月，終於戰勝邪惡！」

底下又是一輪歡呼，這次比較有活力。

颶風的，達利納為之一懍。這是傑瑟瑞瑟・艾林，加斯倫本人。這是君王神將，是神將中最偉大的。

等等。身為王者的他是深眸人？

群眾散了開來，少年皇帝還留在原地，盯著神將原本站著的地方。他終於低語：「啊，是亞什爾。君王神將。」

「是的，」達利納走到他身旁。「那是他本來的樣子，陛下。我的侄女先前已經造訪了這個幻象，她也寫下她見識到的地方。」

亞納高抓住達利納的手臂說：「你在說什麼？你認識我嗎？」

「你是亞西爾的亞納高。」達利納朝少年點點頭。「我是達利納・科林。很抱歉把會面安排在這麼不尋常的場合。」

少年睜大眼睛說：「我先是見到亞什爾神將本尊，又看到我的敵人？」

「我不是你的敵人。」達利納嘆了一口氣。「這也不僅僅是夢，陛下，我——」

「噢，我知道這不是夢。」亞納高說。「我身為因奇蹟而躍為首座之人，神將也會選上我說話！」他看了看。「我們經歷的這一天，就是榮耀之日吧？」

「阿哈利艾提安，」達利納說。「是。」

「他們爲什麼讓你在這裡？這代表什麼？」

「沒有人把我置入這裡，」達利納說。「陛下，是我引發這個幻象，是我把你帶來這裡。」

少年狐疑地雙手抱胸。他穿著幻象中的皮革背心，把銅尖長矛扔到一旁的石頭上。

「是不是有人說過，」達利納說。「他們把我當成瘋子？」

「那只是傳聞。」

「不過，這的確是我的癲狂。」達利納說。「颶風一來，我便受幻象所苦。來看看吧。」

他帶著亞納高到了遠瞰戰場屍堆的地方，屍堆積滿了峽谷。亞納高跟了上去，一看到這景象便臉色發白。最後他大步走向廣大的戰場，在屍首、呻吟與詛咒之間前進。

達利納走在他身旁。這裡的死亡之眼有這麼多，還有那麼多因痛苦而扭曲的面孔。裡頭有淺眸人，也有深眸人，看得到雪諾瓦人的蒼白膚色、食角人的遺體，以及馬卡巴奇人的深膚。這其中有雅烈席人、費德人與賀達熙人。

當然，這裡也有他們對付的怪物。敵人有巨大的石像，還有化爲戰爭形體、長著外骨骼盔甲的橘血帕胥人。他們還經過一堆燒成煙的克姆林蟲。到底是誰把上千隻甲殼類堆在一起燒了？

「我們曾經一同作戰。」亞納高說。

「否則我們怎麼成功抵抗呢？」達利納說。「隻身對抗寂滅時代根本就是瘋了。」

亞納高瞪了他一眼。「你要我一個人和你講話，沒有文書的協助，然後你可以……直接展示那些強化你的論調的事物。」

「如果你能接受眼前由我演示的幻象，」達利納說。「難道這還不足以指引你相信我嗎？」

「雅烈席人很危險。你知道你們上次在亞西爾做了什麼好事嗎？」

「創日者的統治是很久以前的事了。」

「這一點留給文書討論。」亞納高說。「他們把一切都告訴我了。那時也是一樣的路數，正是先有那麼一位軍閥統合了雅烈席卡的部落。」

「部落？」達利納說。「你把我們當作遊走在圖·貝拉的遊牧民族嗎？雅烈席卡是羅沙最有文化的王國。」

「你們統治的法令實行也不過三十年！」

「陛下，」達利納深吸一口氣。「我不認爲這與我接著要說的事有關。你看看周遭，仔細看好寂滅時代的結果。」

他朝戰場的慘況揮手，亞納高也冷靜下來。面對這樣的慘狀，只有傷感會留存。

亞納高最後轉身凝視下來戰場的路徑。達利納也握緊雙手，站在他身邊。

「文書告訴我，」亞納高低聲說。「創日者橫掃亞西爾時，有個意料之外的問題。他征服亞西爾人民的速度太快，因此不知道該如何對待他的俘虜。他不能讓這批戰力留在城裡，於是他就殺了數十萬計的人。

「有時候，他會把這工作交給手下。要他每個手下殺掉三十名俘虜，就像是拿到一綑柴火準備大玩特玩的小孩一樣。有時創日者會恣意下令，例如將頭髮超過一定長度的人處死等等。

「在他被病魔擊倒以前。他殺了百分之十的亞西須人。據說扎費司的屍骨堆積成山，被颶風吹積得像大樓那麼高。」

「我和我的先祖不一樣。」達利納輕聲說。

「而你還是景仰他。雅烈席人只會崇拜薩迪斯，你拿的可是颶風的薩迪斯的碎刃。」

「我把那把碎刃交給別人了。」

他們停在戰場邊緣。少年皇帝咬著牙，仍不知道如何是好，雙手也縮進古代衣裳不存在的口袋裡。他原本在亞西爾便出身不高，亞西爾並沒有特別敬重淺眸人。娜凡妮就曾經說過，這是因爲亞西爾也沒有多少淺眸人的關係。

創日者基於這個理由，決定征討他們。

「我和我的先祖不一樣。」達利納又說了一次。「我們的確有同樣的過去，同樣年少輕狂，也曾征戰終年。但我有一點優於我的先祖，這是他所沒有的。」

「什麼優點？」

達利納對上少年的雙眼。「我活著見到自己得到報應的那一天。」

亞納高緩緩點了頭。

「對啊，」一道尖聲傳來。「你超老的。」

達利納皺著眉轉頭。那似乎是個少女的聲音。戰場上怎麼會有少女出現？

「我本來以為你沒那麼老耶。」少女盤腿坐在一塊大石上，「你也沒黑到哪裡去。大家叫你黑刺，現在看起來像是……暗褐色的尖刺。搞斯比你還黑，但還是偏棕色。」

少年皇帝一見此景，立刻露出大大的微笑，並且喊著：「利芙特！妳回來了！」他不顧形象地爬上大石。

「還不算回來。」她說。「我被耽擱了。就快到了。」

「耶達那裡發生什麼事？」亞納高著急地問。「妳幾乎沒解釋到底怎麼了！」

「那裡的人談起食物來不實在。」利芙特瞇眼看向達利納，此時的亞納高從大石上滑落，又試著爬上去。

不可能啊！颶父在達利納腦海裡說。她是怎麼進來的？

「你沒有讓她進來？」達利納輕聲說。

沒有。這不可能！怎麼會……

亞納高終於爬到大石頂端，抱住了少女。少女有長長的黑髮，以及蒼白的雙眼。她有著褐色的膚色，太過圓潤的臉型不像雅烈席人。可能是雷熙人？

「那個人想說服我，要我相信他的話。」亞納高指向達利納。

「不要相信他，」她說。「他的屁股太翹了。」

達利納清了清喉嚨說：「什麼？」

「你的屁股太翹了。老男人才不會有翹屁股。這代表你花了超級多時間來揮劍打人。你的屁股應該又老又垮，那樣我們才信得過你。」

「她……對屁股有意見。」亞納高說。

「才不是咧。」少女翻了翻白眼。「要是有人覺得我屁股來屁股去很奇怪，也不過是他們嫉妒罷了，因爲我可不會跌屁股噢。」她瞇起眼來，拉住皇帝的手。「我們走吧。」

「但是——」達利納舉起手來。

「瞧瞧你，學了一堂課，對吧？」

少女與皇帝一起消失。

颶父隆隆作響表示他的挫敗。那個女人，那生物專門生來忤逆我的意志。

「女人？」達利納搖搖頭。

那個孩子有守夜者的助力。

「嚴格來說，我也是。」

這兩者不一樣。這並不正常。她太深入這裡面了。

颶父不滿得不願意再對達利納說話。他眞的很不高興。

於是，達利納只能坐著等待幻象結束。他長久凝視堆著屍堆的戰場，這裡的過往與預示的未來同時夾擊，令他不安。

43 矛兵

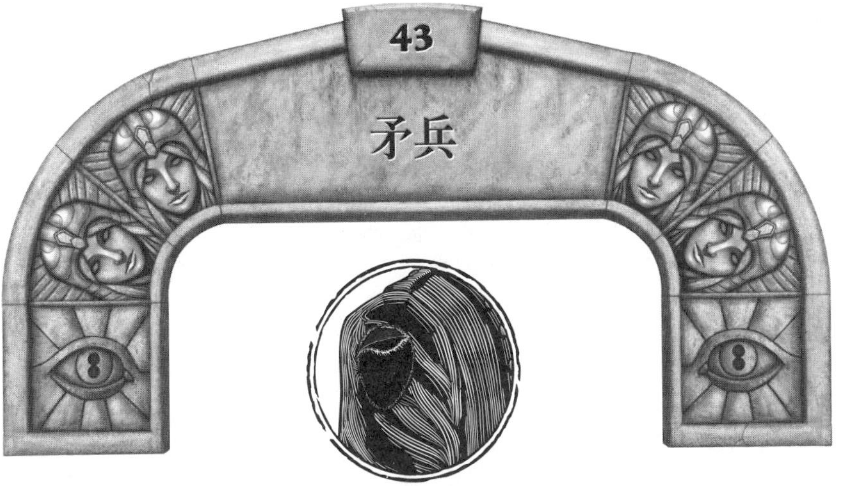

你曾和無法回應的那位談過話。然而，我們會收取你的來函——即使我們並不知道你是怎麼定位我們在這世上的位置。

摩亞許嚐了一口費伯司稱作「燉菜」的軟糊，味道像克姆泥一樣。

他看著旺盛的烹飪用火飛出火靈，在費伯司這位頭頂食角人髮型的賽勒那人與葛福斯爭執時，靠著火取暖。炊煙裊裊上升，這個光源在凍土之地可以遠至幾哩外都看得到。葛福斯不在意這光有多亮，他認爲永颶就算還沒趕跑這裡所有盜匪，他們這夥人也還有兩名碎刃師可以應付倖存的傢伙。

碎刃擋不了暗箭，摩亞許如此心想，同時覺得自己早就暴露蹤跡，*碎甲要是沒有穿上，也防不了一記*。他和葛福斯的碎甲，都綑在拖車上。

「看，那是三子堡。」葛福斯揮手指向石壘。「就在地圖上面。我們現在要往西走。」

「我走過這段路，」費伯司說。「我們必須繼續往南。你們看，然後往東。」

「可是地圖顯示——」

「我不需要你那些地圖，」費伯司雙手抱胸。「烈情諸神引領了我。」

「烈情諸神？」葛福斯手一揮。「烈情諸神？你應該擺脫那種迷信。現在是遵從圖表的時候了！」

「我可以同時服侍兩者。」費伯司平穩地說。

摩亞許又塞了一匙「燉菜」到嘴裡。費伯司煮得很難吃。葛福斯煮的時候很難吃。菲雅煮的時候很難吃。不過……摩亞許自己煮的東西，也只像加味的洗碗水。他們煮的東西都不值一枚黯淡的夾幣。他們都沒有大石的手藝。

摩亞許扔了碗，任糊泥流淌到一旁。他拾起掛在樹上的外套，走入寒夜。在暖火邊待久了的他，一浸入寒氣就有奇異的觸感。他厭惡這裡的寒冷。厭惡這裡永無止境的冬季。

他們四人在狹窄但強化過的拖車底部熬過了颶風，還把車子鏈在地面才撐了過去。他們的碎刃嚇跑了遊蕩的帕胥人，這群帕胥人還沒有一絲危險性。但那場新風暴……

摩亞許踢了一顆石頭，但石子早已凍在地上，只是讓他撞疼了腳趾。他咒罵一聲，轉頭看向在叫喊聲中結束的爭論。他曾經景仰葛福斯的幹練。他們已經花了數週跨越貧瘠的土地，這個人的耐心已經被磨成碎線，他的淬煉跟他們吃的爛泥以及山裡的小解無關。

「所以我們迷路到什麼程度了？」摩亞許發現葛福斯也離開營地，隨他走入暗夜，於是開口問。

「完全沒有。」葛福斯說。「如果那個笨蛋真的看了地圖的話。」他瞥向摩亞許。「我說過，把那件外套丟了。」

「我會的。」摩亞許說。「等我們不用在這冰天雪地裡爬行時。」

「至少把肩章拿掉。如果我們遇到戰營的人，那可能會害我們被抓。把肩章撕下來。」葛福斯轉身回到營地裡。

摩亞許摸了摸肩上的橋四隊隊章，讓他回想起過去。他想起加入預謀刺殺艾洛卡國王的葛福斯一夥人之後的事。他們趁達利納朝破碎平原進軍時，乘機行刺未遂。

同時還面對受傷、淌血的卡拉丁。

你、不、能、動、他。

寒氣已經沾溼摩亞許的肌膚。他的手滑過腰間刀鞘中的刀。他還不習慣帶著這麼長的刀。深眸人帶上這樣的大刀，很可能惹上麻煩的。

他已經不是深眸人了。是那種傢伙的一員。

颶風的，他竟然成了那種傢伙了。

他把橋四隊肩章的縫線割斷，先是一邊，再是另一側。就這麼簡單。但是要消除和其他隊員一起刺下的刺青就不容易了。只不過他不像其他人刺在額頭上，他的在肩膀上。

摩亞許舉高肩章，想藉火光看最後一眼，結果還是下不了手。他走回火堆坐著。還在隊裡的人，是不是仍圍在大石的燉鍋旁？大家會笑笑鬧鬧地賭起洛奔可以灌下幾杯酒？還是戲弄卡拉丁，試著讓他露出笑容？

摩亞許幾乎能聽見歡樂的聲響，忍不住露出笑容，想像自己仍在橋兵隊中快活。然後，他想像卡拉丁告訴大家這件刺君未遂的事。

他試著殺害我，卡拉丁會這樣說。他背叛我們的一切。他破壞了保衛國王的誓言，有失對雅烈席卡的職責，最可惡的是背叛了橋四隊。

摩亞許癱在一旁，手指還夾著肩章。他現在該把東西扔到火裡了。

颶風的。他把自己投火自焚都不夠。

他抬頭望向天空，沉淪地獄與寧靜宮都在眼底。星靈在上方顫動。

除此以外，居然還有什麼在空中運行？

摩亞許大喊一聲，往身後的草叢躲去。這時四名引虛者重重落在營地的地面，揮舞扭曲的長劍。那些並非碎刃，是帕山迪人的武器。

其中一隻怪物刺向摩亞許本來坐著的地方，另一隻直接刺穿葛福斯的胸膛，再抽了出來，反手讓他的人頭落地。

葛福斯的屍體倒地以後，碎刃跟著現形，插入地面。費伯司和菲雅都沒逃過，另一名引虛者將他們的熱血濺在這冰寒的遺忘之地上。

第四名引虛者朝翻滾一圈的摩亞許襲來，怪物的劍砸在他身旁的石塊，迸出火花。

摩亞許翻滾起身，用上卡拉丁在裂谷下久久訓練的功夫。他跳閃到背對拖車的地方，並讓他的碎刃入手。

引虛者繞著火堆朝他逼近，火光照著怪物精壯的身體。這可不是他在破碎平原見到的小帕山迪人。這種怪物有深紅色的雙瞳與紫紅色的殼甲，有些殼甲甚至框住了他們的臉。與他對決的那一位皮膚上有螺旋的圖案，混合了紅、黑、白三種顏色。

猶如颶光對立面的黯光爬竄到他們身上。葛福斯提過這些怪物，說他們的回歸不是指東要西的「圖表」所預言的一部分。

摩亞許的敵手殺了過來，他揮舞碎刃，將敵人逼退。對手移動時彷彿飄移，雙腳幾乎不在地面上。另外三隻沒有理他，只顧著撿拾營地的物品，檢查倒地的屍體。其中一隻優雅地躍到拖車上，開始搜刮內部。

摩亞許的敵手又嘗試進逼，小心地揮舞她那把彎曲的長劍。摩亞許訝異地後退，雙手握緊碎刃，想要擋下武器。他的招數與怪物流暢的舞動相較顯得低劣許多。她橫移到一旁，衣物也隨風勢飄動，呼出的氣息清晰可見。她並不打算直接對抗碎刃，也沒有趁摩亞許絆腳時攻擊。

他颶風的，這武器太重了。這把六呎長的劍很難抓到正確的角度。這把碎刃可以切割任何東西，前提是他得確切擊中那東西才行。如果穿著碎甲，持劍自然會方便許多，沒穿上的話，揮舞碎刃就像幼童拿著成人的武器一樣沉重。

引虛者者露出微笑，在瞬影間再次襲擊。摩亞許退了一步，揮劍把對手扭到一旁。他的手臂被劃了一道長長的傷痕，但至少他的走位讓自己沒被切成兩半。

他的手臂有著灼燒般的傷，讓他低哼一聲。引虛者一臉自信地看著他，彷彿早就看清了他。他本應如死人。或許他就該一死了之。

貨車裡的引虛者急切、興奮地說了什麼。他把其他的東西踢開，挖出了碎甲。車尾滾出了一把矛，落在石塊上。

摩亞許垂視自己的碎刃，這可是舉國之寶，是世上能夠繼承的事物中，最有價值的一件。

我是在欺騙誰？他想。我自以為欺騙得了誰？

引虛者女子再次發動攻擊，但是摩亞許解散了自己的碎刃，竄到一旁。攻方驚奇得遲疑了，讓摩亞許得以潛到落矛的一旁站起。摩亞許感受手中的平順木柄，還有熟悉的重量，很快就擺好戰鬥的架勢。空氣突然顯得潮溼，又帶有腐朽的氣息，讓他想起裂谷。裂谷那裡可以生死共存，活藤與腐枯共處。

卡拉丁的話言猶在耳。

不要害怕碎刃。不要害怕騎在馬上的淺眸人。他們先拿恐懼殺人，刀劍只是其次。

穩住。

引虛者朝他襲來，摩亞許卻站在原地不動。他用矛尖擋住她的武器，把她甩到一邊，在她回攻時，再用矛柄反頂了引虛者的手臂。

摩亞許在裂谷時已經練過這招上千次了。這一招讓引虛者驚呼一聲。他的矛柄打上她的腳踝，讓她跪倒在地。他再用標準的揮矛推打動作，擊打她的胸口。

不巧的是，引虛者沒有倒下。她一下子飄浮到空中，沒有落地。摩亞許注意到時機點，換了招式來阻擋下一次的攻擊。

引虛者往後一飄，落地坐出獵人的蹲伏狀，把劍護在一旁。她躍向前，抓住本想擋下她的矛。颶風的！她靈動地逼近他手腳可及之處，身上有溼衣與陌生的帕山迪腐臭。

引虛者把手壓在摩亞許的胸口，將那股黯光轉化到他身上。摩亞許注意到自己發出光亮。幸好卡拉丁也對他使過這一招。

摩亞許一手抓住引虛者寬鬆的上衣，跟著落入空中。

他突然一拉，把她舉了幾吋高，再把她拉近自己，將矛尖插到石地，兩人因此懸在空中。

引虛者用陌生的語言大喊。摩亞許扔下長矛，抓起自己的刀。她想要推開他，對他再次施放捆術，而且力道比上次更強。他低哼一聲，反撐下去，拿起刀往她胸口刺去。

帕山迪的橘血濺在他手上，在寒夜隨著他們一齊旋奔。摩亞許緊緊握住矛柄，將刀插得更深。

帕山迪女子不如卡拉丁，沒有癒傷能力。她的雙眼失去光輝，身上的黯光也消失了。

帕山迪人的身體搖搖晃晃。不久那股將摩亞許拉上天的力量也消退了。他墜了五呎才落地，還好身體緩衝了衝擊力。

他身上覆滿了橘血，熱血在寒天中冒著煙。他拿起長矛，手指因染血而又黏又滑，指著剩下三名驚愕地看著他的引虛者。

「我可是橋四隊，你們這些混蛋。」摩亞許低吼。

兩名引虛者轉頭看向第三位。那位帕山迪女子上下端詳摩亞許。

「你們可能殺得了我，」摩亞許一邊說，一邊在身上擦去手心的血，以加強握力。「但我至少會拖你們其中一個陪葬。」

引虛者似乎沒有因爲友伴被殺而憤怒。颶風的，這些傢伙到底有沒有感情啊？橋四隊裡的沈也是帕山迪人，他也常常靜坐著凝視大家。

他盯著中央那位的眼睛。這名帕山迪女子有著紅白相間的膚色，沒有一絲黑。這蒼白的膚色讓摩亞許想起雪諾瓦人，在他眼中，那是病態的膚色。

「你這個人，」帕山迪女子用古雅烈席語說。「擁有烈情。」

另一名帕山迪人把葛福斯的碎刃遞給她。她舉起碎刃，在火光中觀察，舉向空中。「你有選擇。」她對他說。「死在這裡，或是接受自己失敗，交出武器。」

摩亞許在帕山迪人影下敲擊自己的矛尖，讓矛尖在死屍被撕裂的衣衫中舞蹈。他們眞以爲他會信任他們嗎？

然而……難道他以爲自己能撂倒三個帕山迪人？

他聳肩扔開長矛，召喚了他多年來夢寐以求的碎刃。這是卡拉丁給他的武器，結果又有什麼用？拿起這樣武器的他，是絕對不能被信任的對象。

摩亞許咬緊牙關，壓住碎刃上的寶石，切斷與碎刃的締結。劍尾的寶石發出光芒，同時讓他感受到徹骨的冰寒，回歸深眸人的身分。

他把碎刃拋在地上。一名引虛者拿走了它。另一人飛離此地，令摩亞許感到困惑。不久，飛走的那位又帶了六名同伴。其中三人用繩索綁住碎甲，他們以飛行的力量帶走碎甲。但爲什麼不用捆術呢？

摩亞許一時以爲他們會把他留在那裡，但馬上有兩人各站一邊抓住他的手臂，帶他飛向天空。

太花俏了，是吧？
要問露舒怎麼避免
桅杆被扯斷
加絲娜的最愛

對於自認爲隱居完善的我們，這的確令人好奇。然而對我們的諸多界域來說，並不是什麼大問題。

圍紗和她的手下窩在帳篷中。她把靴子翹在桌上，椅子也往後仰，享受周遭談語生活的點點滴滴。大家把酒言歡，或是在外面的小徑上高呼說笑。她覺得人們逐漸發展起來的嘈雜是件好事，可以讓這座石墓重燃生機。

然而一想起塔城的大小，她就不由得打了個哆嗦。怎麼會有人蓋得起這種龐然巨物？即便不刻意擴張兀瑞席魯，這座塔城也足以容下各個大城。

不過還是別談這個好。現在得潛行通過那些讓書記與學者分心的疑題，這樣她才能拿下有用的牌。

她專心研究人群。人聲匯聚成一塊後，便融合成無面的群眾。觀察人群的好處是可以選定特別想了解的目標，實實在在地端詳他們，並且找到滿滿的故事。芸芸眾生有芸芸故事，各有各的祕史。這其中的細節就像圖樣這個靈一樣無止無盡。如果細看那些幽微的線條，便能發現其中自有結構與脊理。細看特定的人物，可以發覺到眾人的特性——只要沒把這人放到普遍的類型就好。

「所以說……」阿紅對伊希娜開了口。圍紗今天帶了三個手下來讓女間諜訓練他們。這樣圍紗可以在旁了解，看看那女子是否值得信任，還是只是笨樹一棵。

「這個好耶。」阿紅繼續說。「我們什麼時候才能學會用刀的方法？我不是很想殺人啦……只是……妳知道的……」

「我知道什麼？」伊希娜問。

「刀子很利。」阿紅說。

「很利？」圍紗睜開原本閉起來專心耳聽八方的雙眼提問。

阿紅點點頭說：「犀利，妳懂的。神奇的傢伙，也可以說是精巧的工具，又滑——順得很。」

「誰都知道刀子很利。」加茲補上一句。

伊希娜翻了翻白眼。這個嬌小的女子穿著覆手的長裙裝，裙上有淺淺的刺繡。她的姿態和服儀顯示她在淺眸人中也有一定的階級。

圍紗穿著白外套與白帽，不過這也不是她唯一引人注目的原因。她讓人們關注圍紗，想要接近她，卻不想接近伊希娜。伊希娜身著的正式哈法長裙裝，讓男人敬而遠之。

圍紗啜飲一口酒，享受佳釀。

「你們想必聽過聳人聽聞的故事，」伊希娜說。「但諜報行動不只是暗巷捅人這麼簡單。我要是得捅人一刀，可不知道要拿誰下手比較好。」

三個男人聞言瑟縮了一下。

「諜報活動，」伊希娜繼續說。「要的是精心收集資訊。你們的任務是觀察別人，而不是反成被觀察的對象。你得討喜到讓人願意向你吐露心聲，卻又不會令人記得你的存在。」

「好，加茲出局囉！」阿紅說。

「對啊，」加茲說。「生得這麼風趣，真是我的罪過。」

「你們閉嘴行不行？」法達說。這個瘦高的士兵向前傾，杯中的廉價酒點滴未沾。「這怎麼可能？」

他問。「我是個高個子，加茲只有一隻眼睛，我們都有會被記住的特徵。」

「你們得學學利用自己能收放自如的特徵引人注意，然後避免讓人發現你們無法改變的特質。阿紅，如果你戴的是眼罩，大家會記得的就是這個。法達，我可以教你遮掩身高的方法，讓你不會這麼引人注目——如果你用點罕見的口音說話，人們對你最大的印象就會是這個腔調。加茲，我可以讓你跟一群裝醉的醉漢混在一起，大家只會把你當醉漢看。

「前面說的不是關鍵。我們首先要從觀察開始。若你們想要有用一點，就要很快就定位，記下資訊，這樣才能回報。現在，閉上你們的眼睛。」

眾人不情願地閉眼，圍紗也跟著闔上雙眸。

「現在，」伊希娜說。「有人能描述酒館裡有什麼人嗎？注意，不要睜眼。」

「呃……」加茲抓了抓眼罩。「吧台有個俏妞，可能是賽勒那人。」

「她的襯衫是？」

「嗯。這個嘛，領口很低，別了些好看的石苞……呃……」

「這裡有個戴著眼罩的醜八怪，」阿紅說。「是個矮小的討厭鬼，會趁人不注意時偷喝你的酒。」

「法達？」伊希娜問。「你注意到什麼？」

「我想吧台有幾個人。」他說。「他們穿著……瑟巴瑞爾家族的制服？這裡大約一半的桌子有人坐，我不清楚是哪些人。」

「好多了，」伊希娜說。「我沒料到你們能有這種程度。人本來就容易忽略這些事。我會訓練你們，這樣你們就——」

「等等，」法達說。「圍紗呢？她記得什麼？」

「吧台有三個人。」圍紗心不在焉地說。「其中一個老人頭髮斑白，還有兩個大概有親戚關係的士兵，兩人的鷹勾鼻很像。年少的士兵在喝酒，年長那位則試著搭訕加茲提到的女人。那女人不是賽勒那人，但是穿著賽勒那風格的深紫色長褲與森林綠的襯衫，我不喜歡這個搭配，不過她似乎覺得不錯。她頗有自信，嫻熟於周旋在男人之間。我想她是來找人的，因爲她沒有理會那些士兵，還不時往後看。

「酒保年紀比較老，矮得要墊箱子才能讓人點酒。他在這裡還沒待多久，有些人的點單會讓他遲疑一下，再瞥一眼酒桶上的符文，才認得出要倒什麼酒。這裡有三個服務生，一個在休息，除我們以外還有十四個客人。」她張開眼睛。「我可以說說他們的來歷。」

「沒必要。」伊希娜在阿紅鼓掌的同時回應。「表現得很好，圍紗。但是我要指出，這裡其實有十五個客人。」

圍紗愣住了，再次環視室內算起人頭。桌邊有三人……那邊有四個……門邊站著兩名女子……還漏了一個女子，那人窩在篷內的小桌旁。她的穿著簡潔，是襯衫與雅烈席僕人的服飾組合。她刻意選了和白帳篷融合的衣服？她在這裡做什麼？

她在作記錄，圍紗警戒起來。這女人巧妙地把筆記藏在膝蓋之後。「她是誰？」圍紗壓低身子說。「爲什麼監視我們？」

「她不是針對我們，」伊希娜說。「市場裡有幾十個這樣的傢伙，像老鼠一樣竄巧移動，盡可能地收集情報。這一個可能是個體戶，專門把一些小道消息拿去轉賣，現在可能在某位藩王底下做事。我以前也幹同樣的勾當。從她觀察的群眾來看，她接到的命令是監視部隊的情緒。」

圍紗點點頭，刻意在伊希娜訓練記憶技巧時，耳聽這裡的環境。伊希娜建議這些男人學習符文，再用一些像在手上做記號之類的伎倆來追蹤情報源。圍紗知道一些招數，伊希娜也教了她幾招，其中有一招叫作「心靈展館」，她也會幾手。

這些訓練最有趣的地方在於伊希娜選擇報告情報的訣竅。她說要注意藩王的名字，還有代稱要有人、事、物的常見字眼，以及哪些人正好喝多漏了口風。她說，語調是其中的關鍵。人可以坐在五呎外的座位竊聽重大的祕密，卻會因爲鄰桌的爭吵而失了注意。

她描述的內容像是——先深思，坐定位後，就耳聽八方，思緒只對準特定的對話，使圍紗覺得印象深刻。只是訓練才過了一小時，加茲就抱怨起自己已經脹得像灌了四瓶酒。阿紅頻頻點頭稱是，他也頭昏眼花了。

法達的話……他閉上眼後可以滔滔不絕地對伊希娜描述房裡的東西。圍紗露齒而笑。就她以前對他的認識，這人視日常勤務為重石，動作遲緩，動不動就要找地方坐下來休息。能看到他有這股幹勁，值得高興。

圍紗參與這一切的熱忱，讓她幾乎忘了時間。直到她聽見市場鈴時，才輕聲咒罵一句。「我真是颶風的笨蛋。」

「圍紗怎了？」法達問。

「我得走了。」她說。「紗藍有約。」誰能想到有如榮譽那般古老的神聖力量，居然是會議的必需品？

「妳不在，她就沒轍了？」法達說。

「颶風的，你們不知道那女孩的德性嗎？我們不跟緊她，她連走路都會跌倒。繼續練習！晚點我再來找你們。」她戴上帽子，穿越離散地。

❖

過了一會兒，妥妥地穿回藍色長裙裝的紗藍．達伐大步走過兀瑞席魯底下的廊道。她很高興圍紗和那夥人做了練習，但是颶風啊，圍紗幹麼喝這麼多？紗藍必須燒掉整整一桶酒精才能讓神智清醒。

她深吸一口氣，再踏入舊圖書室，注意到與會的不止娜凡妮、加絲娜與泰紗芙，還有一群執徒與書記：梅伊．艾拉達、卡布嵐司來的雅德羅塔吉亞……房間裡居然另有三個老愛預測天候的蓄鬍怪人——也就是人們口中的防颶員。紗藍聽說他們能用風向預測未來，只不過從未在公開場合為人動口服務。

緩緩接近他們的紗藍希望自己認得符文，只可惜圍紗對符文不熟。她該算是個異端，思考宗教的頻繁程度，就像思及勞・艾洛里的海絲價格一樣稀罕。加絲娜至少有骨氣喊出自己信仰的立場，圍紗可能只是聳聳肩，頂多嗤之以鼻。

「嗯……」在紗藍襯衫上的圖樣出聲。「紗藍？不進去嗎？」

對啊，她爲什麼要站在門口？她走過泰紗芙的助手珍娜菈身旁，這個年輕貌美的女子鼻子挺得老高，也是直截了當到會令紗藍起雞皮疙瘩的那類人。

紗藍不喜歡這個自大的女人——絕對不是因爲雅多林在和自己交往以前與珍娜菈往來過的緣故。她一度避見雅多林先前的情人，但……這和在戰場上逃避敵兵一樣難。無論是情場還是戰場，不是到處見到情敵，就是到處見到敵手。

房間裡鳴響著各種談話：有些人討論度量衡，有人討論在句子裡下逗點的最佳位置，也有人談到塔城的天候變化。她以往會盡心參加這間房裡的任何對談，現在她卻總是遲到？她有什麼地方變了呢？

我知道自己欺瞞到什麼地步，她一邊心想，一邊抱身沿著牆面，繞過一位正在和防颶員討論亞西爾的貌美執徒。紗藍幾乎沒有碰雅多林帶給她的書，所以也無從參與。房間另一側，穿著淺紅色長裙裝的娜凡妮正在討論法器，她熱切地向工程師點頭說：「對，可是要怎麼穩定它呢？光主？下方如果設了帆布，不就會旋轉嗎？」

紗藍與娜凡妮親近到可以獲得他人難以企及的機會來研究法器技術，爲什麼她不投入這樣的研究呢？但是一興起這個想法，就會有大量的構想、疑問與邏輯運作的項目沖昏她的頭，足以讓她窒息。房間的每個人都懂好多事，她感覺自己與他們格格不入。

我要有個能應付這種場合的角色，紗藍心想。她得是個學者。某部分的我可以化身爲學者。圍紗不行，燦軍光主也不可以。但總有人——

在她衣上的圖樣又哼吟起來。紗藍退到牆邊。不對啊，這……這就是她自己，不是嗎？紗藍一直想成爲學者，不是嗎？她用不著創造人格，就能面對這種場合，對吧？

……對吧？

要焦慮的時刻已經過了，她吐出一口氣，強迫自己安定心緒。最後她從背包拿出一疊紙跟一支炭筆，找上了加絲娜。

加絲娜歪了歪眉毛。「又遲到了？」

「抱歉。」

「我本來想請妳幫忙研究我們從晨頌翻譯出來的內容，可是在我母親開完會議前，都無法進行。」

「我或許可以幫——」

「我還有點雜事要辦。晚點我們再談談。」

這指令來得突兀，不過沒有超乎紗藍意料之外。她坐到牆邊的椅子。

「當然，」她低語。「如果加絲娜眞的理解我面臨自身的深沉不安，她就會有點同情心了，對吧？」

「加絲娜？」圖樣說。「紗藍，我認爲妳沒有好好注意事實——她沒什麼同情心。」

紗藍嘆了口氣。

「妳就有同情心！」圖樣喊著。

「只能同情可悲的部分。」她回嘴。「圖樣，這裡才是我的歸屬，不是嗎？」

「嗯嗯嗯。是的，妳當然屬於這裡。妳想畫他們，對吧？」

「典型的學者不只會畫畫。必繪者丹奪司也懂數理，他創立了研究藝術比例的方式。蓋莉德是發明家，其發明至今仍運用在天文測量上，水手必須靠她的天文鐘才能判斷緯度。加絲娜是歷史學家——還有更多本事。我想要那樣。」

「妳確定嗎？」

「我想是吧。」問題是，圍紗想成天把酒言歡，以及練習諜報技巧。燦軍光主想要和雅多林一塊練劍。那紗藍要的是什麼？她想做的事有什麼重要的嗎？

娜凡妮宣布集合開會，眾人開始入座。娜凡妮一側是諸位書記，另一側是各信壇的執徒——還離加絲娜遠遠的。防颶員坐到圓室更遠處的同時，紗藍這才注意到雷納林站在門口。他徘徊流連，往內窺看，就是遲遲不進來。有幾個學者望向他的時候，他便像是被視線逼退般往後一靠。

「我……」雷納林說。「父親說我可以參加會議……聽聽也可以。」

「堂弟，我們再歡迎你不過。」加絲娜點頭示意紗藍拿張凳子給他。紗藍照做了，甚至沒抗議自己被指使這件事。她是可以成為學者。她可是最好的學徒。

雷納林低著頭，繞著學者的會議圈到了他的座位，一坐下來就一手抓緊關節直到發白，再把手塞進口袋裡。

紗藍盡可能進行會議的記錄，努力不要分神到繪圖上。幸好會議進行得比平常有趣。娜凡妮手下大多數學者都投入了對兀瑞席魯的研究。音娜達拉，這位滿布皺紋的書記率先報告。這名曾經讓紗藍想起父親書記的女子，正和她的小組確認塔城房廊的奇異構造有什麼意義。

她長篇大論這裡的防禦措施、空氣流通系統還有各種井口，指出房間的怪狀，還描述她見到的奇特生物壁畫。

待她結束之後，卡菈美也進行小組報告，她相信牆上鑲嵌的黃金與銅器實為法器，只是似乎不再作用，裝飾寶石也沒有效果。她傳遞這些圖像，解釋她們仍沒能成功地為寶石柱充能。目前唯一能用的法器只有升降梯。

「我認為，」防颶員之首艾特巴說。「這個裝置機制的使用頻率顯示了建造者的習慣。你們看，這符合測量學的科學，就像我們能從指寬判斷出一個人的許多事那樣。」

「而這和裝置有關……為什麼會這樣呢？」泰紗芙問。

「萬本歸宗！」艾特巴說。「怎麼？妳不知道妳的疑問正清楚明瞭地顯示妳身為書記的跡象嗎？光主，妳寫得一手好字，但妳在科學上還要再努力。」

圖樣輕輕嗡鳴。

「我對他沒有好感。」紗藍低聲說。「他在達利納面前裝成好好先生，其實個性很不留情。」

「所以……我們要把他計在哪一邊？樣本大小又有多少？」圖樣說。

「大家會不會覺得，」珍娜菈說。「問題的方向不對？」

紗藍瞇起眼睛，卻只是看著紙頁，壓抑自己的嫉妒心。她毋需因爲有人曾和雅多林要好而吃醋。可是珍娜菈給人有些……古怪的感覺。她的笑聲像是宮廷仕女一樣，彷彿排演過，帶有一絲保留。她們的笑聲總像是爲了在社交場合綴飾，而非發自內心的歡樂。

「孩子，妳的意思是？」雅德羅塔吉亞問珍娜菈。

「光主，我們談到升降梯這個奇特的法器柱，還有扭曲的廊道，卻沒有嘗試從它們的設計去理解。或許我們該反過來了解一座塔城需要什麼構造，再來判斷這些構造是什麼用途。」

「嗯……」娜凡妮說。「好，我們知道兀瑞席魯的住民曾在外種植作物。牆上的那些法器可提供熱能嗎？」

雷納林呢喃著什麼。

房裡的大家都看向他。很多人聽到他開口說話都覺得驚訝。他注意到眾人的視線以後，往後縮了一下。

「雷納林，你有什麼高見嗎？」娜凡妮問。

「它們不是你們所想的法器組合。」他低聲說。「而是單單一個法器。」

書記與學者面面相覷。這位王子……經常引起這樣的反應，讓人投注質疑的眼光。

「光爵？」珍娜菈問。「您私底下是位魂師製造者嗎？原來您會在晚上閱讀女性的文字，研究工程學來著？」

有幾個人咯咯笑了起來。雷納林漲紅了臉，垂下眼睛。

妳可真有膽嘲弄這個階級的人啊，紗藍心想，臉頰也跟著熱滾滾的。雅烈席卡宮廷的確拘謹有禮，但不代表這是個和善的場域。雷納林比起達利納或雅多林，更易被當作嘲弄的目標。

紗藍為此而引起的怒火是種很奇特的情感。她也不止一次受雷納林的特異舉止震懾。雷納林出席會議本身就是一例。他終於想成為執徒的一份子嗎？還是他把自己當作女性的一員來參與書記會議？

但珍娜菈竟敢羞辱他？

娜凡妮正要開口，紗藍先插了話：「珍娜菈，我想妳並非有意侮辱藩王大人的兒子？」

「怎麼會呢？我什麼都沒做。」

「很好，」紗藍說。「若妳有此意圖，也做得糟透了。聽說妳冰雪聰明，智語連連，魅力四射，而且……也不小……」

珍娜菈皺眉問：「這是奉承嗎？」

「親愛的，我要聊的不是妳的胸部，我講的是妳的腦袋。妳那完美無瑕的腦袋，完美到不曾磨練過！這份腦筋動得可真快啊，別人還沒想出正常的回應，妳已出言不遜了。如此一鳴驚人，讓人對妳的言詞無不驚嘆。所以，嗯……」

加絲娜正狠狠地瞪著紗藍。

「……嗯。」紗藍拿起筆記本。「我會記錄下來。」

「母親，我們可以稍事休息嗎？」加絲娜說。

「正好。」娜凡妮說。「我給大家十五分鐘，每個人都列出塔城所需的構造，這樣才有效率。」

娜凡妮站起身，與會群眾再次分成各自討論的小群體。

「現在我懂了，」加絲娜對紗藍說。「妳還是把鈍齒當作唇槍舌劍使用。」

「對啊。」紗藍說。「是不是有什麼訣竅？」

加絲娜瞪了她一眼。

「光主，妳也聽到她對雷納林說了什麼！」

「而身爲法定繼母的那一位正準備回應，」加絲娜說。「她本來會揀選謹慎且理性的字詞。結果呢？妳像是拿了本字典朝對方扔過去。」

「抱歉，那女的把我氣炸了。」

「珍娜菈是個笨蛋，只不過有點小聰明夠她自誇，同時笨到不知道自己不該待在這種場合裡的程度。」加絲娜揉了揉太陽穴。「颶風啊，所以我才不想帶學徒。」

「因爲這些學徒會惹麻煩。」

「因爲我不擅長引領她們。我有科學證據證明，妳就是最新的實驗結果。」

紗藍覺得很羞恥，起身走到大家拿取茶點的牆邊。

她將筆記本抱在胸前，靠上牆，圖樣「嗯嗯嗯」地出聲。「加絲娜看來並不生氣。妳爲什麼難過？」

「因爲我是笨蛋。」紗藍說。「是個蠢人。而且……而且不知道我要追求什麼。」她一週前不是才天眞地以爲自己想透了嗎？不管想透的是什麼鬼東西也好？

「我看得到他！」她身邊迸出一道聲音。

紗藍嚇得跳起來，轉身才看見雷納林，這名王子正看著混跡在她襯衫刺繡中的圖樣。圖樣的形式要仔細看才能發現，否則很容易漏掉。

「他沒有隱形嗎？」雷納林說。

「他說沒有辦法。」

雷納林點點頭，抬頭看她，並道謝：「謝謝妳。」

「你謝的是？」

「謝謝妳維護我的名譽。如果是雅多林，大概會有人被捅一刀。妳的方法溫和多了。」

「這個，沒有人可以用這種語氣對你講話。他們可不敢對雅多林這樣做。況且你說得對。這座塔就是一個巨大的法器。」

「妳也感受到了嗎？大家談這個裝置來、那個裝置去的，可是這是不對的，不是嗎？就像是只看拖車的一部分，卻不把整輛拖車當作一體看待。」

紗藍靠向他說：「雷納林，我們先前對抗的那個東西，可以把觸手伸到兀瑞席魯的最最最頂端，讓我到哪裡都覺得不舒服。而中央的寶石柱和所有東西都連結在一起。」

「是啊，這不只是法器的組合，還是融合眾多法器、化為巨大的版本。」

「但是這麼大一個法器，要拿來做什麼呢？」

「構成了一座城，」他皺眉。「呃，意思是說，這是一座城市……它有城市的功能？」

紗藍打了個哆嗦。「而魄散掌控它的運作。」

「也讓我們發現這間房間，還有法器的寶石柱。」雷納林說。「沒有柱子，我們可能還趕不走魄散。要看向光明的一面。」

「理性來說，」紗藍說。「我們只能看向光明的一面，因為其他地方都陰暗不清。」

雷納林笑了出來，他讓紗藍想起自己哥哥的笑法。她講的不是最滑稽的事，但的確是趣談。這也讓她想到加絲娜提到的事，同時不自覺地看向加絲娜。

「我知道我堂姊很嚇人，」雷納林對她低語。「但是紗藍，妳也是燦軍的一員，別忘了這一點。如果我們想要，可以跟她抗衡。」

「可是我們想要這樣做嗎？」

雷納林露出扭曲的笑容。「應該不會。通常她說的話都沒錯，只是讓人覺得自己是十愚人之一。」

「的確，可是……我不知道自己能否繼續忍受被當成孩子看待。我覺得快瘋了。我該怎麼做？」

雷納林聳聳肩說：「如果想迴避加絲娜的命令，那就接下別人的命令。」

紗藍抬起頭來。這很有道理。達利納需要指派自己的燦軍，不是嗎？她得出外赴任。她得離開，才能好好思考。到某個……像是到科林納出任務？他們需要人手潛進王宮、啓用裝置，不是嗎？

「雷納林，」她說。「你眞是個天才！」

雷納林臉紅了起來，露出微笑。

此時娜凡妮重新召集會議，眾人繼續討論法器。加絲娜拍拍紗藍的筆記本，示意她在記事與速記時要好好表現。這不再令她厭煩，她已有個退守策略。一個逃脫路線。

紗藍很高興注意到門口出現高大的人影。達利納．科林的人影就算不在光線下，也會立刻讓人噤聲。

「抱歉遲了一會兒。」他瞥向前臂那塊娜凡妮製作的時鐘法器。「大家繼續，沒關係。」

「達利納？」娜凡妮問。「你沒參與過書記的會議。」

「我認爲該來看看。」達利納說。「了解我的組織。」他坐到圈外的凳子上，看起來像是戰馬踏在馬戲團小馬的踏板。

大家繼續開會，也再次陷入沉思。紗藍以爲達利納會迴避有女性與書記的會議。她歪頭看著雷納林往自己父親瞥過去的視線，達利納舉起拳頭回應他的兒子。

紗藍恍然大悟，他到場是爲了不讓雷納林難堪。既然連颶風的黑刺都與會了，一名王子與會算不得是什麼不合宜或太陰柔的舉動。

她也見著雷納林抬起了眼，認眞參與會議。

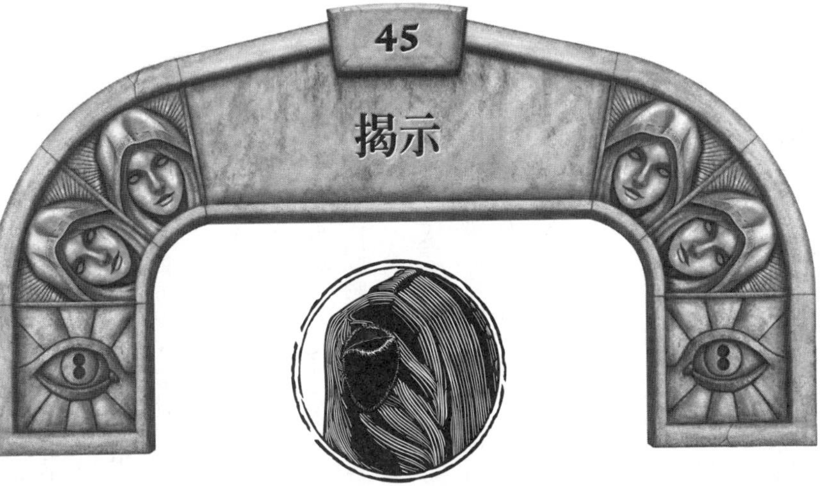

45 揭示

如同海上浪濤必定持續波動，我們的意念也將堅決下去。
對於維持孤身的堅決。

引虛者將摩亞許帶到位於雅烈席卡中部的雷沃拉城。他們一到那裡，就把他丟在城外，推到一群低等帕胥人之中。

他一直被吊著的手臂已經發疼。他們爲什麼不用捆術拉升他，就像卡拉丁一樣減輕他的重量呢？

摩亞許伸展雙手，四處張望。他曾隨著定期前往科林納的車隊旅經雷沃拉。可惜，這並不代表他遊歷廣闊。每座稍具規模的城市都有一小塊給他這種人的場所：專門給郵差與車隊等現代遊牧民族停留的地方。有些人把他們稱作「洞穴之人」。這些男男女女在天候不佳時會尋求文明的庇護，卻永遠無法屬於文明。

就目前看來，雷沃拉已經到達洞穴文化程度，甚至太過頭了。引虛者似乎拿下他颶風的全城，再將人類放逐到外圍。

引虛者拖了他這麼長一段距離，一句話也不說，就把他扔了下來。看守他的帕胥人有如拉車的普通種與帕山迪戰士的混種，以用一口流利的雅烈席語把他推進收容人類的小圍欄。

摩亞許坐進去等待。引虛者似乎派出巡邏隊搜捕人類流亡者。帕胥人最後將他和其他人安置在城外一座大形防颶掩體——這種掩體原本是在颶風來臨時供軍隊或數支車隊掩護之用。

「別找麻煩。」帕胥人女子特別瞪了摩亞許一眼。「不要打架。否則會被殺。不要跑，否則會被打。現在你是奴隸。」

幾個看起來像是農夫的人類低泣起來，緊抓已被帕胥人搜身過的簡陋行囊。摩亞許看著他們紅著雙眼，穿著磨損的衣裝，就能感受到他們的沮喪。永颶已經橫掃他們的農場，他們原本是來大城尋求庇護的。

摩亞許不再有任何價值，帕胥人把他當普通人類看待。他走進掩體，覺得有種不眞實的……遺棄感？一路上，他反覆以爲自己會被處決或是審問，然而他們只把他當作奴隸？嚴格來說，他在薩迪雅司的軍中並不算奴隸，只是被派去運橋——雖然的確是被派去送死，但是他頭上沒有奴隸的印記；他的襯衫底下，左肩的位置刺有橋四隊的刺青。

這間巨大、高頂的防颶掩體，像是大型空心石麵包。摩亞許緩緩穿過掩體，雙手塞在口袋裡，緊聚的人群用帶著敵意的眼神看向他，即便他只是另一個難民。

他一向被人以敵意對待，颶風的到哪都一樣。像他這樣壯碩又過度自信的深眸青年，會被視爲威脅。他聽祖父母的話，加入車隊讓自己有點生產力。雖然他的祖父母因爲行善而死，可是摩亞許……是他讓自己的人生淪落至此。

孤身一人的他無法掌控自己，所以是危險的。他的存在本身就很可怕，就只爲了他的身分，沒有人會接納他。

然而橋四隊接受了他。

但橋四隊只是特例，他也沒有在入隊時及格。葛福斯是對的，他該去掉自己的肩章。沒有肩章的他才是眞實的自己。這個人不受信任，會讓人怕得把小孩拉走，其他人也會點頭示意他滾遠一點。

他走向掩體中央，此處寬廣到需要柱子才能支撐屋頂。這些柱子從底部的石頭升起，是用魂師塑出如樹的柱子。掩體的邊緣聚著難民，中央處則由武裝的帕胥人清空。帕胥人將拖車設成講台，在上面宣告事項。摩亞許走向其中一輛。

「爲了避免漏網之魚，」帕胥人大喊。「有務農經驗的要向布魯回報，走到大廳底就可以找到他。他會安排農地給你工作。現在我們需要在城裡安排水夫，還要更多人來清除上個風暴的瓦礫，這兩項分別要二十人。」

眾人喊起自己自願進行的工作，摩亞許皺起眉頭，靠到一人身旁問：「他們讓我們工作？我們不是奴隸嗎？」

「是啊，」男子說。「奴隸不工作就沒飯吃。他們讓我們選擇想要的工作，也沒颶風的多少選擇啦。不是這個粗工，就是那個雜務。」

摩亞許注視這名男子的同時，才發現他有淺綠色的瞳孔，然而這個淺眸人還是自願舉手運水——這一度是帕胥人負責的工作。不過，這副景象再讓人痛快不過了。摩亞許把手收回口袋，繼續前進，觀察這三座提供職務的召募站。

這些帕胥人的舉動以及一口流利的雅烈席語令摩亞許不安。他以爲引虛者會有古怪的口音與神奇的力量。可是那些長得高些、變得較像帕山迪的帕胥人，似乎只是和他們以往的人類主子逆轉了身分。

三個召募站各有不同類型的工作。最遠的那個徵求農人、紡織工與鞋匠。一組負責食物、制服與靴子。帕胥人正在做戰爭準備。摩亞許發現他們已經有了鐵匠、弓匠與護甲匠，而如果人類匿藏自身技藝不報，全家的食糧還會被減半。

中間的召募站徵求基層勞工，像是運水、清潔與烹飪。摩亞許對最後一站最有興趣，這裡徵的是粗工。

他排進隊伍，聽著帕胥人徵人去拉裝載重物的拖車，要他們在軍隊行軍時隨行。顯然這裡的芻螺不足以應付未來的需求。

沒有人舉手。這工作聽來很沉重，更別說要步上戰場。

他們得逼人這樣做，摩亞許心想。他們可以抓一批淺眸人，讓他們像負重擔的野獸般拖行貨物。他很樂見這個畫面。

他離開最後一站，發現一群拿著長柄的人靠在牆上。他們穿著耐用的靴子，膝蓋的帶子上綁著水袋，另一腳縫上行軍裝備。依照他的經驗，他很清楚裡面有什麼：有個碗、一根湯匙、杯子、針線、補丁與一些燧石跟火種。

這些人是車夫。他們拿著長杖拍打芻螺的殼，一齊前進。他也曾穿著這樣的服裝，只是他曾經工作過的車夫都是以帕胥人代替芻螺拖車，因爲這樣速度更快。

「喂，」他走向車夫。「古夫還在嗎？」

「古夫？」一人回答。「那個修輪子的老頭？半枝蘆葦高？滿口髒話的那個？」

「就是他。」

「我猜他在那裡。」那名青年用手杖指了方向。「在帳篷裡。但是朋友，你找他也沒用啦。」

「那些殼頭要行軍，」摩亞許姆指往背後指了指。「總需要車夫。」

「人已經滿了。」另一人說。「之前有人吵過這個工作。其他人都得拉車。不要引起太多注意，否則就等著被鞭。這話給我記住了。」

他們帶著善意對摩亞許露出微笑，也用車夫的老手勢致意，這手勢讓不懂的人看到，會被當作粗鄙的手勢。他走往他們指引的方向。一如一般的車隊，車夫是個大家庭，也正如大家庭一般總是喧鬧不已。

這個「帳篷」不過是頂在石牆上的布料。牆面是沿著牆的隧道，地上躺著呼吸道不順的老人。只有少少放在倒置箱上的幾個夾幣在昏暗中提供微光。

他用口音挑選問話的車夫。他先問了以前就認識的古夫在哪，才被允許進入陰暗帳穴的深處。摩亞許最後找到坐在隧道正中央的古夫，而這人彷彿要阻止別人再進一步般，正把木頭磨成像是鉤子的東西。

摩亞許出現時，讓他嚇了一跳。「摩亞許？」他說。「眞的假的？你被哪股颶極的風吹來這裡？」

「我說了你也不會信。」摩亞許蹲在老人身旁。

「你是阿詹車隊的人。」古夫說。「往來破碎平原的那一支——結果全死了。我連一枚沒光的夾幣都不敢賭你們活著。」

「賭得好。」摩亞許向前靠，將手臂靠上膝蓋。雖然這條隧道只有布料，但還是將外面人群的喧嘩隔了開來。

「孩子，」古夫問。「你怎麼在這？你要做什麼？」

「我只想接手我的工作。」

「你就像颶極的颶父想要吹笛子那樣異想天開。不過你不是第一個從平原回來還完好無事的。你不是。這是颶父颶極的現實，颶極的就是。」

「沉淪地獄的，那裡的人試圖讓我崩潰。他們的確讓我崩潰了。然而他又讓我復原，重生成人。」摩亞許停頓一會。「最後我又被拋棄了。」

「對對對。」古夫說。

「我老是這樣。」摩亞許低聲說。「古夫，爲什麼我們總是獲得至寶，到最後卻恨之入骨？單純來說，這只是要我們領悟自己多麼不配得到寶物嗎？我曾持有長矛，結果又狠狠捅了自己一槍……」

「長矛？」古夫問。「天啊，你當了颶極的士兵？」

摩亞許愣住，望向他，站起身拉平身上拔掉肩章的制服外套。

古夫在暗處看著他，說道：「跟我來。」老車輪匠好不容易站起身，把打磨的木頭放在椅上。古夫引他進入一道更簡陋的小徑，走入比較有房間模樣的區域，這已經是防颶掩體的另一角了。這裡有十幾個人，正坐成一圈密談。

入口的男子抓住匆匆進來的古夫。「古夫？你這笨蛋，你該負責把風的。」

「我颶極的是個颶極的看守啊，你這賤鬼。」古夫抖開他的手臂。「光者想知道能找上多少士兵。我找到颶極的士兵了，所以滾開。」

守衛的注意力轉到摩亞許身上，瞄了摩亞許的肩膀。「逃兵嗎？」

摩亞許點點頭。這說法再適合也不過了。

「怎麼回事？」其中一個高個子站起來。他的巨影、禿頂與服裝的剪裁……

「光爵，是逃兵。」守衛說。

「從破碎平原逃來的。」古夫說。

是上主，摩亞許這才發現。帕拉達。他是法瑪藩王的王親與攝政王，是個惡名昭彰的毒辣傢伙。幾年前他曾將一座城夷爲平地，驅逐許多有旅行權的深眸人。商隊裡沒人不抱怨帕拉達的貪婪與腐敗。

「從破碎平原逃來的，是吧？」帕拉達說。「好極了，逃兵，你告訴我，藩王那裡有多少消息？他們知道我身處險境嗎？我能指望救援很快就到……」

這些人讓他主事，摩亞許一邊想，一邊看向另一個淺眸人。他們的服裝雖然沒有像絲綢般華貴，仍縫製了不錯的制服，還有上好的靴子。這個布圍廳室一旁擺滿食物，外面的人卻得找粗工來做。

摩亞許原本有期望……但顯然愚不可及。引虛者的來臨並沒有讓淺眸人失去他們的地位，摩亞許眼中所見只有更多犧牲。周邊站著的淺褐膚色深眸人證明了這點，他們只是士兵、守衛與商人。

他們都下沉淪地獄吧！他們原本有機會從淺眸人手中解脫，結果只是更殷殷成爲下僕！在環繞著可悲同類的當下，摩亞許領悟了一件事。

他沒有崩潰。但其他人都崩潰了。崩潰的不止是雅烈席卡這個被眸色劃分的社會，甚至是整個人類社會。

「如何？」攝政王厲聲問。「說話啊！」

摩亞許保持沉默，但心情難以承受。他總是糟蹋一切，不是什麼例外。卡拉丁才是例外——非常、非常特殊的例外。

這些人證明了，他們沒有道理地聽從淺眸人的命令。淺眸人沒有權力，沒有權威。人們掌握了機會，然後再砸到克姆泥裡。

「光爵，我……我認爲他怪怪的。」守衛說。

「對啊，」古夫補充。「或許該提一下，他的腦袋眞是颶極的怪，颶極的賤貨。」

「呿！」攝政王指向摩亞許。「把他丟出去。我們若要奪回這裡，可沒有時間理這種笨蛋。」他指向古夫。「揍他一頓，接著換個好一點的傢伙把風，否則凱德，你就是下一個。」

他們抓住老古夫，令他大喊出聲。摩亞許只是點點頭。是啊，沒錯，淺眸人就是會這樣做。

守衛架住他的雙臂，將他拖到帳篷一旁，撕裂他的衣物，把他抬出去。他們經過一名虛弱的女子，這名女子正將一片麵包分食給三個哭喊肚餓的孩子。光爵大人的帳篷八成聽得見這陣哭聲，然而那裡卻疊了高高一層麵包。

守衛把他扔到掩體裡勉強稱作「街道」的中央處。攝政王的人馬叫他快滾，但是摩亞許根本不想理他們。他站起身，拍拍身上的塵土，往尋求粗工的三號工作站走去。

他在那裡志願擔任最困難的工作，決定爲引虛者的軍隊拉車。

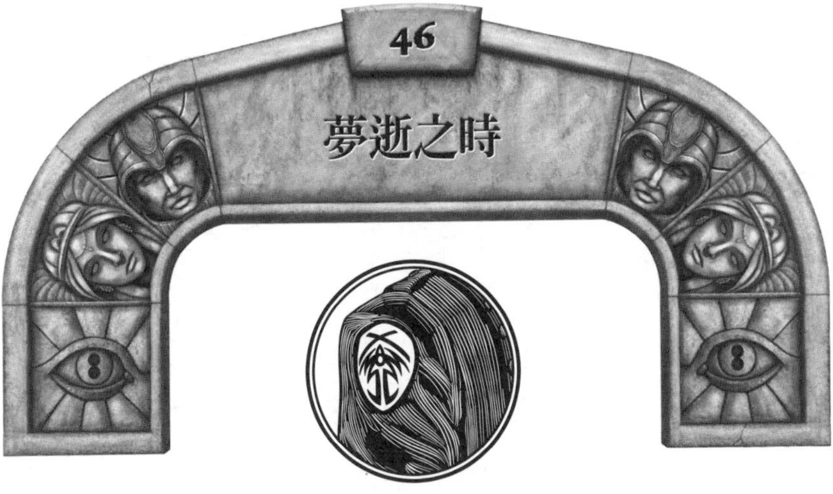

46 夢逝之時

你對我們有任何其他的期待嗎？我們不需要來自其他人的干擾。雷司被囚錮著，而我們不在意他的監禁。

橋兵斯卡跑上兀瑞席魯外的小丘，在寒氣中吐息的他維持專注、默默計數。兀瑞席魯的空氣比較稀薄，他到室外實際跑動起來，才知道這樣的空氣讓人更不輕鬆。

他穿著全套的行軍裝配：口糧、裝甲、頭盔、雨衣，背後還背著盾牌。他帶著長矛，甚至還上了幾個綁腿，卡在金屬甲片上。這些東西的重量，都快要跟他一樣重了。

他終於抵達誓門平台的頂端。颶風的，位於中央的建築物比他印象裡的距離還要遠。他還是努力踏出步伐，盡力慢跑起來，裝備隨著跑動鏗鏘鏗鏘的。他最後冒著汗，呼吸紊亂地到了終站，衝了進去，終於可以停下來。他扔下矛，雙手壓在膝蓋上，喘著大氣。

大部分的橋四隊成員已經到了，有些還散發著颶光。斯卡是在持續兩週訓練以後還不能汲取颶光的人。不過，達畢和瑞連也是。

席格吉正檢視娜凡妮．科林給他的時鐘法器，那是個小小的盒子。「大概十分鐘。」他說。「差一點就到整數。」

斯卡點點頭，擦拭他的額頭。他從中央市場往此處跑了一哩，穿越平台並衝上小丘。颶風的，他把自己逼得太過頭了。

「多久？」他喘著氣說。「德雷花了多久？」斯卡和德雷被安排在一組。

席格吉瞥向還散發著殘餘颶光的高壯橋兵。「不到六分鐘。」

斯卡低吟一聲，坐了下來。

「斯卡，基準點相同是很重要的事，」席格吉在筆記本中記下符文。「我們得知道一般人的能力，才能與擁有颶光的人相較。別擔心，我相信你很快就能學會的。」

斯卡突然往後跳一步，往上一看。洛奔正在天花板四處漫步。颶風的賀達熙人。

「德雷，你用卡拉丁的方式施展了四分之一的基本捆術嗎？」席格吉繼續筆記。

「是啊，」德雷說。「我……我居然知道力道的確切數字耶。席格吉，這可怪了。」

「依據我們在房裡的刻量，這讓你比平常輕上一半，但爲什麼四分之一的捆術會讓人減重一半呢？爲什麼不是百分之二十五？」

「這有差嗎？」德雷問。

席格吉用看瘋子的眼神看向德雷。「當然有差。」

「下次我要用一定角度來施展捆術，」德雷說。「看看這樣會不會不管跑哪個方向，都像在跑下坡路。雖然可能沒必要就是了。掌握颶光……讓我覺得能夠永遠跑下去。」

「好吧，紀錄是刷新了啦……」席格吉一邊埋怨，一邊書寫。「你剛剛打破了洛奔的紀錄。」

「那我的呢？」此時人在房間一旁端詳磁磚的雷頓問。

「雷頓，你中間停下來吃東西了。」席格吉說。「連大石都贏過了你，他還像個小女孩一跳一跳的，走完了最後三分之一的路。」

「那是食角人的勝利之舞。」大石在雷頓身旁出聲。「非常有男子氣概。」

「有沒有男子氣概不重要，但打亂了我的實驗。」席格吉說。「至少斯卡願意聽話，照著合宜的程序進行。」

斯卡躺著聽大家七嘴八舌——卡拉丁本來應該把他們傳送到破碎平原，因此席格吉才想先進行測試。結果卡拉丁遲到了——一如往常。

泰夫坐到斯卡身旁，用他帶著眼袋的深綠色眼睛看著他。卡拉丁任命他們成爲中尉，大石與席格吉也負責這個職位，但是他們在隊裡扮演的角色卻不怎麼符合這個位階。只有泰夫是隊上士官的絕佳典範。

「拿去。」泰夫遞了一份芻塔給他，這是賀達熙風格的肉丸麵包。「雷頓帶了食物，小老弟，吃一點吧。」

斯卡不情願地坐下來。「泰夫，我沒小你那麼多歲數，叫我小老弟就太過了。」

泰夫點點頭，嚼起自己的芻塔。斯卡才終於咬下自己那一份食物。這份芻塔很好吃，雖然不像雅烈席料理，但還是很好吃、風味豐富的那種。

「大家一次又一次對我說『你就要掌握颶光了』，」斯卡說。「但要是我永遠無法掌握怎麼辦？逐風師不能有個只會走路的中尉，到頭來我只能和大石一起煮菜。」

「當支援小組沒啥不好啊。」

「軍士，恕我直言，颶風的！你知道我想握上一柄長矛想了多久嗎？」斯卡拿起裝備中的武器，橫置在大腿上。「我很拿手。我可以戰鬥。只是……」

洛奔從天花板輕輕翻轉一圈，落在地上。比斯吉試著貼上天花板，結果頭先著頂，惹了洛奔一陣狂笑。比斯吉揮動雙腳，尷尬地看著大家。他何必要覺得尷尬呢？他的人已經在天花板上了啊！

「你在軍中待過？」泰夫猜想。

「沒待過，只是試過不少次。你聽過黑帽隊嗎？」

「艾拉達的貼身衛隊？」

「這樣說吧，他們沒怎麼考慮我應徵的申請。」

我們讓深眸人入伍。可沒說畜牲也行。

泰夫低哼一聲，嚼著芻塔。

「他們說我要是準備好裝備，就會考慮……」斯卡說。「你知道護甲有多貴嗎？我是個被占有欲的幻象遮了眼的採石人。」

他們以前不會談論過往，現在這情況改變了。但斯卡不確定確切是何時開始。彷彿是在他們變得更加強大時，隨著他們變得特別而散播出來的私事——泰夫有藥癮。德雷和軍官有一腿。艾瑟跟弟弟逃兵時被逮到。就連霍伯都曾藉酒鬧事。知道霍伯的人，都明白他過去只是一個普通隨軍士兵罷了。

「你有沒有想過，」泰夫說。「我們高尚偉大的頭兒會到這個地步？我敢說卡拉丁越來越像淺眸人了。」

「你別讓他聽到你說這句話。」斯卡說。

「我想說什麼就說什麼。」泰夫回斥。「若那孩子再不來，我就要走了。我還有事要辦。」

斯卡面帶難色地瞥向泰夫。

「不是那玩意。」泰夫低吼。「這幾天我根本沒碰。你敢說一個人在這種壓力下不會夜出狂野一番？這說得過去嗎？」

「泰夫，你自己說溜嘴了。」

「既然知道我們身受如此磨難，你還認為我們不需要別的東西撐過去？真是瘋了。火苔不是問題，是他颶風的世界都瘋了。問題出在這個世界。」

「是啊，泰夫。」

泰夫瞪了他一眼，接著刻意研究起自己的芻塔。

「所以……大夥兒知道多久了？我的意思是，有什麼人……」

「不久，」斯卡速速言畢。「大家還沒意識到這件事。」

泰夫點點頭，似乎沒有看穿謊言。事實上，隊裡大多人已經注意到泰夫不時去磨嗅火苔的行爲。這在軍中並不罕見，只是搞到曠職、賣衣還癱倒在巷內——就非一般可言了。那會害人丟官，丟了官還是最好的狀況了。最糟的情況……就是被降爲橋兵。

問題是，他們已經不是普通士兵了，也不是淺眸人。他們有著難以理解的地位，而且沒有人知道是怎麼一回事。

「我不想講了。」泰夫說。「你看，我們本來不是在討論你要怎樣散發颶光嗎？那才是當下要解決的問題。」

斯卡本來想逼問下去，但是受颶風祝福的卡拉丁姍姍來遲，隨行的還有斥候與其他有希望汲取颶光的橋兵隊員。目前只有橋四隊的成員掌握這個能力，沒有抬過橋的幾個成員也習得颶光，像是輝歐與普尼歐這對洛奔的表親，還有柯恩這個前任碧衛，也不過是兩個月前才被召募到橋四隊。所以其他人還有希望。

卡拉丁帶來了大概三十名在受訓隊伍的人。從制服肩章來看，可以得知他們是從別的支隊過來的——其中也有淺眸人。卡拉丁提過會請卡爾將軍安排，召募雅烈席卡兵源中有潛力的成員。

「都到了嗎？」卡拉丁說。「很好。」他大步走向控制誓門的單室，肩上有一袋發光的寶石。他那美妙的碎刃現身在手，插入廳室牆上的孔洞。

卡拉丁將碎刃插入這個古老的裝置，壓進底部旋轉，轉向壁畫標示的位置。地面開始發光，室外的颶光旋繞了整個石造平台。

他將碎刃轉在記有破碎平原記號的位置。待光芒消失，眾人已身在納拉克。

席格吉把裝備與盔甲靠在牆邊，再大步走出來。他們至多只能辨認石造平台也傳送了下來，讓他們換了個地方。

有批人從平台邊緣爬過山丘與他們相會。那是叫作蕾絲緹娜的嬌小雅烈席女子，她一一量測經過的橋兵，記錄在量尺上。

「光爵，等了你好久時間啊。」她面向眼睛冒著淺藍光絲的卡拉丁。「商人都要抱怨了。」

誓門這項裝置需要用颶光啓動，因此卡拉丁背袋中必然已有被汲取而無光的寶石——不過同時轉換兩側人馬並不會消耗超過單批傳送的能量，所以他們會試著在兩邊都安排乘客，互換位置來節省能源。

「下次有商人來的時候，」卡拉丁說。「記得跟他們說，燦軍不是他們的看門人。除非他們也能說出誓言，否則就要習慣等我們。」

蕾絲緹娜鬼笑一下，寫了下來，看來是要一字不差地傳遞這則訊息。斯卡看見這位書記還有點幽默感，不禁露出微笑。

卡拉丁帶隊穿越納拉克城。這座曾是帕山迪堡壘的地方，現在已成爲戰營與兀瑞席魯之間的中繼站。此地的建築意外地穩固，遍布使用克姆泥結實蓋起來的房子和巨殼類的甲殼裝飾。斯卡一直以爲帕山迪人像亞西爾與賈・克維德兩國之間的遊牧民族。他以爲帕山迪人野蠻凶狠、沒有文化，在颶風來臨時只能躲在洞裡。

然而這裡是個建設完好、精心設計的城市。他們找到一座建築，上面有令書記驚豔得發愣的藝術作品。這是帕胥人的藝術，他們在戰時還在作畫。就像……就像普通人。

他瞥向沈——不，要叫他瑞連，他的名字真不好記。瑞連正肩抬著長矛行走。斯卡發現自己幾乎沒有把他看在眼裡，不禁感到羞恥。瑞連是橋四隊的一員，但如果他想的話，是否也會放下戰矛、拿起畫筆呢？

他們走過駐紮了達利納士兵的前哨站，其中也有制服顏色是紅色與淺藍相間的士兵，那些是盧沙的士兵。達利納安排不同部隊的士兵混合編列，以免不同藩國的士兵之間再次不和。就算破碎平原的戰事已經結束，這些人也不會因爲沒有目標而怠惰。

他們走過在附近平原分批抬橋操練的士兵。斯卡看見黑盔與黑服時微笑起來。軍中再次開始平原衝鋒的練習，現在橋樑的結構更好，損壞的部件也由藩王們共同分擔。

今天輪到黑帽隊。斯卡不知道這隊人馬還認不認得他。就算他擺個鬼臉給他們，大概也不會被認出來吧。那時，他只有一個合理的方法，才能搞到黑帽隊的裝備——從黑帽隊的補給官那裡偷上一副。斯卡以爲他們會因爲他的機智而嘉賞他。他如此希望加入黑帽隊，所以不顧一切動了手，不是嗎？答案的確不是。他的「獎賞」就是奴隸印記，還有被賣到薩迪雅司軍隊的命運。

他摸摸額頭上的刺青。其他人的印記都被颶光治好了——也用刺青蓋住了。但他的刻印似乎更深一些，讓他與眾不同。他是橋四隊戰力中唯一還有奴隸印記的人。

好吧，卡拉丁也是，他也因爲一些原因沒有復元。

部隊走過以魂師製成的石製指標支撐的舊四號橋，到了訓練的台地。卡拉丁召集軍官進行會議的同時，大石的小孩正在打理取水站，這位高大的食角人似乎樂得讓家人共事。

斯卡加入卡拉丁、席格吉、泰夫和大石的行列。就算他們聚得很近，還是可見一個本來留給摩亞許的位置。橋四隊少了人就是怪怪的，卡拉丁對此事的緘默更讓人如坐針氈。

「我擔心，」卡拉丁說。「和我們一起練習的人，沒有人學會汲取颶光。」

「長官，現在才過兩週。」席格吉說。

「是沒錯，但西兒說有幾個人『感覺對了』，她沒告訴我是誰，她說可能會搞錯。」卡拉丁揮手讓剛過來的斯卡加入。「我要求卡爾將軍再派一團有潛力的手下過來，我認爲人手越多，就更有機會找到新的戰力。」他頓了一下。「我沒有限制這些人的眸色——或許我該限制就是了。」

「沒什麼差啊，長官。」斯卡指向一人。「那是柯洛特上尉，他是個好人，幫我們探索塔城。」

「有淺眸人進橋四隊就是怪怪的。」

「還有你以外的淺眸人嗎？」斯卡說。「是雷納林，以及，這個嘛，贏得自己碎刃的成員。還有大石，我認爲他屬於食角人的淺眸階級，就算眼睛是深——」

「斯卡，好了。」卡拉丁說。「我們知道你的意思了。總之，我跟艾洛卡出發前也沒有多少時間了。

我想要把召募隊再逼緊一點，看看能不能讓他們說出誓言。大家有什麼想法嗎？」

「把他們趕到台地邊緣。」大石說。「會飛的，就進來。」

「有沒有認眞一點的意見？」卡拉丁問。

「我帶他們跑一次陣形好了。」泰夫說。

「這主意不錯。」卡拉丁說。「颶風的，眞希望知道以前的燦軍是怎麼增員的。他們是從召募開始，還是坐等新人吸引靈來締結？」

「但這不會讓他們成爲侍從，而是成爲正式的燦軍，對吧？」泰夫摸著下巴說。

「這是有價値的論點，」席格吉說。「我們不能證明成爲了侍從，就是成爲燦軍的必經之路。我們可能永遠只能負責支援你們——這樣的話，大家各自的能力並不重要，你們的決策才重要。或許這也是你們的靈作的決定。是你們選擇了侍從，讓他們在你們底下效力，才開始汲取颶光。」

「是啊。」斯卡面有難色地說。

大家都看了他一眼。

「你終於說了欠揍的話。」斯卡說。「讓我直接來給你臉上一拳，肚子上一下也好。即便我可能打不到你颶風的食角人大臉。」

「哈！」大石說。「斯卡，你打得到我的臉。我看過你跳，你跳很高。那樣跳，你和一般人一樣高。」

「泰夫，」卡拉丁說。「把有潛力的成員排成陣形練習，其他人留意天上，我擔心會有車隊再遭掠奪。」他搖搖頭。「這些襲擊還不是唯一要擔心的事。根據報告，原本在戰營的帕胥人都朝雅烈席卡行進了。那煉魔爲何繼續騷擾我們？他們的部隊就算造成我們的補給問題，也不會有任何好處。」

斯卡和席格吉互瞥一眼，席格吉只是聳聳肩。卡拉丁有時會用這種和他們一夥不同的方式說話。他訓練大家組陣用矛，使大家以軍人自居。只是他們也沒打過幾場仗，他們對戰略與戰術能有什麼了解？

他們解散以後，泰夫負責操練仍有潛能的召募者。卡拉丁研究橋四隊的飛行狀況。橋四隊練習從天空降落，以及在空中衝刺的方法，還有如何在擺出陣形的情況下前進後退，好能慢慢習慣在短時間內變換方向。斯卡看著空中飛曳的光線，很難不讓人分心。

斯卡跟著卡拉丁看著召募者排練陣勢。淺眸人就算與深眸人一起操練，也沒有怨言。卡拉丁與泰夫……他們都……都有類似淺眸人的高貴氣質。雖然還有很多、很多淺眸人負責一般工作——就算他們自願擔任工作，也比以往的深眸人得到更好的報酬。

卡拉丁看著操練的場景，瞥向天上的橋四隊隊員。「斯卡，我在想，」他說。「陣形對我們來說，重要到什麼程度？只是行進的方式嗎？我們可以發明空中的新陣形嗎？我們的敵人能從四面八方攻擊我們……」

一小時後，斯卡去喝水，落地喝水的其他人親切地笑鬧他一下。待在橋四隊要擔心的，是大家不想玩弄你。

其他人很快又起飛了，斯卡看著他們飛向天空，大口大口地喝了一杯大石今天供應的飲料。大石說這是茶，喝起來卻像是煮沸的穀物。斯卡這時覺得自己一無是處，這些人物、這些新兵會不會在散發颶光後就取代他在橋四隊的位置？他會不會被調到其他職位，任新人加入侍從隊伍來嘲笑他的身高？

颶風的，他一邊想，一邊丟開杯子。*我眞討厭這樣自我厭惡的自己。*他沒有在黑帽隊拒他於門外時萎靡，現在自然也不會。

他往口袋裡撈出寶石，決心再多做練習，此時琳恩也坐在一旁的石塊上，看著其他人排列陣形。她懶洋洋地坐著，看來也一臉挫敗。是啊，他理解這種感覺。

斯卡肩頂長矛，晃了過去。

另外四名斥候已經到取水站了；大石聽著其中一人講出的話，不禁捧腹大笑。

「不跟他們一塊嗎？」斯卡朝往前行進的新兵點頭，對琳恩示意。

「斯卡，我不懂陣形，我沒演練過——甚至連颶風的矛都沒拿過。我只負責傳遞訊息，並偵察破碎平原。」她嘆了口氣。「我沒有快快掌握訣竅。而我失敗之後，卡拉丁已經讓越來越多人成功了。」

「別想太多，」斯卡坐在她身旁的大石塊上。「妳沒被排擠。卡拉丁只是想盡可能多些新兵。」

琳恩搖搖頭說：「大家都知道時代不同了。到了這個時代，階級與眸色已經不再重要。這些以往被視為光榮的事物不再有以前的意義。」她看向天上的學徒。「斯卡，我想成為他們的一份子。超想要的。」

「同感。」

琳恩望向他，看出他眼中相同的心緒。「颶風的，斯卡。我連想都不敢想。我比你的狀況還要糟糕。」

斯卡聳聳肩，從口袋裡拿出姆指大的祖母綠。它發出了強光，就算在明亮的晝光下也如此耀眼。「妳聽過受颶風祝福的卡拉丁第一次汲取颶光時的事嗎？」

「他有和我們說。那天他從泰夫那裡知道汲取的方法，然後——」

「不是那天。」

「還是你說的是他傷癒的時候？」她說。「他那時剛受颶風重創。」

「也不是那天。」斯卡舉起寶石。他望著裡面，看見排著陣形奔跑的人，同時想像他們抬著大橋。「我那時人就在那裡，跟在第二排，跑橋兵的任務。很糟的一場。我們衝向台地，前方有一排帕山迪人，他們幾乎把第一排的人都撂倒了，只有卡拉丁還站著。

「第一排的一死，在右後方也就是第二排的我就暴露了出來。當年跑前幾排的都沒啥好下場，帕山迪人想要搞定我們抬的橋，就會瞄準我們射擊。瞄準我。我知道自己死定了，心知肚明。我看見箭射來，呼出最後的禱告，希望來世不要這麼悲慘。

「接著……琳恩，箭偏移了。箭矢颶風的都轉向卡拉丁。」他轉了轉祖母綠，搖搖頭。「人可以施展一些特殊捆術，可以讓物體在空中以彎曲的路徑飛行。卡拉丁用手施展颶光，把箭都導向他。我那時終於意識到這不是什麼普通的事。」他放下寶石，壓在琳恩手上。「那時的卡拉丁根本不知道自己做了什麼。妳覺得，我們是不是努力過頭了？」

「但這不合理啊？那其他人說要吸取颶光又是怎麼做的？」

「誰知道，」斯卡說。「大家的描述都不一樣，我想破頭也搞不懂。他們說要劇烈地吸一口氣，不過不是真的將空氣吸進去。」

「說得還眞清楚明白。」

「聽我說，」斯卡拿著寶石在琳恩手上輕敲。「卡拉丁沒事的時候，就可以輕鬆汲取颶光。但是他也說如果刻意專心要汲取，反而難了。」

「所以我該連吸口氣都不做，然後一不小心又在有意識的情況下『呼吸』？」

「妳不會直接想著要掛在颶風中就好嗎？他們就只提供這點意見，所以……」

琳恩看著寶石，湊了過去——這不是什麼舉足輕重的動作，卻彷彿可以傷人——她吸了一口氣。什麼事都沒發生。所以她再試了一次又一次，整整十分鐘。

「斯卡，我眞的不懂。」琳恩放下了寶石。「我一再想著，也許我不屬於這裡。你可能沒注意到，到現在還沒有女人成功過。我算是和你們一樣盡力了，沒有人問——」

「等等，」他拿著祖母綠到她眼前。「等等。妳想要成爲逐風師？」

「再想也不過了。」她低聲說。

「爲什麼？」

「我想翱翔天際。」

「這理由不夠充足。以卡拉丁來說，他可不是想要飛天或是能飛到哪去，他想做的事情是拯救我們拯救我。妳是爲了什麼才想成爲逐風師？」

「因爲我想幫忙，我不想在大敵當前的時候，只能愣在原地！」

「那麼琳恩，妳有機會。這個機會，有些人一生都不曾有過，是萬中唯一的機會。妳不掌握這機會，藉此證明妳的價值，那就只能放任自己失去這個機會了。」斯卡把寶石按在她手上。「如果妳放棄，便不能抱怨。只要妳盡力，就有機會。放棄呢？就是夢逝之時。」

琳恩對上他的雙眼，拳握寶石，用力吸了刻意的一口氣。

她開始發光。

她驚喜地叫了一聲，張手發現寶石已經黯淡無光。她面露讚嘆地看著他問：「你做了什麼?!」

「啥都沒做。」斯卡說。這就詭異了。然而他也不能吃醋。或許他的用處就是幫人成為燦軍。像是訓練員？促成者？

泰夫看見琳恩發光，帶著咒罵衝了過來——那是泰夫立意良好的咒罵。他用雙臂抱住她，把她拖到卡拉丁那裡。

斯卡滿足地吐了長長一口氣。好吧，把大石算進去的話，他已經幫兩個人上了手。他可以……他可以靠這樣的功績給自己一個定位，對吧？

他大步走向飲水站，又拿了一杯飲料。「大石，這是什麼怪東西？」他問。「你沒把洗碗水錯當成茶吧？」

「這是食角人的配方。」他說。「有引以為榮的傳統。」

「就像你的小跳步一樣？」

「就像正式的戰舞。」他說。「還有給不尊重人的橋兵敲個頭。」

斯卡轉頭，一手靠在桌上，望著斥候團隊湧向琳恩。他很高興能促成這樣的事——感覺有點怪，但這是好事，甚至令人有點興奮。

「我想我得熟悉與一身怪味的食角人為伍。」斯卡說。「我在考慮加入你的支援小組的事。」

「你以為我會讓你靠近我的鍋子嗎？」

「我可能學不了飛。」他低喃一聲。「我必須接受這一點。所以我得找別的方法幫忙。」

「哈。那你想過自己現在散發的颶光嗎?」

斯卡愣住了，注視舉杯到右臉前的手。颶光的絲絮纏繞著他的手掌。他大喊一聲扔下杯子，從口袋裡拿出兩枚黯淡的夾幣。他那一份寶石已經給琳恩練習了。

他看向大石，露出癡呆的笑容。

「我想，」大石說。「我可以讓你洗碗。雖然你摔了我的杯子，也一點都不尊重人……」

大石語塞地發現斯卡已走開，歡呼著奔向其他人。

47 失去許多

雖然，我們的確欽佩他的倡議。而如果你已經用哀求拉攏了我們之中的任一位，應該會找到不錯的聽眾。

「我是塔勒奈．艾林，戰爭神將。回歸的時刻，寂滅時代，就要來臨了。我們必須準備。你們已經遺忘了許多，在歷經過去時代的摧毀之後。

卡拉克會教你們灌澆青銅，如果你們已經忘記了。我們會直接用魂師替你們製造大塊的金屬。我眞希望我們能夠教會你們鑄造鋼，但是澆灌比冶煉要簡單得太多，而且你們必須有我們可以快速製造的東西。你們的石器沒有辦法抵擋將要來臨的未來。

弗德爾可以訓練你們的醫師，加斯倫會教導你們領導統御的技藝。在每次回歸中間，總是失去了太多。我會訓練你們的士兵。我們應該還有時間。艾沙總說有辦法能夠讓知識不會在寂滅時代來去之間消失。而且你們有了令人意外的發現，我們會利用這點。有封波師可以成爲守護者……騎士……

未來的日子會很艱難，但只要經過訓練，人類仍然能倖存。你必須帶我去見你們的領袖。其他神將應該很快就會加入我們。

我想……我想我來晚了……我不禁向神呼喊，我已經失敗了。不，我並沒有失敗，對吧？時間過了多久？我又在哪裡？我……我是塔勒奈．艾林，戰爭神將。這一次的回歸，寂滅時代已經迫近。」

加絲娜一邊顫抖，一邊讀完瘋子的字跡。她翻了頁，結果也是類似的內容，不斷重複。

這絕對不是巧合，這些文字太精確了。這位被遺棄的神將來到了科林納——又被視為瘋子放了出去。

她靠上椅子，象牙（Ivory）化身成人類的原形，走向桌邊。穿著緊繃正式服裝的他，握緊了手擺在腰後。這個靈無論是衣物或外觀都是黑的，不過身上長了些旋起的稜柱，彷彿被油掩蓋的純黑色大理石。他揉揉自己的下巴，讀起這段文字。

加絲娜拒絕住進兀瑞席魯外環附陽台的房間。那些房間一不小心就會成為殺手或間諜的入口。她的小房間在達利納轄區的中心，反而更加安全。她用衣物塞滿通風口，走廊吹進來的空氣已經充足。她也想確保閱讀文件時，不會隔牆有耳。

她房間的角落有三枝正在書寫的信蘆，這幾枝信蘆幾乎沒有停下來。她花了一大筆錢租下信蘆，租到她取得自己專屬的一枝為止。這幾枝分別配對到藩國最能信賴的絕佳情報中心塔西克。幾百哩外的那裡，有個書記正細心地把加絲娜寄放在那裡保管的筆記謄寫一份傳過來。

「加絲娜，這名發言人，」象牙拍了拍她剛才閱讀的文件。他的語速很快，講話也很有條理。「說了這些話的人。這個人真的是神將。我們所懷疑的事情不假。上述的神將的確存在，倒下的那一位也正是發瘋的那位。」

「我們得找到他。」加絲娜說。

「我們必須搜尋幽界，」象牙說。「人在實體界可以輕易躲藏，但是他們的靈魂在另一邊可能會發出強光。」

「除非，有人知道怎樣把他藏起來。」

象牙看向角落越堆越高的紀錄，其中一枝信蘆已經停筆。加絲娜起身換紙；紗藍救回了她的一箱筆記，另外兩箱跟著沉船到了海底。幸好，加絲娜早已寄出了備分。

不過這重要嗎？這些她用自己的系統破解翻譯的資料，包含了一道道連結帕胥人與引虛者的敘述。她曾經苦心研究這些訊息，將之從歷史中抽絲剝繭。現在這些資訊只是常識。就在一瞬間，她的專業便消失了。

「我們損失了太多時間。」她說。

「是的。加絲娜，我們必須取回我們所失去的。我們必須如此。」

「跟敵人有關的事嗎？」加絲娜問。

「還有他亢奮的怒火。」象牙搖搖頭，跪在換頁的加絲娜身旁。「加絲娜，他視我們爲無物。他會毀滅我的族類，和妳的族類。」

一枝信蘆停筆，另一枝則開始寫下加絲娜寫寫停停的回憶錄。她捨棄之前十幾個版本，讀起最新的一份，最後還是不喜歡。

「妳對紗藍有什麼看法？」她搖搖頭問象牙。「她的發展。」

象牙皺起眉頭，緊抿嘴唇。他過於尖刺的身體並不像人類，比較像是受到雕刻家忽視而未完成的粗糙雕像。

「她……令人苦惱。」他說。

「這一點沒怎麼變。」

「她不穩定。」

「象牙，你把人類全部當作不安定的存在。」

「妳就不會。」他抬起頭。「妳這個人像是靈，妳思考眞相，不會無故轉舵。妳就是妳。」

她面無表情地回望他。

「通常是，」他補充。「通常是。但是，加絲娜，妳就是如此。相較於其他人類，妳堅如磐石！」

加絲娜嘆了口氣，站起來擦過象牙身邊，坐上書寫桌，與神將的狂語紀錄對望。已經很累的她，只好坐得舒服些。

「加絲娜？」象牙問。「我……產生錯誤了？」

「象牙，我不像你想像得那麼堅韌。有些時候，我眞希望自己如你所說的那樣。」

「神將的字句讓妳煩惱，」他一邊說，一邊走向她，純黑色的手指指向紙張。「爲什麼？妳讀過許多令人煩擾的文字。」

加絲娜往後靠，聆聽三枝信蘆在紙上書寫的刮劃聲，這些信蘆所寫的，恐怕就是她覺得毫無關聯的事物。她內心深處感覺到什麼——暗室中的微光，還有她喊到沙啞的哭嗚。沒人記得她幼時的這段疾患，也不記得這種病給她留下什麼痕跡。

這場病給了她一堂課，那就是她所愛的人，仍然會傷害她。

「象牙，你有沒有想過自己失去神智是什麼感覺？」

象牙點點頭說：「我想過。爲什麼不呢？看看我們先祖的過往。」

「你說我用邏輯思考，」加絲娜低聲說。「這並非事實，我也用等量的熱誠來駕馭自己。然而當我平靜下來的時候，我的思緒是我唯一能倚靠的東西。」

但凡事都有例外。

加絲娜搖搖頭，再拿起紙來。「象牙，我擔心我失去神智，這足以讓我恐慌。成爲這些失去神智的神將，究竟是什麼感覺？是否會慢慢折磨你的心性，讓你的理智不能再被信任？他們被逼到極限了嗎？還是說他們仍保持著神智，可以分辨、解析記憶……即便脆弱也要看清什麼東西値得依靠，什麼是誤象……」

她渾身顫抖起來。

「先祖。」象牙點點頭再次說。他不常談及那個在重創期失落的靈。象牙與他的同伴當時不過還是靈中的幼童。他們在沒有年長的靈培養和引導的情況下存活了數世紀。墨靈一族直到現在，才剛開始復興他們因人類背棄誓言而失落的文化與族群。

「妳的侍從，」象牙說。「她的靈。謎族靈。」

「這是壞事？」

象牙點點頭。他習慣直截了當的動作，從不聳肩表示不明究理。他說：「謎族靈是一群麻煩。加絲娜，他們喜歡謊言，靠謊言爲食。在聚會時說句謊話，就會有七個謎族靈靠到妳身旁。他們的哼吟會占據妳的雙耳。」

「你們和他們戰鬥過嗎？」

「我們不與謎族靈作戰，也不會與榮譽靈作戰。謎族靈只有一座城市，也不願擴張，只想聆聽就好。」他敲敲桌子。「這一個有了締結，可能比較好。」

象牙是新一代的墨靈中唯一與燦軍締結的。他的同伴中有人寧可殺了加絲娜，也不要讓他成功。這個靈有股高貴的氣息，站得直挺挺的頗爲英武。他可以隨意改變大小，但沒辦法改變形狀、化爲碎刃，尤其是全身處於這個界域。他給自己象牙這個名字，來表達他的不服。他不是他同族說的那種靈，也不會受到同族宣稱的迫害。

像他這樣的高等靈與一般情緒靈的不同，就在於決定行動的方式。他們是活生生的矛盾。就像人類一樣。

「紗藍不會再聽我的話了，」加絲娜說。「就算跟她說點小事，她也會唱反調。過去幾個月的經歷已經改變了這孩子。」

「加絲娜，她從沒有服服貼貼的，那就是她的本質。」

「以前的她，至少會假裝關心我的教學。」

「妳也說了，會有更多人類對自己的定位產生疑問。妳不是曾經說過，人類太容易將自己以爲的眞相視為事實嗎？」

加絲娜敲敲桌子。「當然，你說得對。我為什麼要處處設限給她，而不讓她樂在突破極限？她有沒有聽我的話幾乎不影響她的學習。雖然我的確擔心她控制現況的能力，不想她任由衝動掌控自己。」

「如果真是如此，妳要如何改變？」

這是個絕佳的問題。加絲娜在小桌上翻找紙張。她從戰營裡還活著的情報探子手中探聽紗藍的消息。紗藍在加絲娜不在時，的確表現得不錯。或許這孩子比起慢慢修習自身，還不如接受更多挑戰。

「十個軍團再次重聚。」象牙在她身後說。多年來，這世上的燦軍與靈就只有他們。象牙本來不斷迴避燦軍軍團的問題，不回應其他智慧靈會不會重建其他軍團的事。

本來，他一直說榮譽靈和逐風師永遠不會回歸。他們打算統治幽界，對其他種族沒有興趣。

「十個軍團，」加絲娜說。「都以死亡收場。」

「有一個例外，」象牙認同加絲娜的說法。「他們因死而生。」

加絲娜轉身對上象牙的雙眼。象牙的雙眼沒有瞳孔，只有一團閃爍著光的黑油。

「象牙，我們必須把智臣講的事情告訴其他人。這個祕密最後一定會被所有人知道的。」

「加絲娜，不要。那就會是終結。另一場重創期。」

「真相沒有毀滅我。」

「妳不一樣。任何領悟都不能毀掉妳。但要是其他人知道……」

她沒有移開視線，手邊疊起紙來。「我們拭目以待吧。」她一邊說，一邊用書把紙堆夾了起來。

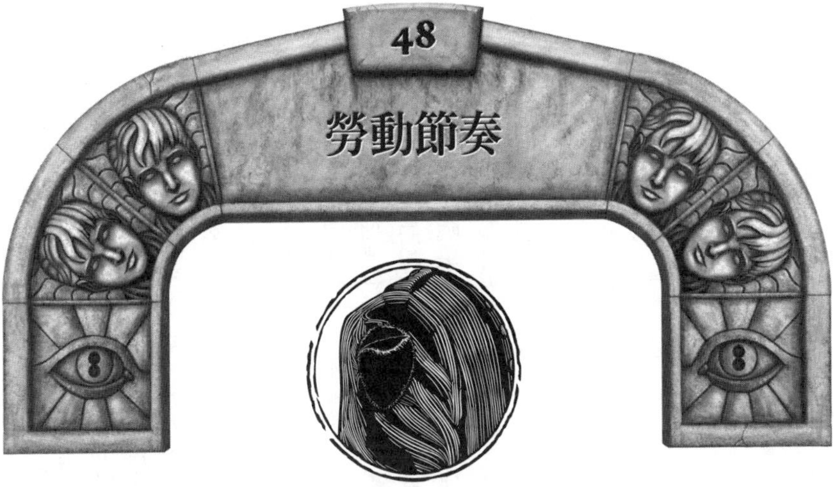

但我們站在汪洋中，在自己的領土上自得其樂。所以離我們遠點吧。

摩亞許肩上扛著綁好的繩索，在崎嶇不平的地面前進。原來引虛者連拖車都不夠。他們要帶上許多物資，卻沒有足夠的載具。

至少缺有輪子的。

帕胥人派摩亞許拖一台木橇——這台木橇原本是輛拖車，輪子壞了，改裝上一對鋼製的滑架。帕胥人把他安排在拖拉繩索的最前面。監督員認爲他最有工作的動力。

他怎會沒有動力呢？芻螺拖車的速度太慢，只有一般馬車一半的速度。他有耐穿的靴子，還有一副手套，比起橋兵時期抬橋的工作，現在已經是天堂了。

他眼前的風景也美好許多。雅烈席卡中部比破碎平原還要肥沃許多，地面冒出許多石苞與纏繞的樹根。木橇在遍地植物的路面上彈彈跳跳的，但至少幫他分擔了物資的重量。

他身邊有上百個人拉著堆疊的食材、剛砍下來的木材，或是用豬皮與鰻皮製作的皮革。有些人從雷沃拉出發的第一天就倒下了。引虛者因此將拉夫分成兩團，那些心有餘力不足的已經被派回城裡。裝作無力的人會被鞭打，還會從拖著有輪的車換到無輪的木橇。

這是嚴刑，但是公平。的確，摩亞許看著行軍的過程，很意外人類工人有好的待遇。引虛者雖然嚴苛又難溝通，但他們知道工作沉重的奴隸需要較好的食糧，晚上也要有很多時間休息。引虛者甚至沒把他們銬起來。畢竟，在飛天的煉魔監視下，逃跑也沒有意義。

摩亞許發覺自己很享受這幾週拉著木橇行進的路程。一路讓他筋疲力竭，安定思緒，並讓他感受到一種平靜的節奏。這種節奏比起他轉變成淺眸人時的感覺來得好很多，那時的他還止不住殺害國王的密謀。

有人指示要做什麼的感覺眞是好多了。

*破碎平原的事情不是我的錯，他邊拖木橇邊想。我是被逼的。不能怪我。*他用這樣的想法安慰自己。

不幸的是，他不得不面對這次行軍再明顯不過的目的地。他從小跟著他叔叔經營車隊，在這條路上走過數十次。他們跨過溪流，直往東南方走。走過艾沙之地再穿過墨井鎭。

引虛者的行軍目標是拿下科林納。車隊裡有數萬名裝備了長槍或斧的帕胥人。他們變形成摩亞許所知、被稱作戰爭形體的姿態：這種帕胥人的形體有殼甲與怪力。這一批帕胥人沒有戰鬥經驗——他可以從他們的夜間訓練看出，他們和那些被人從村裡抓出來充軍的淺眸人無異。

但是他們也在學習，化身爲煉魔。他們不是在天空竄行，就是在貨車旁大步邁進，表現出他們不可一世的強大，還有圍繞在他們身邊的黑暗能量。煉魔似乎有不同類型，但每種都很嚇人。

這次行軍處處指向都城。他該覺得困擾嗎？科林納這座城又爲他做了什麼？科林納任他的祖父母在牢房中孤寒等死。那是個在好人魂歸時酒池肉林、放蕩惡事的放縱國王艾洛卡所住的城市。

人類眞的有資格擁有這個王國嗎？

他小時候聽了許多跟著車隊旅行的執徒說的故事。他知道很久以前，人類贏得了什麼。阿哈利艾提安，這個人類最後一次面對引虛者的事件，已經是數千年以前的事了。

得勝以後呢？他們依照眼眸的顏色創造假造的神祇，好讓人想起燦軍軍團。人類數百年的作爲，只有打殺劫掠。

引虛者的回歸，顯然證明了人類無法治理世界。這也是爲什麼全能之主要降下這樣的災禍。的確，摩亞許在行軍的過程，越來越敬佩引虛者。他們的軍隊很有效率，部隊學習的速度也很快。車隊的後勤做得很好；監督員如果看見摩亞許的靴子有破損，晚上就會給他一雙新的。

不管是拖車或木橇，都會有兩名帕胥人監督，頂頭上司叫他們盡量少用鞭子。監督員是低調訓練出來的，摩亞許曾經意外看見帕胥人奴隸的監督員，從不可見的靈那裡取得方位。

引虛者很聰明，懂得掌握狀況，做事也不拖泥帶水。他們跟人類一樣有資格拿下科林納。是的……或許人類的時代已經過去。摩亞許已經讓卡拉丁與其他人失望——但是在這個受到貶抑的時代，已經沒幾個像卡拉丁這樣的人了。這不能怪他。他只是人類文化下的產物。

只不過他觀察到一個怪異的不良現象。引虛者雖然比他待過的人類軍隊要好太多……有部分卻沒有改變。

他們也有一群帕胥人奴隸。

這群帕胥人奴隸也拖著一台木橇，不會和人類一起行進。他們化身爲工人形體，不是戰爭形體——儘管他們看起來跟其他帕胥人一樣，也有同樣大理石斑紋般的皮膚。可是這群帕胥人爲什麼要拉木橇？

摩亞許剛開始踏著沉重的步伐，穿越雅烈席卡中部一望無際的平原時，看見帕胥人一齊拉橇的景象，激勵了他的心。他認爲這代表引虛者將大家一視同仁。他們可能只是人力不足，需要更多人來拖拉木橇。

若眞是這樣的話，那些帕胥人拉夫的待遇怎麼這麼差？監督員幾乎不掩飾他們對拉夫的厭惡，而且准在沒有限制的情況下鞭打他們。只要摩亞許往他們那邊看，不是有人被打就是被罵，或是受人凌虐。

見到這景象，摩亞許不禁覺得心痛。其他人幾乎合作無間，除了這群帕胥人奴隸，一切都如此完美。這些可憐的人究竟來自何方？

❖

監督員要大家休息，摩亞許便丟下繩索，從水壺裡灌了一大口水。這是他們行軍的第二十一天。他會知道，是因爲有其他奴隸在記錄。他認定這裡已經離墨井鎮不遠，再開拔幾天就會到達科林納。

摩亞許不理其他奴隸，坐在疊了切割木材的運貨木橇陰影下。在他們身後不遠處，有座村子已經陷入火海。由於傳言的關係，那裡的人已經跑光了。引虛者爲什麼要燒了村子而不是單純路過？或許這是用來傳遞訊息，畢竟煙霧的確很明顯。又或者，這是避免可能來犯的軍隊利用村莊夾擊。

他那些不知道名字，也不想知道名字的隊員，看著帕胥人奴隸的隊伍艱辛前進。這些帕胥人滿身鞭痕與血跡，監督員在他們前方大喊他們落後於隊伍。他們受了嚴苛的對待，因此特別疲累，當他們趕上時，其他隊伍都已喝水休息好了準備再出發。這讓他們精疲力竭、傷痕累累——結果他們更加落後，然後再被鞭打……

*橋四隊在卡拉丁接手以前，也受過這種磨難，*摩亞許心想。*那時大家都說我們的運氣不好，但那只是往壞的方向鑽牛角尖。*

這組人走了過去，背後還有幾隻疲憊靈，摩亞許頭上一個監督員叫隊伍拿起拖繩繼續前進。她是個年輕的帕胥人女子，一身深紅色的皮膚上只有淺淺如白色大理石的紋路。她穿著哈法長裙裝，雖然看起來不像行軍的衣裝，她也穿得恰到好處，甚至有遮住內手的袖子。

「那是怎麼了？」摩亞許拿起繩子時問。

「你要問什麼？」帕胥人女子轉頭看向他。颶風的，若非那個膚色和聲音中奇怪的歌韻，她跟以往在車隊中可以見到的貌美馬卡巴奇女子無異。

「帕胥人拉夫，」他說。「他們做了什麼，才要受罪？」

他本來並沒有預期得到答案。但是帕胥人女子沿著他的目光望去，搖搖頭說：「他們擁護僞神，把僞神的信仰帶到我們中間。」

「全能之主嗎？」

她笑道：「一個眞的存在的僞神，活生生的傢伙，就像我們活著的諸神一樣。」她抬頭看向飛過他們頭上的煉魔。

「很多人都認爲全能之主是眞的。」摩亞許說。

「如果是的話，你這個人爲什麼想拉木橇。」她彈指指向某處。

摩亞許拿起繩子，跟著兩人一排的隊伍拉撬。他們加入大大隊伍的行軍雙足、磨擦的木撬，以及喀啦喀啦的車輪間。帕山迪人想在預期就要來臨的下個颶風前抵達下個城鎭。他們在路上所經的村子中躲過了颶風，也躲過了永颶。

摩亞許適應了勞動的節奏，很快就流起汗來。他早已慢慢習慣鄰近極寒之地的東部沒有那麼溫暖。如今太陽曬在身上的溫熱反而變得奇怪，現在也要進入夏天了。

他的木撬隊很快就跟上帕胥人奴隸的隊伍。兩支隊伍一度平行前進，摩亞許想要讓自己這邊的人和帕胥人那組平行，好鼓勵那群可憐人。但有個帕胥人奴隸滑倒在地，整個隊伍就蹲著停了下來。

接著就是揮鞭者還有哭號，以及皮鞭甩在血肉上的迸裂聲。

夠了。

摩亞許丟下繩子，離開隊列。他的監督員驚愕地呼喚他，卻沒有跟上去。或許他們太吃驚了。

他大步走向帕胥人的木撬，這些奴隸正試著重整旗鼓。他們當中有幾個人已經滿臉是血，背上也已經受了傷。那個滑倒的大個子帕胥人蜷縮在地上，雙腳都流著血。難怪他連走路都有問題。

兩個監督員在鞭打他。摩亞許抓住其中一位的肩膀，把他推到後方。「住手！」他厲聲大喊，把另一人也推開。「你看不出來自己在做什麼嗎？你們變得跟我們人類一樣了！」

兩名監督員疑惑地看著他。

「你們不能虐待其他人，」摩亞許說。「絕對不能。」他轉身走到倒地的帕胥人身旁，伸手要幫他站起來，但是摩亞許從他眼角餘光中，看見一名監督員正舉臂揮鞭。

摩亞許衝向前，抓住往自己身上招呼的鞭子，從空中把鞭子奪走，捆在自己手上，猛力一拉，趁監督員身子站不穩時，一拳打上他的臉，讓他向後倒地。

他颶風的痛死了。他甩甩打到殼甲的手，瞪了另一名監督員，那名監督員丟下鞭子，往後一跳。

摩亞許點了一下頭，把倒地的奴隸抬起來。「坐上木橇。把腳治好。」他接替這名腳傷奴隸的位置，把繩索套在肩上。

這時，原本負責他的監督員才恢復神智追上來，接手摩亞許剛才動手的那兩位的工作。其中一位正在處理眼睛旁的割傷。他們細聲急促地對話，不時回以摩亞許凶惡的目光。

最後，監督員決定息事寧人。於是摩亞許跟著帕胥人拉木橇，再找人替代他原本的位置。他一度以爲會有更多人圍過來——他甚至看見有監督員帶了煉魔過來。但是他們沒有懲罰他。

接下來整段行軍路上，沒有任何人膽敢再對帕胥人揮鞭。

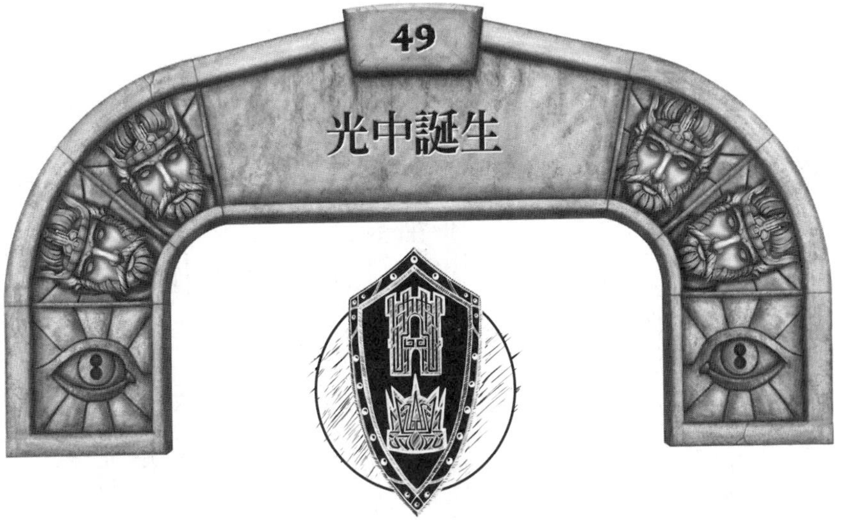

二十三年前

達利納捏了捏手指，揉碎乾燥的紅褐色火苔。火苔碎裂的聲音就像用刀切骨的聲音一樣讓人不舒服。

但他馬上感受到有如餘火的暖意，緊壓的手指間升起一道輕煙，竄進他的鼻腔，再繞上他的臉。

一切消失。不管是眾人聚之一堂的嘈雜聲，還是這些人身上的異味，都消失了。他彷彿在布滿陰雲的一天裡，突然找到陽光一樣，瞬間充滿歡愉。他長嘆一口氣，甚至沒注意到巴辛不小心用手肘撞到他。

藩王們在多數聚會場所有充足的空間，但在這個光線不佳的小屋裡，他們只有這張髒木桌，甭想像一般社交場合站著說話了。達利納在這裡喝了杯好酒，再用手指磨了一點舒心的東西，才終於放鬆。這裡的人不在乎他是否還像樣，或者喝了太多。

他用了更多力道磨擦火苔。戰爭的事就別管了。享受當下，就像璦葳說的一樣。

哈伐拿了飲料回來。這個瘦高的蓄鬍男子看了看擠滿人的凳子，將飲料放下，推開一個醉倒的傢伙，擠到巴辛身旁。哈伐是淺眸人，出身不錯，曾經有幸成爲達利納的精兵，不過現在有自己的領地與下屬。他對達利納敬禮的時候，沒有大聲到讓人聽見也可以。

不過巴辛這個人……這個嘛，巴辛是個異數。他是第一那恩階級的深眸人，粗壯的他遍遊各地，也鼓勵達利納出去見識見識。他還是戴著那頂呆呆的寬邊軟帽。

哈伐低哼一聲，把酒傳了過去。「巴辛，如果你不留到下週，大家要擠上桌就容易多了。」

「光爵，我只是在盡我的職責。」

「職責？」

「淺眸人總要有人在下面聽話，對吧？我要保障你有爲數夠多的人服侍你，至少夠多的是這個人的體重。」

達利納拿起他的杯子，沒有喝酒。現在他還享受著火苔的藥效。微光的石廳裡，尚有其他輕煙。加維拉痛恨這東西。然而，加維拉喜歡現在的生活。

此時，在微光廳室的中央，有兩名帕胥人推開桌子，將鑽石夾幣放置在地上。大家退了開來，爲光源留了一個圓環。兩個打赤膊的男子推擠到人群中。廳室裡的人本來還在聊下流的話題，現在突然開始興奮地大吼。

「開始下注了嗎？」哈伐問。

「好啊，」巴辛回答。「我賭那個矮的，三個石榴馬克。」

「我讓你賭這傢伙，」哈伐說。「但我不要錢。要是我賭贏，你的帽子就是我的了。」

「行！哈哈！你終於了解這種賽局的浪漫啦？」

「浪漫？颶風的，巴辛，我是要幫你一把，替你把那頂帽子燒得一乾二盡。」

達利納坐了下來，火苔的作用讓他還發著愣。

「燒了我的帽子？」巴辛說。「颶風的，哈伐，這眞傷人。你這麼嫉妒我浪漫的風格嗎？」

「那東西唯一浪漫的地方，就是會把女人嚇走。」

「這是異國情調。從西方來的。大家都知道時尚是從西方傳來的。」

「是啊，從利亞佛和葉席爾。你再跟我說一次那帽子是哪來的？」

「純湖。」

「啊，那座文化與時尚的壁壘！你之後要到巴伏採購了是吧？」

「酒館的女侍又看不出來，」巴辛抱怨。「總之先看比賽吧？我很期待收下你的馬克。」他拿了飲料，卻也緊張地按了按帽子。

達利納閉上雙眼。他覺得自己可以昏睡過去，不用擔心瑷葳或是那些有關戰事的夢……

競技圈上肉身相撞。摔角手試圖將對手撞出圈外的低吼，讓他想起戰鬥的情景。達利納睜開眼，把火苔扔了，向前靠了過去。

比較矮的摔角手逃出另一人的擒抱，他們環著彼此繞圈，彎腰讓手就位。兩人再次纏鬥，這次較矮的那位破壞了對手的平衡。矮的架式比較好，達利納心想，懂得壓低姿態。高個子太仰賴自己的力氣跟體型，但他的架式爛透了。

兩人糾纏在一起，退到競技圈的邊緣，高大的選手把兩人絆倒在地。達利納眼前的群眾舉手歡呼的時候，他也跟著站了起來。

對決與戰鬥。

這讓我差點殺了加維拉。

達利納坐回位子上。

矮個子贏了。哈伐嘆了口氣，仍然甩了幾顆發光的錢球給巴辛。「賭雙倍，還是略過？」

「算啦，」巴辛一邊說，一邊接下馬克。「這樣就夠了。」

「夠你拿來做什麼？」

「來籠絡幾個有影響力的小伙子試試看這種帽子。」巴辛說。「信不信，只要傳出去，街頭巷尾都會戴上它。」

「你傻了不成。」

「傻就傻，至少我很時髦。」

達利納伸手把地上的火苔撿起來，扔到桌上凝視，又灌了一口酒。下一場摔角比賽開始，摔角手相撞的畫面讓達利納表情扭曲起來。颶風的，為什麼他一直流連在這種場所？

「達利納，」哈伐說。「有沒有消息說我們何時去鑿城一趟啊？」

「鑿城？」巴辛問。「那裡怎麼了？」

「你傻了不成？」哈伐說。

「才沒有，」巴辛說。「我倒是有點醉啦。鑿城怎麼了？」

「據說他們想要擁立自己的藩王，」哈伐說。「是前任藩王的兒子，上一任叫什麼來著……」

「塔納蘭。」達利納說。「哈伐，我們不會到鑿城去。」

「但國王本人可不行——」

「我們這夥人也不會去，」達利納說。「你還要練兵。我……」達利納喝下更多的酒。「就要當父親了。我哥哥可以用外交手段搞定鑿城。」

哈伐往後靠，不甘心地把杯子放在桌上。「達利納，國王不能只靠外交來平定動亂啊。」

達利納握住手中的火苔，沒有搓揉。他對鑿城的興趣，究竟有多少是為了保衛加維拉的王國，又有多少是為了再次感受戰意？

沉淪地獄的，這些日子他根本活得不成人形。

摔角手把對手推出競技圈，弄翻了光線來源。場上宣布了輸家，一名帕胥人重新設置好競技圈。在帕胥人重設競技圈的同時，有個上僕來到達利納的桌邊。

「恕我打擾，光爵。」他低聲說。「有件事得讓您知道。表演競技必須取消。」

「什麼？」巴辛說。「出什麼問題嗎？馬亥不打了？」

「恕我打擾，」上僕重複。「他的對手腹部不適。我們只能取消比試。」

這消息很快就傳遍房間。大家報以噓聲、咒罵與高呼，還灑飲料抗議。一個禿頭的高個子裸著上身站在競技圈旁，他與舉辦比賽的淺眸人爭論起來，一邊指著競技圈，怒靈也從地面冒了出來。

對達利納來說，場裡的嘈雜就像是戰吼。他閉上眼深呼吸，感受比火苔還要令人亢奮的氣息。颶風的，他應該再喝多一點。他都要滑倒了。

或許他真的差不多要倒下去了。他扔掉火苔，站起身脫掉上衣。

「達利納！」哈伐說。「你在做什麼？」

「加維拉說，我必須更關注民之所苦。」達利納一邊說，一邊站上桌子。「看來現在房裡的大家都覺得苦不堪言啊。」

哈伐驚呼一聲，張大了嘴。

「把賭注押在我身上，」達利納說。「看在我們認識這麼久的份上。」他把桌子翻了，推往眾人。

「找個人跟那傢伙說，有挑戰者了！」

沉默像異味一樣從他身上擴散。達利納發覺自己站在競技圈的邊緣，鴉雀無聲的房裡開始出現淺眸人與深眸人的細語。摔角手馬亥退了一步，他瞪大自己深綠色的雙眼，怒靈也消失了。馬亥有強壯的身材，雙臂彷彿塞滿了肌肉。據說，他從沒輸過。

「怎樣？」達利納說。「你得打一場，我想暖暖身。」

「光爵，」馬亥說。「這是自由搏擊，允許打擊或壓制任何部位。」

「正好，」達利納說。「怎麼？你怕傷到你的藩王嗎？我會赦免你的所有行為。」

「傷到你？」馬亥說。「颶風的，我怕的可不是那個。」他大力一抖，一個大概是經紀人的賽勒那女子拍了拍他的手臂。她認為他太失禮了，摔角手只好鞠躬退下。

達利納繞到房間一角，面對眾人的臉孔，突然覺得很不舒服。他打破了這裡的一些規則。

大家散場了，帕胥人收回地面的錢球。看來達利納太輕看這裡有多重視階級。他們只能忍受他當觀眾，但是不能親自參與。

沉淪地獄的。怒靈在地面上跟著他，他輕輕發出低沉的吼叫聲，小心地坐回凳子上。他的手一甩，把他留在巴辛手上的襯衫搶回來。如果是他的精兵，不管是最低階的矛兵到最高階的上尉，都會和他對練或摔角。颶風的，有時他居然要跟廚子對打，眞是讓人笑翻了。

他穿上襯衫，還是非常生氣。他速速脫下襯衫的時候，把鈕釦扯開了。人走得越多，房間就越安靜，達利納就只是坐在那裡，爲了原本期待卻絕不會開展的打鬥繃緊身體。他感受不到戰意。他什麼都感受不到。

不久，房裡只剩下達利納和他的朋友，杯盤狼藉、酒水橫溢，現在這裡聞起來甚至比人多的時候還要糟糕。

「光爵，或許這樣是最好的情況了。」哈伐說。

「哈伐，我想再和士兵相處。」達利納說。「我想要再度行軍。行軍之後，就能睡上一頓好覺。我要戰鬥。我要對上那些不會因爲我的藩王身分而收手的人。」

「達利納，那我們就找一場戰鬥吧！」哈伐說。「國王一定會放行的。就算不是璽城，也可能是賀達熙還是某座小島。我們可以擴張他的領土，顯耀他的光榮！」

「那個摔角手，」達利納說。「他……話中有話。他認爲我一定會傷到他。」達利納的指頭敲打桌子。「他是因爲我太出名才害怕，還是有別的原因？」

巴辛和哈伐互看一眼。

「之前也發生過類似的事？」達利納問道。

「酒館的鬥毆，」哈伐說。「兩週以前的事吧？你還記得嗎？」

達利納回想被光扯裂的低語，是他生命中的一絲光彩。然後是情緒。他吐了一口氣，說道：「你說大家都沒事。」

「是還活著。」哈伐說。

「有個動手的可能再也走不了路，」巴辛坦承。「還有一個要截掉手臂。再來有一個現在只像嬰兒呀呀叫，他的腦袋已經沒救了。」

「這根本不叫還好。」達利納厲聲說。

「恕我直言，達利納，」哈伐說。「跟黑刺打起架來，這樣的下場還算好了。」

達利納咬牙把交叉的手臂放在桌上。火苔已經沒用了。對，火苔是給了他一時的快感，但只讓他更渴望戰意。就算他現在已在崩潰邊緣——他還是有衝動把這張桌子和房裡的一切砸壞。他早就作好打鬥的萬全準備，他已經向誘惑投降，結果他想要的愉悅又被取走。

他對自己的失控感到羞恥，可是不真打一場，他是不會滿足的。

達利納拿起酒杯，卻早就空了。颶父啊！他扔掉酒杯，帶著大叫的欲望站起來。

這時通往摔角手休息室的後門慢慢打開來，門後露出一張熟悉的蒼白臉孔。托渥穿著加維拉偏好的一套雅烈席服飾，那衣服穿在高瘦的他身上並不合身，但大家不會把緊張兮兮、無辜睜著大眼的托渥誤認成士兵。

「達利納？」托渥看著滿場橫溢的酒水與掛在牆上的錢球燈。「守衛說我來這裡可以找到你。嗯……剛才在開派對嗎？」

「唉呀，托渥，」哈伐靠到椅子上。「沒有你，要怎麼辦派對呢？」

托渥的眼神飄向地上厚厚一層火苔。「達利納，我一直沒辦法理解你對這種場合的想法。」

「光爵，他只是想親民一些，」巴辛一邊說，一邊收起火苔。「你也知道我們深眸人，總是在腐敗的角落打滾。我們需要有個模範來——」

達利納舉手要他住嘴。巴辛不需要爲他自貶尊嚴。「托渥，什麼事？」

「噢！」這名從里拉來的男子說。「他們本來要派信差，但我想親自告知你。我的妹妹，比預計早些生產了。助產士並不意外，說這很正——」

達利納驚呼一聲，彷彿肚子被打了一拳。提早。助產士。妹妹。

他衝向門口，托渥接下來說什麼，他都聽不到了。

❖

瓔葳看起來像上過戰場。

他好幾次在士兵臉上看到這副表情：冒汗的眉毛、略爲暈眩睏倦的表情。疲憊靈像噴泉一樣在空中湧現，這都是一個人做出超乎自身所能之事才有的印記。

她靜靜地露出滿足的微笑，露出有如勝利的表情。達利納推開一臉愛憐的外科醫生與助產士，站到瓔葳的床邊。她伸出虛軟的手。那是她的左手，這隻手現在只從手腕包了一層薄布。這種包法對雅烈席人來說帶有性暗示，不過瓔葳還是喜歡這樣。

「孩子呢？」他低聲接住瓔葳的手。

「是個男孩。很健康，很有力氣。」

「男孩。我……我有了兒子？」達利納跪在床邊。「孩子在哪裡？」

「大人，我們在幫他洗澡，」一位助產士說。「很快就會帶他回來。」

「你身上有瘀青。」瓔葳輕聲說。「達利納，你又打架了？」

「只是些微的爭執。」

「你每次都這樣講。」

達利納緊握著隔著布的手，狂喜的他顧不得被罵。他說：「妳和托渥來雅烈席卡是爲了找到能保護你們的人。瑷葳，妳找到的可是個戰士。」

瑷葳也緊握他的手。一名護士手中抱著襁褓過來，達利納抬頭吃了一驚，差點站不起來。

「好，」女子說。「很多男人第一次都很緊張——」

達利納很快就掌握氣力，將嬰兒從女子手上搶走。他雙手高舉嬰兒，發出歡呼聲，勝靈像是金色球體一樣湧了出來。

「這是我的兒子！」他說。

「大人，」護士說。「請小心！」

「他是科林家的人，」達利納搖了搖孩子。「可結實的呢。」他低頭看著小臉還紅通通的男孩，看著他上下揮舞著小小的拳頭。這孩子的頭髮十分濃密，混雜著黑色與金色。這髮色好。很好認。

小傢伙，願你有如父親的力量，達利納用手指揉了揉孩子的臉，還有至少擁有母親的一種感性。

達利納滿溢著欣喜，終於理解到一件事。這就是加維拉思量未來的原因，思考雅烈席卡的未來，思考如何打造一個可以留存的王國。達利納的一生只有染血的過往，靈魂飽受鞭笞，他的心靈早已積滿克姆泥，甚至已經結成石塊。

但是這個男孩……他可以統治藩國，支持他堂兄的王位，過著有尊嚴的生活。

「光爵，您要給孩子取什麼名字？」純潔信壇的年老執徒伊紹問他。「如果您願意的話，我會爲您焚燒適合的符文。」

「名字……」達利納說。「雅多大（Adoda）。」這是光明的意思。他瞥向瑷葳，她也點點頭表示同意。

「大人要不要加綴尾呢？雅多丹（Adodan）？雅多達（Adodal）？」

「林，」達利納低語，這是在某物之中誕生的意思。「雅多林（Adolin）。」這是個好名字，符合傳統，也富有涵義。

達利納不情願地將孩子交回給護士，再讓護士抱到孩子的母親那裡，解釋說要盡快讓嬰兒學會吸奶。房間裡大部分人都離開給他們隱私，在這之後，達利納才注意到後方站著某人獨特的身影。他之前怎麼沒注意到加維拉？

加維拉抱住他，拍拍他的背，離開了房間。達利納恍惚得沒注意到自己已經出了門。他必須慶祝一下，請軍中每個人一杯，並且放個假，不然就在城裡歡呼遊行。他成了父親了！

「這日子再好也不過，」加維拉說。「最最美好的一天。」

「你之前怎麼忍住的？」達利納說。「忍住為父的亢奮。」

加維拉露齒而笑。「我把這些情緒當作我王業的獎賞。」

達利納點點頭，望著他的哥哥。「怎麼了？」達利納說。「你不太對勁。」

「沒事。」

「哥哥，不要對我說謊。」

「我不想糟蹋你的好日子。」

「加維拉，我的胡思亂想比你的任何話更會糟蹋我的心情。儘管說吧。」

國王沉思一會兒，接著往達利納的休息室點頭示意。他們穿過顏色鮮豔、帶有華紋跟絨毛軟墊之類家具的主大廳。這一部分要怪在璦葳身上，雖然最近來說……那只是生活的一部分。他的生活就像絨毛一樣雜亂。

他的休息室比較符合他的風格，裡面就幾張椅子、一個火爐和一張樸素的地毯，還有一櫃奇異的烈酒分裝在不同酒瓶中。這些酒要是喝了，反而會破壞其展示性。

「是你女兒的事吧？」達利納猜想。「她的顛狂症。」

「加絲娜沒事，她正在復元。我要講的不是那個。」加維拉皺起眉頭，表情非常為難。他在激辯之後才能稱王，因為連創日者都沒有戴上王冠，傑瑟瑞瑟．艾林也拒絕稱王。但是大家喜歡有個特別的形象，加上羅沙西方的國王的確會戴上王冠，於是加維拉戴上黑色的鐵冠環。隨著他日漸頭髮斑白，大家更能看見這頂冠環。

僕人為他們的火爐生火，火並不旺，只有一隻火靈爬著星火。

「我快撐不住了。」加維拉說。

「撐不住什麼？」

「拉薩拉思。壑城。」

「我以為——」

「宣傳戰。」加維拉說。「他們想要把科林納的批評聲浪壓下去。塔納蘭在培植軍力並進城固守。更糟的是，我認為其他藩王的態度讓他這樣做。他們想看我怎麼處理這件事。」他苦笑一聲。「有人說我過了這麼多年，終於也手軟了。」

「他們錯了。」達利納這幾個月和加維拉共處，親眼見證他哥哥的狀況。加維拉並沒有軟化。他仍然渴望征討，只是用別的方法征服新的地域。他用言語交擊，操控藩國到不得不服從的境地。

火星像是心跳一樣脈動。加維拉此時問：「達利納，你想過這個王國真正偉大的那些日子嗎？當時大家遇到雅烈席人，諸王會向他們求問，那時他們還是……燦軍。」

「是叛軍。」達利納說。

「一個時代的行為會影響後世主宰的地位嗎？我們取回了創日者最後統治的疆土，可是在歷史上不過只是一瞬間的事——結果是我們漠視了燦軍數百年的領導。他們為人類阻止了多少次寂滅時代？」

「嗯……」達利納記得執徒在禱詞中提過，是吧？於是他猜了個數字：「十次？」

「那個數字沒有意義，」加維拉揮揮手指。「歷史會記載十次，是因為這數字聽起來很重要。不管怎樣，我的外交手段已經失敗了。」他轉向達利納。「兄弟，是時候展現我們仍是個強硬的王國了。」

噢，不。幾個小時前的他要是聽到這消息，大概會亢奮地跳起來。然而看到自己的孩子……

你只會焦慮個幾天。達利納心想。一個人不能在瞬間轉舵。

「加維拉，」他低聲說。「我很擔心。」

「達利納，你還是那位黑刺啊。」

「我擔心的不是自己能不能打勝仗。」達利納站起來，把椅子往後一推，發現自己開始踱步。「加維拉，我是隻禽獸。你聽說酒吧的鬥毆事件嗎？颸風的，大家沒辦法信任我。」

「全能之主將你造就成這樣。」

「我的意思是，我會危害別人。當然，我可以鎮壓小小的叛亂，讓引誓得以浴血。這棒透了。可是接下來呢？我就再把自己鎖進這裡的牢籠嗎？」

「我……可能有辦法幫你。」

「得了吧。我試過平靜生活，我不像你，不能在無止境的政治中打轉。我需要的不止是唇槍舌劍。」

「你幾乎沒有壓抑自己——你想要擺脫血氣方剛的自己，但是沒有別的東西取代。照我的指令去吧，回來我們再討論。」

正在踱步的達利納站到他哥哥身旁，刻意踩進他哥哥的陰影。他這時想：記住。記住你服侍他。他絕對不能重回當年差點下殺手的境地。

「我什麼時候向壑城進軍？」達利納問。

「你不必過去那裡。」

「你不是說——」

「我要派你上戰場，但不是壑城。我們的王國有外敵侵犯。賀達熙有個新的王國有威脅；一個雷熙家族在那邊掌權。賈．克維德在雅烈席卡西南部進行劫掠，他們的政府宣稱是盜匪，然而部隊太有組織。那是在試探我們的反應。」

達利納緩緩點頭。「你要派我到邊疆作戰。警告其他人，我們還有武力。」

「正是。兄弟，現在是我們的危機。諸位藩王有了疑問，爲了統合雅烈席卡而惹這麼多麻煩到底值不值得？他們又爲什麼要向國王俯首稱臣？塔納蘭操作了這些議題，同時很小心不要成了出走的叛徒。如果你向他進攻，其他藩王可能會支持叛軍。這樣王國就會四分五裂，我們又要重頭開始。

「我不會讓這種事情發生。我手上的雅烈席卡必須統一。就算我要用力打壓那些藩王，他們也要被迫在這個高壓下融合。你先去賀達熙，再料理賈・克維德，提醒大家是因爲什麼理由才懼怕黑刺。」

加維拉對上達利納的視線。是啊……他才沒有軟化。他現在是以國王的腦袋來思考，從長計議。加維拉・科林的決心一向不變。

「我會處理好他們。」達利納說。颶風的，他今天的情緒簡直是起伏的風暴。達利納悄悄走向門口，他想要再見見兒子。

「達利納？」加維拉說。

達利納轉頭看向加維拉，國王的身影正沐浴在血紅的火光中。

「話語非常重要，」加維拉說。「比你認定的價值還要珍貴。」

「或許吧，」達利納說。「如果這些話語這麼有力，你就用不著我的劍才是？」

「或許吧。若我選擇了正確的話語，或許言語就會有那個能耐。」

我們也認爲你不應該回到歐布羅玳。我們已經奪取了那個世界，我們同類的一個新化身已經開始在那裡顯現。她仍可稱爲年輕，而——作爲一種預防——她已經被注入了一股對於你強烈、壓倒性的厭惡。

達利納飛了起來。對他來說飛行就像在汪洋上乘風破浪。海上有風向、氣旋這些不穩定的因素。人沒辦法掌控浪潮，他們只能聽天由命，祈禱大海不要吞噬他們。

達利納跟在卡拉丁旁邊飛行，心生感觸。一方面來說，破碎平原的風景眞的很美，他覺得他幾乎可以看出紗藍提出的對稱圖形。

另一方面，這樣旅行非常不自然。強風衝擊他們，要是把手移到別的地方，或是把背弓成不對的形狀，就會被吹飛到同伴身旁。卡拉丁必須不時前後飛竄，把偏離航道的人拉回正軌。要是往下方看，同時用那麼一瞬間思考自己在多高的地方……

好吧，達利納不是這麼敏感的人，他還是很高興現在自己正握著娜凡妮的手。

艾洛卡飛在另一側，後方是卡達西跟一名在娜凡妮底下研究的年輕執徒，以及卡拉丁和十名侍從護衛這五組人。逐風師已經持續訓練三週，卡拉丁終於在練習帶兵往返戰營與兀瑞席魯之後，同時帶達利納與國王飛這一趟。

就像坐船一樣。達利納心想。如果是颶風時期在這上面飛行，又是什麼感覺？他們打算在風暴前端飛行——正如卡拉丁的計畫——帶艾洛卡的小隊到科林納，這樣他才能不斷地充進颶光。

你在顧慮我，颶父傳來訊息。我感受得到。

「我在想你怎樣對待船隻。」達利納低聲說，其實他的聲音在風中根本聽不見——他的意念卻輕易地承載到颶父那裡。

人類不該在颶風時下水。颶父回應。人類不能駕馭風浪。

「那天空呢？人類可以駕馭天空嗎？」

有些可以，颶父不情願地說。

達利納只能想像水手在風暴中遇見的可怕景象。他只在沿海坐過一小趟船。

不，等等。他心想。當然還有一次。到谷地的那一次……

他幾乎記不得那次航行，但他也不能全部怪在守夜者身上。

卡拉丁來回穿梭，他似乎是唯一完全掌控飛行技巧的人。他的部下飛起來反而像是落石，無法像天鰻一樣快活。他們不像上尉一樣掌控這樣的技巧。雖然他們彼此可以幫忙調整，但能用捆術拉起達利納等人的，就只有卡拉丁一人。他說他想要練習，以備未來前往科林納之行。

卡拉丁碰了艾洛卡一下，這位國王的飛行速度便慢了下來。卡拉丁潛到低處，一個個放慢大家的速度，再把大家拉到可以交談的距離。他的部下停下來在一旁飄浮。

「出事了嗎？」達利納試著忽視自己正懸在幾百呎高的事實，開口問。

「一切都好。」卡拉丁一邊說，一邊指向遠方。

強風吹得達利納難以睜眼，幾乎看不清戰營：那十個有如巨箱圍成的圓圈，就在破碎平原西北邊境。

從達利納等人的位置望去，那裡本來都是圓頂，牆像是交握的手指一樣從地面往上築成。

其中兩座戰營還有人居住，瑟巴瑞爾也派兵據有鄰近的林地。達利納的戰營沒有人滿為患，只有幾個部隊跟一些工人。

「這麼快就到了！」娜凡妮被風吹了一頭亂髮，辮子幾乎不成形。艾洛卡也維持不了形象，他的頭髮像是賽勒那人的眉毛一樣掛在臉前。至於那兩位光頭的執徒就不必擔心了。

「的確很快，」艾洛卡一邊說，一邊重新扣上軍服的鈕釦。「讓我們的任務有望成功。」

「是啊，」卡拉丁說。「我還是想要在颶風前方多測試幾次。」他碰了碰國王的肩膀，艾洛卡便往下飄去。

卡拉丁一一讓人下降，達利納在雙腳終於落地後，像是解脫一樣鬆了口氣。戰營就在一個台地的距離之外，瞭望台的士兵誇張且急切地揮手。沒過幾分鐘，科林家一支部隊就圍在他們身邊。

「光爵，讓我們護送您進戰營，」帶頭的隊長手放在劍柄上，對達利納說。「殼頭還在附近活動。」

「他們在這麼近的距離發動攻擊？」艾洛卡有些意外。

「沒有，陛下，但是不代表他們不會這麼做。」

達利納不太擔心，不過沒有說出口，就讓士兵領著他和他安排管理戰營的嘉莎萊光主會合，讓這位高䠷的莊重女子陪同他們。

達利納已經在兀瑞席魯那處異地待了很久，現在回到這個曾經居住五年的戰營，讓他放鬆許多，一部分是源自他發現戰營幾乎沒有受損就撐過了永颶。戰營的建築多數是石造的掩體，以往圓頂的西緣也成了堅固的擋風牆。

「我擔心的，」他和嘉莎萊走了一會兒才開口。「是後勤的問題。從這裡到納拉克與誓門有段距離，把士兵分別部署在納拉克、戰營和兀瑞席魯，讓我擔憂增加受襲時的損害。」

「的確，光爵。」女子說。「我的提議僅供您參考。」

不巧的是，他們可能要在這一帶耕作，更別說伐木了。用寶心運作的台地無法永遠支持塔城人口的需要，尤其是紗藍的用量讓他們幾乎把裂谷魔殺到幾近滅絕。

達利納看向娜凡妮。她認爲大家應該在破碎平原一帶建立新的王國，引進農民、退役老兵等等，進行比以前還要大規模的生產。

其他人不同意這點。無主丘陵鮮有人居不是沒有原因的。那邊的生活十分刻苦——石苞長得不到標準大小，收穫可能會銳減。而且，在寂滅時代成立新的王國？還是先保住現有的國家吧。雅烈席卡可能有辦法支持兀瑞席魯的糧食——前提是卡拉丁和艾洛卡等人得先奪回都城。

巡視結束後，達利納一行人在碉堡的客廳用餐，這裡的家具跟地毯都搬到兀瑞席魯去了，所以房裡有點空虛。

用完餐以後，達利納站在窗邊，詭異地覺得待在這裡並不舒服。十週前他才離開戰營，然而這裡已經不是他所熟悉，也不再屬他所有的那個場域了。

在她身後的娜凡妮和一位書記一邊吃著水果，一邊小聲討論娜凡妮繪製的草圖。

「噢，可是光主，我想其他人也要體驗一下。」這位書記說。「這趟飛行太值得關注。妳覺得我剛才飛得多快？我認爲我們已經達到重創期以來人類無法企及的速度。娜凡妮，妳想想！我們比騎馬或坐船還要快！」

「露舒，不要分心。」娜凡妮說。「繼續看我的草圖。」

「光主，我不認爲數字是對的。不行，這張帆絕對張不起來。」

「草圖不必非常精準。」娜凡妮說。「這只是個概念。我的問題是，它行不行得通。」

「我們需要更多支架。是的，肯定要更多支架。還有操帆機制……絕對要下工夫。不過光主，這的確是個精明的點子，要給法理拉看看，他有辦法判斷可不可行。」

達利納望向窗外的視線移回室內，對上娜凡妮的雙眼，她報以微笑。娜凡妮一向宣稱她不是學者，而是他們的贊助人。她說她的定位在鼓勵並引導眞材實料的科學家。她時常眼睛閃閃發亮地拿出自己構想的紙張或草圖，然後才知道自己的構想平庸無奇。

她著手畫起另一張草圖，又停筆瞥向她在一旁設置的信蘆。信蘆上的紅寶石正發著閃光。

是芬恩！達利納心想。賽勒那女王曾經要求在今天上午的颶風時刻，要達利納把她送進最後寂滅的幻象。他不情願地在沒有監看的情況下，讓她自己去體驗。

大家等著這位女王接著有所行事，或者傳來任何訊息。然而過了整個上午，現在才傳來交談的請求。

娜凡妮準備好信蘆，調整爲書寫模式。信蘆只草草寫了一下。

「這句話眞短。」達利納走向她。

「信蘆只寫了一個字。」娜凡妮說完，抬頭看向他。「好。」

達利納吐出長長一口氣。女王願意造訪兀瑞席魯。終於啊！達利納心想。

「告訴她，我們會派一名燦軍過去。」他離開窗邊，看著娜凡妮回應。達利納瞄到看起來像船的怪異機器，卻改在底部設置船帆。這個世界用得到這種東西嗎？

芬恩似乎很滿意地結束對話，娜凡妮便回去討論器械的工程。於是達利納溜出房間。他離開自己那空虛的碉堡——如今像是破漏出果肉的硬殼果實。現在他身邊沒有僕人來來去去的，也沒有士兵。卡拉丁和他的部下不知道去哪了，卡達西可能在戰營的修道院，他很想回去那裡看看，達利納於是讓願意和卡拉丁飛來這裡的執徒如願以償。

他們在練習廳那次之後一直沒有說話。好吧，既然卡達西親眼見識了逐風師的威能，或許對燦軍會比較有好感。

達利納意外發現後門沒有守衛，爲此竊喜。他獨自出門，往戰營的修道院而去。他不是要去找卡達西，他有別的目的。

他很快就到了修道院，這棟建築和戰營其他平順圓滑的建築長得差不多，是雅烈席卡的魂師憑空生成的。這裡還有一些以石磚建成的人工建築，與其說修道院是敬拜之地，不如說是間兵營。達利納要大家持續意識到自己仍然身處戰事之中。

達利納沒有找人引路，在自己的營區大步前進，沒看到可以識別的建築結構。他在一處中庭停了下來，這時已經聞得到颶風帶來的水氣。右方有板岩芝雕成、狀如疊疊方盤的雕塑，現在他只聽到屋簷滴水的聲音。

颶風的，他理應知道修道院的位置，不是嗎？他被卡達西說中了：你在戰營這些年，來過修道院幾次？他本是有意常來，和他選擇的天職相關的執徒談話，但總是有更急迫的事情要辦，而且執徒們也施壓說不需要去。這些執徒會爲他祈禱，並且焚燒符文，爲領主服務。

就算是戰事最不利的時候，這些執徒也保證他只要照著天職領軍，就能服侍全能之主。

達利納停在一間分成許多祈禱小室的建築前。他沿著走廊走過颶風門，到了還有微弱焚香氣味的中庭。執徒給他的多年訓練居然正好滿足他的欲望，實在很難想像這些執徒現在會和他怒目相對。如今他已經打破平衡，搖撼了彼此的關係。

他穿過幾座還有潮溼灰燼的香爐。大家對這個社會結構很滿意。淺眸人不會帶著罪惡感或包袱過日子，深信自己照著神的積極意志生活；深眸人則可以自行選擇參與成批的職能訓練；執徒追求學術的精進，這是他們用生命服侍的最好方式。漫無目的地活下去可以說是行屍走肉——但是舉足輕重的淺眸家庭若有了沒有生活目標的小孩，那又該怎麼辦呢？

他聽到聲音，於是離開中庭，看向一扇深色的門。房內的光線向外流淌，達利納毫不意外地在裡面找到卡達西。這位執徒正在把牆上的圖表跟書籍拿到地上打包，一旁的書桌上有枝寫著字的信蘆。

達利納踏入房間，讓帶疤的執徒嚇了一跳，不過看到是達利納以後，他便鬆了口氣。

「達利納，我們要再辯論一次嗎？」他一邊說，一邊回頭打包。

「不需要，」達利納說。「我並不是專門來找你的。我要你找修道院裡的某人，也就是那名自稱神將的瘋子。」

卡達西搖搖頭說：「啊，是的，那個本來有把碎刃的那位？」

「修道院照顧的病患幾乎都安全地送到兀瑞席魯，只有他不知怎麼消失了。我正想看看他的房間有沒有線索，讓我知道他到底怎麼了。」

卡達西看著達利納，衡量他是否誠心以待。接著他嘆了口氣，站起身來。「這不是我的天職，」他說。「可是我有住院紀錄，應該可以告訴你，他本來住在哪間房間。」

「謝謝你。」

卡達西翻了翻圖表。「沙須棟，」他終於開口，隨便往窗外一指。「就是那一棟。三十七號房。茵莎負責看護設施，她有治療瘋子的紀錄。如果她跟我一樣匆匆離開戰營，應該也會把大部分的文書資料留在這裡。」他比向保險箱和他的行李。

「謝謝你。」達利納說完，準備離開。

「你……認爲這瘋子眞的是神將，對吧？」

「我覺得有可能。」

「達利納，他的口音是雅烈席卡偏遠地區的腔調。」

「還有他看起來像馬卡巴奇人。」達利納回應。「這一點就怪了，不是嗎？」

「移民也不是什麼奇事。」

「拿著碎刃的移民也是嗎？」

卡達西聳聳肩。

「要是我眞的找到一位神將，」達利納說。「然後又能證明他的身分，你也接受這些證據，那你會相信他說的話和我曾講的一樣嗎？」

卡達西嘆了口氣。

「卡達西，你一定想知道全能之主的生死，」達利納轉身回到房裡。「你一定想知道。」

「你知道這代表什麼意思嗎？這代表你的治理會完全沒有靈性上的根據。」

「我知道。」

「那你在雅烈席卡征戰時的種種行為呢？」卡達西說。「達利納，這就不是神授的旨意了。大家會認同你的殘酷行為，是因為你深受全能之主的喜愛，所以祂賜予你勝利。沒有全能之主的話……你又是什麼？」

「卡達西，告訴我。你有什麼當眞不想知道的事？」

卡達西看向停筆的信蘆。他搖搖頭說。「達利納，我不知道。只是，不知道一些事情，想必好過得多。」

「所以問題就出在這裡嗎？像我這樣的人會不想面對什麼嗎？我們這樣的人需要無視這些東西嗎？」

「只要做你自己就好。」

「這就是自我滿足。」達利納說。「卡達西，你本來是個劍士，沒有對手的話，你能更上一層樓嗎？沒有重擔的你會變得更強壯嗎？弗林教教義已經用了數百年的時間去避免樹敵與承擔了。」

卡達西再次看向信蘆。

「那在寫什麼？」達利納問。

「之前我沒有帶多少信蘆，」卡達西解釋。「就和你行軍至破碎平原的中心。我只帶了一枝可以轉送訊息到科林納的信蘆。我以為這樣就夠了，結果信蘆已經沒有作用，我只好利用像塔西克之類的中介。」

卡達西抬起箱子，放在桌上打開。箱子裡面還有五枝信蘆，閃爍的紅寶石顯示有人想要和卡達西連絡。

「這些是賈．克維德、賀達熙、卡布嵐司、賽勒那，以及新那坦南的弗林教領袖。」卡達西一一列出清單。「今天我們要藉由信蘆開會，討論寂滅時代與永颶的問題。或許還要討論你的部分。我之前跟他們說今天會拿回信蘆。看起來，這場會議很希望質問我許多問題。」

他閉口不言，沉默地望向這五枝發亮的信蘆。

「寫字的那枝是？」達利納問。

「那枝是連絡帕拉尼奧的弗林教研究高層。他們研究晨頌與娜凡妮光主從你的幻象中取得的資料。現在傳給我的，是從翻譯中的內容找出的相關訊息。」

「是相關的根據，」達利納說。「你想證明我的幻象有確實的根據。」他大步向前，摟住卡達西的肩膀。「你想先從那枝信蘆取得內容，再回應弗林教的高層？」

「我手中要握有證據。」

「所以你接受幻象是真的！」

「我從很久以前就認為你沒有瘋掉。我最近的問題是，你到底被什麼給影響了才看到幻象？」

「引虛者為什麼要給我這種幻象呢？」達利納說。「他們怎麼可能給我們強大的力量呢？像是帶我們飛來這裡的那一位一樣？卡達西，這不合理。」

「你談到全能之主的部分也不合理。」卡達西伸手擋開達利納。「我不要再為這件事吵一遍。你曾經問過我，我們為什麼要跟隨全能之主的統治，對吧？」

「無論我問什麼，都是為了真相。」

「我們早就知道真相。我會告訴你。」

「但願如此，」達利納走向門口。「可是，卡達西，我得到的教訓是，真相可能很單純，卻非常難以接受。」

達利納走到了隔壁棟，慢慢數起經過的房間。颶風的，這裡簡直像監獄。大多數的門都還開著，讓人可以看見裡面整齊劃一的小室：一孔小窗、一張床，還有一扇厚厚的木門。執徒在這世界各個領域都是頂尖的研究者，他們知道病人最需要的什麼。可是，真的有必要這樣把瘋子關在裡面嗎？

第三十七號房的房門仍然深鎖。達利納敲了敲門，再用肩膀撞上去。颶風的，這扇門還真厚。他想都沒想，便舉手準備召喚碎刃。

什麼事都沒發生。

你在做什麼？颶父厲聲問。

「抱歉，」達利納一邊說，一邊甩甩手。「老毛病。」

他蹲了下來，想要從門縫窺向室內。他想到這些人可能被丟在這裡挨餓，不禁驚嘆一聲。他們不會這樣做，對吧？

「我可以利用我的力量嗎？」達利納起身。

締結物品？颶父說。你這樣能開門嗎？你是盟鑄師，你可以將事物集合，卻不能分裂他們。

「那我另一項封波術呢？」達利納說。「幻象中的盟鑄師可以破裂石塊。」

你還沒準備好。此外，這項封波術在盟鑄師身上與石衛師的作用不同。

不過，達利納倒是從門縫窺視到光線。或許他可以利用外面的窗戶。

他正要離開這棟建築，又發現了像卡達西房間那樣沒差多少的執徒辦公室。他探頭進去，找不到任何鑰匙，桌上還是有筆與墨。執徒們匆匆離開，所以牆上的保險箱應該有紀錄——但達利納當然打不開。颶風的，他真懷念還有碎刃的時光。

他繞著房子檢查窗戶，才發覺自己試著闖進去是件多蠢的事。這裡早就有人俐落地用碎刃把外面的石牆切開。

達利納走進去，慢慢沿著切痕往內的牆面走著。碎刃師想來是從外面往裡面切割牆面。他找不到瘋子。看來執徒看見了破洞，因此帶瘋子去避難了。這個怪洞顯然沒有上報執徒的高層。

他找不到神將去處的線索，但至少知道有碎刃師牽涉其中。有位強者想要進來這間房，更進一步顯示那位宣稱自己是神將的瘋子所言有據。

那麼，是誰帶走了他？還是說那些人把他怎麼了？神將如果死了，屍體會有什麼下場？有人和加絲娜一樣，得出獵殺神將的結論嗎？

達利納正準備離開時，發現床邊的東西。他跪下撥開克姆泥，拿到一個小小的飛鏢，上面有黃色與綠色的綁線。他皺了皺眉，在手上轉了轉。聽到有人從遠處喊他的名字，使他抬起頭來。

卡拉丁在修道院的中庭呼喚他。達利納往那邊走，把飛鏢交給他。「上尉，你見過這東西嗎？」

卡拉丁搖搖頭，嗅嗅鏢尖，驚訝地說：「尖端有毒。沾了黑毒葉。」

「你確定嗎？」達利納一邊問，一邊把飛鏢拿回去。

「再確定也不過。你在哪裡找到的？」

「在本來給神將住的房間裡。」

卡拉丁嗯了一聲。「你需要時間搜查嗎？」

「不用多久，」達利納說。「不過你如果能召喚碎刃，會有些幫助……」

不久，達利納就將執徒保險箱的紀錄交給了娜凡妮。他也把飛鏢放進壺裡，並提醒她小心尖端的毒。

卡拉丁把他們一個個帶上天空，其他的橋兵則抓著他們，用颶光穩定一行人。達利納是最後升空的一位，他在卡拉丁伸手時，用手臂抓住這位上尉。

「你想要練習在颶風前端飛行對吧？」達利納說。「這樣你到得了賽勒那嗎？」

「可能吧，」卡拉丁說。「只要我盡速用捆術往南的話。」

「那就去吧。」達利納說。「如果有需要的話，你可以再帶別人測試在颶風前方飛行的能力，但是要去就去賽勒城。芬恩女王願意加入我們，因此我要啓動他們的誓門。上尉，這個世界在我們嗅到風向以前，就會天翻地覆。諸神與神將開始衝突，而我們卻只計較毫釐，甚至沒注意到天色已變。」

「我會在下個颶風時出發。」卡拉丁說完，帶著達利納衝向天際。

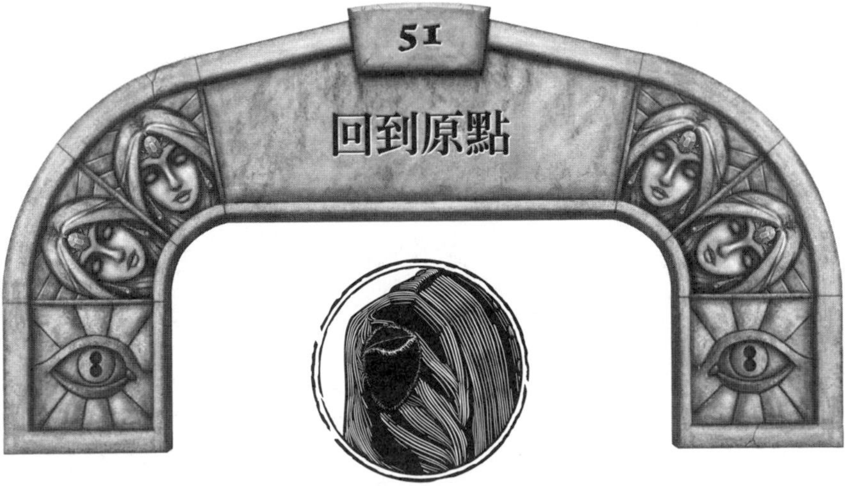

51 回到原點

> 這是眼前我們所有的意見。如果你還不滿足，就親自巡察
> 這些水域並且克服我們所創造的試煉吧。
> 唯有如此才能讓你掙得我們的尊重。

和摩亞許同隊的拉夫並不喜歡這個人類。不過他不以爲意，最近他也不太喜歡自己。

他並不期待，也不需要他們尊敬。他知道受到打擊、無地自容的感覺。如果有人受到這種待遇，也不會相信摩亞許這類人物，反而會懷疑這傢伙想要從中得到什麼好處。

他們已拉了木橇幾天，眼前的風景也開始改變。寬廣的平原變成茂盛的山丘。他們經過長長的儲存槽——這些石造的護欄放著木製隔欄來收集颶風時落下的克姆泥。克姆泥會硬化，慢慢地構成擋著颶風向的高牆。幾年以後，你就有隔欄那麼高的護牆了。

大多數地區都要花上好幾個世代才能讓牆堆到堪用的地步，但是在雅烈席卡人口最密集的古老聚落，這種牆處處皆是。這些牆像是凍在石塊中的冷風，西側堅硬直挺，東側則是平滑斜坡。在高牆的陰影下，列著排排果樹，大多數的果樹高度都不到人的身高。

果園西側有斷木殘骸。如今，連西方都需要擋風牆了。

他以為煉魔會燒掉果園，但他們沒有這樣做。摩亞許趁喝水休息的時間，端詳其中一位煉魔。這位高大的女性飄在十幾呎高的空中，腳趾往下垂。她的臉比其他帕胥人還有稜有角。她召了一個靈到身旁，這個動作和她飄浮的長袍結合起來的形象，深深印到摩亞許腦海裡。

摩亞許靠向木橇，拿起水袋往嘴裡灌了一口。有個監督員就站在他和同車組員附近看著他們，這個監督員是新來替補被摩亞許揍了一拳的女子。此時又有幾個騎著馬的煉魔過去，他們顯然嫻熟於此般駕馭。

*這類煉魔沒有飛起來。*他想。*他們可以讓黯光圍繞全身，卻不會捆術。他們會的是其他能力。*他回頭看向離他最近、正在飄浮著的那一位。*可是這類型幾乎不會落地步行，跟抓走我的那一類是一樣的。*

卡拉丁不能像這些煉魔一樣懸空那麼久。要是他那樣做，一定會用光颶光。

*這女人在研究果樹。*摩亞許心想。*她似乎覺得很神奇。*

她在空中轉向，竄飛出去，身上的衣物也隨風拍打。這些過長的長袍對其他人來說並不實用，但對於飛行的生物來說，很能吸引眾人的眼光。

「他們不應該是這副樣子。」摩亞許說。

組裡的一名帕胥人低哼一聲。「那你這個人類，倒是說說該是怎樣啊？」

摩亞許看向承載重物的木橇下，那裡坐著一個帕胥男子的身影。那人有粗糙的雙手，幾乎是黑色的皮膚上有紅色的大理石紋路。其他人叫他「沙額」，這是個很常見的雅烈席深眸人名字。

摩亞許朝著引虛者點點頭。「煉魔應該無情地掃蕩沿路的一切。他們的名字本身就代表他們是職掌毀滅的神體。」

「所以呢？」沙額問。

「那一位，」摩亞許指向飛翔的引虛者。「卻很高興找到這裡的果園。煉魔只燒了幾座城鎮，執意保住雷沃拉，投注心力。」摩亞許搖搖頭。「這應該是毀滅的末日，有誰會在末日的時候下田？」

沙額又低哼一聲。他似乎和摩亞許一樣所知無幾，但是他又能懂多少呢？這名帕胥人在雅烈席卡的偏遠地區成長，只能透過人類的觀點來了解歷史與宗教。

「人類，你不應該隨意討論煉魔。」沙額站起來說。「他們很可怕。」

「是這樣嗎？」摩亞許說這話的同時，又有兩個煉魔飛過去。「我倒是輕鬆解決了一個，不過她應該沒料到我會反擊就是了。」

監督員過來的時候，他把水袋交給她。他瞥向張大嘴的沙額。

或許不該提到殺掉神的事呢，摩亞許一邊想，一邊走向他在隊伍中的位置——木撬拉繩的最尾端，整天都盯著帕胥人背上的汗水。

他們休息完再次動身，摩亞許已經準備好要應付整天的粗活了。這些果樹的出現，代表他們就算放慢步調，還是能在一天之內抵達科林納。他想引虛者會大力驅使他們在入夜時抵達首都。

但他很意外地發現，引虛者全軍走往了其他路線。他們繞過幾座丘陵，到了科林納城郊的一座小鎮。他想不起這座城鎮的名字。以前這裡的旅店還不錯，非常歡迎車隊。

顯然引虛者還有其他軍力往雅烈席卡行進，因爲他們已經在幾天甚至幾週以前占領了城鎮。帕胥人已經開始巡邏，留下來的人類也開始在田野間做活。

軍團到了城裡以後，摩亞許更意外發現他們居然放走其中幾個拉夫。這些獲得自由的帕胥人體質孱弱，在路上出不了什麼力。監督員要他們慢慢往科林納走去，即使這裡還遠得見不到那座都城。

他們想讓難民成爲城裡的負擔，摩亞許心想。*利用的就是這些不再能戰鬥的同類。*

主力軍隊駐紮在城郊這裡的防颶掩體。引虛者讓軍隊休生養息、全心備戰，等待大舉圍攻。

他年輕的時候，曾想過城郊的聚落爲什麼要走上超過一天的路程才能到科林納。事實上，城郊這些地方與科林納只隔著城牆，途中只有空地，山丘甚至都在幾百年前已被剷平。軍隊最多駐紮到這些地方，無法在城牆的陰影下駐軍，因爲只要有一場颶風，就會毀了你的軍隊。

載著物資的木橇開始往不同的地方前進，有些要到一條空曠得可怕的街上，他的那一台則要往另一條街去。隊伍經過他以前很喜歡的塔落旅店，背風向的石頭上刻著他見過的符文。

他的隊伍終於停了下來。摩亞許放下繩子，伸展雙手並鬆了一口氣。他們這隊被派到幾座倉庫外的空地，這裡還有些帕胥人在切割木材。

鋸木場？他心存疑問，接著覺得自己是笨蛋。把木材拖到這麼遠的地方，還能夠做什麼呢？

不過……他們終究有了鋸木場。就像戰營一樣。他笑了起來。

「人類，你高興得還早呢。」監督員吐了口口水。「接下來幾週你要在這裡製造攻城器。進攻的時候，你這傢伙要在前線抬著梯子，靠上科林納惡名昭彰的牆。」

摩亞許笑得更開心了。這股歡愉吞噬了他，搖撼他的心智，無法在當下停止。他笑到喘不過氣，然後昏昏地躺在堅硬的石地上，任眼淚往臉旁流淌。

❖

我們已經調查出這女人的底細，紗藍讀著墨瑞茲新送來的信件。

伊希娜吹噓自己重要的程度。她的確和哈瑪拉汀家族的諜報活動有關，但她只不過是正牌間諜的助手。我們認爲讓她接近妳不會有危險，只是不要太信任她的忠誠。如果妳要抹消她，我們可以幫忙毀屍滅跡，只要妳說一聲就好。我們不反對妳利用她。

紗藍嘆了口氣，坐回艾洛卡國王覲見室外的座位。她沒有意料到這封信會出現在她的背包裡。

她本來希望伊希娜身上能有關於鬼血的可用情報。這封信顯然澆了她一桶冷水。他們居然是「讓」伊希娜接近她？颶風啊，聽起來像是鬼血已經擁有她一樣。

她搖搖頭，從背包摸出一小袋錢球。由於她已經施以幻象，這袋子在別人眼中沒什麼特別的。即便外觀看來是紫色，但裡面其實是白色物體。

幻象本身還不是最有趣的部分，重點在她提供颶光的方式。她先前試著替圖樣或特定位置施以幻象，需要用到自身的颶光。但是這個幻象的能量，卻來自小袋裡的錢球。

她沒有施加額外的颶光，就讓織光術維持長達四小時，只要她創造幻象，然後連接錢球就好。藍寶石馬克的颶光慢慢流失——就像法器汲取寶石的方式一樣。她甚至把這袋子留在房裡便出門了，等她回來，幻象仍然存在。

她的實驗目的本來是想幫達利納製造幻影織成的世界地圖，並且留給他使用，這樣她就不必枯坐在會議中。實驗到現在，她卻想到了千奇百怪的應用方法。

覲見室的門這時開了，紗藍把小袋丟進背包。一位上僕引領幾位商人結束覲見。這位僕人向紗藍鞠躬，揮手請她進門。她遲疑地走進覲見室。這個廳室有上好的地毯，藍綠相間，還有許多家具。燈台上有鑽石照明，艾洛卡已把牆上的紋路用漆蓋上。

國王本人穿著科林藍軍裝，正在大桌上打開一張地圖卷軸。「哈特，還有別張地圖嗎？」他問身旁的上僕。「我以為我已經看完……」他轉身看見紗藍時住了口。「紗藍光主！妳方才在外面久等了嗎？妳可以直接來找我呀！」

「我不想打擾您。」紗藍走向艾洛卡，上僕轉身準備飲料。

這張地圖上畫的是雄偉的科林納都城，看起來比費德納來得更讓人傾慕。一旁的紙堆似乎是城裡信蘆的最後報告，一個垂垂老矣的執徒坐在一旁，準備為國王讀字，或是照他的需求作筆記。

「我想我們就快準備好了，」國王注意到她在意的地方。「再拖下去會讓人受不了，但我相信要務實一點。卡拉丁上尉的確想要在帶上王室的人之前，再多多練習飛行。這點我尊重他們。」

「他曾問我能否和他在颶風之上飛往賽勒城，」紗藍說。「這樣才能打開那裡的誓門。他太擔心自己會讓人掉下去——如果是我的話，我有自己的颶光，可以存活下來。」

「好極了，」艾洛卡說。「沒錯，這個方案不錯。然而妳不是來談這件事的。妳有什麼請求嗎？」

「這個嘛，」紗藍說。「陛下，我可以私下和您談談嗎？」

他皺了皺眉頭，命令其他人到外面的走廊。橋十三隊派來的兩位守衛本來還遲疑一下，但是國王堅持要他們出去。「她是燦軍軍團的人，」他說。「我不會有事。」

他們一一離開，讓桌邊只剩下艾洛卡與紗藍兩人。紗藍深吸一口氣。

她換了另一張容貌。

那不是圍紗的臉，也不是燦軍光主的樣子，這些形象是她的祕密。她現在的樣子，是雅多林的面孔。但在別人面前變臉，還是會讓她出乎意料地不適。她一向告訴其他人，她和加絲娜同樣是異召師，這樣別人才不知道她有喬裝成他人的能力。

艾洛卡跳了起來。「啊！」他說。「啊，原來是這樣！」

「陛下，」紗藍再化身成她稍早畫下的清潔婦的樣貌。「我擔心這次任務並不如您想像得那麼簡單。」

他們從科林納那裡得到的最後消息，顯示了執筆人的恐慌與憂慮。這些消息提及暴動、黑暗以及化成形體之靈的傷人事件。

紗藍又變身成士兵的樣子說：「我訓練了一批探子，」她說。「專精於滲透與收集情報。我顯然能讓自己的行動不爲人知。我會爲這次任務出一份力。」

「我不是很確定，」艾洛卡遲疑地說。「達利納會不會讓我帶走兩位燦軍。」

「我在這裡待著也沒什麼幫助，」紗藍仍然覆著士兵的臉孔。「而且，這次任務是達利納的命令嗎？還是您的使命？」

「這是我的任務，」國王又頓了一下。「但是我們要認清現實。如果他不希望妳跟著來……」

「我不是他的附屬，」她說。「目前也不在您麾下。我是有自主權的女人。說說看，如果您到了科林納以後，發現誓門已經被敵人占據呢？您要讓那位橋兵單槍匹馬突進嗎？或者我們有更好的選擇？」

她化身成早期素描中的帕胥人女子。

艾洛卡點點頭，繞著她走。「妳說妳有一組人馬。一批間諜嗎……嗯，不錯……」

❖

不久後，紗藍把王室命令塞進內手的手袋，準備通報達利納，國王要讓她協助任務。卡拉丁曾經說過，他帶六個人比較有餘裕，不用帶著可以自行飛行的橋兵。

除了雅多林和艾洛卡，那麼卡拉丁還可以帶四個人。她把艾洛卡的命令和墨瑞茲給她的信，一樣放在手袋裡。

只要我能離開這裡就好，紗藍心想。我必須遠離眾人，遠離加絲娜，至少到我搞清楚自己想要什麼為止。

她算是知道自己在做什麼。她不能再忽略自己的意念，她已經說出了燦軍的理念，但是她卻在逃避。

她有辦法協助前往科林納的團隊，而且能夠到城裡探密，這的確讓她興奮起來。她甚至跑了起來。她也要幫雅多林奪回家園。

圖樣在她的襯衫上哼吟，她也跟著哼出聲。

十八年半前

達利納拖著重重的步伐走回營地，快要累垮的他，覺得自己只是靠著碎甲的能量才得以站著。他呼出的每一口氣都在面甲上化成霧。

他已經擊潰賀達熙人，任敵國陷入內戰，就此保住北方的領土，並取得阿卡克群島。接著他要往揮軍南下，與邊境的費德人交戰。達利納花了比預期還要久的時間才搞定賀達熙，這次足足耗了四年才結束戰役。

成就輝煌的四年。

達利納直接走往盔甲匠的帳篷，一路上助手與信差紛紛往這裡來。他不理會這些人的提問，這些人就像看見巨殼獸獵食殘骸的克姆林蟲，等著搶食碎肉。

達利納進了帳篷，就伸展雙臂讓護甲員卸除身上的重擔。先是頭盔，再來拆開臂甲讓布襯透氣。拿掉頭盔的他一臉黏黏的汗，讓他覺得外面的空氣涼多了。他的胸甲左側有了裂痕，盔甲匠低語著如何修理，然而只要將颶光灌注到碎甲上面，這些損傷就會自動修復，用不著這些工匠動手。

最後，他只剩靴甲沒有卸除，便直接踏出靴甲，憑著意志力維持武打的姿勢。脫完碎甲的他，周圍馬上竄出像是塵煙的疲憊靈。他坐到野營椅墊上，靠著它保持自己的人模人樣，嘆了口氣，閉上眼睛。

「光爵？」其中一位工匠問。「嗯……那是我們放——」

「現在這是我的覲見篷了。」達利納的眼睛張都沒張。「把非拿不可的東西拿走，然後出去。」

工匠們停下來消化達利納的言詞，碎甲也不再鏗鏗鏘鏘。眾工匠速速離開，讓達利納著著實實享受了無人打擾的五分鐘——直到又有人走了過來。有人掀起帳幕，跪在他身邊，在皮革上磨擦出聲。

「光爵，戰後結算報告出來了。」這是卡達西的聲音。會進來打擾他的，當然是他颶風的部屬。達利納的訓練讓他們太聽話了。

「說吧。」達利納睜開眼。

卡達西年屆中年，可能比達利納還大上一、兩歲。現在他臉上有道被矛劃傷的扭曲疤痕。

「光爵，我們已成功擊潰敵軍。」卡達西說。「弓兵和輕裝步兵也繼續追擊。我們可能殺掉兩千名敵軍，這大概是他們半數的兵力。如果我們在南邊圍攻，可以再拿下一些人頭。」

「卡達西，千萬不要讓敵人四面皆兵。」達利納說。「要讓他們有辦法撤退，否則他們會更用力反擊。擊退敵軍會比殲滅他們更好。我們的死傷報告呢？」

「頂多兩百人。」

達利納點點頭。用最小的代價造成最大的打擊。

「長官，」卡達西說。「我認為我們搞定這群掠奪者了。」

「要剿滅的對象還多著呢。這還要好幾年。」

「除非費德人派出全軍與我們對抗。」

「不可能，」達利納揉了揉前額。「費德人的國王腦袋很清楚，他不想全面開戰；他只想看看，有沒有不好拿下的土地突然門戶洞開。」

「是的，光爵。」

「謝謝你的報告。現在出去找人幫我站哨，這樣我才能休息。別讓任何人進來，就算是守夜者也不行。」

「是的，長官。」卡達西走到另一頭的帳幕。「嗯……長官，你剛才簡直萬夫莫敵，有如狂風之勢。」

達利納沒有回應，只是閉上眼往後靠，連衣服都不換的他，一心只想睡著。

不巧的是，他根本沒有一絲睡意。他的腦裡開始思考剛才的戰報內容。

他的部隊只有一位在後勤應急的魂師。這個邊境地帶有廣大的山地，費德人的將軍也比賀達熙人來得難纏。任何人在這種情況下都很難打敗機動性高的部隊，首次交鋒的結果證明了這點。他必須審慎進行計畫與推演，才能在一場又一場的對戰中圍困費德人的軍隊，正面對決。

他想念早年那些狂亂無序的戰鬥。雖說他也有點年紀了，在搞定賀達熙的時候，也深刻了解加維拉不再負責糖果與鞭子的後者。達利納需要處理好後勤，提供好幾個軍營士兵的物資，讓他們吃飽。這種情況就像滯留在城裡聽書記討論排水系統一樣糟糕。

幸好，他在戰場上還有點甜頭。計劃謀策、辯遍眾將的他，可以贏來戰意。

其實，他雖然精疲力盡，還是感受得到戰意。戰意在他的內心，像是烤熱的石頭那樣溫暖。他慶幸這場戰事拖了這麼多年。他很慶幸賀達熙人奪取領土的意圖，也慶幸費德人發起動武的試探。他很慶幸沒有其他藩王的支援，看看自己能夠做到什麼程度。

最重要的是，就算今天有了場大戰，他還是慶幸這些衝突沒有消歇。颶風的，這感覺眞棒。今天有幾百個人想把他撂倒，他則將他們化爲殘體與塵土。

許多人想要找他，來到他的帳篷外，但都被擋住了。他常常希望不要感受這股餘興。他之後會回答那些求見之人的問題。只是……還不到時候。

愉悅之手終於放他腦袋自由，陷入沉睡。直到有個意料之外的聲音讓他猛然起身。

說話的是璦葳。

他站了起來。戰意從他的沉眠中竄了出來。達利納撕開帳篷的簾幕，看見帳外的金髮女子。她穿著弗林教式的長裙裝，不過露出厚實的步行靴。

「唉呀，」璦葳說。「丈夫。」她上下打量他，表情沉了下來，緊抿嘴唇。「沒人教他洗個澡嗎？他的侍從到哪去了？居然讓他衣衫不整？」

「妳為什麼來這裡？」達利納厲聲問。他本來不打算大吼，可是疲憊的他因為她的出現而吃了一驚⋯⋯

璦葳在達利納大吼之後，睜大眼睛往後一退。

他馬上被自己的羞恥心給刺痛。他在羞愧什麼？這裡是他的戰營——在這裡，他就是黑刺。這裡沒有什麼日常生活。但是璦葳一來，就侵犯了戰營的氣息。

「我⋯⋯」璦葳說。「我和其他婦女一起來的。其他人的妻子。婦女跟著戰營移動，是很正常的⋯⋯」

「雅烈席卡的女人才要這樣。」達利納說。「她們從小就被訓練適應戰事。璦葳，我們討論過了。我們——」他這時看見守衛不安的表情，因此住了口。

「璦葳，進來。」達利納說。「我們私下講講。」

「很好。那孩子們呢？」

「妳把孩子帶到前線來？」颶風的，她連孩子都帶了過來，沒有留在設為長期指揮站的城鎮裡。

「我——」

「進去。」達利納指了指帳篷。

璦葳一臉沮喪，接著速速遵命，彎腰進了帳篷。她來做什麼？他之前不是才回科林納看過她嗎？那是不久之前的事，一定是不久之前⋯⋯

可能也不是不久之前的事了。璦葳寄給他幾封信，特雷博的妻子有幫他唸出來，好像是還有幾封沒唸。他放下簾幕轉向璦葳，決定不要讓自己被不耐煩掌握。

「娜凡妮說我該來一趟。」璦葳說。「她說這麼久沒有探望你，很不應該。達利納，雅多林已經一年多沒見到你了。而小小的雷納林甚至從來沒有見過自己的父親。」

「雷納林？」達利納試著回想名字的組合。他搞不請楚。「雷賀（Rekher）……不，雷……」

「雷（Re），」璦葳說。「這是我的母語。納（Nar）是隨父之後，林（In）則是降生於此。」

颶父啊，這可是在曲解語言。達利納不安地想要搞清楚這個名字。「納」不是「如同在何者之上」嗎？

「那『雷』這個字在妳的母語是什麼意思？」達利納抓抓臉。

「沒有任何意思。」璦葳說。「這就是名字。是我們的結晶的名字，是他這個人的名字。」

達利納輕噢出聲。所以說，他兒子的名字意思是「如同讓他降生於此的那一位。」眞好記。

「我那時用信蘆問你取名的事，」璦葳說。「你沒有回覆我。」

但娜凡妮跟雅萊怎麼會放任這種怪異的名字出現啊？颶風的……不過想想那兩個女人，她們說不定還鼓勵璦葳這樣做。她們一直希望璦葳不要表現得那麼溫吞。他轉身想找個東西喝，接著想起這並不是他自己的帳篷。這裡能喝的，只有盔甲的潤滑油。

「妳不該過來的，」達利納說。「這裡很危險。」

「我希望自己和雅烈席婦女更爲相似。我也希望你想要我和你在一起。」

達利納嘴角歪了一下，才說：「這個嘛，妳還是不該帶孩子來。」達利納陷進椅墊。「如果加維拉成功取得王位，建立他的王國，我的孩子就是藩國的繼承人，他們必須留在安全的科林納。」

「我以爲你想看看他們。」璦葳踏步向前。雖然達利納出言不遜，她還是替他解開內襯上部，輕揉他的肩膀。

她的按摩很舒服，消解了他的怒氣。對他這種人來說，有妻子隨行本應是件好事，身邊多個書記不是什麼壞事。他只是希望不要一見到她，就生起心中的罪惡感。畢竟他沒有成爲她理想中的樣子。

「我聽說你今天大勝敵軍，」瑷葳輕聲說。「你爲國王取得戰功。」

「瑷葳，妳不會喜歡這種事。我殺了好幾百人。如果妳留在這裡，就得聽取戰報，其中許多死傷，都是我造成的。」

她一度靜默下來。「你難道不能……讓他們投降？」

「費德人不是來這邊當降軍的。他們是在試探我們在戰場上有多少能耐。」

「那些官兵呢？他們在意自己爲何而死嗎？」

「什麼？妳要我每砍倒一個人的時候，都要順便問問他們要不要投降嗎？」

「這——」

「沒辦法，瑷葳。這是辦不到的事。」

「好吧。」

達利納突然覺得焦躁起來，他站起來說：「我們見見小傢伙們吧。」

達利納好不容易離開營帳，邁開沉重如綁上克姆泥磚的雙腳，費力穿越營地。他不怕自己腳步慢了下來——畢竟他試著在軍中表現出強大的形象，但是他沒辦法讓自己揭開的內襯保持整齊，只能任由充滿汗漬的內襯亂皺一番。

這裡比科林納還要綠意盎然，濃密的草皮間長出厚實的樹木，纏結的藤蔓懸在石崖的西側。要是再深入賈・克維德一些，腳沒走幾步就會跟藤蔓糾纏不清。

孩子們在瑷葳的拖車上。雅多林正用一把木劍嚇唬一隻芻螺，坐在殼頂上向幾個守衛炫耀，守衛也很配合地稱讚他。他身上還穿著用串起來的石苞殼充作的「盔甲」。

颶風的，他長大了，達利納心想。上次見到雅多林的時候，他還是個牙牙學語的嬰兒。沒想到過了一年，這孩子已經口齒伶俐地在大家眼前描述他打倒的敵人。只是在他口中的敵人，是會飛的邪惡芻螺就是了。

雅多林一看見達利納就停下來，瞥向瓔葳。她點點頭，這孩子就爬下芻螺。達利納本來以爲他會跌下來。不過雅多林穩穩地落地，走了過來。

他向達利納敬禮。

瓔葳露出燦爛的笑容說：「他問過我，怎樣找你說話比較好。」她低聲說。「我告訴他，你是位帶兵的將軍，然後他就想通了。」

達利納蹲下來。雅多林馬上退後，抓住母親的裙襬。

「怕我嗎？」達利納問。「挺聰明的。我很可怕。」

「爸爸？」小男孩發白的指節抓著裙襬，卻沒有躲在瓔葳身後。

「是爸爸啊。你不記得我嗎？」

髮色斑雜的男孩緩緩點頭，脆聲說：「我記得爸爸。我們晚上焚燒祈禱文的時候，都會講你的事情。這樣你就平安無事，可以打壞人。」

「我更希望有好人跟我一起平安無事，」達利納說。「只是別人要我怎麼做，我也只能照做了。」他站起來，覺得……覺得怎麼了呢？覺得自己不應該這麼少探望這孩子？還是對兒子的成長感到驕傲？戰意仍在心靈深處潛伏。爲什麼這種感覺沒在戰後消失？

「雅多林，你的弟弟呢？」達利納問。

男孩指向抱著幼兒的護士。達利納本以爲看到的會是嬰兒，結果這孩子根本就快能走路了，護士放他下來走了幾步，然後這孩子坐到地上，想要伸手抓草，草閃了開去。

這孩子沒有出聲。他只是沉沉地注視，一再嘗試抓住草葉。達利納感受到第一次見到初生的雅多林的興奮，可是颶風的，他累得可以。

「我可以看看爸爸的劍嗎？」雅多林問。

達利納現在只想睡覺，仍然召喚了碎刃，將刀刃朝向不會傷到雅多林的地方。男孩睜大了雙眼。

「媽媽說我還不能有自己的碎甲。」雅多林說。

「現在特雷博要穿。你年紀到了就會有。」

「好。我這樣才能拿到碎刃。」

一旁的璦葳咂咂舌，搖了搖頭。

達利納露出微笑，跪在碎刃旁，把手放在兒子的肩膀上。「兒子，我會幫你在戰場上打下一把。」

「不要，」雅多林嘟起嘴。「我要自己贏一把。像你一樣。」

「這個目標很遠大。」達利納說。「不過軍人必須願意讓人支援。你不能用死腦筋硬來。傲慢沒辦法幫人打勝仗。」

男孩點點頭，卻又皺著眉頭問：「你的頭不硬？」他用指節敲敲自己的頭。

達利納笑了起來，站起來解散引誓。戰意的最後餘燼終於消逝。「今天眞不好過，」他對璦葳說。

「我需要休息。之後我們再討論妳的角色。」

璦葳帶他走進其中一輛防颶拖車。達利納終於可以睡上一覺。

我的朋友：

書匠公會最深層的祕密被揭露後，比預料中的還要平淡無奇。比起墨漬我還比較喜歡血跡，所以下次麻煩把我送到一個比較容易死於失血，而不是手腕抽筋的地方。純星有眼，要是你再要求我畫另一個符文，我就……

公會最黑暗的祕密，就是符文裡面的發音有時候是可以被辨識的（很抱歉破滅了你那些黑暗儀式跟古老月舞的理論）。但符文不是用來唸的或者讀的。它們是用來記的。而且隨著時間，會從原本的表音文字發展到幾乎無法辨識的程度。舉例來說，颶風的符文是「塞拉思」。

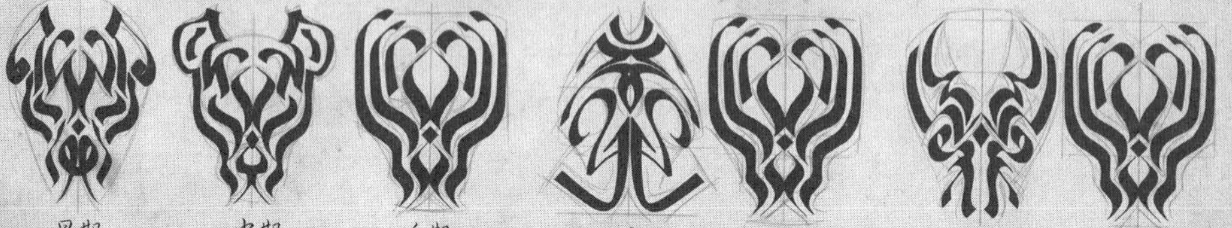

早期　中期　近期

高　颶風　永恆　暴風

「克切」　「塞拉思」　「卡拉德」　「塞拉思」

颶風　「克塞拉思」　永颶　「卡拉塞拉思」

符文對比單一的符文還要更普遍一點。三個符文同時連用則相對少見。

符文有用於平常書寫的簡化版本。

相比於「塞拉思」的是一個年輕多的符文：「薩塔勒弗」，一種雅烈席人直到近期征服阿卡克的時候才遇見的蝙蝠狀頭足動物。

這個符文不論是它的發音還是生物的真實形象都讓人一目瞭然。

比「塞拉思」更老的是用於燦軍騎士第一箴言中的各種符文。它們表現的是象徵每個騎士團的符文，比起任何中期或近期的雅烈席符文都更加複雜且無法識讀。

加凡尼　泰白爾　煞梅思

卡泰夫　泰白爾　卡督雷克

魁拉克　泰白爾　魁斐招

我懷疑他們是從更早期的素材中被取用，並且被融入了當時已經在發展階段的雅烈席符文字庫之中。

如此就能支持雅烈席符文是從晨頌這種更古老的文字中所衍生出來的理論，同時可以解釋為什麼符文造字中會有兩種音位系統：標準版與書匠版。

符文匠們兩種都會使用，讓音位被旋轉、翻面或扭曲成他們順眼的型式。下一頁：書匠版的音位表。

53
工藝瑕疵

朋友，

你的信件最令人興味盎然，甚至富含啓示性。

歷史悠久的席爾那森王朝是在南克哈特國王死後建立的。這個王朝沒有後人，最後一位成員也是兩百年前的人物。記載這段文字的，是在當時被稱作「油眼」的納塔塔・薇德——她聲稱自己記錄精確，不過以現代人的標準來看，還只是初學者的程度。

加絲娜對於在王位上三個月就駕崩的南克哈特的事跡很有興趣。他從出征特里亞斯途中病逝的王兄南哈爾手上接下王位。

值得一提的是，南克哈特在王位上短短幾個月的期間，就遭遇六次暗殺卻安然無恙。第一個動手的是他姊姊，想要讓她的丈夫取而代之。然而他沒被毒死，就把姊姊和姊夫處死。不久之後，換他的侄子想要夜襲。淺眼的南克哈特，奪劍反擊了。

第三位圖謀不軌的是他的堂親，這位親人弄瞎他一隻眼，剩下三個失敗者分別是另一位弟弟、叔叔，最後是他的親生兒子。油眼的記載中寫道：這幾個月發生的種種惹惱了南克哈特，因此這位「偉大卻顯疲態的南克哈特王，召集了王族。他舉辦盛宴，許諾提供遙遠艾米亞的享受。但他其實是將自己的親族一個個處決，並用火葬爐處理屍體，獨自在可以容納兩百人的大廳中嚼食人肉。」

油眼以誇大的記載出名。她寫說，這個國王在這個處刑餐宴中噎死，掙扎時無人援助。這一段記載寫得可快活呢。

弗林教諸國一再重演這樣的歷史。國王駕崩以後，王弟或是王子接下王位。圖謀王位的就算沒有血緣，也會用風馬牛不相及又花招百出的家族關係攀上邊。

加絲娜熱衷研究這些紀錄，卻也心生憂慮。她在前往兀瑞席魯底層地下室的路上，不時思考這些想法。昨晚她讀到的故事，有些至今仍徘徊在她的腦海。

她不久便到了曾是兀瑞席魯圖書室的地方。士兵已經搬來桌椅，讓學者在這兩個廳室中工作。其中一間圖書室可以通往先前的寶石柱。達利納派人探勘了魄散逃離的隧道，斥候的報告指出裡面有龐大的洞穴系統。

探勘隊沿著水流行進數天，最後在圖．法力亞的山腳找到了出口。因此，他們還有另一條路可以離開兀瑞席魯，這個路線也成爲了利用誓門以外通路來運送物資的可能作法。

隧道的上方出口安排了守衛，讓地下室看起來安全無虞。也因此，娜凡妮把這裡改造成解決達利納對情報、科技與研究等等需求的場所。專注靈在空中如浪飄舞，這種靈在雅烈席卡並不常見，但在這裡稀鬆平常。邏輯靈像是小小的暴風雲一樣在他們四周飛竄。

加絲娜忍不住露出微笑。過去十年來，她一直期待雅烈席卡整合出頂尖智庫，卻沒有人理會。大家本來只在乎她不抱持對神祇的信仰，現在這些學者專心齊力解決問題。結果眾人在世界末日已經來臨的時候，才開始嚴肅以待。

雷納林也在場。他站在角落看著其他人工作。他按照一定的規律參與學者的討論，但身上還是穿著別有橋四隊隊徽的制服。

堂弟，你不能永遠沉迷在文字裡，她心想。你終究要選擇自己的歸處。人生並不容易，要是能找到心之所向，就有許多可以滿足的事情等著你。

費德古王南克哈特的教訓，讓加絲娜心生困擾；掌權家族裡的成員往往才是掌權者的最大威脅。爲什麼古代王室的傳承在謀殺、貪欲與暗鬥中扭曲了呢？其中的例外反而顯得與眾不同？

她一出生就接受保護家族、抵禦外敵的訓練，以及小心地挪除害物。但是她要如何保護家族不受內憂侵擾？她不在的時候，王室便不穩定起來。她的叔叔和身爲國王的弟弟雖然彼此親愛，意志卻像尺寸不合的車輪。

她絕對不會讓自己的家族自滅。雅烈席卡需要一個大家認同的領導者，才能撐過寂滅時代——也就是一個穩固的王位。

她走進圖書室，到了她的寫字台前。她可以在這個位置觀察他人，也可以靠牆休息。

她打開背包，擺出兩個信蘆書寫板。其中一枝的紅寶石已經發出閃光，她轉開紅寶石，向通信的對方表示自己已經準備好了。對方傳了一句話：我們五分鐘內開始。

她端詳房間裡各組人馬來打發時間，隨手記下讀唇語的內容。她觀察不同的對話組合，收集各種資訊，並記住這些人聽到的名字。

——測試顯示這裡有些異狀。氣溫比同樣高度的鄰近山地還要低很多——

——我們必須準備好科林光爵不會回歸信仰的準備。在這之後要怎麼辦？——

——不知道。我們可以組合幾個法器，來模仿這樣的結果——

——那孩子對我們的地位有幫助。他對我們的數卦有興趣，還問說我們是不是眞能預測未來。我會再找他聊聊——

最後一段低語是防颶員說的。加絲娜抿起了嘴。「象牙，你在嗎？」

「我會看好他們。」

象牙從她身邊離開，縮成一枚塵片。加絲娜之後會找雷納林談談，她寫下筆記。這些人可是靠燎煙或滅燭預測未來的蠢蛋，她不能讓雷納林和他們待在一起浪費時間。

她的信蘆終於動了起來。

光主，我幫妳連上賽勒那的喬琪和亞西爾的艾熙德。這是他們的通訊碼。以下訊息完全依照解碼進行。

太好了，加絲娜回答，認證這兩段通訊碼。她那批和隨風號一齊沉沒的信蘆大大打擊了她的進展。她不再能直接連絡主要的同僚或情報來源。幸好塔西克那裡專門處理這種問題，大家都可以從藩國這座惡名昭彰的情報中心買下新的信蘆。

只要信得過中介人，他們的專業可以讓人找到任何對象。拿了一大筆錢幫加絲娜做事的那一位，是她親自面試的，這樣才能確保私密性。這位中介者會在信蘆談話後將紀錄燒毀。加絲娜已經用盡全力保護自己系統的安全性。

加絲娜的中介人讓另外兩人加入談話。這三人會準備六張信蘆板：一張用來接收其他人的訊息，一張即時記錄全部的談話，其中自然包括其他兩位。如此一來，參與談話的人都會看見留言持續進行，不必停下來等待回應。

娜凡妮提過想改善信蘆，讓信蘆可以調整聯繫的對象。不過加絲娜沒時間研究這方面的事。她的收訊板開始出現另外兩位同事的字。

加絲娜，妳還活著！喬琪寫。死而復生。眞不可思議。

你居然還以爲她眞的會死啊。艾熙德回嘴。加絲娜．科林會在海難失蹤？颶父死了還比較有可能。

艾熙德，謝謝妳對我這麼有信心。加絲娜在收訊板上寫。沒一會兒，她的書記就把這段文字記錄成一般對話。

妳在兀瑞席魯嗎？喬琪寫。我什麼時候可以找妳？

等到你願意公開自己不是女性的時候，加絲娜回應。喬琪是這男人的假名，這個名字承載著一位獨樹一格且活躍的女哲學家。然而他其實是在賽勒城賣麵包的六旬肥佬。

噢，妳那座美妙的城市一定需要麵包哪。喬琪的回應看來很開心。

拜託，我們晚點再討論你的蠢話好嗎？艾熙德寫。我這裡有些消息。艾熙德是位帶有神職的書記，在亞西爾皇宮服務。

那就別浪費時間囉！喬琪寫。快說新鮮事。新鮮事配上甜甜圈正好……不不，蓬鬆的甜麵包更棒。

是什麼消息？加絲娜帶著笑容寫下。他們師出同門，是最爲敏銳的記實學家，就算喬琪表面上沒有學者風範也一樣。

我在追縱正義神將納庫，審判官，艾熙德寫。也就是你們口中的納拉。

哦？我們現在講起床邊故事了呀？喬琪問。神將？艾熙德，妳認眞的嗎？

相信妳也看到了，艾熙德寫，引虛者回來了。那些曾被我們嗤之以鼻的故事，現在值得再次審視。

我認同，加絲娜寫。只是妳爲什麼認定自己找到了一位神將？

這是綜合許多資訊的結果，她寫。加絲娜，這位神將攻擊我們。他打算殺掉一批小賊——新任首座是他們的一份子，但是請把這消息藏在內手袖裡就好。我們要無視首座曾經打劫我們的意圖，然後捏造他的身世。

有活生生的神將要大開殺戒，喬琪寫。我這邊還有人目擊收藏家亞克西司的消息咧。

我還沒說完，艾熙德寫。加絲娜，我們這裡有一位燦軍。是一位緣舞師。或者該說……我們這裡本來有一個。

本來？喬琪寫。妳把她搞丟了？

她跑掉了。加絲娜，她只是個孩子。她是雷熙人，在街頭長大的。

我想我們可能見過她，加絲娜寫。我叔叔最近在幻象裡遇上不速之客。我很意外她會從妳手中逃走。

妳管過緣舞師嗎？艾熙德回應。她追著神將到塔西克，首座卻說她已經回來了——而且避著我。不管怎樣，我認定是納拉的那一位怪怪的。我不認爲神將會成爲我們的助力。

我會提供諸位神將的素描。加絲娜說。我手上有出乎意料的資料，讓我可以提供神將的樣貌給你們。艾熙德，妳對神將的看法沒有錯，他們不會是我們的助力。他們已經崩潰了。妳讀過我叔叔的幻象紀錄嗎？

我有一些副本，艾熙德說。這是眞的嗎？我的情報來源認爲他……身體微恙。

我保證，他很健康。加絲娜寫。他所屬的燦軍軍團和這些幻象有關。我會把最近的內容傳給你們；這些紀錄和神將有關。

颶風的，艾熙德寫道。黑刺眞的成了燦軍？燦軍寂靜無聲幾百幾千年了，現在卻像石苞一般繁盛。艾熙德並不喜歡以征戰出名的人，就算那個人是她研究的基石也一樣。

談話又持續了一陣子。喬琪像是變了個人般嚴肅，直接講述賽勒那的現況。永颶一再摧殘這座城市，使其宛如廢墟。

加絲娜對賽勒那的帕胥人行爲特別感興趣，他們偷走了永颶狂掃後倖存的船。流亡引虛者是以什麼身分存在，加上受颶風祝福的卡拉丁與雅烈席卡帕胥人的互動，讓人有了新的見解。

艾熙德找到一本舊書，上面記載寂滅時代的特別紀錄，對話繼續下去。他們談起晨頌的翻譯，這方面賈・克維德的執徒進度比卡布嵐司的學者還要快。

加絲娜掃視圖書室，想要找到她的母親。她正坐在紗藍旁邊討論婚事。雷納林還是縮在房間的角落喃喃自語，或者是對他的靈說話？她不自覺讀起他的唇語。

——那是從這裡來的，雷納林說。就在這房間的某處——

加絲娜瞇起眼睛。

艾熙德，她寫。妳本來不是要畫與燦軍締結的靈嗎？

其實我的進度不錯。她回。我提出一窺其貌的要求，親眼看見了緣舞師的靈。那眞觀師的呢？加絲娜寫。

噢！我有找到資料。喬琪寫。據說這種靈像是在晶體上反射的光輝。

加絲娜想了一下，表示暫時要從對話中告退。喬琪說他也要找間茅坑。加絲娜滑下椅子，往房間另一端而去時，經過了娜凡妮和紗藍身邊。

「親愛的，我完全不想逼迫妳，」娜凡妮說。「只是時局正亂，妳總想要安定下來吧。」

加絲娜停了下來，外手懶懶地按在紗藍肩上。少女吃了一驚，沿著加絲娜的視線看向雷納林。

「怎麼了？」紗藍低聲說。

「我也不清楚。」加絲娜說。「總覺得怪怪的……」他的站姿怪異，語焉不詳。在她眼中，他拿下眼鏡就變了個人。

「加絲娜！」紗藍突然緊張地說。「快看門口！」

原本走向雷納林的加絲娜轉身，並且汲取颶光。一名高大的方臉男子讓出入口蒙上一層陰影。他的衣著是以薩迪雅司的森林綠與白色組成。事實上，他現在正是薩迪雅司藩王，至少是攝政的身分。

而加絲娜眼中的他，只是梅利達司．阿瑪朗這個混蛋。

「那傢伙在這裡做什麼？」紗藍輕聲問。

「他是藩王，」娜凡妮說。「除非有人下了直接的命令，士兵不會擋下他。」

阿瑪朗那雙高貴的淺褐眼眸執著地看著加絲娜。他大步走到他身邊，一副自信，或該說是自大的樣子？「加絲娜，」他靠近的時候說。「有人說我能在這裡找到妳。」

「記得告訴我是誰講的，」加絲娜說。「也提醒我把他們吊死。」

阿瑪朗繃起臉來。「我們可以私下談談嗎？一下子就好。」

「別想。」

「我們得關心一下妳叔叔。我們兩個家族的嫌隙不會有好處。我希望能彌補裂痕，而達利納會傾聽妳的話。加絲娜，我請求妳。妳可以導引他回到正途。」

「我叔叔心意已定，不需我『導正』他。」

「加絲娜，妳說得好像自己沒有導引他一樣。大家都看得出來，他已經開始和妳信奉一樣的對象。」

「這就奇了，我沒有信奉的對象。」

阿瑪朗嘆了口氣，看看四周。「拜託妳了，」他說。「私下談談。」

「別想了，梅利達司。給、我、滾。」

「我們本來很親密的。」

「是我父親希望我們有緊密的關係，不要把他的想望當成事實。」

「加絲娜——」

「你最好在有人受傷前滾出去。」

他沒有理會她，反而看了娜凡妮和紗藍一眼，再一步步靠近地說：「我們以爲妳死了。我要親眼看到妳好好的。」

「你這不就見到了？現在滾吧。」

阿瑪朗抓住加絲娜的前臂說：「加絲娜，爲什麼？爲什麼妳總是否定我？」

「你是個可惡的平庸丑角，我沒辦法想到一個理由可以讓你有限的智力理解。」

「平庸？」阿瑪朗低吼。「加絲娜，妳侮辱了我的母親。妳不知道她辛苦拉拔我長大，讓我成爲了王國最頂尖的軍人。」

「是啊，就我所知，她帶著小孩花了七個月試著投靠各家軍人，希望他們能夠接手你呢。」

梅利達司睜大眼睛，滿臉漲得深紅。紗藍驚呼一聲。

「妳這不信神的賤貨，」阿瑪朗低聲嘶叫，放開加絲娜的手。「如果妳不是女人，我就——」

「若我不是女人，我想我們連話都不會講。除非我是頭豬，才會讓你更想要。」

阿瑪朗把手揮到一邊、退了一步，準備召喚碎刃。

加絲娜露出微笑，外手朝他的位置舉起來，讓颶光圍繞著手臂擴展。她說：「噢，梅利達司，動手啊。這樣我才有理由解決你。我諒你不敢呢。」

他看著她的手。圖書室的其他人已經安靜下來關注這場爭吵。他逼她做出意料之外的事。他的眼神對上她的視線半晌，才轉身悄悄離去。那隆起的肩膀，彷彿要躲避室內學者的眼光跟竊笑。

他會給我們惹麻煩，加絲娜心想。*更勝以前的煩擾*。阿瑪朗真心以爲他是雅烈席卡唯一的希望與救主，也積極地想證明。然而他會爲了強調自己的觀點，迫使軍隊四分五裂。

加絲娜曾和達利納談過，看看有什麼職位可以讓阿瑪朗安分一點。如果做不到的話，她還有一招沒有告訴達利納的預防方案。她過去有好長一段時間沒遭遇暗殺事件了，但是她確信有人僱了殺手，那個人想要封她的口，順便大賺一筆。

這時她身邊發出一聲尖呼聲，加絲娜轉頭一看，看見紗藍在座位上連坐都坐不住，用喉音發出興奮的叫聲，帶著布料的內手和外手快速拍出悶悶的掌聲。

這下可好了。

「母親，」加絲娜說。「我可以和我的學徒借一步說話嗎？」

娜凡妮點點頭，斜眼看向阿瑪朗離開的地方。她曾一度想要達成聯姻。加絲娜並不怪自己的母親，阿瑪朗是個難以看透的人，他還是加維拉親信的時候，掩飾得更好。

娜凡妮離開堆著報告的桌旁，留下兩人。

「光主！」紗藍雀躍地說，加絲娜這時坐了下來。「妳剛才眞是厲害！」

「我讓自己的情感過度流露了。」

「妳妙語如珠！」

「但是，我一開始並不是侮辱他本人，而是嘲弄他的女性親屬。這叫妙語如珠？不如說用了粗鄙的重話吧？」

「噢……嗯……這個嘛……」

「無論如何，」加絲娜打斷她，不希望繼續談阿瑪朗的事。「我在思考妳的訓練狀況。」

紗藍馬上繃緊神經說：「光主，我最近很忙。可是，我肯定能夠快快把妳指定的書目讀完。」

加絲娜揉了揉額頭。這孩子……

「光主，」紗藍說。「但我要請假暫停研究。」紗藍像連珠砲一樣說出來。「國王陛下說，他要我和他一起遠征科林納。」

加絲娜皺起眉頭。科林納？她想了想，才說：「別胡說了。遠征隊有逐風師。為什麼用得著妳？」

「國王擔心他們必須潛入都城，」紗藍說。「甚至到城鎮受占領的中心。我們不知道圍城戰的現況。如果艾洛卡需要潛行到誓門，那我的幻象就很重要。我必須跟著去。造成妳的不便，我很抱歉。」她深吸一口氣，睜大雙眼，彷彿擔心加絲娜會訓斥她。

這孩子就是有這種勇氣。

「我會和艾洛卡談談，」加絲娜說。「我覺得這狀況太極端。為了研究，我現在希望妳把雷納林和卡拉丁的靈畫下來。畫在……」她頓了頓。「雷納林到底在做什麼？」

雷納林在另一端的牆邊，那面牆上鑲著掌心大的磁磚。他按下其中一面磁磚，有個像是抽屜的東西「跳」了出來。

加絲娜站起來，甩開椅子。她大步走到房間的另一側，紗藍小跑步跟上她。

雷納林看了她們一眼，拿起在抽屜找到的東西。那是個長度約有加絲娜姆指的紅寶石，鑿成奇形怪狀，還鑽了孔。羅沙大陸上居然有這種鬼東西？加絲娜從雷納林手中拿走寶石，舉了起來。

「這是什麼？」娜凡妮此時已經與她並肩而立。「這是法器嗎？沒有金屬部位，這又是什麼形狀？」

加絲娜不情願地將寶石交給母親。

「工藝有瑕疵，」娜凡妮說。「會讓颶光快速流失。我相信就算充能，寶石不到一天便會黯淡。這也會與強烈的能量產生振動。」

加絲娜好奇地將颶光注入寶石。寶石開始發光，卻沒有該有的光輝。娜凡妮說得對，颶光會令其產生振動。爲什麼會有人浪費寶石，把寶石刻得如此扭曲，又爲什麼要藏起來呢？這些小抽屜連接彈出，但是她不知道雷納林是怎麼解開的。

「颶風啊，」紗藍在其他學者圍過來的時候說。「那有一個規律。」

「規律？」

「這是嗡鳴的片段……」紗藍說。「我的靈覺得這是某種密碼。難道是信件嗎？」

「言語之樂。」雷納林說。他汲取口袋裡錢球的颶光，轉身把手按在牆上，讓颶光迸發到整座牆面，雙手彷彿湖泊的兩道漣漪。

抽屜從白色磁磚後方一個一個滑了出來。一百個、兩百個……每個都放置一顆寶石。

圖書室已然頹敗，而古老燦軍顯然早預知這樣的結果。

他們想到別的方式來傳遞知識。

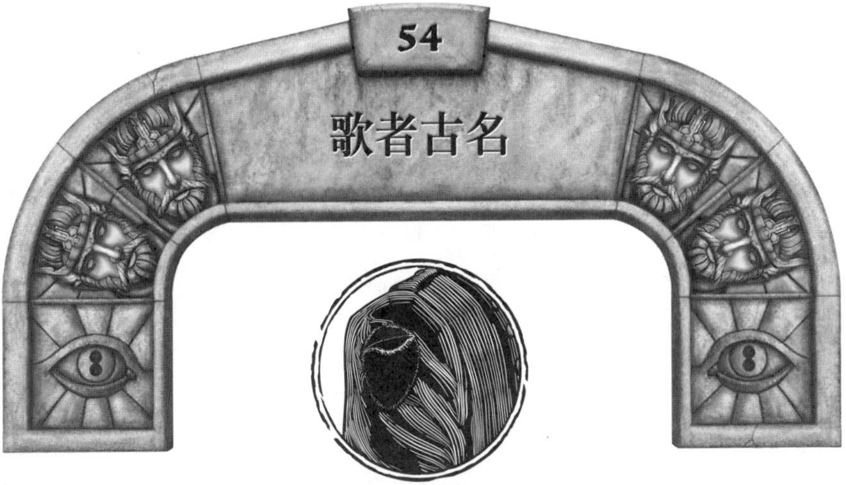

54 歌者古名

在我成爲自己目前的狀態之前，曾認爲神祇是不可能感到驚訝的。

顯然這不是事實。我的確很驚訝。我想，自己可能甚至仍然天真。

「我就想問問，」荷恩低喃。「這有什麼好處。我們在雅烈席人手下爲奴，現在則受煉魔差役。很好。我們正是因爲被自己人掌握，才有這般慘況。」這名帕胥女子將她的負重物扔到地上，發出短促的碰撞聲。

「妳這樣講話會讓我們又惹上麻煩。」沙額丟下自己那一綑木材，掉頭就走。

摩亞許跟著他走過將木材組合成梯子的人類與帕胥人。這些人和沙額等人的小隊一樣，即將在箭如雨下的情況，用這些攻城梯加入戰事。

對摩亞許來說，這和自己幾個月前在薩迪雅司戰營的生活有奇妙的共通點。只不過他在這裡有厚實的手套、一雙好鞋，每天足足吃上三頓飯。不算上他們要攻城這件事以外，這裡唯一不對勁的地方，是他有許多自由時間。

木材場的工人背著一綑綑木頭到工坊的另一頭，偶爾會被派去鋸砍木材，只是這裡的材料少到讓人忙不起來。依他在破碎平原的經驗，這絕對不是好事，會讓奴隸有太多時間思考，開始質疑很多事。

「聽著，」荷恩走到沙額前方。「沙額，你至少表現自己的憤怒好嗎？不要說我們活該被這樣對待。」

「我們庇護了一位探子。」沙額喃喃低語。

摩亞許很快就知道了，這位探子就是受颶風祝福的卡拉丁。

「一群奴隸可以發現間諜的身分嗎？」荷恩說。「別說笑了。難道不是那個靈發現的嗎？他們只是盯上我們。就因為……因為……」

「因為被設計了？」摩亞許在她背後問。

「是啊，被設計了。」荷恩同意他的說法。

他們忘記字詞好幾次了。或者該說……他們可能是第一次用這些字詞。

摩亞許覺得，他們的口音就像是曾與他為伍的橋兵朋友。

摩亞許，任它去吧，他內心深處有個聲音在低語。*釋放你的痛苦。沒關係的。你做的事情非常自然。你不該被人責罵。不要再承擔這個包袱了。*

任它去吧。

他們三人都背起另一綑柴回去。他們走過製作梯杆的木匠。大部分木匠是帕胥人，有一名煉魔在他們之間巡視。他比帕胥人高大，是殼甲長得很可怕的亞種。

煉魔停了下來，向工作中一位帕胥人講解一些東西。煉魔握緊拳頭，深紫色的能量就圍繞著他的手，殼甲變成鋸子的模樣。煉魔鋸起木頭，細心講解怎麼辦到。摩亞許之前也看過這個情景。這些來自虛空的怪物之中居然也有木匠。

伐木場後方的帕胥人軍隊正進行密集隊形的排練，以及基礎的武器訓練。據說大軍會在幾週內襲擊科林納。這是極具野心的行動，但是他們不能拉長成圍城戰。科林納有可以製造食物的魂師，引虛者在鄉野的活動卻需要好幾個月。這支引虛者軍隊很快就會用光物資，必須四散覓食。因此利用大軍壓境、搶走魂師才是上策。

每支軍隊都需要在前鋒吸引箭雨部隊。無論引虛者有沒有好好組織這群人，或是讓他們好過一點，都不能避免要派一批人送死。摩亞許這批人不會接受訓練，他們只能等待出擊，在更有力的部隊前方狂奔。

「我們被設計了。」荷恩邊走邊重複這個詞。「他們知道沒幾個人類壯到可以參與第一波攻勢。他們需要帕胥人，因此他們找了理由把我們挑出來送死。」

沙額低哼一聲。

「你沒話可說了嗎？」荷恩厲聲問。「你不在乎我們自己的神這樣對待我們嗎？」

沙額把木材放到地上。「不是，我很在乎。」沙額怒吼。「妳以為我沒質疑過這種問題嗎？颶風的！荷恩，他們帶走我的女兒！他們把我們分開，派我去送死！」

「那我們該怎麼辦？」荷恩的聲音漸漸小了下去。「我們到底該怎麼辦？」

沙額看著大軍揚滾起沙塵，準備戰鬥。壓境的大軍籠罩了視線，有如風暴的無阻之勢。這支風暴之軍會將人席捲而去。

「我也不知道。」沙額低聲說。「颶風的，荷恩。我什麼都不知道。」

我知道，摩亞許心想。但是他沒有意願告訴他們。他反而覺得不耐，怒靈在他身邊沸騰。他對自己和引虛者都感到失望。他拋下自己那綑木材，偷偷離開木材場。

有個監督員大喊，追了上來——她沒有阻止他，守衛也不對他動手。他已經出名了。

摩亞許大步走進城裡，一名監督員跟著他。摩亞許要找飛行形態的煉魔。就算有眾多煉魔，會飛的似乎才是管事的。

他找不到，所以他找起另一個亞種。一位坐在積蓄雨水水池旁的男倫（malen）。這個亞種有著重甲、沒有頭髮，殼甲長到臉頰上。

摩亞許大步走向這個生物說：「我要和管事的講話。」

原本跟著摩亞許的監督員驚呼一聲，大概是因爲她現在才知道摩亞許要做什麼。這下她麻煩可大了。

煉魔看向摩亞許，露齒而笑。

「我找負責者。」摩亞許重複一次。

引虛者笑出聲來，往後倒進水池，漂在水上仰望天空。

好極了，摩亞許心想。這是腦袋沒救的那種。引虛者之中似乎有不少這樣的人。

摩亞許悄悄離開，往鎮上沒走幾步，就看見有什麼東西從天而降。這個生物的衣物在空中飄揚，皮膚和紅色與黑色的衣物相襯。他不知道這應該是男倫還是女倫。

「渺小的人類，」這怪物用異地的口音說。「你充滿熱切之情，很値得關注。」

摩亞許舔舔嘴唇說：「我要和管事的說話。」

「你不需要我們給予任何東西。」煉魔說。「但是你的欲望將會實現。蕾詩薇女士會讓你見她。」

「很好。我要到哪裡找她？」

煉魔將手按在他的胸前，露出微笑。黑暗的虛光形成一隻手，抓住摩亞許抬升到天空。

摩亞許嚇得緊抓煉魔。他可以把這怪物勒死嗎？然後呢？如果在這裡殺了他，自己就會墜地而亡。

他們飛升到城鎮像是模型的高度：左邊是木材場與練兵場，還有鎮上唯一一條幹道。右邊是人造的防颶設施，爲樹木與城主宅邸提供掩護。

他們繼續往上飛，煉魔鬆弛的衣服隨風拍打。雖然地面很暖和，空中卻有些冷冽。摩亞許的耳朵也像被布料堵住一樣沉悶。

最後，煉魔慢下來，懸浮於空中。摩亞許想要抓住他，但是煉魔把他推到一旁，旋著一身碎布飛走。

摩亞許在高處懸浮。他的心臟狂跳，但發現自己沒有掉下去，更理解到自己並不想死。

他強迫自己轉身看看，發現自己飄向另一名煉魔時，心中湧現希望。那位煉魔是位女性，飄浮在空中的她穿著長達十幾呎的長袍，垂落的衣袍猶如一道傾瀉的紅色顏料。摩亞許飄到她身旁，近到她可以伸手抓住他。

他沒有緊抱著那隻手，而是爲求活命掛在那裡。他料想到一件事——她想要見見他，不過要在他不曾接觸的領域。好吧，他會吞下這股恐懼。

「摩亞許。」被稱爲蕾詩薇的那位煉魔說，帕山迪人的白色、黑色與紅色的大理石紋膚色，都圍繞在她臉上。他幾乎沒有看過同時有三種膚色的人，她的紋路更是複雜，幾乎像是液體，她的雙眼是流出這些顏色的一汪池子。

「妳怎麼知道我的名字？」摩亞許問。

「你的監督員告訴我的。」蕾詩薇平靜地飄在不知幾呎的高空上，清風將她身上的絲帶往身後散亂地吹去。怪的是，這邊看不到風靈。她問：「誰給你取的名字？」

「這是我祖父給的名字。」摩亞許皺起眉頭。這和他想像中的對話不一樣。

「我很好奇。你知道這是我們其中一位的名字嗎？」

「是嗎？」

她點點頭說：「這名字在時間之潮中，隨著歌者傳到人類那裡，又傳遞回來，最後到了一位人類奴隸身上？」

「聽著，妳是領袖之一嗎？」

「我是保持神智的煉魔。」她的意思似乎是一樣的。

「那我需要——」

「你很勇敢，」蕾詩薇往前看。「但我們留在這裡的歌者，可就不一定了。我們發現，他們即便被你們人類虐待那麼久，還是很特別。只不過，他們仍不夠勇敢。」

他們對話到現在，這名煉魔才看向摩亞許。她是個五官立體的女子，有著黑色與紅色相間但濃密許多的頭髮，幾乎像是蘆葦或草葉一般粗。她有深紅色的雙眸，猶如閃爍著光的血池。

「人類，你怎麼學會封波術的？」她問。

「封波術？」

「你之前殺掉我的時候。」她說。「你被捆術拉到天空，而你嫻熟地回應。我必須誠實地說，我很不滿自己這麼大意，死在你手下。」

「等等，」摩亞許聞言一懍。「之前殺掉妳的時候？」

她紅寶石般的眼眨都不眨。

「妳跟她是同一個人？」摩亞許問。可是皮膚上的大理石紋……他這時才發現，正是我之前對抗的那位，只有臉不一樣。

「這是犧牲奉獻給我的新軀體。」蕾詩薇說。「在我沒有可以附身的對象時，與我締結。」

「所以妳算是靈嗎？」

她眨眨眼，沒有回應。

摩亞許開始往下掉。他發現自己的身體失去懸空的能力。他大喊出聲，手伸向那位煉魔女子，她用手肘勾住他，對他注入更多虛光。虛光湧入他的身體，他才可以再次懸浮。等到紫色的黯光消去，他的皮膚只剩下規律的閃爍。

「我的同伴饒你一命，」她對他說。「帶你來到這裡，來到這片土地，他們認爲我會在重生後親手復仇。我不會這樣做。爲什麼我要毀掉一個充滿烈情的人？我觀察你，好奇你會做出什麼事。我看見你幫助拉櫓的歌者。」

摩亞許深吸一口氣，才說：「那妳可以告訴我，爲什麼爲難自己人嗎？」

「爲難？」她笑語。「他們有得吃、有得穿，而且接受訓練。」

「不是所有人都這樣。」摩亞許說。「妳讓一群可憐的帕胥人像奴隸一般做事，正如人類以往的作爲。妳接下來還要他們向著城牆攻堅。」

「這是犧牲。」她說。「你認爲一個帝國能不靠犧牲來成就嗎？」她朝著地面一揮。

摩亞許感到一陣不適，他剛才太過在意蕾詩薇，忘記自己在多高的地方。颶風的……這真是一片廣大的疆土。他可以看見四周連綿不絕的山丘、平原、樹林草石。

她指向的方向，有一道黑暗遮著地平線。那是科林納嗎？

「我因爲他們的犧牲而復活。」蕾詩薇說。「這個世界會因爲犧牲落到我們手中。我們會歌頌殞命之人，這是他們用血換來的。如果他們在攻勢以後存活，證明了自己，我們便會榮耀他們。」她再往他看去。「你在來這裡的路上，爲他們吵了一架。」

「老實說，我以爲妳要爲這件事殺了我。」

「如果你殺了一名煉魔卻沒有喪命，」她說。「那你對下等的那些動手，又怎麼會害死你呢？人類，這兩件事證明了你的烈情，並爲你爭取了成功。你在掌權者前展現謙讓，贏得繼續活命的權利。告訴我，你爲什麼保護這些奴隸？」

「因爲妳需要聯合大家，」摩亞許吞了吞口水。「我們人類不該擁有這塊土地。我們已經崩潰、頹滅、殘缺無能。」

她歪著頭，一道冷風又打散她的衣服。她說：「我們拿走你的碎具，你不生氣？」

「它們是別人的禮物，我背叛了他。我……我不該持有它們。」

不。不是你。這不是你的錯。

「我們要征服你們人類，你不生氣嗎？」

「不會。」

「那麼你會爲什麼生氣？摩亞許，承負歌者古名的你，會爲了什麼產生烈情所驅的怒火？」

沒錯，就是那股怒火。在內心深處燃燒。

颶風的，卡拉丁居然保護殺人犯。

「為了復仇。」他低聲說。

「好，我懂了。」她看著他，露出邪佞的笑容。「那你知道我們為何而戰嗎？且聽我說說……」

❖

一小時後天就黑了，摩亞許獨自一人走在被征服的城鎮小徑上。蕾詩薇女士下令讓摩亞許獲得自由。他的雙手放在橋四隊外套的口袋裡，想起上頭不善的風。雖已回到悶熱的地面，他是還覺得太冷。

這座不錯的城鎮叫坤特。這裡有小小的石屋，每棟房子後面都種了植物。在他左側有刻意培植的石苞，門邊還有灌木叢。面朝颶風的右方，只有單單的石牆，連一扇窗都沒有。

這些植物讓他嗅到文明的味道。這是在野外聞不到的文明氣息。他走近這些石苞時，石苞也幾乎不會縮小，生靈會從他身邊出現。這些植物是針對行人所設計的。

他最後停在一處有著矮欄、圈住引虛者捕獲馬匹的地方。這些動物正吃著帕胥人扔給牠們的草糧。這種動物真怪，照顧起來費心費錢。他轉頭看向科林納方向的田野。蕾詩薇說他可以離開，加入前往首都的難民來防守都城。

使你烈情的怒火是？

數千年來不斷重生的感覺究竟是什麼呢？數千年過去，他們不曾放棄。

證明自己……

他轉身回到木材場，工人已經開始收集今天的木材。預報說今晚沒有颶風，他們不用事先防護，能輕鬆愜意地工作。他的同僚一如往常刻意聚在一起，避開他。

摩亞許拿起一把綑好的木材。一旁的工人本來準備要他住手，一看到是摩亞許就住口了。他打開繩索，走到這群處境悲慘的帕胥人身邊，給他們一人一段木棒。

沙額拿起木棒，皺著眉頭站起來。其他人也一樣。

「我可以教你們。」摩亞許說。

「用木棒嗎？」

「用矛。」摩亞許說。「我可以教你們成為士兵。反正我們怎樣都會死。颶風的，我們可能連牆都上不去，但是參與訓練幫得上忙。」

帕胥人面面相覷，拿著可以模擬成長矛使用的木材。

「我加入。」荷恩說。

慢慢地，其他人也點頭同意。

55 軍團孤兵

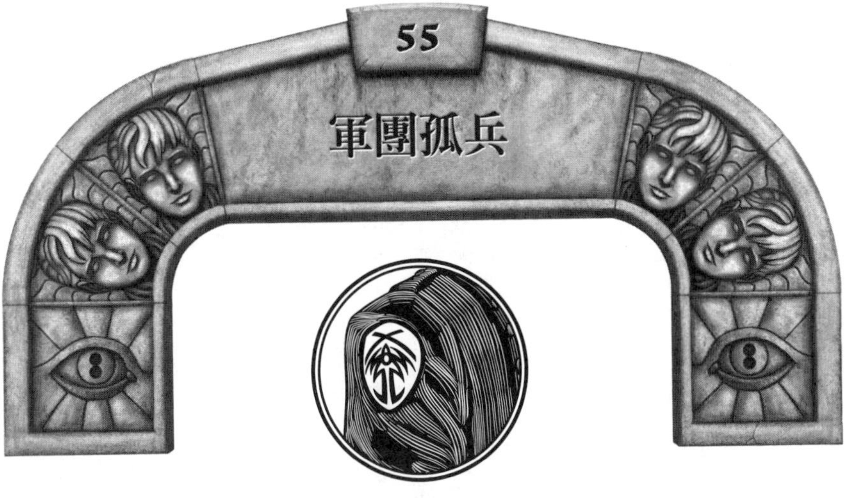

最重要的是，我也許是準備最不足的，只能用這般努力援助你。我開始意識到自己所持有的兩份力量如此衝突，以至於就連最簡單的行動都變得窒礙難行。

瑞連一個人坐在破碎平原上，聆聽著節奏。受奴役的帕胥人被剝奪了眞實的形體，無法再聽到任何節奏。這幾年他爲了成爲間諜，轉化成遲鈍形體，因此很難聽到節奏。沒有節奏的時間，實在讓他很難受。

這些節奏並非眞正的歌曲，它們是帶著語調與和諧感的節拍。他有數十幾種和音可以表達他的情緒，或是反過來改變他的情緒。

他的族人總以爲人類聽不懂節奏，他偏偏不信。即便這可能是他的想像，他覺得人類有時會回應確切的節奏。他們有時會久久凝視發出不受控制節奏的對象。他們有時會瞬間對煩躁節奏動怒，或是在喜悅節奏時歡呼。

瑞連自我安慰，人類總有一天會聽懂節奏，屆時他或許就不孤單了。

他現在哼著喪失節奏，這種節奏有狂暴節拍與分散的尖音。他的族人會這樣紀念逝者，這正是他在納拉克看著人類將故城改爲堡壘時所感受的情緒。他們在中央尖塔上設立了瞭望台，那裡本是五人組會面討論族人未來的地方。這些人將家屋改成了兵營。

這沒有觸怒他，畢竟把颶風座改建成納拉克的，也是他的族人。這穩固的廢墟會在雅烈席人手下受到保存，正如他的聆聽者族人所做的那樣。然而知道這些並不能壓抑他的悼念之心。他的族人已經離開了。是的，帕胥人已經覺醒，但是他們不是聆聽者。這就像雅烈席人和賈・克維德人並不會因爲有類似的腔調，而被視爲同一個國家。

瑞連的族人離開了。他們死在雅烈席人的劍下，或是被永颶吞噬，昇華爲聆聽者的古神。就他所知，他是僅存的族人。

他嘆了口氣，站起身。他把長矛甩到肩上，那是他們允許他拿的。他喜歡橋四隊的人，但他在他們之中仍是異類：他只是獲准持有武裝的帕胥人。他們決定相信這個可能變成引虛者的人，眞是幸運啊。

他橫跨平原到泰夫緊盯的訓練部隊。他們沒有向他揮手。有時他其實就在身旁，反而會嚇他們一跳。泰夫看到他，露出眞誠的微笑。橋四隊是他的朋友，簡直是……

他爲什麼既喜歡這群人，又想要鞭笞他們？

他和斯卡曾是最後兩位不能汲取颶光的成員，他們替斯卡打氣，講出激勵他繼續下去的話。他們對他有信心。至於瑞連……誰知道他能不能使用颶光呢？說不定這是他變成怪物的第一步？

儘管他告訴其他人，必須敞開心胸來適應這個能力。儘管他有能力選擇自己要如何改變。儘管大家沒有明說，他還是看得出他們的反應。他們把他當成像達畢一樣的人，瑞連最好學不會汲取颶光。

帕胥人和瘋子。這類人當逐風師太不可靠。

有五名橋兵全身發光朝天飛去，後頭曳著亮亮的煙霧。有些隊員正接受訓練，另一組人馬跟著卡拉丁檢查車隊。第三組人是剛學會汲取颶光的新進人員，跟著皮特在幾個台地外受訓，那一組人有琳恩和另外四位當初參與的斥候，她們全都學會了。除此以外還有其他橋兵隊的人員，以及一位淺眸軍官——柯洛特，弓兵上尉。

琳恩很快適應了橋四隊的指揮，另外兩位橋兵也是。瑞連希望自己不要嫉妒，只是這些人的確比他更像是隊伍的一員。

泰夫帶著五個人組成陣形飛上天空，另外四人大步走回大石的飲料站。瑞連跟了過去，耶克拍拍他的背，指著下一個台地，那裡有一大群抱著希望的人持續他們的訓練。

「那組人幾乎拿不好矛，」耶克說。「你應該教教他們頂天立地的橋兵該學會怎麼套招，對吧，瑞連？」

「願卡拉克教他們怎樣跟殼頭打。」艾瑟補了一句，順便從大石那裡拿了杯飲料。「呃，瑞連，我沒有惡意。」

瑞連碰了碰頭上的殼甲，化為戰爭形體的他，頭上的殼甲又厚又硬，蓋著他的頭顱。他的橋四隊刺青往外延伸，移到他的殼甲上。他的手臂與腿上也有殼甲，大家都想要摸摸看。他們不相信他的皮膚真的會長出殼甲，還以為偷看殼甲的內部很平常。

「瑞連，」大石說。「你可以拿東西扔艾瑟。他的頭很硬，他也有殼。」

「沒關係。」瑞連這樣說，但也只是因為他們希望他這麼說罷了。他一不小心哼起煩躁，這節奏影響了他的言詞。

他為了掩飾自己的尷尬，於是哼著好奇，試了試大石的每日飲品。「好喝！加了什麼？」

「哈！昨天煮了克姆林蟲，這是把蟲煮滾的水。」

艾瑟吐了滿嘴的水，震驚地看著自己的杯子。

「怎麼？」大石說。「你可以輕易吃下克姆林蟲！」

「但這是……簡直是牠們的洗澡水。」艾瑟抱怨。

「冰過了，」大石說。「還加了香料。味道很好。」

「是洗澡水。」艾瑟模仿大石的口音說。

泰夫帶著另外四人化成光波往前走。瑞連往天上看，才察覺自己正哼著嚮往，重步踏出去。他改哼起和平。和平，是的。他能平靜下來。

「沒有用，」德雷說。「我們不能颶風的巡邏整個破碎平原。越來越多車隊像昨晚那隊一樣被攻擊。」

「隊長說引虛者持續掠奪的原因並不單純。」艾瑟說。

「去跟昨晚遇襲的車夫說吧。」

耶克聳聳肩說：「他們也沒燒多少，我們在引虛者嚇到車隊以前就趕到了。我贊成隊長的看法，這不單純。」

「或許他們想要試探我們，」艾瑟說。「看看橋四隊的眞本事。」

大家這時都看向瑞連。

「我……我該給答案嗎？」他問。

「這個嘛，」艾瑟說。「我的意思是……颶風的，瑞連，引虛者是你的親戚耶，你應該很懂他們吧。」

「你猜得出來，對吧？」耶克說。

大石的女兒幫瑞連又裝了一杯飲料，瑞連低頭看著清澈的液體。別怪他們，他心想。他們不了解。他們不曉得。

「艾瑟、耶克，」瑞連小心措辭。「我的族人盡一切力量不要成爲那些怪物。我們從很久以前就躲起來了，並且發誓不再接受這些能力的形體。

「我不知道什麼地方改變了。我的族人一定施了什麼伎倆。不管怎樣，我們和你們一樣把煉魔當作敵人——比你們人類更甚。然而我沒有辦法告訴你們，他們會怎樣行動。我這一生打死不想思考到這些怪物。」

泰夫的小隊落到台地上。斯卡剛開始雖然辛苦了些，但很快便學會飛行。他是那群練飛的人之中，落地最優雅的。霍伯則撞到叫出聲來。

他們跑到飲料站來，大石的大女兒和兒子把飲料拿給他們。瑞連覺得這兩個孩子很可憐，他們幾乎不會雅烈席語。那個兒子不知爲何信了弗林教，看來賈．克維德的僧侶對食角人傳達了全能之主的教義，大石讓他的孩子選擇自己要追隨的神祇。這個皮膚蒼白的食角人少年在手臂綁上符文帶，並且對弗林教的全能之主焚燒祈禱文，而不對食角人的靈奉獻。

瑞連啜飲飲料的同時，也希望雷納林在這裡；那位安靜的淺眸人會不時讓瑞連加入話題。其他人會開心地和他胡言亂語，但是沒把他當作同夥。帕胥人在他們眼中什麼都不是——他們自幼便這樣認爲。

然而，他還是喜歡這群試圖拉近距離的人類。斯卡撞到他的時候，會眨眨眼說：「或許該問問瑞連。」其他人會立刻靠過來說，不要逼問他，然後裝成他的雅烈席卡版本回應。

沒有地方比這裡更適合他了。納拉克既然已不存在，橋四隊便是他的家人。伊尚尼、瓦藍尼斯、度德……

他哼著喪失，低下頭去。他不得不相信他的橋四隊朋友可以從節奏中感受到他的暗示，否則他們要如何理解帶著眞切痛苦的靈魂要用什麼方式哀悼？

有人宣布受颶風祝福的卡拉丁已經來到，泰夫準備帶另一小隊到天上。卡拉丁領著他的小隊下來，其中洛奔拿著人頭大小的寶石原石。他們大概從裂谷中找到了獸蛹。

「今天沒有引虛者的跡象。」雷頓拿了大石的水桶，倒過來當作椅子坐下。「颶風的……從高處來看，破碎平原眞的很小。」

「是啊，」洛奔說。「還有更大。」

「又小又大？」斯卡問。

「比較小，」雷頓說。「因爲我們可以快速跨越平原。我記得以前我們花了好幾年才橫跨這些台地。

現在我們可以在眨眼之間飛了過去。」

「你一飛到天上，」洛奔說。「你就知道這兒多寬廣——當然大多數地方我甚至還沒去探索——總之……就是大。」

其他人很期待地點頭。這時候得看他們表現的情緒與他們的舉止，而不能只從人聲分辨。或許情緒靈就是爲此才這麼常出現在人類身旁，比聆聽者還要容易。人類沒有節奏，他們需要別的方法理解他人。

「誰排下一班巡邏？」斯卡問。

「今天已經結束了。」卡拉丁說。「我要和達利納開會。我們會在納拉克留一個小隊，但是……」

要是他藉著誓門離開，其他人會慢慢失去能量，這股力量會在一、兩小時內消失。卡拉丁必須在相對鄰近的地方才能讓他們擁有能力——席格吉的理論認爲這個距離數字是五十哩，事實上他們的能力離卡拉丁三十哩左右便開始消退。

「好，」斯卡。「我正想喝更多蟲汁呢。」

「蟲汁？」席格吉喝到一半。除了瑞連以外，席格吉的深棕色皮膚在其他隊員之間顯得很突出，但橋兵似乎不在乎膚色，他們只在乎眼瞳的顏色。瑞連總覺得這很奇怪，因爲聆聽者是靠皮膚紋路分別的。

「那麼……」斯卡說。「我們要聊聊雷納林嗎？」

二十八人面面相覷，很多人就坐在大石飲料站的木桶旁，像是圍著炊火一樣。隊裡肯定有不應該在這裡的水桶被充作凳子，大石早就規劃好了。這位食角人自己就靠著他堆起杯子的桌子，肩上披著抹布。

「他怎麼了嗎？」卡拉丁皺著眉頭看著大家。

「他花了很多時間跟書記研究這座塔城。」那坦說。

「有一天，」斯卡說。「他講到他在那裡做事。聽到他說自己在學習閱讀，感覺眞是糟透了。」

其他人不安地動了動。

「所以呢？」卡拉丁問。「這有什麼問題？席格吉會閱讀自己的語言。颶風的，我自己也會讀符文。」

「這不一樣。」斯卡說。

「這太娘娘腔了。」德雷補充。

「德雷，」卡拉丁說。「你可是名副其實地跟男人打情罵俏。」

「所以呢？」德雷說。

「是啊，阿卡你在說什麼？」斯卡怒吼。

「沒事！我只是以爲德雷會同理……」

「這可不一樣。」德雷說。

「是啊，」洛奔說。「德雷喜歡其他傢伙，這就像……他比較不想在女人間打轉。這跟娘娘腔正好相反。他這樣，甚至可以說是更有男子氣概。」

「是啊。」德雷說。

卡拉丁揉了揉前額，瑞連可以感同身受。人類眞的很可惜，永遠受到配偶形體的束縛。他們總是因爲情感分了神，還有對交配的烈情，他們還沒找到方法把這種負擔卸下。

他很擔心人類——他們只會過度在乎他人該做什麼，或不該做什麼，因爲他們沒有辦法改變形體。如果雷納林想要成爲學者，那就成爲學者啊。

「我很抱歉，」卡拉丁伸手安撫大家。「我不是要說德雷什麼。颶風的，各位。我們知道事物都在改變。看看我們這夥人。我們就要成爲淺眸人了！我們已經讓五名女人加入橋四隊，她們也會持矛作戰。大家的期待越來越高——我們正是大家更加期待的原因。所以，我們就網開雷納林一面，好嗎？」

瑞連點點頭。卡拉丁的確是個好人。他比其他人還要努力。

「我有話要說，」大石說。「過去幾週，你們有多少人來我這裡，說自己不適合橋四隊？」

台地上眾人沉默下來。最後，席格吉舉起手，接著是斯卡，還有包括霍伯的幾個人。

「霍伯，你沒找過我。」大石指出。

「噢，對，但是大石，我想找你。」他看著地面。「事物都在改變。我不知道自己還撐不撐得住。」

「我還作噩夢，」雷頓輕聲說。「夢見在兀瑞席魯底層見到的東西。有人也這樣嗎？」

「我的雅烈席語不好，」輝歐說。「這讓我……尷尬。孤單。」

「我怕高。」托分補上。「飛上去快嚇死我了。」

有些人還看向泰夫。

「怎麼？」泰夫斥罵。「你以爲這是什麼心靈分享會啊，就因爲這颶風的食角人關切你嗎？颶風的。我沒有每天焚燒火苔來應付你們這些傢伙，可眞是個奇蹟。」

那坦拍拍他的肩膀。

「我不會戰鬥，」大石說。「我知道你們有人不喜歡，認爲我這個人給人特立獨行的感覺——不只是因爲隊裡只有我有好鬍子。」他向前靠。「生命正在改變。我們都感到孤單，對吧？哈！或許我們可以一起孤單！」

大家似乎因此而覺得寬慰。好吧，洛奔是個例外，他已經溜出這群人，從台地另一邊抬起石頭往下面看。他在人類之中，也是個怪人。

大家放鬆下來，開始聊天。霍伯拍拍瑞連的背，這是他們詢問他的心情時最親近的行爲了。他會因此覺得挫敗，難道很幼稚嗎？他們都認爲他是孤獨的，不是嗎？他覺得他們並不懂嗎？他們知道這簡直像是成了不同的種族嗎？這個種族正與他們交戰——這個種族不是被殺就是腐敗嗎？

塔裡的人永遠滿滿憎恨地看待他。他的朋友雖然不這樣做，但是他們只是拍拍自己的肩膀，要瑞連接受這事實。瑞連，我理解你和其他人不同。你自己沒辦法決定自己的樣貌。

他哼著煩惱，坐等卡拉丁把其他人派去訓練剛受啓發的逐風師。卡拉丁輕聲與大石交談，轉身停下來，看著坐在水桶上的瑞連。

「瑞連，」卡拉丁說。「你爲什麼不休息？」

如果我不想因爲你擔心我而有特殊待遇呢？

卡拉丁蹲在瑞連身旁說：「嘿。大石說的你也聽到了。我了解你的感受。我們可以一起肩負它。」

「你這話是說眞的？」瑞連說。「你眞的理解我的感受嗎，受颶風祝福的卡拉丁？或者這只是客套話？」

「這還眞只是客套話，」卡拉丁承認，也拿了個倒反的水桶坐下來。「你能告訴我這是什麼感覺嗎？」

他眞的想知道嗎？瑞連開始思考，然後哼出決心，才說：「我試試看。」

56 永伺汝旁

我也對你先前的計畫感到不解。爲何你在這之前不讓我明白你的存在？你究竟是如何隱匿自己的？你究竟是誰，以及爲何你對於雅多納西有這麼多的認識？

達利納在只有一面血紅色高大石牆的庭院現身。這面牆擋住了一塊巨石的缺口。

他身邊的人群不是在搬運物資，就是各忙各的，在靠著這道天然石牆的位置建起房子。達利納的呼吸在他面前化成霧。

他左手握著娜凡妮的外手，加絲娜在他右邊。他成功了。他掌控的程度慢慢超越颶父言及的極限。這回他握著娜凡妮與加絲娜的手進入幻象，毋須在颶風吹襲之日進行。

「眞漂亮，」娜凡妮握緊達利納的手。「這面牆就像你形容的一樣鬼斧神工。人們又拿起青銅製的武器，只有一點點鋼鐵。」

「那件盔甲是魂師製成的，」加絲娜放開手。「看看這片金屬上的指紋，那只是燒過的鐵，不是眞正的鋼，是魂師以陶土成形的。我在想……他們是不是因爲學會使用魂師，就怠於開採金屬呢？打造鋼鐵很有難度。工匠可以輕易熔化青銅一類的金屬，但在鋼上行不通。」

「所以……」達利納問：「我們所在的年份是？」

「應該在兩千年前，」加絲娜說。「那些是哈拉紋製的劍，看到那個拱廊了嗎？這像是後古典時期的建築，藍色是用漆的，不是染的。加上你之前在這裡用的語言，也讓我母親記錄下來，因此我很確定這是什麼時代。」她瞥向路過的士兵。「這是跨種族的聯軍，就像是寂滅時代的聯軍一樣——如果我的推論正確，這是最後寂滅以後兩千年的事了。」

「他們在對抗某個對象。」達利納說。「燦軍在一場戰事後撤離，將武器棄置在野外。」

「那麼這個記載比沙利符之女瑪莎記載的重創期，還要更接近我們的時代。」加絲娜陷入沉思。「我讀過你的幻象紀錄，這是歷史片段的最後一節——科林納化成廢墟的那一段，我還是分析不出是什麼時代。」

「他們還要對抗什麼呢？」娜凡妮問牆上發出警報的人。馬夫衝出堡壘前去偵查。「這絕對是引虛者離開以後的事。」

「可能是僞擬寂滅。」

達利納和娜凡妮一起看向她。

「這是個傳說，」加絲娜說。「但被認爲是僞史。多梵堤在一千五百年前的史詩作品提到過。這段僞史宣稱有些引虛者在最後寂滅潰敗後活了下來，之後有不少人都與他們起了衝突。這段史料之所以不可靠，是因爲之後的執徒堅稱沒有引虛者活下來。我認爲，這是帕胥人被剝奪改變形體的能力以前，和人類發生的戰鬥。」

她精神奕奕地看著達利納，他點頭回應。她大步離開去收集零碎的史料。

娜凡妮從背包拿了一些工具。「無論如何，我要搞懂這座『燒石堡』的位置，就算我要逼這裡的人畫張地圖也行。之後我們就能派學者到當地尋求重創期的線索。」

達利納走向牆底。這面牆的構造眞是鬼斧神工，跟幻象的其他異象形成對比；這裡的古人沒有法器，甚至沒有一定程度的金屬技藝，卻和奇觀並立於世。

有群人從牆上下來。後面跟著亞西爾的阿卡席克斯首座亞納高。達利納剛才是藉由握手帶娜凡妮和加絲娜進來，並要求颶父帶亞納高來。颶風正在亞西爾肆虐。

少年看見達利納便停了下來，問道：「黑刺，我今天要戰鬥嗎？」

「陛下，今天不用。」

「待在幻象裡眞的很累。」亞納高走下最後幾階。

「陛下，這股虛脫感是跑不掉的。事實上，自從我想從幻象中捕捉蛛絲馬跡，感覺便越來越沉重。」

「我說的疲累，指的不是這檔事。」

達利納沒有回答，雙手握在背後，與這位少年皇帝走到防線的路口，亞納高剛才就在那裡觀看整個事件的始末。燦軍飛越寬廣的平原，或是降落到地。他們召喚了碎刃，引起哨兵的注意。燦軍將武器留在地面，將之遺棄。他們也丟下盔甲。無價的碎具，就此失去主人。

少年皇帝似乎想要衝到他們前面，達利納以前也想這樣做。達利納抓住他的手臂，在士兵開門的同時離開。他不希望皇帝被接下來的人群淹沒，那群人會衝去搶走碎刃，互相殘殺。

這幻象一如以往，達利納覺得自己可以聽見靈逝去時在曠野的慘叫，幾乎讓他把持不住情緒。

「爲什麼？」亞納高問。「爲什麼他們就這樣……拋下了？」

「陛下，我們也不知道。這個景象也讓我魂不守舍，我還有太多需要理解的東西。我在這裡主要扮演的，是一位無知的角色。」

亞納高環視四周，爬上一顆巨石，想看見燦軍的身影。他似乎對這段幻象最有興趣。達利納可以理解。戰爭是戰爭，但是……這景象可是前所未有，後無來者。居然有人自願放棄碎具？

還有放棄時的痛苦。彷彿是強烈的異臭那般擴散。

亞納高坐在石頭上，問道：「爲什麼要我看這個？你連這有什麼涵義都不知道。」

「就算你不加入我的聯盟，我還是要把我所知道的一切讓你看見。我們可能會落敗，而你存活下來。

或許你手下的學者可以解開這些謎團。或許你能成爲羅沙的領袖，而我一敗塗地。」

「你不相信自己說的話。」

「我是不相信。但以防萬一，我還是要給你看看幻象。」

亞納高動來動去，玩弄身上皮甲的流蘇說：「我沒有……你想像得這麼重要。」

「陛下，恕我直言，你低估了自己的重要性。亞西爾的誓門極其重要，你們也是西部最強大的王國。只要亞西爾站在同一陣線，其他國家也會跟進。」

「我的意思是，」亞納高說。「我本人無足輕重。亞西爾當然重要。我只是他們怕有殺手再次上門，被迫戴上皇冠的小鬼。」

「那他們廣傳的奇蹟又是怎麼回事？那是神將選擇你的證明吧？」

「利芙特才是，不是我。」亞納高低頭看著自己晃來晃去的腳。「科林，皇宮裡的人把我訓練成舉足輕重的樣子，其實我不是這樣。至少還沒有。可能永遠都不會成功。」

這是亞納高的另一個面向，今天的幻象令他震懾，但是這股力量沒有把他推向達利納所希望的方向。他還是個少年，達利納提醒自己。這年紀的孩子在壓力與意外獲得權力時，會變得特別難對付。

「不管怎樣，」達利納對少年皇帝說。「你是皇帝。官員已經公開你奇蹟的復生。你有一定的權威。」

他聳聳肩說：「那些官員不是壞人。對於把我送上王位這件事，他們覺得有罪惡感。他們給我教育——其實是要我硬吞下去——並期待我的參與。但我不是帝國的掌權者。

「亞西爾的政權害怕你的存在。非常怕。比殺手還恐怖。他會燒灼諸皇的雙眼，但仍會有人替代這個位置。你的存在代表的是遠超於此的恐怖，他們認爲你會毀掉整個文明。」

「雅烈席人不曾踏上亞西爾的領土。」達利納說。「但是陛下，請告訴他們你見到的幻象，見到神將要你至少造訪兀瑞席魯一趟。告訴他們開啓誓門所帶來的可能性，遠遠超過如此做的危險。」

「要是這副景象又出現了呢？」亞納高朝插滿碎刃的曠野點點頭。數百把碎刃就插在地上，銀色的劍身反射著陽光。人群從堡壘裡衝了出去，漫往武器的位置而去。

「我們不會見到這副景象。」達利納瞇起眼來。「我不知道重創期是怎麼發生的，但我自有想法。陛下，燦軍失了心智。他們因爲政治而分裂，忘卻自身的目的，忘記他們原本要保護羅沙的人民。」

亞納高皺著眉頭看著他說：「你講話眞尖酸。以前你看起來很尊敬燦軍啊。」

「我尊敬那些曾在寂滅時代戰鬥的燦軍。至於這一群呢？我只能同情他們。我身處在可以略施同情的位置，然而尊敬他們？不。」他抖了抖。「他們殺了他們的靈。他們背叛了他們的誓言！他們可能不是惡徒，歷史也粉飾過去，但是這時的他們做了不義的錯事。*他們背棄了羅沙。*」

颶父在遠方隆隆作響，同意這段發言。

亞納高歪起頭。

「怎麼了？」

「利芙特並不信任你。」他說。

達利納四處張望，準備目擊亞納高的前兩個幻象中出現的那位女孩。那位雷熙女孩讓颶父恨之入骨。

「這是因爲，」亞納高繼續說。「你行事正直。她說像你這樣看來正直的人，總會藏東藏西。」

一名士兵走過來，用全能之主的聲音對他說：「他們是第一批。」

達利納退後，讓少年皇帝傾聽全能之主在幻象中的簡短演講。*這些事情會淹沒在歷史中。他們會成爲罪人。你會因爲這裡的事，有許多名字……*

全能之主以前也對達利納說過同樣的話。

哀傷之夜將至。眞正寂滅。永颶。

曠野中穿著全套碎具的人，開始攻擊其他持武的人。這是人類史上第一次有人用死去的靈殺害他人。

亞納高的身影漸漸從幻象中淡去。達利納閉上眼，感受著颶父遠去的行跡。一切畫面接著都會溶解……

並沒有。

達利納張開眼睛。他仍在燒石堡的血紅石牆巨影之下。外面的人還拿著碎刃爭鬥，也有人對大家喊著冷靜下來。

當天取得一副碎具的人會成爲統治階層。達利納發現其中還有理智的好人或是開始擔憂的人物，會是這批人的少數。他們不夠有攻擊的野心來取得這個優勢。

他爲什麼還在這裡？以前幻象會在這之前消失。

「颶父？」他問。

沒有回應。達利納轉身。

他見到一身金色與白色的男子。

達利納嚇了一跳，踉蹌退後。這是個有著皺臉、帶著骨白色頭髮的老人，老人的頭髮像是被風吹過一樣往後捲。他濃密的唇鬍帶有一點黑，連貫他的山羊鬍。就他的膚色和眼瞳來看，似乎是個雪諾瓦人。他的殘髮上有頂金冠。

這雙眼睛……這是雙遠古的雙眼，即便眼周圍著緊皺的皮膚，這雙眼仍然開心地含著笑意，讓雙眼的主人把金杖靠在達利納肩上。

達利納的情緒突然高漲，不禁跪了下來。「我知道你，」他低聲說。「你是……你是祂。你是神。」

「是的。」男子說。

「你到哪裡去了？」達利納說。

「我一直在這裡。」神說。「達利納，我一直和你在一起。我觀察你好久、好久。」

「這裡？你……不是全能之主吧？」

「榮譽？不，他死透了，就像你知道的一樣。」老人的笑容帶有深意，既眞誠又慈祥。「達利納，我是另一位。他們稱我爲憎惡。」

57 烈情

> 如果你能和我更進一步談話，我要求你的公開與坦誠。回到我的土地，聯絡我的侍從，如此我必然認真審視自己能爲你獻上的協助。

他是憎惡。

達利納踉蹌地後退，往後縮的他想找到武器，卻是徒勞。

憎惡本人。就站在他眼前。

颶父已經遠去，甚至沒了餘音——達利納可以感受颶父離去時幽微的情緒。那是一聲長嘆，彷彿被綁在重物上。

不對，那是連續的哀鳴。

憎惡將金杖放在他的手掌，轉身關切爭奪碎刃的人們。

「我記得這一天，」憎惡說。「人們充滿烈情。還有如此失落。對許多人來說是恐怖的一日，卻是他人光榮的一天。達利納，你對燦軍墮落的看法是錯的。他們的確起了內鬨，但是其他時代也有同樣的事發生。他們可以被信任，雖然見解可能不同，仍會爲了欲望聯合起來竭盡全力。」

「你要對我做什麼？」達利納把手放在胸口，呼吸短促。

他還沒準備好面對憎惡。

難道他會有能夠面對的一天嗎？

憎惡坐了下來。

「孩子，你一直處於令自己爲難的位置，」憎惡說。「你是第一個與此狀態的颶父締結的人。你能理解嗎？你與神的碎片有深切的連結。」

「那碎片是從你殺掉的那位分離出來的。」

「是的。我最後也會殺掉另一位。她躲起來了，我……被拒之門外。」

「你是怪物。」

「噢，達利納。身爲人類你竟這樣說？說說你會不會和你敬重的人起衝突。說說你會不會在必要時殺人，即便在美好的世界中，他命不該絕？」

達利納氣得後退。對，他幹過這種事。太多次了。

「達利納，我了解你。」憎惡又露出有如慈父的微笑。「過來坐坐。我不會吃掉你，你也不會因爲碰到我就燒起來。」

達利納遲疑一會兒。*你得聽聽他說什麼。就算這怪物說了謊，也比這世上眾所皆知的眞實，還有更多祕密。*

他走過去，全身緊繃地坐下。

「你怎麼認識我們三個的？」憎惡問。

「老實說，我甚至不知道你們有三位。」

「我們的人數其實更多，」憎惡心不在焉地說。「只有三位與你有連結。我、榮譽與培養。你和培養說過話，對吧？」

「我想是吧，」達利納說。「有人認爲她就是羅沙這片土地的靈。」

「她喜歡這一套。」憎惡說。「如果她掌握了這裡就好了。」

「那讓事成了吧。讓我們留在這裡。你離開。」

憎惡突然轉向達利納，讓達利納跳了起來。「這難道是，」憎惡輕聲說。「持有榮譽名號與力量的人，來解脫我的束縛的提議嗎？」

達利納一時說不出話來。笨蛋。你不是新兵。專心點。「不。」他堅定意志說。

「這樣啊，」憎惡露出微笑，眼角起了皺紋。「噢，別驚慌。事情可以好好安排。你如果釋放我，我會離開，但是你得用碎旨（Intent）來進行。」

「我釋放你會有什麼後果？」

「這個嘛，首先我要培養的命。還有其他……後果——套你的話來說。」

在他們周遭，碎刃將人砍成雙眼焦灼的屍體，在成爲同夥不久便殺了對方。這是個瘋狂失控的權力爭鬥場。

「你不能單單……離開這裡嗎？」達利納問。「你可以不要殺掉任何人嗎？」

「這個嘛，我倒要反問你。你爲什麼從可憐的艾洛卡手上搶走雅烈席卡的統治權？」

「我……」不要回答。不要讓他有話柄可抓。

「你知道這是爲人好，」憎惡說。「你知道艾洛卡很軟弱，這個王國如果沒有穩固的領導階層，就會受苦。你爲了大義控制這裡，對整個羅沙也是好事。」

有個一身破衣的男人在他們身邊蹣跚而行。他被碎刃重擊背部後，雙眼燒灼起來，刃尖穿出胸口三呎。那人往前倒，眼睛曳著兩道煙霧。

「達利納，人不能同時侍奉兩位神祇。」憎惡說。「所以，我不能放過她。事實上，我也不能放過榮譽的裂片，即便我原本以爲可以放下。但我已經發現事態走向奇怪的方向。如果你釋放我，我在這個界域的化身會非常強大。」

「你以爲你好過別人？」達利納舔舔乾掉的嘴唇。「你可以爲這片土地帶來更好的榮景？就憑你這個掌握憎恨與痛苦的神？」

「他們稱我爲憎惡，」長者說。「很好的名字。這名字長著尖刺。但是言詞不足以描述我，你應該知道這不是我重現於世界的全貌。」

「實際上是？」

他看向達利納。「是烈情啊，達利納．科林。我因爲情緒而強大。我是人類的靈的魂魄。我是色慾、愉悅、憎恨、憤怒與歡欣的化身。我既是榮光，也是邪影。我是讓人之所以爲人的基石。

「榮譽只在乎聯繫，不是在乎聯繫與誓言的意義，畢竟人很少守信；培養則想看見轉化、成長，她在乎的事物可好可壞，人類的痛苦對她沒有意義。只有我理解痛苦，達利納，只有我在乎。」

我不相信，達利納心想。我不能相信。

長者嘆了口氣，站起來說話。「如果你見過榮譽對世界影響的結果，就不會馬上指稱我是憤怒的神祇。讓人與情感分離，你們就會跟納勒和破空師團一樣無情——那正是榮譽賜予你們的。」

達利納朝前方的可怕屍體點點頭，說道：「你說我對燦軍背棄誓言的看法是錯的。那事實是？」

憎惡露出微笑，說道：「孩子，是烈情。美妙歡悅的烈情。是你們的感情，這定義了人類，卻也諷刺地讓你們成了可悲的載具。除非有人能分擔這樣的情感，否則這個情感會填滿人類，並且令人類崩潰。」

他看向死人。「但你有辦法想像沒有情感的世界嗎？不，我不想留在這種世界。你下次見到培養時，問問她這個問題，問她想要讓羅沙變成什麼樣子，我想你就會認同我是較好的選擇。」

「下一次？」達利納說。「我連見都沒見過。」

「你當然見過她，」憎惡一邊說，一邊轉身離去。「她直接搶走你的記憶。她的關懷遠不如我本來能幫上的忙。她也把你的一部分帶走，讓你成爲曾經明目的盲人。」

達利納站了起來，說道：「我提出鬥士挑戰。我們可以討論規則。你接受嗎？」

憎惡停了下來，慢慢轉身。「達利納．科林，你這是爲這個世界發言嗎？你會爲羅沙這樣奉獻嗎？」

颶風的。他會接受嗎？「我……」

「不管怎樣，我都不會接受。」憎惡站得高了些，露出令人不安、難以理解的微笑。「達利納．科林，我不需要冒險，因爲你會作出正確的決定。你會釋放我。」

「不，」達利納站起來。「憎惡，你不該在我面前現身。我曾經懼怕你，懼怕未知的事物比較容易。現在我見到你，就可以對抗你。」

「你眞的見到我了？有趣。」

憎惡又露出笑容。

整個世界化爲一片白境。達利納發覺自己所處的整個世界都渺如無物，他看著上方的永火。這火的火舌四處延伸，先是紅的，再化爲橙色，最後變成眩目的白。

這火焰似乎化爲深黑色與紫色的怒火。

這火可怕到足以吞噬光明。它如此火熱。難以描述的光輝，有強烈的熱氣與黑火，外圍燃著紫焰。

燃燒。

充滿。

力量。

這是戰場千軍的尖喊。

這是歡悅愛撫的瞬間。

這是喪失之悲，勝利之悅。

這就是恨意。恨意在深處洶湧，壓迫一切使之燒熔。恨意有千陽的苦熱，它也是每一個欣悅的吻，是人們經過包裝的生活，定義了人類所有的感受。

達利納僅僅碰觸到憎惡的冰山一角，便讓他感覺自我的渺小與無力。他知道自己如果飲下那生腥、濃縮的液狀黑焰，就會瞬間消失。羅沙這個星球將會因吹灰之力破敗得僅剩餘煙。

火光褪去，達利納發覺自己躺在燒石堡外，眼看著上方。天上的太陽只剩薄弱的冷光，萬物與那火相較都顯得冰冷。

憎惡跪在他旁邊，把他扶成坐姿。「好啦、好啦。這一小點還是太過頭了，對吧？我忘記這對人會有多大的衝擊。來，喝點東西。」他給達利納一只水袋。

達利納不明白這個動作，看著這個老人。憎惡的眼裡有紫黑色的火，就在那深處、更深處。現在和達利納談話的不是神祇本身，只是一個容貌，一張面具。

達利納要是得對抗這笑眼裡的眞正力量，他一定會瘋掉。

憎惡拍拍他的肩膀，說道：「達利納，休息一會兒。你就留在這裡。放鬆一點。這——」他突然住口，四處張望，在石塊間尋找著什麼。

「怎麼了？」達利納問。

「沒事。只是老人的腦袋耍了自己。」他拍拍達利納的手臂。「我們再聊，我保證。」

他在眨眼之間消失。

達利納向後一癱，精疲力竭。颶風的。颶風的，總之就是……

颶風的。

「那個人，」一個女聲說。「怪怪的。」

達利納滾起身子，勉強自己坐起來。旁邊有顆石塊露出了女孩子的頭。褐膚、淺眸、長長的黑髮、是個精瘦的女孩。

「我的意思是，老人全都怪怪的。」利芙特說。「說眞的，那些一臉皺紋對人說『要不要糖糖啊』、『噢，聽聽我這無聊的故事』，我可以接受。他們想的話就可以表現得很好，但不毀掉人生的人是老不了的。」

她爬上石堆。她穿著上好的亞西須服飾，而不是上次的簡單衣褲。長袍上有色彩鮮豔的圖樣，還有厚厚的外衣跟帽子。「就算老人都走了，但那個特別怪。」她柔聲說。「翹屁股，他是什麼東西？聞起來不像人類。」

「他被稱作憎惡，」達利納精疲力竭地說。「我們要對抗他。」

「哼。比起那東西，你什麼也不是。」

「眞是謝了？」

她點點頭，彷彿把這當作稱讚。「我會跟搞斯聊聊。你的塔城有好吃的東西嗎？」

「我們可以準備給你們。」

「是喔，我不管你準備什麼。你自己會吃什麼？好吃嗎？」

「……是吧？」

「不是軍糧之類的爛貨，對吧？」

「通常不會。」

「很好。」她看著憎惡消失的地方，抖得要命。「我們會去拜訪，」她頓了頓，戳戳他的手臂。「不要跟搞斯講憎惡的事，好嗎？他已經有一堆老人要煩了。」

達利納點點頭。

這個怪女孩消失了，幻象也終於褪去。

——第二部結束

間曲

卡颯◆塔拉凡吉安◆凡莉

I-4

卡颯

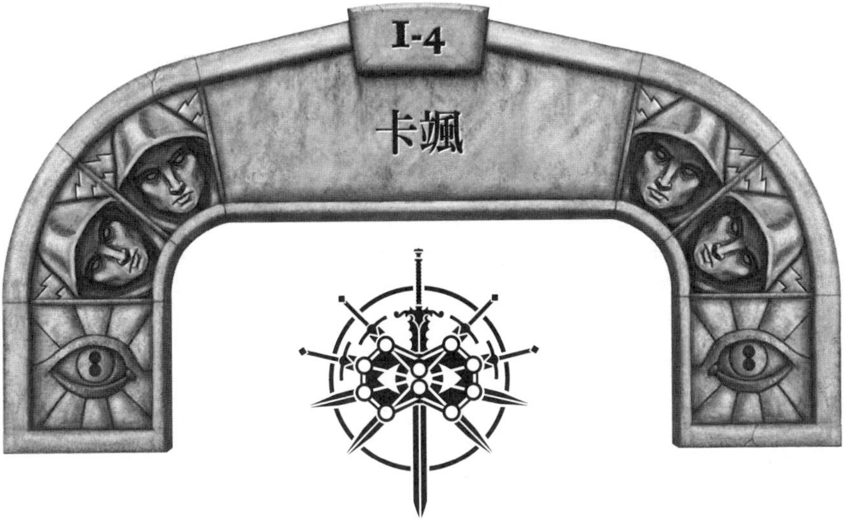

始夢號乘風破浪，卡颯緊抓了船索。她戴著手套的雙手已經被震得發痛，她確信再來一波浪，就會把她拋到海裡。

她不願意到甲板下。她這個人注定就該待在上面。她不再是照著海圖東奔西走的人了。更何況，一小時前還平順航行的船隻，現在已經要面對積聚風暴的闇空，也和她的預象一樣讓她不安。

接著一波浪打上甲板。水手們東倒西歪，大呼小叫。這些水手多半是從使丁來的，其他還保有理性的海員是不會走上這條海路的。伐哲梅船長小心翼翼地走在甲板上下令，舵手卓茲還維持著航向，直闖颶風。直、闖、颶風。

卡颯緊緊抓著東西，覺得自己的手臂年老力衰。冰冷的水灑在她身上，把她長袍的兜帽給掀開，露出她扭曲的臉孔。大多數水手沒有理會，但是大叫的卡颯的確把船長引來了。

伐哲梅船長是船上唯一的賽勒那人，卻不符合卡颯對賽勒那人的印象。對她來說，賽勒那人素來是穿著背心、矮小肥胖、頭上頂著時髦髮型的商人，會討價還價到一枚錢球不差。然而伐哲梅和雅烈席人一樣高，有一雙可以攀岩的手，前臂也長到能把她舉起來。

船又破了一道浪，這名船長喊：「快來人把魂師帶下去！」

「不！」她回吼。「我要留下來。」

「我付了親王等級的贖金帶妳上船，」他接近她。「可不是為了在這裡失去妳！」

「我不是貨物——」

「船長！」有個水手大喊。「船長！」

她和船長看著船正往巨浪航去，卻遲疑不動，不知道要怎樣才不會滑到另一邊。颶風的！卡颯簡直就要吐出來，也覺得手指就要從繩子上滑脫。

伐哲梅抓住她的袍子，在海水承受大浪時緊緊抓著她。這可怕的時刻，船身猶如被寒浪凍成棺木，就像整艘船都沉了下去。

浪頭一過，卡颯發覺自己被船長緊抓著，靠在甲板上的突起處。船長說：「颶妳的混蛋，妳是我的祕密武器，我沒有付錢的時候妳才可以淹死自己，懂嗎？」

卡颯勉為其難地點頭，驚訝地發現她可以清楚聽見船長的話。颶風……

遠離這裡了？

伐哲梅站直身體，露出大大的微笑。他白色的眉毛跟垂下的頭髮纏在一塊。甲板上存活下來的水手也站起來，一身溼的他們凝望天空，天空還是一片灰濛濛的，但是風勢已經完全休止。

伐哲梅捧腹而笑，甩甩他長長的鬈髮說：「夥計們，我就說吧！這個新風暴是從艾米亞來的！現在這風暴逃得遠遠的，讓艾米亞任人趁亂竊奪！」

大家都不願在艾米亞久留，他們各有不同的解釋。有些謠言說那裡有可怕的風暴，會找上接近的船隻。他們在這裡會遇上既不是颶風，甚至不是永颶的怪風，似乎支持了這個論點。

船長開始下令要大家回到崗位上。他們剛從利亞佛出航一點點距離，沿著雪諾瓦的海岸，向西往艾米亞北部去。他們很快就發現巨大的主島，但沒有上岸。大家都知道那是鳥不生蛋的荒地。艾米亞的寶藏藏在那些不明的島嶼，據說那些寶藏可以承受狂風與險惡的海峽。

卡颯不在乎那些寶藏，寶藏對她有何意義？她是為了自己族類的另一個謠言而來。或許她可以在這裡找到治療自己的方法。

就算她已經穩定下來，還是摸了摸自己的魂師，好讓自己放心。這是她的魂師，利亞佛的統治者說什麼都不算數。那些統治者有誰從年輕時開始愛護魂師、了解它的奧祕嗎？他們曾當過魂師幾年，然後在每次使用法器的時候一步步走向虛無嗎？

普通的水手讓給卡颯一個空間，不敢對上她的眼睛。她戴上兜帽，避開普通人的眼光。她……不成人形的階段已經變得很明顯了。

卡颯正慢慢地，化爲輕煙。

伐哲梅掌舵讓卓茲休息。這個瘦高的男人從上甲板走下來，注意到正在船邊的她。他對她露齒一笑，讓她開始產生好奇心。她沒有和他說過話。他往她這裡走，像是想小聊一下。

「所以說……」他說。「妳待在甲板上？撐過了那場風暴。眞有膽啊。」

她遲疑一下，想想自己這隻怪物，把兜帽拿下來。

卓茲沒有抖動，雖然他眼前的她無論是頭髮、耳朵都不成形體，臉孔也慢慢變形。她的臉頰有個看得到下巴與牙齒的洞，洞口圍繞著一圈煙，臉上的肉彷彿被燒穿。她說話時會漏風，喝東西的時候還要側著臉。就算這樣做，飲料還是會流出來。

魂師讓她消滅的速度並不快。她還有幾年，才會被魂師害死。

卓茲似乎想裝作什麼都沒看到地說：「眞不敢相信我們挺過了風暴。妳認爲這些風暴像故事一樣，會狩獵船隻嗎？」

他和她，都是一身深棕色皮膚與深棕色眼瞳的利亞佛人。這男人到底想要什麼？她試著回想一般人在生命中追求什麼，她已經開始遺忘。她說：「你要的是性嗎？……不，你比我小太多了。嗯……」卡颯很好奇。「你被嚇到了，所以希望安個心？」

卓茲開始撥弄綁好的繩子，才說：「嗯……我的意思是，親王派妳上船，對吧？」

「啊呀，」所以他知道她是親王的表親。「你想和王室搭線？可是我是自己上船的。」

「親王讓妳離開。」

「他當然不准我離開。不是為了我的安全，只是為了我的裝置。」卡颯心想，這裝置是她的。她望向過於平靜的海面。「他們把我關起來，想讓我舒舒服服過日子。因為他們知道我隨時隨地都可以如字面上所說的，把銅牆鐵壁化為煙塵。」

「那樣……會痛嗎？」

「快樂得不得了。我慢慢與魂師連結，帶著它在羅沙奔走，就這樣投入它的懷抱。」她舉起一隻手，一指一指脫下黑手套，露出不成形的手。這五隻手指的指尖冒著黑色的線。她將掌心轉向他說：「我可以示範給你看，感受一下，就知道是怎麼回事了。只要一瞬間，你就會跟空氣混為一體。」

他逃之夭夭。非常好。

船長把船往一座小島航去，是船長的海圖上宣稱存在的。這座島有一堆名字。祕岩島、虛無樂園。眞誇張的名字。她還是喜歡這裡的古名：阿奇那。

據說這裡本應有座大城。誰會在到不了的地方放座大城呢？海上聳立的是一群怪石，它們繞著這座彷彿高牆的島，有些石柱高達四十呎，就像矛尖那樣。他們的船試圖靠近時，海水又變得不安分，讓她覺得一陣反胃。她不討厭這樣。這可是人類的感官。

她再摸摸自己的魂師。

這股噁心感還帶著一點飢餓感。她最近經常忘記了食物，畢竟自己也不需要多少。她臉上的洞讓嚼食變成煩人的動作。然而她還是很享受甲板下飄來的燉鍋香氣。這些食物或許能夠讓水手鎮定點，一靠近島嶼，他們已經不安起來。

「魂師，該動手了。」船長說。「我已經一路把妳帶到這裡來了。」

「我不是物品，」她心不在焉地說。「不是拿來用的。我是人。那些尖石……是魂師製作的。」那些巨石矛尖整齊得像一個圓環。依照眼前的狀況，還有些暗礁在底下等著刺穿船底。

「妳可以毀掉尖石嗎？」船長問。

「不能。它們比你以前說的還大得多。」

「但是——」

「船長，我可以在巨石上造個洞。這比用魂術將整個物體消失還容易，但我不是普通魂師。我已經開始看到黑暗的天空，第二顆太陽，還有其他在人類城市潛伏隱藏的怪物。」

他明顯地抖了抖。有什麼好怕的？她只是說實話。

「我們需要妳把海面下的尖石轉化，」他說。「轉化一個能讓小船到島上的洞。」

「我會遵守諾言，但是你要記得，我不是爲你服務。我來這裡有我的目標。」

他們盡量找了最靠近尖石的地方下了錨。石尖看起來更可怕了，也更像是魂師製作的物品。每支尖石都要好幾位魂師，卡颯站在船首等著，其他人速速吃了一頓燉菜。

廚子是個女人，看起來是雷熙人，臉上滿是刺青。她強迫船長吃飯，說他要是餓了就會走神。卡颯就算拿了些東西，她的舌頭也嚐不出食物口味。這鍋東西對她來說，味道就像泥巴，還要用餐巾壓住臉頰才能進食。

船長一邊等，身邊也冒出了期待靈，就像在風中飛舞的綵帶。卡颯則看見跟著靈出現的怪獸。

小船準備下水，划槳手跟水手長上了船，但是把前面讓給了她。她拉上還沒乾的兜帽，坐在船板上。如果風暴沒有過去，船長又會有什麼打算？他會想在風暴中利用她和一艘小船來移除這些尖石嗎？

他們划到第一支尖石，卡颯小心地打開魂師，一陣光發散出來，上面有三顆大寶石與指套。她戴了魂師，寶石在她手背的位置。她輕嘆一口氣，讓皮膚感受這些金屬。溫暖、和善的魂師，是她的一部分。

她伸手進入寒冷的海水，將手放在石尖的頂部。石尖早已經過海水蝕鈍。寶石的光點亮水面，反光在她的袍上起舞。

她閉上眼，感覺自己的五感到了另一世界。那個世界會支持她。一些強大的力量，正因她尋求的支援被吸引而來。

石頭不希望改變。它在海裡平靜地沉眠許久。不過……是的，是的，它還記得。它原本是空氣，之後才被人鎖在這個形體。她不能再讓它成爲空氣。她的魂師只有一個功能，沒辦法啓用全部三個。她也不知道是什麼原因。

煙，她對石頭低聲說。煙在空中是自由的。記得嗎？她趁石頭進入思考的時候，出言引誘。是的……自由。

她幾乎全心投入其中。不再恐懼的感覺多麼美好？能夠在空中飛向無限有多美好？不再有凡物的痛苦？

石頭冒成一縷煙。一陣泡泡在小船四周爆了出來。卡颯回到現實世界時嚇了一跳，內心深處不禁爲之顫抖。她怕極了，這次她幾乎就要離開世界。

煙霧形成的泡泡搖動著小船，差點就要翻覆。她應該警告船員的。水手喃喃自語，坐在另外一艘船的船長則表示讚賞。

她又移除兩支水底的矛尖，船終於接近石牆島。這個矛尖一般的石陣長得很密，幾乎連伸手進去都很難。她處理掉三支石尖，才讓船離目的地夠近——就定位後，任何一波浪都有可能再把他們推開。

水手最後終於把小船穩下來。卡颯舉起魂師，其中兩顆已經沒了颶光，只淡淡發著光芒。她應該要帶夠寶石的。

她把手按在尖石上，說服它化爲輕煙。這回……輕鬆多了。她感覺到轉化的爆發力，看著化爲煙塵的過程，她的靈魂發出渾厚且歡悅的呼喊。她用臉頰的漏洞吸進煙霧，水手只能嗆到咳嗽。她看著煙霧往上飄走。如果能加入這縷煙的旅程，會有多好啊……

不行。

空洞後方正是島嶼。島上的陸面彷彿被煙燻過一樣黑，島中央有高高的石陣。石陣看起來有如城牆。

船長的小船划到她這一艘旁邊，再跳來她這裡，開始往回划動。

「你在做什麼？」她問。「你的船怎麼後退了？」

「大家說不舒服。」船長的臉色是不是異常地蒼白？「一群懦夫。這樣他們可拿不到什麼酬賞了。」

「這裡的寶石等著你們挖掘，」卓茲說。「好幾代的巨殼獸都死在這裡，留下牠們的寶心。我們會大富大貴，成為有錢人。」

前提要祕密還看守得好好的。

她坐了回去，在水手的引導下通過隘口。艾米亞人的魂師很有名。古昔時，艾米亞正是取得魂師的地方，人們會到古島阿奇那尋求這些裝置。

如果她想用她最愛的裝置來避免死亡，那個祕辛就在這裡。

她的胃又開始翻攪起來，雖然強忍了下來，但總覺得自己已經滑到另一個世界了。在她正下方的不是海洋，是一片黑色的玻璃。天空有兩個太陽，其中一個會把靈魂吸走。她的影子，則伸往錯誤的方向。

啪啦。

有個水手滑到水裡。另一名水手的槳滑了出去，接著也落水的時候，卡颯驚呼出聲。

「船長？」她瞇起一邊眼睛轉身。船長昏了過去，他失去意識往後倒，頭撞到船的後座。

其他水手的狀況也沒好到哪裡去。另外兩艘船開始不定向地漂浮，上面沒有還清醒著的水手。

這是我命中注定，卡颯心想。我的選擇。

她不再為了施展魂術奔波。她不是工具。她是人。

她推開失去意識的水手，拿起槳來。槳不好拉。她的身體不適合勞動，手指要抓好船槳都成問題。水手的形貌開始消散。她能再活一、兩年都算走運了。

她還是滑了過去。她突破水的阻力，終於可以跳下水，站在石頭上。長袍飄了起來的她，才想到沒檢查伐哲梅的生死。

她那艘船的水手都沒了呼吸，因此她把船推往海的方向。卡颯逆著浪前進，最後終於四肢並用爬上島。

她累垮了。眼皮很重。爲什麼她這麼想睡？

一隻快速爬過一旁石頭的克姆林蟲讓她清醒過來。那隻蟲的身形古怪，有大大的翅膀，和一顆像是野斧犬的頭，牠的殼閃爍著十數種色澤。

卡颯還記得她抓了克姆林蟲釘起來，然後宣稱要成爲自然學家的往事。那個女孩現在在何處？她爲必要之物不得由己。她取得王室保管的魂師，由她掌管。因而讓她必死無疑。

她撥了撥，克姆林蟲匆匆跑走。她咳嗽著，爬向石陣。這是座城市？石造的闇城嗎？她幾乎無法思考，但還是找到一顆寶石——這是一隻巨殼獸死後留下的白殼殘骸，有顆巨大且尚未切割的寶心。伐哲梅的預測是對的。

她在石陣邊再次倒下。石陣像是巨大且複雜的建築，上面塗了層克姆泥。

「哎呀……」她身後有人說話。「我應該猜到藥效不會太快在妳身上發作。妳幾乎不算是人了。」

卡颯翻過身，看見有人靜靜地踏著裸足靠近。是廚子嗎？正是那個有圖騰臉龐的女人。

「妳……」卡颯嘶聲說。「妳在飯裡下毒。」

「在那之前，我已經多次警告不要靠近這裡了。」廚子說。「最後只好用……激進的方式防衛它。人類不能再尋獲這個處所。」

「因爲寶心的關係？」卡颯覺得越來越疲倦。「或是……還有……其他……」

「我不能說，」廚子說。「就算要處死我也是。有些存在可以把妳靈魂的祕密扯出來，代價卻是世界的終結。魂師，睡吧。這是我最最慈悲的施予了。」

廚子開始哼歌。她身體的一部分開始崩解，化爲密密麻麻的克姆林蟲，離開原本的衣物，讓衣服堆成一團。

幻象嗎？卡颯昏昏沉沉地思考。

她就要死了。然而，這並沒有改變什麼。

克姆林蟲開始舉起她的手，拿走她的魂師。不……她還有最後一件事要完成。

她不屈地喊叫，將手放在身下多石的地面。地面化爲輕煙，她也跟著這個空間下墜。

這是她的選擇。

她的宿命。

塔拉凡吉安待在他位於兀瑞席魯的房間裡，兩名僕從將圖表放到他桌上，身爲國王測試者的杜卡身穿縫上符文、看起來十分可笑的防颶員袍子，正準備進行測驗。

然而，完全不用麻煩他們。

今天的塔拉凡吉安極具智慧。

他的思緒，他的氣息，甚至是他的一舉一動，顯示今天是他聰明的一天——這一天或許沒有昇華到他創造圖表的那一日，不過他的心智終於在囚於肉體之墓的情況下掌握了自己。在這之前，他就像只能漆白牆的繪畫大師一樣。

測驗桌一準備好，塔拉凡吉安便推開一個無名僕人坐下，抓起筆來解起第二頁的題目，而不是第一頁的簡單題目。他把筆墨濺到杜卡身上，這個白癡才開始抱怨。

「下一頁，」他厲聲說。「快快！杜卡，別浪費時間。」

「你還是得完——」

「是是是，好證明我這一天是笨蛋。這一天我可沒躺在床上、流著口水浪費時間，你卻拿這些蠢問題浪費我時間。」

「你設計——」

「出來的。沒錯，諷刺的是愚昧時的我設下的限制，結果限制了終於有辦法有所進步的眞我。」

「你那時不是笨——」

「拿去，」塔拉凡吉安把數學考卷交給杜卡。「做完了。」

「除了這張最後一題。」杜卡小心拿出一張。「你要試著解題，還是……」

「沒必要。我知道我解不出來；糟透了。趕快處理公事。我有正事要辦。」

雅德羅塔吉亞和招塵師瑪菈塔一同進來。她經常帶著這位招塵師，她想要以交情維繫這位原本在圖表組織下層，卻被拔擢爲高階成員的人。這件事一如圖表預言——顯示招塵師通常會在接受自己的使命時成爲燦軍。塔拉凡吉安本來不管哪一方面都沒有把握成功，但是圖表還能揀選出一名可以與靈締結的成員，讓他非常驕傲。

「他今天很聰明。」杜卡對莫拉說。這位貼身護衛負責對塔拉凡吉安身心能力進行最後的評估——用這種粗暴的檢查，避免國王愚鈍的那一面搞砸任何東西，對現在這種狀況的塔拉凡吉安卻只是煩人的過程。

現在的塔拉凡吉安充滿能量。

他已經覺醒。

絕頂聰明。

「他快到危險線了。」杜卡說。

「我知道，」雅德羅塔吉亞說。「法哥，你現在——」

「我覺得好極了。我們可以快點把事情辦完嗎？我可以和人互動，可以定下政策，也不需要受到限制。」

杜卡不情願地點頭同意。莫拉也露出同意的表情。終於啊！

「給我一份圖表的抄本，」塔拉凡吉安邊說邊推開雅德羅塔吉亞。「我要音樂，可以讓人放鬆的，但節奏不要太慢。把不必要的人清場，臥室的家具搬走，然後千萬不要打擾我。」

他們耗了好久才完成他的要求，都要半個小時過去了，他只能在陽台望著外面的大田野，思考它究竟多大。他需要測量……

「國王陛下，房間準備好了。」莫拉說。

「謝謝你啊，令愛飲海的人，你就這樣離開，進了我的臥房。你開始喝鹽了嗎？」

「……什麼？」

塔拉凡吉安大步走過陽台旁的小室，進了臥房，深吸一口氣，看著房裡空無一物，覺得很滿意。現在這裡只有四面空無裝飾的石牆，也沒有窗戶，對面牆上有些奇怪的方形浮雕，就像是高處的階梯，馬班正對著那裡掃塵。

塔拉凡吉安抓住女僕的手，把她推了出去，雅德羅塔吉亞拿了一本封面覆皮的厚重書本。這是圖表的抄本。好極了。他說：「測量陽台外那片石原可以耕作的區域，然後向我報告。」

他帶著圖表進了房間，讓自己沉浸在獨處的喜悅中，他在四個角落各放一顆鑽石，照亮自己迸發的靈感，這靈感是其他人不能投注心神的眞相——等到他結束，一小組兒童合唱團在門外開始唱起弗林聖歌。

塔拉凡吉安吸氣，吐氣，歌曲激勵了沐浴在陽光下的他。他把手伸向兩邊；現在他無所不能。他已經可以滿意地開始工作，像是多年以後終於能舒暢地漂浮。

他打開圖表。塔拉凡吉安在這本書中，得以面對比聰明的他更偉大的存在：另一個版本的他。

圖表這個名字，同時代表這本書，也代表研究這本書的組織。這本書本來沒有寫在紙上，那是塔拉凡吉安在他能力不凡的一日，在所有能夠寫字的表面記錄下自己的智慧，無論是櫥櫃或是牆壁都寫得滿滿的。他在此時也發明了新的語言，那是爲了要記錄思緒所需，讓他至少維持思想的中度水準。就算他像今天一樣聰明，上面所寫的東西亦令他羞愧——他翻了翻這本以小小筆痕抄寫了斑點、抓痕以及一切在圖表室裡製造的痕跡。那彷彿是經歷另一場人生的結果，對他而言，就像他有時化身的蠢人一樣，讓他感到如此陌生。

不，人人都能理解愚蠢。但這個更加陌生。

他不顧一身疼痛，跪在石地上，畢恭畢敬地翻閱書頁。他抽出自己的腰刀，開始割下一張書頁。最初的圖表並不是抄寫在紙上，所以一定要讓這份典籍上的紀錄有互動，讓他們的思考因此產生影響，這樣才能找到正確的觀點——即便是由他決定。他需要處理書頁的彈性，用新的方法編排內容，這時他的思考並不受他無法覺察的日子所束縛。

他沒有成就圖表那一天那般聰明，但也不用精明到那個程度。那一天，他曾是神明。在這一天，他會是神的先知。

他準備幫割下的那一頁找位置，發現有許多頁都可以和這一張產生連結——沒錯，這一頁確實和現在這一頁接了起來……沒有錯。塔拉凡吉安把兩張書頁都從中間割了一半，把字句分了開來。他把兩頁的一半合在一起，成了更完整的一頁。他之前漏掉的這段思緒，現在彷彿靈一樣從書頁中升起。

塔拉凡吉安沒有信仰，因爲信仰是不可動搖的事物。信仰的作用就是填補人類認知與無法感知之物間的隔閡，使人夜裡安眠，讓他們有控制現實的安穩錯覺，也避免讓他們有進一步的認知。然而圖表有它神聖的地方，擁有生嫩知識的力量，所以是人唯一該崇拜的對象。只是人對圖表的理解又如此地少——人類應得的理解可少了——要掌握這份知識的純淨，卻也因爲殘缺的認知與愚蠢的猜測而將之腐蝕。他要怎樣做，才能保護這本書，只讓絕頂聰明的人學著閱讀它呢？如此才可以達成許多善事。雖然弗林教禁止男人閱讀，但沒有人實際受到禁令所限，這只阻礙一半的人口取得訊息，把人隔離太愚蠢了。

他在房內踱步，注意到門下塞了一張紙；紙上回答了他對耕作區面積的問題。他看著上面的計算，聽著門外幾乎被兒童合唱團半隱的聲音。

「令愛飲海的人，」雅德羅塔吉亞說。「指的似乎是烏絲奎，這個人是一千七百年前，一首悲劇詩的主角。她因爲聽聞愛人去世而投海自盡，事實上愛人並沒有離世，是她誤解了傳聞。」

「好……」莫拉說。

「她習慣在沒有資訊的情況下遵循過往的範例行動，但這樣便只能是一個『笨』字可言。鹽分似乎代表她已經在海中淹死。」

「所以那是在罵人嗎？」莫拉問。

「是的。還引經據典。」塔拉凡吉安甚至聽見雅德羅塔吉亞的嘆息。他最好在她想太多以前阻止她。

塔拉凡吉安推開大門，說道：「我要用黏膠把紙貼上牆。雅德羅塔吉亞，幫我拿。」

他沒有提出要求，但他們已經把紙疊成一疊，讓他有點驚訝，因爲以前都要他發號施令才會有。他關上門，跪下來計算塔城的大小。嗯……

剛才他轉移了很大的注意力，不過很快便重新投入實在的工作，之後只因爲黏膠送來而被打斷一下。這一段，他按著數字表編排書頁，這些書頁看起來原本沒有意義。這是什麼的列表？這不像其他數字，並不是密碼。除非……有可能是速寫組成的文字嗎？

沒錯……沒錯，寫起正常的字都讓他不耐煩了。他會替字詞編號——或許是以字母順序進行——這樣才寫得快。但是解碼方法是什麼？

這是一份鞏固，他一邊整理一邊想，鞏固對達利納的行動！他的手興奮地顫抖，寫下可能的解譯。是的……如果不殺掉達利納，他就會阻止你拿下雅烈席卡的計畫。塔拉凡吉安派出白衣殺手，卻難以置信地失敗了。

幸好情勢峰迴路轉。塔拉凡吉安拿起另一張貼在牆上的圖表書頁。這一張，是對達利納行動的初始解釋，是床頭板背面第三塊的集合。這是用工整的字寫成的詩，預言達利納會聯合整個世界。

如果他下一步這樣做……

塔拉凡吉安猛筆一揮，在腦內將數字轉化爲文字，精神奕奕地有如忘記了自己的蒼老與痛楚，還有他那就算在稍微平靜的情況下，還是止不住顫抖的手指。

圖表還沒看到達利納次子雷納林的作用——所以完全無法預測。塔拉凡吉安作好注記，漫步到門口，看也不看就開了門。

「找出我出生時外科醫生的紀錄，弄個抄本給我。」他對外面的人說。「噢，還有把這些小孩殺了。」

他的話才出口，孩童的歌聲就靜了下來。樂靈也竄飛而去。

「你的意思是，要他們安靜下來，不要唱歌。」莫拉說。

「都可以。聽到弗林教的歌聲，會讓我想起歷史上宗教打壓思想的作爲。」

塔拉凡吉安回頭工作，不久就有人敲門。他大力開門，說道：「我說不要有人——」

「打擾你。」雅德羅塔吉亞拿著一疊紙。「這是你要的外科醫生評語。想到你常常要這份資料，我們現在都會隨身帶著。」

「好。」

「法哥，我們得談談。」

「不，我們——」

雅德羅塔吉亞還是走進了房間，看著被剪剪貼貼的圖表。她說：「你是不是……」

「不，」他說。「我沒有變成那個人。只是我過了好幾週，終於成爲我了。」

「這並不是眞正的你。現在的你，是你偶爾化身的怪物。」

「我沒有聰明到進入危險區。」這個危險區指的是他聰明過頭，不得作出決策的狀態。彷彿智慧成了包袱！

她攤開裙上口袋的一張紙，說道：「是的，這是每日測驗的結果。你停在這一頁，宣稱沒辦法回答下一題。」

沉淪地獄的。她發現了。

「如果你回答了這題，」她說。「就會證明你聰明到進入危險期。的確，你可以決定你解不了題目，我們應該考慮到這個漏洞。你自己也知道要是完成了這題，就會限制你今日的決策。」

「妳知道颶光可以讓植物生長嗎？」他從她身邊擠過去，拿了張他稍早寫上的書頁。

「法哥……」

「如果計算兀瑞席魯的耕地，」他說。「並且跟塔城預估的房間數量比較，我很肯定就算這裡有常溫的肥沃平原能夠自然生長作物，也不夠供給整座塔城的人口。」

「還有貿易可以進行。」她說。

「我不認為一直受戰爭威脅的燦軍軍團，會建立不能自給自足的堡壘。妳讀過貢羅比的著作嗎？」

「當然讀過，你知道的。」她說。「你是認為他們利用充滿颶光的寶石加速作物的生長，利用寶石的光線來照亮暗處嗎？」

「除此以外沒有別的可能，對吧？」

「但是這假設很鬆散。」她說。「是的，錢球的光可以讓暗室裡的植物成長，燭光不行，貢羅比說實驗結果並不顯著，效果只是……噢，搞什麼。法哥，你讓我分了心。我們本來在討論的是，你怎麼從自己設的限制鑽漏洞啊！」

「那是我還是蠢蛋時作的限制。」

「那是你還是常人時作的限制。」

「雅德羅，常人就是蠢蛋。」他壓住她的肩膀，把她推出房門。「我不會決定政策。我也不會下令謀殺這些唱歌的孩子。好嗎？這樣可以吧？現在讓我回去。妳讓這空氣都充滿了蠢蛋的臭味。」

他關上門，內心深處閃過一絲羞愧。他竟然會說雅德羅塔吉亞是蠢蛋？現在也沒辦法挽回了。她會理解的。

他回頭工作，割下更多書頁編排，想要找出提及黑刺的內容。書裡提到黑刺太多次，他必須專心研究當下的問題。

達利納活下來了。他正在建立聯盟。塔拉凡吉安現在該做什麼？再派一名殺手嗎？

這其中的奧祕是什麼？他一邊想，一邊拿起一疊圖表的書頁，找找自己能否從背面的透光找出字詞。

這些字是有意留下來的嗎？我該怎麼辦？求求你。告訴我。

他在一張書頁上輕輕寫下富有內涵的智慧言語。他把書頁貼在牆上尋求靈感，但是忍不住又讀起外科醫生的資料——這是他母親剖腹產下他那天的紀錄。

*他的脖子上纏了一圈臍帶。*那時外科醫生說。*王后會知道最好該怎麼處理，我很遺憾地說，孩子雖然活下來，卻可能有些殘缺。這孩子可能要移出排序外，讓其他繼承人排在前面比較好。*

他並沒有表現出「殘缺」，可是塔拉凡吉安自幼忍辱這樣的聲名。如此負面的名聲讓大家看不透他莽撞的行爲，他們以爲這是中風，或是單純年老力衰。或者在一些人傳言中，是他其實從以往便有的障礙。

他用絕妙的方法承受這樣的名聲，如今則要拯救世界。至少拯救世界還算重要的部分。

他持續工作了幾小時，將圖表的書頁越貼越多，在發現關聯時又寫下筆記，讓光和美麗趕走乏味與無知的影子，使他得到答案——答案就在那裡，他只需要解譯即可。

他的侍女終於來打擾他。這個煩人的女人總是繞在他身旁，要他做這個、做那個，把他當作沒有事做的人來看待。

「蠢女人！」他喊。

侍女並沒有顫抖，直接把餐點盤放在他身旁。

「妳看不出來我的工作很重要嗎？」他厲聲說。「我沒時間吃飯。」

她擺好飲料，不耐地拍了拍他的肩膀。她一走，他才注意到雅德羅塔吉亞和莫拉就站在外面。

「我想，」他對莫拉說。「如果我下令處決女僕，你也不會動手吧？」

「我們認爲，」這位貼身守衛說。「你今天不能作出這類決策。」

「那你就下沉淪地獄吧。我本來就要找到答案了。我們不能殺掉達利納·科林。現在已經不是好時機了。我們要支持他的聯盟，接著逼他走下領導位置，讓我可以接手統治。」

雅德羅塔吉亞進門觀看他的工作成果。她說：「我不認爲達利納會把聯盟的領導權交出來給你。」

塔拉凡吉安拍了牆上的書頁，說道：「看看這裡，就算對妳來說都很明顯。我預知到這個了。」

「你改編了內容。」莫拉驚愕地說。「改編了圖表。」

「只改了一點，」塔拉凡吉安說。「看，這裡本來寫什麼？我沒有改寫這部分，這很明顯。我們現在的任務是要讓達利納放下領導的位置，取而代之。」

「我們不必殺他？」莫拉問。

塔拉凡吉安瞪了他一眼，轉身晃向另一面牆。那面牆上黏貼的書頁比剛才還要更多。這位國王說：「現在殺他只會引人起疑。」

「是的，」雅德羅塔吉亞說。「我在床頭看過這段解譯——我們必須用力脅迫黑刺，讓他崩潰才行。我們需要對抗他的祕法。」

「很簡單，」塔拉凡吉安一邊說，一邊推著她看向牆上另一批注解。「我們派招塵師的靈探聽達利納惡臭未彰的祕密。我們可以讓他受挫，而我這個在聯盟中看似沒有威脅的人，就可以接掌位置，這時我們就有實力與憎惡交涉——他則會在諸神與諸靈的法則下，被協約束縛。」

「我們不能……打敗憎惡就好嗎？」莫拉問。

腦袋只有肌肉的笨蛋。塔拉凡吉安翻了翻白眼，雅德羅塔吉亞比較細心，轉身解釋：「莫拉，圖表說得很清楚，交涉正是圖表被創造出來的緣由。我們不能打敗敵人。我們只盡可能拯救能拯救的。」

「那也是唯一的方法。」塔拉凡吉安同意。達利納不會接受只能交涉的事實。只有一個人能強大到作出這樣的犧牲。

塔拉凡吉安靈光一閃……似乎是……他的回憶。

我有能力拯救大家。

「拿著，」他對雅德羅塔吉亞說，把注解的書頁放下來。「這行得通。」

她點點頭，拖著莫拉離開房間，讓塔拉凡吉安一個人跪在支離破碎的圖表殘骸中。

光與真實。救所能及。

放棄他人。

幸好，他具備這樣的能力。

凡莉決定要好好利用力量活下去。

她向倖存者中的一些人展示自己的形貌，好迎接將來的颶風。她不知道烏林姆這位有如幻影的上司、這位古老的聆聽者神明能不能讀心。要是他們可以，就能知道她忠心耿耿。

這可是場戰爭，凡莉是此戰的先鋒。她已經接觸了虛靈。她覺醒了颶風形體。她贖了她族人的罪。她受到祝佑。

這些都會在今天證明。兩千名聆聽者中，有九名倖存者被選上了，凡莉也是其中之一。戴米站在她身旁，露出大大的笑容。他喜歡學習新事物，颶風又是一場新的冒險。有人承諾他們會得到強大的東西。

*伊尚尼，看吧？*凡莉心想。*看看我們的本事，這是妳阻止我們時做不到的。*

「好，沒錯，就是這樣。」烏林姆一邊說，一邊讓自己像是振動的紅色能量飄了過去。「很好、很好。都排好隊了，面對西方。」

「嚮導，我們是不是該在風暴來臨以前找好掩護？」梅路以悲痛節奏說。「或是拿張盾牌？」

烏林姆在他們面前化身成小人。「別傻了。這是我們的風暴。你們什麼也不用怕。」

「風暴會賜予我們力量，」凡莉說。「這力量會比颶風形體還強嗎？」

「強大的力量。」烏林姆說。「你們已受揀選。你們是特別的。但是你們必須承受它，歡迎它的到來。你們必須要對風暴有所想望，否則這股力量便無法在你們的寶心中占有一席之地。」

凡莉曾經受苦，這是她的報酬。她已經受夠被人類欺壓的生活。她不會再受束縛，動彈不得。有了這股新力量，她永遠、永遠有辦法反擊。

永颶一如以往自西方現身。永颶的陰影蓋住附近一座小村莊，接著被紅色閃電照亮。

凡莉站向前，哼起渴切，張開雙臂。永颶不像一般颶風，並不會帶來被吹襲的碎骸與克姆泥水。永颶優雅多了。它只是狂嘯的黑煙雲朵，四處投擲閃電，將世界化爲鮮紅。

她仰頭迎接滾滾而來的暴風雲，讓永颶吞噬她。

一股憤怒的紫色暗影遮蔽了她。焚灰的碎片竄過她身體各處，這一次她沒有感受到雨水。只有閃電的震擊。只有永颶的脈動。

灰屑打上她的皮膚，有東西掉了下來，在石地上翻滾。那是樹嗎？是的，一棵燒起來的樹。沙塵狂吼，礫石掃過她的臉與殼甲。她跪了下來，緊閉雙眼，以手臂擋住吹來的碎骸。

有個巨物抬起她的手臂，拍打她的殼甲。她驚呼一聲倒在地上，用手撐起身體。

一股壓力包覆住她，對她的心智與靈魂施加壓力。讓我進去。

她艱難地敞開心胸，接納這股力量。這就像是轉換新的形體，對吧？

痛苦燒灼著她，彷彿有人在她腹中點了把火。她張嘴尖叫，沙石打在她舌上，小小的炭塊劃過她的衣服，輕灼她的皮膚。

接著，有個聲音出現了？

這是什麼？

那是個溫暖人心的聲音。是個古老、熟悉的聲音，慈祥地包覆住人。

「拜託你，」凡莉在煙塵中呼求。「拜託你。」

是的，這聲音說。**選上其他人。此屬我有。**

本來壓在她身上的力量就這樣褪去，她也不再痛了。某個不那麼龐大、不那麼掌握主宰權的存在取而代之。她高興地接受這個靈，鬆一口氣的她嗚噎起來，轉調到悲痛。

她在永颶中彷彿經歷了永劫。狂風終於弱了下來。閃電也慢慢消失。雷電往其他地方去。

她將眼中的沙眨了眨。她一動，一些克姆泥石塊跟斷枝便跟著流動。她咳嗽著站起身來，看看自己一身破敗的衣服與劃傷的身體。

她不再承載颶風形體。她化爲……靈活形體嗎？她原本穿的衣服似乎變大了，身體也沒有強壯的肌肉。她哼起節奏，發現內容完全不同——這是擁有力量的形體，才能發出如此暴力且憤怒的節奏。

但這不是靈活形體，也不是她認得的任何一種面貌。她長出了乳房，但不像配偶形體那樣大，也有髮絲。她四處張望，看看有沒有人也長成這樣。

戴米站在附近，他的衣服已被撕成碎片，健壯的身體倒是屹立不搖。他很高大，還有寬廣的胸肌與強壯的站姿。與其說他是聆聽者，不如說他是座雕像。他渾身肌肉，雙眼發出紅光，身上還脈動著紫黑色的能量——這股能量同時喚起光明與黑暗的力量。力量消失，但是戴米對自己能引發這種力量，似乎很開心。

那究竟是什麼形體？如此雄偉，手臂跟臉龐還有殼甲穿刺出來。她呼喚：「戴米？」

戴米轉向也化爲類似形體、正大步走來的梅路。他們正用凡莉無法理解的語言說話。不過她認得那節奏，是嘲弄節奏。

「戴米？」凡莉又問了一次。「你覺得如何？發生什麼事了？」

他又說起奇怪的語言，不過他說的話似乎就在她腦裡綻開，慢慢地可以理解：「……憎惡掌握這場風暴，就像敵人曾經這樣做一樣。太神奇了。阿哈拉特，是你嗎？」

「是的，」梅路回答。「這……感覺……很好。」

「感覺。」戴米說。「它有感覺了。」他深吸一口長長的氣。「它有感覺了。」

他們瘋了嗎？

一旁的穆倫推開一顆原本不在那裡的大石。凡莉驚恐地發現底下有隻手臂，還滲出血來。現實顯然沒有遵從烏林姆保證的安全，有人死了。

穆倫受到祝佑，變成高大有著霸氣的形體，就和其他人一樣。他離開巨石後，蹣跚地走了過來，抓住巨石，跪下。他的身體圍繞著暗黑色的光，低吼、喃喃自語不是語言的東西。阿托奇從另一邊過來，低下身來，露出牙齒，腳步就像侵略者一樣。她靠近的時候，凡莉可以聽見阿托奇嘴裡的話：「高空。死風。血雨。」

「戴米。」凡莉用毀滅說。「事情不對勁。過來等一下。我要找那個靈。」

戴米看向她，問道：「妳認識屍體本人？」

「屍體？戴米，你怎麼——」

「噢不。噢不。噢千萬不要！」烏林姆飛過地面到她面前。「妳沒有——噢，壞，這下壞了。」

「烏林姆！」凡莉厲聲用惱怒問，指向戴米。「我的夥伴出了問題。你把什麼東西帶到我們身上來？」

「凡莉，別和他們說話！」烏林姆化身成一個小人。「連指都不要指！」

戴米不知爲何散出暗紫色的力量，他端詳凡莉和烏林姆。「是你啊，」他對烏林姆說。「嚮導。靈，我要對你所成就的表示敬意。」

烏林姆向戴米敬禮。「求求你，偉大的煉魔，望向烈情，饒過這孩子。」

「你該向她解釋。」戴米說。「這樣她才不會……冒犯我。」

凡莉皺起眉頭說：「這是怎——」

「跟我來。」烏林姆的人形散去，飛往他處。凡莉滿腦子擔憂，哼著悲痛跟上去。戴米則在她身後與其他人會合。

烏林姆再次化為人形，說道：「妳真走運，他本來會解決妳的。」

「戴米不會這樣做。」

「不幸的是，妳以前的夥伴已經不在了。那是哈列爾，是煉魔中脾氣最壞的一個。」

「哈列爾？這話是什麼意——」她說到一半，看著其他人輕聲對戴米說話。他們人高馬大，傲氣逼人，他們的行為——都不對勁。

聆聽者的形體會改變他們的思緒，甚至是個性。除此以外，他們終究還是自己。就算颶風形體也沒有讓她變了個人。她……可能變得比較無情，比較有侵略性。她仍然保有自我。

這不一樣。戴米不像她曾經的配偶，講話也不一樣。

「不是吧……」她低聲說。「你說我們要敞開心胸接受新的靈，接受新的靈體。」

「我說的是，」烏林姆低聲說。「你們要敞開心胸。我沒有說要進到你們裡面的是什麼。看啊，你們的神需要肉體。就像每次寂滅再臨時一樣。你們該感到榮幸。」

「榮幸成為死者？」

「為了種族的益處，是的。」烏林姆說。「那些是古老靈魂重生而來的煉魔。至於妳，顯然是擁有其他力量的形體，妳和一個次等虛靈締結了，讓妳比只有普通形體的聆聽者有著更高的地位，但沒有到煉魔的程度。遠遠不及。」

凡莉點點頭，往人群那裡走。

「等等，」烏林姆竄到她前面。「妳在做什麼？妳有什麼問題嗎？」

「我要把那個靈魂趕出去，」她說。「把戴米帶回來。他必須知道我們的處境，在他選擇這誇張的——」

「帶回來？」烏林姆說。「帶回這裡來？他已經死透了。妳本來也是。這太糟糕了。妳做了什麼？妳像妳姊姊一樣反抗了嗎?」

「別擋路。」

「他會殺了妳。我警告妳,他脾氣不——」

「嚮導。」戴米轉身用毀滅節奏說。這不是他的聲音。

她哼起悲痛。這不是他的聲音。

「讓她過來,」掌握戴米身體的東西說。「我和她談談。」

烏林姆嘆了一聲。「隨妳了。」

「靈,你說話像個人類。」戴米說。「你服侍偉大,但是你用人類的方式,用人類的語言,對此我感到不悅。」

烏林姆穿過石頭。凡莉往煉魔們走去。有兩人還不太能動,他們爬起身來,又跌下去。另外兩人帶著笑容,扭曲著身體。

聆聽者的神祇並非都有著神智。

「很遺憾讓妳的朋友死了,好僕人。」戴米低聲用與命令節奏完全共鳴的聲音說。「雖然你們是背叛者的後代,你們也要在這裡的戰爭接受命令。你們面對世仇,沒有轉寰的餘地,就算是滅亡也一樣。」

「求求你,」凡莉說。「他對我很重要。你可以讓他回來嗎?」

「他已經通往目盲的彼端了。」戴米說。「他不像與妳締結的虛靈,沒有寄宿在妳的寶心。我的靈魂不能與妳的朋友分享同一副身體。即便是重生或是憎惡之力,都沒有辦法把他帶回來。」

他伸手抬起凡莉的下巴,檢視她的臉龐。「妳本來要承受我數千年的戰友。但她被帶走,妳留了下來。憎惡有他的計畫。爲此歡欣吧,不要哀悼妳逝去的朋友。憎惡會對我們的敵人復仇。」

他放開她,她努力不讓自己倒下。不,不行,她不能表現出自己的頹弱。

但是……那可是戴米啊……

她試著擺脫對戴米的想念，就像她試圖擺脫伊尚尼一樣。這是她在數年前開始接受烏林姆指示，決定冒著神祇回歸的風險後走上的道路。

戴米已經死了，而她留了下來。憎惡這位諸神之神，對她有特別的計畫。她坐在地上，煉魔還在用他們奇怪的語言交談。她一邊等，一邊看見不遠處有東西懸浮著。那是個小小的靈，像是一顆光球。沒錯……她曾經在伊尚尼身邊看過。那是什麼？

它看來很不安，衝到她身旁的石頭。她直覺了解到，這肯定是和颶風與太陽一樣的事實。如果旁邊那些怪物看見這個靈，他們會馬上毀了它。

掌控戴米身體的煉魔轉身過來時，她按住那個靈。她把靈蓋住，哼起困窘。

他沒注意到她的動作。

「準備上路。」他說。「我們必須往雅烈席拉去。」

第三部

抗拒事實，吾愛事實

Defying Truth, Love Truth

達利納◆紗藍◆卡拉丁◆雅多林

本頁搜錄瞄準賽勒那的商人階級，深受芬恩、娥娜姆蒂女王宮廷貴族的時尚影響

58

重擔

身爲石衛師，我終其一生都期盼能犧牲自我。內心深處卻擔憂這是一條懦弱的途徑。通往解脫的途徑。

——二九之五抽屜，黃寶石

兀瑞席魯台地本來時常積聚不散的雲層，今天卻突然消失不見，讓達利納能夠順著高塔下的無盡崖壁往下眺望。但他仍然看不見地面，這片懸崖彷彿一直延伸到了永恆之中。

就算沒有雲霧的遮擋，他還是很難用肉眼確定他們在山中多高的地方。娜凡妮的書記能夠透過某種方法，利用空氣來丈量他們的所在高度。不過他們提供的數字無法讓達利納滿意。他想要眞眞正正地看見。他們眞的比破碎平原上空飄浮的雲彩還高？會不會這些大山裡的雲飄得比較低一些？

*你已經老得開始多愁善感了？*他一邊暗自思忖，一邊踏上一座誓門平台，娜凡妮挽住了他的手臂，塔拉凡吉安和雅德羅塔吉亞他們身後的坡道上等候。

娜凡妮看著達利納的眼睛說：「還在爲最後的那個幻象而困擾？」

此時困擾達利納的並非此事，但他還是點了點頭。事實上，達利納擔憂的是憎惡。儘管颶父已經恢復了自信，達利納仍然無法忘記那強大的靈體在恐懼中哀鳴的情景。

娜凡妮和加絲娜迫不及待地研究達利納與黑暗之神會面的紀錄，但她們也決定不將此事公開。

「也許，」娜凡妮說。「這又是一個預先計劃好的事，是榮譽為你安排好的遭遇。」

達利納搖搖頭。「憎惡感覺上是眞實的。我眞的和他進行了交流。」

「你在那個幻象中能夠與任何人進行交流，只有全能之主本尊除外。」

「但按照妳的理論，全能之主不可能創造一個神的完整擬像。不。我看到的是不朽的存在，娜凡妮……那充滿神性、無邊無際。」

達利納打了個哆嗦。他們已經決定暫時停止使用幻象。他們的意志有可能會因此暴露在憎惡面前，誰知道這會給他們帶來怎樣的危險？

*當然，誰知道憎惡能夠如何觸及眞實世界？又會受到什麼樣的限制？*達利納心想。他再次抬起頭，熾烈的太陽白得耀眼，天空呈現出一片淺淡的藍色。他本來以為高居於雲層之上，便能夠讓他有更加廣闊的視野。

塔拉凡吉安和雅德羅塔吉亞終於走了過來，身後還跟隨著那名古怪的封波師——那個名叫瑪菈塔的短髮女子。走在最後的是達利納的守衛。瑞艾向達利納敬禮，又這樣了。

「你不需要每次我看向你的時候都向我敬禮，中士。」達利納有些無奈地說。

「多一分謹愼沒有壞處，長官。」這名皮膚粗糙黝黑的軍人再一次敬禮。「我不想被報告對長官不敬。」

「我並沒有提過你的名字，瑞艾。」

「但所有人都知道了，光爵。」

「可以想像。」

瑞艾咧嘴一笑。達利納擺擺手，要這個人打開他的水罐，嗅了嗅裡面是否有酒氣。「這次是純水？」

「絕對純淨！上次你已經懲處過我了。這只是水。」

「所以你把酒放在了……」

「在我的酒瓶裡，長官。」瑞艾說。「酒瓶在我制服右腿的口袋裡。不必擔心，它被緊緊塞住了。我已經完全忘記了它。只有等到任務完成的時候，我才會發現它。」

「我相信。」達利納挽著娜凡妮的手臂，跟上雅德羅塔吉亞和塔拉凡吉安。

「你可以安排別人來守衛你，」娜凡妮悄聲對達利納說。「那個油滑的傢伙……很不稱職。」

「但我挺喜歡他的，」達利納承認。「他讓我想起了一些以前的朋友。」

位於這個平台中央的控制室在外形上並沒有什麼特別之處，地面上鋪著小塊的磁磚，弧形牆壁上能看到鎖孔裝置，磁磚圖案是晨頌的文字符號。這間單室與賽勒城中的那間完全一樣，在啓動之後，它就會和那一間單室交換位置。

這裡有十座平台，也就是十條跨越世界的路徑。地面上的字元圖案表明了這些單室有可能不必先來兀瑞席魯，就能夠直接從遠方的某一座城市到達另外一座城市。他們至今尙未發現如何啓動這樣的功能，這裡的每一道誓門目前只能與它的對應誓門進行換位，而且相互對應的兩道誓門在換位時，都要處於解鎖狀態。

娜凡妮逕自走向控制裝置。瑪菈塔來到娜凡妮身側，越過她的肩膀看著娜凡妮擺弄鎖孔——那是一顆十芒星的中心點。十芒星位於一塊金屬面板上。「是的，」娜凡妮的語氣彷彿是引述某種文獻資料。「這裝置就和破碎平原上的那個一樣，只需要扭動這裡……」

她透過信蘆向賽勒城寫了些什麼，然後便讓眾人都走出去。片刻之後，這間單室閃耀了一下——一圈颶光開始環繞它飛速轉動，有如一支火把在黑暗中晃動留下的殘像。隨後，卡拉丁和紗藍出現在門口。

「成功了！」紗藍歡呼雀躍著走出，聲音興奮又熱切。卡拉丁正好與她相反，穩穩地邁出步伐。「交換位置的只有控制室，不是整座平台，我們應該可以節省颶光。」

「到現在爲止，」娜凡妮說。「我們每次交換位置都以全部能量運作誓門。我懷疑我們在這個地方和這些裝置上所犯的錯誤不止這些。不管怎樣，現在你們兩個解鎖了賽勒那那端的誓門，至少我們應該能夠隨心所欲地使用它了——當然，還需要燦軍的幫助。」

「長官，」卡拉丁對達利納說。「女王已經準備好與你見面。」

塔拉凡吉安、娜凡妮、雅德羅塔吉亞和瑪菈塔進入了房室，只有紗藍還盯著通往兀瑞席魯的坡道。當卡拉丁跟在眾人身後也要返回時，達利納一把抓住了他的手臂。

「飛在颶風之前的飛行還順利嗎？」達利納問。

「沒問題，長官。我相信會成功的。」

「那麼就在下場颶風時前往科林納吧，士兵。我只能依靠你和雅多林去阻止艾洛卡做出蠢事了。一定要小心。那座城中正在發生某種奇怪的事，我絕不能失去你。」

「是，長官。」

「你飛行的時候要到死彎河南邊支流的兩岸招呼一下。帕胥人也許暫時征服了那裡，但那片土地終究還是屬於你的。」

「……長官？」

「卡拉丁，你是碎刃師，這讓你至少屬於第四達恩，所以你應該擁有自己的土地和名號。艾洛卡已經確認過，你可以擁有那條河邊一片不錯的土地。曾經擁有那片土地的光明爵士在去年薨歿，他沒有繼承人，所以那片土地現在回歸到了王權治下。它不像另一些封地那麼遼闊，但現在是你的了。」

卡拉丁露出驚愕的表情。「長官，那片土地上有村鎮嗎？」

「六個或七個村莊，一座在籍的小鎮。那條河是雅烈席卡水量最穩定的河流之一，就算在中平季也不會乾涸。那裡位於一條車隊大道旁，你的人民會把那裡經營得很好。」

「長官，你知道我不想要這樣的負擔。」

「如果你想擁有一個沒有負擔的人生，就不應該說出那種誓言。」達利納說。「孩子，像這樣的事情，也許我們本來就沒辦法自己選擇。你要任命一個好總管，找一些聰明的書記，還有一些忠實可靠的第五和第六達恩公民來管理那些村鎮。從個人角度講，等這一切結束以後，如果還有一個王國能成爲我們的負擔，那我們——包括你在內——都算是走運了。」

卡拉丁緩慢地點點頭。「我的家人在北雅烈席卡。既然現在我已經要飛向颶風，等我從科林納的任務返回之後，我想去把他們接來。」

「只要讓誓門敞開，你就會有足夠的時間去做想做的事。我向你保證，現在你能夠爲你家人做的最重要的事，就是防止雅烈席卡傾覆。」

根據信蘆的報告，引虛者正緩慢地向北方移動，已占據了雅烈席卡很大一片區域。雷利司．盧沙藩王曾經試圖在那片飽受煉魔之苦的地區召集殘存的雅烈席卡軍隊，卻又被擊退，不得不撤向賀達熙王國。幸而，引虛者並不殺戮普通平民，卡拉丁的家人應該還是安全的。

上尉快步走過了坡道。達利納看著他，又想起了自己的重擔。等艾洛卡和雅多林從援救科林納的任務中回歸，他們還需要面對艾洛卡關於兀瑞席魯上王的安排。只是他尚未決定宣布這件事，甚至沒有向藩王們透露過。

達利納能夠理解，自己應該順應當前的形勢，任命雅多林爲科林藩王，然後退位。但他一直在拖延這件事。這最終只會導致他和他的祖國分離，而他希望至少能夠先爲收復都城出一份力。

達利納走進控制室，與眾人會合，向瑪菈塔點點頭。那名封波師召喚出自己的碎刃，將它插進槽位。金屬面板開始移動、流轉，與碎刃相吻合。他們已經進行過測試，儘管這座房室的牆壁很薄，可是碎刃在插入槽位之後，沒有人能從牆對面看到碎刃露出尖端。這把利刃正在融入到整部裝置之中。

瑪菈塔推動碎刃柄的側面。控制室的內牆開始旋轉。地面上細小磁磚拼出的花紋閃耀起光芒，如同雕花玻璃般照亮眾人。瑪菈塔讓碎刃停在正確的位置上。一道光亮閃過之後，他們已到達了目的地。達利納走出這間小房室，來到了遙遠的賽勒城的平台上。這是靠近凍土之地南部的一座大島，賽勒城是這座島嶼西側海岸的一座港口。

在這裡，環繞誓門的平台被改造成了一座雕像花園，只是花園中大部分的雕像都已經倒塌破碎。芬恩女王正在隨從的陪伴下站在坡道上等候。紗藍可能已經叮囑過女王不要太靠近，以免這種傳送發生任何意外。

這座平台處於城市中很高的位置。達利納靠近平台邊緣，發現這裡有極佳的視野。然而城中的景象卻讓達利納不由得一陣屏息。

賽勒城是和卡布嵐司一樣的山地都市，背後的高山擋住了颶風。達利納從沒有來過這座城市。他研究過地圖，知道賽勒城曾經只有靠近現在市中心的一片區域，那片區域如今被稱爲「古城區」，它隆起在城市其他區域之上，完全由千年前蝕刻的岩石形成，在外觀上格外顯得與眾不同。事實上，這座城市的建造史更是遠遠早於這片岩石被雕鑿的時代。

在城中地勢較爲低窪、被稱作「低城區」的地方，則有一道寬闊厚重的城牆。城牆西端直抵城市側面陡峭的山崖，另一端則筆直延伸到山麓丘陵之中。如今這道城牆下堆積了許多亂石。

在古城區後部上方，這座城市繼續拓展，形成了一連串層層疊疊的階梯狀區域，這裡被稱爲「高城區」。在高城區之上，城市最頂端的是恢弘壯麗的「王室區」，宮殿、府邸和神廟都集中在那個區域，誓門平台也在這一區。這座城市的北部邊緣便是直落大海的懸崖了。

這個地方曾經因爲它的華美建築令人流連忘返。今天達利納在此地停留，則有著不同的原因。他在這裡看到了數十座……數百座建築物的廢墟。整片街區都變成瓦礫，高處的樓宇被永颶打成碎片，滑落到下層房舍上。這裡曾經矗立著全羅沙最美麗的一座城市，它的藝術、貿易和上等大理石都名聞遐邇。而今卻是一片狼藉，彷彿一個盛著宴會佳餚的大盤子，被不小心的女僕失手打落在地。

諷刺的是，在城市最低處，城牆的陰影下，許多樣式樸素的房子卻挺住了颶風的摧殘。達利納不由得讓目光越過城牆，轉向城市西邊的小半島上。賽勒那王國的碼頭就在那裡，曾經簇擁著鱗次櫛比的倉庫、客棧和商舖，只不過都是用木材建造的。

而今它們全都被掃蕩乾淨，只剩下貼近地面的一點殘骸。

颶父啊。怪不得芬恩拒絕了他那些需要分散她的力量和資源的要求。這場災難的絕大部分是由第一場完整永颶造成的。賽勒城嚴重暴露在永颶之中。永颶橫掃過西方的大海之後，沒有受到陸地阻擋就直接襲擊了賽勒那。這裡的許多建築都是以木頭建造，尤其是高城區。賽勒城會出現木造房屋這種豪宅是很自然的事情，以前這裡只經受過一些最溫和的風暴。

如今，永颶已經來了五次。幸運的是，後面的幾場永颶都比第一場溫和得多。達利納在平台邊緣駐足良久，將這一切盡收眼底，才率領他的隊伍走向坡道上的芬恩女王，以及陪同女王的一眾書記、淺眸貴族和衛兵。那些隨員中還包括女王的王夫，科馬克親王，一位上了年紀的賽勒那人，他有著精心修剪的鬍鬚和垂到面頰上的眉毛，身穿背心，頭戴小帽，身邊跟隨著兩名作爲書記的執徒。

「芬恩……」達利納輕聲說。「我爲此感到難過。」

「看樣子，我們在安逸奢華中生活太久了。」芬恩說。達利納在那一瞬間，對於芬恩的語氣十分驚訝，這種語氣並沒有呈現在幻象中。「我還記得自己小時候，很擔心其他國家那些飽受災害天候和狂猛風暴之苦的人，在得知這裡有多麼美好以後會做些什麼。那時我很害怕遲早有一天，這裡會擠滿了移民。」

女王轉向她的城市，輕輕嘆了一口氣。

在這裡生活是什麼感覺？達利納竭力想像居住在不像是堡壘的家中，享受木頭建造的房屋和寬闊的窗戶，房頂只需要能夠擋住雨水就好。他曾經聽人們開玩笑說，在卡布嵐司城，你必須在門外掛上一串鈴鐺，才能知道颶風何時到來，否則可能颶風已經離開，你還一無所知。塔拉凡吉安是幸運的，那座城市稍稍向南的布局，讓它能夠避開這種毀滅性的災難。

「嗯，」芬恩說。「我們先在城裡走走吧。只不過這裡已經沒多少屹立不倒的建築值得去觀賞了。」

如果這會永久留存，那麼我想記錄下我的丈夫和孩子。鄔斯馬，一個任何女人都夢想能愛戀的男人。克馬克拉和摩利納，他們是我生命中眞正的寶石。

——一二之一五抽屜，紅寶石

「紗拉希神廟，」芬恩一邊說，一邊抬手示意大家進去。

在達利納看來，這裡很像是女王帶領他們遊覽的其他地方：一座非常宏偉的廳堂、高高在上的穹頂，還有一些巨大的火盆。在這裡，執徒們正在爲人們燃燒成千上萬的祈禱文，向全能之主乞求仁慈和援助。煙霧在穹頂中繚繞聚集，通過屋頂的孔洞飄散出去，有如水流過濾網。

我們焚燒了多少禱詞？達利納不安地思考著，只爲了向一個已經不存在的神發出呼求？或者其實有另外的力量在接受這些禱告？

芬恩開始敘述這座建築的古老起源，列舉出一些在這裡加冕的男女國王，達利納站在一旁，不時禮貌地點點頭。芬恩女王又開始詳細解說後牆上精緻繪畫的重要意義，帶領眾人來到大廳一旁，觀賞這裡的雕刻。看到有幾尊雕像的面部已經破損，達利納不由得感到有些可惜。風暴怎麼會對這裡造成這樣的破壞？

參觀結束之後，女王帶領眾人走出紗拉希神廟，來到王室區的露天空地，外面準備了一些轎子。娜凡妮此時用手肘頂了一下達利納。

「什麼？」達利納輕聲問。

「不要皺眉。」

「我沒有皺眉。」

「你覺得無聊了。」

「我沒有……皺眉。」

娜凡妮挑起一邊眉毛。

「還有六座神廟？」達利納開口問。「這座城市已經變成一片廢墟，我們卻在參觀神廟。」

芬恩和她的王夫已經在他們眼前登上了轎子。至今為止，科馬克只是跟隨在芬恩身後，陪同客人們參觀，每當他認為女王說了重要的話，就會向女王的書記點頭示意，把女王的發言記錄到官史中。

科馬克沒有佩劍。若是在雅烈席卡，這就表明至少這個人的職位之一是碎刃師。不過這裡的情況有所不同。賽勒那只有五把碎刃，以及三套碎甲，每一把碎刃都由一個立誓保衛王座的古老家族掌握。難道芬恩不該帶他們去觀賞一下那些碎刃嗎？

「還在皺眉……」娜凡妮說。

「他們就希望我這麼做。」達利納一邊說，一邊向那些賽勒那軍官和書記點點頭。在靠近隊伍前段的地方，一隊軍人一直格外專注地盯著達利納。也許這次遊覽的真正目的，是讓這些淺眸人有機會好好審視他。

達利納和娜凡妮共乘的轎子裡，帶著彷彿是石苞花的香氣。「這種在神廟之間的巡禮，」娜凡妮在轎夫扛起轎子時輕聲說。「是賽勒城的傳統。訪問全部十座神廟，便是對整個王室區進行了一遍巡遊，這是在刻意表達賽勒那王權對弗林教的敬意。要知道，曾幾何時，他們和教會有過一段相當緊張的時期。」

「我很同情他們。妳覺得，如果我告訴她，我也是一名異教徒，她會停止這種繁文縟節嗎？」

娜凡妮在狹小的轎子中向前俯過身，伸出外手按在達利納的膝蓋上。「親愛的，如果這種事讓你如此困擾，我們就應該派一名外交官來。」

「我就是外交官。」

「達利納……」

「娜凡妮，現在這是我的責任。我必須履行我的責任。過去我每一次忽略自己的責任時，就會發生可怕的事。」他將娜凡妮的雙手握在自己手中。「我會抱怨，是因爲我在妳身邊可以放下一切防備。我答應妳，我會盡量控制自己的表情。」

轎夫頗有技巧地抬著他們登上一段台階。達利納透過轎子側面的窗戶向外望去。這座城市的頂層區域同樣飽受風暴的蹂躪。這裡的建築有許多都是用大塊石料砌成的，但達利納還是在一些牆壁上看到了裂縫，還有幾座房子的屋頂塌陷。轎子經過一尊倒塌的雕像，這個人像的腳踝部位折斷，從一座岩台上倒向了高城區。

這座城市遭受的打擊比我得到的報告更嚴重。達利納心想，這種損毀程度更是特別，是因爲這裡的許多房屋是全木結構？缺乏阻擋風暴的掩體？還是有其他原因？有些永颶的報告曾提到永颶之中沒有風，只有閃電。另一些報告則令人困惑地描述永颶中沒有雨水，卻裹挾著燃燒的灰燼。永颶的變化非常之大，甚至至襲擊同一個路徑的風暴上也如此。

「讓芬恩做一些她熟悉的事情，也許能讓她好過一些。」當轎夫將他們放到下一站時，娜凡妮悄聲對達利納說。「這次巡禮能讓她想起，這座城市在承受苦痛災難之前是什麼日子。」

達利納點點頭。這麼一想，他相信自己在進入下一座神廟的時候就能有耐心多了。

他們在神廟大門外看著芬恩從轎子裡走出來。「這是巴塔神廟，這座城市中最古老的神廟之一。不過這裡最壯觀的當然是帕拉萊特擬像，這座宏偉的雕像……」女王的聲音低了下去。達利納順著女王的視線望向不遠處那座雕像的岩石雙腳。女王這時又說：「噢，好吧。」

「讓我們參觀一下神廟吧。」達利納催促。「您說過，這是最古老的神廟之一。那麼，還有比它更加古老的嗎？」

「只有艾兮神廟更加古老，」女王回答。「但我們不會在這兩個地方停留。」

「不會？」達利納這時才注意到面前這座神廟的屋頂上並沒有升起祈禱的香煙。「這座建築受到破壞？」

「建築？不，不是建築的問題。」

兩名疲憊的執徒走出神廟，沿著台階走下來。他們的長袍上帶著星星點點的紅色汙漬。達利納轉頭去看芬恩。「您是否介意我上去看看？」

「請自便。」

達利納和娜凡妮一起登上台階。他立刻嗅聞到隨風飄來的一股氣味。這是鮮血的味道，讓達利納想起了戰爭。他們一直來到階梯頂端，向神廟大門中望去。門內的情景讓達利納產生一種熟悉的感覺。數百名傷者幾乎完全遮住了大理石地面，他們只是躺在簡單的地鋪上，痛靈如同一些橙橘色肌筋組成的手，在他們中間來回活動，觸摸他們。

「我們只能採取一些應急措施，」芬恩這時來到了他們身後。「醫院都已經滿了。」

「這麼多傷患？」娜凡妮用內手捂住了嘴。「難道不能將一些人送到家裡，讓他們的家人照顧他們？」

達利納在這些受苦的人們身上看到了答案。他們之中有一些人只是在等死——這些人或者有內出血，或者承受了嚴重的感染，細小的紅色腐靈已經出現在他們的皮膚上。他們往往是一家人，聚集在受傷的母親、父親或者孩子身邊，另一些人應該都是無家可歸者。

颶風的……達利納想到自己那些能夠安然度過永颶的民眾，以及自己打算提出的請求，幾乎感到有些慚愧。當他轉身打算離開的時候，卻差一點撞在塔拉凡吉安身上。塔拉凡吉安靜悄悄地站在神廟門口，彷彿一個幽靈。這名年邁的君主用軟布長袍包裹住自己羸弱的身軀，看著神廟中的人們，熱淚不受控制地湧出了眼眶。

「請聽我說，」他開口。「請聽我說，我的外科醫生們就在費德納。藉由誓門，他們很容易就能來到這裡。讓我把他們帶來，讓我減輕這些人的痛苦吧。」

芬恩的雙唇抿成一條細線。她同意與他們會面，但並沒有答應加入達利納所提議的聯盟。只是面對這樣的懇求，她還能說些什麼？

「我們對您的幫助深深感謝。」女王說。

達利納壓抑住微笑的衝動。這位女王允許他們啓動誓門已算是讓了一步，現在她又一次讓步了。塔拉凡吉安，你眞是一顆寶石。

「請借給我一位書記和信蘆，」塔拉凡吉安說。「我會立刻下令我的燦軍前來援助。」

芬恩隨即下達了指示。她的伴侶點頭示意書記將女王的旨意記錄在案。當他們回身向轎子走去時，塔拉凡吉安在神廟的台階上躊躇片刻，向下方的城市望去。

「陛下？」達利納也停下腳步。

「光爵，我能從這裡看見我的家。」塔拉凡吉安將一隻顫抖的手放在神廟牆壁上，支撐住自己。「我眨動模糊的眼睛，便看見了被戰火摧毀的卡布嵐司。我不由得想，爲了救助他們，我必須做些什麼？」

「我們會保護他們，塔拉凡吉安，我發誓。」

「是的……是的，我相信你，黑刺。」他吃力地深深吸了一口氣，看上去似乎更加衰弱了。「我覺得……我覺得我應該留在這裡，等待我的醫生們。你們請繼續吧。」

塔拉凡吉安坐到了台階上，看著其餘人走遠。達利納回到自己的轎子前，回頭望去，看見那位老者依然坐在神廟前，雙手緊握在一起，低垂著頭，滿是褐色斑點的臉幾乎要埋在胸前，看上去就像是一位跪倒在焚燒禱詞的祭壇前虔誠祈禱的信徒。

芬恩來到達利納身邊。她眉毛上方的白色鬈髮隨風不斷飄動。「他遠遠不止是人們所想的那樣，即使在遭遇了那樣的事情之後也是如此。我常這樣講。」

達利納點點頭。

「但是，」芬恩話鋒一轉。「他似乎覺得這座城市已經變成了一座墳場，而事實絕非如他所想。我們會從山岩上重建我們的城市。我的工程師們計劃在每一塊城區前都建起高牆。我們會重新站起。現在最關鍵的問題是要搶在風暴再次來襲之前完成必要的工作。真正造成麻煩的是突然損失的人力，我們的帕胥人……」

「我的軍隊能夠協助清理砂土，搬運石塊並進行重建工作。」達利納說。「只要一聲令下，您就能夠得到數千雙熱心支援的手。」

芬恩什麼都沒有說，不過達利納從轎子兩旁瞧見那些年輕士兵和隨從的竊竊私語。達利納將注意力轉移到他們身上，尤其是其中一個藍眼睛的年輕人。在賽勒那人之中，他算是高個子，眉眼經過精心梳理，抬頭挺胸。他身上光鮮筆挺的制服自然是賽勒那風格，外面是一件格外短小的短上衣，胸口的鈕釦都緊緊繫住。

那一定是她的兒子，達利納一邊審視這名年輕人的五官，一邊在心中想。根據賽勒那傳統，這名年輕人應該只是普通軍官，而不是王位的繼承人。這個王國的君主不是世襲的。

不管是不是繼承人，這個年輕人肯定是一個重要人物。他悄聲說了些似是嘲諷的話，其他人紛紛點頭，一邊嘀咕著，一邊向達利納瞪起了眼睛。

娜凡妮用手肘頂了達利納一下，給了他一個探詢的眼神。

等一下再說，達利納用唇語對娜凡妮說，他又轉向芬恩女王。「那麼艾兮神廟也一樣躺滿了傷者？」

「是的，也許我們不必去那裡了。」

「我不介意看一看這座城市低處的風景，」達利納說。「也許我們可以去一趟我聞名已久的大市集？」

娜凡妮瑟縮了一下，芬恩的身子一下子變僵硬了。

「那裡……是在碼頭旁邊，對不對？」達利納抬頭望向遠方堆滿碎石瓦礫的城中空地。他原以爲大市集是在古城區，城市的中心位置。顯然，他應該在看地圖的時候更仔細一些。

「我已經在塔勒奈拉的庭院裡準備好了點心。」芬恩說。「那是旅程的最後一站。我們是否可以直接到那裡去？」

達利納點點頭。他們重新登上了轎子。在轎子裡，達利納向前俯過身，輕聲對娜凡妮說。「芬恩女王並沒有絕對的權威。」

「就連你的兄弟也沒有絕對的權力。」

「賽勒那君主的情況更糟。畢竟他們的國王是由商人和海員議會選舉出來的。那些人對於這座城市有著巨大的影響力。」

「是的，你爲什麼要在此時提起這一點呢？」

「我想說的是，她不可能僅憑自己的意志就接受我的請求。」達利納說。「只要這座城市中的人們相信我有意統治這裡，她就絕不可能向我尋求軍事支援。」他拈起放在轎椅扶手旁邊的一些堅果，放進嘴裡用力地咀嚼。

「我們沒有時間糾結於冗長的政治僵局，」娜凡妮一邊說，一邊伸手向達利納要了一些堅果。「泰紗芙也許在這座城市中有能夠幫忙的親人。」

「我們可以試試。或者……我忽然有了個主意。」

「包括向某個人動粗？」

達利納點點頭。對此，娜凡妮只得嘆了口氣。

「他們等著看我的表現，」達利納說。「他們想要看看黑刺能做些什麼。芬恩女王……也是一樣，對我們冷眼旁觀。除非我能夠讓她看到眞實的一面，否則她是不會對我開誠布公的。」

「達利納，你眞實的一面不必和殺人牽連到一起。」

「我會盡量不殺任何人，」達利納回應。「我只需要給他們一個教訓。一種宣示。」

一個教訓。一種宣示。

這兩個詞牢牢固定在達利納的腦海中，他發現自己正在回溯記憶，尋找某種依然模糊、尚未被確定的東西。某種……某種與鎣城有關，又……又和薩迪雅司有關的東西？

但他的這段記憶是那樣難以捉摸，只是潛藏在他的知覺之下——他下意識地躲避這段記憶——這讓他爲之一顫，彷彿被抽了一巴掌。

那裡……那裡充滿了痛苦。

「達利納？」娜凡妮說。「我想，有可能你是對的。也許讓人看到你溫和有禮，對我們的任務其實不利。」

「那麼我應該皺更多眉頭？」

娜凡妮嘆了口氣。「你就皺更多眉頭吧。」

達利納笑了。

「或者笑一笑。」娜凡妮又說。「無論你是笑還是怒，都會對他們造成更多困擾。」

塔勒奈拉的庭院是一片寬闊的方形石砌廣場，是爲了崇敬軍武神將——石筋而建。從這裡再登上一段階梯，便是神廟本身。不過他們沒機會欣賞神廟內部，因爲神廟大門已經坍塌，曾經橫亙在大門頂部的一塊長方形巨石封住了門口。

美麗的浮雕覆蓋在神廟外牆上，描繪了神將塔勒奈拉孤身對抗引虛者狂潮的情景。不幸的是，這些壁畫已經有了數百處損傷，牆壁頂部的一大片焦痕，顯示出怪異的永颶閃電對這座建築造成的嚴重破壞。

其他神廟的狀況都沒有這裡這樣糟糕。就好像憎惡對於這處聖地有著格外的仇恨。

塔勒奈拉，達利納心想，被他們拋棄的那一個，我所失去的那一個……

「我還有些事情要處理，」芬恩說。「現在這座城中的各種事務還處於嚴重的混亂之中，我也沒有太多飲食可以提供。只是一些堅果和水果，還有一些醃魚，都在這裡了，敬請享用。我稍後會回來，再與你會晤。如果有任何需要，儘管告訴我的隨從。」

「謝謝。」達利納說。他們全都知道，女王是有意要讓他等待。等待的時間不會很長，也許半個小時——不至於讓賓客感覺受到冒犯，卻也足以建立女王在這場會晤中的權威，無論達利納是怎樣一個強權人物。

其實，達利納也希望能夠有些時間和自己人交換一下想法，但他還是覺得這種招數實在有些令人氣惱。芬恩和她的伴侶此時已經離開。他們留下了大部分隨從，陪同賓客們享用餐點。

達利納決定幹上一場。

芬恩的兒子看起來不錯。在那些議論紛紛的賽勒那人中，他顯然占據著最關鍵的位置。我不想被看成是侵略者，達利納一邊想，一邊靠近那個年輕人，我應該裝作完全不知道他是誰。

「這些神廟很漂亮，」娜凡妮在他身邊說。「你不喜歡它們，對不對？你想要看一些更有軍人風格的東西。」

一個不錯的開場白。「妳說得對。」達利納回答，又轉頭說：「你好，閣下，我不是那種喜歡風花雪月的人，帶我去看看城牆吧。那才是我真正感興趣的地方。」

「你是認真的？」芬恩的兒子用帶有賽勒那口音的雅烈席語說，許多字詞在他的話中混成了一團。「一直都是如此。如何？你們的軍隊是不是已經完全不成樣子，所以才不敢讓我看到？」

「我可不打算讓敵人的一名將軍查看我們的防禦狀況。」

「我不是你們的敵人，孩子。」

「我不是你的孩子，暴君。」

達利納刻意顯示出一副無可奈何的樣子。「小兵，你一整天都盯著我，說著各種我只能裝作聽不到的話，就要觸犯我的底線。如果你越了界，我就只好有所反應。」

那個年輕人頓了一下，彷彿正在克制自己的衝動。他在衡量自己面對什麼樣的情況。最終，他決定值得為此冒險。或許，在這裡羞辱黑刺，他就能拯救自己的城市——至少他是這樣認為的。

「唯一讓我感到遺憾的是，」這個年輕人氣勢洶洶地說。「我說那些話的聲音還不夠大，不足以讓你領教我的痛恨，暴君。」

達利納大聲地嘆了一口氣，開始解開制服外衣的釦子，讓上身只留下貼身的襯衫。

「不要使用碎刃，」年輕人說。「用長劍。」

「如你所願。」達利納回應。芬恩的兒子沒有碎刃，若是達利納堅持，他應該會借來一套。不過達利納更喜歡他的提議。

這個年輕人命令他的一名隨從用石頭在地上畫出一個圈，以此來掩飾他的緊張。瑞艾和達利納的其他衛兵紛紛走過來，在他們身周緊張地移動著。達利納揮手示意他們退後。

「別弄傷他，」娜凡妮悄聲叮囑達利納，她猶豫一下又說。「但也不要輸。」

「我不會弄傷他，」達利納將脫下來的短外衣交給娜凡妮。「只不過關於輸贏，我無法做出承諾。」

娜凡妮不明白——她當然不明白，達利納不能只是將這個年輕人痛毆一頓。他要做的是向所有人證明達利納是一個懂得如何仗勢欺人的傢伙。

達利納大步走進畫出的圓圈，來回走動幾趟，記住自己能邁出多少步，而不至於被推出圈子。

「我說過，用長劍，」年輕人的手中已經握住了武器。「你的劍在哪裡？」

「我們交替占據優勢，三分鐘一回合。」達利納說。「或者在一方流血時結束一回合。從你開始。」

年輕人愣了一下。交替占據優勢。那麼他就能有三分鐘使用武器對付赤手空拳的達利納。如果達利納在這三分鐘裡活下來，沒有流血，也沒有退出圓圈，就能獲得隨後三分鐘的優勢：使用長劍對付赤手空拳的他。

這是一種很荒謬的不平等戰鬥，通常只會發生在訓練場中，人們在接受徒手與武裝敵人作戰的訓練時。但那種情況下也不會有人使用眞武器。

「我……」年輕人說。「我改用匕首。」

「不需要。長劍就好。」

年輕人驚愕地看著達利納。有許多詩歌和故事都講述過赤手空拳的英雄戰勝眾多手持武器的敵人，然而，徒手對抗僅僅一個使用武器的敵人，已經是不可思議的事了。

芬恩的兒子聳聳肩說：「我很想成爲在公平決鬥中擊敗黑刺的人，不過我可以接受這種不公平的戰鬥方式。你在這裡的部下必須發誓，如果你輸了，我不會被認爲是刺客。這是你自己提出的條件。」

「好的。」達利納看向瑞艾和其他人，他們都敬了軍禮，說出誓詞。

一名賽勒那書記作爲這場決鬥的見證人。她宣布戰鬥開始，年輕人立刻向達利納撲來，揮起長劍，彷彿眞的要置達利納於死地。很好，如果同意進行這樣的戰鬥，就不應該有任何猶豫。

達利納躲過年輕人的攻擊，彎下腰擺出摔角的架勢。他並不打算貼近過去抓住芬恩的兒子。隨著書記不斷計數時間，達利納只是一次又一次躲過長劍的進攻，在圈子裡左右周旋，小心地不要讓腳踩出圈子。

芬恩的兒子雖然攻勢凶猛，卻也保持著一定程度的警惕。這個年輕人也許眞有能力將達利納逼出圈子，其實他一直在測試達利納的實力。此時他又逼近過來。達利納有些匆忙地躲開了寒光閃爍的長劍。

此刻這個年輕人開始顯露出憂慮和挫折。如果現在天上積聚起烏雲，他就能看見達利納所握持的颶光在微微閃爍。

隨著倒數接近結束，這名年輕人顯得更加狂亂。他知道會有什麼結果出現——在三分鐘裡，孤身一人待在圓圈場地中，赤手空拳地對抗黑刺。年輕人的攻擊從猶豫變成充滿決心，又變得不顧一切。

好吧，達利納想，差不多了……

倒數只剩最後十下，年輕人用盡全力向達利納發起了最後的猛攻。達利納站直身子，放鬆肌肉，將雙手垂在身側，使觀眾們能清楚地看到，他是故意不閃躲。他邁步迎上了年輕人的突刺。

長劍正中他的胸膛，從達利納的心臟左側刺了進去。達利納因爲這沉重一擊和隨之而來的劇痛哼了一聲，同時確保劍刃繞開了脊椎。

鮮血充滿了達利納的一側肺部，颶光衝過去開始治療他。芬恩的兒子完全呆住了。看樣子，不管他對達利納有什麼看法，也從沒有預料到，或者是根本不想造成如此後果嚴重的一擊。

疼痛感消褪了。達利納咳嗽著，將口中的血吐在一旁，然後握住那個年輕人的手腕，將劍刃進一步往自己的胸中刺入。

芬恩的兒子放開劍柄，倉皇地向後退去，一雙眼珠幾乎要從眼眶裡瞪了出來。

「眞是漂亮的一擊。」達利納的聲音虛弱無力，因爲喉嚨裡的血瘀顯得更加含混。「我能看出你在最後的時候有多麼焦急。換做其他人，也許會因爲心情的干擾而影響出招。」

女王的兒子坐倒在地上，抬頭盯著達利納走到自己面前，從上向下俯視他。鮮血從傷口中滲出，染紅了達利納的襯衫。除非颶光完成對傷口的治療，否則流血不會停止。達利納汲取了足夠多的颶光，讓他甚至在太陽下也彷彿閃爍著光芒。

廣場上一片寂靜。書記全都驚駭地捂住了嘴。軍人們手按劍柄，驚愕靈就像黃色的三角形一樣在他們周圍不斷碎裂。

娜凡妮將雙臂抱在胸前，臉上帶著狡猾的微笑——同樣的笑容也藏在達利納心裡。

達利納握住劍柄，把長劍從自己胸口抽出來。颶光立刻衝過來治療他的傷口。

年輕人站起身，結巴地說：「輪到你了，黑刺，我準備好了。」他的反應倒是讓達利納有些欽佩。

「不，你已經讓我流了血。」

「你是故意的。」

達利納脫下襯衫，拋給年輕人。「把你的襯衫給我，我們就扯平了。」

年輕人接住帶血的襯衫，又困惑地抬起頭看著達利納。

「我不想要你的命，孩子。」達利納說。「我也不想要你的城市和你的王國。如果我想要征服賽勒那，就不會在微笑中向你們做出和平承諾。你應該早就聽過我的名聲，知道我會怎樣做。」

他轉向正在看著他的那些軍官、淺眸人和書記。他已經達成了目標。現在他們全都對他充滿敬畏，眞正地害怕他。他已經把他們掌握在手中。

讓達利納驚訝的是，他的心中突然湧起一種純粹的憤恨。不知爲什麼，這些充滿畏懼的面孔，比剛才那把劍對他的打擊更大。

他感到憤怒和羞愧——這些感情全都出自於一個他還不明白的原因。他轉過身，大步走上通向高處神廟的台階。娜凡妮跑過來想要和他說話，他只是擺擺手，示意娜凡妮不要靠近。

達利納孤身一人。他需要片刻的獨處。他拾級而上，來到神廟門前，轉過身坐在台階上，背靠著落在神廟大門前的巨石。颶父在他的腦海深處發出沉悶的吼聲。在那聲音之後是……

失望。他剛剛贏得了什麼？他說他不想征服這些人，但他又是怎麼做的？*我比你們更強，他彷彿聽見自己這樣對賽勒那人說話，我不需要和你們戰鬥，我不必費什麼力氣就能碾碎你們。*

眼看著燦軍騎士來到自己城市會是什麼樣的感覺？

達利納從肚腹深處湧起一陣反胃。他一生中表演這種驚險的噱頭已經有幾十次了——從他年輕時帶特雷博回來，到嚇唬艾洛卡承認達利納並沒有想要殺他，再到最近強迫卡達西在訓練廳與他戰鬥。

階梯下，人們正聚在芬恩兒子的周圍議論紛紛。那個年輕人手撫心口，彷彿他才是被利劍刺穿的人。

達利納在自己的意識中又聽到了那個持續不斷的聲音。那個他從幻象一開始就聽到的聲音。

聯合他們。

「我在努力。」達利納悄聲說。

為什麼他不能和平地說服眾人？為什麼他不能讓人們聽他說話，而不必先把他們打得鮮血淋漓？或者用自己的傷口嚇壞他們？

達利納嘆了口氣，向後一靠，將頭枕在破損神廟的石塊上。

聯合我們，求你。

這是……另一個聲音。上百個這種聲音重疊在一起，向達利納發出同樣的請求。那聲音是如此微弱，達利納幾乎無法聽見。他閉上眼睛，試圖分辨出那些聲音的來源。

石頭？是的，達利納能感覺到那些石塊的痛苦。他明白了。向他說話的是這座神廟本身的靈。這些神廟的牆壁已經成形許多個世紀。現在它們受了傷——出現了裂痕甚至崩塌。它們依然將自己視作美麗的造物，而不是一堆廢墟殘骸。它們渴望著恢復成完整的一體，光潔如初，沒有任何瑕疵。

這座神廟的靈和許多聲音一同哭喊，就像是人們在戰場上對著自己破碎的身軀悲泣。

颶風的，難道我能想到的一切都要和毀滅有關？難道我只會想到死亡、殘破的身軀、空氣中的硝煙和石頭上的血？

達利納體內的暖意讓他知道事實並非如此。

他站起來，轉過身，讓颶光充滿自己全身，伸手握在了擋住神廟門口的塌落巨石。他開始用力，將石塊推起一點，再蹲下去，用肩膀頂住石塊。

他深吸一口氣，向上站起，借助牆壁的支撐將那塊巨石一直向門口頂上去。當石塊的位置足夠高時，他立刻將雙手托在石塊下面。隨著最後一聲怒吼，他的雙腿、脊背和手臂一同發力，巨石在他全部力量的推擊下再次緩緩向上抬升。颶光在他的體內咆哮，他全身的關節都爆裂開來，又被颶光治癒，在這種裂開與癒合的不斷重複中，他一吋吋地將石塊推向門口頂部原先的位置。

他能感覺神廟在一聲聲地催促他，渴望著能恢復完整。達利納汲取更多颶光，直到身體達到極限。他將自己帶來的每一顆寶石都吸乾了。

汗水如同溪流般淌過他的臉頰。他知道，手中托舉的這塊石頭正在感覺自己恢復了正常。能量沿著他的雙臂注入岩石，又擴散到周圍所有的石塊中。

破碎的浮雕重新拼合在一起。

他手中的石樑越來越高，終於回到了原位。光明充滿在石牆的裂縫中，把這些傷口修補還原。勝靈在達利納的頭顱周圍如花火般綻放。

隨著光芒逐漸褪去，這座輝煌神廟的整面牆壁、它的門楣和一切碎裂的浮雕全都恢復如初。達利納面對著神廟，赤裸的上半身全是汗水。他覺得自己年輕了二十歲。

不，二十年前的他絕對做不出這樣的事。

盟鑄師。

一隻手按住他的臂膀，是娜凡妮柔軟的手指。「達利納……你做了什麼？」

「我在傾聽。」這種力量比破壞好上很多。非常多。我們一直都忽視了它。我們一直都忽視了就在我們眼前的答案。

達利納回過頭，看到爭相爬上階梯的人群。所有人都聚集到了他和娜凡妮的周圍。「你，」達利納對一名書記說。「向兀瑞席魯寫信，請求塔拉凡吉安的醫生們來此救援的是你嗎？」

「是……是的，光爵。」書記說。

「再寫一封信，叫我的兒子雷納林來。」

❖

芬恩女王在巴塔神廟的庭院中一座巨大而殘破的雕像旁，找到了她的兒子。她的兒子將達利納染血的襯衫繫在腰間，彷彿那是某種腰帶。現在他正率領著十個拿著繩子的人，他們剛剛一起將雕像的腰部復位。達利納從借來的錢球中汲取颶光，正將這些岩石融合在一起。

「我好像找到左臂了！」有個人在下面高聲喊。這座巨型雕像正是朝那個方向倒下，最終端很大一部分砸破一幢宅邸的頂部，掉落進去。跟隨達利納的士兵和淺眸人們紛紛吆喝著跑下了階梯。

「我沒有料想會看到黑刺不穿衣服的樣子，」芬恩女王說。「還有……當雕塑家？」

「我只能修補沒有生命的東西，」達利納一邊說，一邊疲憊地用繫在腰間的抹布擦拭雙手。對他而言，使用如此大量的颶光是一種全新的體驗，這樣做非常消耗體力。「我兒子所做的事才更加重要。」

有一家人正從上面的神廟中走出來。一位身材粗壯的父親在兒子們的攙扶下試探地邁著步子。看樣子，那個人是在最近的風暴中折斷了一條或兩條腿。片刻之後，他擺手示意兒子們後退，獨自向前邁了幾步，又跳了一下，眼睛一下子睜大了。

達利納知道這種感覺：是颶光的殘留效果。「我早就應該想到這一點。當我看到那些傷者的時候，就應該讓他過來。我是一個蠢貨。」達利納搖搖頭。「雷納林能夠治癒他人，這對他而言還是一種全新的力量，就像我剛剛瞭解到自己的力量一樣。傷口越新，他就越能完全治好。我有些好奇那是不是和我所做的差不多。一旦靈魂習慣了傷口，想要再修復它們就困難多了。」

一個讚嘆靈在芬恩身邊冒了出來——這時那一家人來到他們面前，一邊向他們鞠躬，一邊說著賽勒那語。那位父親笑得像一個傻瓜。片刻間，達利納覺得自己幾乎能夠聽懂他們在說些什麼，就好像他的一部分已經延伸出去，和這位父親連接在一起。這是一種奇特的體驗。他還不知道該如何理解這種事。

那一家人離開以後，達利納轉向女王。「我不知道雷納林還能堅持多久，也不知道有多少傷患的傷口還來得及治療，但我們終究還是可以做一些事。」

下方又傳來人們的呼喊聲。石雕手臂穿過大宅的窗口被運了出來。

「我能看出來，你也迷住了柯達爾克。」芬恩說。

「他是一個好小子。」達利納說。

「他早就決定要找機會和你決鬥。我聽說你給了他機會。現在你是打算走遍這座城市，迷倒這裡的每一個人，對嗎？」

「希望不會。聽起來要花上很長的時間。」

一個年輕人從上方的神廟中跑下來，懷中抱著一個頭髮蓬鬆的孩子。那孩子衣衫破爛，滿身塵土，但他臉上滿是燦爛的微笑。年輕人向女王鞠躬，又用非常不流利的雅烈席語向達利納道謝。虧得雷納林還一直說治療能力是他的過錯。

芬恩目送那對父子離開，臉上顯露出一種不可捉摸的表情。

「我需要妳加入，芬恩。」達利納悄聲說。

「看到你今天做的事情，我很難相信你還會需要別人加入。」

「碎刃師無法守住陣地。」

芬恩看著達利納，皺起眉頭。

「抱歉，這是一句軍事格言。這……別介意，芬恩，是的，我有燦軍。只是無論他們多麼強大，也不可能贏得這場戰爭。更重要的是，我看不到自己錯過了什麼。這才是我需要妳的原因。

「我只能以雅烈席人的方式思考問題，就像我的絕大多數參謀一樣。我們思考戰爭、衝突，卻錯過了重要的事實。當我剛剛得知雷納林的能力時，想到的只有用他的能力治療戰士們的傷口，讓他們繼續戰鬥。我需要妳，我需要亞西須人，我需要聯合每一位領導者，這樣能夠看到我看不見的事情。這都是因為我們敵人的思考方式和我們遇過的任何人都不一樣。」他向芬恩低下頭。「請求妳，加入我，芬恩。」

「我已經敞開了那道門。我正在和議會商討提供支援給你的戰爭。這不正是你想要的嗎？」

「遠遠不止如此，芬恩。我想讓妳加入我。」

「這有什麼區別？」

「其中的差別就在於，在妳看來，這是『我』的戰爭，還是『我們』的戰爭？」

「你還眞是不達目的不甘休。」芬恩深吸一口氣。當達利納想要繼續說服她的時候，她已經先開了口：「我想，這的確是我們現在需要的。好吧，黑刺。你、我、塔拉凡吉安，自從神權聖教時代之後，弗林信仰第一次眞正開始統一了。不幸的只是，兩個領頭的王國都變成了廢墟。」

「三個，」達利納悶聲說。「科林納城正遭受敵人的圍攻。我已經派出援軍，但雅烈席卡暫時還處在敵人的占領下。」

「很好。總之，我認爲我能夠說服城中的各個派系允許你的部隊前來援助。如果這裡一切順利，我會寫信給亞西爾的首座，也許這樣能有些用處。」

「我相信一定會有用。既然妳已經加入了我的陣營，亞西爾誓門就是我們最重要的目標了。」

「嗯，他們可不好對付。」芬恩說。「亞西須人並不像我這樣處境艱難，說實話，他們不信仰弗林教。這裡的人們，包括我在內，全都願意回應強勢君主有力的督促。力量和熱情正是弗林的風格。但如果對亞西須人使用同樣的手段，他們只會把頭深埋在地裡，更加努力地拒絕你。」

達利納搓揉著下巴說：「妳有什麼建議？」

「我不認爲你會欣賞我的建議。」

「讓我聽聽，」達利納說。「通常我做事的方法有著很嚴重的侷限性——我正在開始明白這一點。」

60 風與誓言

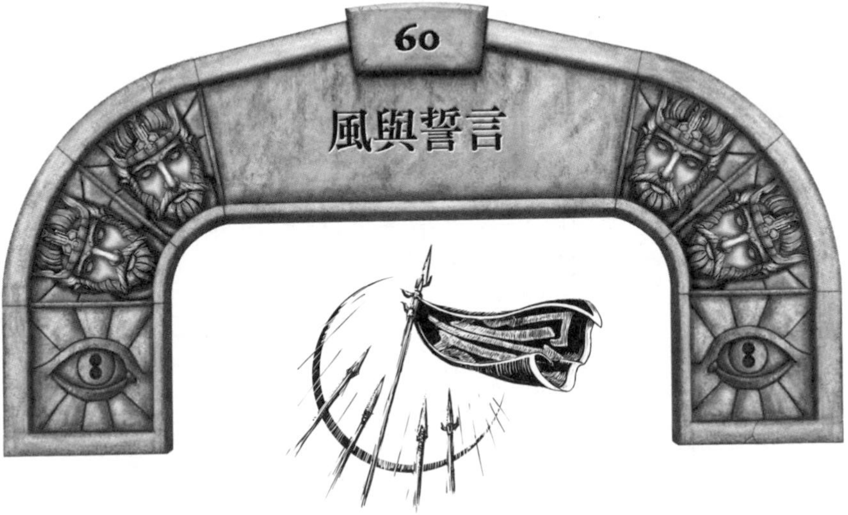

我對於我的眞觀師同伴感到擔憂。

——八之二一抽屜，第二綠寶石

這場颶風並不屬於卡拉丁。

他能夠掌握天空，也能夠在一定程度上掌握風。可是颶風完全不同。在颶風裡，他至多像是國外來的貴賓。他在颶風的國度中能夠得到一些尊敬，卻缺乏眞正的權威。

在與白衣刺客的戰鬥中，卡拉丁與颶風同行，在颶風牆前飛翔，就像是一片隨波逐流的樹葉。颶風就在他的腳邊發洩著強悍絕倫的力量——這種旅行方式對於其他人來說似乎太過冒險了。幸運的是，在他們前往賽勒那的旅程中，他和紗藍也嘗試過其他手段。結果證明，即使是飛翔在颶風之上，他仍然能夠汲取颶風的力量——只要他停留在風暴雲大約一百呎範圍以內就可以。

現在他翺翔於高空之中，身邊跟隨著兩名橋兵以及艾洛卡挑選出的隊伍。太陽在他們頭頂上放射出耀眼的光芒，永不停息的風暴朝所有方向擴展，黑色和灰色的巨大氣旋中不時會亮起閃電的火花。雷聲隆隆，彷彿被這一小隊偷渡客激怒。他們現在看不到颶風牆了，它被遠遠甩到了後面。要到達科林納城，就必須更加向北，而不是向西，他們要越過無主丘陵，一直向北方雅烈席卡前進。

攪動天地的風暴中，其實充滿了美麗迷人的氣流渦旋和光影律動。卡拉丁卻只能將注意力集中在自己的任務上。他們總共要護送六個人。他們的整支隊伍，包括卡拉丁、斯卡和德雷在內，一共是九個人。

艾洛卡國王飛在最前面。他們沒辦法帶著他們的碎甲，捆術無法如此作用。所以國王只穿著厚布衣，頭戴一種奇怪的玻璃面具以抵擋強風——這種裝備出自紗藍的建議，它們顯然是航海用品。第二個是雅多林，再來是兩名紗藍的士兵——他們本來是落魄的逃兵。紗藍收留了他們，就像收養受傷的野斧犬幼獸。他們後面是一名侍女。卡拉丁不明白爲什麼要帶上這三個人，但國王堅持要這樣。

雅多林和這三個人全都像國王一樣緊緊實實地包裹住自己的身體，讓紗藍顯得更加奇怪。她只穿著自己的藍色長裙裝。她用別針將裙襬固定住，以免這身長裙裝飄飛得太厲害。在長裙裝下面能看到白色的裹腿。颶光從她的皮膚上流瀉出來，支持她的身體，爲她保持溫暖。

她豔麗的紅褐色長髮飄揚在腦後，如同許多奔流的溪水。在飛行中，她一直伸開手臂，闔起雙眼，臉上帶著笑容。卡拉丁必須不斷調整她的速度，確保她和其他人在一起，因爲她總是不由自主地會用全副心神去感受吹過外手手指間的風，向飛掠過的風靈揮手示意。

*她怎麼會笑成這樣？*卡拉丁在心中思忖。當他們一同穿越裂谷時，卡拉丁知道了紗藍的祕密，她所隱藏的傷痛。但……紗藍眞的可以忘記那些傷口，解放自己的心情？這一點卡拉丁從來不曾做到。即使是在環境比較輕鬆的時候，他還是會感覺到責任的重擔，以及所有那些需要由他來照料的群眾。

紗藍無所顧忌的喜悅，讓卡拉丁很想向她展示一下如何眞正地飛行。紗藍沒有捆術，但她還是能夠使用自己的身體改變氣流，在風中舞蹈……

卡拉丁用力將心思拉回到當下，趕走了所有愚蠢的白日夢。他將雙臂貼在身側，收緊身體的迎風面，使他飛到了隊伍上方。在這裡，他可以逐次補充每一個人的颶光。但他終究沒辦法使用颶光如御風般靈活多變。

斯卡和德雷飛在隊伍下方大約二十呎。如果隊伍中有人意外跌落，就要由他們兩個來保護。恢復捆術之後，卡拉丁來到紗藍和艾洛卡國王之間。國王透過面具緊盯前方，彷彿對身下的風暴奇景完全視而不見。紗藍正朝天飄浮著，仰望天空，神采盎然，被她釘住的裙襬不停地劇烈抖動著。

雅多林和他們兩個完全不同。他向卡拉丁瞥了一眼，又閉上眼睛，咬緊了牙關。至少現在感受到氣流變化時，他不會再顫抖了。

沒有人說話，他們的話音只會被獵急的氣流捲走。卡拉丁的直覺告訴他，他有可能在飛行中減輕氣流的力量——這件事他以前就做過，只是他還無法從容自如地使用自己的一些能力。

終於，一線光亮在下方的風暴中閃過。轉眼間，那道光彷彿變成一條緞帶，向他撲躍而來。「我們剛剛經過了逐風河。」西兒說。卡拉丁覺得這句話更像是心靈的烙印，而非真實的聲音。

「我們已經接近科林納了。」卡拉丁回應。

「她顯然很喜歡天空，」西兒瞥了紗藍一眼。「這再自然不過了。她幾乎就像是一個靈，我覺得這是對她最好的讚美。」

卡拉丁嘆了口氣，沒有去看紗藍。

「別這樣……」西兒一邊說，一邊繞到了卡拉丁的另一邊。「你需要高高興興地和大家在一起，卡拉丁，我知道你需要。」

「我有我的橋隊。」卡拉丁喃喃地說。他的聲音完全被淹沒在強風中，但西兒應該能夠聽到，就像他能聽見西兒的話。

「這不一樣，你很清楚。」

「她帶著她的侍女進行偵察任務。如果一個星期沒有人爲她打理頭髮，她肯定會受不了。妳以爲我會對這種事感興趣？」

「以爲？」西兒反問了一句。她現在是年輕女孩的樣子，穿上少女的衣裙，飛在卡拉丁前方的天空中。「我全都清楚，別以爲我沒發現你在偷看她。」她一邊說，一邊發出一陣竊笑。

「別聊天了，否則我們會錯過科林納的。」卡拉丁說。「去提醒一下斯卡和德雷。」

卡拉丁又逐一消去了眾人身上向前的捆術，以向上的半捆術取而代之。捆術有一個怪異的效果，讓嘗試以科學術語定義它們的席格吉一直非常頭痛。他的所有同僚都認爲，一旦施行捆術，接受捆縛者就會處於大地和捆術的雙重影響之中。

實際上並非如此。一旦你對一個人使用了基本捆術，他們的身體就會完全忘記地面的拖曳，只朝你所指定的方向掉落。部分捆縛只會讓受術者的一部分體重忘記地面位置，其餘體重仍然會受到向下的牽引。所以，向上的半捆術會讓一個人的淨重變爲零。

卡拉丁向隊伍靠近。他想要跟國王、雅多林和紗藍說話。他的橋兵和紗藍的隨從們懸浮在後方不遠處。就算是席格吉最新的理論，也沒辦法解釋卡拉丁所做的每一件事。卡拉丁用某種方法……在這一隊人的周圍導引能量，讓他們彷彿漂浮在一條河中，能量的流動將他們聚攏在一起，讓他們彼此靠近。

「這眞美，」紗藍欣賞著風暴。肆行於天空中的洪流遮蔽了一切，只留下他們左側遠方的一些山峰尖頂。也許是造日山脈。「就像是混合了各種色彩的畫面——黑色烏雲的漩渦裡迸發出全新的色彩和光芒。」

「我只希望能夠從安全距離以外觀賞這些景色，」雅多林說著抓住卡拉丁的手臂，以免自己被風吹走。

「我們距離科林納很近了，」卡拉丁說。「現在的情況不錯，我們靠近的是這場風暴的後部邊緣。我很快就會失去和它的颶光的聯繫。」

「我覺得，」紗藍一邊說，一邊低頭看了看。「我就要弄丟我的鞋子了。」

「鞋子？」雅多林說。「我早就把我的午飯都丟了。」

「我總是禁不住想像會有些東西掉進那裡面去，」紗藍悄聲說。「消失不見，永遠地消失掉。」她瞥了卡拉丁一眼。「有沒有什麼掉鞋子的笑話？」

「我想不出這有什麼好笑的地方。」卡拉丁猶豫了一下。「不過妳似乎覺得這一切都很有趣。」

紗藍露出笑容。「橋小子，你有沒有想過？其實這個世界中不好的藝術多過好的藝術。藝術家們一生中會用更多的時間製造不合格的練習作品，只用很少的時間創作眞正的傳世之作。尤其是一開始的時候，他們的糟糕作品會更多，甚至當藝術家成爲大師以後，他們還是會有失敗的作品。還有一些作品在最後一筆完成之前，給人的感覺一直是錯的。

「從不夠好的作品中能夠學到的東西超過好的作品，因爲錯誤比成功更重要。而且好的作品常常來自於人們同樣的情緒——大部分優秀作品都屬於同一種優秀。不好的作品則有著它們各自不同的不好。我很高興我們能夠擁有不好的作品，我相信全能之主一定會同意我的看法。」

「所有這些，」雅多林遷就地說。「都是爲了說明妳的幽默感，對嗎，紗藍？」

「我的幽默感？不，我只是想幫卡拉丁上尉的成長過程說句公道話。」

卡拉丁沒有回應紗藍，斜眼向東方望去。他們身後的雲層正在逐漸變得稀薄，從沉重的濃黑色和灰色變成一種更加均勻黯淡的色澤，就像是大石早上熬的粥。風暴就要結束了，響徹天空的怒吼弱化成悠遠的嘆息，勢不可擋的狂風讓位給平靜的降雨。

「德雷、斯卡，」卡拉丁喊著。「確保所有人都在空中。我要去下面偵察一下。」

兩名橋兵向卡拉丁敬禮。卡拉丁下墜穿過雲層。現在雲層內部看上去就像是骯髒的霧氣，他全身很快就覆蓋了一層白霜，雨水開始狠狠抽打他。不過雨勢正逐漸減弱，上方傳來了無力的雷聲。

有足夠的光線透過雲層，讓他能夠看清下方的地面。那座城市距離他們的確已經非常近了。科林納是一座輝煌壯麗的大城，卡拉丁抑制住心中的讚嘆之情，只努力尋找敵人的跡象。他注意到那座城市前有一片寬闊的平地——那是被清除掉全部樹木和大塊岩石的殺戮場，攻擊城市的敵人不可能在那裡找到任何掩體。現在那裡空空如也，這一點卡拉丁並不意外。

問題是，現在城市由誰控制？引虛者還是人類？卡拉丁小心地降落。看到一些籠子被放在風暴中，籠子裡裝著要利用颶風重新充能的寶石。卡拉丁能夠從那些寶石上看到星星點點的颶光閃爍。還有……是的，那裡的哨站上飄揚著雅烈席卡旗幟。這也說明最猛烈的風暴已經過去了。

卡拉丁長吁了一口氣。科林納沒有陷落，但如果他們的報告是正確的，這裡周圍的城鎮已經都被攻陷。卡拉丁仔細看過去，發現敵人正在那片殺戮場上建造抵禦風暴的碉堡。他們要用這種方法阻止科林納得到外部的支援和供給，現在那些碉堡只有磚塊和砂漿砌成的地基。在風暴之間時，可能有大批敵軍守衛並且進行工事。

卡拉丁最終將目光轉向科林納。他知道，這種事一定會到來，就像是悶在胸中的一個哈欠，他不可能永遠把它壓抑下去。首先，他必須評估這一帶的危險，掌握這裡的具體狀況。

然後，他愣住了。

颶風啊，這座城市可真美。

他曾經在半夢半醒中高高飛過這座城市，看到了颶父。現在，他就懸浮在這座巨型都市上方，俯視它的全貌，這種感覺完全不是那時可以相比。他已經見過不少頗具規模的城市，而這裡的軍營加在一起也許比科林納本身還大，所以真正令他驚嘆不已的不是科林納的規模，而是它的豐富多彩。卡拉丁已經習慣了強調牢固和功能性的堡壘，從沒有想過會有如此眾多牆垣形式和屋頂風格截然不同的石砌建築，聚集在同一個地方。

當然，科林納最大的特徵還是那些風刃：奇異的岩石結構拔地而起，就像藏身於地面以下的巨型生物揚起的背鰭，在它們凸起的巨大弧線上閃爍著紅色、白色和橙色的岩層結構，雨水更加深了這些色彩。卡拉丁一直都不曾意識到，這座城市的城牆有一部分就是建造在凸起的風刃頂端。在這裡，城牆靠近地面的部分，真真正正是從地面上生長出來的。而人們就在這些風刃上頭建造防禦工事，削平它們凹凸不平之處，填塞住這些弧線之間的空隙。

宮殿在科林納北部高高聳立著——那種非同尋常的高度，彷彿是在表達人類的自信心，向風暴發出挑戰。這座宮殿本身有如一座小城，到處都能看到醒目的圓柱、圓頂大廳和角樓。

但那座宮殿讓卡拉丁有一種非常、非常不好的感覺。

一團烏雲籠罩在那座宮殿上方，讓它顯得一片黑暗，一眼望去，那似乎只是正常的天氣狀況，可是那種不好的感覺一直縈繞在卡拉丁的心中。當卡拉丁的目光落在宮殿東邊時，他的不安感變得最爲強烈。那裡有一片高出地表的平坦廣場，上面有許多小型建築。那是宮中的修道院。

也是科林納的誓門平台。

卡拉丁瞇起眼睛，用捆術讓自己返回高空，進入風暴雲層。他發呆的時間可能太久了，不能讓天空中有一個發光人的謠言在這裡流傳開來。

然而……那座城市。在卡拉丁心中依然有一個夢想要看看這個世界的鄉下男孩。

「妳有沒有看到圍繞那座宮殿的黑暗？」卡拉丁問西兒。

「有，」西兒悄聲說。「發生了很不尋常的事。」

卡拉丁離開雲層，發現他的隊員們正在微風中向西飄去。他利用捆術向他們靠近。這時他第一次注意到，自己的颶光已經不再繼續從風暴中得到補充了。

德雷和斯卡看到卡拉丁回來，露出明顯安心的表情。「阿卡……」斯卡開口。

「我知道。我們的時間不多了。陛下，科林納就在我們下方——我們的人仍然守衛著城牆。帕山迪人正在建造避風堡壘，準備對科林納進行圍攻。不過他們的軍隊主力可能爲了躲避這場風暴，都撤退到了附近的城鎮裡。」

「科林納仍在！」艾洛卡說。「太好了！上尉，帶我們下去。」

「陛下，」卡拉丁說。「如果我們就這樣從天上下去，敵人的巡邏兵一定會看到我們進城。」

「那該怎麼做？」艾洛卡說。「考慮到我們原先的策略，我們必須隱蔽行蹤，悄悄進入城中。如果我們的軍隊還在守衛這座城市，我們就能直奔王宮，取得指揮權，開啓誓門。」

卡拉丁猶豫了一下。「陛下，那座宮殿……發生了一些狀況。它看上去很陰暗，西兒也看到了。我建議謹愼行事。」

「我的妻兒都在城裡，」艾洛卡說。「他們可能有危險。」

在你征戰的六年裡，你似乎不是很擔心遠離他們。卡拉丁心想。

「不管怎樣，我們還是要下去，」國王說。「我們要到達誓門，越快越好……」他的聲音忽然低了下去，他依次看向卡拉丁、紗藍和雅多林。「不是嗎？」

「我建議謹愼行事。」卡拉丁重複了一遍。

「莽撞行事不是橋兵的風格，陛下，」雅多林說。「我們不知道科林納的現狀。最後得到的報告表明城中情況混亂，甚至出現了叛亂，在那以後城中又發生了什麼事，我們完全不清楚。我認爲謹愼行事是此時最適當的策略。」

「很好，」艾洛卡說。「正因爲如此，我才會帶織光師來。妳有什麼建議，光主？」

「我們可以在城外降落，」紗藍說。「距離城市夠遠之處讓我們不會因爲颶光而顯露行蹤。然後再利用幻象潛入城中，查清楚具體狀況，同時又不至於暴露自己。」

「很好，」艾洛卡點了一下頭。「就按照她的建議做吧，上尉。」

科林納地圖

南
東
西
北
a. 城門
b. 王宮
c. 市場街
d. 決鬥場
e. 戲劇廣場
f. 御用修道院
g. 創日者公園
h. 拉納辛之碑
i. 洞悉信壇
j. 不可能瀑布
k. 塔勒奈拉之柱
神廟
1. 傑瑟瑞瑟
2. 納拉
3. 查娜拉拿克
4. 弗德勒弗
5. 帕莉雅
6. 紗拉希
7. 巴塔
8. 克雷克
9. 塔勒奈拉
10. 艾兮

科林納宮殿主層

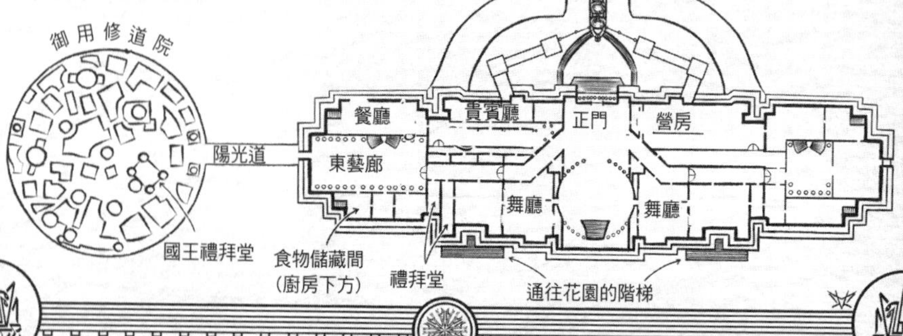
御用修道院
陽光道
餐廳
貴賓廳
正門
營房
東藝廊
舞廳
舞廳
國王禮拜堂
食物儲藏間
(廚房下方)
禮拜堂
通往花園的階梯

61
噩夢昭示

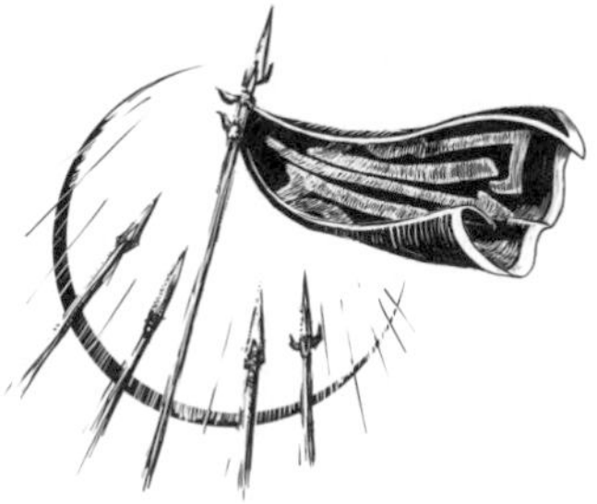

我們眞的能記錄下我們所願的任何祕密，並且擱置此地嗎？我們怎麼知道它們不會被發現？好吧，我不在乎。記錄就是了。

——二之三抽屜，煙石

敵軍放任難民往城裡去。

一開始，這讓卡拉丁頗爲吃驚。難道圍攻一座城市的重點不就是阻止人們進城？不過這裡的確是有川流不息的人正進入科林納。城市的正門緊閉，準備抵禦敵軍攻擊，但它的側門全都敞開著。那些門也都很寬大。

卡拉丁將望遠鏡交給雅多林。他們昨天在一個隱蔽地點降落，徒步繞到了城市背後。到達預定地點的時候，天已經黑了。他們決定在城外過夜，躲藏在紗藍的幻象中。紗藍只用一點颶光就讓自己的織光術持續了一整夜，這一點讓卡拉丁不由得頗爲驚嘆。

現在是清晨時分。他們距離城牆大約有一哩遠，藉以藏身的幻象從外面看上去是一堆隆起的岩石。紗藍無法讓幻象單面透明，所以他們只能利用石塊之間的一道縫隙向外觀察——如果這時有人靠近，難免會發現他們。

幻象從裡面看很像一座岩洞，不過風和雨都能夠穿過它。

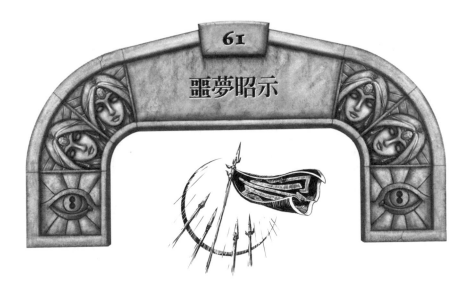

國王和紗藍一整個早晨不停地嘟囔，抱怨剛剛度過的那個潮溼冰冷的夜晚。卡拉丁和他的部下則睡得像石頭一樣，橋四隊的生活的確很鍛煉人。

「他們放難民進城是爲了讓難民耗盡城裡的資源，」雅多林舉著望遠鏡說。「一個很有效的策略。」

「紗藍光主，」艾洛卡一邊說，一邊從雅多林手中接過望遠鏡。「妳能夠分別給我們每一個人施加幻象，對嗎？我們可以僞裝成難民的樣子輕鬆進城。」

紗藍心不在焉地點點頭。她坐在地上，正利用洞頂上一個小孔傾注下來的光柱作畫。

雅多林將望遠鏡轉向王宮，那裡是整座城市的制高點。現在天氣非常晴朗，陽光明亮，空氣清新。昨天的颶風只在空氣中留下了一點潮溼的痕跡，天上看不到一片雲彩。

那座宮殿依然浸沒在陰影中。

「那是怎麼回事？」雅多林放下望遠鏡說。

「它們之中的一個，」紗藍悄聲說。「魄散。」

卡拉丁回頭看向紗藍。紗藍所畫的正是那座宮殿。王宮在她的筆下發生了詭異的扭曲，冒出許多異常的稜角和變形的牆壁。

艾洛卡也在審視王宮。「逐風師，你建議謹慎是對的。我仍想現在就衝進去，但這樣做不好，是不是？我必須小心謹慎，顧慮周全。」

他們讓紗藍從容作畫——她宣稱需要使用這些畫來完成複雜的幻象。終於，這位織光師站起身，輕輕撥弄著素描簿上的畫紙。「好了，我們大部分人都不需要僞裝。沒有人認得我和我的隨從，我相信卡拉丁的部下也一樣。」

「就算眞的有人認出了我，」斯卡說。「也不會有任何問題。這裡沒人知道破碎平原發生過什麼事。」德雷點點頭。

「好的，」紗藍又轉向卡拉丁和雅多林。「兩位會有新的面孔和衣服，讓你們變成老年人。」

「我不需要僞裝，」卡拉丁說。「我——」

「你這個月曾經和那些帕胥人打過交道，」紗藍說。「安全爲上。況且你總是皺著眉頭看別人，也很像一個老頭子。這種僞裝對你非常合適。」

卡拉丁瞪了紗藍一眼。

「完美！就是這樣。」紗藍走到卡拉丁面前，吹出一口氣。颶光包裹住卡拉丁。卡拉丁不禁想要吸收這股颶光，使用它，但這股颶光抵抗著卡拉丁。這是一種很奇怪的感覺，彷彿出現在卡拉丁面前的是一塊發光的炭塊，卻沒有釋放出任何熱量。

颶光消失了，卡拉丁抬起自己的一隻手，看到它變得枯瘦乾癟，滿是皺紋。他的制服外衣變成了一件樣式樸素的褐色短上衣。他摸了摸自己的臉，卻沒有感覺到任何不同。

雅多林向卡拉丁一指。「紗藍，這副樣子還眞是夠慘的，我算是開眼界了。」

「什麼？」卡拉丁轉頭看向自己的部下，德雷看到他的目光，向後縮了縮身子。

紗藍也將雅多林包裹在颶光之中。雅多林變成了一名強健英俊，大約六十多歲的男人，有著深褐色的皮膚、滿頭白髮和修長的身軀。他的衣服也不再精緻華美，不過顯然還是有過精心保養。看上去，他就像是那種在酒館中隨處可見的老浪子，一張口就能講上幾段年輕時的輝煌經歷。這種人會讓女人們自以爲更喜歡成熟男人，其實他是靠自身的魅力讓她們神魂顚倒。

「噢，這太不公平了。」卡拉丁說。

「如果我把一個謊言營造得太不切實際，人們很可能會起疑。」紗藍輕快地說著，走到國王面前。

「陛下，您將成爲一個女人。」

「好的。」艾洛卡說。

卡拉丁吃了一驚。他本以爲艾洛卡會反對。他甚至能看出紗藍把嘻笑嚥了回去，她一定也以爲國王會拒絕她的安排。

「您一定要明白，」紗藍轉而說。「我不希望您仍然保持國王的儀表，所以我覺得若能讓您看上去像是一位出身高貴的淺眸女子，那麼衛兵就不太可能注意到您……」

「我說了——好的，織光師。」艾洛卡說。「我們不能浪費時間。我的城市和國家正處於萬分危急之中。」

紗藍又吹出一口氣。國王變成了一名高大莊嚴的雅烈席女子，容貌和加絲娜有幾分相像。卡拉丁贊許地點點頭。紗藍是對的，艾洛卡的身上有著抹消不掉的貴族氣質，用這種方法剛好可以讓心存懷疑的人搞不清楚他到底是誰。

他們收拾行囊時，西兒鑽了進來。她變成一名年輕女子的樣子，跳到卡拉丁面前，又在空中倒退一步，臉上出現驚訝的表情。

「噢！」她說。「噢！」

卡拉丁再次向紗藍瞪起眼睛。「妳對我做了什麼？」

「噢，別擺出那副樣子，」紗藍說。「這只是爲了突顯你非凡的個人風格。」

不要讓她抓住你的心，卡拉丁心想，*她只想要抓住你的心*。卡拉丁扛起自己的背包。無論變成什麼樣子都不重要，這只是幻象。

只是她到底幹了什麼啊？

卡拉丁首先走出他們的藏身之地。眾人排成了一列縱隊後，那些岩石在他們身後消失得無影無蹤。卡拉丁的兩名部下都穿著沒有任何標記的藍色制服，看上去，他們可能是某個科林小家族的衛兵。紗藍的兩名衛兵穿著褐色制服。艾洛卡穿著淺眸女子的長裙。總體看來，他們只是一群不折不扣的流亡難民。艾洛卡應該是匆忙逃避入侵敵軍的一位光淑，甚至連轎子或轎椅都來不及乘坐，只隨身帶著幾名衛兵和僕人。紗藍是受到她監護的年輕人。卡拉丁則是她的……什麼呢？

颶風的。「西兒，」卡拉丁低聲說。「我召喚妳的時候，妳能不能別是一把劍，而是一片扁平光亮的金屬？」

「一面鏡子嗎？」西兒飛到他身邊說。「嗯……」

「不確定能不能做得到？」

「不確定這樣做是否夠體面。」

「體面？妳從什麼時候開始在乎是不是體面了？」

「我不是在和你開玩笑。我是一件莊嚴的武器，只能被用在莊嚴的事情上。」西兒哼了一聲飛走。不等卡拉丁叫她回來，艾洛卡忽然向卡拉丁發出喊聲。

「慢一點，上尉。」現在就連艾洛卡的聲音也變成女性的了。「你走得太快了。」

卡拉丁不情願地放慢腳步。艾洛卡臉上絲毫沒有顯示出對卡拉丁現在這副「尊容」的看法。國王的一雙眼睛只是望著前方。他從來都不太會想著別人——國王就是這種樣子。

「你知道，他們都叫它『逐風』。」國王輕聲說。卡拉丁用了一點時間才意識到艾洛卡說的是流經科林納的那條河。他們要從一座寬闊的石橋上走過逐風河。「雅烈席淺眸一族的力量實際上是來自於你。你的命令在這裡是最重要的，然後才是雅烈席拉。」

「我——」

「我們的任務至關重要，」艾洛卡繼續說。「我們不能讓這座城市被攻陷。我們不能犯任何錯誤。」

「我向您保證，陛下，」卡拉丁說。「我絕對無意犯錯。」

艾洛卡向他瞥了一眼。片刻間，卡拉丁感覺自己能看到那位眞正的國王。這不是因爲幻象出了問題，而是因爲艾洛卡緊繃的嘴唇，皺起的眉毛，還有那異常犀利的目光。

「我不是在說你，上尉。」國王低聲說。「我說的是我自己的侷限。我辜負了這座城市，我希望確保你可以保護它。」

卡拉丁慚愧地將目光轉向一旁。他怎麼會以爲這個人非常自私？「陛下……」

「不，」艾洛卡堅定地說。「我們必須現實一些。國王必須不遺餘力地照料他的臣民，而我的判斷被證明是……有問題的。我一生中的一切『成就』，其實都是我的父親和叔叔交給我的。上尉，是你在我失敗的地方取得了成功。你要記住這一點。請你打開誓門，將我的妻子和孩子送往安全的地方，再率領軍隊回來增援這座城市。」

「我會竭盡全力，陛下。」

「不，」艾洛卡說。「你要分毫不差地完成我的命令。要在這裡建立你的非凡功業，除此以外別無他法。」

颶風的，艾洛卡的話怎麼會讓他感覺既受到恭維，又受到冒犯？這番話使卡拉丁想起了自己在阿瑪朗軍隊中度過的那段歲月，那時人們第一次開始談論他，寄與他特別的期待，然而這只是給卡拉丁帶來一份沉重的感受。

那些流言已經變成了一種挑戰，現在大家心中都有了卡拉丁這樣一號人物，但卡拉丁根本不可能成為那麼偉大的人。他曾經利用過那個虛構的人物，依靠他來為自己的隊伍獲得裝備，讓士兵們加入他的部隊。如果沒有那個人物，他根本不可能見到塔菈。名譽是一件很有用的工具，只要你不被它壓垮。

國王退回到隊伍中。此時他們正在城頭上弓箭手的監視下穿過城門前的殺戮場。弓箭手的目光讓卡拉丁的背脊發癢，不過他們是雅烈席士兵。卡拉丁只好盡力對他們視而不見，將注意力集中在投下大片陰影的城牆，現在這片陰影正將他們籠罩在其中。

這些重疊的岩層，他心想，*倒有些像是兀瑞席魯的隧道。這兩種地形會不會有什麼關聯？*

卡拉丁回過頭，瞥到雅多林正向他走過來。發現卡拉丁注意到自己，這名偽裝的王子不由得發出顫抖。

「嗨，」雅多林說。「嗯……呃，這可真讓人心煩意亂。」*可惡的女人，倒是把他打扮得挺漂亮。*「你想說什麼？」

「我一直在想，」雅多林說。「我們肯定要在城中找一個能夠藏身的地方，對不對？我們已經不能按照最初的計畫行動了——不能直接前往王宮，也不想對它發動突襲。首先要進行偵察。」

卡拉丁點點頭。他不喜歡在科林納耗費太多時間。現在其他橋兵都還沒有立下第二箴言，所以在他回去之前，橋四隊都無法使用他們的力量。可是那座沉陷在陰影中的宮殿又實在令人不安，他們的確需要用幾天蒐羅一下情報。

「同意，」卡拉丁說。「你認爲我們可以在哪裡落腳？」

「我已經想好地方了。那裡有我信任的人，距離王宮不遠不近，很方便進行偵察，又不至於被……牽扯進那片影子裡。希望如此。」他的臉上流露出擔憂的神情。

「那東西是什麼樣子？」卡拉丁問。「就是在塔城下跟你和紗藍作戰的那個東西？」

「紗藍畫了圖。你應該去問她。」

「我在達利納的書記給我的報告中見過了，」卡拉丁說。「我是問它感覺上像是什麼？」

雅多林的藍眸轉向他們面前的小路。他身上的幻象實在栩栩如生，甚至讓卡拉丁有些難以相信這就是雅多林。但他行走的身姿步態還是那樣充滿了淺眸人與生俱來的自信。

「那種感覺……很不正常，」雅多林終於回答。「令人不安，就像是夢魘成眞。」

「臉有些像我？」卡拉丁問。

雅多林瞥了他一眼，咧嘴一笑。「幸好紗藍用幻象把你遮住了。」

卡拉丁發覺自己也在微笑。雅多林總是能讓你清楚地感覺到他是在開玩笑，卻不只是把你當作笑料——他希望你想和他一起開懷。

他們已經靠近城門口了。和城市正門相比，這道側門的確窄小得可憐，但也足以讓一輛大車駛入。現在這道門有許多士兵看守，門前已經聚集一大群人，怒靈在人們周圍的地面上洶湧翻騰。難民們紛紛揮舞著拳頭，叫喊著要求進城。

他們早先還是允許人們進城的。到底發生了什麼事？卡拉丁瞥了雅多林一眼，用下巴朝城門指了指。「去看看？」

「我們去看看，」雅多林轉頭向其他人說。「在這等著。」

斯卡和德雷停住腳步，然而艾洛卡依然跟在卡拉丁和雅多林身後，紗藍也沒有讓自己被丟下。她的隨從猶豫了一下就跟上她。颶風的，這支隊伍的指揮結構會是一場噩夢。

艾洛卡邁著高傲的步伐，一路上不斷呼喊眾人避讓。儘管人們都不太情願，仍紛紛為她讓出了道路。對這樣一位氣勢非凡的貴婦人，還是敬而遠之為妙。卡拉丁和雅多林交換了一個疲憊的眼神，雙雙走到了國王身邊。

「我要求入城。」艾洛卡一直來到人群最前面，朗聲說。現在城門前已經聚集了五、六十人，人數還在不斷增多。

那一小隊衛兵看著艾洛卡。他們的隊長說：「妳能夠為城市防禦提供多少軍人？」

「沒有，」艾洛卡毫不讓步地說。「他們是我的貼身護衛。」

「那麼，光主，妳應該親自帶領他們到南方去，試試別的城市。」

「去哪裡？」艾洛卡質問，他的情緒顯然得到了身後許多人的回應。「那裡到處都是怪物，隊長。」

「有消息說，南邊的怪物少一些。」士兵針鋒相對地說。「不管怎樣，科林納已經被塞滿了。你們在這裡找不到庇護所。相信我，走吧，這座城——」

「你的上司是誰？」艾洛卡沒有容他說下去。

「我聽命於城牆衛隊的上帥亞夙兒。」

「上帥亞夙兒？我從沒有聽說過這個人。你覺得我們這些人看上去還能走更遠的路嗎？我命令你讓我們進城。」

「我得到的命令是每天只能讓固定數量的人入城。」衛兵嘆了口氣。卡拉丁瞭解這種惱怒的態度，就算是最有耐心的衛兵，也受不了艾洛卡這樣蠻橫的喝令。「今天已經超出額度，妳只能等到明天了。」

人們發出一陣喊嚷，更多怒靈出現在他們周圍。

「不是我們不心軟，」衛兵隊長喊著。「你們就不能聽我說話嗎？這座城市裡的食物已經很少了，我們也沒有更多房間可以讓你們居住。我們多放一個人進來，就會讓我們的資源更減少一分！那些怪物正集結力量要攻占這裡。如果你們逃到南方去，也許還能找到一線生機。你們甚至有可能要到達賈・克維德。」

「豈有此理！」艾洛卡說。「那個亞夙兒給你的命令根本就瘋了。他聽誰指揮？」

「上帥不受任何人指轄。」

「什麼？」艾洛卡質問。「愛蘇丹王后呢？」

衛兵只是搖了搖頭。「這兩個人是妳的嗎？」他指著還站在人群後面的德雷和斯卡說。「他們看上去像是優秀的士兵。如果妳讓他們加入城牆衛隊，我就立刻讓妳進城，而且還能配給一份糧食給妳。」

「那個傢伙不行，」另一名衛兵朝卡拉丁點點頭。「他看起來有病。」

「不可能！」艾洛卡喝斥。「我需要我的護衛一直跟隨在我身邊。」

「光主……」那名隊長很無奈。颶風的，卡拉丁真的很同情這位可憐的士兵。

西兒突然緊張起來，化作一道光帶躍入天空。卡拉丁立刻將注意力從艾洛卡和那些衛兵身上轉開，仔細搜索天空——他看到一些影子排成雁形飛向城牆。那是至少二十名的引虛者，每一個身後都跟隨著一股黑暗能量。

城頭上方開始有士兵發出叫喊，隨後就是一陣急促的鼓聲。衛兵隊長咒罵一聲，率領他的人回身衝進敞開的城門，跑上了通向城頭的階梯。

「進城！」雅多林大喊。這時，其他難民已經紛紛向前湧了過去。雅多林抓住國王，拉著他向城中走去。

卡拉丁沒有隨人群進入城中，他一邊抵抗人潮的擠壓，一邊繼續仰頭向上觀望，緊盯著攻擊城牆的引虛者。但他的觀看角度非常糟糕，很難看清城頭上方的情況。

有幾個人被扔下了城牆。卡拉丁向他們衝去，他還沒有採取行動，那些人已經掉在地上，發出響亮的聲音。颶風的！卡拉丁不斷被人群向城門擠過去，只能勉強控制住自己不要去汲取颶光。

穩住，他對自己說，現在最重要的是不能被發現。如果飛上去保衛城市，只會把一切毀掉！

可是，他的職責就是保護。

「卡拉丁，」雅多林一邊高聲喊著，一邊努力穿過人群，朝還在城門外的卡拉丁衝過來。「快點。」

「他們已經占領了城牆。我們應該去支援他們。」

「怎麼支援？」雅多林反問，他轉過身子壓低聲音說。「召喚碎刃，在天空中揮舞它們，就像農夫追逐天鰻？這只是一場測試我們防禦能力的襲擊，根本不是全力進擊。」

卡拉丁深吸一口氣，任由雅多林把他拉進城。「二十多個煉魔，他們能夠輕鬆占領這座城市。」

「只有他們還不行。」雅多林說。「所有人都知道碎刃師無法守住陣地，對於燦軍和這些煉魔來說應該也一樣。攻占一座城市需要士兵。我們走吧。」

他們進城與其他人會合，然後離開城門，向城中走去。卡拉丁竭力不去聽遠處士兵的喊聲。就像雅多林推測的那樣，敵人的襲擊結束了，如同開始時一樣突然。煉魔在戰鬥幾分鐘之後就重新飛回天空。卡拉丁嘆了口氣，看著敵人漸漸遠去，又打起精神，在雅多林的帶領下跟隨眾人走進一條寬闊的大街。

等他們走進科林納城，卡拉丁便感受到了更多驚嘆和更多愁苦。他們走過了一條條的街巷，道路兩旁全都是高大的三層住宅，看上去像一個個方正的石砌箱子。颶風的，守城門的衛兵沒有任何誇張之言，街上擠滿了人。科林納沒有很多小巷子，這裡的石砌建築全都緊貼在一起，形成一個又一個漫長的佇列。人們直接坐在排水溝裡，披著毯子，身邊放著少得可憐的物品。卡拉丁視線內的屋門幾乎全都緊閉著。在這種晴朗的日子裡，就算是軍營中的人們也會打開厚重的防颶門和內門的百葉窗，讓清風吹進家中。然而這裡卻不然。人們將大門緊緊鎖住，只怕難民湧入自己家中。

紗藍的衛兵緊跟在她身邊，手掌小心地捂住自己的口袋，他們似乎很熟悉這種貧民窟的生活。幸好她接受了卡拉丁的建議，沒有帶加茲來。

*治安巡邏隊在哪裡？*卡拉丁一邊這樣想著，一邊隨眾人轉過一個個街角，不斷地上坡或下坡。現在有這麼多人聚集在街道上，他們能有越多人維持市內的安全越好。

但卡拉丁暫時還沒有看見這樣的人，直到他們離開最靠近城門的區域，進入一片更加富裕的城區。這一帶的房屋更加高大，房子周圍常常圍繞著由硬化克姆泥固定在岩石上的鐵柵欄。鐵柵後面還有衛兵看守。不過這裡的街道上也和城門口附近一樣擁擠和混亂。

卡拉丁感覺有許多難民都盯著他。那些人應該是在考慮搶劫他是否有利可圖？會不會有什麼問題？他們有食物嗎？幸好斯卡和德雷帶上了長矛，紗藍的兩名手下也拿著棍子，應該足以嚇退對他們心懷不軌的暴徒。

卡拉丁加快腳步，追上走在這支小隊最前面的雅多林。「你的藏身之地快到了嗎？我不喜歡這裡的街道。」

「還有一段路，」雅多林說。「我同意你的看法。颶風的，我眞應該帶上佩劍。誰知道我竟然擔憂得想要召喚我的碎刃？」

「爲什麼碎刃師守不住一座城？」卡拉丁問。

「基本的軍事理論，」雅多林說。「碎刃師在殺人方面有很強的能力，但他們該如何對抗一整座城市的居民？殺死每一個不服從命令的人？不管有沒有碎刃，他們終究會被人群淹沒。那些飛行的引虛者必須將一整支軍隊帶進這座城市才能成功。但首先，他們會測試城牆的防禦力量，也許還會削弱城中的防禦。」

卡拉丁點點頭。他以爲自己對戰爭有著深刻的理解，事實是，他沒有接受過雅多林那樣的教育和訓練。他參與過戰爭，卻從沒有眞正操控過戰爭。

距離城牆越遠，城中的情況就越好——難民變少了，人群也變得更加有秩序。他們經過一個確實在經營的市場。卡拉丁在那裡面終於看到了維持治安的力量：穿著陌生服色的一小隊人。

和之前的環境相比，這個地方看起來已經相當不錯。街道兩側能看到隆起的板岩芝，它們經過修剪，呈現出各種色彩，其中一些像是護甲片，另一些則像是向上伸展的多節樹枝。許多建築物前還有精心培植的眞正樹木，粗壯的樹根深入岩石，牢牢抓住地面，幾乎都沒有收起它們的葉片。

這裡的難民們以家庭爲單位聚集在一起。在這裡的每一個街區都占據一大片方形區域，建築物將廣場庭院環繞在中間，窗戶也都向中心庭院敞開。人們湧入那些庭院，把它們變成臨時的避難所。卡拉丁沒有發現明顯的飢荒現象，不由得有些寬慰，看來這座城市的食物存量還沒有耗竭。

「你看到了嗎？」紗藍來到卡拉丁身邊，輕聲問。

「什麼？」卡拉丁回頭問。

「那邊的市場上居然還有藝人表演。他們穿著很古怪的衣服。」紗藍皺起眉頭，朝他們經過的一條橫街指了指。「那裡還有一個。」

那是一名全身白衣的男人，隨著他的一舉一動，他身上的許多布條也隨風擺動。他正站在一個街角，低著頭，從一個位置跳到另一個位置。當他抬起頭與卡拉丁對視時，成爲今天第一個沒有立刻將目光轉向一旁的人。

卡拉丁看著這一切，直到一頭芻螺拖著一輛裝滿風暴毀損物的大車擋住了他的視線。這時，他們前方的人群紛紛退到了街道兩旁。

「貼著路邊過去，」艾洛卡說。「我有點好奇那裡怎麼了。」

他們混入貼在路邊建築物旁的人群之中，卡拉丁將手伸進背包裡，保護他收在一個黑色口袋裡的大量錢球。很快地，一支奇怪的隊伍就沿著街道正中央走來。隊伍中的男男女女都穿著藝人的服裝——他們的衣服上裝飾了色彩鮮豔的紅色、藍色和綠色布條。他們一邊走，還一邊呼喊著意義不明的詞句。卡拉丁知道他們使用的詞彙，但這些詞拼在一起卻完全沒有明確的意義。

「沉淪地獄的，這座城裡到底發生了什麼事？」雅多林喃喃說。

「這不正常嗎？」卡拉丁悄聲問。

「我們的確有街頭藝人和歌手，但從沒有這樣的人。颶風的，他們到底是誰？」

「是靈，」紗藍悄聲說。「他們在模仿靈。看，那些就像火靈，那些披著白色和藍色緞帶的是風靈。還有情緒靈，那是痛苦，那是恐懼、期待……」

「所以，這是一場遊行，」卡拉丁皺起眉頭。「但沒有人從中獲得任何樂趣。」

街道兩旁的觀眾們紛紛低下頭。人們都在低聲唸誦，或者是……祈禱？不遠處，一名衣衫襤褸的雅烈席移民懷中抱著啜泣的嬰兒，靠在一幢房子上。一團疲憊靈出現在她頭頂上方，就像是許多塵埃在空氣中升騰。可是這些疲憊靈不是正常的褐色，是紅色的，而且看上去，它們完全扭曲變形了。

「不對、不對、不對。」西兒在卡拉丁的肩頭說。「噢……噢，那些靈是從他那裡來的，卡拉丁。」

紗藍睜大眼睛盯著那些冉冉升起、不正常的疲憊靈，伸手握住雅多林的手臂，啞聲說：「我們走吧。」

雅多林穿過人群，向一個街道拐角走去，他們能夠從那裡離開這支怪異的遊行隊伍。卡拉丁抓住國王的手臂，德雷、斯卡和紗藍的兩名衛兵，自覺地將他們環繞在中間。國王任由卡拉丁拉著自己向前走去，這是一件好事。艾洛卡一直在摸索自己的衣袋，也許是想找出一個錢球給那名筋疲力竭的女人。颶風的！這可是在人群裡啊！

「不遠了，」雅多林說。「跟我來。」他們來到了旁邊的一條巷子裡，終於能夠鬆一口氣。

雅多林帶領眾人走進一道小拱門。這裡的建築物圍繞著一座花園。當然，難民們早已占滿了這裡的空間。花園中有許許多多用毯子搭起來的帳篷，仍因爲昨天的風暴而潮溼不堪，生靈在這裡的草木間不停地跳躍。

雅多林小心地繞過難民和帳篷，來到一扇屋門前敲了兩下。這是一道面對庭院而非街道的後門，門後也許是一家富人的酒窖？但看樣子還是更像住家。

雅多林又敲了兩下門，臉上出現擔憂的神色。卡拉丁來到他身邊，卻突然停住腳步。這扇門板上鑲著一片雕刻了數字的閃亮鋼板。卡拉丁終於能夠從這片鋼板上看到自己的倒影了。

「全能之主在上，」卡拉丁一邊說著，一邊用手指戳弄自己臉上的傷疤和隆起部位，甚至還有一些沒癒合的傷口。虛假的牙齒從他的嘴裡突出來，兩隻眼睛一高一低，頭頂只剩下零散的小片頭髮，顯得斑斑駁駁。還有他的鼻子，實在是小得可憐。「妳對我做了什麼，女人？」

「我最近剛剛學會的，」紗藍說。「好的偽裝應該能夠讓人們記住，這樣人們會記住的不是你的樣子。隊長，你總是能夠讓人過目難忘，我有些擔心不管給你一張什麼樣的臉，也無法消除你那種顯眼的特質。所以我只好給你一些更加令人難忘的特徵。」

「我看上去就像是某種醜怪的靈。」

「喂！」西兒說。

屋門終於開了，出現在門口的是一名身材矮小、穿著圍裙和馬甲，頗有主婦風範的賽勒那女子。她的身後站著一名身材粗壯，有著食角人髮型的白鬍子男人。

「什麼事？」女子問。「你們是誰？」

「噢！對！」雅多林說。「紗藍，我需要——」

紗藍從背包中抽出一塊毛巾，擦了擦雅多林的臉，彷彿是抹去了他臉上的化妝。雅多林的臉又變回原樣。他向那名女子一笑，而女子的下巴張大得都快掉下來了。

「雅多林王子？」女子說。「快、快請進，外面不安全！」

她讓眾人進屋，迅速將屋門關閉。卡拉丁在這個被錢球照亮的房間中眨眨眼。這個房間的牆壁上掛著許多布卷和套在人形衣台上還沒有完工的外衣。

「這是什麼地方？」卡拉丁問。

「嗯，我相信我們需要一個安全的地方，」雅多林說。「我能夠將我的生命和更多的東西託付給這個地方的人，」他看著卡拉丁，指了指爲他們開門的女子。「所以我來找了我的裁縫。」

我希望對拋棄塔城的想法表達嚴正的抗議。這一步如此極端，卻被倉促決定。

——二之二二抽屜，煙石

祕密。

這座城市中充滿了這種東西。*充塞得太多了，就算是祕密也會洩露出來。*

紗藍唯一可以做的就是打打自己的臉。

這要比想像中更困難。紗藍猶豫了很久。*來吧*，她心中想著，終於握緊了拳頭，緊閉起眼睛，挺直腰桿，將自己的外手打在頭側。

這一拳並不怎麼疼。紗藍沒辦法用足夠的力氣打自己。也許她可以讓雅多林爲她做這件事。雅多林正在這家裁縫店內部的工作室裡。紗藍找藉口來到了前面的陳列室，她猜想其他人對於她吸引痛靈的行動不會有什麼積極回應。

她能夠聽到他們正在向那位有禮的裁縫提出各種問題。

「那是從暴動時開始的，陛下，」那個女人在回答艾洛卡的問題。「或者可能更早，是隨著……嗯，那很複雜。噢，我眞無法相信您竟然會在這裡。的確，我已經得到烈情諸神的提示，知道會有事情發生，但到最後……我是說……」

「深吸一口氣，玥絲卡。」雅多林溫和地說，他就連聲音都那麼可愛。「妳稍微喘一下氣，我們才能繼續。」

祕密，紗藍心想，這全都是祕密造成的。

紗藍探頭朝另一個房間裡望去。國王、雅多林、裁縫玥絲卡和卡拉丁在那個房間裡。他們全都恢復了自己的面孔。阿紅、伊希娜、法達和卡拉丁的部下，被派去陪同裁縫的女傭打掃樓上和閣樓的房間，以供客人居住。

玥絲卡和她的丈夫會睡在工作室的臨時床鋪上，艾洛卡等人則有自己的房間。一夥人目前坐在一圈木椅子裡，周圍是那些用來放置各種未完工的男士外衣的人形衣台。

完工的衣服被展示在陳列室中。這些衣服都有著鮮豔的色彩，甚至比破碎平原的雅烈席衣裝還要鮮亮。紗藍在這些衣服上看到了金線和銀線，閃閃發光的鈕釦，還有寬大口袋上精緻繁複的刺繡。這些外衣往往只是繫上了領子下的幾顆鈕釦。衣服的側面採取敞開的樣式，背部的底襟向下延長分開，成為燕尾的形狀。

「光爵，是執徒被處決的關係，」玥絲卡說。「王后吊死了她，還有……噢！那眞是殘暴了。烈情諸神啊，陛下，我不想說您妻子的壞話！她一定沒有想到——」

「告訴我們，」艾洛卡說。「不必害怕會受到懲罰。我必須知道城中的人們是怎樣想的。」

玥絲卡全身都在顫抖。她是一名矮小豐滿的婦人，賽勒那人特有的長眉毛在她的鬢角處捲曲起來，再配上她的長裙和上衣，可能正是現在流行的時尚。紗藍湊到門口。她想知道那名裁縫會說些什麼。

「嗯，」玥絲卡繼續說。「暴動發生的時候，王后……王后基本上完全看不到蹤影。我們不時能夠聽到她的宣告，可是那些宣告全都沒什麼道理。那位執徒死後，一切都不對了。這座城市已經亂成一團了……那位執徒是寫了許多糟糕的東西，陛下。內容是關於君主的地位，王后的信仰，還有……」

「所以愛蘇丹下命將她處死，」艾洛卡說。他們那一圈人身邊的照明只有幾粒錢球。艾洛卡的臉有一半陷在陰影之中。那種光影效果非常有趣。紗藍以此取得一個「記憶」，當成以後素描的素材。

「是的，陛下。」

「眞正發布命令的顯然是黑暗靈，」艾洛卡說。「黑暗靈控制著那座宮殿。我的妻子絕不會在這種非常時期莽撞地公開處決一名執徒。」

「噢！是的，當然。黑暗靈。就在王宮裡。」玥絲卡終於得到了一個能夠爲王后開脫罪責的理由，明顯鬆了一口氣。

紗藍正在思考他們的對話，忽然注意到旁邊架子上的一把剪刀。她拿起剪刀，退回到陳列室，掀起自己的裙子，用剪刀刺了一下自己的腿。

尖銳的痛楚沿著她的腿一直穿透她的身體。

「嗯，」圖樣說。「毀滅。這……這對妳來說很不正常，紗藍，太不正常了。」

紗藍在劇痛中顫抖著，鮮血從傷口中湧出。她伸手按住傷口，限制出血擴散。

就是這樣！她做到了。痛靈出現在她的周圍，彷彿是從地底爬出來的一些脫離實體的小手，看上去沒有皮膚，完全是由筋肉糾結而成。它們通常都是亮橙色的，但這些痛靈卻呈現出病態的綠色。它們也都是不正常的……在外形上，它們不是人手，更像是某種怪物的爪子，過分扭曲的筋肉中伸出了一根根細長的利刃。

紗藍迫不及待地取得了關於這些痛靈的記憶，同時繼續提起裙襬，以免它沾上血漬。

「那樣不痛嗎？」圖樣一邊問，一邊移動到牆壁上。

「當然痛，」紗藍的眼睛裡都泛起淚光了。「我要的就是這個。」

「嗯……」圖樣擔憂地哼哼著，其實他不必擔什麼心，因爲紗藍已經獲得了她想要的。紗藍滿意地用一點颶光治好傷口，又從荷包裡拿出一塊布，擦淨腿上的血，最後去洗手間洗淨了雙手和那塊布。洗手間裡的流水讓紗藍吃了一驚。她沒想到科林納還會有這種東西。

她拿出自己的素描簿，回到工作室的門口，靠在門框上，迅速畫出一幅詭異扭曲的痛靈素描。如果加絲娜在這裡，一定會要她放下素描簿，和其他人坐到一起去。但紗藍往往是手裡有素描簿的時候才更容易集中精神，不畫畫的人似乎從來都不理解這一點。

「跟我們說說王宮的事，」卡拉丁說。「陛下所說的那個……黑暗靈。」

玥絲卡點點頭。「噢，是的，光爵。」

紗藍抬頭瞥了一眼，想要捕捉到卡拉丁被稱爲光爵時的表情。不過卡拉丁沒有顯露出任何表情。他的幻象僞裝早就消失了，但紗藍也給那副「尊容」畫了像，並認眞收好，以備之後再次使用。卡拉丁在今天上午召喚出了他的碎刃，現在他的眼睛就像紗藍見過的其他藍眼睛一樣清澈——也一直都沒有褪色。

「那時來了一陣完全出於預料的颶風。」玥絲卡繼續說。「從那以後，天氣就變得瘋狂了，雨斷斷續續下個不停。但是，噢！那場新的風暴降臨了，它帶著紅色的閃電，留下了一片籠罩住王宮的陰霾。那眞是骯髒！黑暗的時刻到來了。我覺得……我覺得這個時刻還遠遠不會結束。」

「王室的衛兵在哪裡？」艾洛卡問。「官員們應該擴大治安衛隊的規模，在暴動時全力恢復秩序！」

「王宮衛隊都撤進了王宮裡，陛下，」玥絲卡說。「王后命令治安衛隊戍守在軍營中。到後來，他們也依照王后的命令進入了王宮，再之後……他們就再也沒出現過。」

颶風啊，紗藍一邊素描，一邊在心中想著。

「噢，我猜我有些事忘記說了。」玥絲卡繼續說。「在暴動發生的時候，王后發出一份宣告。噢，陛下，她要處死城中的帕胥人！天哪，我們全都以爲她一定是——很抱歉，陛下——我們全都以爲她一定是瘋了。那些可憐的帕胥人。他們到底做了什麼？當時我們眞是百思不得其解。

「嗯，王后向全城派遣了傳令人，宣稱帕胥人是引虛者。我必須承認，在這一點上她其實是正確的。只是那實在太奇怪了。她似乎根本就沒有注意到半座城都已經陷入了暴動！」

「黑暗靈，」艾洛卡握緊拳頭說。「做壞事的是黑暗靈，不是愛蘇丹。」

「有沒有關於怪異殺人案的報告？」雅多林問。「殺人案，或者暴力案件成雙成對地出現——一個人死了，幾天以後，就會有另一個人以完全相同的方式被殺死？」

「沒有，光爵。沒……沒有這種事，不過的確有很多人被殺死了。」

紗藍搖搖頭。這裡有一個不同的魄散，另一個憎惡的古靈。宗教和歷史研究對於它們至多也只有非常含混的描述，往往只是簡單地將它們統稱爲邪惡力量。娜凡妮和加絲娜在過去幾個星期已經開始了對它們的研究，只是關於它們的情報還是非常有限。

紗藍完成了對痛靈的素描，又開始描繪他們早些時候見到的一個疲憊靈。紗藍還在一名難民的身上曾到了一些餓靈，奇怪的是，餓靈看上去並沒有任何不同。爲什麼？

*還需要更多情報，*紗藍心想，*要更多資料。*她能夠想到最尷尬的事情又是什麼？

「那麼，」艾洛卡說。「儘管我們並沒有命令處決帕胥人，只是將他們流放，至少愛蘇丹收到了這個命令。雖然受到了黑暗力量的控制，她一定還有足夠的自由，能夠透過信蘆得到我們的訊息。」

當然，艾洛卡沒有提起那個不合情理的問題。如果黑暗靈眞的像裁縫所說的那樣，是隨著永颶一同到來的，那麼愛蘇丹只會是以自己的意志處死了那名執徒——這樣的事情以前也發生過。很有可能流放帕胥人的命令也是在永颶之前被傳給愛蘇丹的。誰知道魄散是否能夠影響王后這樣的人物呢？在兀瑞席魯的靈只會模仿人類，不是控制人類。

玥絲卡在敘述不同事件時明顯有一點混亂，所以艾洛卡也許將這些疑問都歸結爲時間次序的錯亂。不管怎樣，紗藍現在需要一些尷尬的事情。*父親第一次在晚宴上允許我喝葡萄酒的時候，我卻把酒灑了。*

不……不……還要更尷尬的……

「噢！」玥絲卡說。「陛下，您應該知道，那個要求處決帕胥人的宣告……嗯，許多重要的淺眸人都沒有服從命令。在那場可怕的風暴之後，王后又開始發布其他命令，於是淺眸人便去拜謁了她。」

「讓我猜猜，」卡拉丁說。「他們再也沒有從那座宮殿中走出來。」

「是的，光爵，他們再沒有出來過。」

如果瀕臨死亡的我甦醒過來，面對著加絲娜，她卻發現我背叛了她，那又會怎樣？

只要回憶一下那件事肯定就夠了。

不夠？

眞煩人。

「那麼，那些帕胥人，」雅多林說。「他們眞的被處決了？」

「沒有。」玥絲卡繼續說。「就像我說過的，大家都在爲暴動擔心——我想應該只有那些爲女王傳達命令的僕人除外。城牆衛隊最終採取行動，他們在城市中恢復了一定秩序，然後集中了帕胥人，將他們流放到城外原野去了。然後……」

「永颶來了。」紗藍說，同時悄悄解開了自己內手袖子的鈕釦。

玥絲卡似乎在自己的座位裡萎縮了下去，其他人全陷入了沉默。這給了紗藍完美的機會。她深吸一口氣，向前走過去，手中舉著素描簿，彷彿一副心不在焉的樣子，然後一下子絆住了地上的一卷布，驚呼一聲地跌進那一圈椅子中央。

她趴倒在地，裙子一直翻到了腰間——今天她甚至連裏腿都沒有穿。她的內手從袖子鈕釦之間伸了出去。看到她這副樣子的不僅有國王，還有卡拉丁以及雅多林。

完美、可怕、難以置信地令人困窘。紗藍感到臉上泛起一陣深深的紅暈，羞恥靈如同波浪般掉落在她的周圍，通常它們都會像是飄落的紅色和白色花瓣。

這些羞恥靈卻如同玻璃碎片。

當然，那些男人只在意她現在這副糟糕的樣子。她尖叫一聲，收集好了羞恥靈的資訊，坐起身，紅著臉將她的手收回袖子裡。

這種事，她心想，大概是妳能做出最瘋狂的事了。這眞是說明了很多問題。

她抓起自己的素描簿，衝出那個房間，半路上還和玥絲卡的白鬍子丈夫擦身而過。紗藍至今都沒有聽到這個人說過一句話。此時他正站在工作室門口，手裡端著放有葡萄酒和茶的托盤。紗藍抓住盛有深紅色葡萄酒的杯子，一飲而盡，同時感覺那些男人還盯著自己的後背。

「紗藍？」雅多林突然說。「妳……」

「我很好，這只是一個試驗。」紗藍語無倫次地說完這句話就衝進陳列室，倒進一個爲客人布置的座位裡。*颶風啊，這眞是太丟臉了。*

她還能透過屋門看見房間裡的情形。玥絲卡的丈夫捧著銀托盤向眾人走去，在玥絲卡身邊停下腳步，並將一隻手放在妻子的肩頭。不過他首先用另一隻手向國王奉上了飲料——這才是正確的次序。而玥絲卡也將手按在丈夫的手上。

紗藍打開素描簿，她很高興地看到還有更多羞恥靈落在她的周圍，它們也都是一些碎玻璃。紗藍開始作畫，讓自己完全沉浸於其中，不再去想剛剛做過的事。

「那麼……」艾洛卡在工作室裡說。「我們剛才談到了城牆衛隊。他們服從王后的命令嗎？」

「嗯，差不多就在那個時候，那位上帥出現了。我從沒有見過他。他並不經常到城牆下面來。是他恢復秩序，這是一件大好事。可是城牆衛隊沒有足夠的人力同時維持城市治安和守衛城牆，所以他們只是集中力量看守城牆。我們則是被丟在這裡……活著而已。」

「現在城中由誰統治？」卡拉丁問。

「沒有人，」玥絲卡說。「各位領主……嗯，他們基本上控制著城中各區。有人說君王的權威已經殞落了。國王——抱歉，陛下，請原諒我這樣說——他們說國王拋棄了他們。現今在這座城中擁有眞正權力的還是『現時教團』。」

正在作畫的紗藍抬起了頭。

「就是我們在街上看到的那些人？」雅多林問。「穿得好像靈一樣的那些人？」

「是的，殿下。」玥絲卡說。「我……我不知道該怎麼對您說。這個城市中的靈有時候看起來會很奇怪。人們都認為這和王后、那場怪異的風暴，還有帕胥人有關……大家都很害怕。有人宣稱他們能夠看到一個新的世界正在到來，一個非常奇怪的新世界。由靈統治的世界。

「弗林教會宣布現時教團是異端，但有大量執徒在王宮變暗時都留在了宮裡。留在宮外的執徒，絕大部分都跑到占據各個街區的領主那裡去尋求庇護了。那些領主彼此越來越孤立，只統治著他們自己的小王國，然後……然後法器就出了問題……」

法器。紗藍起身跑過來，將頭探進工作室。「什麼問題？」

「想要使用法器，」玥絲卡說。「無論是什麼樣的法器——從信蘆、加熱器到除痛器，你都要從它們之中汲取能量。但現在一使用法器，就會有尖叫的黃色靈在風中亂竄，好像可怕的光束，在你身邊叫嚷、盤旋，常常還會從天上帶來怪物。那些怪物身穿寬鬆的衣服、手持長矛。他們會奪走法器，有時候還會殺死使用法器的人。」

颶風啊……紗藍心想。

「妳見過這樣的情形嗎？」卡拉丁問。「那樣的靈看起來是什麼樣子？妳有沒有聽過它們說話？」

紗藍瞥了玥絲卡一眼，現在這名裁縫在座位裡越縮越小。「我覺得……也許我們應該讓這位好裁縫休息一下。」紗藍說。「我們突然就出現在她的家門口，占據了她的臥室，現在又不停地審問她。我相信，就算讓她休息幾分鐘，喝一杯茶，恢復一下體力，這個世界也不會因此崩潰。」

裁縫轉頭看著紗藍，流露出萬分感激的表情。

「颶風的！」雅多林從椅子裡跳了起來。「妳說得對，紗藍。玥絲卡，請原諒我們，非常感謝妳——」

「不需要這樣，殿下。」玥絲卡回應。「噢，我一直相信烈情諸神，相信會有援軍到來。我的願望成真了！如果國王同意，我也想稍稍休息一下……是的，只要休息一小段時間，我將不勝感激。」

卡拉丁嗯了一聲，點點頭。艾洛卡揮了一下手，示意不會拒絕玥絲卡的請求。不過他的大部分心神……都陷入了沉思之中。三個男人讓玥絲卡待在工作室休息，他們來到紗藍所在的陳列室。夕陽餘暉正從這個房間前窗的窗簾縫隙中透射過來，那些窗簾平時都會被拉開，展示這位裁縫的作品。毫無疑問的是，最近它們肯定非常少被打開了。

四個人聚在一起，討論他們的最新發現。「如何？」艾洛卡罕見地用微弱而若有所思的聲音問。

「我想知道城牆衛隊的情況，」卡拉丁說。「他們的那個上帥……你們都沒有聽說過他？」

「亞夙兒上帥？」雅多林問。「沒聽說過。不過我離開這裡已經有幾年了。當我們還在忙於戰爭的時候，這座城市裡肯定有許多軍官得到了晉升。」

「亞夙兒也許負責這座城市的食物配給，」卡拉丁說。「一定有人在為這裡提供糧食。沒有充足的食物來源，城市很快就會發生饑荒。」

「至少我們已經得到了一些情報，」紗藍說。「知道了為什麼信蘆通訊會被切斷。」

「引虛者企圖孤立這座城市，」艾洛卡說。「他們封鎖了王宮，阻止人們使用誓門，還切斷了信蘆通訊。他們在爭取時間，好集結起一支規模足夠龐大的軍隊。」

紗藍一陣顫抖。她舉起自己的素描簿，讓眾人看到她的畫。「這座城市的靈出現了問題。」

另外三個人看到她的繪畫，紛紛點頭。但只有卡拉丁注意到紗藍為這一切付出的努力。他將目光從羞恥靈的素描轉向紗藍的手，又向紗藍揚了揚眉毛。

紗藍聳聳肩。*不管怎樣，這麼做是有意義的，不是嗎？*

「我們必須謹慎，」國王低聲說。「絕不能就這樣衝進王宮，那只會落入吞噬那座宮殿的黑暗手中。但我們也不能在這裡坐以待斃。」

國王將身子站得更直了。紗藍早已習慣了將這個國王看成一個輕率莽撞的人，但她現在卻覺得自己的這種看法可能錯了。達利納也是這樣看待艾洛卡的，而她越來越相信，達利納也錯了。她在艾洛卡身上看到了一種誠摯的決心，甚至是一種高貴的節操。

是的，紗藍從艾洛卡身上又得到了一個記憶收藏，是的，你是國王。你能夠繼承你父親眞正的遺志。

「我們必須有一個計畫，」艾洛卡說。「我將很高興有你在這件事上的智慧判斷，逐風師。我們該怎樣進入宮殿？」

「說實話，我不確定我們是否應該到那裡去。陛下，也許我們最好的辦法是乘著下一陣颶風返回高塔，將這裡的一切狀況報告給達利納。他無法使用對這裡的幻象聯絡我們，而且魄散的出現嚴重超出了這次任務的預期。」

「我們不需要達利納的許可才能採取行動。」艾洛卡說。

「我不是這個意思——」

「上尉，我叔叔會怎麼做？達利納知道的絕不會比我們更多。我們可以立刻在科林納採取行動，或者將這座城市、這裡的誓門和我的家人全都交給敵人。」

紗藍同意國王的看法，就連卡拉丁也在緩緩地點頭。

「至少我們應該在這座城市中進行一下偵查，對情勢掌握更多瞭解。」雅多林說。

「是的，」艾洛卡說。「國王需要精確的情報才能正確行動。織光師，妳能夠扮成傳令兵的樣子嗎？」

「當然，」紗藍說。「要做什麼呢？」

「比如，我口擬一封給愛蘇丹的信，」國王說。「用王室封印將它封住。妳可以裝扮成一名來自破碎平原的信使，剛剛經過一番艱辛的旅程，要將我的訊息呈獻給王后。妳前往王宮，看看那些衛兵會做出什麼反應。」

「這……不是一個壞主意。」卡拉丁說。但聽語氣，他有些驚訝。

「這很危險，」雅多林說。「那些衛兵也許會帶她進入王宮。」

「我是這裡唯一與魄散正面對峙過的人。」紗藍說。「我最有可能探查到魔爪們，而且我有能力自保。我同意陛下的方法——必須有人進入那座宮殿，看看那裡到底發生了什麼事。我保證，如果發現任何異常，我會立刻退出來。」

「嗯……」圖樣出乎意料地從紗藍的裙子上開口。有別人在的時候，他通常都不會說話。「我會保持警惕，並及時發出警告。我們會小心的。」

「看看能不能確認誓門的狀態。」國王說。「雖然它的平台在王宮裡，但除了穿過宮殿以外，還有其他路徑可以到達。現在對這座城市最好的作法也許就是我們悄悄到達那裡，開啟誓門，帶來援軍，然後再決定該如何援救我的家人。現階段，我們暫時只能進行偵查。」

「今晚我們其他人就只能乾坐在這裡？」卡拉丁抱怨。

「等待並信任你所任命的人才是王者之道，逐風師。」艾洛卡說。「但我想紗藍光主不會反對有你同行，我也很希望有人能夠照應她，在緊急情況下救她脫身。」

艾洛卡並非完全正確。這位織光師一定會反對卡拉丁隨行。圍紗不會想要他照看自己。紗藍也不想要他詢問圍紗這個人格的種種。

只是紗藍又實在找不出合適的反對理由。「我想要對這座城市有一些瞭解，」她看著卡拉丁說。「讓玥絲卡抄寫好國王的信，然後你帶著信來找我。雅多林，這裡有沒有合適的地方方便我們找到彼此？」

「通向王宮的大台階？」雅多林說。「那裡很容易找到。在大台階前面有一座方形小廣場。」

「太好了。」紗藍說。「卡拉丁，我會戴上一頂黑帽子。我想，既然我們已經通過了城牆衛隊的盤查，你應該可以使用自己的臉了。不過這個奴隸烙印……」她伸手製造出一個幻象，要讓卡拉丁額頭上的烙印消失。

卡拉丁捉住紗藍的手。「不需要，我會用我的頭髮蓋住它。」

「它會從頭髮之間露出來。」紗藍說。

「那就讓它露出來吧。在一個充滿難民的城市裡，沒有人會在乎。」

紗藍翻了翻白眼，沒有再堅持。卡拉丁也許是對的。他穿著軍裝，說不定人們會將他看作是一名被任命為家族衛兵的奴隸。儘管這個沙須烙印實在是很古怪。

國王去準備信件。雅多林和卡拉丁繼續待在陳列室裡，低聲談論城牆衛隊的事。紗藍向樓梯走去，她住的是二樓的一個小房間。

在那個房間裡，阿紅、法達和間諜助手伊希娜正在低聲交談。

「你們偷聽了多少？」紗藍問他們。

「不是很多。」法達一邊回答，一邊用姆指朝肩後指了指。「我們正忙著幫助伊希娜徹底搜查這個裁縫的臥室，以免她藏了什麼東西。」

「告訴我，你們沒有把這裡弄得一團糟。」

「沒有，」伊希娜向紗藍保證。「也沒有值得報告的事。那個女人也許眞的像她看上去那樣無聊。不過這些男孩也學了一些搜查的手段。」

紗藍走過房間裡那張客用小床，向窗外望去。這座城市的街道景色讓她有些氣餒。那麼多住宅，那麼多人，實在很有壓力。

幸運的是，圍紗不會看到這番景色。現在這裡的問題只有一個。

*如果我要與他們一同行動，*紗藍心想，*就會讓他們問出那個問題。*這次的科林納任務一定會造成這樣的問題，因爲圍紗並沒有跟隨他們一同飛來。

紗藍一直爲此擔心，同時又……有些……期待？「我要告訴他們。」她悄聲說。

「嗯，」圖樣說。「這樣很好。就這麼做吧。」

事實上，她已經被逼到盡頭了。這件事終究要有個了結。她來到自己的背包前，從背包裡拿出一件白色外衣和一頂折疊在背包側面的帽子。「我需要一些私人空間，男孩們，」她對法達和阿紅說。「圍紗需要穿衣服了。」

他們看看那件外衣，又看看紗藍，向後退去。阿紅拍了拍自己的頭側，大笑著說：「妳在開玩笑。天哪，我覺得自己像個白癡。」

紗藍以為法達會有遭到背叛的感覺，但他只是點了點頭——彷彿這樣非常合理。他用一隻手指向紗藍敬了個禮，然後就跟阿紅一起退出了房間。

伊希娜還留在房間裡。紗藍在一番仔細考慮之後才帶來了這個女人。墨瑞茲對她進行過調查，而且圍紗終究還需要訓練。

「妳看上去一點也不驚訝，」紗藍一邊說話，一邊開始換衣服。

「當圍紗……當妳要我參與這個任務的時候，我就懷疑了。」伊希娜說。「然後我看到了幻象，自然會有更多猜想。」說到這裡，她停頓了一下。「只不過我猜反了，我以為光主紗藍是偽裝人物。實際上，那位間諜才是偽裝的身分。」

「錯了，」紗藍說。「她們都是假的。」穿好衣服之後，紗藍翻開素描簿，找到一幅穿斥候制服的琳恩素描。完美。「告訴卡拉丁光爵，我已經外出調查城市了。他可以在大約一個小時以後與我會合。」

她爬出窗戶，跳到地上，用颶光防止自己的雙腿折斷，接著就沿著街道快步向前走去。

63 鏡內

我回到塔城卻只看到吵鬧的孩子，而非傲人的騎士。這就是爲什麼我討厭這個地方。我將會繪製艾米亞的隱匿海底洞穴。到阿奇那找到我的地圖吧。

——一六之一六抽屜，紫水晶

圍紗很高興又來到了一座稱得上是城市的地方，即使這座城市已經變得有些像蠻荒之地。

絕大多數市民都生活在文明邊緣，每一個人都將城市中的某個街區當作鄉鎮和村莊來談論，彷彿此地已經不再是繁華的都市。不過圍紗發現這些地方的人們全都顯得愉悅平和，似乎很喜歡現在的平靜生活。

這不是城市生活的樣子。城市永遠都處在不可維持的前端，永遠都離饑荒只有一步之遙。這麼多人擁擠在一起，他們的文化、理念和臭氣彼此磨擦撞擊。這樣的結果不是文明，是被文明外衣包裹的渾沌。它被強大的力量壓縮、禁錮，無處可逃。

城市中總會有一種緊張感。你能夠呼吸到它，在邁出的每一步中感覺到它。圍紗喜愛這種感覺。

從裁縫店走出幾條街之後，她便拉下帽緣，又從素描簿上拿起一張紙，彷彿是在查看地圖。借助帽緣和畫紙的掩護，她呼出颶光，將自己的容貌和頭髮變成圍紗的樣子。

沒有靈出現，也沒有靈對她所做的事尖叫示警。看樣子，在這裡進行織光術和使用法器並不一樣。她相信在這裡使用織光術是安全的，畢竟他們進城時便一直頂著僞裝。但爲了以防萬一，她還是離開裁縫店之後才這樣做。

圍紗沿著一條大街信步而行，長外套的底襟一直垂到了她的小腿上。她立刻就喜歡上了科林納。她喜愛這座城市連綿起伏的山丘，櫛比鱗次的建築。她喜歡風中飄來食角人香料的氣味，還有雅烈席人蒸蟹肉的香氣——不過也許並不是眞正的螃蟹，而是克姆林蟲。

她不喜歡這一部分：窮困的人們。即使是在這個稍微富足些的地帶，當她走過每一個街區時，也必須繞過一群群人。簇擁在那些庭院中的人們，不久前可能不過是普通的鄉下人。而今，他們已經淪落成可憐的難民了。

街道上沒有多少車輛。偶爾能見到被衛兵環繞的轎子，但沒有馬車。不管怎樣，生活不會因爲戰爭而中斷，即使在第二個阿哈利艾提安也是如此。這裡的人們還是會汲水洗衣服，還在工作的大多是女人，她能夠看到大群男人無所事事地站在街道旁。沒有人管理這座城市，又有誰會僱傭男人去鑄造場、清理街道和雕鑿克姆泥？更糟糕的是，在這種規模的城市裡，許多低賤的工作原本都是由帕胥人完成的，現在沒有人想要接下那些工作了。

那個橋小子是對的，圍紗在閒逛到一個交叉路口的時候暗忖，這座城市的食物並不匱乏。如果食物和水被耗盡，像科林納這樣的城市會迅速吞噬掉自己。

不，城市並非文明之地，一隻白脊即使戴上了項圈，也不代表牠眞的被馴服。

一小群穿著如同腐靈的教徒一瘸一拐地沿著街道走來。他們在衣服上用潮溼的紅色塗料模仿出鮮血的樣子。紗藍格外警惕地觀察這些人。也許他們發了瘋，但圍紗不相信，他們的行爲太戲劇化，人數也太多了，不可能這麼多人全都精神錯亂。這是一種潮流，人們以這種方式應對當前的許多意外，爲完全被顚覆的生活添上一種能夠接受的輪廓。

這並不意謂這些人沒有危險。一群努力表現自己、要給別人留下深刻印象的人，比單獨一個精神變態更危險，所以她遠遠避開了這些教徒。

在隨後的一個小時裡，凰紗一邊朝著王宮的大致方向前行，一邊觀察這座城市。裁縫店所在的那一區大概是城中最正常的地方。那裡有如常開業的市場，她打算在時間比較充裕時好好調查一下；還有公園，只不過公園現在都住滿了人。那些住民顯然都還很有活力，他們以家庭甚至社區爲單位，從城外的村莊中搬遷來到這裡，竭盡全力繼續他們的生活。

她走過富人區如城堡一樣的大宅，其中有幾座已經遭到洗劫：大門被打破，窗戶變成碎片，宅邸外出現了用毯子搭起的帳篷和棚屋。看樣子，一些淺眸家族沒有足夠的衛兵在叛亂中保護自己。

每當凰紗接近城牆的時候，她都會進入其中最擁擠、情況最糟糕的區域觀察。難民們坐在街道上，衣衫襤褸，眼神空洞，這些人已經沒有了家、沒有了社群。

但距離宮殿越近，城市就變得越空曠。如今就算是那些不幸只能擁擠在城牆附近的街道中、時刻擔心引虛者會發動襲擊的人，也知道要遠離王宮。

這讓原本位於王宮區的富人家庭看上去……有些反常。一般情況下，居住在王宮附近是一種特權。這裡每一座高大的建築都有自己的圍牆和精緻宜人的花園、華麗美觀的雕花大窗。現在，凰紗能清楚地感覺到這一區很不尋常的氣氛，好似一些尖刺戳在皮膚上。居住在這裡的家庭一定也有同樣的感受，但他們頑固地留在了自己的宅邸中。

凰紗透過一座大宅的鐵柵門向內望去，看到一些正在執勤的士兵，那些人穿著深色的制服。凰紗無法確切分辨他們的服色和徽章。當一名衛兵向凰紗瞥過來的時候，她甚至看不清他的眼睛。也許是因爲光線的問題，可是……颶風啊，這些士兵的感覺也很不正常。他們的動作都很奇怪，總是充滿了突然的爆發力，好像隨時要潛行撲食的猛獸。凰紗完全沒看到他們之間有任何交頭接耳的動作。

圍紗向後退去，沿著街道繼續前行。王宮就在正前方。它的正面就是她將要與卡拉丁會合的寬闊階梯。現在距離會合還有一段時間，她走進旁邊的一座公園。這是她在城中見到第一座沒有住滿難民的公園，如塔般的矮重樹在漫長的時間裡積累了非同尋常的高度，朝四周伸展出葉片，甚至形成了一片能夠遮蔽陽光的篷蓋。

她躲避可能窺看她的人們，用颺光將圍紗的外貌和衣裝改換成琳恩的樣子。她的身材變得更加強壯挺拔，也換成藍色的斥候制服，頭戴一頂黑色雨帽，是那種泣季常見的款式。

離開公園時，圍紗仍然是她的一部分。她竭力在自己的意識中保持這種鮮明的區別。她仍然是圍紗，只不過多了一層僞裝。

現在，她要看看誓門那裡會有什麼發現。王宮建造在一片能夠俯瞰整座城市的高地上。她沿著街道悄然來到王宮東側。誓門平台就在這裡。這座平台離地大約二十呎，和王宮高地一般高度，上面已經布滿了建築，透過一道矮牆頂端的封閉步道與王宮相連。

他們把連接王宮的路直接修建在平台坡道上。看到這種情況，她有些不滿意。登上平台的路只有另外一條——那是一道從岩石上雕刻出來的台階。現在這道台階正被身穿奇裝異服、模仿靈的人們看守著。

圍紗遠遠地觀察著誓門平台。難道說，現時教團也和王宮的異變有關？平台上正燃燒著大火，一縷縷煙塵嫋嫋升起，圍紗能夠聽到那裡傳來一陣陣聲音。那是……尖叫聲？

整座王宮都令人不寒而慄。圍紗一陣顫抖，向後退去。這時她看見卡拉丁正靠在王宮台階前方形廣場的一尊雕像基座上。那是法器鑄成的青銅雕像，描繪了一個身穿碎甲的人正從波濤中升起。

「嗨，」圍紗輕聲說。「是我。你喜歡這種款式的靴子嗎？」她抬起了自己的一隻腳。

「我們必須要談論這種話題？」

「我給過你一個接頭密碼，橋小子。」圍紗說。「為了證明我就是我所說的我。」

「琳恩的臉已經夠清楚了。」卡拉丁將國王密函交給她。

我喜歡他，圍紗心想。這是一個……奇怪的想法。圍紗的這種想法比紗藍強烈得多。我喜歡他那種憂鬱的樣子，那雙危險的眼睛。

爲什麼紗藍的眼裡只有雅多林？他是很好，只是太溫和了。逗弄雅多林只會讓人感覺自己很糟糕。可是卡拉丁，他那雙眼睛的凝視，總是讓圍紗有一種別無所求的感覺。

在她的內心深處有一部分仍是紗藍，那一部分的她正因爲圍紗的心緒而困擾。於是，圍紗將注意力轉向了王宮。那是一座宏偉的建築，和她的素描比起來，這座宮殿更像是一座城堡，很有雅烈席人的風格。王宮底層是一個巨大的長方形建築，長方形的短邊朝向風暴來襲的方向。它向上逐層縮小，一座穹頂矗立在這整幢建築的正中央。

身處如此接近王宮的地方，她無法確切分辨陽光在哪裡消失，暗影從哪裡開始。這裡黑暗的空氣感覺上……明顯和黑暗靈在兀瑞席魯時的感覺不同。她一直覺得自己沒辦法看清這裡全部的情景。她將目光移開，又轉回來，立刻就感覺有些東西不一樣了——她可以發誓。是擺放在正門大台階上的花草被移動了？還是……那扇門被漆成了藍色？

她取得一個記憶，將視線轉開，再轉回來，又取得下一個記憶。她不確定這樣做有什麼意義，畢竟早些時候，她就很難畫下這座王宮。

「妳看到了嗎？」卡拉丁悄聲問。「那些士兵，站在那些圓柱之間的？」

她還沒看到。在一道長長的階梯頂端，王宮的正面是一排圓柱。圍紗仔細向圓柱之間的陰影望去，果然看到有一些人聚集在被圓柱撐起的裝飾橫樑下面。他們如同雕像般手持長矛，紋絲不動。

圍紗的身邊升起了期待靈。她卻被這些靈嚇了一跳——其中兩個期待靈看上去還算正常，就像扁平的彩帶，但其他期待靈都是不正常的。它們是一根根細長的觸鬚，有如抽打僕人的鞭子。

圍紗和卡拉丁交換了一個眼神，然後再取得了關於這種靈的記憶。

「要過去嗎？」卡拉丁問。

「我過去，你留在這裡。」

卡拉丁瞥了闔紗一眼。

「如果發生意外，我更希望你留在外面，隨時準備衝進去支援我。要是我們在一起，有可能同時落進一個魄散的手中。如果我需要你，我會喊你的。」

「如果妳不能叫喊呢？或者我聽不到呢？」

「我會派圖樣來找你。」

卡拉丁將雙臂抱在胸前，點了點頭。「好，但要小心。」

「我可是非常小心的。」

卡拉丁向闔紗挑起一道眉，他想的肯定是紗藍。闔紗可沒有紗藍那麼莽撞。

走完這段台階似乎太久了。有那麼一段時間，闔紗可以發誓，這段台階一直延伸到了天上，彷彿正在虛空中永遠地延長下去。卻在突然間，她已踏過最後一級台階，站到了那排圓柱前面。

一隊衛兵向她走來。

「我帶來國王的信件！」闔紗高舉起信封。「我要將它直接呈送給王后殿下。我是從破碎平原一路趕到這裡的！」

衛兵們的動作沒有半分遲滯。一名衛兵打開了進入王宮的大門，其他衛兵則在闔紗身後站成一排，迫使她向前邁步。闔紗吞了吞口水，感覺額頭滲出絲絲冷汗。在衛兵的逼迫下，她向王宮大門走去。那簡直就是一張黑色的大嘴……

她走進一座莊嚴華麗的大門，看到門中到處都是大理石和掛滿燦爛錢球的枝狀吊燈。沒有魄散。沒有等待吞噬她的黑暗。她長吁一口氣。不過她還是能感覺到某種東西，那種虛幻而怪誕的感覺，變得更加強烈。這裡比其他任何地方都更加不正常。一名士兵伸手按住她的肩膀，她嚇了一跳。

一個佩戴軍官花結的人，從高大門廳旁的一個小房間走出來問：「什麼事？」

「信使，」一名士兵回答。「來自破碎平原。」另一名士兵從她的指縫中抽出那封信，遞給軍官。圍紗現在能看清他們的眼睛了。那些眼睛似乎都很正常——深眸士兵，淺眸軍官。

「妳在那裡的指揮官是誰？」這名隊長接過那封信，斜眼看著信上的封蠟。「嗯？我在破碎平原當過幾年兵。」

「柯洛特上尉。」圍紗說的是一名已成爲逐風師的軍官。他並非是琳恩眞正的指揮官，但他的部隊中肯定有斥候。

這名隊長點點頭，將信交給自己的一名部下。「把它交給愛蘇丹王后。」

「我應該親自把信交給王后，」圍紗說。其實，她很想馬上離開這個地方——瘋狂地逃離這裡。但她必須留下來，她從這裡得到的一切情報都將……

一名士兵舉劍刺穿了她。

這一切發生得如此突然。她只能瞠目結舌地看著劍刃穿透自己的胸膛，她的血液迅速滲流出來。士兵抽出利劍，圍紗呻吟一聲癱倒在地上。憑藉直覺，她向颶光渴求。

不……不要，要……要像加絲娜那樣做……

僞裝。欺騙。她滿面驚恐地看著這些人，完全像是一個遭到背叛而驚愕萬分的人。痛靈在她的周圍升起。一名士兵帶著那封信跑開，那名軍官朝自己値班的房間走去，其餘人只是一言不發地看著她血流滿地。她的視野變得越來越模糊……

她閉上雙眼，急促地吸入一點颶光——只是很少的一點，被她留在體內，維持住她的呼吸，足以讓她活下來，治癒她體內的傷口……

圖樣，拜託不要動，不要做任何事。不要哼，不要叫。安靜，保持安靜。

一名士兵把她抱起來，扛到肩頭，帶著她走過王宮。她大起膽子微微睜開一隻眼睛，發現寬闊的走廊兩邊站立著許多士兵。他們只是……站在那裡。他們還活著，會咳嗽，也會在雙腳之間移動重心。一些人向後靠在牆上，全都只是站在原地。他們是人類，但都很不正常。

那名衛兵扛著她經過一面帶有華麗青銅邊框的大立鏡，這面鏡子從地面一直頂到天花板。在鏡子裡，她瞥見扛著琳恩的衛兵。但在鏡子深處，正常的倒影消失了，有什麼東西轉過身，以一種突然且令人吃驚的動作看向紗藍。那就像是一個人影，然而眼睛的位置只有兩個白點。

圍紗迅速閉起偷窺的眼睛。颶風啊，那是什麼？

不要動，一秒也不要動，連呼吸也不要。颶光能夠讓她不必呼吸也可以活下去。

那名衛兵扛著她走下了一段台階，打開一道門，又下了幾級台階，不算很溫和地將她扔在岩石地，把她的帽子丟在她頭上，就轉身回門內，關上了門。

圍紗一直等到自己能夠站起來的時候才睜開眼睛，卻發現周圍一片黑暗。她深吸一口氣，差一點被這裡腐爛發霉的臭氣嗆到。她一邊為可能看見的東西感到恐懼，一邊汲取颶光，讓自己發亮。

她被丟在一排屍體旁邊。一共有七名死者，三男四女，身上都穿著華美的衣服，腐靈已經覆蓋了他們，克姆林蟲正在嚼食他們的皮肉。

圍紗壓下尖叫的衝動，手忙腳亂地爬起來。也許……也許這些是進入王宮和王后會面的一些淺眸貴族？

她抓起帽子，摸索著邁開腳步。這裡是酒窖，一座直接從岩石中挖掘出來的石室。她一直走到門口，終於聽到圖樣的聲音。圖樣正在說話，可是他的聲音聽起來非常遙遠。

「紗藍？我感覺到妳對我說的話。妳不讓我走。妳還好嗎，紗藍？噢！破壞——妳破壞過一些東西，但看到其他人進行破壞，妳還是會感到不安。嗯……」圖樣似乎覺得被自己看破的東西很有趣。

圍紗將注意力集中在圖樣的聲音上，裡面有些讓她感到熟悉的東西。不是一把劍從她背後突刺出去的記憶；不是她被狠狠摔在這裡，等待腐爛；不是那一排露出白骨的屍體，腐爛的臉，被咬掉的眼睛……

不要想，不要看它。

圍紗將這一切推開，把前額抵在門板上。然後，她小心地將門輕輕打開，發現眼前是一條空曠的岩石走廊，有一道台階一直通向上方。

那邊有太多士兵了。圍紗為自己加上一副新幻象，是她素描簿上的女僕。也許這樣能夠減少士兵們對她的懷疑。但她的素描簿已經沾染了血漬。

她沒有踏上樓梯，反而選擇了走廊深處的一條岔路。這條路的盡頭是科林納皇家陵墓。圍紗在這裡看見了另外一種屍體：舊世的國王們變成雕像。他們的岩石眼睛盯住圍紗，直到圍紗沿著空曠的隧道找到另一扇門。從底部門縫中透進來的陽光判斷，這道門外應該是城中的露天廣場。

「圖樣，」她悄聲說。「查看一下外面有沒有衛兵。」

圖樣哼了一聲，從門下鑽出去，片刻之後，他返回來報告：「嗯……有兩個。」

「回到門外去，沿著牆壁慢慢向右邊走。」圍紗一邊指示，一邊向圖樣注入颶光。

圖樣重新滑出門縫。隨著他漸漸遠去，圍紗製造出的聲音從他身上冒出來。那聲音模擬王宮門廳的那名軍官召喚衛兵。這個策略很完美。圍紗還沒有對那名軍官進行素描，不過計策成功了，她聽到靴子踩踏地面的聲音逐漸遠去。

圍紗溜出門，發現自己正位於王宮所在的高地腳下，身邊就是一道大約二十呎高的懸崖。衛兵被聲音吸引，往右邊離去。圍紗立刻鑽進附近的一條街巷，跑出一段路，同時慶幸自己終於有機會汲取更多颶光。

圍紗倒臥在一座空房的陰影中。這房子破碎的窗戶敞開著，門扇都已經不見。圖樣竄到她身邊。那些衛兵似乎完全沒有察覺到她。

「去找卡拉丁，」圍紗對圖樣說。「把他帶到這裡來。警告他，那些王宮裡的士兵也許正在監視他，甚至有可能會攻擊他。」

「嗯。」圖樣從她的身邊溜走。圍紗背靠一道石牆，雙手將自己抱緊，她的外衣上還覆蓋著血汙。經過一段令人神經緊繃的等待，卡拉丁終於走進這條街，隨後便快步衝到她身邊。「颶風的！」卡拉丁跪下來。圖樣溜出他的外衣，快活地哼哼著。卡拉丁著急地問：「紗藍，妳出了什麼事？」

「嗯，」圍紗回答：「我想是一把劍做的好事。一個眼明手快的人想要殺掉我。」

「紗藍……」

「統治這座宮殿的邪惡力量，並不重視一個被國王派來送信的人。」她微笑著對卡拉丁說。「這一點可說是非常清楚了。」

微笑，我需要你微笑。

我需要一切都好，需要讓這些事看上去無足輕重。

求你。

「嗯……」卡拉丁說。「我很高興我們……『刺』探了敵人的情報。」他向她露出微笑。

就是這樣。不過是普通的一天，普通的一次祕密行動。卡拉丁扶她起身，想要檢查她的傷口。她打了一下他的手。那道傷口的位置實在不太合適。

「抱歉，」卡拉丁說。「這是外科醫生的本能。要回裁縫店嗎？」

「是的，請帶路。」她說。「今天我不想再被殺一回了，這實在是太耗費精力了……」

破空師團與逐風師團的歧見已經攀升到悲劇的地步了。我向任何能聽見這些訊息的人懇求，要知道，你們並沒有那麼不同。

——二七之一九抽屜，黃寶石

達利納伸手到他藏匿刺客榮刃的黑暗石井中。榮刃還在那裡，他摸到了石簷下面的握柄。

他以為在碰到它的時候能有更多感覺。能量？刺痛感？這是一件神將的武器，有著那樣古老的歷史，與之相比，就連普通碎刃都可以算是新玩意了。但當達利納抽出這柄榮刃、站起身的時候，他能夠感覺到的只有自己的憤怒。正是這件武器殺死了他的兄弟。是這件武器被用於在羅沙散播恐怖，被用於殺害賈·克維德和亞西爾的上主們。

他真是目光短淺，竟然只是將這件古老的武器看做白衣刺客的劍。他走進旁邊更大的房間裡，在這裡的一塊石板上已經放好了錢球。在錢球的照明下，他仔細端詳這柄劍。這柄曲刃劍造型優雅美觀，應該是屬於國王的武器。傑瑟瑞瑟·艾林。

「有些人認為你就是一名神將。」達利納向颶父說，他正在達利納的意識深處發出隆隆轟鳴。「傑瑟瑞瑟，君王神將，風暴之父。」

人們會說很多蠢話，颶父回答，有人說克雷克是颶父，其他人說加斯倫是颶父。但他們兩個都不是我。

「傑瑟瑞瑟是逐風師。」

那時還沒有逐風師。他是加斯倫，一個只擁有無名力量的人，僅此而已。逐風師之名是在艾沙建立騎士團之後才有的。

「艾兮．艾林，」達利納說。「好運神將。」

或者是奧祕神將，颶父說，或者是祭司神將，或者還有另外十幾種可能。人們會給他各種綽號。現在他已經像其他人一樣瘋狂了，也許比其他人更瘋。

達利納放下榮刃，向東方的起源處望去。即使有石牆阻隔，他還是很清楚能夠在哪裡找到颶父。「你知道他們在哪裡嗎？」

我告訴過你，我不是無所不見的。我在風暴中只能偶爾瞥到一些景象。

「你知道他們在哪裡？」

只知道一個，颶父發出隆隆聲，我……曾經見過艾沙。他在夜晚詛咒我，甚至當他自稱爲神的時候，還是不停地詛咒我。他在尋求死亡，他自己的死亡。也許是每一個人的死亡。

達利納忽然想到了什麼。「颶父！」

什麼？

「噢，嗯，那是一種咒罵……沒關係。特席姆，那個圖卡的神祭司？是他嗎？那個曾經向艾姆歐發動戰爭的人就是艾兮——好運神將？」

是的。

「他爲什麼要那樣做？」

他瘋了。不要在他的行動中尋找意義。

「你……你是在什麼時候才想到要告訴我這些？」

當你問的時候，否則我還會在什麼時候說這種事？

「你想到就應該告訴我！」達利納說。「颶父，你知道很多非常重要的事！」

颶父只是用隆隆的響聲回答。

達利納深吸一口氣，試著讓自己平靜下來。靈的思考方式和人類不同。發怒不會讓颶父告訴他更多東西。那麼，又有什麼能做到這一點？

「你瞭解我的力量嗎？」達利納問。「你是否知道我能夠治癒石頭？」

你做了，我就知道了。颶父說，是的，只要你做了，我就一定會知道。

「你知道我還能做什麼？」

當然，只要你發現了，我就會知道。

「可是……」

當你準備好的時候，你的力量就會到來，但不會是在那之前。颶父說，你不能催促自己的力量，它們不接受任何逼迫。

不要以為能從別人身上看到自己的力量，哪怕是和你有著同樣波力的人。他們的力量不是你的，他們的力量都很小，微不足道。你重新組合那些雕像時使用的力量也不過是小事一樁，是聚會上用來招待客人的把戲。

你的力量曾經屬於艾沙。在他成為好運神將之前，他們稱他為眾神的束縛者。他是誓盟的創建人。燦軍之中沒有人的力量可以超越你。你所擁有的是聯繫之力，是將人類和世界、意識和靈魂融為一體的力量。你的波力是一切波力之中最強大的。如果你只想在戰爭中使用它們，它們就將是軟弱而空洞的。

這番話衝擊著達利納的心智，彷彿要以強大的魄力壓倒達利納。颶父說完之後，達利納發現自己已經屏住了呼吸。他感到一陣頭痛，下意識地汲取颶光想要治療自己。他所在的小房間立刻昏暗下來。颶光止住他的疼痛，卻無法抑制他全身冷汗淋漓。

「還有其他像我一樣的人嗎？」達利納在許久之後才開口問。

現在沒有。就算有，也只可能有三個，每個人對應我們之中的一個。

「三個？」達利納問。「三個造就盟鑄師的靈。你……和培養是其中兩個？」

颶父這一次眞的笑了。要讓她成爲你的靈絕不是一件容易的事。我倒是很想看看你會怎樣爲此而費盡力氣。

「那又會是誰？」

我的手足不需要你擔心。

達利納不可能不爲他們擔心。不過他已經學會什麼時候該避免過分追問，逼得太緊只能讓靈退卻。

達利納緊握住那柄榮刃，收拾起錢球——那些錢球中已經有一枚完全變暗了。「我有沒有問過你，該如何讓它們恢復能量？」達利納舉起那粒錢球，仔細審視位於中心處的紅寶石。他曾經見過錢球被拆開的樣子，那時才吃驚地發現錢球裡的寶石其實多麼微小，只是玻璃讓它們看上去大了許多。

在風暴中，榮譽的力量會被集中，颶父回答，它會刺穿三界，將實體界、意識界和靈魂界暫時合併在一起。這些寶石暴露在靈魂界的奇蹟之中，就會被那裡的無盡能量點亮。

「現在你能夠讓這顆球重新亮起來嗎？」

我……不知道。聽颶父的語氣，他似乎對此很感興趣，把它遞過來。

達利納依言而行，立刻感覺到彷彿發生了什麼。有什麼東西揪扯著他的內心，好像颶父在用力對抗他們的締結。錢球依然還是昏暗的。

這不可能，颶父說，我和你非常接近，但能量不在我這裡——它還在駕馭風暴。

這一次達利納從颶父那裡得到的，已經比一般情況時多很多了。他只希望自己能夠確切地記住颶父所說的話，將它們重複給娜凡妮——當然，如果颶父也在傾聽的話，他會糾正達利納的錯誤。颶父不喜歡自己的話被誤傳。

達利納離開房間，沿著走廊去和橋四隊會合。他仍然握著那柄榮刃，這是一件能夠改變世界的強大寶物。就像在它之後被鑄造出來的碎刃一樣，如果它只是被隱藏起來，不會有任何用處。

「這個，」他對橋四隊的隊員們說。「就是你們上尉找到的榮刃。」

二十幾名橋隊隊員聚集在達利納面前，榮刃的金屬表面上倒映著他們好奇的面孔。

「無論是誰握住它，」達利納繼續說。「都會立刻獲得逐風師的力量。你們的上尉爲了執行任務而離開，也導致你們的訓練中斷，也許這個能夠彌補你們損失的時間。只是一次只能有一個人使用它。」

隊員們全都驚訝地看著這件武器。達利納將它舉到卡拉丁的第一中尉面前——這名留著鬍鬚的年長橋兵叫泰夫。

泰夫伸出手，又將手縮了回去。「雷頓，」他喊。「你是我們的護甲官，颶風的，這個就由你接管。」

「我？」一名身材粗壯的橋兵說。「這又不是護甲。」

「差不多啦。」

「我……」

「有空氣病的低地人，」食角人大石一邊說，一邊擠過人群，拿起這件武器。「你們的湯涼了——這是一句諺語，意思是『你們全部是蠢貨』。」這名食角人好奇地舉起榮刃，眼睛裡立刻閃爍起一種玻璃質的藍光。

「大石？」泰夫問。「你？你會拿起武器？」

「我不會揮舞這東西，」大石翻了翻白眼。「我會保障它的安全。就這樣。」

「它是碎刃，」達利納警告這些人。「你們已經接受過使用它的訓練，對嗎？」

「我們接受過訓練，長官。」泰夫回答。「然而這不代表這幫颶風的傢伙裡，不會有人把自己的腳砍斷。當然……如果他們眞的犯了蠢，我們可以治好那個蠢貨，席格吉，制定排程表，這樣我們就能夠開始訓練了。」

治好……達利納再次感覺到自己的愚蠢。任何握持這柄碎刃的人都會擁有燦軍的力量，這是否意謂著那個人能夠用颶光治療自己？如果是這樣，又是這件武器一個極具價值的用處。

「不要讓任何人知道你們有這件武器。」達利納對他們說。「我相信你們知道如何召喚和解散它，它和普通碎刃的使用方式沒有區別。看看你們對它還能有什麼發現，然後向我報告。」

「我們會好好使用它的，長官。」泰夫向達利納保證。

「很好。」達利納手臂上的時鐘法器發出響聲。達利納只好壓抑住一聲嘆息。她已經學會讓這東西發聲了？「請見諒，我必須去見一位千里之外的皇帝了。」

❖

不久之後，達利納站到了他的陽台上，雙手握在身後，眼睛盯著誓門平台。

「我年輕的時候，和亞西須人做過許多生意，」芬恩女王在他身後說。「這樣做也許不會有用，但肯定比雅烈席人那種傲慢自大的行事風格好得多。」

「我不喜歡讓他一個人去。」娜凡妮說。

「據我所知，」芬恩不動聲色地回應。「他的胸口被刺了一劍後，馬上舉起了大約十個人體重的石頭，又開始一塊接一塊地將我的城市恢復原樣。我認爲，他不會有事。」

「如果他們把他囚禁起來，那麼無論多少颶光也幫不了他。」娜凡妮說。「我們只會讓他成爲一名人質。」

她們在爲他的安危爭論。他必須明白這其中的風險。事實上，他非常清楚。他來到娜凡妮身邊，給了她輕輕一吻，向她露出微笑。他再轉身，向芬恩伸出一隻手。女王交給他一個紙包，有如一個大信封。

「就是這個？」他問。「三個都在裡面了？」

「它們都用適切的符號做出了標記，」娜凡妮說。「信蘆也在裡面。他們承諾在會談的時候使用雅烈席語——既然你堅持要一個人前往，我們也不能為你派遣翻譯。」

「這樣很好，」達利納向控制室的門口走去。「我想要試試芬恩的建議。」

娜凡妮突然用外手捉住了達利納的手臂。

「我向妳保證，」達利納說。「我不會有事。」

「不，你不安全。當然了，你去過上百次戰場，這一次也不會有什麼區別。拿去。」娜凡妮遞給他一個用布包起來的小盒子。

「法器？」

「午餐。」娜凡妮說。「誰知道那些人什麼時候會讓你吃飯。」

娜凡妮用符文巾包裹住這個盒子。達利納朝盒子揚了揚眉毛。娜凡妮只是聳聳肩，彷彿是在說：又沒有什麼壞處，對不對？她擁抱了達利納，久久沒有放手——換做其他雅烈席人，大概無法和達利納抱這麼久。當她終於向後退開的時候，又說：「我們會盯著信蘆。如果你一個小時內沒有和我們聯絡，我們就去找你。」

達利納點點頭。他當然沒辦法寫信給她們，但他能夠按照節奏叩擊信蘆，送出信號。這是一位老將軍在缺乏書記時發明的技巧。

片刻之後，達利納已經邁步踏上了兀瑞席魯的西部高地。在前往另一座誓門的路上，他看到士兵排成整齊的佇列。中士們在呼喝命令，傳令兵傳遞著各種訊息。他的兩名碎刃師——魯斯和瑟魯吉亞迪穿著碎甲，正在操練碎弓，用粗大的箭矢射擊數百碼以外山腰上的一個大型稻草標靶。那個標靶是卡拉丁為他們放上去的。

有許多普通士兵手持錢球坐在周圍，聚精會神地盯著他們兩個。橋四隊召募新兵的訊息早已傳了出去。最近達利納在走廊中注意到有許多人都拿著一粒錢球「以得到好運」。他甚至聽到有一群人在談論要把錢球吞進肚子。

颶父發出不以爲然的隆隆聲。他們竟然如此愚昧。這幫蠢人。他們不可能就這樣吸收光，成爲燦軍。首先他們必須接近燦光，尋找光，以完成這份承諾。

達利納喝令那群人立刻回去訓練，同時警告他們不得吞下任何錢球。他們立刻服從命令，手忙腳亂地跑開，同時爲黑刺突然出現在他們身邊驚駭不已。達利納搖了搖頭，繼續向前走去。很不幸，他必須穿過一場正在進行的戰鬥演習。兩群矛兵在這片台地上用盡全力彼此衝撞，發出一陣陣沉悶的吼聲，進行在敵人重壓下仍保持陣形的訓練。儘管他們裝備了沒有鋒刃的訓練長矛，此時主要訓練的器具還是盾牌。

達利納看到警告信號的時候，已經來不及撤出操練場了。士兵們的喊聲中爆發出眞正的火氣，怒靈在他們的腳邊沸騰。一道陣線發生了波動。他們的對手沒有後退，反而更加用力地不斷將盾牌砸到他們身上。

雙方陣營的服色分別是綠色、白色和黑色、褐紅色。是薩迪雅司陣營對上艾拉達陣營。達利納罵了一聲，向還在爭鬥不休的士兵們走去，高聲喝令他們後退。隊長和指揮官們很快就聽到了他的喊聲。兩支操練隊伍的後列開始撤退，但戰場中心處的士兵們已經從操練變成了鬥毆。

達利納喊喝著，颶光在他身前的岩石上閃耀。沒有陷在混戰中的人們紛紛向後跳去，剩下的人都被颶光捉住，牢牢地黏在地上，只剩下最狂暴的一些人還沒有停止打鬥。

達利納分開最後幾個鬥毆的人，將他們推倒在地，把他們完全黏在怒靈旁邊的岩石上。這些人本來還在掙扎，一看到達利納，立刻僵在原地，臉上全都是懊惱的神情。

我還記得這種不顧一切狂熱戰鬥的感覺，達利納心想，這就是戰意嗎？他已經……已經很久不曾回憶過這種感覺了。他要問一問這些人，確定一下他們之中是否有人能感覺到戰意。

達利納放開颶光。颶光像泛著冷意的蒸氣一樣消散。艾拉達的軍官們讓士兵重新排列成秩序井然的隊伍，喝令他們開始徒手體操。薩迪雅司的士兵們則向地上吐著口水，站起身，悶悶不樂地聚集成群，同時還在不斷咒罵和嘟囔著。

*他們的情況變得更糟了。*達利納心想。在托羅．薩迪雅司的統率下，他們曾經是一群邋遢和凶惡的傢伙，不過還是軍人。是的，他們以前也會鬥毆，可是他們在戰鬥中一直都能迅速服從命令。他們是有戰鬥力的，只是不能算是模範軍隊。

新的薩迪雅司旗幟飄揚在這些人的頭頂上方。梅利達司．薩迪雅司——也就是阿瑪朗——已經改變了傳統的雙徽紋章：薩迪雅司的矮塔被拉高了，錘子也變成了一把斧頭。

儘管阿瑪朗有著擅長帶新軍的名聲，但很明顯的，這些士兵讓他遇上了麻煩。他從沒有統率過這麼大規模的部隊，而且這些人的藩王被刺殺也給他們帶來很大的困擾，阿瑪朗完全無從解決這個問題。

關於托羅被害的事，艾拉達一直沒能給出任何有意義的訊息。調查應該還在進行……他們還是毫無頭緒。那不是靈幹的，他們也搞不清楚到底是誰下手。

*我要對這些士兵採取行動了，*達利納心想，*用一些事情消耗掉他們的體力，讓他們不會隨便打架……*

也許他知道要讓那些士兵做些什麼事情。達利納一邊想，一邊踏上通向誓門平台的坡道，向控制室走去。加絲娜正在室中一邊等他，一邊讀著一本書，不斷做著筆記。「什麼事耽擱了你？」她問。

「操練場上差點發生暴動，」他說。「兩個模擬戰鬥的軍陣真的打了起來。」

「薩迪雅司？」

達利納點點頭。

「我們必須對他的部隊做些什麼。」

「我也在想這件事。也許在嚴格監督之下，進行一些高強度的勞役比較合適。有一座被毀掉的城市提供了很多這種工作機會。」

加絲娜微微一笑。「這的確是很方便，我們正要提供芬恩女王這樣的支援。讓薩迪雅司的部隊去耗光體力，前提是我們能在那裡控制住他們。」

「我會先分批少少送一些人過去，絕對不能送一堆麻煩去給芬恩。」達利納說。「關於潛入科林納的隊伍，妳有沒有什麼訊息？」不出所料，颶父沒辦法觸及那支隊伍中的每一個人，將他們帶入幻象。達利納也不敢冒這樣的險。不過他們已經分別給了艾洛卡和紗藍幾枝信蘆。

「還沒有。我們會持續關注，只要得到回音就立刻告訴你。」

達利納點點頭，對於艾洛卡父子的憂慮先放到一旁。他必須相信他們能夠完成任務，或者想辦法報告有什麼狀況阻礙了他們。

加絲娜召喚出她的碎刃。奇異的是，達利納覺得她手中持劍的樣子是那麼自然。這時加絲娜問：「你準備好了嗎？」

「好了。」

雷熙女孩利芙特已經從亞西爾皇廷獲得許可，開啟他們那一邊的誓門。皇帝終於願意親自與達利納見面了。

加絲娜啓動設備，讓房室的內牆開始旋轉，地面閃爍起光芒。光線在室外躍動。突然間，一股悶熱的氣浪透過門口湧了進來。很明顯，亞西爾正是盛夏季節。

這裡的氣味不一樣。空氣中充滿了異國香料和一些更加細微的氣味，彷彿是陌生的木材。

「祝好運。」加絲娜在達利納邁步時說。隨後，房室在達利納背後閃爍一下。加絲娜返回了兀瑞席魯，留下他單獨去和亞西爾皇廷會面。

65 判定

> 既然我們要拋棄塔城了，我可以承認自己討厭這個地方了嗎？太多規定了。
>
> ——八之一抽屜，紫水晶

各種記憶在達利納的腦袋中不停地攪動，他走過亞西米爾誓門控制室外的一條長長通道。這裡的建築上覆蓋著一座華麗的青銅圓頂。此處被稱作「大市場」，是一座巨大的室內商業場域。如果達利納需要使用誓門的完整功能，這種布局一定會造成不便。

不過他沒看到任何市場經營的跡象。這裡的控制室成爲了市場的某種紀念碑，現在它被一道木牆和一條新的走廊環繞。走廊裡沒有人，牆壁上掛著照明用的藍寶石錢球燈。這是巧合？還是對科林納的來訪者示意尊敬？

走廊盡頭是一個小房間，裡面站著一隊亞西爾士兵。他們身披鎖甲，頭戴多彩軍帽，裝備大盾與握柄很長、刃頭很小的斧頭。達利納一走進房間，這一整支隊伍彷彿都嚇了一跳。士兵們全都向後退去，同時帶著威脅意味舉起了武器。

達利納將手臂攤開在身側，一隻手拿著芬恩的信封，另一隻手拿著自己的午餐。「我沒有武器。」

他們用亞西須語飛快地說著話。達利納沒看到皇帝和那個小燦軍，不過這裡有一些身穿花紋長袍的人，明顯都是文書和官員——從本質上而言，他們就是亞西爾的執徒。執徒在這裡的政治體系內所扮演的角色遠遠超出了正常標準，這些人雖然名號與執徒不同，但他們在亞西爾的角色和執徒沒什麼兩樣。

一名女子邁步上前。她身上極盡奢華的多層長袍隨著腳步窸窣作響，頭上是一頂和長袍相匹配的帽子。顯然是一名重要人物。也許她就是負責為達利納翻譯的人。

該是首次出擊的時候了，達利納心想。他打開芬恩交給他的信封，拿出四張紙。

達利納將這些紙擺放在這名女子面前，饒有興致地看著她震驚的眼神。女子猶豫著接過這四張紙，回身叫來她的一些同伴。他們和她聚在一起，甚至不再理會達利納。那些衛兵顯然因為他們的反應變得焦慮起來，有人甚至抽出了三角拳刃——這是在西方普遍使用的一種變形短劍。達利納一直都想弄到一把。

那些執徒們退到了士兵身後，開始急切地交談起來。他們原本的方案可能是在這個房裡交換一些禮儀性質的問候，然後就讓達利納立刻返回兀瑞席魯，他們則封鎖住這一邊的誓門。達利納當然不會只滿足於這樣的結果，他還想要得到更多。亞西爾必須要跟他達成某種聯盟，或者至少他要見到皇帝本人。

一名執徒開始將四張紙上的內容讀給其他人聽。這些紙上所寫都是亞西須文字，這是一種有趣的語言，細小的文字看上去就像是克姆林蟲的足跡，完全沒有雅烈席女子書寫中那種優雅流暢的分隔號。

達利納閉上眼睛，傾聽這種陌生的語言。在賽勒城中，他曾經試著聽過一些亞西須語，那時他覺得自己幾乎能夠聽懂了一些。現在他努力理解那名亞西須人的話音，感覺自己再差一點就能抓住其中的意思。

「你能不能幫我聽懂他們在說什麼？」他悄聲問颶父。

你為什麼會以為我聽得懂？

「別不好意思了。」達利納繼續悄聲說。「我在幻象裡說過新的語言。你一定能讓我說亞西須語。」

颶父發出一陣不滿的隆隆聲。片刻之後他才回應：*那不是我幹的，是你說的。*

「我怎麼會說？」

試著碰觸他們之中的一個人，用靈魂黏附，你能夠以此製造一個聯繫。

達利納看著那一群對他充滿敵意的衛兵，嘆了口氣，用手比劃出想要喝水的樣子。士兵們交換了幾句嚴厲的對話，一名最年輕的士兵舉著一只水罐，被推到了前面。達利納向他點頭致謝，然後——當他從那只水罐中喝水的時候，他握住了那名年輕人的手腕。

颶光，達利納腦海裡的隆隆聲說。

達利納將颶光注入到年輕人體內，立刻感覺到了什麼——就像是從另一個房間傳來的友善聲音。他要做的只是走進那個房間，小心地推一下，屋門便打開了。許多聲音在空氣中扭轉、波動，有如音樂緩緩改變自己的一個個音符，那些聲音從混亂的噪音逐漸變得具有意義。

「隊長！」被達利納抓住的年輕衛兵喊著。「我該怎麼辦？他抓住了我！」

達利納放開手。他對這種語言的理解並沒有隨之消失。「很抱歉，士兵，」達利納將水罐交還給他。「我並不想嚇到你。」

年輕士兵退回到人群中，一邊驚訝地說：「這位將軍會說亞西須語？」他驚訝的口氣，彷彿剛剛遇到了一頭會說話的芻螺。

達利納將雙手背在身後，看著那些執徒。你堅持將他們看成執徒，他在心中對自己說，因為他們無論男女都能夠閱讀。可是他已經不在雅烈席卡了。儘管這些亞西須女子都身穿長袍，頭戴大帽，卻沒有包裹住內手。

創日者，也就是達利納的祖先，曾經認為亞西爾需要文明開化。達利納很懷疑就算是在創日者時代，是否真有人相信他的觀點，或者是那些人根本不瞭解亞西爾實際的樣子，只對這裡有一些想當然爾的概念。

那些文書和官員們已經唸完了達利納交給他們的文件。他們放下那份文件，轉向達利納。達利納早已將芬恩女王的計畫熟記於心。他相信自己不能僅憑一把劍就嚇倒亞西須人。他帶來的是一種不同的武器。

一封信。

「你眞的會說我們的語言，雅烈席人？」領頭的文書有一張圓臉，一雙深褐色的眼睛，頭頂的帽子上滿是色彩鮮亮的圖案，一頭灰髮被緊緊地編成一根辮子。

「我最近才有機會學習你們的語言。」達利納說。「我想妳是文書官諾拉？」

「這眞的是芬恩女王寫的？」

「是她親筆所撰，閣下。」達利納說。「妳可以跟賽勒城聯絡，進行確認。」

亞西須人再一次開始聚在一起，低聲議論。女王的信很長，以不容辯駁的言辭論證了誓門對於各個城市的經濟價值。芬恩告誡亞西須人，達利納竭盡全力推動的諸國盟約，正是一個絕佳的機會。他們可以藉此實現通過兀瑞席魯的長期貿易關係，從中獲得豐厚的利潤。即使亞西爾不打算完全加入這個聯盟，他們也應該就誓門的使用展開正式談判，並派遣一支使團前往塔城。

芬恩女王在信中用連篇累牘的文字講述了最明顯不過的事，而且還是達利納最沒有耐心的事。達利納只希望這種方式能夠符合亞西須人的胃口。若是這樣做還不夠……好吧，至少達利納知道如果沒有新銳的預備隊，絕不能發動戰爭。

「殿下，」諾拉說。「你願意在百忙之中撥冗學習我們的語言，讓我們深感榮幸。你一定是考慮到了我們將會進行的激烈爭論。我們認爲，現在最好的方式……」

她的聲音低了下去——此時達利納伸手到信封中，拿出第二份文件，這一次是六頁紙。他將這幾張紙舉到亞西須人的面前，彷彿舉起了一面旗幟。旁邊的一名衛兵向後跳了一步，身上的鎖甲也隨之叮噹作響。

這個小房間完全安靜下來。終於，一名衛兵接過那些信紙，將它們呈送給文書和官員們。那些人之中的一名矮個子開始低聲閱讀文件的內容——這是娜凡妮擬定的一份協定，內容涉及到他們在兀瑞席魯發現的一些奇觀。她在這份協議中，正式邀請亞西爾學者前去訪問和分享他們的研究成果。

娜凡妮很聰明地介紹了新法器與技術在與引虛者作戰時的重要性。她敘述了飄浮塔的理論，並將她製作的帳篷示意圖附加在協議裡，正是這種帳篷在泣季的戰鬥中發揮了很大作用。得到達利納的許可之後，她還提供了一件禮物：塔拉凡吉安從賈．克維德帶來的詳細圖表，解釋了所謂半碎具要用何種方法製作。那是一種法器護盾，能夠承受住碎刃有限的數次打擊。

敵人正在集結力量，意圖徹底消滅我們。娜凡妮在這封信中最後的段落寫著，他們在集中、契合與延伸至遙遠過去的記憶上擁有獨特的優勢。只有最強大的意志才能抵抗他們，無論雅烈席人、亞西須人、貴德人抑或賽勒那人都無能倖免。我將一切祕辛盡數公布，因為私藏智慧的日子已經一去不復返。現在，我們或者合力學習，或者各自淪亡。

文書們讀完文件之後，開始相互傳遞那些圖表，對它們研究了很久。當他們重新將目光轉向達利納的時候，達利納目睹他們的態度發生了轉變。很好，女王的策略奏效了。

事實上，達利納並不清楚那些信中寫了什麼，但他擁有戰鬥的直覺。當對手張大嘴想要喘口氣的時候，絕不能讓他有後退的機會，必須要一劍刺穿敵人的喉嚨。

達利納從信封中拿出最後一張紙：一張正面和反面都寫著字的紙。他將那張紙夾在食指和中指之間。亞西須人全都睜大眼睛、盯著那張紙，彷彿被達利納拈在手的是一顆價值不可估量的輝煌寶石。

這一次，諾拉文書親自走上前，接過那張紙。「由加絲娜．科林所書之判定。」她讀出了這張紙最頂端的一行文字。

其他人紛紛推開衛兵聚集過來，想要親眼看看這張紙上到底寫了什麼。這是三封信中最短的一封。達利納聽到亞西須人一邊低聲唸誦，一邊不斷發出聲聲驚呼。

「看啊，它包含了全部七種亞奎邏輯表！」

「這是《大方位》的典故。還有……颶風的……她連續三段引用了卡斯馬利克斯首座的話，每一次都讓同樣的引用內容遞進到超水準理解的不同層次。」

一個女人伸手捂住了嘴。「這完全是以同一個韻律格式寫成的！」

「偉大的亞什爾啊，」諾拉說。「妳說得對。」

「這些典故……」

「這種雙關語用法……」

「這樣的文字氣勢和修辭……」

邏輯靈在他們周圍爆發，有如一片小規模的風暴雲。隨後，官員和文書們不約而同地轉向了達利納。

「這是一份藝術品。」諾拉說。

「它……很有說服力嗎？」達利納問。

「它引發了我們進一步思考。」諾拉轉頭看著其他人，所有人都點了點頭。「你竟然真的獨自一個人來到這裡。我們對此都深感震驚——難道你不擔心自己的安全？」

「你們的燦軍，」達利納說。「雖然年紀還很小，卻已經證明了自己的智慧。我相信她足以保證我的安全。」

「我可不知道她能保證些什麼，」一個亞西須人笑著說。「她大概只能保證偷走你的零錢。」

「不管怎樣，」達利納說。「此行就是要懇求你們信任我。隻身前來似乎是表現誠意的最好證明。」他攤開雙手。「別現在就趕我走。讓我們像盟友一樣交談，而非坐在戰場帳篷談判桌兩邊的人。」

「我會將這封信於正式議會上呈至首座面前，」諾拉文書最後說：「我承認，儘管你莫名其妙地入侵了他的夢境，但他似乎對你很有好感。跟我們來吧。」

達利納離誓門越來越遠，也失去了在緊急情況下迅速回家的機會，卻也一步步接近他一直以來的期望。

「樂意之至，閣下。」

他們沿著一條曲折的小路走過這座穹頂覆蓋下的市場。現在這裡空空如也，有如一座鬼城。許多街巷的盡頭都能看到部隊據守的路障。

這裡的人們將亞西米爾大市場變成一座反向堡壘——爲了保護城市，這座堡壘需要抵禦從誓門中出現的敵人。如果有軍隊從控制室中殺出來，他們會發現自己深陷在許多錯綜複雜街道組成的迷宮裡。

但亞西須人很不幸地想錯了，控制室並非只是通道。一名燦軍能夠讓這一整座穹頂消失，取而代之的是一支軍隊，出現在亞西米爾正中央。達利納覺得自己一定要好好思考一下該如何解釋這件事。

他和諾拉文書並肩而行，身後跟隨著其他識字者，他們還在不斷傳看那些信件。諾拉沒有跟達利納進行任何交談，達利納也沒有這樣的幻想。他們不斷穿過陰暗的室內街巷，到處都是密集的市場建築和羊腸小徑——達利納知道這一切都是爲了混淆他的視聽，讓他無法記住這裡的出入路徑。

他們最終登上了上一層平台，走出一扇門，來到圓頂外緣的一座岩台。聰明。達利納從這裡能夠看到市場那一層的出入口全都被封鎖住了。進出這裡的唯一路徑就是沿著階梯，來到環繞這座青銅大圓頂外側邊緣的平台上，然後再沿著另一道階梯走下去。

在高處的階梯上，他能夠看到亞西米爾的一部分——這座城市並沒有遭受很大的破壞，讓他鬆了一口氣。但城市西側區域似乎坍塌了，即便如此，它仍以相當完整的形態挺過了永颶。這裡大部分建築都是石砌的，那些規模宏大的圓頂多數都有金紅的青銅色澤，映射著陽光，展現一座座光輝耀眼的奇景。這裡的人們身穿色彩豔麗的衣服，衣服上的圖案幾乎能夠和書記筆下的文字媲美。

這裡的夏天比達利納所習慣的氣候更溫暖。達利納轉向東方，兀瑞席魯就在那個方向，在那一片邊境群山之中，距離亞西爾比距離雅烈席卡近得多。

「這邊請，黑刺。」諾拉一邊說，一邊走上了一條木造坡道。這條坡道建造在格子形狀的木框上。看到那些木頭支柱，達利納片刻間感受到一種很不眞實的記憶。隱約中，他彷彿站在一座城市上方，低頭看著一些木造框架……

拉薩拉思，他心想，鑿城。那座城市已經被叛亂者占領。沒錯。達利納體內竄過一陣寒意。彷彿有某種隱祕的東西竭力要刺入他的腦海裡，那個地方還有很多需要回憶的東西。

達利納走下坡道，看到整整兩個師的軍隊正包圍著這座圓頂——他將此視作對他的尊敬。「難道那些士兵不應該在城牆上？」達利納問。「如果引虛者發動攻擊怎麼辦？」

「他們已經從艾姆歐撤退了，」諾拉說。「我們的大部分國土都遭受到戰火的蹂躪，可能是帕胥人幹的，或者是特席姆的軍隊。」

特席姆，一名神將。他肯定沒有加入敵人那一邊吧？會嗎？也許他們能夠祈望的最佳後勢，就是引虛者和一位瘋狂神將的軍隊之間爆發一場戰爭。

由人力拉動的雙輪車正在階梯下方等待他們。諾拉和達利納同乘一輛車。達利納從沒有見過這樣的車子：拉車者眞的是一個人，不是芻螺。這種小車比轎子快，不過達利納認爲乘坐這種代步工具遠不如轎子那樣莊重氣派。

這座城市井然有序，娜凡妮一向對它讚賞不已。達利納還在尋找城市遭受破壞的痕跡，儘管他找到了一切，卻有另一種怪異的事情更加引起他的注意。許多人成群結隊地站在一起，穿著顏色各異的馬甲背心，寬鬆的長褲或裙子，頭戴花紋小帽。達利納聽到他們不斷發出抗議不公的叫喊聲。看上去，他們很憤怒，但他們身邊卻只圍繞著邏輯靈。

「這是怎麼回事？」達利納問。

「抗議人群。」諾拉看了達利納一眼，顯然注意到他困惑的表情。「他們發起正式抗議，拒絕接受出城去耕種田地的命令。他們有一個月的時間可以表達自己的委屈與不平，隨後他們將被迫服從命令。」

「他們能夠這樣違抗皇帝的命令？」

「我猜想你們只會用劍尖去驅趕每一個人，但我們這裡不這麼做。我們做事是有程序的。我們的人民不是奴隸。」

達利納聞言有些惱火。這個亞西須人顯然並不瞭解雅烈席卡。難道她以為全部雅烈席深眸人都像芻螺一樣被驅趕奴役？雅烈席卡的階級低層有著與他們的社會地位相應的權力，而且這是他們為之自豪的悠久傳統。

「那些人，」達利納忽然想到些什麼。「他們被命令去耕種農田，是因為你們失去了帕胥人。」

「我們還沒播種。」諾拉的雙眼彷彿望向遠方。「他們好像知道什麼時候離開能夠對我們造成最大的損失。我們只能逼迫木匠和鞋匠去田間勞動，以免遭受饑荒。這樣也許能養活自己，然而我們的貿易和基礎設施全都停擺了。」

在雅烈席卡，人們尚未認眞考慮過這些事，奪回他們的王國才是更加急迫的事。在賽勒那，城市已經遭到摧毀，自然災難便教人無法承受。兩個王國都還無暇顧及更具有毀滅性的災難——經濟問題。

「那些帕胥人，」達利納問。「他們是怎樣離開的？」

「他們在風暴中聚集，」諾拉回答。「離開家宅，直接走進風暴。有報告說帕胥人聲稱聽到了鼓聲，還有一些與之相矛盾的報告提及了靈在引導帕胥人。

「他們成群結隊地湧出城門，進入城市周圍的平原，直接投身於暴雨之中。第二天，他們宣布自己承受了不當的勞役，要求得到正式補償。他們說帕胥人不應得到報酬的規矩不是法律所定，甚至向法庭提出了動議。我們和他們進行協商——我必須承認，那眞是一種怪異的體驗——最後他們的一些領導人還是帶他們離開了這裡。」

有趣。雅烈席卡的帕胥人則是完全遵循了雅烈席卡的風格，立刻集結起來準備發動戰爭；賽勒那帕胥人選擇了揚帆出海；亞西爾的帕胥人……他們的行動也是標準的亞西爾風格：向政府提出抗議。

達利納感覺必須更小心一些，別讓感到有趣的情緒從語氣中流露出來，哪怕只是因為娜凡妮警告過他，不可低估亞西須人。雅烈席人很喜歡拿亞西須人開玩笑——每個雅烈席人都知道，如果你冒犯一名亞西須士兵，他會提交一份申請書，要求得到咒罵你的允許。當然這只是誇張的諷刺。就像諾拉認爲達利納的同胞無論做什麼事都只會用利劍和長矛。

到達皇宮之後，達利納想要跟隨諾拉和其他識字者進入宮門，士兵們卻示意他前往皇宮以外的一幢小建築。

「我一直都希望，」達利納向遠去的諾拉喊著。「能夠親自與皇帝對話。」

「很遺憾，這種請求無法獲准。」諾拉說。那群識字者很快就丟下他，進入大皇宮：一座以青銅建造，有著許多球根狀圓頂的恢弘建築。

士兵們將達利納帶進一個小房間，房間正中央有一張矮桌，桌子兩側擺放著精緻的軟墊長椅。達利納獨自被留在房間內，門外就有士兵站崗。這不算是一座監獄，只是顯然他也不能四處亂走。

達利納嘆了口氣，坐到軟椅上，將他的午餐放在桌上盛放水果乾和堅果的碗碟旁邊。他拿出信蘆，向娜凡妮送出一個短小的訊號。時間剛好過了一個小時，他算是向大家報了平安。如果在隨後的一個小時裡，他沒有再發出信號，那些人肯定又要心慌意亂了。

他站起身，開始來回踱步。這裡的人怎麼忍受這種生活的？在戰爭中，你會因爲軍力的強弱而取勝或失敗。不管怎樣，當一天結束的時候，總能知道自己處在什麼狀況。

這裡無窮無盡的談話讓達利納毫無頭緒。那些文書會否決他帶來的信嗎？加絲娜的名望在這裡似乎很強大，但他們看來只關心她的文章表達方式，而不是文章裡的內容。

*你一直在爲此而擔憂，對不對？*颶父在他的腦海中說。

「爲什麼擔憂？」

統治這個世界的將是筆墨和識字者，不是劍和將軍。

「我……」先祖啊，颶父說得一點也沒錯。

這就是他爲什麼堅持要親自前來談判的原因？他就是因爲害怕這一點，才不同意派遣其他使者？難道在內心深處，他根本就不信任那些鍍金的言辭和錯綜複雜的承諾，不相信所有那些他看不懂的、寫在檔案上的東西？難道他害怕薄薄的幾張紙，會比最強大的碎甲更有力量？

「各王國之間的競爭應該是男子漢的藝術，」達利納說。「我應該能夠親自完成這個任務。」

颶父發出隆隆的聲音，對於達利納的說法，他並非不同意。只是……他覺得達利納的話很有趣？

達利納終於坐回到一張軟椅上。也許他應該吃些東西……但他的午餐布包已經被打開，桌上多了一些食物碎屑，應該放著咖哩的木製餐盒裡只剩下一點湯汁。羅沙在上，怎麼回事？

達利納緩緩向另一張長椅望去。那個身材纖細的雷熙女孩沒有坐在椅子裡，而是坐在椅背上。她的身上是尺寸過大的亞西須長袍和帽子。達利納能看到她嘴裡還嚼著娜凡妮爲他打包好、應該被切進咖哩中的香腸。

「味道有點淡。」女孩說。

「軍糧，」達利納說。「我喜歡。」

「因爲你很寡淡嗎？」

「我不願意讓事物分散我的注意力。妳一直都在這裡？」

女孩聳聳肩，繼續吃著達利納的食物。「你剛才說了幾句話，是關於男人的？」

「我……剛剛開始意識到，讓書記控制國家命運使我覺得很不舒服。女人寫的文字竟然比我的軍隊更強大。」

「是的，這麼說很有道理。有許多男孩都害怕女孩。」

「我不是說——」

「人們說，等你長大以後就不一樣了。」她說著，向前俯過身。「這個我可不知道，因爲我不會長大。我已經找到不長大的辦法了。只要不吃東西就行。不吃東西，就不會變大。這很容易。」

她一邊說，一邊嚼著滿嘴的食物。

「很容易，」達利納附和。「我相信。」

「說不定哪一天，我就會開始我的計畫了。」她說。「你要吃水果嗎？還是……」

達利納向前俯過身，將兩碗點心都推給女孩。女孩開始向餐後甜點發起猛烈進攻。達利納靠回到椅子裡。這個女孩實在是太難捉摸了，儘管她有著清澈的淺色虹膜，無疑是淺眸一族，但淺眸與深眸在西方諸國並沒有什麼差別。她身上的華貴衣裝過於寬大，也沒有將頭髮完全梳到腦後，攏在帽子下面。

這整個房間——事實上，是這一整座城市都充滿了浮華炫耀的氣息。覆蓋著金屬葉片的圓頂、人力拉動的車輛，甚至這個房間牆壁上的大片裝飾繪畫，都在向達利納傳遞著這種感覺。亞西須人只有為數不多的幾名魂師，卻以其精湛的青銅工藝聞名於世。

這個房間裡的地毯和軟椅都帶有橙色和紅色的鮮豔圖案。雅烈席人喜歡大塊純色，也許再加上一些刺繡。亞西須人喜歡的裝飾紋樣，看上去很像畫師朝畫布打了個噴嚏。

這個女孩就坐在這一切耀眼的色彩之中，看上去卻是那樣單純。她在這種令人眼花繚亂的物欲氣息裡從容來去，沒有受到半點沾染。

「你還沒到的時候，我聽到他們在那裡說的話了，翹屁股。」女孩又說。「我覺得他們很想把你趕走。他們得到了一根手指。」

「我覺得他們有許多根手指。」

「不一樣，這是一根單獨的手指。已經風乾了，就像是老祖母的老祖母傳下來的遺物，不過它其實來自一位皇帝。皇帝蘇什麼的一大堆……」

「斯諾希爾？」達利納問。

「是的，就是他。」

「當我的祖先劫掠亞西米爾的時候，他正是這裡的首座。」達利納嘆息一聲。「那是一件具有標誌性的遺物。」亞西須人自稱重視邏輯、文句和法律典章，其實他們也非常迷信。也許這件遺物在他們這次討論國事的時候出現，就是爲了提醒他們，上一次雅烈席人對亞西爾做了些什麼。

「是的，嗯，我所知道的就是他已經死了，所以他不會擔心……擔心……」

「憎惡。」

雷熙女孩明顯抖了一下。

「妳能夠去和那些文書們談談嗎？」達利納問。「告訴他們，妳認爲支持我的聯盟是個好主意？當妳要求打開誓門的時候，他們聽了妳的話。」

「才不是，他們聽了搞斯的話，」女孩說。「那些統治這座城市的老傢伙們不太喜歡我。」

達利納哼了一聲。「妳的名字是利芙特，對不對？」

「沒錯。」

「那麼妳的使命是什麼？」

「吃。」

「我指的是妳所屬的燦軍騎士團。妳擁有什麼樣的能力？」

「噢，嗯……緣舞師？我喜歡四處逛逛，吃些好東西。」

「四處逛逛。」

「這很有趣，只是在撞上事情的時候，就沒那麼有趣了。」

達利納向前俯過身，他有點希望跟自己說話的還是那些愚蠢的識字者們。

不，這一次，你要信任他人，達利納。

利芙特歪過頭。「唔，你的氣味和她很像。」

「她？」

「那個住在森林裡發瘋的靈。」

「妳遇過守夜者？」

「嗯啊……你呢？」

達利納點點頭。

他們坐在桌子兩邊，都顯得有些侷促不安。年輕女孩將一碗乾果遞到達利納面前。達利納拈起一塊，放到嘴裡靜靜地嚼著。女孩也拿了一塊。

他們吃光了一整碗乾果，什麼話都沒說，直到屋門突然被打開，達利納稍稍吃了一驚。諾拉站在門口，身後跟隨其他文書。她的目光向利芙特掃去，臉上露出微笑。諾拉對於利芙特的看法，似乎並不像這個小姑娘所說的那麼糟糕。

達利納站起身，心中難免有些擔憂。他做好了爭辯甚至於乞求的準備。他們一定——

「皇帝和他的議會，」諾拉說。「已經決定接受你的邀請，前往兀瑞席魯。」

剛剛還想痛陳利害的達利納用力抿上嘴。她說的是「接受」？

「艾姆歐的首座就要到亞西爾了，」諾拉說。「智者也隨他同行，他們應該很願意和我們一起前往兀瑞席魯。不幸的是，在帕胥人發動襲擊之後，艾姆歐的勢力已經衰退到過往的程度。我懷疑他現在只想要爭取到每一點援助，對於你的聯盟提議，他一定會舉雙手歡迎。

「塔西克親王派來了一名使者，是他的弟弟。他也會隨同我們前往。有報告說，葉席爾女大君會親自前來尋求援助。我們會注意她的行程。我認爲她只是相信亞西米爾會更加安全，畢竟她在這裡居住過半年。

「奧姆和德西在這座城中也有使者，而利亞佛只要能夠應付風暴的阻礙，總是迫不及待地想要加入我們所做的任何事；我不能確定使丁的意圖——那些人相當狡猾，我估測你不想要圖卡的神祭司來此橫加干涉；瑪拉特則是已經被顛覆了。不管怎樣，我們還是能夠讓帝國的大部分代表加入協商。」

「我……」達利納有些不知道該說什麼好了。「謝謝妳！」他們眞的取得了進展！正像他們所希望的那樣。亞西爾是這裡的關鍵。

「說實話，你的妻子寫得一手好文章。」諾拉說。

達利納愣了一下。「是娜凡妮的文章說服了你們？不是加絲娜的？」

「那三份文件都很有分量，來自於賽勒城的報告同樣產生了不小的作用，」諾拉說。「它們對於我們做出的決定都有著相當程度的影響。加絲娜．科林的每一字一句都令人印象深刻，不負她的盛名。但娜凡妮女士的請求中有著某種……更加真實可信的東西。」

「她是我所認識最值得信賴的人。」達利納露出傻瓜般的微笑。「而且她非常擅長於獲得她想要的東西。」

「讓我帶你返回誓門吧。關於皇帝訪問你們城市的事宜，我們會繼續保持聯絡。」

達利納收起信蘆，向利芙特道別。女孩站在長椅背後向他揮揮手。當文書陪同達利納返回誓門所在的圓頂時，天空看起來更明亮了一些。走進人力車的時候，達利納能聽到人們熱切的交談。他們似乎對即將展開的行動抱有很大熱情。看來，他們的確是下定了決心。

達利納靜靜地走完這段回程，他擔心自己也許會說出不夠理智的話，將現在的局面完全毀掉。他們進入市場圓頂之後，他才找機會告訴諾拉，誓門能夠被用於傳送它周圍的一切東西，包括這座圓頂在內。

「恐怕它對城市安全造成的威脅，比你們所知的更大，」達利納最後這樣對諾拉說。此時他們已經走到了控制室。

「如果我們在這個平台上建起一座建築，讓它有一半跨過平台的界線，又會發生什麼事？」諾拉問。

「誓門會將建築切成兩半？如果一個人一半在平台裡，一半在平台外呢？」

「我們還不知道。」達利納一邊回答，一邊以既定模式輕敲信蘆發出訊號，讓加絲娜透過誓門帶他回去。

「我承認，」諾拉在身後眾位文書的竊竊私語中輕聲說。「我……並不喜歡受到外人的統治。我是首座忠實的僕人，我不喜歡你的燦軍，達利納·科林。這樣的權力是危險的，古昔的燦軍最後都變成了叛徒。」

「我會讓妳相信我們，」達利納說。「我們會向妳證明我們自己。我所需要的只是一個機會。」

誓門閃爍了一下，加絲娜出現，達利納尊敬地向諾拉一鞠躬，退入室中。

「你和我預料中的不一樣，黑刺。」諾拉說。

「妳預料中的我是什麼樣子？」

「一頭野獸。」諾拉直白地說。「一個戰爭和鮮血塑造成的半人怪物。」

這句話中的某種東西直接擊中達利納的內心。

一頭野獸……記憶的回音在他的心中戰慄。

「我的確曾經是那樣的人。」達利納說。「只不過我有幸結識足夠多優秀的榜樣，讓我能夠有決心使自己變得更好。」他向加絲娜點點頭，加絲娜收起佩劍，轉動房室內壁，將他們傳送回兀瑞席魯。

娜凡妮已經在門外等候。達利納走出來，在陽光下眨眨眼，感覺高山上的寒冷。他向娜凡妮露出開朗的微笑，想將她的文章起到的巨大作用告訴她。

一頭野獸……一頭受到刺激就會爆發的野獸……

記憶。

你用鞭子抽牠，牠就會變得狂野。

達利納踉蹌了一步。

他隱約聽到娜凡妮呼救的喊聲。他的視野在飛速旋轉，整個人跪倒在地，一陣強烈的噁心感幾乎要將他壓倒。他在岩石地面上爬行、呻吟，折斷了指甲。娜凡妮……娜凡妮在呼喚治療師。她一定是以爲他中了毒。

實際並非如此，不，實際情況要更加可怕得多。

颶風啊，他想起來了。上千塊巨石的重量此刻狠狠地壓在他身上。

他記起瑷葳發生了什麼事。那是從一座寒冷城堡中開始的，在賈・克維德曾經占據的高地。然後結束在壑城之中。

（引誓之劍・下冊待續）

颶光祕典（ARS ARCANUM）

十大元素與其歷史淵源

順序	寶石	元素	對應身體表現	魂術特性	主／從神聖能力
①傑思（Jes）	藍寶石	微風	吸氣	半透明氣體或空氣	保護／統領
②南（Nan）	煙石	煙霧	吐氣	不透明氣體，煙、霧	正直／自信
③查克（Chach）	紅寶石	火花	靈魂	火	勇敢／服從
④維夫（Vev）	鑽石	光	眼睛	石英，玻璃，水晶	慈愛／治療
⑤帕拉（Palah）	祖母綠	纖維	毛髮	木材，植物，苔蘚	學識淵博／慷慨
⑥沙須（Shash）	石榴石	血	血	血及所有非油類液體	富有創造力／誠實
⑦貝塔（Betab）	鋯石	脂（動物）	油脂	各種油類	睿智／謹慎
⑧卡克（Kak）	紫水晶	箔	指甲	金屬	堅定／實踐能力
⑨塔那（Tanat）	黃寶石	踝骨	骨頭	大小石塊	可靠／靈活
⑩艾兮（Ishi）	金綠柱石	筋肉	皮肉	各類皮肉	虔誠／指引

以上列表僅列出與十元素相對應的傳統弗林教符號。全部加總在一起時則形成全能之主的雙瞳眼，兩只瞳孔的眼睛代表創造出的植物與動物，這同時也是經常與燦軍畫上等號的沙漏符號之由來。

古代學者同時會將燦軍的十團同時列在這張表上，旁邊附注神將身分，每名神將傳統上均與特定數字及元素有關。

我不確定束虛術的十階與其近親上古魔法要如何被囊括入這張表的範圍，也許這是不可能的。我的研究顯示，除了束虛術外，應該還有更神祕的力量。也許上古魔法可以因此被囊括於該系統中，但我開始懷疑上古魔法另成一格。

要注意，我目前認爲「肢體瞄準」（Body Focus）這概念，與其說賦予了授予（Investiture）的力量，甚至是操作這個授予的實際動作，不如說只是哲學上的解釋。

十種脈衝波力

與羅沙上自古以來受到尊崇的十種元素相對應的是十種封波術。這些波力被認爲是世界運作的根源能量，更正確地說是反映神將擁有的十種基本能力，燦軍透過與靈的締結同樣亦可獲得。

黏附（Adhesion）：壓力與眞空

重力（Gravitation）：地心引力

分裂（Division）：破壞與腐朽

磨損（Abrasion）：磨擦

進展（Progression）：生長與治療，或是重生

照映（Illumination）：光、音，以及多種波長的呈現

轉化（Transfromation）：魂術

傳輸（Transportation）：移動與眞實領域的位置變化

聚合（Cohesion）：強軸交錯

張力（Tension）：弱軸交錯

論法器製造

目前已知有五大類型的法器。法器製作的方式是法器製作組織的不傳之祕，但目前看起來似乎都來自於科學家的努力研究成果，而非過去燦軍使用的神奇封波術。

改變型法器（ALTERING FABRIALS）

增幅（Augmenters）：這些法器的用途爲增強，可以用來引發熱、痛楚，甚至是一陣徐風，如同所有法器，力量來源均爲颶光。最適合的對象似乎是力量、情緒、感官。

來自賈．克維德，俗稱的半碎具便是以這類法器綁在金屬片上，以增強其硬度。我看過這類法器搭配許多種不同的寶石，因此我推斷十種極石中的任何一種都適合。

減幅（Diminishers）：這些法器的作用正好與增幅法器相反，通常受到的限制也很類似。爲我揭祕的法器師們相信，以現今的能力，足以製造超過世上法器成品的新法器，尤其在增幅或減幅方面的效果均會更大。

配對型法器（PAIRING FABRIALS）

結合（Conjoiners）：透過在紅寶石中灌注颶光，使用無人願意告訴我的方法（雖然我有自己的猜測），可以創造出配成一對的寶石。這個過程需要將原本的寶石一分爲二，兩半寶石隔著一段距離，仍能感受到原本另一半的引力。在製造法器的過程中，似乎使用某種方法，可以影響兩半寶石之間相隔多遠的距離，依然維持配對的功效。

力量的儲存是固定的。舉例而言，若有一邊綁在一塊很重的石頭上，那麼要舉起同對中另一個法器，便需要用到足以舉起石頭的力氣。在創造法器的過程中，似乎有某種程序會影響這對法器的有效距離範圍。

倒轉（Reversers）：使用紫水晶而非紅寶石，也能創造出兩半相連的寶石，但是這種法器的功能是創造相斥的力量。舉例而言，舉高一半，另外一半便承受壓力往下陷。

這種法器剛剛才被發現，已經有很多實際應用的可能性。這類法器似乎有些出人意料的限制，但是我無法得知是何種限制。

示警型法器（WARNING FABRIALS）

這一組法器中只有一種，俗名稱爲示警器（Alerter）。一台示警器只能警示附近的單一物件、情緒、感官，或是現象。這些法器利用金綠柱石爲力量來源。我不知道這是唯一有效的寶石類型還是另有其因。

在此類法器中，灌注的颶光量與示警範疇有關，因此使用的寶石大小非常重要。

逐風術與捆縛術（WINDRUNNING AND LASHINGS）

關於白衣殺手之奇特能力的報告，讓我找到一些大多數人無從得知的資料。逐風師是燦軍之一團，他們主要使用捆縛術中的兩種捆術。這種封波術的效果在該燦軍軍團內被稱爲「三重捆術」（Three Lashing）。

◆**基本綑術**（Basic Lashing）：**改變引力方向**

此類綑縛術應該是所有類型中最常使用，卻並非最容易使用的能力（最容易使用的綑縛術爲接下來將討論的全面綑術）。基本綑術是逆轉生命體或物體與星球的靈魂引力方向，暫時將該生命體或物體與不同的物件或方向連結。

這種改變造成引力的改變，因此會造成星球能量的變化。基本綑術可讓逐風師在牆壁上奔跑，造成物件或人飛入空中等類似效果。進階使用則能讓逐風師靠著將部分體積往上方綑縛，以減輕自己的體重（數學算式爲將四分之一體積往上綑縛，可減輕一半體重；將一半體積往上綑縛，可達成無重狀態）。多重基本綑術可將物件或人體以雙倍、三倍或其他倍數之體重往下拉。

◆**全面綑術**（Full Lashing）：**將物體綑在一起**

全面綑術看起來跟基本綑術很相似，但是運作原理完全不同。前者與引力有關，後者則以黏著力道（燦軍稱之爲『封波術』）有關，能將兩件物體綑成一件。我相信這項封波與大氣壓力有關。

要使用全面綑術，首先逐風師須對物體灌注颶光，然後將另一件物體貼上，兩件物體將以極大的連結綑綁在一起，幾乎不可能斬斷。大多數材質會在連結被破壞之前，自身先崩壞。

◆**反向綑術**（Reverse Lashing）：**讓物體增加引力**

我相信這屬於基本綑術的特殊變異。此類綑縛術在三者中需要的颶光量最少。逐風師只要在物體內灌注颶風，以意識施予指令，即能在該物體中創造出可吸引其他物件的引力。

此綑縛術的關鍵是在物體周圍創造出一個圈圈，模仿與地面的靈之聯繫，因此這項綑縛術很難影響碰觸到地面的物體，因此時物體與星球的連結爲最強。墜落或飛翔中的物體最容易受到影響；其他物件也可以被操控，但是需要的颶光跟技巧則要高上許多。

織光術（LIGHTWEAVING）

第二種封波術型態。使用對光與聲音的操縱製作幻象在整個寰宇中相當常見，可是其與賽耳現行的種類不同。織光術有強大的靈性精神因素，需要的不只是在意識中清楚凝現意圖製作的幻象，更需要製作者本身與它有一定程度的聯繫，因此製作出來的幻象不只是靠著織光師的想像，更是倚賴他們希望創造出的結果。

在許多方面來說，織光術跟悠倫的原版的力量最爲相近，對此我感到相當興奮。我希望能更深入研究這個能力，希望能夠全面了解其與認知與靈魂特性間的關連。

魂術（SOULCASTING）

魂術技藝是羅沙經濟不可或缺的一環，它能夠藉由改變靈魂上的性質，將物質的一個狀態直接轉化爲另一狀態。在羅沙，這項技藝憑藉著稱爲魂師（Soulcaster）的儀器實行，它們（大部分都被集中應用於把岩石轉換爲穀物或鮮肉）能夠爲軍隊提供移動式的補給，或是充填各地的食物儲量。這使得羅沙上的諸多王國——由於颶風的降雨，補充淡水並不構成問題——得以派遣軍隊到非本地人便意想不到的地區駐紮。

然而，魂術最令我感到好奇的，在於我們能利用它推論出許多關於這個世界，以及其授予的線索。舉例而言，特定的寶石才能製造出特定的成果——如果你想要製造穀物，你的魂師就必須被切換至該種轉化的模式，並且要有一個翡翠裝置在上面（不能是其他的寶石）。這創造出一種特殊的經濟，奠基於寶石所能產生的相對價值，而非寶石的稀少性。誠然，若撇除雜質不論，由於這數種寶石類型的化學結構大抵是一樣的，最重要的部分其實是顏色——而非它們實際上的軸系組成。我相信你會認爲這種與色調的關聯性饒富興味，特別是考慮到它和其他形式的授予之間的關係。

這樣的關聯性必定對於我在前頁附上的製作圖表有些影響，這份資料儘管缺少一些科學性的優點，卻在根本上和當地關於魂術的民間說法緊密羈絆。翡翠能用於創造食物——也就在傳統上與類似的元素（Essence）有了連結。誠然，基於當地傳統，羅沙的基礎元素是十種，而非傳統的四種或十六種。

有趣的是，這些寶石似乎和曾在燦軍中擔任一支軍團的魂師的原始能力有關——但寶石對於燦軍在這項授予上的實際操作並不是必要的。我不清楚這裡的聯繫爲何，不過這點暗示了有珍貴的祕密沉潛其中。

指稱儀器時，魂師是用以模仿魂術的波力（或稱爲轉化）。這又是另一種機制上的模仿，仿效了原先少數能與這項授予技藝產生締結的人們。誠然，羅沙的榮刃，也許就是這種模式——來自數千年前——的特別首例。我相信這和司卡德利亞上的新發現，乃至於鎔金術與藏金術作爲商品的普及化，同樣有所關聯。

奇幻基地書籍目錄

http://www.ffoundation.com.tw/

BEST 嚴選

書號	書名	作者	定價
1HB004C	諸神之城：伊嵐翠（十周年紀念典藏限量精裝版）	布蘭登．山德森	520
1HB004Y	諸神之城：伊嵐翠（十周年紀念全新修訂版）	布蘭登．山德森	520
1HB009	最後理論	馬克．艾伯特	320
1HB013	刺客正傳 1：刺客學徒（經典紀念版）	羅蘋．荷布	299
1HB014	刺客正傳 2：皇家刺客（上）（經典紀念版）	羅蘋．荷布	320
1HB015	刺客正傳 2：皇家刺客（下）（經典紀念版）	羅蘋．荷布	320
1HB016	刺客正傳 3：刺客任務（上）（經典紀念版）	羅蘋．荷布	360
1HB017	刺客正傳 3：刺客任務（下）（經典紀念版）	羅蘋．荷布	360
1HB018	2012：失落的預言	麥利歐．瑞汀	320
1HB019	迷霧之子首部曲：最後帝國	布蘭登．山德森	380
1HB020	迷霧之子二部曲：昇華之井	布蘭登．山德森	399
1HB021	迷霧之子終部曲：永世英雄	布蘭登．山德森	399
1HB025	方舟浩劫	伯伊德．莫理森	320
1HB027	血色塔羅	尼克．史東	380
1HB028	最後理論 2：科學之子	馬克．艾伯特	320
1HB029	星期一，我不殺人	尚—巴提斯特．德斯特摩	320
1HB030	懸案密碼：籠裡的女人	猶希．阿德勒．歐爾森	320
1HB031	迷霧之子番外篇：執法鎔金	布蘭登．山德森	320
1HB032	2012：降世的預言	麥利歐．瑞汀	320
1HB034	颶光典籍首部曲：王者之路（上）	布蘭登．山德森	499
1HB035	颶光典籍首部曲：王者之路（下）	布蘭登．山德森	499
1HB036	懸案密碼 2：雉雞殺手	猶希．阿德勒．歐爾森	320
1HB037	末日之旅．上冊	加斯汀．柯羅寧	399
1HB038	末日之旅．下冊	加斯汀．柯羅寧	399
1HB039	懸案密碼 3：瓶中信	猶希．阿德勒．歐爾森	380
1HB040	刀光錢影：戰龍之途	丹尼爾．艾伯罕	380
1HB041	懸案密碼 4：第 64 號病歷	猶希．阿德勒．歐爾森	380
1HB042	皇帝魂：布蘭登．山德森精選集	布蘭登．山德森	320
1HB043	第一法則首部曲：劍刃自身	喬．艾伯康比	380
1HB044	第一法則二部曲：絞刑之前	喬．艾伯康比	380
1HB045	第一法則終部曲：最後手段	喬．艾伯康比	450
1HB046	刀光錢影 2：國王之血	丹尼爾．艾伯罕	380
1HB047	末日之旅 2：十二魔．上冊	加斯汀．柯羅寧	380

書號	書名	作者	定價
1HB048	末日之旅 2：十二魔．下冊	加斯汀．柯羅寧	380
1HB049	陣學師：亞米帝斯學院	布蘭登．山德森	320
1HB050	太和計畫	馬克．艾伯特	360
1HB051	刀光錢影 3：暴君諭令	丹尼爾．艾伯罕	380
1HB052	血戰英雄	喬．艾伯康比	420
1HB053	審判者傳奇：鋼鐵心	布蘭登．山德森	320
1HB054	懸案密碼 5：尋人啟事	猶希．阿德勒．歐爾森	380
1HB055	北方大道．上冊	彼德．漢彌頓	420
1HB056	北方大道．下冊	彼德．漢彌頓	420
1HB057	刺客後傳 1：弄臣任務（上）（經典紀念版）	羅蘋．荷布	360
1HB058	刺客後傳 1：弄臣任務（下）（經典紀念版）	羅蘋．荷布	360
1HB059	刺客後傳 2：黃金弄臣（上）（經典紀念版）	羅蘋．荷布	360
1HB060	刺客後傳 2：黃金弄臣（下）（經典紀念版）	羅蘋．荷布	360
1HB061	刺客後傳 3：弄臣命運（上）（經典紀念版）	羅蘋．荷布	450
1HB062	刺客後傳 3：弄臣命運（下）（經典紀念版）	羅蘋．荷布	450
1HB063	血歌首部曲：黯影之子．上	安東尼．雷恩	特價 199
1HB064	血歌首部曲：黯影之子．下	安東尼．雷恩	380
1HB065	貝爾曼的幽靈	黛安．賽特菲爾德	350
1HB066C	無盡之劍（限量精裝版）	布蘭登．山德森	360
1HB067	刀光錢影 4：寡婦之翼	丹尼爾．艾伯罕	380
1HB068	異星記	休豪伊	340
1HB069	血歌二部曲：高塔領主（上）	安東尼．雷恩	380
1HB070	血歌二部曲：高塔領主（下）	安東尼．雷恩	380
1HB071	亞特蘭提斯．基因（亞特蘭提斯進化首部曲）	傑瑞．李鐸	399
1HB072	亞特蘭提斯．瘟疫（亞特蘭提斯進化二部曲）	傑瑞．李鐸	399
1HB073	亞特蘭提斯．新世界（亞特蘭提斯進化終部曲）	傑瑞．李鐸	399
1HB074	審判者傳奇 2 熾焰	布蘭登．山德森	360
1HB075	血歌終部曲：火焰女王（上）	安東尼．雷恩	420
1HB076	血歌終部曲：火焰女王（下）	安東尼．雷恩	420
1HB077	永恆守望	大衛．拉米瑞茲	399
1HB078	EPIC 史詩奇幻：英雄之心	約翰．喬瑟夫．亞當斯	480
1HB079	颶光典籍二部曲：燦軍箴言（上）	布蘭登．山德森	550
1HB080	颶光典籍二部曲：燦軍箴言（下）	布蘭登．山德森	550
1HB081	變態療法	道格拉斯．理查茲	360
1HB082	字母之家	猶希．阿德勒．歐爾森	450
1HB083	刺客系列〈蜚滋與弄臣 1〉弄臣刺客（上）	羅蘋．荷布	499
1HB084	刺客系列〈蜚滋與弄臣 1〉弄臣刺客（下）	羅蘋．荷布	499
1HB085	懸案密碼 6：血色獻祭	猶希．阿德勒．歐爾森	450
1HB086	妹妹的墳墓	羅伯．杜格尼	380
1HB087	刀光錢影 5：蜘蛛戰爭（完結篇）	丹尼爾．艾伯罕	450
1HB088	審判者傳奇 3 禍星（完結篇）	布蘭登．山德森	360

書號	書名	作者	定價
1HB089	刺客系列〈蜚滋與弄臣 2〉弄臣遠征（上）	羅蘋．荷布	550
1HB090	刺客系列〈蜚滋與弄臣 2〉弄臣遠征（下）	羅蘋．荷布	550
1HB091	末日之旅 3 鏡之城．上	加斯汀．克羅寧	450
1HB092	末日之旅 3 鏡之城．下（完結篇）	加斯汀．克羅寧	450
1HB093	軍團（布蘭登．山德森短篇精選集 II）	布蘭登．山德森	380
1HB094	懸案密碼 7：自拍殺機	猶希．阿德勒．歐爾森	499
1HB095	刺客系列〈蜚滋與弄臣 3〉刺客命運（上）	羅蘋．荷布	699
1HB096	刺客系列〈蜚滋與弄臣 3〉刺客命運（下）	羅蘋．荷布	699
1HB097	被遺忘的男孩	伊莎．西格朵蒂	380
1HB098	迷霧之子──執法鎔金：自影	布蘭登．山德森	450
1HB099	失蹤	卡洛琳．艾瑞克森	380
1HB100	雨野原傳奇 1：巨龍守護者	羅蘋．荷布	599
1HB101	雨野原傳奇 2：巨龍隱地	羅蘋．荷布	599
1HB102	雨野原傳奇 3：巨龍高城	羅蘋．荷布	599
1HB103	雨野原傳奇 4：巨龍之血（完結篇）	羅蘋．荷布	599
1HB104	迷霧之子──執法鎔金：自影	布蘭登．山德森	520
1HB105	破碎帝國首部曲：荊棘王子	馬克．洛倫斯	380
1HB106	破碎帝國二部曲：多刺國王	馬克．洛倫斯	399
1HB107	破碎帝國終部曲：鐵血大帝（完結篇）	馬克．洛倫斯	399
1HB108	龍鱗焰火．上冊	喬．希爾	399
1HB109	龍鱗焰火．下冊	喬．希爾	399
1HB110	颶光典籍三部曲：引誓之劍（上）	布蘭登．山德森	599
1HB111	颶光典籍三部曲：引誓之劍（下）	布蘭登．山德森	599

幻想藏書閣

書號	書名	作者	定價
1HI007	南方吸血鬼 1：夜訪良辰鎮	莎蓮．哈里斯	280
1HI010	南方吸血鬼 2：達拉斯夜未眠	莎蓮．哈里斯	280
1HI012	南方吸血鬼 3：亡者俱樂部	莎蓮．哈里斯	280
1HI029	南方吸血鬼 4：意外的訪客	莎蓮．哈里斯	280
1HI032	南方吸血鬼 5：與狼人共舞	莎蓮．哈里斯	280
1HI033	南方吸血鬼 6：惡夜追琪令	莎蓮．哈里斯	280
1HI034	南方吸血鬼 7：找死高峰會	莎蓮．哈里斯	280
1HI035	南方吸血鬼 8：攻琪不備	莎蓮．哈里斯	280
1HI037	南方吸血鬼 9：全面琪動	莎蓮．哈里斯	280
1HI044	南方吸血鬼 11：精靈的聖物	莎蓮．哈里斯	280
1HI047	地底王國 1：光明戰士	蘇珊．柯林斯	250
1HI048	地底王國 2：災難預言	蘇珊．柯林斯	250
1HI049	地底王國 3：熱血之禍	蘇珊．柯林斯	250
1HI050	地底王國 4：神祕印記	蘇珊．柯林斯	250

書號	書名	作者	定價
1HI057	靈視者哈珀康納莉 I：觸墓驚心	莎蓮・哈里斯	280
1HI058	靈視者哈珀康納莉 II：移花接墓	莎蓮・哈里斯	280
1HI059	靈視者哈珀康納莉 III：草墓皆冰	莎蓮・哈里斯	280
1HI060	靈視者哈珀康納莉 IV：不堪入墓	莎蓮・哈里斯	280
1HI061	地底王國 5：最終戰役	蘇珊・柯林斯	250
1HI062	死亡之門 1：龍之翼（全新封面）	崔西・西克曼&瑪格麗特・魏絲	360
1HI063	死亡之門 2：精靈之星（全新封面）	崔西・西克曼&瑪格麗特・魏絲	360
1HI064	死亡之門 3：火之海（全新封面）	崔西・西克曼&瑪格麗特・魏絲	360
1HI065	死亡之門 4：魔蛟法師（全新封面）	崔西・西克曼&瑪格麗特・魏絲	360
1HI066	死亡之門 5：混沌之手（全新封面）	崔西・西克曼&瑪格麗特・魏絲	420
1HI067	死亡之門 6：迷宮歷險（全新封面）	崔西・西克曼&瑪格麗特・魏絲	420
1HI068	死亡之門 7：第七之門（完）(全新封面）	崔西・西克曼&瑪格麗特・魏絲	360
1HI069	南方吸血鬼 12：神祕的魔法鎖	莎蓮・哈里斯	280
1HI070	滅世天使	蘇珊・易	280
1HI071	天使禁區	麗諾・艾普漢絲	250
1HI072	南方吸血鬼噬血真愛全方位導覽特典	莎蓮・哈里斯	650
1HI073	御劍士傳奇 1：鍍金鎖鍊（全新封面）	大衛・鄧肯	360
1HI074	御劍士傳奇 2：火地之王（全新封面）	大衛・鄧肯	420
1HI075	御劍士傳奇 3：劍空(完)（全新封面）	大衛・鄧肯	420
1HI076	幸運賊	史考特・G・布朗	320
1HI077	歷史檔案館	薇多莉亞・舒瓦	320
1HI078	歷史檔案館 2：惡夢	薇多莉亞・舒瓦	320
1HI079	流浪者系列：傷痕者	賽爾基&瑪麗娜・狄亞錢科	380
1HI080	南方吸血鬼完結篇：吸血鬼童話	莎蓮・哈里斯	280
1HI081	尼爾女巫	薇多莉亞・舒瓦	300
1HI082	流浪者系列・前傳：守門者	賽爾基&瑪麗娜・狄亞錢科	360
1HI083	是誰在說謊	卡莉雅・芮德	320
1HI084	超能冒險 1 太陽神巨像	彼得・勒朗吉斯	300
1HI085	超能冒險 2 失落的巴比倫	彼得・勒朗吉斯	300
1HI086	超能冒險 3 暗影之墓	彼得・勒朗吉斯	300
1HI087	滅世天使 2：抉擇	蘇珊・易	320
1HI088	滅世天使 3：重生	蘇珊・易	320
1HI089	蟲林鎮：精綴師(上)	大衛・鮑爾達奇	320
1HI090	蟲林鎮：精綴師(下)	大衛・鮑爾達奇	320
1HI091	混血之裔：宿命	妮琦・凱利	320
1HI092	流浪者系列 2：繼任者	賽爾基&瑪麗娜・狄亞錢科	480
1HI093	超能冒險 4 宙斯的詛咒	彼得・勒朗吉斯	320
1HI094	蟲林鎮 2：守護者(上)	大衛・鮑爾達奇	320
1HI095	蟲林鎮 2：守護者(下)	大衛・鮑爾達奇	320
1HI096	流浪者系列 3 (完結篇)：冒險者	賽爾基&瑪麗娜・狄亞錢科	480

書號	書名	作者	定價
1HI097	超能冒險 5 時空裂縫	彼得．勒朗吉斯	320
1HI098	混血之裔 2：熾愛	妮琦．凱利	320
1HI099	戰龍旅：暗影奇襲	瑪格麗特．魏絲＆勞勃·奎姆斯	550
1HI100	戰龍旅 2：暴風騎士	瑪格麗特．魏絲＆勞勃·奎姆斯	550
1HI101	戰龍旅 3：第七印記（完結篇）	瑪格麗特．魏絲＆勞勃·奎姆斯	550
1HI102	血修會系列：聖血福音書	詹姆士·羅林斯＆蕾貝卡·坎翠爾	399
1HI103	混血之裔 3：永恆(完結篇)	妮琦．凱利	320
1HI104	灰燼餘火	莎芭．塔伊兒	380
1HI105	灰燼餘火 2：血夜	莎芭．塔伊兒	380
1HI106	沉默的情人	拉斐爾．蒙特斯	350
1HI107	血修會系列 2：無罪之血	詹姆士·羅林斯＆蕾貝卡·坎翠爾	420
1HI108	血修會系列 3：煉獄之血(完結篇)	詹姆士·羅林斯＆蕾貝卡·坎翠爾	420
1HI109	千年之咒：誓約(上)	丹妮爾．詹森	250
1HI110	千年之咒：誓約(下)	丹妮爾．詹森	250
1HI111	千年之咒 2：許諾	丹妮爾．詹森	380
1HI112	千年之咒 3：永生（完結篇）	丹妮爾．詹森	380
1HI113	四猿殺手	J. D.巴克	380

城邦文化奇幻基地出版社

Fantasy Foundation Publications

http://www.ffoundation.com.tw；https://www.facebook.com/ffoundation/

TEL：02-25007008 FAX：02-25027676

國家圖書館出版品預行編目資料

颶光典籍．三部曲，引誓之劍／布蘭登．山德森
(Brandon Sanderson) 作；李鏞，周翰廷譯．--
初版．-- 臺北市：奇幻基地，城邦文化出版：
家庭傳媒城邦分公司發行，民 108.01
面：公分．-(Best 嚴選；110)
譯自：Oathbringer
ISBN 978-986-96833-4-0(上冊：平裝)．--

874.57　　107022392

ISBN　978-986-96833-4-0

Printed in Taiwan.

城邦讀書花園
www.cite.com.tw

BEST 嚴選 110

颶光典籍三部曲：引誓之劍．上冊

原著書名／The Stormlight Archive: Oathbringer
作　　者／布蘭登．山德森（Brandon Sanderson）
譯　　者／周翰廷、李鏞
企畫選書人／王雪莉
責任編輯／王雪莉
版權行政暨數位業務專員／陳玉鈴
資深版權專員／許儀盈
資深行銷企畫／周丹蘋
業務主任／范光杰
行銷業務經理／李振東
副總編輯／王雪莉
發　行　人／何飛鵬
法律顧問／元禾法律事務所　王子文律師
出版／奇幻基地出版
城邦文化事業股份有限公司
台北市 104 民生東路二段 141 號 8 樓
電話：(02)25007008　傳眞：(02)25027676
網址：www.ffoundation.com.tw
e-mail：ffoundation@cite.com.tw
發行／英屬蓋曼群島商家庭傳媒股份有限公司城邦分公司
台北市 104 民生東路二段 141 號 11 樓
書虫客服服務專線：(02)25007718．(02)25007719
24 小時傳眞服務：(02)25170999．(02)25001991
服務時間：週一至週五 09:30-12:00．13:30-17:00
郵撥帳號：19863813　戶名：書虫股份有限公司
讀者服務信箱 e-mail：service@readingclub.com.tw
歡迎光臨城邦讀書花園　網址：www.cite.com.tw
香港發行所／城邦（香港）出版集團有限公司
香港灣仔駱克道 193 號東超商業中心 1 樓
電話：(852) 2508-6231　傳眞：(852) 2578-9337
e-mail：hkcite@biznetvigator.com
馬新發行所／城邦（馬新）出版集團
【Cite(M)Sdn. Bhd】
41, Jalan Radin Anum, Bandar Baru Sri Petaling,
57000 Kuala Lumpur, Malaysia.
Tel: (603) 90578822 Fax:(603) 90576622
email:cite@cite.com.my

封面設計／捌子
文字校對／李律
排　　版／極翔企業有限公司
印　　刷／高典印刷有限公司
■ 2019 年（民 108）1 月 28 日初版
■ 2023 年（民 112）5 月 22 日二版 9 刷
售價／599 元

廣　告　回　函
北區郵政管理登記證
台北廣字第000791號
郵資已付，免貼郵票

104台北市民生東路二段141號11樓

英屬蓋曼群島商家庭傳媒股份有限公司城邦分公司 收

請沿虛線對摺，謝謝

書號：1HB110　　書名：颶光典籍三部曲：引誓之劍．上冊

請於此處用膠水黏貼

奇幻基地

讀者回函卡

謝謝您購買我們出版的書籍！請費心填寫此回函卡，我們將不定期寄上城邦集團最新的出版訊息。

姓名：________________________ 性別：□男 □女

生日：西元________年________月________日

地址：________________________

聯絡電話：________________ 傳真：________________

E-mail ：________________________

學歷：□1.小學 □2.國中 □3.高中 □4.大專 □5.研究所以上

職業：□1.學生 □2.軍公教 □3.服務 □4.金融 □5.製造 □6.資訊
□7.傳播 □8.自由業 □9.農漁牧 □10.家管 □11.退休
□12.其他________________

您從何種方式得知本書消息？

□1.書店 □2.網路 □3.報紙 □4.雜誌 □5.廣播 □6.電視
□7.親友推薦 □8.其他________________

您通常以何種方式購書？

□1.書店 □2.網路 □3.傳真訂購 □4.郵局劃撥 □5.其他

您購買本書的原因是（單選）

□1.封面吸引人 □2.內容豐富 □3.價格合理

您喜歡以下哪一種類型的書籍？（可複選）

□1.科幻 □2.魔法奇幻 □3.恐怖 □4.偵探推理
□5.實用類型工具書籍

您是否為奇幻基地網站會員？

□1.是□ 2.否（若您非奇幻基地會員，歡迎您上網免費加入，可享有奇幻基地網站線上購書75 折，以及不定時優惠活動：
http://www.ffoundation.com.tw/）

對我們的建議：________________________

請於此處用膠水黏貼

Brandon Sanderson

布蘭登・山德森

Brandon Sanderson

布蘭登・山德森